TESS GERRITSEN

Trügerische Ruhe

Buch

Dr. Claire Elliot zieht mit ihrem Sohn Noah in den kleinen Ort Tranquility, wo sie eine Praxis eröffnen möchte. Das Provinznest in Maine macht seinem Namen allerdings keine Ehre, denn es wird von einer Serie von Jugendverbrechen heimgesucht. Die plötzlichen wilden Ausbrüche der Jugendlichen fordern mehrere Todesopfer, zu denen auch Noahs Biologielehrerin gehört: Sie wird von einem Schüler während des Unterrichts erschossen. Als auch Noah sich immer seltsamer benimmt, beginnt Claire zusammen mit dem Chef der örtlichen Polizei, Lincoln Kelly, nach den Ursachen der Gewalt zu forschen. Schon bald machen die beiden seltsame Entdeckungen: Im nahegelegenen Wald wachsen mysteriöse blaue Pilze, und im Lake Locust taucht ab und zu eine grünliche, phosphoreszierende Masse auf. Dann erfahren Claire und Kelly, daß es bereits vor fünfzig und vor hundert Jahren zu ähnlichen Begebenheiten gekommen ist. Langsam, aber sicher gelangt Claire zu der Überzeugung, daß ein Parasit die Gewaltattacken auslöst. Von dieser Theorie wollen die Einwohner von Tranquility allerdings gar nichts wissen, weil sie um ihre Einnahmen aus dem Tourismus fürchten. Claire und Chief Kelly müssen den Kampf ganz alleine aufnehmen – und die Zeit drängt …

Autorin

Tess Gerritsen war erfolgreiche Internistin, bevor ihr mit dem Thriller *Kalte Herzen* der internationale Durchbruch gelang. Seither hat sie sechs weitere Medizinthriller geschrieben, die alle fulminante Bestseller waren. Tess Gerritsen lebt mit ihrem Mann, dem Arzt Jacob Gerritsen, und ihren beiden Söhnen in Camden, Maine.

Von Tess Gerritsen außerdem erschienen:

Gute Nacht, Peggy Sue. Roman (35136)
Kalte Herzen. Roman (35880)
Roter Engel. Roman (35285)
In der Schwebe. Roman (35337)
Die Chirurgin. Roman (geb. 2458)

Tess
Gerritsen

Trügerische
Ruhe

Roman

Aus dem Amerikanischen
von Andreas Jäger

BLANVALET

Die amerikanische Originalausgabe erschien 1998 unter dem Titel
»Bloodstream« bei POCKET BOOKS,
a division of Simon & Schuster Inc., New York.

Umwelthinweis:
Alle bedruckten Materialien dieses Taschenbuches
sind chlorfrei und umweltschonend.

Blanvalet Taschenbücher erscheinen im Goldmann Verlag,
einem Unternehmen der Verlagsgruppe Random House.

Sonderausgabe Juni 2004

Umschlaggestaltung: Design Team München
Umschlagfoto: Photonica/L. Hanifi
Druck: GGP Media GmbH, Pößneck
Titelnummer: 36113
LW · Herstellung: wag
Made in Germany
ISBN 3-442-36113-3
www.blanvalet-verlag.de

Für Tim und Elyse

Prolog

Tranquility, Maine, 1946

Wenn sie leise genug wäre, mucksmäuschenstill, dann würde er sie nicht finden. Er glaubte vielleicht, alle ihre Verstecke zu kennen, aber er hatte nie ihre geheime Nische entdeckt, diese kleine Ausbuchtung in der Kellerwand, die von den Regalen mit den Einmachgläsern ihrer Mutter verdeckt wurde. Als kleines Kind hatte sie mit Leichtigkeit in diesen Hohlraum hineinschlüpfen können, und jedesmal, wenn sie Verstecken spielten, hatte sie in ihrer Höhle gekauert und sich ins Fäustchen gelacht, während er auf der Suche nach ihr frustriert von Zimmer zu Zimmer gestapft war. Manchmal hatte das Spiel so lange gedauert, daß sie eingeschlafen und erst Stunden später vom Klang der Stimme ihrer Mutter, die besorgt ihren Namen rief, geweckt worden war.

Und jetzt war sie wieder hier, in ihrem Kellerversteck, aber sie war kein Kind mehr. Sie war vierzehn und konnte sich nur noch mit Mühe in die Nische hineinzwängen. Und das hier war kein fröhliches Versteckspiel.

Sie konnte ihn oben hören, wie er auf der Suche nach ihr durch das Haus streifte. Er polterte von Zimmer zu Zimmer, fluchte und warf krachend Möbel um.

Bitte, bitte, bitte. Hilft uns denn niemand? Bitte macht, daß er verschwindet.

Sie hörte, wie er ihren Namen brüllte: »IRIS!« Seine knarrenden Schritte erreichten die Küche, näherten sich der Kellertür. Ihre Hände ballten sich krampfhaft zu Fäusten, und ihr Herz trommelte wild.

Ich bin nicht hier. Ich bin weit weg, ich fliehe, fliege hoch in den Nachthimmel hinauf –

Die Kellertür wurde urplötzlich aufgestoßen und krachte gegen die Wand. Goldenes Licht strömte von oben herab und hüllte ihn ein, als er in der offenen Tür am oberen Ende der Treppe stand.

Er streckte die Hand aus und zog an der Lichtschnur; die nackte Glühbirne ging an und tauchte die tiefe Höhle des Kellers in ein schwaches Licht. Geduckt stand Iris hinter den Gläsern mit eingelegten Tomaten und Gurken und hörte, wie er die steile Treppe herunterkam; jedes Knarren brachte ihn näher zu ihr. Sie drückte sich tiefer in die Höhlung und schmiegte ihren Körper an die bröckelnde Wand aus Steinen und Mörtel. Sie schloß die Augen; bildete sich ein, unsichtbar zu sein. Über dem Hämmern ihres eigenen Herzschlags hörte sie, wie er am Fuß der Treppe anlangte.

Sieh mich nicht. Sieh mich nicht.

Die Schritte gingen geradewegs an den Regalen mit den Einmachgläsern vorbei und auf das hintere Ende des Kellers zu. Sie hörte, wie er eine Kiste umstieß. Leere Gläser zersprangen auf dem Steinboden. Jetzt machte er wieder kehrt, und sie konnte seinen keuchenden Atem hören, unterbrochen von grunzenden Tierlauten. Ihr eigener Atem war flach und schnell, und ihre Fäuste waren so fest geballt, daß sie glaubte, ihre Knochen würden zerspringen. Die Schritte kamen auf die Regale zu und blieben stehen.

Sie riß die Augen auf und sah durch einen Spalt zwischen zwei Gläsern, daß er genau vor ihr stand. Sie war in die Hocke geglitten, so daß ihre Augen auf gleicher Höhe mit seinem Gürtel waren. Er zog ein Glas aus dem Regal und schmetterte es zu Boden. Der stechende Essiggeruch von Eingelegtem stieg vom Steinboden empor. Er griff nach einem weiteren Glas, doch dann stellte er es plötzlich zurück, als sei ihm ein besserer Gedanke gekommen. Er wandte sich ab und ging die Kellertreppe hoch. Im Hinausgehen zog er kurz an der Lichtschnur.

Sie war erneut von Dunkelheit umgeben.

Sie merkte auf einmal, daß sie geweint hatte. Ihr Gesicht war naß, Schweiß gemischt mit Tränen, aber sie wagte es nicht, auch nur ein Wimmern von sich zu geben.

Oben bewegten sich die knarrenden Schritte zur Vorderseite des Hauses; dann war es still.

War er gegangen? War er endlich weg?

Sie verharrte reglos, wagte nicht, sich zu bewegen. Die Minuten vergingen. Sie zählte sie langsam im Kopf. Zehn. Zwanzig. Ihre Muskeln verkrampften sich; es tat so weh, daß sie sich auf die Lippe beißen mußte, um nicht zu schreien.

Eine Stunde.

Zwei Stunden.

Immer noch kein Laut von oben.

Ganz langsam kam sie aus ihrem Versteck hervor. Sie stand im Dunkeln und wartete, bis das Blut in ihren Adern wieder zu fließen begann und sie ihre Beine wieder spüren konnte. Sie lauschte und lauschte, die ganze Zeit.

Sie hörte nichts.

Der Keller war fensterlos, und sie wußte nicht, ob es draußen noch dunkel war. Sie schritt über die Glasscherben am Boden und ging zur Treppe hinüber. Sie stieg Stufe für Stufe nach oben; nach jedem Schritt hielt sie inne, um wieder zu horchen. Als sie schließlich oben war, waren ihre Handflächen so naßgeschwitzt, daß sie sie an ihrer Bluse abwischen mußte, bevor sie die Kellertür öffnen konnte.

In der Küche brannte Licht, und alles wirkte verblüffend normal. Sie hätte fast glauben können, das Grauen der letzten Nacht sei nur ein Alptraum gewesen. Eine Uhr an der Wand tickte laut. Es war fünf Uhr morgens, und draußen war es noch dunkel.

Sie ging auf Zehenspitzen zur Küchentür und spähte in den Flur. Ein flüchtiger Blick auf die zersplitterten Möbel und die Blutspritzer an der Tapete sagte ihr, daß sie nicht geträumt hatte. Ihre Handflächen waren wieder schweißnaß.

Der Flur war verlassen, und die Haustür stand offen.

Sie mußte raus aus dem Haus. Zu den Nachbarn laufen, zur Polizei.

Sie begann den Flur entlangzugehen. Jeder Schritt brachte sie der Flucht näher. Der Schrecken hatte ihre fünf Sinne so geschärft, daß sie jeden Holzsplitter auf dem geblümten Teppich, jedes Ticken der Uhr hinter sich wahrnahm. Sie hatte die Haustür fast erreicht.

Dann war sie am Treppenpfeiler vorbei und blickte auf die Treppe, wo ihre Mutter kopfüber hingefallen war. Sie konnte den Blick nicht von der Leiche wenden. Von ihrem langen Haar, das über die Stufen herabfloß wie schwarzes Wasser.

Übelkeit stieg in ihrer Kehle auf; sie riß sich los und stürzte zur Haustür.

Da stand er. In der Hand hielt er eine Axt.

Mit einem Schluchzen drehte sie sich abrupt herum und rannte die Treppe hoch, wobei sie fast auf dem Blut ihrer Mutter ausgerutscht wäre. Sie hörte, wie er hinter ihr polternd die Stufen erklomm. Sie war immer schneller gewesen als er, und in ihrer Panik flog sie die Treppe hoch wie eine aufgeschreckte Katze.

Im oberen Flur erblickte sie für einen Moment die Leiche ihres Vaters; sie ragte zur Hälfte aus der Türöffnung zum Schlafzimmer hervor. Sie hatte keine Zeit, darüber nachzudenken, das grauenhafte Geschehen auf sich wirken zu lassen; schon eilte sie die nächste Treppe hoch und erreichte das Turmzimmer.

Sie schlug die Tür zu und legte gerade noch rechtzeitig den Riegel vor.

Er brüllte wütend auf und begann an die verschlossene Tür zu hämmern.

Sie lief zum Fenster und riß es hastig auf. Als sie tief unten den Boden erblickte, war ihr klar, daß sie einen Sturz nicht überleben würde. Aber es gab keinen anderen Ausweg aus dem Zimmer.

Sie riß an einem Vorhang, zog ihn von der Schiene. *Ein Seil. Ich muß ein Seil machen.* Sie band ein Ende an ein Heizungsrohr, zog einen weiteren Vorhang herunter und verknotete die beiden Stoffbahnen.

Ein lautes Krachen, und ein Holzsplitter flog auf sie zu. Sie warf einen Blick über die Schulter und sah zu ihrem Entsetzen die Spitze der Axtklinge durch die Tür ragen – sah, wie die Axt herausgezogen wurde, bereit zum nächsten Schlag.

Er brach die Tür auf!

Sie riß einen dritten Vorhang herunter und knotete ihn mit zitternden Händen an die beiden anderen.

Die Axt sauste erneut nieder. Das Türblatt spaltete sich noch tiefer, und wieder sausten Splitter durch die Luft.

Sie riß den vierten Vorhang herunter, doch während sie noch verzweifelt den letzten Knoten knüpfte, wußte sie schon, daß das Seil nicht lang genug war. Sie wußte, es war zu spät.

Sie wirbelte herum und sah gerade noch, wie die Axt die Tür durchbrach.

Die Gegenwart

1

»Irgendwer wird sich da draußen noch verletzen«, sagte Dr. Claire Elliot, während sie aus ihrem Küchenfenster blickte. Der Morgennebel lag dicht wie Rauch über dem See, und die Bäume vor ihrem Fenster waren bald deutlich, bald nur unscharf zu erkennen. Wieder krachte ein Gewehrschuß, diesmal aus größerer Nähe. Seit dem ersten Tageslicht hatte sie das Gewehrfeuer gehört, und sie würde es wahrscheinlich den ganzen Tag bis zur Dämmerung hören, denn es war der erste November – der Beginn der Jagdsaison. Irgendwo in diesen Wäldern stapfte ein Mann mit einem Gewehr halbblind durch den Schnee, während schemenhafte Trugbilder von weißschwänzigen Hirschen um ihn herumtanzten.

»Ich finde, du solltest nicht draußen auf den Bus warten«, sagte Claire. »Ich fahre dich zur Schule.«

Noah, der vornübergebeugt am Frühstückstisch saß, sagte nichts. Er nahm noch einen Löffel voll Cheerios und verschlang sie schlürfend. Vierzehn Jahre alt, und immer noch aß ihr Sohn wie ein Zweijähriger; verkleckerte die Milch über den ganzen Tisch und übersäte den Boden mit Toastkrümeln. Er aß, ohne sie anzusehen, als ob er der Medusa ins Auge schauen würde, wenn er ihren Blick erwiderte. Und was würde es für einen Unterschied machen, wenn er mich ansähe, dachte sie mit bitterer Ironie. Mein lieber Sohn ist ja schon zu Stein geworden.

Sie sagte erneut: »Ich fahre dich zur Schule, Noah.«

»Ist schon gut. Ich nehme den Bus.« Er stand auf und schnappte sich seinen Rucksack und sein Skateboard.

»Diese Jäger da draußen können unmöglich sehen, auf was

sie schießen. Zieh wenigstens die orangene Mütze an. Damit sie dich nicht für einen Hirsch halten.«

»Aber die sieht so bescheuert aus!«

»Du kannst sie ja im Bus abnehmen. Aber zieh sie jetzt an.« Sie nahm die gestrickte Mütze von der Garderobe und hielt sie ihm hin.

Er sah zuerst die Mütze an, dann schließlich auch sie. Er war in nur einem Jahr etliche Zentimeter in die Höhe geschossen, und sie waren nun gleich groß; ihre Blicke trafen sich direkt, keine Seite hatte einen Vorteil. Sie fragte sich, ob sich Noah ihrer neuen physischen Gleichberechtigung so deutlich bewußt war wie sie selbst. Früher hatte sie ihn im Arm halten können, und ein Kind hatte die Umarmung erwidert. Jetzt war das Kind verschwunden; seine Zartheit in neue, muskulöse Formen gegossen; sein Gesicht verschmälert zu ungewohnter Scharfkantigkeit.

»Bitte«, sagte sie, während sie ihm die Mütze immer noch hinhielt.

Schließlich stülpte er sich die Kopfbedeckung mit einem Stöhnen über seine dunklen Haare. Sie mußte ein Lächeln unterdrücken – er sah wirklich bescheuert aus.

Er war schon auf dem Weg zur Haustür, als sie ihm zurief: »Abschiedskuß?«

Mit dem Ausdruck der Verzweiflung wandte er sich noch einmal um und gab ihr einen äußerst flüchtigen Kuß auf die Wange; dann war er auch schon draußen.

Keine Umarmungen mehr, dachte sie betrübt, als sie am Fenster stand und ihn beobachtete, wie er in Richtung Straße trottete. Nur noch Gebrummel und Achselzucken und betretenes Schweigen.

Unter dem Ahorn am Ende der Zufahrt blieb er stehen, zog die Mütze ab und stand mit den Händen in den Hosentaschen da, die Schultern gegen die Kälte hochgezogen. Keine Jacke, nur ein dünnes graues Sweatshirt als Schutz gegen eine Morgentemperatur von drei Grad. Es war cool, zu frieren. Sie mußte dem Drang widerstehen, nach draußen zu laufen und ihn in einen Mantel zu packen.

Claire wartete, bis der Schulbus kam. Sie sah zu, wie er einstieg, ohne sich noch einmal umzudrehen, sah seine Silhouette, als er den Mittelgang entlangging und sich auf einen der freien Plätze setzte, neben ein Mädchen. *Wer ist dieses Mädchen?* fragte sie sich. Ich kenne nicht einmal mehr die Namen der Freunde meines Sohnes. Ich bin zu einem kleinen Winkel seines Universums zusammengeschrumpft. Sie wußte, daß all dies ein notwendiger Prozeß war – das Sichzurückziehen, der Kampf des Kindes um seine Unabhängigkeit –, aber sie war nicht darauf vorbereitet. Die Verwandlung hatte sich so plötzlich vollzogen, als ob ein lieber kleiner Junge eines Tages das Haus verlassen hätte und statt seiner ein Fremder zurückgekommen wäre. *Du bist alles, was mir von Peter geblieben ist. Ich bin nicht bereit, auch noch dich zu verlieren.*

Der Bus rumpelte davon.

Claire ging in die Küche zurück und setzte sich hin, um ihren lauwarmen Kaffee zu trinken. Das Haus wirkte leer und still: immer noch ein Trauerhaus. Sie seufzte und breitete die wöchentliche *Tranquility Gazette* vor sich aus. GESUNDES ROTWILDRUDEL VERSPRICHT REICHLICHE ERNTE, verkündete die Titelseite. Die Jagd war eröffnet. Dreißig Tage Zeit, um sich sein Wildbret zu sichern.

Draußen hallte wieder ein Gewehrschuß durch die Wälder.

Sie schlug die Seite mit dem Polizeiregister auf. Über die Halloween-Krawalle der letzten Nacht stand noch nichts darin, auch nicht über die sieben Teenager, die verhaftet worden waren, weil sie bei ihrem traditionellen Beutezug durch die Gemeinde zu weit gegangen waren. Doch da, versteckt zwischen den Berichten über entlaufene Hunde und gestohlenes Brennholz, war ihr Name, unter der Rubrik ÜBERTRETUNGEN: »Claire Elliot, 40; Führen eines Kraftfahrzeugs mit abgelaufener Sicherheitsplakette.« Sie hatte den Subaru immer noch nicht zur Inspektion gebracht; heute würde sie statt dessen den Transporter nehmen müssen, um eine neuerliche Erwähnung zu vermeiden. Gereizt blätterte sie um und studierte gerade die Wettervorhersage – kalt und windig, Höchstwerte knapp über Null, Tiefsttemperaturen um minus fünf Grad –, als das Telefon klingelte.

Sie stand auf und nahm den Hörer ab. »Hallo?«

»Dr. Elliot? Hier spricht Rachel Sorkin, draußen an der Toddy Point Road. Ich habe hier so was wie einen Notfall. Elwyn hat sich gerade angeschossen.«

»Was?«

»Sie wissen schon, dieser Idiot Elwyn Clyde. Er hat bei der Hirschjagd mein Grundstück unbefugt betreten. Hat sie auch erlegt – eine wunderschöne Hirschkuh, mitten in meinem Vorgarten. Diese dummen Männer mit ihren dummen Gewehren.«

»Was ist mit Elwyn?«

»Ach, er ist gestolpert und hat sich in den Fuß geschossen. Geschieht ihm recht.«

»Er muß sofort ins Krankenhaus.«

»Tja, sehen Sie, das ist das Problem. Er will nicht ins Krankenhaus, und er will nicht, daß ich einen Krankenwagen rufe. Er möchte, daß ich ihn und das Tier nach Hause fahre. Nun, das werde ich nicht tun. Also, was soll ich mit ihm machen?«

»Wie schlimm blutet er?«

Sie hörte Rachel rufen: »He, Elwyn? *Elwyn!* Blutest du?«

Dann war Rachel wieder in der Leitung. »Er sagt, er ist okay. Er will bloß nach Hause gefahren werden. Aber ich fahre ihn nicht, und ich fahre ganz bestimmt nicht die Hirschkuh.«

Claire seufzte. »Ich denke, ich kann kommen und mir die Sache ansehen. Sie wohnen an der Toddy Point Road?«

»Etwa eine Meile hinter den Boulders. Mein Name steht auf dem Briefkasten.«

Der Nebel begann sich aufzulösen, als Claire mit ihrem Transporter in die Toddy Point Road einbog. Durch die Seidenkiefern hindurch konnte sie hier und da ein Stückchen des Locust Lake erblicken, während der Nebel wie Wasserdampf aufstieg. Schon brachen die ersten Sonnenstrahlen durch und malten goldene Tupfen auf die sich kräuselnde Wasserfläche. Auf der anderen Seite, durch die Nebelschwaden gerade noch zu erkennen, war das Nordufer des Sees mit seinen Sommerhäuschen, von denen die meisten schon für den Winter verriegelt und verrammelt waren, nachdem ihre reichen Besitzer nach Boston oder New York zurückgekehrt waren. Am Südufer, dort, wo Claire jetzt entlangfuhr, waren die bescheideneren Ferienhäuschen, einige davon kaum mehr als Zwei-Zimmer-Schuppen, versteckt zwischen den Bäumen.

Sie fuhr an den Boulders vorbei, einem granitenen Felsvorsprung, wo sich die Teenager im Sommer zum Schwimmen trafen, und sie fand den Briefkasten mit dem Namen »Sorkin«.

Ein holpriger Feldweg führte zum Haus. Es war eine merkwürdige, wunderliche Konstruktion mit planlos angebauten Zimmern und mit Ecken und Vorsprüngen an Stellen, wo man sie am wenigsten erwartet hätte. Über allem erhob sich ein verglastes Türmchen, wie die Spitze eines Kristalls, der das Dach durchbrach. Eine exzentrische Frau mußte wohl ein exzentrisches Haus haben, und Rachel Sorkin war eines von Tranquilitys Originalen, eine auffallende schwarzhaarige Frau, die einmal die Woche in die Stadt rauschte, angetan mit einem roten Cape mit Kapuze. Dieses Haus sah tatsächlich so aus, als könne eine Frau mit Cape dort residieren.

Vor der Verandatreppe, direkt neben einem gepflegten Kräutergärtchen, lag die tote Hirschkuh.

Claire stieg aus ihrem Transporter aus. Sofort schossen zwei Hunde zwischen den Bäumen hervor und versperrten ihr bellend und knurrend den Weg. Claire wurde klar, daß sie die Beute bewachten.

Rachel kam aus dem Haus heraus und schrie die Hunde an: »Macht, daß ihr fortkommt, ihr verdammten Viecher! Ab nach Hause mit euch!« Sie schnappte sich einen Besen von der

Veranda und stürmte mit fliegenden schwarzen Haaren die Stufen herunter, den Besen wie eine Lanze im Anschlag.

Die Hunde wichen zurück.

»Ha! Feiglinge!« sagte Rachel, während sie mit dem Besen nach ihnen stieß. Sie zogen sich in den Wald zurück.

»He, lassen Sie meine Hunde in Frieden!« rief Elwyn Clyde, der humpelnd auf der Veranda erschienen war. Elwyn war ein Musterbeispiel einer evolutionären Sackgasse: ein fünfzigjähriger Klumpen Fleisch, in Baumwollklamotten gehüllt und zu ewigem Junggesellendasein verurteilt. »Sie tun keinem was. Sie passen bloß auf meinen Hirsch auf.«

»Elwyn, ich habe Neuigkeiten für Sie. Sie haben diese arme Kreatur auf meinem Grund und Boden getötet, also gehört sie mir.«

»Was wollen Sie denn mit 'nem Hirsch anfangen? Verdammte Vegetarierin!«

Claire unterbrach die beiden. »Was macht der Fuß, Elwyn?«

Er sah Claire an und blinzelte, als sei er überrascht, sie zu sehen. »Bin gestolpert«, sagte er, »'ne Lappalie.«

»Eine Schußverletzung ist nie eine Lappalie. Kann ich sie mir mal ansehen?«

»Ich kann Sie nicht bezahlen ...« Er hielt inne, und eine zerzauste Augenbraue hob sich, als ihm ein schlauer Gedanke kam. »Es sei denn, Sie hätten gern 'n Stück Wildbret.«

»Ich will nur sichergehen, daß Sie nicht verbluten. Wir können das Finanzielle später regeln. Kann ich Ihren Fuß sehen?«

»Wenn Sie unbedingt wollen«, murrte er und humpelte ins Haus zurück.

»Na, das wird sicher ein Genuß«, meinte Rachel.

In der Küche war es warm. Rachel warf ein Birkenscheit in den Holzofen, und süßlicher Rauch quoll hervor, als sie den schmiedeeisernen Deckel wieder auflegte.

»Sehen wir uns den Fuß mal an«, sagte Claire.

Elwyn schlurfte zu einem Stuhl, wobei er blutige Streifen auf dem Fußboden hinterließ. Er hatte die Socke noch an, und auf der Oberseite, nahe dem großen Zeh, war ein ausgefranstes Loch zu sehen, als ob eine Ratte die Wolle angenagt hätte. »Stört mich fast gar nich'«, sagte er. »Lohnt die ganze Aufregung nich', wenn Sie mich fragen.«

Claire kniete nieder und rollte die Socke herunter. Sie löste sich nur langsam; die Wolle klebte am Fuß – nicht durch das Blut, sondern durch Schweiß und tote Haut.

»O Gott«, sagte Rachel und hielt sich die Hand vor die Nase. »Wechseln Sie nie Ihre Socken, Elwyn?«

Die Kugel hatte das fleischige Gewebe zwischen den beiden ersten Zehen durchdrungen. Claire fand die Ausschußöffnung an der Unterseite des Fußes. Im Moment sickerte nur wenig Blut heraus. Bemüht, die wegen des Geruchs aufsteigende Übelkeit zu unterdrücken, prüfte sie die Bewegung aller Zehen und kam zu dem Schluß, daß keine Nerven verletzt waren.

»Sie müssen ihn waschen und jeden Tag den Verband wechseln«, sagte sie. »Und Sie brauchen eine Tetanusspritze, Elwyn.«

»Oh, ich hab schon eine gekriegt.«

»Wann?«

»Letztes Jahr, vom alten Doc Pomeroy. Wie ich mich angeschossen hab'.«

»Ist das ein alljährliches Ereignis?«

»Damals hat's den anderen Fuß erwischt. War nur 'ne Lappalie.«

Dr. Pomeroy war im Januar gestorben, und Claire hatte alle seine medizinischen Unterlagen übernommen, als sie vor acht Monaten die Praxis aus dem Nachlaß erworben hatte. Sie konnte in Elwyns Akte nachsehen und das Datum seiner letzten Tetanusspritze feststellen.

»Ich nehme an, daß ich diesen Fuß waschen soll«, sagte Rachel.

Claire nahm eine kleine Flasche Jodlösung aus ihrer Arzttasche und reichte sie ihr. »Tun Sie das in einen Eimer mit warmem Wasser. Lassen Sie den Fuß eine Weile darin einweichen.«

»Ach, das kann ich schon selbst machen«, sagte Elwyn und stand auf.

»Dann können wir auch gleich amputieren!« erwiderte Claire gereizt. »Setzen Sie sich, Elwyn!«

»Du liebe Güte«, meinte Elwyn und setzte sich.

Claire legte ein paar Packungen Verbände und Mull auf den Tisch. »Elwyn, Sie kommen nächste Woche in meine Praxis, damit ich nach der Wunde sehen kann.«

»Aber ich hab' zuviel zu tun –«

»Wenn Sie nicht kommen, werde ich Sie wie einen Hund jagen müssen.«

Er blinzelte sie überrascht an. »Ja, Ma'am«, sagte er brav.

Claire unterdrückte ein Lächeln, als sie ihre Arzttasche nahm und aus dem Haus ging.

Die beiden Hunde waren wieder im Hof, sie kämpften gerade um einen schmutzigen Knochen. Als Claire die Stufen hinunterging, wirbelten sie beide herum und starrten sie an.

Der schwarze Hund trottete auf sie zu und knurrte.

»Pfui«, rief Claire, aber der Hund machte keine Anstalten, zurückzuweichen. Er kam noch ein wenig näher und bleckte die Zähne. Der braune Hund erkannte seine Chance, schnappte sich den Knochen und schickte sich an, mit seiner Beute davonzuziehen. Er kam bis zur Mitte des Hofs, als der schwarze Hund plötzlich den Diebstahl bemerkte und sich wie ein geölter Blitz wieder in den Kampf stürzte. Jaulend und knurrend tobten die Tiere im Hof herum, ein einziges schwarzbraunes Knäuel. Der Knochen lag vergessen neben Claires Transporter.

Sie öffnete die Tür und war gerade dabei, sich hinter das Steuer zu setzen, als ihr Gehirn das Bild registrierte. Sie sah nach unten und betrachtete den Knochen.

Er war knapp dreißig Zentimeter lang und mit rostbraunen Schmutzflecken bedeckt. Ein Ende war abgebrochen, eine gezackte Bruchstelle war zurückgeblieben. Das andere Ende war unversehrt, und die typischen Kennzeichen waren deutlich zu erkennen.

Es war ein Oberschenkelknochen. Und er stammte von einem Menschen.

Zehn Meilen außerhalb der Stadt holte Lincoln Kelly, Polizeichef von Tranquility, seine Frau endlich ein.

Sie fuhr etwa achtzig Stundenkilometer mit einem gestohlenen Chevy. Sie machte Schlenker nach links und rechts, und das lose Auspuffrohr schlug jedesmal Funken auf dem Asphalt, wenn die Straße abfiel.

»Mein lieber Mann«, sagte Floyd Spear, der neben Lincoln im Streifenwagen saß. »Doreen hat heute aber kräftig getankt.«

»Ich war den ganzen Morgen unterwegs«, sagte Lincoln. »Hatte keine Gelegenheit, nach ihr zu sehen.« Er schaltete die Sirene ein, in der Hoffnung, daß Doreen abbremsen würde. Sie gab Gas.

»Und was nun?« fragte Floyd. »Soll ich Verstärkung rufen?«

Mit »Verstärkung« war Hank Dorr gemeint, der einzige andere Polizist, der an diesem Morgen noch Streifendienst hatte.

»Nein«, erwiderte Lincoln. »Wir wollen sehen, ob wir sie überreden können, rechts ranzufahren.«

»Bei hundert Sachen?«

»Häng dich an die Strippe.«

Floyd griff nach dem Mikrofon, und seine Stimme dröhnte über den Lautsprecher: »He, Doreen, halt an! Sei so gut, Schätzchen, du wirst sonst noch jemandem weh tun!«

Der Chevy fuhr weiter Schlangenlinien.

»Wir könnten warten, bis ihr das Benzin ausgeht«, schlug Floyd vor.

»Red weiter auf sie ein.«

Floyd versuchte es wieder über das Mikrofon. »Doreen, Lincoln ist hier! Sei so gut und halt an, Schätzchen! Er möchte sich entschuldigen.«

»Ich möchte *was*?«

»Halt an, Doreen, dann wird er's dir selbst sagen.«

»Wovon redest du, verdammt?« rief Lincoln.

»Frauen erwarten immer, daß der Mann sich entschuldigt.«

»Aber ich hab doch nichts getan!«

Vor ihnen leuchteten plötzlich die Bremslichter des Chevy auf.

»Was hab ich gesagt?« meinte Floyd, als der Chevy langsam am Straßenrand zum Stehen kam.

Lincoln parkte den Streifenwagen dahinter und stieg aus.

Doreen saß über das Lenkrad gebeugt; ihr rotes Haar war wild zerzaust, und ihre Hände zitterten. Lincoln öffnete die Tür, griff nach dem Zündschlüssel und steckte ihn ein. »Doreen«, sagte er müde, »du mußt mit uns auf die Wache kommen.«

»Wann kommst du nach Hause, Lincoln?« fragte sie.

»Darüber können wir später reden. Komm jetzt mit zum Streifenwagen, Liebling.«

Er griff nach ihrem Ellbogen, aber sie schüttelte ihn ab und versetzte ihm obendrein noch einen Schlag auf die Hand.

»Ich will bloß wissen, wann du nach Hause kommst«, sagte sie.

»Wir haben wieder und wieder darüber gesprochen.«

»Du bist immer noch mit mir verheiratet. Du bist immer noch mein Mann.«

»Und es hat einfach keinen Sinn mehr, darüber zu reden.« Wieder griff er nach ihrem Ellbogen. Er hatte sie schon aus dem Chevy gezogen, als sie sich plötzlich losriß, ausholte und ihm einen Kinnhaken verpaßte. Er taumelte ein paar Schritte rückwärts. Sein Kopf dröhnte.

»He!« rief Floyd und packte Doreen an den Armen. »Jetzt ist aber Schluß, verstanden?«

»Laß mich los!« kreischte Doreen. Sie befreite sich aus Floyds Umklammerung und holte zu einem zweiten Schlag nach ihrem Mann aus.

Diesmal duckte Lincoln sich, was seine Frau nur noch rasender machte. Sie landete einen weiteren Treffer, bevor es Lincoln und Floyd gelang, ihre Arme festzuhalten.

»Ich tue das sehr ungern«, sagte Lincoln. »Aber du bist heute einfach zu unvernünftig.« Er legte ihr die Handschellen an. Sie spuckte ihn an. Er wischte sich mit dem Ärmel das Gesicht ab und führte sie dann ruhig zum Streifenwagen, wo er sie auf dem Rücksitz plazierte.

»O Mann«, sagte Floyd. »Dir ist ja klar, daß wir ihr ein Protokoll verpassen müssen.«

»Ich weiß.« Lincoln seufzte und setzte sich hinter das Steuer.

»Du kannst dich nicht von mir scheiden lassen, Lincoln Kelly!« rief Doreen. »Du hast versprochen, mich zu lieben und zu ehren!«

»Ich wußte ja auch nichts von der Trinkerei«, erwiderte Lincoln, während er den Wagen wendete.

Sie fuhren in gemächlichem Tempo in die Stadt zurück, während Doreen die ganze Zeit wie ein Rohrspatz schimpfte. Das Trinken brachte sie dazu; es schien, als ob der Alkohol bei ihr alle bösen Geister aus der Flasche befreite.

Vor zwei Jahren war Lincoln aus ihrem gemeinsamen Haus ausgezogen. Er sagte sich, daß er alles für diese Ehe getan hatte; zehn Jahre seines Lebens hatte er dafür gegeben. Er war keiner, der so leicht aufgab, aber schließlich hatte die Verzweiflung die Oberhand gewonnen – die Verzweiflung und das Gefühl, daß das Leben an ihm, dem Fünfundvierzigjährigen, freud- und fruchtlos vorüberrauschte. Er wollte Doreen mit Anstand begegnen, und er wünschte sich etwas von der alten Zuneigung zurück, die er in den ersten Jahren ihrer Ehe für sie empfunden hatte, als sie noch charmant und nüchtern gewesen war und nicht die wutschnaubende Alkoholikerin, die er jetzt vor sich hatte. Manchmal forschte er in seinem Herzen nach irgendwelchen Spuren der Liebe, die dort noch verborgen sein mochten, nach irgendeinem kleinen Funken in der Asche, doch da war nichts mehr. Die Asche war kalt. Und er war müde.

Er hatte versucht, zu ihr zu stehen, aber Doreen war sich einfach selbst im Weg. Alle paar Monate, wenn der Zorn in ihr wieder einmal überkochte, verbrachte sie den ganzen Tag mit Trinken. Dann »borgte« sie sich von irgendwem ein Auto und veranstaltete eines ihrer berüchtigten Hochgeschwindigkeitsrennen. Die Leute in der Stadt blieben schon vorsichtshalber den Straßen fern, wenn Doreen Kelly sich hinters Steuer setzte.

Als sie wieder auf der Wache waren, überließ Lincoln es Floyd, das Protokoll zu schreiben und Doreen einzusperren. Durch die zwei verschlossenen Türen, die zur Zelle führten, konnte er hören, wie sie nach einem Anwalt schrie. Er sollte ihr wohl einen besorgen, dachte er, obwohl sich sicherlich niemand in Tranquility ihrer annehmen wollte. Selbst in Bangor unten im Süden hatte sie schon allen Kredit verspielt. Er setzte sich an seinen Schreibtisch und begann, seinen Visitenkarten-Computer nach einem Anwalt zu durchforsten. Einen, den er schon eine Weile nicht mehr angerufen hatte. Einen, dem es nichts ausmachte, von einem Klienten mit Flüchen bombardiert zu werden.

Es war alles zuviel und zu früh am Morgen. Er schob den Computer von sich und fuhr mit der Hand durch sein Haar. Im Hinterzimmer schrie Doreen immer noch. All das würde in dieser vorwitzigen *Gazette* zu lesen sein, und dann würden es die Zeitungen in Bangor und Portland aufgreifen, weil der ganze verdammte Staat Maine es so komisch und so ausgesprochen kurios fand. *Polizeichef von Tranquility verhaftet eigene Frau – nicht zum erstenmal.*

Er griff nach dem Telefon und wählte gerade die Nummer von Tom Wiley, Rechtsanwalt, als es an seiner Tür klopfte. Er blickte auf und legte den Hörer nieder, als er Claire Elliot hereinkommen sah.

»Hallo, Claire«, sagte er. »Haben Sie inzwischen ihre Sicherheitsplakette?«

»Ich arbeite noch dran. Aber ich bin nicht wegen meines Wagens hier. Ich möchte Ihnen etwas zeigen.« Sie legte einen schmutzigen Knochen auf seinen Schreibtisch.

»Was ist das?«

»Es ist ein Femur, Lincoln.«

»Was?«

»Ein Oberschenkelknochen. Und zwar ein menschlicher, wie ich glaube.«

Er starrte den dreckverkrusteten Knochen an. Ein Ende war abgebrochen, und der Schaft wies Spuren von Tierzähnen auf. »Wo haben Sie den gefunden?«

»Draußen bei Rachel Sorkin.«

»Und wie ist Rachel da drangekommen?«

»Elwyn Clydes Hunde haben ihn in ihren Vorgarten geschleppt. Sie weiß nicht, wo sie ihn herhaben. Ich war heute morgen dort, nachdem Elwyn sich in den Fuß geschossen hatte.«

»Schon wieder?« Er verdrehte die Augen, und beide lachten. Wenn es in jedem Dorf einen Dorftrottel gab, dann war Elwyn der von Tranquility.

»Es geht ihm schon wieder besser«, sagte sie. »Aber ich nehme an, daß eine Schußverletzung gemeldet werden sollte.«

»Betrachten Sie es als erledigt. Ich habe schon eine ganze Akte über Elwyn und seine Schußverletzungen.« Er wies auf einen Stuhl. »Jetzt erzählen Sie mir von diesem Knochen. Sind Sie sicher, daß er von einem Menschen stammt?«

Sie setzte sich. Obwohl sie einander direkt in die Augen sahen, spürte er eine fast physische Barriere der Zurückhaltung zwischen ihnen. Er hatte sie schon bei ihrer ersten Begegnung wahrgenommen, als Claire, kurz nachdem sie in die Stadt gekommen war, in Tranquilitys aus drei Zellen bestehendem Gefängnis einen Insassen mit Magenschmerzen behandelt hatte. Lincoln hatte sich von Anfang an für sie interessiert. Wo war ihr Mann? Warum zog sie ihren Sohn alleine groß? Aber ihm war nicht wohl gewesen bei dem Gedanken, ihr persönliche Fragen zu stellen, und ihr Verhalten ließ eine solche Einmischung auch nicht eben geraten erscheinen. Freundlich, aber ausgesprochen in sich zurückgezogen, war sie offenbar nicht gewillt, irgend jemanden an sich heranzulassen, was wirklich schade war. Sie war eine attraktive Frau, nicht groß, aber von kräftiger Statur, mit leuchtenden dunklen Augen und fülligen braunen Locken, in denen sich bereits die ersten silbernen Strähnen zeigten.

Sie beugte sich vor und stützte die Hände auf seinen Schreibtisch. »Ich bin keine Expertin oder so was«, sagte sie, »aber ich wüßte kein Tier, von dem dieser Knochen stammen könnte. Nach der Größe zu urteilen, würde ich auf ein Kind tippen.«

»Haben Sie dort noch andere Knochen gesehen?«

»Rachel und ich haben den Garten abgesucht, aber wir haben keine gefunden. Die Hunde könnten diesen hier irgendwo im Wald aufgestöbert haben. Sie werden die ganze Gegend durchsuchen müssen.«

»Könnte von einem alten Indianerfriedhof stammen.«

»Möglich. Aber muß er nicht trotzdem zur Gerichtsmedizin?«

Sie drehte sich plötzlich um und legte den Kopf schief. »Was ist das für ein Tumult?«

Lincoln errötete. Doreen schrie wieder in ihrer Zelle herum und stieß einen neuen Strom von Beleidigungen aus. »Zur Hölle mit dir, Lincoln! Du Idiot! Du Lügner! Zum Teufel mit dir!«

»Klingt, als ob irgend jemand Sie nicht besonders mag«, meinte Claire.

Er seufzte und preßte die Hand an die Stirn.

»Meine Frau.«

Claires Blick drückte Mitgefühl aus. Offensichtlich wußte sie über seine Probleme Bescheid. Jeder in der Stadt wußte Bescheid.

»Es tut mir leid«, sagte sie.

»He, du Versager!« schrie Doreen. »Du hast kein Recht, mich so zu behandeln!«

Lincoln gab sich die größte Mühe, seine Aufmerksamkeit wieder dem Oberschenkelknochen zuzuwenden.

»Wie alt war das Opfer Ihrer Ansicht nach?«

Sie nahm den Knochen und drehte ihn hin und her. Für einen Augenblick hielt sie ihn mit stiller Ehrfurcht; es war ihr vollkommen bewußt, daß dieses abgebrochene Stück Knochen einst zu einem lachenden, herumtollenden Kind gehört hatte.

»Jung«, murmelte sie. »Ich würde sagen, unter zehn Jahren.« Sie legte ihn wieder auf den Schreibtisch und stand schweigend und mit gesenktem Blick da.

»Bei uns sind in letzter Zeit keine Kinder als vermißt gemeldet worden«, sagte er. »Diese Gegend ist seit Jahrhunderten bewohnt, und es tauchen immer wieder mal alte Knochen auf. Vor hundert Jahren war es gar nicht so ungewöhnlich, jung zu sterben.«

Sie runzelte die Stirn. »Ich glaube nicht, daß dieses Kind eines natürlichen Todes gestorben ist«, sagte sie leise.

»Wie kommen Sie darauf?«

Sie beugte sich vor, um seine Schreibtischlampe anzuknipsen, und hielt den Knochen nahe ans Licht. »Hier«, sagte sie. »Es ist alles so verkrustet, daß Sie es durch den Schmutz kaum sehen können.«

Er zog seine Brille aus der Tasche – noch etwas, das ihn daran erinnerte, wie die Jahre vergingen, wie seine Jugend ihm entglitt. Er beugte sich ebenfalls vor und versuchte zu erkennen, worauf sie zeigte. Erst als sie mit dem Fingernagel einen Klumpen Dreck weggekratzt hatte, sah er den keilförmigen Einschnitt.

Es war die Spur eines Beils.

2

Als Warren Emerson endlich wieder zu Bewußtsein kam, stellte er fest, daß er neben dem Holzstoß lag und daß ihm die Sonne in die Augen schien. Das letzte, woran er sich erinnerte, waren Schatten, silbriger Reif auf dem Gras und vom Frost herausgetriebene Erdaufwerfungen. Er hatte Brennholz gehackt; er hatte die Axt geschwungen und sich an dem Klang der hallenden Schläge in der frischen Morgenluft erfreut. Die Sonne war noch nicht über den Wipfel der Kiefer vor seinem Haus gestiegen.

Jetzt stand sie hoch über dem Baum, was bedeutete, daß er eine ganze Weile hier gelegen hatte; vielleicht eine Stunde, nach dem Stand der Sonne zu urteilen.

Warren setzte sich langsam auf; sein Kopf schmerzte, wie er es hinterher immer tat. Sein Gesicht und seine Hände waren taub vor Kälte, beide Handschuhe hatte er verloren. Er sah die Axt neben sich liegen, die Klinge steckte tief in einem Ahornklotz. Ein Tagewerk an Brennholz, alles schon gespalten, lag um ihn verstreut. Es dauerte quälend lange, bis er diese Eindrücke registriert und die Bedeutung jedes einzelnen bedacht hatte. Seine Gedanken formten sich nur mit großer Mühe, als seien sie von weit her angeschleppt worden und in einem Zustand der Auflösung und Unordnung bei ihm angekommen. Er hatte Geduld mit sich; irgendwann würde alles einen Sinn ergeben.

Er war bald nach Sonnenaufgang hinausgegangen, um sein Holz für den Tag zu hacken. Jetzt lag das Resultat seiner Arbeit um ihn herum. Er war fast mit dem Morgenpensum fertig gewesen, hatte eben die Axt in den letzten Holzklotz getrieben, als die Dunkelheit ihn überkam. Er war auf den Holzstoß gefallen; das erklärte wohl, weshalb einige der Stücke heruntergerutscht waren. Seine Unterhosen waren klatschnaß; er mußte sich in die Hose gemacht haben, wie so häufig während eines Anfalls. Er sah an sich hinab und sah, daß seine Jeans mit Urin durchtränkt waren.

An seinem Hemd war Blut.

Er stand schwankend auf und ging langsam zu dem alten Farmhaus zurück.

Die Luft in der Küche war heiß und stickig von dem Holzofen; sie machte ihn schwindlig, und als er das Bad erreichte, waren die Ränder seines Gesichtsfeldes schon getrübt. Er setzte sich auf den abgewetzten Toilettendeckel, nahm den Kopf in beide Hände und wartete darauf, daß die Wolken in seinem Hirn sich verzogen. Die Katze kam herein, rieb sich an seiner Wade und buhlte miauend um seine Aufmerksamkeit. Er streckte die Hand nach ihr aus, und ihr weiches Fell spendete ihm Trost. Sein Gesicht war nicht mehr taub vor Kälte, und nun spürte er bewußt den Schmerz, der beharrlich in seinen Schläfen hämmerte. Auf das Waschbecken gestützt, richtete er sich auf und sah in den Spiegel. Dicht über seinem linken Ohr war das graue Haar steif und blutverklebt. Ein Blutfleck war auf seiner Wange eingetrocknet. Er wirkte wie eine Kriegsbemalung. Er starrte sein Spiegelbild an, ein Gesicht, das tiefe Spuren von sechsundsechzig harten Wintern und ehrlicher Arbeit und Einsamkeit trug. Seine einzige Gefährtin war die Katze, die jetzt zu seinen Füßen miaute – nicht aus Zuneigung, sondern vor Hunger. Er liebte die Katze, und irgendwann einmal würde er ihr Hinscheiden betrauern, mit Tränen und einem feierlichen Begräbnis und Nächten voller Sehnsucht nach dem Klang ihres Schnurrens; doch er machte sich keineswegs vor, daß sie ihn liebte.

Er zog seine Kleider aus, das zerschlissene und blutige Hemd, die uringetränkte Jeanshose. Er zog sich mit der gleichen Sorgfalt aus, mit der er an jede Aufgabe in seinem Leben heranging; die Kleider legte er in einem ordentlichen Stapel auf den Toilettendeckel. Er drehte die Dusche auf und stellte sich darunter, ohne zu warten, bis das Wasser warm war; es war nur eine momentane Unannehmlichkeit, kaum ein Zittern wert im Vergleich mit seinem ganzen kalten und trostlosen Leben. Er wusch sich das Blut aus den Haaren; die Seife brannte in der Schürfwunde. Er mußte sich die Kopfhaut aufgerissen haben, als er auf den Holzstoß gefallen war. Sie würde heilen, so wie all seine anderen Verletzungen verheilt waren. Warren Emerson war ein lebendes Zeugnis für die Widerstandsfähigkeit von vernarbtem Fleisch.

Die Katze fing wieder an zu miauen, sobald er aus der Dusche trat. Es war ein jammervolles Geräusch, und er konnte es nicht anhören, ohne sich schuldig zu fühlen. Immer noch nackt, ging er in die Küche, wo er eine Dose Little Friskies mit Hühnchen öffnete und in Monas Katzenschüssel leerte.

Sie knurrte vor Vergnügen leise auf und begann zu fressen, nunmehr vollkommen gleichgültig gegenüber allem, was er tun oder lassen mochte. Abgesehen von seiner Geschicklichkeit mit dem Dosenöffner war er für ihre Existenz ohne Bedeutung.

Er ging ins Schlafzimmer, um sich anzuziehen.

Früher einmal war es das Zimmer seiner Eltern gewesen, und noch immer enthielt es ihre gesamten Besitztümer. Das gedrechselte Bett, die Kommode mit den Messinggriffen, die Fotografien an den Wänden in ihren Blechrahmen. Während er sein Hemd zuknöpfte, ruhte sein Blick auf einem bestimmten Foto, auf dem ein dunkelhaariges Mädchen mit strahlenden Augen zu sehen war. Was wohl Iris in diesem Augenblick machte? So fragte er sich jetzt, wie er es an jedem Tag seines Lebens tat. Ob sie je an ihn dachte? Sein Blick wanderte zu einem anderen Bild. Es war die letzte Aufnahme seiner Familie, die Mutter mollig und lächelnd, der Vater, der sich sichtlich unwohl fühlte in Anzug und Krawatte. Und zwischen ihnen eingekeilt, das Haar zur Seite geklatscht, stand der kleine Warren.

Er streckte die Hand aus, und seine Finger berührten die Fotografie seines zwölfjährigen Gesichts. Er konnte sich nicht an diesen Jungen erinnern. Oben auf dem Speicher waren die Spielzeugeisenbahnen und die Abenteuerbücher und die brüchigen Malkreiden, die einst dem Kind auf dem Foto gehört hatten, aber es war ein anderer Warren, der in diesem Haus gespielt hatte, der sich lächelnd zum Sonntagsfoto zwischen seinen Eltern aufgestellt hatte. Nicht der Warren, den er sah, wenn er in den Spiegel blickte.

Plötzlich fühlte er ein ungeheures Verlangen danach, die Spielsachen dieses Jungen noch einmal anzufassen.

Er stieg die Stufen zum Speicher hinauf und zerrte die alte

Wäschetruhe unter das Licht. Die nackte Glühbirne schwang über ihm hin und her, als er den Deckel der Truhe öffnete. Sie war voll von Schätzen. Er nahm sie der Reihe nach heraus und legte sie auf den staubigen Boden. Die Keksdose mit all seinen Matchboxautos. Die Modellhäuser. Den Lederbeutel mit den Murmeln. Schließlich fand er, wonach er gesucht hatte: das Damespiel.

Er legte das Brett auf den Boden und setzte die Spielsteine darauf; die roten auf seiner Seite, die schwarzen gegenüber. Mona kam die Speichertreppe hochgetappt und setzte sich neben ihn. Ihr Atem roch nach Hühnerfleisch. Einen Augenblick lang musterte sie das Brett mit katzenhafter Geringschätzung. Dann schlich sie lautlos heran und schnüffelte an einem der schwarzen Steine.

»Also das ist dein erster Zug?« sagte Warren. Es war kein besonders cleverer Zug, aber was konnte man schon von einer Katze erwarten? Er zog für sie mit dem schwarzen Stein, und sie schien zufrieden.

Draußen blies der Wind um das Haus und rüttelte an den Läden. Er konnte hören, wie die Zweige des Flieders gegen die Schindeln kratzten.

Warren zog mit einem der roten Steine und lächelte seine Gefährtin an.

»Du bist dran, Mona.«

Wie an jedem Morgen in der Woche schlich Isabel Morrison um halb sieben in das Schlafzimmer ihrer älteren Schwester und kroch zu Mary Rose unter die Decke. Dort zappelte sie herum wie ein fröhliches Würmchen und summte vor sich hin, während sie darauf wartete, daß Mary Rose aufwachte. Es gab dann immer ein großes Geseufze und Gestöhne, und Mary Rose wälzte sich von einer Seite auf die andere, so daß ihr langes braunes Haar Isabel im Gesicht kitzelte. Für Isabel war Mary Rose das schönste Mädchen auf der ganzen Welt. Sie sah aus wie die schlafende Prinzessin Aurora, die auf den Kuß des

Prinzen wartete. Manchmal tat Isabel so, als sei sie der Märchenprinz, und obwohl sie wußte, daß Mädchen einander eigentlich nicht küssen sollen, gab sie ihrer Schwester dann einen Schmatz auf den Mund und verkündete: »So, jetzt mußt du aufwachen!«

Einmal war Mary Rose die ganze Zeit wach gewesen und war plötzlich wie ein kicherndes Monster hochgefahren. Sie hatte Isabel so erbarmungslos gekitzelt, daß die beiden Mädchen in einem Duett von ausgelassenem Kreischen aus dem Bett gefallen waren.

Wenn Mary Rose sie jetzt doch bloß kitzeln würde. Wenn sie bloß wieder sie selbst wäre.

Isabel lehnte sich ganz dicht an Mary Rose und flüsterte ihr ins Ohr: »Willst du nicht aufwachen?«

Mary Rose zog sich die Decke über den Kopf. »Geh weg, du Nervensäge!«

»Mommy sagt, es ist Zeit für die Schule. Du mußt aufwachen.«

»Raus aus meinem Zimmer!«

»Aber es ist Zeit für –«

Mary Rose knurrte nur und versetzte Isabel einen wütenden Fußtritt.

Isabel rutschte zur anderen Seite des Bettes, wo sie verwirrt und schweigend liegenblieb, ihr schmerzendes Schienbein rieb und zu verstehen versuchte, was gerade geschehen war. Mary Rose hatte sie noch nie getreten. Mary Rose wachte immer mit einem Lächeln auf, nannte sie Dizzy Izzy und flocht ihr das Haar, bevor sie zur Schule ging.

Sie beschloß, es noch einmal zu versuchen. Sie krabbelte auf allen vieren zum Kopfkissen ihrer Schwester, zog die Decke zurück und flüsterte Mary Rose ins Ohr: »Ich weiß, was Mommy und Daddy dir zu Weihnachten schenken. Willst du's hören?«

Mary Rose riß die Augen auf. Sie drehte sich um und sah Isabel an.

Mit einem ängstlichen Wimmern kletterte Isabel aus dem Bett und starrte in ein Gesicht, das sie kaum wiedererkannte. Ein Gesicht, das ihr angst machte. »Mary Rose?« flüsterte sie.

Dann lief sie aus dem Zimmer.

Ihre Mutter war unten in der Küche, rührte in einem Topf mit Haferbrei und versuchte, trotz des Gekreischs von Rocky, dem Papagei, der Stimme im Radio zuzuhören. Als Isabel in die Küche gerannt kam, drehte ihre Mutter sich um und sagte: »Es ist sieben Uhr. Steht deine Schwester denn nicht auf?«

»Mommy«, heulte Isabel verzweifelt, »das ist nicht Mary Rose!«

Noah Elliot vollführte einen Kick-Flip – er ließ sein Skateboard vom Bordstein in die Luft schnellen und legte eine saubere Landung auf dem Asphalt hin. *Ja! Voll auf den Punkt!* Seine weiten Klamotten flatterten im Wind, als er mit dem Board bis zum Lehrerparkplatz fuhr, den Randstein mit einem Ollie überwand und wieder zurückkam. Eine coole Vorführung, von Anfang bis Ende.

Nur in diesen Augenblicken hatte er das Gefühl, sein Leben im Griff zu haben; nur wenn er auf seinem Skateboard fuhr, bestimmte er sein eigenes Schicksal, seinen eigenen Kurs. In letzter Zeit schienen allzu viele Dinge von anderen Leuten entschieden zu werden; es kam ihm vor, als zerrte man ihn, der sich mit Händen und Füßen zu wehren suchte, in eine Zukunft, die er sich nie gewünscht hatte. Aber wenn er auf seinem Board dahinfuhr, wenn der Wind ihm ins Gesicht blies und die Straße an ihm vorbeisauste, gehörte der Augenblick ihm. Er konnte vergessen, daß er in dieser Niemandsstadt gefangen war. Er konnte sogar für die Dauer einer kurzen, berauschenden Fahrt vergessen, daß sein Dad tot war und nichts jemals wieder in Ordnung sein konnte.

Er spürte, daß die neuen Mädchen ihn beobachteten. Sie standen dicht beieinander hinter den Containern, die als Klassenzimmer dienten, hatten die gestylten Köpfe zusammengesteckt und machten gickelnde Mädchengeräusche. Ihre Gesichter bewegten sich alle gleichzeitig, während ihre Blicke Noah auf seinem Skateboard verfolgten. Er sprach kaum mit ihnen, und sie sprachen kaum mit ihm, aber jedesmal in der Mittagspause waren sie zur Stelle, um ihm zuzusehen, wie er sein Repertoire abspulte.

Noah war nicht der einzige Skateboarder an der Knox High School, aber er war eindeutig der beste, und die Girls konzentrierten sich nur auf ihn und ignorierten die anderen Jungs, die auf dem Asphalt umhersausten. Diese Jungs waren alle bloß Angeber, eingebildete Typen, die sich für Skater hielten, weil sie von Kopf bis Fuß in Klamotten aus dem CCS-Katalog steckten. Sie trugen alle die korrekte Uniform – Birdhouse-Hemden und Kevlar-Schuhe und Hosen, die so lang waren, daß der Saum über den Boden schleifte –, aber trotz allem waren sie bloß Angeber in einem Provinzkaff. Sie waren eben nicht mit den großen Jungs in Baltimore gefahren.

Als Noah die Drehung vollführte und zur Rückfahrt ansetzte, bemerkte er den Schimmer blonder Haare am Rand des Sportplatzes. Amelia Reid beobachtete ihn. Sie stand abseits von den anderen und hielt wie üblich ein Buch umklammert. Amelia war eines von diesen Mädchen, die aussahen, als wären sie in Honig getaucht – so golden und so vollkommen war sie. Kein bißchen wie ihre zwei blöden Brüder, die ihn ständig in der Cafeteria schikanierten. Noah war nie zuvor aufgefallen, daß sie ihn beobachtete, und als ihm klar wurde, daß ihre Aufmerksamkeit genau in diesem Moment auf *ihn* gerichtet war, begannen seine Knie ein wenig zu zittern.

Er legte einen Ollie hin, und bei der Landung wäre ihm um ein Haar das Board weggesaust. *Konzentrier dich, du Heini! Jetzt bloß nicht ablegen!* Er raste zum Parkplatz hinunter, wirbelte herum und kam die Betonrampe entlanggerattert. Auf einer Seite war eine leicht abschüssige Brüstung. Er machte eine Drehung und katapultierte sich auf die Brüstung. Es würde eine tolle Schußfahrt werden.

Wenn nur Taylor Darnell nicht gerade diesen Augenblick gewählt hätte, um vor ihm aufzukreuzen.

Noah brüllte: »Aus dem Weg!« – aber Taylor reagierte zu spät.

Im letzten Moment ließ sich Noah von seinem Skateboard fallen und stürzte auf den Asphaltbelag. Das Skateboard sauste mit unvermindertem Schwung die Brüstung hinunter und fuhr Taylor mit voller Wucht in den Rücken.

Taylor wirbelte herum und schrie: »He, Mann, was soll das? Wer hat das geworfen?«

»Ich hab's nicht geworfen, Mensch«, sagte Noah, während er sich aufrappelte. Seine Handflächen waren aufgeschürft, und sein Knie pochte. »Es war ein Unfall. Du bist halt im Weg gewesen.« Noah bückte sich, um sein Skateboard aufzuheben, das mit den Rädern nach oben liegengeblieben war. Taylor war eigentlich ganz in Ordnung; einer der ersten, die zu ihm gekommen waren, um hallo zu sagen, als Noah vor acht Monaten in die Stadt gekommen war. Manchmal waren sie sogar nachmittags zusammen unterwegs und brachten einander neue Skateboard-Tricks bei. Um so schockierter war Noah, als Taylor ihm plötzlich einen heftigen Stoß versetzte. »He! He, Mann, was ist denn los?« rief Noah.

»Du hast es nach mir geworfen!«

»Nein, hab ich nicht.«

»Alle haben's gesehen!« Taylors Blick schweifte über die umherstehenden Schüler. »Habt ihr es etwa nicht gesehen?«

Niemand sagte etwas.

»Ich habe dir doch gesagt, es war ein Unfall«, sagte Noah. »Es tut mir echt leid, Mann!«

Von den Containern war Gelächter zu hören. Taylor warf einen Blick auf die Mädchen und merkte, daß sie die Auseinandersetzung verfolgten. Sein Gesicht wurde rot vor Zorn. »Ruhe da hinten!« schrie er sie an. »Blöde Hühner!«

»Mensch, Taylor«, sagte Noah, »was hat dich denn gebissen?«

Die anderen Skater hatten inzwischen ihre Bretter geschnappt und standen neugierig um sie herum. Einer von ihnen witzelte:

»Ey, warum hat Taylor die Straße überquert?«

»Warum?«

»Weil sein Schwanz in dem Huhn gesteckt hat!«

Alle Skater lachten, und Noah lachte mit. Er konnte einfach nicht anders.

Der Schlag traf ihn unvorbereitet. Er schien aus dem Nichts zu kommen, ein ganz gemeiner Kinnhaken. Sein Kopf wurde nach hinten geschleudert, er taumelte zurück und fiel mit dem Hintern auf den Asphalt. Da saß er für einen Augenblick. Seine Ohren dröhnten, und er konnte nur verschwommen sehen. Dann wich der Schock verletztem Zorn. *Er war mein Freund, und er hat mich geschlagen!*

Noah stand schwankend auf und warf sich gleich mit voller Wucht auf Taylor. Beide fielen der Länge nach zu Boden, Noah obenauf. Sie wälzten sich hin und her und ruderten mit Armen und Beinen, aber keiner der Jungen konnte einen entscheidenden Treffer landen. Schließlich gelang es Noah, Taylor unter sich einzuklemmen, aber es war, als hielte man eine fauchende Katze fest.

»Noah Elliot!« Er erstarrte, während seine Hände immer noch Taylors Handgelenke umklammerten. Er wandte langsam den Kopf und sah die Rektorin, Miss Cornwallis, die auf sie herabblickte. Die anderen Schüler waren alle zurückgewichen und sahen aus sicherer Entfernung zu.

»Aufstehen!« sagte Miss Cornwallis. »Alle beide!«

Sofort ließ Noah Taylor los und stand auf. Taylor, dessen Gesicht jetzt vor Wut dunkelrot war, schrie: »Er hat mich gestoßen! Er hat mich gestoßen, und ich habe versucht, mich zu verteidigen!«

»Das ist nicht wahr! Er hat mich zuerst geschlagen!«

»Er hat mit seinem Skateboard geworfen!«

»Ich habe gar nichts geworfen! Es war ein Unfall!«

»Unfall? Du Lügner!«

»Ruhe jetzt, ihr beiden!« schrie Miss Cornwallis.

Ein betroffenes Schweigen senkte sich über den Schulhof, und alle Blicke ruhten auf der Rektorin. Sie hatten sie noch nie zuvor schreien gehört. Sie war eine etwas spröde, aber gutaussehende Frau, die in der Schule Kostüme und Schuhe mit flachen Absätzen trug; ihr blondes Haar war fein säuberlich hochgesteckt. Zu hören, wie sie die Stimme erhob, war für alle ein Erlebnis.

Miss C. holte tief Luft und fing sich rasch wieder. »Gib mir das Skateboard, Noah.«

»Es war ein Unfall. Ich habe ihn nicht geschlagen.«

»Du hast ihn zu Boden gedrückt. Ich habe es gesehen.«

»Aber ich habe ihn nicht geschlagen!«

Sie streckte die Hand aus. »Gib es her.«

»Aber –«

»Sofort.«

Noah ging zu seinem Skateboard, das in der Nähe lag. Es war schon recht abgenutzt; eine beschädigte Kante war kreuz und quer mit Klebeband überzogen. Das Board war ein Geschenk zu seinem dreizehnten Geburtstag gewesen. Er hatte den Aufkleber an der Unterseite angebracht – es war ein grüner Drache mit roten Flammen, die aus seinem Rachen hervorschossen –, und er hatte die Räder auf den Straßen von Baltimore eingefahren, wo er früher gewohnt hatte. Er liebte sein Skateboard, weil es ihn an all das erinnerte, was er zurückgelassen hatte. Alles, was er immer noch vermißte. Er hielt es noch einen Augenblick fest und reichte es dann schweigend Miss C.

Sie nahm es mit einem Ausdruck des Widerwillens. Dann wandte sie sich an die anderen Schüler und sagte: »Ab sofort ist Schluß mit dem Skateboardfahren auf dem Schulgelände. Ich will, daß alle ihre Skateboards heute mit nach Hause nehmen. Und wenn ich morgen noch irgendwelche sehe, werde ich sie konfiszieren. Ist das klar?«

Stummes Kopfnicken war die Antwort.

Miss C. wandte sich Noah zu. »Du wirst heute nachmittag bis halb vier nachsitzen.«

»Aber ich habe doch nichts getan!«

»Du kommst jetzt mit in mein Büro. Du wirst dich hinsetzen und darüber nachdenken, was du getan hast.«

Noah wollte widersprechen, aber dann schluckte er seine Worte herunter. Alle sahen ihn an. Er sah für einen Moment Amelia Reid, die immer noch am Rand des Sportplatzes stand, und sein Gesicht färbte sich schamrot. Schweigend und mit gesenktem Kopf folgte er Miss C. zum Schulgebäude.

Die anderen Skater machten ihnen mißmutig Platz. Erst als Noah schon an ihnen vorbei war, hörte er einen der Jungen murmeln:

»Vielen Dank, Elliot. Du hast uns allen die Tour vermasselt.«

Wenn man den Puls der Stadt Tranquility fühlen wollte, mußte man in Monaghan's Diner gehen. Dort traf sich jeden Mittag der Dinosaurier-Club. Es war eigentlich kein Club, eher eine Art Frühschoppen; sechs oder sieben Rentner, die, weil sie nicht mehr zur Arbeit gehen konnten, an Nadines Theke herumsaßen und die Torten unter den Plastikhauben bewunderten. Claire hatte keine Ahnung, wie der Club zu seinem Namen gekommen war. Sie vermutete, daß eine der Ehefrauen einmal im Groll über die tägliche Abwesenheit ihres Mannes mit etwas herausgeplatzt war wie »Ach, du und dieser Haufen alter Dinosaurier!« Und der Name war, wie alle guten Namen, hängengeblieben. Es waren ausschließlich Männer, alle weit über sechzig. Nadine war erst in den Fünfzigern, aber sie war ein inoffizieller Dinosaurier, weil sie hinter der Theke arbeitete und so freundlich war, ihre schlechten Witze und ihren Zigarettenqualm zu ertragen.

Vier Stunden, nachdem der Oberschenkelknochen gefunden worden war, kehrte Claire zum Lunch in Monaghan's ein.

Die Dinosaurier – es waren heute sieben, und sie trugen alle orangefarbene Signalkleidung über ihren Baumwollhemden – saßen auf ihren Stammplätzen, den Barhockern auf der linken Seite nahe der Milchshake-Maschine.

Ned Tibbetts drehte sich um und nickte, als Claire zur Tür hereinkam. Keine herzliche Begrüßung, aber auf schroffe Weise respektvoll.

»Morgen, Doc.«

»Guten Morgen, Mr. Tibbetts.«

»Wir werden heute noch 'nen ganz schön fiesen Wind kriegen.«

»Es ist jetzt schon eiskalt draußen.«

»Kommt aus Nordwest. Könnte heute nacht Schnee geben.«

»Kaffee für Sie, Doc?« fragte Nadine.

»Danke.«

Ned wandte sich wieder den anderen Dinosauriern zu, die alle auf verschiedene Weise Claires Ankunft zur Kenntnis genommen hatten und jetzt wieder in ihr Gespräch vertieft waren. Sie kannte nur zwei von ihnen mit Namen, die anderen waren nicht mehr als vertraute Gesichter. Claire saß allein an ihrem Ende der Theke, wie es ihrem Status als Außenseiterin entsprach. Nicht daß die Leute nicht nett zu ihr gewesen wären. Sie lächelten, sie waren höflich. Aber für diese Eingeborenen waren ihre acht Monate in Tranquility nur ein vorübergehender Aufenthalt; sie war in ihren Augen eine Großstadtpflanze, die es einmal für eine Weile mit dem einfachen Leben versuchen wollte. Der Winter, da waren sich alle einig, würde sie auf die Probe stellen. Vier Monate Schneestürme und Glatteis würden sie in die Stadt zurücktreiben, so wie sie die beiden letzten auswärtigen Ärzte verjagt hatten.

Nadine schob Claire eine Tasse dampfenden Kaffee herüber. »Sie wissen doch sicher alles darüber, oder?« fragte sie.

»Alles worüber?«

»Diesen Knochen.« Nadine stand da und sah sie an; sie wartete geduldig auf Claires Beitrag zum allgemeinen Wissensreservoir des Ortes. Wie die meisten Frauen aus Maine verbrachte Nadine viel Zeit mit Zuhören. Das Reden schien man hier zumeist den Männern zu überlassen. Claire hörte ihre Gespräche, wann immer sie im Haushaltswarengeschäft oder im Kaufhaus oder im Postamt war. Sie standen herum und schwatzten, während ihre Frauen warteten, schweigend und wachsam.

»Ich hab gehört, es ist ein Kinderknochen«, sagte Joe Bartlett, indem er sich auf seinem Hocker umdrehte und Claire ansah. »Ein Oberschenkelknochen.«

»Stimmt das, Doc?« fragte ein anderer.

Die anderen Dinosaurier wandten sich um und sahen Claire an.

Sie antwortete lächelnd: »Sie scheinen bereits alles darüber zu wissen.«

»Hab gehört, er war ganz schön lädiert. Vielleicht ein Messer. Vielleicht eine Axt. Und dann haben sich die Tiere drüber hergemacht.«

»Ihr Jungs seid ja heute ziemlich munter«, kommentierte Nadine höhnisch.

»Drei Tage in diesen Wäldern, und die Waschbären und Kojoten nagen so einen Knochen blitzeblank. Und dann sind Elwyns Hunde gekommen. Er füttert sie so gut wie nie, wißt ihr. So ein Knochen ist da ein echter Leckerbissen. Vielleicht haben seine Hunde schon wochenlang dran rumgenagt. Elwyn käme gar nicht auf die Idee, da mal genauer hinzugucken.«

Joe lachte. »Dieser Elwyn – er hat's einfach nicht mit dem Denken.«

»Vielleicht hat er das Kind selbst erschossen. Hat es mit einem Hirsch verwechselt.«

Claire sagte: »Der Knochen sah sehr alt aus.«

Joe Bartlett machte Nadine ein Zeichen. »Ich habe mich entschieden. Ich nehme das Monte-Cristo-Sandwich.«

»Hal-loo! Joe ist aber gar nicht wählerisch heute!« sagte Ned Tibbetts.

»Und Sie, Doc?«

»Ein Thunfisch-Sandwich und einen Teller Pilzsuppe, bitte.«

Während Claire ihren Lunch aß, hörte sie, wie sich die Männer darüber unterhielten, wem der Knochen wohl gehört haben könnte. Es war unmöglich, ihnen nicht zuzuhören; drei von ihnen trugen Hörgeräte. Die meisten von ihnen konnten sich sechzig Jahre zurückerinnern, und sie spielten sich die verschiedenen Möglichkeiten wie Federbälle zu. Vielleicht war es das junge Mädchen, das von der Bald-Rock-Klippe gestürzt war. Nein, sie haben ihre Leiche gefunden, erinnert ihr euch? Vielleicht war es die Kleine von Jewetts – ist sie nicht mit sechzehn von zu Hause weggelaufen? Ned widersprach; er hatte von seiner Mutter gehört, daß sie in Hartford lebte; das Mädchen müßte inzwischen über sechzig sein, wahrscheinlich schon Großmutter. Fred Moody sagte, seine Frau Florida hätte gemeint, das tote Mädchen müßte von auswärts sein – eine von den Sommerleuten. In Tranquility behielt man die eigenen Leute im Auge, und wenn ein Kind aus dem Ort verschwunden wäre, würde sich doch irgendwer daran erinnern, oder?

Nadine schenkte Claire Kaffee nach. »Die finden auch kein Ende, was?« meinte sie. »Man könnte meinen, sie planen den Weltfrieden.«

»Wie kommt es eigentlich, daß sie soviel darüber wissen?«

»Joe ist der Cousin zweiten Grades von Floyd Spear, der bei der Polizei arbeitet.« Nadine begann, die Theke mit langen, forschen Bewegungen abzuwischen; ein leichter Chlorgeruch blieb zurück. »Angeblich soll irgend so ein Knochenexperte heute von Bangor rüberkommen. Wenn Sie mich fragen, das muß jemand von diesen Sommerleuten gewesen sein.«

Das war natürlich die naheliegende Erklärung – jemand von den Sommerleuten. Ob es ein ungelöstes Verbrechen oder eine nicht identifizierte Leiche war, immer mußte diese Allzweckantwort herhalten. Jedes Jahr im Juni vervierfachte sich die Bevölkerung von Tranquility, wenn die reichen Familien aus Boston und New York ankamen, um hier ihre Ferien am See zu verbringen. In dieser friedlichen Sommerkolonie aalten sie sich dann auf den Veranden ihrer Häuschen direkt am Seeufer, während ihre Kinder im Wasser herumtollten. In den Geschäften von Tranquility klingelten fröhlich die Kassen von den Dollars, die das Sommervolk in die regionale Wirtschaft pumpte. Irgend jemand mußte ja ihre Bungalows reinigen, ihre schicken Autos reparieren und ihre Lebensmittel in Tüten packen. Die Einnahmen dieser wenigen Monate reichten aus, um die örtliche Bevölkerung einen Winter lang zu ernähren.

Das Geld machte die Besucher erst erträglich. Das und die Tatsache, daß sie jedesmal im September, wenn die Blätter fielen, wieder verschwanden und die Stadt den Leuten überließen, die hierhergehörten.

Claire beendete ihr Mittagessen und ging zu Fuß zur Praxis zurück.

Die Hauptstraße von Tranquility folgte der Biegung des Seeufers. Am oberen Ende der Elm Street befand sich Joe Bartletts Tankstelle mit Autowerkstatt, die er zweiundvierzig Jahre lang geführt hatte, bevor er sich aufs Altenteil zurückzog. Jetzt waren es die beiden Mädchen seiner Tochter, die die Zapfsäulen bedienten und Öl wechselten. Ein Schild an der Werkstatt verkündete stolz: »Eigentümer und Betreiber: Joe Bartlett und Enkelinnen«. Claire hatte das Schild immer gemocht; sie fand, daß es sehr für Joe Bartlett sprach.

An der Post bog die Elm Street in nördlicher Richtung ab. Der Nordwestwind begann bereits über den See hereinzuwehen. Er blies in Böen durch die schmalen Lücken zwischen den Häusern, und wenn man die Straße entlangging, war es, als ob man eine Reihe eisiger Windkanäle passierte. An einem Fenster über dem Kramladen saß eine schwarze Katze und blickte auf sie herab, als ob sie über die Dummheit der Wesen nachsänne, die sich bei diesem Wetter vor die Tür wagten.

Gleich neben dem Laden war das gelbe viktorianische Haus, in dem Claire ihre Praxis hatte. Früher hatte das Gebäude Dr. Pomeroy als Arbeitsstätte und Wohnhaus gedient. In der Tür war immer noch die alte Milchglasscheibe mit der Aufschrift ARZTPRAXIS. Obwohl der Name *Dr. James Pomeroy* ersetzt worden war durch *Praxis Dr. Claire Elliot,* bildete sie sich manchmal ein, sie könne den Schatten des alten Namens sehen, der wie ein Geist in der Scheibe zurückgeblieben war und sich weigerte, der neuen Inhaberin zu weichen.

Drinnen war Vera, ihre Sprechstundenhilfe, gerade am Telefon; sie schnatterte unentwegt und klimperte mit ihren Armreifen, während sie im Terminkalender blätterte. Veras Frisur war wie ihre Persönlichkeit: wild, wirr und ein wenig zerzaust. Sie hielt die Hand über die Sprechmuschel und sagte zu Claire: »Mairead Temple ist im Sprechzimmer. Halsweh.«

»Wie sieht der Rest des Nachmittags aus?«

»Noch zwei, und das war's dann.«

Das machte insgesamt nur sechs Patienten für diesen Tag, dachte Claire besorgt. Seit die Sommertouristen abgereist waren, war es in ihrer Praxis merklich ruhiger geworden. Sie war die einzige niedergelassene Ärztin in Tranquility, und dennoch fuhren die meisten Einheimischen die zwanzig Meilen bis Two Hills, wenn sie medizinischen Beistand brauchten. Sie wußte, weshalb: Nicht viele in der Stadt glaubten, daß sie einen strengen Winter überstehen würde, und die Menschen sahen nicht ein, warum sie sich an einen Doktor gewöhnen sollten, der im nächsten Herbst schon nicht mehr dasein würde.

Mairead Temple war eine der wenigen Patientinnen, die Claire hatte an Land ziehen können, aber das lag nur daran, daß Mairead kein Auto besaß. Sie war eine Meile weit zu Fuß in die Stadt gegangen, und jetzt, als sie auf dem Untersuchungstisch saß, ging ihr Atem wegen des feuchten Wetters immer noch ein wenig pfeifend. Mairead war einundachtzig und hatte weder Zähne noch Mandeln. Sie hatte auch nicht viel Respekt vor Autoritätspersonen.

Claire untersuchte Maireads Hals und meinte: »Sieht tatsächlich ziemlich rot aus.«

»Das hätte ich Ihnen auch sagen können«, antwortete Mairead.

»Aber Sie haben kein Fieber. Und Ihre Lymphknoten sind nicht geschwollen.«

»Tut gemein weh. Kann kaum schlucken.«

»Ich mache einen Abstrich. Morgen wissen wir dann, ob es Angina ist. Aber ich denke, es ist nur ein Virus.«

Mairead beobachtete sie mit kleinen, mißtrauischen Augen, als Claire einen Tupfer auspackte. »Dr. Pomeroy hat mir immer Penizillin gegeben.«

»Antibiotika wirken nicht bei einem Virus, Mrs. Temple.«

»Hat mir immer geholfen, dieses Penizillin.«

»Sagen Sie ›ah‹!«

Mairead würgte, als Claire ihren Rachen abtupfte. Sie glich einer Schildkröte, den ledrigen Hals ausgestreckt, mit zahnlosem Mund nach Luft schnappend. Mit tränenden Augen sagte sie: »Pomeroy hatte jede Menge Berufserfahrung. Wußte immer, was er tat. Ihr jungen Ärzte hättet alle noch das eine oder andere von ihm lernen können.«

Claire seufzte. Würde sie immer mit Dr. Pomeroy verglichen werden? Sein Grabstein hatte einen Ehrenplatz auf dem Friedhof an der Mountain Street. Claire sah seine kryptischen Aufzeichnungen in den alten Krankenakten, und manchmal spürte sie seinen Geist, wie er ihr bei ihren Visiten auf Schritt und Tritt folgte. Sicherlich war es Pomeroys Geist, der jetzt zwischen sie und Mairead trat. Er mochte längst tot sein, aber für die Leute würde er immer der Stadtdoktor bleiben.

»Hören wir uns mal Ihre Lungen an«, sagte Claire.

Mairead grunzte und begann, an ihren Kleidern zu zerren. Es war kalt draußen, und sie hatte sich entsprechend angezogen. Ein Pulli, ein Baumwollhemd, Thermounterwäsche und ein BH mußten aus dem Weg geräumt werden, bevor Claire das Stethoskop an ihre Brust legen konnte.

Durch das Pochen von Maireads Herz hörte Claire ein entferntes Klopfen und blickte auf.

Vera steckte den Kopf durch die Tür. »Anruf auf Leitung zwei.«

»Können Sie eine Nachricht entgegennehmen?«

»Es ist Ihr Sohn. Er will nicht mit mir reden.«

»Entschuldigen Sie mich, Mrs. Temple«, sagte Claire und ging in ihr Büro, um den Anruf anzunehmen. »Noah?«

»Du mußt mich abholen. Ich werde den Bus verpassen.«

»Aber es ist erst Viertel nach zwei. Der Bus ist noch nicht weg.«

»Ich muß nachsitzen. Ich kann erst um halb vier weg.«

»Warum? Was ist passiert?«

»Ich mag jetzt nicht darüber reden.«

»Ich werde es sowieso erfahren, Schatz.«

»Nicht *jetzt,* Mom!« Sie hörte ihn schniefen, hörte die Tränen in seiner Stimme. »Bitte. Kannst du mich nicht ganz einfach abholen kommen?«

Die Verbindung brach ab. Gequält von der Vorstellung ihres weinenden Sohnes, der in irgendwelchen Schwierigkeiten steckte, wählte Claire rasch die Nummer der Schule. Doch als sie die Sekretärin endlich erreicht hatte, war Noah schon nicht mehr im Büro, und Miss Cornwallis war nicht zu sprechen.

Claire hatte noch eine Stunde, um Mairead Temple abzufertigen, zwei weitere Patienten zu empfangen und zur Schule zu fahren.

Gestreßt und besorgt wegen Noahs Situation, kehrte sie in das Sprechzimmer zurück und sah zu ihrer Verärgerung, daß Mairead sich schon wieder angezogen hatte.

»Ich bin noch nicht ganz fertig mit der Untersuchung«, sagte Claire.

»Sind Sie wohl«, brummte Mairead.

»Aber Mrs. Temple –«

»Bin wegen Penizillin gekommen. Bin nicht gekommen, um mir einen Q-Tip in den Hals stecken zu lassen.«

»Wären Sie so freundlich und würden sich einfach hinsetzen? Ich weiß, daß ich die Dinge etwas anders angehe als Dr. Pomeroy, aber das hat seinen Grund. Antibiotika richten gegen einen Virus nichts aus, und sie können Nebenwirkungen haben.«

»Bei mir haben die nie Nebenwirkungen gehabt.«

»Es dauert nur einen Tag, bis das Ergebnis des Abstrichs da ist. Wenn es eine Halsentzündung ist, gebe ich Ihnen die Medizin.«

»Muß den ganzen Weg in die Stadt zu Fuß gehen. Brauch ich einen halben Tag für.«

Plötzlich verstand Claire, worum es hier wirklich ging. Jeder Labortest, jedes neue Rezept bedeutete einen Fußmarsch von einer Meile für Mairead, und dann noch einmal eine Meile Heimweg.

Mit einem Seufzer zog sie einen Rezeptblock aus der Schublade. Und zum erstenmal während dieses Besuchs sah sie Maireads Lächeln. Ein befriedigtes, triumphierendes Lächeln.

Isabel saß still auf der Couch. Sie hatte Angst, sich zu bewegen, Angst, auch nur ein Wort zu sagen.

Mary Rose war sehr, sehr wütend. Ihre Mutter war noch nicht zu Hause, und Isabel war allein mit ihrer Schwester. Sie hatte Mary Rose noch nie so erlebt: Sie lief auf und ab wie ein Tiger im Zoo und schrie sie an. Sie, Isabel! Mary Rose war so wütend, daß ihr Gesicht ganz faltig und häßlich wurde, gar nicht mehr wie Prinzessin Aurora, sondern eher wie die böse Königin. Das war nicht ihre Schwester. Das war ein böser Mensch, der im Körper ihrer Schwester steckte.

Isabel vergrub sich noch tiefer in die Kissen und sah verstohlen zu, wie der böse Mensch im Körper von Mary Rose durch das Wohnzimmer streifte und vor sich hin murmelte: *Nie kann ich irgendwo hingehen oder irgendwas machen –*

wegen dir! Sitz die ganze Zeit zu Hause fest. Ein Babysitter-Sklave! Ich wollte, du wärst tot. Ich wollte, du wärst tot.

»Aber ich bin doch deine Schwester!« wollte Isabel jammern, obwohl sie sich nicht traute, auch nur einen Muckser zu machen. Sie begann zu weinen; stille Tränen tropften auf die Kissen und hinterließen große nasse Flecken. O nein! Mary Rose würde auch darüber wütend sein.

Isabel wartete, bis ihre Schwester ihr den Rücken zudrehte, und glitt dann leise von der Couch herunter und huschte in die Küche. Sie würde sich hier verstecken und Mary Rose aus dem Weg gehen, bis ihre Mutter zurückkam. Sie schlüpfte hinter einen Küchenschrank und setzte sich auf die kalten Fliesen, die Knie an die Brust gezogen. Wenn sie sich nur still verhielte, würde Mary Rose sie nicht finden. Sie konnte die Uhr an der Wand sehen, und sie wußte, daß ihre Mutter nach Hause kommen würde, wenn der kleine Zeiger auf die Fünf zeigte. Sie mußte dringend Pipi machen, aber sie würde es einfach aushalten müssen, weil sie hier sicher war.

Dann begann Rocky, der Papagei, zu kreischen. Sein Käfig war nur ein paar Meter entfernt am Fenster. Sie blickte zu ihm auf und flehte ihn stumm an, doch ruhig zu sein, aber Rocky war nicht besonders helle und kreischte sie weiter an. Ihre Mutter hatte oft gesagt: »Rocky hat nur ein Spatzenhirn«, und das stellte er jetzt unter Beweis durch all den Lärm, den er machte.

Sei still! Sei doch bitte still, sonst wird sie mich finden!

Zu spät. Knarrende Schritte näherten sich der Küche. Eine Schublade wurde aufgerissen, und Besteck fiel klirrend zu Boden. Mary Rose warf mit Gabeln und Löffeln um sich. Isabel kugelte sich zusammen und preßte sich noch dichter an den Schrank.

Rocky, der Verräter, glotzte sie an und schrie drauflos, als wolle er es herausposaunen: »Da ist sie! Da ist sie!«

Jetzt kam Mary Rose in Isabels Blickfeld, aber sie sah sie nicht an. Ihre Augen waren auf Rocky geheftet. Sie ging zum

Käfig hin und sah den Papagei an, der in einem fort kreischte. Sie öffnete die Käfigtür, und ihre Hand schoß hinein. Rocky flatterte aufgeregt mit den Flügeln, eingehüllt in eine Wolke aus Federn und Vogelfutter. Sie faßte den sich sträubenden Vogel, den zappelnden hellblauen Federball, und holte ihn aus dem Käfig. Mit einer raschen Drehung brach sie ihm das Genick.

Rockys Körper wurde schlaff.

Sie schleuderte ihn gegen die Wand. Er plumpste zu Boden und lag da, ein armseliges gefiedertes Häufchen.

Ein stummer Schrei stieg in Isabels Kehle auf. Sie unterdrückte ihn und vergrub ihr Gesicht zwischen den Knien, während sie in panischer Angst darauf wartete, daß ihre Schwester auch ihr den Hals umdrehte.

Aber Mary Rose ging ganz einfach aus der Küche hinaus, aus dem Haus.

3

Noah saß auf der Vordertreppe der Schule, als Claire um vier Uhr ankam. Sie hatte ihre beiden letzten Patienten schnell abgefertigt und war gleich zu der fünf Meilen entfernten Schule gefahren, aber sie kam eine halbe Stunde zu spät, und sie konnte sehen, daß er darüber verärgert war. Er sagte kein Wort, sondern stieg nur in den Transporter und knallte die Tür zu.

»Anschnallen, Schatz«, sagte sie.

Mißmutig zog er den Gurt über seine Schulter und schnallte ihn mit einem Ruck fest. Sie fuhren schweigend los.

»Ich habe eine Ewigkeit rumgesessen und gewartet. Wieso hast du so lange gebraucht?« fragte er.

»Ich hatte noch Patienten, Noah. Warum mußtest du nachsitzen?«

»Es war nicht meine Schuld.«

»Wessen Schuld war es dann?«

»Die von Taylor. Er benimmt sich in letzter Zeit wie ein Idiot. Ich weiß nicht, was mit ihm los ist.« Er seufzte und ließ sich in den Sitz zurücksinken. »Und ich dachte, wir wären Freunde. Jetzt scheint es fast so, als ob er mich haßt.«

Sie warf ihm einen Blick zu. »Sprichst du von Taylor Darnell?«

»Ja.«

»Was ist passiert?«

»Es war ein Unfall. Mein Skateboard hat ihn am Rücken erwischt. Und dann fing er plötzlich an, mich rumzuschubsen. Also hab' ich zurückgeschubst, und er ist hingefallen.«

»Warum hast du nicht einen Lehrer gerufen?«

»Es waren keine in der Nähe. Und dann kommt Miss Cornwallis raus, und Taylor fängt plötzlich an rumzuschreien und zu behaupten, ich wäre schuld.« Er wandte sich ab, aber sie sah noch, wie er sich verlegen mit der Hand über die Augen wischte. Er gibt sich solche Mühe, erwachsen zu sein, dachte sie, und eine Welle von Mitleid überkam sie. Dabei ist er doch immer noch ein Kind.

»Sie hat mir mein Skateboard weggenommen, Mom«, sagte er leise. »Kannst du dafür sorgen, daß ich es zurückkriege?«

»Ich werde Miss Cornwallis morgen anrufen. Aber ich möchte, daß du Taylor anrufst und dich entschuldigst.«

»Er hat *mich* angegriffen! Er ist derjenige, der sich entschuldigen muß!«

»Taylor hat es zur Zeit nicht gerade leicht, Noah. Seine Eltern haben sich gerade scheiden lassen.«

Er sah sie an. »Woher weißt du das? Ist er dein Patient?«

»Ja.«

»Weshalb ist er zu dir gekommen?«

»Du weißt, daß ich nicht darüber reden darf.«

»Als ob du jemals mit mir über irgendwas reden würdest«, murmelte er und starrte wieder aus dem Fenster.

Sie wußte, daß sie den Köder nicht annehmen durfte, und

erwiderte nichts. Schweigen war immer noch besser als der Streit, der unausweichlich ausbrechen würde, wenn sie es zuließ, daß er sie provozierte.

Als er endlich wieder etwas sagte, sprach er so leise, daß sie ihn fast nicht verstehen konnte.

»Ich will nach Hause, Mom.«

»Dahin fahre ich dich gerade.«

»Nein, ich meine *nach Hause.* Nach Baltimore. Ich will nicht länger hierbleiben. Hier gibt's nichts als Bäume und einen Haufen alter Knacker, die mit ihren Lastwagen rumfahren. Wir gehören nicht hierher.«

»Das hier ist jetzt unser Zuhause.«

»Meins aber nicht.«

»Du hast dir keine große Mühe gegeben, es zu mögen.«

»Hab ich vielleicht eine Wahl gehabt? Hast du *mich* vielleicht mal gefragt, ob ich umziehen will?«

»Wir werden beide lernen, es zu mögen. Ich bin auch noch dabei, mich einzuleben.«

»Wieso mußten wir denn überhaupt umziehen?«

Sie packte das Lenkrad fester und starrte geradeaus. »Du weißt, wieso.« Sie wußten beide, wovon sie sprach. Sie waren *seinetwegen* aus Baltimore weggezogen, denn sie hatte einen nüchternen Blick auf die Zukunft ihres Sohnes geworfen, und was sie gesehen hatte, war beängstigend gewesen. Ein immer größer werdender Kreis von zweifelhaften Freunden. Wiederholte Anrufe der Polizei. Noch mehr Gerichtsverhandlungen und Anwälte und Therapeuten. Sie hatte ihrer beider Zukunft in Baltimore gesehen, und sie hatte ihren Sohn geschnappt und Reißaus genommen.

»Ich werde mich nicht in einen geschniegelten Popper verwandeln, bloß weil du mich in die Pampa schleppst«, sagte er. »Ich kann hier genausogut Mist bauen. Also können wir ruhig wieder zurückgehen.«

Sie bog in die Einfahrt ein, parkte den Wagen und drehte sich zu ihm um. »Du mußt nicht glauben, daß wir nach Baltimore zurückgehen, nur weil du Mist baust. Entweder bekommst du dein Leben in den Griff, oder du läßt es bleiben. Du hast die Wahl.«

»Wann hab ich denn je die Wahl?«

»Jederzeit. Und ich möchte, daß du von jetzt an die richtige Wahl triffst.«

»Du meinst die Wahl, die *dir* paßt.« Er sprang aus dem Wagen.

»Noah. Noah!«

»Laß mich doch in Ruhe!« schrie er. Er knallte die Tür zu und stapfte auf das Haus zu.

Sie ging ihm nicht nach. Sie saß nur da und hielt das Lenkrad umklammert, zu erschöpft und zu aufgewühlt, um sich in diesem Moment mit ihm auseinanderzusetzen. Sie brauchten beide Zeit, um sich zu besinnen und ihrer Gefühle Herr zu werden. Sie bog in die Toddy Point Road ein und fuhr am Ufer des Locust Lake entlang. Autofahren als Therapie.

Wie war ihr doch alles so einfach erschienen, als Peter noch am Leben war. Da hatte ein Silberblick von ihm genügt, um ihren Sohn zum Lachen zu bringen. Damals, als sie noch glücklich waren – als ihre Welt noch heil war.

Wir sind nicht mehr glücklich gewesen, seit du gestorben bist, Peter. Ich vermisse dich. Ich vermisse dich jeden Tag, jede Stunde. Jede Minute meines Lebens.

Die Lichter der Ferienhäuser am See schimmerten durch ihre Tränen, während sie weiterfuhr. Sie fuhr um die Biegung herum, an den Boulders vorbei, und plötzlich waren die Lichter nicht mehr weiß, sondern blau, und sie schienen zwischen den Bäumen zu tanzen.

Es war ein Streifenwagen, und er stand auf Rachel Sorkins Grundstück.

Sie brachte den Transporter in der Einfahrt zum Stehen. Drei Fahrzeuge standen im Hof, zwei Streifenwagen und ein weißer Lieferwagen. Ein State Trooper von der Polizei des Staates Maine unterhielt sich auf der Veranda mit Rachel. Die

Lichtkegel von Taschenlampen flackerten zwischen den Bäumen hin und her.

Claires Blick fiel auf Lincoln Kelly, der aus dem Wald hervortrat. Sie erkannte seine Silhouette, als das Licht eines Scheinwerfers ihn traf. Lincoln war nicht sehr hoch gewachsen, aber von robuster Gestalt; er hielt sich auffallend gerade und bewegte sich mit einer ruhigen Sicherheit, wodurch er größer wirkte, als er tatsächlich war. Er blieb stehen, um sich mit dem State Trooper zu unterhalten; dann bemerkte er Claire und kam quer über den Hof auf ihren Transporter zu.

Sie ließ das Fenster herunter. »Haben Sie noch mehr Knochen gefunden?« fragte sie.

Er beugte sich herab und lehnte den Arm auf die Wagentür. Er roch nach Wald: Kiefernnadeln, Erde und Rauch von Holzfeuern. »Ja. Die Hunde haben uns zu dem Bachbett geführt«, sagte er. »Das Ufer ist im Frühjahr durch die ganzen Überschwemmungen ziemlich stark ausgewaschen worden. Dadurch wurden die Knochen freigelegt. Aber ich fürchte, die wilden Tiere haben die meisten davon schon in den Wäldern verstreut.«

»Geht die Gerichtsmedizin von einem Tötungsdelikt aus?«

»Die Gerichtsmedizin ist nicht mehr zuständig für den Fall. Die Knochen sind zu alt. Jetzt ist eine forensische Anthropologin damit betraut – möchten Sie sich mit ihr unterhalten? Sie heißt Dr. Overlock.«

Er öffnete die Wagentür, und Claire stieg aus. Zusammen gingen sie auf den düsteren Wald zu. Aus der Dämmerung war schnell finstere Nacht geworden. Der Boden war uneben und mit einer dicken Schicht toten Laubs bedeckt, und das Unterholz brachte Claire ins Straucheln. Lincoln streckte die Hand aus, um ihr Halt zu geben. Er schien mühelos im Dunkeln seinen Weg zu finden, und der Tritt seiner schweren Stiefel war fest und sicher.

Zwischen den Bäumen waren Lichter zu sehen, und Claire hörte Stimmen und das Plätschern von Wasser. Dann trat sie mit Lincoln aus dem Wald heraus und fand sich am Ufer des Baches. Eine Strecke des erodierten Ufers war mit Polizeiband abgesperrt, und auf einer Plane lagen die bereits ausgegrabenen schlammverkrusteten Knochen. Claire erkannte ein Schienbein und einige Fragmente, die anscheinend zu einem Becken gehörten. Zwei Männer mit Gummistiefeln und Stirnlampen standen knietief im Wasser und gruben vorsichtig im Schlamm des Bachufers.

Lucy Overlock stand etwas abseits zwischen den Bäumen und sprach in ein Handy. Sie wirkte selbst ein wenig wie ein Baum, groß und kräftig, und sie trug Waldarbeiterkleidung, Jeans und schwere Stiefel. Ihr fast gänzlich ergrautes Haar war zu einem praktischen Pferdeschwanz gebunden. Sie sah Lincoln, winkte ihm mit einem gequälten Lächeln zu und setzte ihr Gespräch fort.

»... noch keine Artefakte, nur die Skelettreste. Aber ich versichere Ihnen, das hier fällt nicht unter das Gesetz über Indianerfriedhöfe. Der Schädel stammt meiner Meinung nach von einem Weißen und nicht von einem Indianer. Wie bitte – woher ich das weiß? Es ist offensichtlich! Das Schädeldach ist zu schmal, und der Gesichtsdurchmesser ist auch zu gering. Nein, es ist natürlich nicht absolut sicher. Aber der Fundort ist Locust Lake, und hier gab es nie eine Penobscot-Siedlung. Der Stamm würde noch nicht einmal in dem See fischen, so tabu ist die Gegend.« Sie verdrehte die Augen zum Himmel und schüttelte den Kopf. »Gewiß können Sie die Knochen selbst untersuchen. Aber wir müssen jetzt graben, bevor die Tiere noch mehr Schaden anrichten, sonst ist das Ganze umsonst gewesen.« Sie beendete das Gespräch und sah Lincoln frustriert an. »Ein Gerangel um die Zuständigkeit.«

»Wegen der Knochen?«

»Es ist dieses NAGPRA-Gesetz. Schutz indianischer Begräbnisstätten. Jedesmal, wenn wir irgendwelche Überreste finden, verlangen die Stämme eine hundertprozentige Bestätigung, daß es sich nicht um Gräber ihrer Ahnen handelt. Fünfundneunzig Prozent reichen ihnen nicht.« Ihr Blick wanderte zu Claire, die näher gekommen war, um sich vorzustellen.

»Lucy Overlock«, sagte Lincoln. »Und das ist Claire Elliot. Die Ärztin, die den Oberschenkelknochen gefunden hat.«

Die beiden Frauen gaben sich die Hand, eine sachliche Begrüßung unter Expertinnen, die ein grausiges Geschäft zusammenführte.

»Es war ein Glück, daß gerade Sie den Knochen gefunden haben«, sagte Lucy. »Einem anderen wäre wohl kaum aufgefallen, daß er von einem Menschen stammt.«

»Um ehrlich zu sein, ich war selbst nicht völlig sicher«, erwiderte Claire. »Ich bin froh, daß ich nicht wegen eines Kuhknochens die halbe Stadt in Bewegung gesetzt habe.«

»Es ist mit Sicherheit keine Kuh.«

Einer der Männer am Bach rief plötzlich: »Wir haben noch was gefunden!« Lucy sprang sogleich in das knietiefe Wasser und richtete ihre Taschenlampe auf die Uferböschung.

»Da«, sagte der Mann vom Grabungsteam und senkte die Spitze seiner Kelle behutsam in die Erde. »Sieht aus, als wäre da noch ein Schädel.«

Lucy streifte sich ein Paar Handschuhe über. »Okay, dann wollen wir ihn mal ganz sachte rausholen.«

Er schob die Kelle noch etwas weiter hinein und lockerte vorsichtig die verkrustete Erde. Der Gegenstand fiel in Lucys behandschuhte Hände. Sie kletterte ans Ufer und kniete auf der Plane nieder, um ihren Schatz zu begutachten.

Es war tatsächlich ein zweiter Schädel. Im Licht des Scheinwerfers betrachtete Lucy ihn sorgfältig von allen Seiten und untersuchte die Zähne.

»Auch minderjährig. Keine Weisheitszähne«, stellte sie fest. »Ich sehe kariöse Backenzähne, hier und hier, aber keine Füllungen.«

»Also keinerlei Zahnbehandlung«, sagte Claire.

»Ja, das hier sind alte Knochen. Gut für Sie, Lincoln. Sonst wäre das hier nämlich ein ungelöstes Tötungsdelikt.«

»Wieso sagen Sie das?«

Sie drehte den Schädel um, so daß das Licht auf die Schädeldecke fiel. Von einer Einbuchtung in der Mitte strahlten Risse nach allen Richtungen aus wie bei einem weichgekochten Ei, das man mit einem Löffel anschlägt.

»Ich denke, es gibt keinen Zweifel«, sagte sie. »Dieses Kind ist eines gewaltsamen Todes gestorben.«

Das Zirpen eines Pagers schreckte sie alle aus ihrem Schweigen auf. In der Stille des Waldes wirkte dieses elektronische Geräusch befremdend, ja beunruhigend. Claire und Lincoln griffen beide automatisch nach ihren Piepsern.

»Es ist meiner«, sagte Lincoln nach einem Blick auf die Anzeige. Ohne ein weiteres Wort machte er sich auf den Weg durch den Wald zu seinem Streifenwagen. Sekunden später sah Claire das Blaulicht durch die Bäume blitzen, als der Wagen davonraste.

»Muß ein Notfall sein«, sagte Lucy.

Officer Pete Sparks war schon vor Ort und versuchte gerade, den alten Vern Fuller zu überreden, seine Schrotflinte wegzulegen. Die Nacht war hereingebrochen, und das erste, was Lincoln sah, waren zwei wild gestikulierende Silhouetten im flackernden Blaulicht von Petes Streifenwagen. Lincoln parkte seinen Wagen in Verns Einfahrt und stieg vorsichtig aus. Er hörte das Blöken von Schafen und das nervöse Gackern von Hühnern. Die normalen Geräusche eines Bauernhofs.

»Sie brauchen die Flinte nicht«, hörte er Pete sagen. »Gehen Sie einfach ins Haus zurück, und wir werden uns um die Sache kümmern.«

»So, wie Sie sich das letzte Mal drum gekümmert haben?«

»Das letzte Mal habe ich nichts gefunden.«

»Das liegt daran, daß Sie so verdammt lange brauchen, bis Sie hier sind.«

»Was ist das Problem?« fragte Lincoln.

Vern drehte sich zu ihm um.

»Sind Sie das, Chief Kelly? Dann sagen Sie doch diesem – diesem Burschen hier, daß ich nicht daran denke, meinen einzigen Schutz rauszurücken.«

»Ich verlange ja nicht, daß Sie die Flinte rausrücken«, sagte Pete mit müder Stimme. »Ich möchte nur, daß Sie aufhören, damit rumzuwedeln. Gehen Sie rein und stellen Sie die Waffe weg, damit es nicht noch Verletzte gibt.«

»Ich halte das für einen guten Vorschlag«, mischte sich Lincoln ein. »Wir wissen nicht, womit wir es zu tun haben, also gehen Sie rein und schließen Sie die Tür ab, Vern. Bleiben Sie in der Nähe des Telefons, für den Fall, daß Sie für uns Verstärkung rufen müssen.«

»Verstärkung?« Vern grunzte. »Ja, geht in Ordnung. Mach ich.«

Die beiden Polizisten warteten, bis der alte Mann ins Haus gestapft war und die Tür geschlossen hatte.

Dann sagte Pete: »Er ist blind wie ein Maulwurf. Ich wäre froh, wenn wir ihm diese Schrotflinte wegnehmen könnten. Jedesmal, wenn ich hierherkomme, rechne ich schon fast damit, daß ich eine Ladung Schrot in den Kopf kriege.«

»Worum geht's überhaupt?«

»Ach, das ist schon das dritte Mal, daß er den Polizeiruf angeklingelt hat. Und ich hab' immer alle Hände voll zu tun mit all den anderen Notrufen, deshalb dauert es eine Weile, bis ich hiersein kann. Es geht immer um die gleiche Sache – irgendein wildes Tier, das um seine Schafherde herumschleicht. Wahrscheinlich sieht er bloß seinen eigenen Schatten, sonst nichts.«

»Warum ruft er denn uns an?«

»Weil die Forstbehörde noch länger braucht, bis sie reagiert. Ich war die Woche schon zweimal hier und hab nichts gefunden. Nicht mal die Spur von einem Kojoten. Aber Vern war noch nie so aus dem Häuschen wie heute. Ich dachte, ich ruf dich besser her, nur für den Fall, daß er auf die Idee kommt, *mich* abzuknallen anstatt irgendein wildes Tier.«

Lincoln warf einen Blick auf das Haus und sah die Silhouette des alten Mannes am Fenster. »Er spioniert. Tun wir ihm halt den Gefallen und sehen wir uns ein bißchen um.«

»Er sagt, er hat das Tier drüben bei der Scheune gesehen.«

Pete schaltete seine Taschenlampe ein, und sie überquerten den Hof in Richtung der blökenden Schafe. Lincoln spürte bei jedem Schritt den Blick des alten Mannes. Lassen wir ihm eben seinen Willen, dachte er. Selbst wenn es reine Zeitverschwendung ist.

Er wurde aufgeschreckt, als Pete plötzlich stehenblieb und seine Taschenlampe auf die Scheunentür richtete.

Sie stand offen.

Etwas war nicht in Ordnung. Es war nach Einbruch der Dunkelheit, und die Tür sollte verriegelt sein, um die Tiere zu schützen.

Er schaltete seine Taschenlampe ebenfalls ein. Den zuckenden Lichtstrahlen folgend, näherten sie sich mit langsameren Schritten der Scheune. Am Eingang blieben sie stehen. Selbst durch die kräftige Mischung von Bauernhofdüften hindurch konnten sie ihn wahrnehmen: den Geruch von Blut.

Sie betraten die Scheune. Sofort wurde das Blöken lauter; ein beunruhigendes Geräusch, so wie die Schreie verängstigter Kinder. Pete ließ den Strahl seiner Taschenlampe in weitem Bogen durch die Scheune schweifen, und ihre Blicke fielen auf Heugabeln, flatternde Hühner und Schafe, die sich ängstlich in ihrem Pferch zusammendrängten.

Auf dem mit Sägemehl bedeckten Boden lag die Quelle des üblen Geruchs.

Pete stolperte als erster aus der Scheune heraus; er stützte sich mit einer Hand an der Scheunenwand ab und übergab sich. »O mein Gott. O mein Gott.«

»Es ist nur ein totes Schaf«, sagte Lincoln.

»Ich hab noch nie erlebt, daß ein Kojote so was macht. Die ganzen Eingeweide rausgerissen …«

Lincoln richtete den Strahl seiner Taschenlampe auf den Boden in der Nähe der Scheunentür. Er sah nur ein Durcheinander von Stiefelabdrücken; seine eigenen, die von Pete und die von Vern Fuller. Keine Spuren von Tieren. Wie war es möglich, daß ein Tier keine Fährte hinterließ?

Ein Zweig knackte hinter ihm. Er wirbelte herum und sah Vern, der immer noch die Schrotflinte in der Hand hielt.

»Es ist ein Bär«, sagte der Alte. »Das ist's, was ich gesehen hab. Ein Bär.«

»Ein Bär würde so was nicht machen.«

»Ich weiß, was ich gesehen hab. Warum glauben Sie mir denn nicht?«

Weil jeder weiß, daß du fast blind bist.

»Er ist weggelaufen, in den Wald«, sagte Vern und zeigte auf den Waldrand, der das Grundstück begrenzte. »Ich bin ihm bis dahin gefolgt, gerade bevor es dunkel wurde. Dann hab ich ihn verloren.«

Lincoln sah, daß die Stiefelspuren tatsächlich zum Wald führten, aber Vern war mehrmals hin und her gelaufen und hatte so alle eventuellen Fährten verwischt.

Er folgte der Spur bis zum Waldrand. Dort blieb er einen Augenblick stehen und starrte angestrengt in die Dunkelheit. Die Bäume standen so dicht, daß sie eine undurchdringliche Mauer zu bilden schienen, gegen die auch das Licht seiner Taschenlampe nicht ankommen konnte.

Inzwischen hatte sich Pete gefaßt und stand nun neben ihm. »Wir sollten warten, bis es hell wird«, flüsterte er. »Wir wissen nicht, womit wir es zu tun haben.«

»Ich weiß, daß es kein Bär ist.«

»Tja, nun, vor Bären hab ich keine Angst. Aber wenn es was anderes ist ...« Pete zog seine Waffe. »Angeblich ist letzte Woche drüben bei Jordan Falls ein Puma gesichtet worden.«

Jetzt zog auch Lincoln seine Pistole, während er langsam in den Wald eindrang. Er machte ein halbes Dutzend Schritte, und das Knacken der Zweige unter seinen Sohlen schien laut wie Gewehrfeuer. Plötzlich erstarrte er, den Blick unverwandt auf den Wall aus Bäumen gerichtet. Der Wald schien näherzurücken. Seine Nackenhaare sträubten sich.

Da draußen ist irgendwas. Es beobachtet uns.

Alles in ihm schrie nach Flucht. Sein Herz raste, als er zurückzuweichen begann. Jeder Schritt auf dem mit trockenen Zweigen bedeckten Boden löste eine kleine Explosion aus. Erst als er und Pete den Wald ganz hinter sich gelassen hatten, wich allmählich das Gefühl unmittelbarer Bedrohung.

Sie standen wieder vor Vern Fullers Scheune, wo die Schafe noch immer blökten. Er betrachtete die Stiefelspuren. Plötzlich hob er den Kopf.

»Was liegt hinter diesem Wald?« fragte er.

»Zieht sich ein ganzes Stück«, meinte Vern. »Auf der anderen Seite ist die Barnstown Road. Da gibt's ein paar Häuser.«

Häuser, dachte Lincoln.

Familien.

Noah saß vor dem Fernseher, als Claire nach Hause kam. Als sie ihren Mantel im Flur aufhängte, erkannte sie die Titelmusik der *Simpsons,* die aus dem Wohnzimmer drang, und sie hörte Homer Simpsons lautes Rülpsen und Lisa Simpsons angewidertes Murren. Dann hörte sie ihren Sohn lachen, und sie dachte: *Ich bin so froh, daß mein Sohn immer noch über Trickfilme lachen kann.*

Sie ging ins Wohnzimmer und sah Noah auf der Couch sitzen, in die Kissen zurückgesunken, sein Gesicht für einen Moment vom Lachen aufgehellt. Er sah sie an, sagte aber nichts.

Sie setzte sich neben ihn und legte die Füße neben seine auf den Couchtisch. Große Füße, kleine Füße, dachte sie und lächelte innerlich. Noahs Füße waren inzwischen so groß, daß sie neben ihren fast wie Clownslatschen aussahen.

Auf dem Fernsehschirm hüpfte ein ungeheuer fetter Homer in einem geblümten Kleid herum und stopfte sich Essen in den Mund.

Noah lachte wieder, und Claire lachte auch. Genau so wollte sie den Rest des Abends verbringen. Sie würden zusammen fernsehen und zum Abendbrot Popcorn essen. Sie beugte sich zu ihm hin, und sie stießen zärtlich mit den Köpfen aneinander.

»Es tut mir leid, Mom«, sagte er.

»Schon gut, Schatz. Es tut mir leid, daß ich dich so spät abgeholt habe.«

»Oma Elliot hat angerufen. Gerade vor kurzem.«

»Ach? Wollte sie, daß ich zurückrufe?«

»Ich glaube schon.« Er wandte sich wieder dem Fernseher zu und schwieg auch noch, als die Werbung lief. Dann sagte er: »Oma wollte wissen, ob mit uns heute abend alles in Ordnung ist.«

Claire sah ihn verdutzt an. »Wieso?«

»Es ist Dads Geburtstag.«

Auf dem Bildschirm hatte Homer Simpson in seinem geblümten Kleid gerade einen Eiswagen gekidnappt und fuhr mit halsbrecherischem Tempo durch die Gegend, wobei er in einem fort Eiscreme futterte. Claire starrte wie gelähmt auf den Fernseher und schwieg. *Du bist erst zwei Jahre tot, und schon bekommt unsere Erinnerung an dich die ersten Lücken.*

»Mein Gott, Noah«, flüsterte sie. »Ich kann es nicht glauben. Ich hatte es völlig vergessen.«

Sie spürte, wie sein Kopf schwer auf ihre Schulter sank. Und er sagte mit leiser Scham: »Ich auch.«

Von ihrem Schlafzimmer aus rief Claire Margaret Elliot zurück. Claire hatte ihre Schwiegermutter immer gemocht, und über die Jahre war ihre Zuneigung so gewachsen, daß sie sich Margaret viel näher fühlte als ihren eigenen unnahbaren und distanzierten Eltern. Es schien ihr zuweilen, als habe sie alles, was sie über Liebe und Leidenschaft wußte, von den Elliots gelernt.

»Hi, Mom. Ich bin's«, sagte Claire.

»Siebzehn Grad und sonnig heute in Baltimore«, erwiderte

Margaret, und Claire mußte lachen. Seit sie nach Tranquility gezogen war, hatte sich dieser Austausch von Wetterberichten zu einem privaten Gag zwischen ihnen entwickelt. Margaret war dagegen gewesen, daß sie von Baltimore wegging.

»Du hast keine Ahnung, was richtige Kälte ist«, hatte sie Claire gewarnt, »und ich werde nicht aufhören, dich daran zu erinnern, was du zurückgelassen hast.«

»Hier sind es zwei Grad plus«, meldete Claire pflichtbewußt. Sie sah aus dem Fenster. »Es wird kälter. Dunkler.«

»Hat Noah dir gesagt, daß ich schon mal angerufen habe?«

»Ja. Und es geht uns gut. Wirklich.«

»Wirklich?«

Claire schwieg. Margaret war ungewöhnlich geschickt darin, Gefühle und Stimmungen aus dem Klang einer Stimme herauszulesen, und sie hatte längst erkannt, daß etwas nicht stimmte.

»Noah hat mir gesagt, daß er wieder hierherziehen will«, sagte Margaret.

»Wir sind doch gerade erst umgezogen.«

»Du kannst immer noch deine Meinung ändern.«

»Jetzt nicht mehr. Ich bin hier zu viele Verpflichtungen eingegangen. Die neue Praxis, das Haus –«

»Das sind Verpflichtungen gegenüber *Dingen,* Claire.«

»Nein, eigentlich sind es Verpflichtungen Noah gegenüber. Ich muß hierbleiben, ihm zuliebe.« Sie hielt inne, und ihr wurde plötzlich bewußt, daß sie, so sehr sie Margaret liebte, so etwas wie Verärgerung spürte. Und sie hatte allmählich genug von den sanften, aber beständig wiederholten Andeutungen, daß sie nach Baltimore zurückgehen sollte. »Es ist immer schwer für einen jungen Menschen, einen neuen Anfang zu machen, aber er wird sich hier einleben. Er ist noch zu jung, um zu wissen, was er will.«

»Das ist wohl wahr. Und du selbst? Willst du immer noch dort leben?«

»Warum fragst du, Mom?«

»Weil ich weiß, daß es mir schwerfallen würde, in eine neue Stadt zu ziehen. Meine Freundinnen zurückzulassen.«

Claire starrte in den Spiegel über der Frisierkommode. Sie sah ihr eigenes müdes Gesicht, sah das Spiegelbild ihres Schlafzimmers, dessen Wände bis auf wenige Bilder immer noch kahl waren. Es war nicht mehr als eine Ansammlung von Möbeln, ein Platz zum Schlafen. Es war noch nicht Teil eines richtigen Heims.

»Eine Witwe braucht ihre Freundinnen, Claire«, sagte Margaret.

»Vielleicht war das einer der Gründe, weshalb ich fortgehen mußte.«

»Was meinst du damit?«

»Ich war doch für alle nur die Witwe. Ich ging in die Klinik, und die Leute warfen mir diese traurigen, mitleidigen Blicke zu. Sie trauten sich nicht, zu lachen oder Witze zu reißen, wenn ich in der Nähe war. Und niemand, niemand wagte jemals über Peter zu sprechen. Es war, als glaubten sie, ich würde schluchzend zusammenbrechen, wenn sie nur seinen Namen erwähnten.«

In der Leitung war es still, und Claire bereute plötzlich ihre Offenheit.

»Das heißt nicht, daß ich jemals aufhöre, ihn zu vermissen, Mom«, sagte sie leise. »Ich sehe ihn jedesmal vor mir, wenn ich Noah anschaue. Die Ähnlichkeit ist so verblüffend. Es ist, als ob man zusieht, wie Peter heranwächst.«

»Und das in mehr als einer Hinsicht«, sagte Margaret, und Claire hörte mit Erleichterung, daß die Wärme nicht aus der Stimme ihrer Schwiegermutter gewichen war. »Peter war alles andere als ein pflegeleichtes Kind. Ich glaube, ich habe dir nie erzählt, was er so alles angestellt hat, als er in Noahs Alter war. Da hat Noah seine Flausen her, weißt du – von Peter.«

Claire mußte lachen. *Von mir hat er sie bestimmt nicht, seiner stinklangweiligen, gewissenhaften Mutter, deren schwerstes Vergehen es war, sich nicht um diese Sicherheitsplakette zu kümmern.*

»Noah hat ein gutes Herz, aber er ist eben erst vierzehn«, sagte Margaret im Tonfall freundschaftlicher Warnung. »Du solltest nicht allzu schockiert sein, wenn es noch mehr Ärger gibt.«

Später, als Claire wieder nach unten ging, bemerkte sie den Geruch von brennenden Streichhölzern und dachte: Na bitte, da haben wir's schon: noch mehr Ärger. Er raucht mal wieder heimlich. Sie folgte dem Geruch bis zur Küche und blieb in der Tür stehen.

Noah hielt ein brennendes Streichholz in der Hand. Er warf ihr einen Blick zu und schüttelte es schnell aus. »Mehr Kerzen konnte ich nicht finden«, sagte er.

Schweigend ging sie auf den Küchentisch zu. Tränen trübten plötzlich ihren Blick, als sie die Schichttorte sah, die er aus der Tiefkühltruhe geholt hatte. Auf elf Kerzen tanzten schon die Flammen.

Noah zündete noch ein Streichholz an und hielt es an die zwölfte Kerze. »Alles Gute zum Geburtstag, Dad«, sagte er leise.

Alles Gute zum Geburtstag, Peter, dachte sie und blinzelte ihre Tränen weg.

Und zusammen mit ihrem Sohn blies sie die Kerzen aus.

4

Mrs. Horatio schickte sich an, einem Frosch das Rückenmark zu durchtrennen.

»Wenn man erst einmal den Hirnstamm durchbohrt hat, spüren sie überhaupt nichts mehr«, erklärte sie. »Die Nadel dringt an der Schädelbasis ein, und dann muß man sie ein wenig hin und her bewegen, um all die Nervenverbindungen zum Gehirn zu zerstören. Dadurch wird das Tier gelähmt; es ist keinerlei bewußte Bewegung mehr möglich, aber die Rückenmarksreflexe bleiben intakt, so daß wir sie studieren können.« Sie steckte die Hand in das Glas und bekam einen zappelnden Frosch zu fassen. Mit der anderen Hand griff sie nach der Nadel. Sie war riesengroß.

Obwohl sich schon die erste Welle von Übelkeit in seinem Magen bemerkbar machte, saß Noah vollkommen still an seinem Pult in der dritten Reihe. Er gab sich Mühe, die Beine weiterhin lässig ausgestreckt zu lassen und eine gelangweilte Miene aufzusetzen.

Er konnte hören, wie die anderen Schüler auf ihren Stühlen hin und her rutschten, besonders die Mädchen. Zu seiner Rechten hielt sich eine entsetzte Amelia Reid die Hand vor den Mund.

Er ließ den Blick durch das Klassenzimmer schweifen und gab im stillen sein Urteil über jeden einzelnen Schüler ab. *Pfeife. Sportskanone. Geschniegelter Arschkriecher.* Bis auf Amelia Reid war niemand darunter, mit dem er sich gerne abgegeben hätte. Es war auch keiner von ihnen daran interessiert, sich mit *ihm* abzugeben, aber das war in Ordnung so. Seiner Mom mochte es vielleicht gefallen in dieser Stadt, aber er hatte nicht vor, ewig zu bleiben.

Meinen Abschluß machen, und dann nix wie weg, nix wie weg, nix wie weg.

»Taylor, hör auf zu zappeln und paß endlich auf«, sagte Mrs. Horatio.

Noah warf einen Blick zur Seite und sah, wie Taylor Darnell sich mit beiden Händen an seinem Pult festhielt und die Klassenarbeit anstierte, die er an diesem Morgen zurückbekommen hatte. Mrs. Horatio hatte mit rotem Filzstift ein riesiges »4+« darauf gemalt. Die Arbeit war bedeckt mit Taylors zornig hingeworfenen schwarzen Tintenstrichen. Direkt neben die beschämende Note hatte er geschrieben: »Stirb, Mrs. Huratio!«

»Noah, hörst du eigentlich zu?«

Noah errötete und wandte den Blick wieder nach vorne.

Mrs. Horatio hielt den Frosch hoch, so daß alle ihn sehen konnten. Es sah tatsächlich so aus, als ob ihr die ganze Sache Vergnügen bereitete, als sie die Spitze der Nadel am Hinterkopf des Frosches ansetzte. Mit leuchtenden Augen und eifrig gespitzten Lippen stach sie die Nadel in den Hirnstamm. Die Hinterbeine des Frosches schlugen wild aus, und die Füße mit ihren Schwimmhäuten ruderten wie im Schmerz.

Amelia stieß einen wimmernden Laut aus und ließ den Kopf sinken, und ihr blondes Haar ergoß sich über das Pult. Überall im Klassenzimmer hörte man jetzt Stühle quietschen. Irgend jemand rief mit verzweifelter Stimme: »Mrs. Horatio, darf ich bitte austreten?«

»... müßt ihr die Nadel kräftig hin- und herbewegen. Macht euch nichts draus, daß die Füße so zappeln. Es ist ein reiner Reflex. Das Rückgrat sendet diese Impulse aus.«

»Mrs. Horatio, ich *muß* zur Toilette ...«

»Gleich. Zuerst müßt ihr noch sehen, wie ich das hier mache.« Sie drehte die Nadel, und ein leises Knacken war zu hören.

Noah dachte, er müßte kotzen. Immer noch bemüht, ausgesprochen cool und unbeteiligt zu wirken, wandte er sich ab, die Fäuste unter dem Tisch geballt. *Nicht kotzen, nicht kotzen, nicht kotzen.* Er konzentrierte sich auf Amelias blondes Haar, das er oft bewundert hatte. Rapunzelhaar. Er starrte es an und dachte, wie gerne er es streicheln würde. Er hatte nie gewagt, Amelia auch nur anzusprechen. Sie war wie ein Mädchen in einer goldenen Glaskugel, unerreichbar für alle gewöhnlichen Sterblichen.

»So«, sagte Mrs. Horatio. »Das ist schon alles. Seht ihr es? Völlige Paralyse.«

Noah zwang sich, wieder den Frosch anzuschauen. Er lag auf dem Lehrerpult, ein schlaffer, formloser Kadaver. Zwar lebte er noch, wenn man der alten Horatio glauben durfte, aber es gab keinerlei äußere Anzeichen dafür. Noah verspürte mit einem Mal ein überwältigendes Mitleid mit diesem Frosch; er sah sich selbst ausgestreckt auf dem Pult liegen, mit offenen Augen und bei vollem Bewußtsein, aber ohne Kontrolle über seinen Körper. Panikattacken, die ziellos wie Feuerwerkskörper im Hirn umherschossen. Er fühlte sich selbst wie gelähmt, betäubt.

»So, jetzt sucht sich jeder einen Laborpartner«, sagte Mrs. Horatio. »Schiebt schnell eure Tische zusammen.«

Noah schluckte und warf einen Seitenblick auf Amelia. Sie nickte hilflos.

Er schob sein Pult neben ihres. Sie sprachen nicht miteinander; die Partnerschaft zwischen ihnen beruhte auf rein praktischen Erwägungen – aber was soll's, dachte er, Hauptsache, ich komme ihr so näher.

Amelias Lippen zitterten. Er hätte sie so gerne getröstet, aber er wußte nicht, wie; so saß er einfach da und setzte in Ermangelung irgendwelcher Alternativen seine übliche gelangweilte Miene auf.

Sag ihr irgendwas Nettes, du Blödmann! Irgendwas, das ihr imponiert. Du kriegst vielleicht nie wieder so eine Gelegenheit!

»Der Frosch sieht ganz schön tot aus«, sagte er.

Sie schüttelte sich.

Mrs. Horatio kam mit dem Glas voller Frösche den Mittelgang entlang. Sie blieb neben Noah und Amelia stehen.

»Nehmt einen. Jedes Team bearbeitet einen Frosch.«

Das Blut wich aus Amelias Gesicht. Noah war gefragt.

Er steckte die Hand in das Glas und griff sich einen der zappelnden Frösche. Mrs. Horatio knallte eine Nadel auf das Pult. »Auf geht's, ihr beiden«, sagte sie und ging weiter zum nächsten Team.

Noah betrachtete den Frosch in seiner Hand. Der Frosch glotzte mit hervorquellenden Augen zurück. Er nahm die Nadel, und dann sah er wieder den Frosch an. Dessen Augen bettelten ihn an: *Laß mich leben, laß mich leben!* Er legte die Nadel hin, während ihn die Übelkeit erneut überkam, diesmal mit voller Wucht. Hoffnungsvoll blickte er Amelia an. »Darf ich dir den Vortritt lassen?«

»Ich kann nicht«, flüsterte sie. »*Bitte,* zwing mich nicht!«

Eines der Mädchen kreischte. Noah wandte sich um und sah, wie Lydia Lipman von ihrem Stuhl aufsprang und entsetzt vor ihrem Laborpartner zurückwich. Es war Taylor Darnell. Ein dumpfes *tock, tock, tock* war zu hören, als Taylor mit seiner Nadel auf den Frosch einstach. Blut spritzte auf sein Pult.

»Taylor! Taylor, hör sofort auf!« rief Mrs. Horatio.

Er stach immer wieder zu. *Tock, tock.* Der Frosch glich einem grünen Hamburger. »Vier plus«, murmelte er. »Die ganze Woche habe ich für diese Arbeit gebüffelt. Sie können mir keine Vier plus geben!«

»Taylor, du gehst jetzt zur Rektorin!«

Er stach nur noch wütender auf den Frosch ein. »Sie können mir keine miese Vier plus geben!«

Sie packte ihn am Handgelenk und versuchte, ihm die Nadel wegzunehmen. »Zu Miss Cornwallis, und zwar *sofort!«*

Taylor riß sich los, wobei er den toten Frosch vom Pult fegte. Er fiel in Amelias Schoß. Mit einem spitzen Schrei sprang sie auf, und der kleine Körper klatschte auf den Fußboden.

»Taylor!« schrie Mrs. Horatio. Wieder griff sie nach seinem Handgelenk, und diesmal zwang sie ihn, die Nadel fallen zu lassen. »Verlaß augenblicklich diesen Raum!«

»Leck mich am Arsch!«

»Was hast du gesagt?«

Er stand auf und stieß seinen Stuhl um. »Leck mich am Arsch!«

»Du bist ab sofort vom Unterricht ausgeschlossen! Die ganze Woche schon hast du dich flegelhaft und respektlos benommen. Jetzt reicht's, Freundchen! Ich will dich hier nicht mehr sehen!«

Taylor versetzte dem Stuhl einen Tritt, so daß er ein Stück über den Gang polterte und gegen ein Pult krachte. Sie packte ihn am Hemdkragen und versuchte, ihn zur Tür zu zerren, aber er konnte sich befreien und stieß sie heftig von sich. Sie fiel rücklings gegen ein Pult und warf dabei das Glas um. Es zerbarst am Boden, und die befreiten Frösche ergossen sich wie ein pulsierender grüner Teppich über den Boden des Klassenzimmers.

Mrs. Horatio erhob sich langsam. Ihre Augen blitzten vor Rage. »Ich werde dich von der Schule verweisen lassen!«

Taylor griff in seinen Rucksack.

Mrs. Horatios Augen hefteten sich starr auf die Waffe in Taylors Hand. »Leg sie weg«, sagte sie. »Taylor, leg die Pistole weg!«

Die Explosion schien sie wie ein Faustschlag in die Magengrube zu treffen. Sie taumelte zurück, hielt sich den Bauch, dann sackte sie mit ungläubigem Blick in sich zusammen. Die Zeit schien stillzustehen, wie erstarrt in einem unendlichen Augenblick. Noah starrte entsetzt auf den leuchtendroten Blut- strom, der auf seine Schuhe zufloß. Dann zerriß der Schreckensschrei eines Mädchens die Stille. Im nächsten Moment brach das Chaos um ihn herum aus. Stühle krachten zu Boden; er sah ein fliehendes Mädchen stolpern und mit den Knien in die Glassplitter fallen. Die Luft schien von Blut und Panik getrübt.

Ein zweiter Schuß krachte.

Noahs Blick erfaßte wie in einer Zeitlupenaufnahme das Durcheinander fliehender Leiber, und er sah Vernon Hobbs, wie er stolperte und gegen ein Pult fiel. Das Klassenzimmer war eine einzige verschwommene Masse aus wehenden Haaren und strampelnden Beinen. Aber Noah selbst schien sich nicht vom Fleck bewegen zu können. Es war wie in einem Alptraum – als ob seine Beine in einem tiefen Sumpf steckten. Sein Gehirn befahl immer wieder: *Lauf! Lauf!*, doch sein Körper verweigerte den Gehorsam.

In dem tobenden Chaos fand sein Blick Taylor Darnell, und zu seinem Entsetzen erkannte er, daß die Pistole jetzt auf Amelias Kopf gerichtet war.

Nein, dachte er. *Nein!*

Taylor drückte ab.

Wie durch einen Zaubertrick erschien ein Blutfleck auf Amelias Schläfe, doch obwohl das Blut schon an ihrer Wange herabfloß, blieb sie stehen. Mit ihren weit aufgerissenen Augen starrte sie wie ein todgeweihtes Tier in die Mündung der Pistole. »Bitte nicht, Taylor«, sagte sie schwach. »Bitte schieß nicht ...«

Taylor hob die Waffe wieder an.

Urplötzlich löste sich die alptraumhafte Lähmung in Noahs Beinen, und sein Körper bewegte sich wie von einem eigenen Willen getrieben. Sein Gehirn registrierte eine Unzahl von Details gleichzeitig. Er sah, wie Taylor den Kopf hob und sein Gesicht sich zu ihm hindrehte. Er sah, wie die Pistole langsam einen Bogen beschrieb. Er sah den überraschten Ausdruck in Taylors Augen, als Noah auf ihn zustürzte.

Eine dritte Kugel löste sich aus dem Lauf.

»Ich habe eben festgestellt, daß meine Patientin eingeliefert wurde. Warum hat mich niemand angerufen?«

Die Stationssekretärin sah von ihrem Pult auf und schien zusammenzuzucken, als sie sah, daß die Frage von Claire kam. »Äh ... welche Patientin, Dr. Elliot?«

»Katie Youmans. Ich habe ihren Namen an einer der Türen gesehen, aber sie war nicht in dem Zimmer. Ich kann ihr Krankenblatt nicht im Regal finden.«

»Sie ist erst vor ein paar Stunden eingeliefert worden, über die Notaufnahme. Sie ist gerade beim Röntgen.«

»Niemand hat mir Bescheid gesagt.«

Der Blick der Sekretärin richtete sich wieder auf das Pult. »Dr. DelRay hat als behandelnder Arzt übernommen.«

Claire nahm diese unangenehme Nachricht schweigend zur Kenntnis. Es war nicht unüblich, daß Patienten den Arzt wechselten, manchmal aus ganz banalen Gründen. Zwei von Adam DelRays Patienten waren auch zu Claires Praxis übergewechselt. Aber sie war überrascht zu hören, daß gerade diese Patientin sich entschlossen hatte, sich ihrer Obhut zu entziehen. Sechzehn Jahre alt und ein wenig zurückgeblieben, hatte Katie Youmans bei ihrem Vater gelebt, als sie wegen einer Blasenentzündung in Claires Praxis geschickt worden war. Claire hatte sofort die ringförmigen Blutergüsse an den Handgelenken des Mädchens bemerkt. Fünfundvierzig Minuten behutsamer Befragung und eine Beckenuntersuchung hatten Claires Verdacht bestätigt. Katie wurde aus dem Haus ihres Vaters, wo sie dem Mißbrauch ausgesetzt gewesen war, entfernt und in einer Pflegefamilie untergebracht.

Seitdem war es mit dem Mädchen aufwärtsgegangen. Ihre Verletzungen, sowohl die körperlichen als auch die seelischen, heilten allmählich. Claire hatte Katie als einen ihrer persönlichen Triumphe betrachtet. Warum sollte das Mädchen den Arzt wechseln?

Sie fand Katie in der Röntgenabteilung. Durch das kleine Fenster sah Claire das Mädchen auf dem Untersuchungstisch liegen, mit einem Bein in der Röntgenröhre.

»Darf ich fragen, wie die Einlieferungsdiagnose lautet?« fragte Claire den Röntgenassistenten.

»Erysipel am rechten Fuß, hat man mir gesagt. Ihr Krankenblatt ist da drüben, wenn Sie reinschauen wollen.«

Claire nahm die Akte zur Hand und fand den Einlieferungsvermerk. Er war von Adam DelRay um sieben Uhr morgens diktiert worden.

Sechzehnjährige Weiße; ist vor zwei Tagen in einen Reißnagel getreten. Wachte heute morgen mit Fieber, Schüttelfrost und geschwollenem Fuß auf ...

Claire überflog die Anamnese und den Untersuchungsbericht, dann blätterte sie um und las den Therapieplan.

Eilig griff sie zum Telefon, um Adam DelRay ausrufen zu lassen.

Einen Augenblick später trat er in den Röntgenraum; in seinem langen weißen Kittel sah er wie immer wie frisch gestärkt aus. Obwohl er ihr gegenüber immer freundlich gewesen war, hatte er nie so etwas wie menschliche Wärme ausgestrahlt, und

Claire vermutete, daß sich hinter seiner typischen Nordstaatler-Reserviertheit heftige männliche Konkurrenzgefühle verbargen; vielleicht sogar Groll darüber, daß Claire ihm zwei seiner Patienten ausgespannt hatte.

Nun hatte er Anspruch auf eine ihrer Patientinnen erhoben, und sie mußte ihre eigenen Konkurrenzgefühle unterdrücken. Ihre einzige Sorge sollte jetzt Katie Youmans' Wohlergehen sein.

»Ich habe Katie als ambulante Patientin betreut«, sagte sie. »Ich kenne sie ziemlich gut, und –«

»Claire, das ist nun mal einfach so.« Er legte ihr eine beruhigende Hand auf die Schulter. »Ich hoffe, Sie nehmen das nicht persönlich.«

»Ich habe Sie nicht deswegen ausrufen lassen.«

»Es war einfach praktischer, daß ich sie aufgenommen habe. Ich war in der Notaufnahme, als sie reinkam. Und ihre Pflegemutter meinte, sie brauchte einen Internisten.«

»Ich bin durchaus in der Lage, ein Erysipel zu behandeln, Adam.«

»Und was, wenn daraus eine Osteomyelitis wird? Es könnte Komplikationen geben.«

»Wollen Sie damit sagen, daß eine Hausärztin nicht die Qualifikation besitzt, sich dieser Patientin anzunehmen?«

»Die Pflegemutter des Mädchens hat die Entscheidung getroffen. Ich stand eben zufällig zur Verfügung.«

Inzwischen war Claire zu verärgert, um zu antworten. Sie wandte sich ab und sah durch das Fenster ihre Patientin an. Ihre *Ex*-Patientin. Plötzlich fiel ihr Blick auf die Infusionsflasche, und sie bemerkte das handgeschriebene Etikett, das an dem Behälter mit der Dextroselösung angebracht war. »Bekommt sie schon Antibiotika?«

»Sie haben die Flasche gerade aufgehängt«, sagte der Assistent.

»Aber sie ist allergisch gegen Penizillin! Deshalb habe ich Sie ausrufen lassen, Adam!«

»Das Mädchen hat nie etwas von Allergien erwähnt.«

Claire stürzte in das Zimmer, griff nach dem Infusionsschlauch und drehte das Ventil zu. Sie sah auf Katie herab und stellte erschrocken fest, daß das Gesicht des Mädchens gerötet war. »Ich brauche Adrenalin!« rief Claire dem Röntgenassistenten zu. »Und Benadryl intravenös!«

Katie bewegte sich unruhig auf dem Tisch hin und her. »Ich fühle mich so komisch, Dr. Elliot«, murmelte sie. »Mir ist so heiß.« Auf ihrem Hals waren leuchtendrote Quaddeln zu sehen.

Der Assistent warf einen Blick auf das Mädchen, sagte halblaut »O Scheiße!« und riß die Schublade mit den Instrumenten zur Anaphylaxie-Behandlung auf.

»Sie hat mir nicht gesagt, daß sie eine Allergie hat«, verteidigte sich DelRay.

»Hier ist das Adrenalin«, sagte der Assistent und reichte Claire die Spritze.

»Ich kriege keine Luft!«

»Es ist schon gut, Katie«, beruhigte Claire das Mädchen, während sie die Schutzkappe von der Spritze nahm. »Gleich geht's dir schon besser ...« Sie durchstach die Haut und injizierte einen Zehntelkubikzentimeter Adrenalin.

»Ich – kriege – keine – *Luft!*«

»Benadryl, fünfundzwanzig Milligramm intravenös!« befahl Claire. »Adam, geben Sie ihr das Benadryl!«

DelRay sah verdutzt auf die Spritze, die der Röntgenassistent ihm gerade in die Hand gedrückt hatte. Wie benommen spritzte er das Medikament in den Zugang.

Claire zog rasch ihr Stethoskop heraus. Sie hörte die Lungen des Mädchens ab und nahm auf beiden Seiten pfeifende Geräusche wahr. »Wie ist der Blutdruck?« fragte sie den Assistenten.

»Ich messe achtzig zu fünfzig. Puls hundertvierzig.«

»Wir bringen sie in die Unfallstation, und zwar augenblicklich!«

Drei Paar Hände griffen nach dem Mädchen, um es auf die fahrbare Liege zu betten.

»Keine Luft – keine Luft –«

»Mein Gott, sie schwillt ja richtig an!«

»Einfach weiterfahren!« sagte Claire.

Gemeinsam schoben sie die Liege aus der Röntgenabteilung hinaus und liefen damit den Korridor entlang. Sie sausten um die Ecke und stießen die Doppeltür zur Unfallstation auf. Dr. McNally und zwei Schwestern blickten erschrocken auf, als Claire verkündete:

»Sie bekommt einen anaphylaktischen Schock!«

Die Reaktion erfolgte unmittelbar. Das Team der Unfallstation schob die Liege in einen Behandlungsraum. Eine Sauerstoffmaske wurde auf das Gesicht des Mädchens gedrückt, EKG-Kabel an ihre Brust geheftet. Schon nach wenigen Minuten tropfte eine kräftige Dosis Cortison in ihre Venen.

Claires Herz klopfte immer noch heftig, als sie schließlich den Raum verließ, um die Patientin Dr. McNally und seinem Team zu überlassen. Sie sah Adam DelRay im Schwesternzimmer stehen. Er kritzelte eifrig in Katies Krankenhausakte. Als sie näher kam, klappte er die Akte hastig zu.

»Sie hat mir nie erzählt, daß sie eine Allergie hat«, sagte er.

»Das Mädchen ist geistig zurückgeblieben.«

»Dann sollte sie ein MedAlert-Armband tragen. Warum hat sie keines?«

»Sie weigert sich.«

»Wie kann ich denn so was ahnen?«

»Adam, Sie hätten mich bloß anzurufen brauchen, als sie eingeliefert wurde. Sie wußten, daß sie meine Patientin war und daß ich ihre Geschichte kenne. Sie hätten nur fragen müssen.«

»Die Pflegemutter hätte es mir sagen müssen. Ich kann's nicht glauben, daß diese Frau nicht einmal daran gedacht hat –«

Das dröhnende Signal der Lautsprecheranlage unterbrach

ihn. Sie blickten beide auf, als die Nachricht durchgegeben wurde.

»Knox Hospital, hier Wagen siebzehn, Wagen siebzehn. Haben Patienten mit Schußverletzung. Geschätzte Ankunftszeit in fünf Minuten. Hören Sie mich?«

Eine der Schwestern rannte aus dem Behandlungsraum und schnappte das Mikrophon. »Hier Knox Hospital, Unfallstation. Was ist mit dieser Schußverletzung?«

»Mehrere Opfer unterwegs. Dieses hier ist kritisch – es kommen noch mehr.«

»Wie viele? Ich wiederhole, *wie viele?«*

»Ungewiß. Mindestens drei –«

Eine andere Stimme schaltete sich ein. »Knox Hospital, hier Wagen neun. Haben Patienten mit Schußverletzung an der Schulter. Hören Sie mich?«

In Panik griff die Schwester nach dem Telefon und drückte die Null. »Katastrophenalarm! Geben Sie Katastrophenalarm! Das ist keine Übung!«

Fünf Ärzte. Das war alles, was sie während der hektischen Augenblicke vor der Ankunft des ersten Krankenwagens in dem Gebäude hatten auftreiben können: Claire, DelRay, McNally von der Unfallstation, ein Chirurg und ein Kinderarzt, der jetzt schon in Panik war. Noch kannte niemand irgendwelche Details, weder den Ort der Schießerei noch die Zahl der Opfer. Sie wußten nur, daß etwas Schreckliches passiert war, ohne daß dieses kleine Provinzkrankenhaus darauf vorbereitet gewesen wäre, mit den Folgen fertigzuwerden. Die Unfallstation verwandelte sich in ein Tollhaus aus Lärm und aufgeregter Aktivität. Die Ärzte und Schwestern fielen fast übereinander in ihrem Bemühen, sich auf die Ankunft der Verletzten vorzubereiten. Katie, deren Zustand inzwischen stabil war, wurde flugs herausgefahren und im Flur abgestellt, weil man den Behandlungsraum brauchte. Schränke wurden aufgerissen, grelle Lampen leuchteten auf. Claire half nach Kräften mit, hängte Infusionsbeutel auf, legte Instrumente bereit und packte Verbandmull und Nahtmaterial aus.

Das allmählich lauter werdende Sirenengeheul des ersten Rettungswagens ließ die ganze Unfallstation für den Bruchteil einer Sekunde innehalten. Dann stürmte alles durch die Doppeltüren, um das erste Opfer in Empfang zu nehmen. Claire, die mitten in der Menge stand, hörte niemanden sprechen; alle konzentrierten sich auf das anschwellende Geräusch der Sirene.

Das Heulen verstummte abrupt, und der Wagen bog mit blitzendem Rotlicht um die Ecke. Claire drängte nach vorne, als der Rettungswagen rückwärts auf den Eingang zurollte. Die Hecktüren flogen auf, und die Bahre mit dem ersten Opfer wurde herausgefahren. Es war eine Frau; sie war bereits intubiert. Der Klebestreifen, mit dem der Schlauch gesichert war, verdeckte die untere Hälfte ihres Gesichts. Der Verband auf ihrem Bauch war blutgetränkt.

Sie wurde sofort in den Schockraum gefahren, wo man sie auf den Behandlungstisch legte. Ein wildes Stimmengewirr erhob sich, während man die Kleider der Frau aufschnitt, EKG und Sauerstoff anschloß und eine Blutdruckmanschette anlegte. Über den Herzmonitor jagte ein stark beschleunigter Sinusrhythmus.

»Systolischer Druck siebzig!« rief eine Schwester.

»Ich entnehme Blut zur Blutgruppenbestimmung«, sagte Claire. Sie schnappte sich eine Sechzehner-Infusionskanüle vom Tablett und legte eine Aderpresse um den Arm der Patientin. Die Vene schwoll kaum an; die Patientin stand unter Schock. Sie punktierte die Vene mit der Infusionsnadel und führte die Kanüle ein. Mit einer Spritze entnahm sie dann einige Röhrchen voll Blut und schloß die Kanüle anschließend wieder an den Tropf an. »Noch eine Flasche Ringer-Laktat-Lösung, im Schuß!« rief sie. »Systolischer Druck sechzig, Puls kaum fühlbar!«

Der Chirurg erklärte: »Der Bauch ist aufgebläht. Ich glaube, er ist voller Blut. Legen Sie die Instrumente parat und machen Sie den Absauger klar!« Er sah McNally an. »Sie assistieren.«

»Aber sie muß in den OP –«

»Keine Zeit. Wir müssen rausfinden, wo das Blut herkommt.«

»Ich habe ihren Blutdruck verloren!« schrie eine Schwester.

Der erste Schnitt war schnell und brutal; er schlitzte den Bauch der Länge nach auf, so daß die Haut zu beiden Seiten zurückwich. Mit einem zweiten, tieferen Schnitt durchtrennte er die gelbliche Schicht aus subkutanem Fett und das Bauchfell.

Blut schoß heraus und spritzte auf den Boden.

»Ich kann nicht sehen, woher es kommt!«

Durch das Absaugen konnte das Blut nicht schnell genug beseitigt werden. Verzweifelt stopfte McNally zwei sterile Handtücher in die Bauchhöhle und zog sie tropfnaß wieder heraus.

»Okay, ich glaube, ich seh's jetzt. Die Kugel hat die Aorta geritzt –«

»Mein Gott, es schießt nur so raus!«

Ein Assistent rief durch die Tür: »Es sind noch zwei angekommen! Sie fahren sie jetzt rein!«

McNally warf einen Blick über den Tisch hinweg auf Claire, und sie sah die Panik in seinen Augen. »Sie sind dran!« sagte er barsch. »Gehen Sie, Claire!«

Das Herz klopfte ihr bis zum Hals, als sie aus dem Schockraum kam und die erste Bahre sah, die in eines der Behandlungszimmer gerollt wurde. Der Patient war ein schluchzender rothaariger Junge; sein Hemd war schon aufgeschnitten, und durch einen Verband an der Schulter sickerte Blut. Jetzt wurde eine zweite Bahre hereingebracht – mit einem blonden Mädchen, dessen halbes Gesicht mit Blut verschmiert war.

Kinder, dachte sie. *Das sind ja noch Kinder. Mein Gott, was ist da passiert?*

Sie ging zuerst zu dem Mädchen. Es weinte, konnte aber alle

Extremitäten noch bewegen. Beim Anblick des ganzen Bluts im Gesicht des Mädchens war Claire fast in Panik geraten: Schußverletzung am Kopf, hatte sie gedacht. Sie zwang sich, innezuhalten, das Mädchen bei der Hand zu nehmen und sie ruhig nach ihrem Namen zu fragen, obwohl ihr Herz dabei raste. Es bedurfte nur einiger weniger Fragen, um zu bestätigen, daß Amelia Reid voll orientiert und bei klarem Bewußtsein war. Die Verletzung war nur eine oberflächliche Hautabschürfung an der Schläfe, die Claire rasch reinigte und verband.

Sie wandte sich dem Jungen zu, sah aber, daß der Kinderarzt sich bereits um ihn kümmerte.

»Kommen noch mehr?« fragte sie den Assistenten.

»Es sind keine mehr unterwegs. Vielleicht sind noch welche am Tatort ...«

Ein zweiter Chirurg kam an. Kaum war er durch die Tür, rief er schon: »Hier bin ich! Wo werde ich gebraucht?«

»Schockraum!« sagte Claire. »Dr. McNally braucht Ablösung!«

Er wollte gerade die Tür aufstoßen, als eine Schwester herauskam und beinahe in ihn hineinrannte.

»Haben wir schon das Null-Negativ-Blut für Horatio?« rief sie.

Horatio? Claire hatte die Patientin unter all den Klebstreifen nicht erkannt, aber der Name war ihr ein Begriff: Dorothy Horatio.

Die Biologielehrerin meines Sohnes. Sie sah auf die Uhr: Es war halb zwölf. Die dritte Stunde. Noah sollte Biologie haben – bei Mrs. Horatio.

Ein weiterer Arzt kam an, ein weiteres Paar Hände – der Geburtshelfer von Two Hills. Sie sah sich ein letztes Mal in dem Raum um und stellte fest, daß die Situation unter Kontrolle war.

Sie traf die einzige Entscheidung, die eine zutiefst besorgte Mutter treffen konnte.

Sie lief hinaus zu ihrem Wagen.

Die zwanzig Meilen Fahrt waren eine Folge verschwommener Eindrücke von herbstlichen Feldern, aufsteigenden Nebelfetzen, Kiefernwäldchen und hier und da einem Farmgebäude mit windschiefer Veranda. Sie war diese Landstraße in den letzten acht Monaten jeden Tag gefahren, aber noch nie in diesem Tempo, nie mit derartig zitternden Händen und solch beklommenem Herzen. Sie nahm die letzte Steigung mit durchgedrücktem Gaspedal, und ihr Subaru schoß an dem vertrauten Schild vorbei: *Sie verlassen jetzt Two Hills. Kommen Sie bald wieder!* Und dann, kaum hundert Meter weiter, ein zweites Schild, kleiner und mit abblätternder Farbe:

Willkommen in Tranquility
Tor zum Locust Lake
Einwohner: 910

Sie bog in die School Road ein und sah die blitzenden Lichter von einem halben Dutzend Einsatzfahrzeugen. Streifenwagen waren kreuz und quer um den Eingang des roten Ziegelgebäudes geparkt, dazu zwei Feuerwehrautos – ein kompletter Katastropheneinsatz.

Claire ließ ihren Wagen stehen und lief auf die Gruppe von fassungslos dreinschauenden Schülern und Lehrern zu, die sich auf dem Rasen vor dem Schulgebäude hinter einem Gewirr aus Absperrband versammelt hatten. Sie blickte in die Gesichter, aber Noah war nicht dabei.

Ein Polizist aus Two Hills hielt sie am Eingang zurück. »Niemand darf das Gebäude betreten.«

»Aber ich muß da rein!«

»Nur Angehörige der Einsatzkräfte.«

Sie atmete kurz durch. »Ich bin Dr. Elliot«, sagte sie mit festerer Stimme. »Ich bin Ärztin in Tranquility.«

Er ließ sie durch.

Das High-School-Gebäude war fast hundert Jahre alt, und der Geruch, der ihr entgegenschlug, war ein muffiges Gemisch aus Schülerschweiß und dem Staub, den Tausende von Füßen im Treppenhaus aufgewirbelt hatten. Sie lief die Treppe zum ersten Stock empor.

Die Tür des Biologiezimmers war ebenfalls mit mehreren Streifen Polizeiband versperrt. Dahinter erblickte sie umgestoßene Stühle, Glasscherben und verstreute Papiere. Frösche hüpften in den Trümmern umher.

Und sie sah Blut – Blut, das in gallertartigen Lachen auf dem Fußboden gerann.

»Mom?«

Ihr Herz machte einen Satz, als sie die Stimme hörte. Sie wirbelte herum und sah ihren Sohn am anderen Ende des Korridors stehen. Im Dämmerlicht des langen Flurs erschien er ihr erschreckend klein; sein blutverschmiertes Gesicht war bleich und schmal.

Sie lief auf ihn zu und schlang ihre Arme um den steifen Körper, zog ihn an sich und zwang ihn förmlich in eine Umarmung. Sie spürte, wie sich zuerst seine Schultern entspannten, dann fiel sein Kopf auf ihre Schulter, und er weinte. Kein Laut war zu hören; sie fühlte nur das Beben seiner Brust und die warmen Tränen, die ihr über den Hals liefen. Seine Schultern mochten schon so breit wie die eines Mannes sein, aber es war ein Kind, das sich jetzt an sie klammerte, es war der Schmerz eines Kindes, der sich in seinen Tränen ausdrückte.

»Bist du verletzt?« fragte sie. »Noah, du blutest. Bist du *verletzt?*«

»Er ist unversehrt, Claire. Das ist nicht sein Blut. Es ist das der Lehrerin.«

Sie hob den Kopf und sah Lincoln Kelly im Korridor stehen. Seine düstere Miene spiegelte die schrecklichen Ereignisse des Tages wider. »Noah und ich haben gerade darüber gesprochen, was genau passiert ist. Ich wollte Sie eben anrufen, Claire.«

»Ich war im Krankenhaus. Ich habe gehört, es hätte eine Schießerei gegeben.«

»Ihr Sohn hat dem Jungen die Waffe entrissen«, sagte Lincoln. »Es war eine verrückte Tat. Eine mutige Tat. Er hat wahrscheinlich ein paar Leuten das Leben gerettet.« Lincolns Blick fiel auf Noah, und leise fügte er hinzu: »Sie sollten stolz auf ihn sein.«

»Ich war nicht mutig«, platzte Noah heraus. Er löste sich von Claire und wischte sich verschämt die Augen. »Ich hatte Angst. Ich weiß nicht, warum ich es getan habe. Ich wußte nicht, was ich tat ...«

»Aber du hast es getan, Noah.« Lincoln legte die Hand auf Noahs Schulter. Es war ein Zeichen der Anerkennung unter Männern, schroff und unsentimental. Noah schien diese einfache Berührung Kraft zu verleihen. Eine Mutter, dachte Claire, kann ihren Sohn nicht zum Ritter schlagen. Das muß ein anderer Mann tun.

Langsam richtete Noah sich auf. Endlich hatte er seine Tränen unter Kontrolle. »Ist Amelia okay?« fragte er sie. »Sie haben sie im Krankenwagen weggebracht.«

»Es geht ihr gut. Bloß ein Kratzer an der Schläfe. Ich denke, der Junge wird es auch gut überstehen.«

»Und ... Mrs. Horatio?«

Sie schüttelte den Kopf. Leise sagte sie: »Ich weiß es nicht.«

Er holte tief Luft und wischte sich mit einer fahrigen Bewegung über die Augen.

»Ich – ich muß mir das Gesicht waschen gehen –«

»Tu das«, sagte Lincoln sanft. »Laß dir Zeit, Noah. Deine Mom wartet auf dich.«

Claire sah ihrem Sohn nach, als er den Flur entlangging. Als er an der Tür des Biologiezimmers vorbeikam, wurde er langsamer; sein Blick wurde unwillkürlich von der offenen Tür angezogen. Einige Augenblicke lang stand er da, wie hypnotisiert von dem schrecklichen Anblick hinter dem Absperrband. Dann riß er sich abrupt los und verschwand in der Jungentoilette.

»Wer war es?« fragte Claire an Lincoln gewandt. »Wer hat die Waffe in die Schule gebracht?«

»Es war Taylor Darnell.«

Sie starrte ihn an. »O mein Gott! Er ist mein Patient.«

»Das hat uns sein Vater auch gesagt. Paul Darnell meint, man könne den Jungen nicht dafür verantwortlich machen. Er soll hyperaktiv sein und seine spontanen Regungen nicht unter Kontrolle haben. Stimmt das?«

»Ein hyperkinetisches Syndrom führt nicht zu gewalttätigem Verhalten. Und Taylor leidet ohnehin nicht darunter. Aber ich kann keine Kommentare zu diesem Fall abgeben. Ich verletze sonst die Schweigepflicht.«

»Nun ja, *irgendwas* kann ja mit dem Jungen nicht stimmen. Wenn Sie seine Ärztin sind, sollten Sie vielleicht mal einen Blick auf ihn werfen, bevor er ins Jugendgefängnis kommt.«

»Wo ist er jetzt?«

»Wir halten ihn im Büro der Rektorin unter Bewachung.« Lincoln machte eine kurze Pause. »Nur noch eine Warnung, Claire. Kommen Sie ihm nicht zu nahe.«

5

Taylor Darnell saß im Büro der Rektorin, mit Handschellen an den Stuhl gefesselt, und trat in einem fort mit dem Fuß gegen den Schreibtisch. *Bam! Bam! Bam!* Er blickte nicht auf, als Claire und Lincoln den Raum betraten, ja er schien ihre Gegenwart nicht einmal zu bemerken. Zwei Cops von der Polizei des Staates Maine waren bei ihm. Sie sahen Lincoln an und schüttelten die Köpfe. Es war nicht schwer, ihre Gedanken zu erraten: *Der da ist ja wohl völlig durchgeknallt.*

»Wir hatten gerade einen Anruf vom Krankenhaus«, sagte einer der beiden zu Lincoln. »Die Lehrerin ist tot.«

Eine Weile sagte niemand etwas. Nachdem Claire und Lincoln die Nachricht schweigend zur Kenntnis genommen hatten, fragte sie leise: »Wo ist Taylors Mutter?«

»Sie ist noch auf dem Weg von Portland hierher. Sie hatte dort geschäftlich zu tun.«

»Und Mr. Darnell?«

»Ich glaube, er versucht, einen Anwalt aufzutreiben. Sie werden einen brauchen.«

Taylor trat weiter unermüdlich gegen den Schreibtisch, in immer schnellerer Folge.

Claire stellte ihre Arzttasche auf einen Stuhl und ging auf den Jungen zu.

»Du erinnerst dich doch an mich, Taylor? Ich bin Dr. Elliot.« Keine Antwort – nur diese wütenden Tritte. Irgend etwas war hier ernsthaft nicht in Ordnung. Was sie hier sah, war mehr als jugendliche Rage. Es schien eine Art Psychose zu sein, hervorgerufen durch Drogen.

Ohne Vorwarnung hob Taylor plötzlich den Blick und starrte sie mit aggressiver Intensität an. Seine Pupillen weiteten sich, bis aus den Regenbogenhäuten ebenholzfarbig schimmernde Flächen geworden waren. Er schürzte die Lippen, so daß die Eckzähne hervorblitzten, und aus seiner Kehle drang ein tierhaftes Geräusch, halb Zischen, halb Grollen.

Es geschah so schnell, daß sie keine Zeit hatte zu reagieren. Er sprang auf, wobei er den Stuhl mitriß, und warf sich auf sie.

Der Aufprall seines Körpers warf sie rücklings zu Boden. Seine Zähne senkten sich in den Stoff ihrer Jacke und zerrissen ihn, und eine weiße Wolke aus Gänsedaunen und Federn wurde aufgewirbelt. Sie sah für einen Augenblick die aufgeregten Gesichter der beiden Cops, die verzweifelt versuchten, Taylor von ihr loszureißen. Schließlich schafften sie es, den immer noch um sich schlagenden Jungen von ihr wegzuzerren.

Lincoln packte sie am Arm und zog sie wieder auf die Beine. »Claire – mein Gott –«

»Alles in Ordnung«, sagte sie, durch den Daunenwirbel hustend. »Wirklich, mir ist nichts passiert.«

Einer der Cops schrie auf. »Er hat mich gebissen! Sehen Sie, ich blute!«

Obwohl er an den Stuhl gefesselt war, hörte der Junge nicht auf, sich zu sträuben und zu wehren. »Laßt mich gehen!« kreischte er. »Ich bring euch alle um, wenn ihr mich nicht gehen laßt!«

»Man sollte ihn in einen verdammten Käfig sperren!«

»Nein. Nein, wir haben hier ein ernsthaftes Problem«, stellte Claire fest. »Mir scheint, es handelt sich um eine durch Drogen verursachte Psychose. PCP oder Amphetamine.« Sie wandte sich an Lincoln. »Ich möchte, daß der Junge ins Krankenhaus gebracht wird. Sofort.«

»Zuviel Bewegung«, sagte Dr. Chapman, der Radiologe. »So können wir keine allzu genaue Bestimmung kriegen.«

Claire beugte sich vor und schaute konzentriert auf den Computerbildschirm, wo jetzt der erste Querschnitt von Taylor Darnells Gehirn erschien. Jedes Bild war aus Pixeln zusammengesetzt, die von Tausenden feinster Röntgenstrahlen gebildet wurden. Die Strahlen trafen aus verschiedenen Winkeln auf die Bildebene; sie konnten zwischen flüssigem und festem Material und Luft unterscheiden und die Bereiche unterschiedlicher Dichte auf dem Bildschirm darstellen.

»Sehen Sie die Unschärfe hier?« fragte Chapman und wies auf das Bewegungsartefakt.

»Wir können ihn nicht ruhighalten, es sei denn, wir geben ihm eine Narkose.«

»Nun, das ist eine Möglichkeit.«

Claire schüttelte den Kopf. »Sein Bewußtsein ist ohnehin schon getrübt. Ich will im Moment keine Narkose riskieren. Ich möchte bloß ausschließen, daß Massenverschiebungen vorliegen, bevor ich die Lumbalpunktion mache.«

»Glauben Sie wirklich, eine Enzephalitis könnte diese Symptome erklären?« Chapman sah sie an, und sie erkannte den Zweifel in seinen Augen. In Baltimore war sie eine geachtete Hausärztin gewesen. Aber hier mußte sie sich immer noch bewähren. Wie lange würde es noch dauern, bis ihre Kollegen aufhörten, ihr Urteil in Frage zu stellen, bis sie lernten, ihr zu vertrauen?

»Ich habe im Moment keine andere Wahl«, sagte sie. »Die ersten Tests auf Methamphetamin und PCP waren negativ. Aber Dr. Forrest ist überzeugt davon, daß es sich um eine organische Psychose handelt und nicht um etwas Psychisches.«

Chapman war von Dr. Forrests klinischen Fähigkeiten offenbar nicht sehr beeindruckt. »Die Psychiatrie ist wohl kaum eine exakte Wissenschaft.«

»Aber ich stimme mit ihm überein. Der Junge hat in den letzten paar Tagen eine beunruhigende Persönlichkeitsveränderung durchgemacht. Wir müssen eine Infektion ausschließen.«

»Wie ist der Wert für die weißen Blutkörperchen?«

»Dreizehntausend.«

»Etwas hoch, aber auch nicht übermäßig bemerkenswert. Und das Differentialblutbild?«

»Die Eosinophile sind stark erhöht. Weit über normal sogar, bei dreißig Prozent.«

»Aber er leidet doch an Asthma, nicht wahr? Das könnte die Erklärung sein. Es ist eine Form von allergischer Reaktion.«

Claire mußte ihm recht geben. Die Eosinophile waren eine Unterart der weißen Blutkörperchen, die sich gewöhnlich infolge einer allergischen Reaktion stark vermehrten, auch bei Asthma. Ein hoher Eosinophilwert konnte auch durch eine Reihe anderer Krankheiten verursacht werden, wie etwa Krebs, Parasitenbefall oder Immunschwäche. Bei manchen Patienten konnte überhaupt keine bestimmte Ursache festgestellt werden.

»Was passiert denn jetzt?« fragte der State Trooper, der die Prozedur mit wachsender Ungeduld beobachtet hatte. »Können wir ihn ins Jugendgefängnis bringen oder nicht?«

»Wir müssen noch mehr Tests machen«, erklärte Claire. »Der Junge ist möglicherweise ernstlich krank.«

»Oder er tut nur so. So scheint's mir jedenfalls.«

»Und wenn er doch krank ist, könnte man ihn tot in seiner Zelle finden. Ich würde so einen Fehler nicht machen wollen, Sie vielleicht?«

Wortlos wandte der Cop sich ab und starrte seinen Gefangenen durch das Sichtfenster des CT-Raums an.

Taylor lag auf dem Rücken, seine Hand- und Fußgelenke waren gesichert. Sein Kopf wurde von der CT-Röhre verdeckt, doch sie konnten sehen, wie seine Füße sich bewegten, während er sich gegen die Fesseln sträubte. *Jetzt kommt der schwerste Teil,* dachte sie. *Wie können wir ihn lange genug in der Position für die Lumbalpunktion festhalten?*

»Ich kann es nicht riskieren, eine Infektion des Zentralnervensystems zu übersehen«, meinte Claire. »Bei den erhöhten Leukozyten und den mentalen Veränderungen habe ich keine andere Wahl, als eine Spinalpunktion durchzuführen.«

Chapman schien endlich einverstanden zu sein. »Man kann es wohl wagen, soweit ich es von den Aufnahmen her beurteilen kann.«

Sie fuhren Taylor aus der Röntgenabteilung heraus und brachten ihn in ein Einzelzimmer. Zwei Schwestern und ein Pfleger waren nötig, um den sich sträubenden Jungen in das Bett zu heben.

»Drehen Sie ihn um«, sagte Claire. »Embryonalstellung.«

»Er wird das nicht ruhig über sich ergehen lassen.«

»Dann müssen Sie sich eben auf ihn setzen. Wir brauchen diese Punktion.«

Gemeinsam rollten sie Taylor auf die Seite, mit dem Rücken zu Claire. Der Pfleger beugte die Hüfte des Jungen und drückte seine Knie mit aller Kraft nach oben. Eine der Schwestern zog die Schultern nach vorne. Taylor schnappte nach ihrer Hand, fast hätte er sie in den Finger gebissen.

»Passen Sie auf, er beißt!«

»Ich geb mir Mühe!«

Claire mußte schnell arbeiten; viel länger konnten sie den Jungen nicht fixieren. Sie hob das OP-Hemd an und machte seinen Rücken frei. Durch die gebeugte Embryonalstellung zeichneten sich die Rückenwirbel deutlich unter der Haut ab. Schnell fand sie die Stelle zwischen dem vierten und fünften Dornfortsatz und tupfte sie zuerst mit einem Antiseptikum, dann mit Alkohol ab. Sie zog sich sterile Handschuhe über und nahm die Spritze mit dem Lokalanästhetikum zur Hand.

»Ich spritze jetzt das Xylocain. Er wird das nicht mögen.«

Claire durchstieß die Haut mit einer Fünfundzwanziger-Nadel und injizierte behutsam das Betäubungsmittel. Sobald er etwas spürte, begann Taylor wütend zu schreien. Claire sah, wie eine der Schwestern angstvoll aufblickte. Keiner von ihnen hatte es jemals mit so etwas zu tun gehabt, und die Aggression, die der ganze Körper des Jungen ausstrahlte, ängstigte sie alle.

Claire griff nach der Spinalpunktionsnadel. Sie war acht Zentimeter lang und aus schimmerndem Stahl. Das Ende war offen, damit die Rückenmarksflüssigkeit herausfließen konnte.

»Halten Sie ihn fest. Ich mache jetzt die Punktion.«

Sie durchstach die Haut. Das Xylocain hatte die Stelle betäubt, so daß er keinen Schmerz empfand – noch nicht. Sie schob die Nadel immer tiefer hinein, wobei sie genau zwischen die beiden Dornfortsätze zielte, in Richtung auf die Dura mater des Rückenmarks. Sie spürte einen leichten Widerstand, und dann ein deutliches Knacken, als die Nadel die schützende Dura mater durchstieß.

Taylor schrie wieder und begann, um sich zu schlagen.

»Halten Sie ihn fest! Sie müssen ihn festhalten!«

»Wir versuchen es ja! Können Sie sich nicht beeilen?«

»Ich bin schon drin. Es dauert jetzt nur noch eine Minute.« Sie hielt ein Teströhrchen unter die Öffnung der Spritze und fing den ersten Tropfen Rückenmarksflüssigkeit darin auf. Zu ihrer Überraschung war die Flüssigkeit kristallklar, ohne Blut und ohne die verräterische Trübung, die auf eine Infektion hingewiesen hätte. Dies war offenbar kein Fall von Meningitis. *Womit habe ich es denn dann zu tun?* So fragte sie sich, während sie vorsichtig weitere Rückenmarksflüssigkeit in drei Teströhrchen sammelte. Die Proben würden sofort ins Labor gehen, wo sie auf Zellstruktur, Bakterien, Glukose und Proteine untersucht werden würden. Sie mußte die Flüssigkeit in den Röhrchen jedoch nur ansehen, um zu wissen, daß die Ergebnisse normal sein würden.

Sie zog die Nadel heraus und bedeckte die Stelle mit Verbandmull. Alle Anwesenden schienen gleichzeitig aufzuatmen; die Prozedur war überstanden.

Aber der Antwort war sie nicht nähergekommen.

Später am selben Abend traf sie Taylors Mutter in der winzigen Kapelle des Krankenhauses. Sie saß regungslos da und starrte auf den Altar. Claire hatte schon vorher mit ihr gesprochen, als sie die Erlaubnis für die Lumbalpunktion eingeholt hatte. Da war Wanda ein einziges Nervenbündel gewesen, mit fahrigen Händen und zitternden Lippen. Sie war den ganzen Tag mit dem Auto unterwegs gewesen, zuerst die zweihundert Meilen nach Portland zu einem Termin mit ihrem Scheidungsanwalt, und dann die nervenaufreibende Rückfahrt, nachdem die Polizei ihr die furchtbare Nachricht übermittelt hatte.

Jetzt schien Wanda nur erschöpft zu sein, alle Adrenalinreserven waren aufgebraucht. Sie war eine kleine Frau, und sie trug ein schlechtsitzendes Kostüm, in dem sie wie ein Kind aussah, das mit den Kleidern seiner Mutter Erwachsensein spielte. Als Claire die Kapelle betrat, blickte sie auf, brachte aber kaum ein Nicken zur Begrüßung zustande.

Claire setzte sich und legte sanft ihre Hand auf die von Wanda. »Wir haben die Laborergebnisse von der Rückenmarkspunktion bekommen. Sie sind völlig normal; Taylor hat keine Meningitis.«

Wanda Darnell stieß einen tiefen Seufzer aus. Sie ließ die Schultern in der übergroßen Kostümjacke nach vorne sinken. »Das ist doch gut, oder?«

»Ja. Und nach der Computertomographie zu urteilen, hat er

auch keinen Tumor oder irgendwelche Hirnblutungen. Das ist also auch gut.«

»Aber was hat er denn nun? Warum hat er es getan?«

»Ich weiß es nicht, Wanda. Wissen Sie es?«

Sie saß ganz still, als ringe sie innerlich um eine Antwort. »Er ist nicht ... normal. Schon seit fast einer Woche.«

»Wie meinen Sie das?«

»Er hat sich nicht unter Kontrolle, ist ständig wütend auf alle und jeden. Flucht und schimpft, knallt Türen. Ich dachte, es wäre wegen der Scheidung. Das Ganze hat ihm so zugesetzt ...«

Claire war unwohl bei dem Gedanken, das nächste Thema anzuschneiden, aber es mußte sein. »Was ist mit Drogen, Wanda? Die können die Persönlichkeit eines Kindes verändern. Glauben Sie, daß er mit irgend etwas herumexperimentiert hat?«

Wanda zögerte. »Nein.«

»Es klingt, als wären Sie sich nicht ganz sicher.«

»Es ist bloß ...« Sie schluckte, und Tränen traten ihr in die Augen. »Ich habe das Gefühl, daß er mir ganz fremd geworden ist. Er ist mein Sohn, und ich erkenne ihn kaum noch wieder.«

»Haben Sie irgendwelche Warnsignale bemerkt?«

»Er war immer schon ein bißchen schwierig. Deshalb hat Dr. Pomeroy ja vermutet, er könnte ein hyperkinetisches Syndrom haben. In letzter Zeit scheint es noch schlimmer geworden zu sein. Besonders, seit er sich mit diesen schrecklichen Jungen rumtreibt.«

»Welche Jungen?«

»Sie wohnen ein paar Häuser weiter von uns. J. D. und Eddie Reid. Und dann ist da noch dieser Scotty Braxton. Alle vier haben sie vergangenen März Ärger mit der Polizei gehabt. Das war das erste Mal, daß wir uns so richtig schlimm gestritten haben. Da hat er mich auch geschlagen.«

»*Taylor* hat Sie geschlagen?«

Wanda ließ den Kopf sinken – sie war das Opfer gewesen, doch sie schämte sich für die erlittene Mißhandlung.

»Wir haben seitdem kaum noch miteinander gesprochen. Und wenn wir es mal tun, ist es so offensichtlich, daß ...« Ihre Stimme wurde zu einem Flüstern. »Daß wir einander hassen.«

Claire berührte sachte Wandas Arm. »Ob Sie mir glauben oder nicht, es ist gar nicht so ungewöhnlich, wenn man die eigenen Kinder in diesem Alter nicht besonders liebt.«

»Aber ich fürchte mich auch vor ihm! Das macht es noch viel schlimmer. Ich mag ihn nicht, *und* ich habe Angst vor ihm. Als er mich geschlagen hat, war es, als ob sein Vater wieder im Haus wäre.« Sie berührte ihre Lippen mit den Fingern, als ob sie sich an eine längst verheilte Wunde erinnerte. »Paul und ich streiten immer noch um das Sorgerecht. Da kämpfen wir zwei um einen Jungen, der doch keinen von uns beiden liebt.«

Claires Pager meldete sich. Sie warf einen Blick auf die Digitalanzeige und sah, daß das Labor sie angepiepst hatte. »Entschuldigen Sie mich bitte«, sagte sie und verließ die Kapelle, um von der Eingangshalle des Krankenhauses aus zu telefonieren.

Anthony, der Laborleiter, nahm den Anruf entgegen. »Das Labor in Bangor hat gerade angerufen und weitere Ergebnisse bezüglich Taylor durchgegeben, Dr. Elliot.«

»Gab es irgendwelche Treffer bei den spezifischen Screenings?«

»Ich fürchte nein. Sein Blut enthält weder Alkohol, Cannabis, Opiate noch Amphetamine. Also ein negatives Resultat für alle Drogen, auf die Sie es getestet haben wollten.«

»Ich war mir so sicher«, sagte sie perplex. »Ich weiß nicht, was sonst ein solches Verhalten hervorrufen könnte. Es muß eine Droge geben, die ich übersehen habe.«

»Vielleicht ist da wirklich etwas. Ich habe sein Blut durch unseren Gaschromatographen geschickt, und bei einer Retentionszeit von einer Minute und zehn Sekunden gab es einen abnormen Ausschlag.«

»Was bedeutet das?«

»Es zeigt zwar nicht das Vorhandensein einer bestimmten Droge an, aber jedenfalls *gibt* es einen Kurvengipfel, was darauf hinweist, daß irgendeine ungewöhnliche Substanz in seinen Adern zirkuliert. Sie könnte völlig harmlos sein – etwa irgendein pflanzliches Arzneimittel.«

»Wie können wir herausfinden, was es ist?«

»Wir brauchen eine umfangreichere Analyse. Das Labor in Bangor ist dafür nicht ausgestattet. Wir müssen noch mehr Blut abnehmen und es in unser Referenzlabor in Boston schicken. Dort kann man es simultan auf Hunderte von verschiedenen Drogen testen.«

»Dann lassen Sie uns das doch tun!«

»Nun, da liegt das Problem. Das ist der andere Grund, weshalb ich Sie angepiepst habe. Ich habe gerade die Order bekommen, alle noch ausstehenden Drogen-Screenings zu streichen. Unterschrieben hat die Anweisung Dr. DelRay.«

»Was?« Sie schüttelte ungläubig den Kopf. »*Ich* bin Taylors Ärztin!«

»Aber DelRay schreibt die Anweisungen, und seine widersprechen den Ihren. Also weiß ich nicht recht, was ich tun soll.«

»Hören Sie, lassen Sie mich mit der Mutter reden. Ich werde die Angelegenheit sofort klären.« Sie hängte auf und ging zurück zur Kapelle.

Sie hatte die Tür noch nicht geöffnet, da konnte sie bereits eine wütende männliche Stimme hören.

» ... hast dich doch nie richtig durchgesetzt! Du bist doch zu rein gar nichts zu gebrauchen! Kein Wunder, daß er so verkorkst ist!«

Claire öffnete die Tür und trat ein. »Gibt es hier ein Problem, Wanda?«

Der Mann drehte sich zu ihr um. »Ich bin Taylors Vater.«

Persönliche Krisen bringen oft die schlechtesten Eigenschaften eines Menschen zum Vorschein, aber Paul Darnell war offenbar zu keiner Zeit besonders liebenswert. Als Teilhaber der größten Steuerberatungsfirmen von Two Hills war er weitaus eleganter gekleidet als seine Frau, die dagegen in ihrem schlechtsitzenden Kostüm noch bedeutungsloser wirkte, als sie es ohnehin schon tat. Die kurze Auseinandersetzung zwischen diesen beiden Ex-Eheleuten, deren Zeugin Claire geworden war, hatte ihr deutlich gemacht, wie es in der Ehe zugegangen sein mußte: Paul war der Aggressor, der ständig Forderungen stellte und sich beklagte; Wanda blieb nur, zu beschwichtigen und sich zurückzunehmen.

»Was höre ich da? Mein Sohn soll illegale Drogen genommen haben?«

»Ich versuche, einen Grund zu finden für das, was heute geschehen ist, Mr. Darnell. Ich hatte gerade Ihre Frau gefragt –«

»Taylor hat keine Drogen genommen. Nicht, seit Sie das Ritalin abgesetzt haben.« Er machte eine Pause. »Und mit dem Ritalin ging's ihm gut. Ich habe nie verstanden, warum er es nicht weiter bekommen hat.«

»Es ist schon zwei Monate her, daß ich es abgesetzt habe. Diese Persönlichkeitsveränderung ist jüngeren Datums.«

»Vor zwei Monaten ging es ihm gut.«

»Nein, das stimmt nicht. Er war müde und teilnahmslos. Und diese HKS-Diagnose ist nie wirklich bestätigt worden. Das ist nicht das gleiche wie eine Bluthochdruck-Diagnose, wofür es festgelegte Parameter gibt.«

»Für Dr. Pomeroy stand die Diagnose fest.«

»HKS ist zu einer Schublade geworden, in die man alle möglichen Arten von kindlichem Fehlverhalten steckt. Wenn ein Schüler Lernschwierigkeiten hat oder etwas Dummes anstellt, wollen die Eltern einen Grund dafür wissen. Ich habe mich Dr. Pomeroys Diagnose nicht angeschlossen. Im Zweifelsfall verschreibe ich einem Kind lieber keine Pillen.«

»Und Sie sehen ja, was passiert ist. Er ist völlig außer Kontrolle. Und das schon seit Wochen.«

»Woher willst du das wissen, Paul?« fragte Wanda. »Wie lange ist es her, seit du zuletzt Zeit mit deinem eigenen Sohn verbracht hast?«

Paul warf seiner Exfrau einen so haßerfüllten Blick zu, daß Wanda erschrocken zurückwich. »Du bist doch diejenige, die sich um ihn kümmern soll«, sagte er. »Ich wußte ja, daß du nicht mit ihm zurechtkommen würdest. Du hast wie üblich alles vermasselt, und jetzt wird unser Sohn im Gefängnis landen!«

»Wenigstens habe ich ihm nicht die Pistole besorgt«, sagte sie leise.

»Was?«

»Das war deine Pistole, die er in die Schule mitgenommen hat. Hast du sie denn noch nicht vermißt?«

Er starrte sie an. »Dieses kleine *Arschloch!* Wie hat er –«

»Das bringt doch nichts!« fuhr Claire dazwischen. »Wir müssen an Taylor denken. Daran, wie sein Verhalten zu erklären ist.«

Paul wandte sich seiner geschiedenen Frau zu. »Ich habe Adam DelRay gebeten, sich seiner anzunehmen. Er ist gerade oben und sieht sich Taylor an.«

Claire fehlten die Worte angesichts dieser unverblümten Mitteilung. Deshalb hatte also DelRay die Anweisung geschrieben: Er war jetzt der behandelnde Arzt. Man hatte ihr gerade den Fall entzogen.

»Aber Dr. Elliot ist seine Ärztin!« protestierte Wanda.

»Ich kenne Adam, und ich vertraue seinem Urteil.«

Das heißt wohl, daß er meinem mißtraut?

»Ich kann Adam DelRay noch nicht einmal leiden«, sagte Wanda. »Er ist dein Freund, nicht meiner.«

»Du mußt ihn ja nicht mögen.«

»Das muß ich wohl, wenn er meinen Sohn behandelt.«

Pauls Lachen war schrill. »Danach suchst du also einen Arzt aus, Wanda? Nimmst den mit dem größten Kuschelfaktor, was?«

»Ich tue, was am besten für Taylor ist!«

»Und deshalb ist er also hier gelandet.«

Jetzt endlich riß Claire der Geduldsfaden. »Mr. Darnell«, sagte sie, »das ist *nicht* der Moment, um auf Ihrer Frau herumzuhacken!«

Er drehte sich zu Claire um, und seine Verachtung bezog

sich offensichtlich auch auf sie. »Exfrau«, berichtigte er. Dann wandte er sich ab und verließ die Kapelle.

Sie fand Adam DelRay im Stationszimmer; er saß am Schreibtisch und schrieb etwas in Taylors Krankenakte. Obwohl es schon spät am Abend war, wirkte sein weißer Kittel noch wie frisch gestärkt, und Claire fühlte sich im Vergleich dazu ganz zerknittert. Jegliche Verlegenheit, die er angesichts der Krise im Fall Katie Youmans früher am Tag empfunden haben mochte, war praktischerweise völlig vergessen, und er betrachtete Claire mit seiner üblichen aufreizenden Selbstsicherheit.

»Ich wollte Sie gerade anpiepsen«, sagte er. »Paul Darnell hat soeben entschieden –«

»Ich habe schon mit ihm gesprochen.«

»Aha. Dann wissen Sie es ja.« Er zuckte bedauernd mit den Schultern. »Ich hoffe, Sie nehmen es nicht persönlich.«

»Es ist die Entscheidung der Eltern. Sie haben das Recht dazu«, gab sie widerwillig zu. »Aber da Sie den Fall übernehmen, dachte ich, Sie sollten vielleicht wissen, daß sich bei der Gaschromatographie von Taylors Blut ein abnormer Peak ergeben hat. Ich schlage vor, daß Sie ein umfassendes Drogen-Screening anordnen.«

»Ich glaube nicht, daß das notwendig ist.« Er legte die Akte hin und stand auf. »Die wahrscheinlichsten Substanzen sind ausgeschlossen worden.«

»Dieser Kurvengipfel muß identifiziert werden.«

»Paul möchte keine weiteren Tests.«

Sie schüttelte ungläubig den Kopf. »Ich verstehe seine Einwände nicht.«

»Ich glaube, er ist zu den Entschluß gelangt, nachdem er mit seinem Anwalt gesprochen hat.«

Sie wartete, bis er weggegangen war, und nahm dann die Akte zur Hand. Sie blätterte darin, bis sie zu den Verlaufsbögen kam, und las mit wachsendem Unmut DelRays Eintragung:

Anamnese und Befund diktiert.
Einschätzung:
1. Akute Psychose infolge abrupter Absetzung von Ritalin.
2. Hyperkinetisches Syndrom.

Claire ließ sich in den nächstbesten Stuhl fallen. Sie fühlte sich plötzlich unsicher auf den Beinen, und ihr war übel. Das war also die Strategie der Verteidigung. Daß der Junge für seine Handlungen nicht verantwortlich sei. Daß Claire die Schuld trage, weil sie ihm das Ritalin entzogen und so den Ausbruch einer Psychose ausgelöst habe. *Ich werde auf der Anklagebank landen.*

Das war der Grund, weshalb Paul nicht wollte, daß irgendwelche Drogen im Blut des Jungen gefunden wurden. Es würde Claire entlasten.

Erregt blätterte sie zum Anfang der Akte und las DelRays Anweisungen.

Umfassendes Screening auf Drogen/Toxine streichen.

Alle künftigen Fragen und Laborberichte an mich. Dr. Elliot ist nicht mehr behandelnde Ärztin.

Sie klappte die Akte zu und spürte, wie die Übelkeit heftiger wurde. Jetzt stand nicht mehr nur Taylors Leben auf dem Spiel; jetzt ging es auch um ihre Praxis, um ihren Ruf.

Sie dachte an die erste Verteidigungsregel für Mediziner: Halte dir den Rücken frei. Man kann dich nicht belangen, wenn du nachweisen kannst, daß du keinen Fehler gemacht hast. Wenn du deine Diagnose mit Laborergebnissen belegen kannst.

Sie brauchte eine Probe von Taylors Blut. Und jetzt war die letzte Gelegenheit, sie zu besorgen; schon morgen würde sein Körper alle eventuell vorhandenen Substanzen restlos ausgeschieden haben. Dann wäre kein Nachweis mehr möglich.

Sie ging zum Vorratsraum auf der anderen Seite des Stationszimmers, öffnete eine Schublade und nahm eine Vacutainer-Spritze, Alkoholtupfer und drei Blutabnahme-Röhrchen mit rotem Verschluß heraus. Ihr Herz raste, als sie den Korridor entlang zu Taylors Zimmer ging. Der Junge war nicht mehr ihr Patient, und sie hatte kein Recht, dies zu tun; doch sie mußte wissen, welche Droge – falls es sich um eine Droge handelte – in seinem Blutkreislauf zirkulierte.

Der State Trooper nickte ihr zur Begrüßung zu, als sie näher kam.

»Ich muß Blut abnehmen«, sagte sie. »Wären Sie so freundlich, seinen Arm so lange zu halten?«

Er schien nicht gerade glücklich darüber zu sein, aber er folgte ihr in das Zimmer.

Nimm es rasch ab und verschwinde dann von hier. Mit zitternden Händen legte sie die Aderpresse an und nahm die Schutzkappe von der Nadel. *Du mußt hier raus, bevor jemand dahinterkommt, was du tust.* Sie betupfte Taylors Arm mit Alkohol, und er stieß einen wütenden Schrei aus und sträubte sich gegen den festen Griff des Polizisten. Claires Puls beschleunigte sich, als sie die Haut durchstach und spürte, wie die Nadel mit einem kaum merklichen *plop* in die Vene eindrang. *Schnell. Schnell!* Sie füllte ein Röhrchen, ließ es in ihre Kitteltasche gleiten und schob dann das nächste in den Vacutainer. Dunkles Blut strömte aus der Vene.

»Ich kann ihn nicht stillhalten«, sagte der Polizist, während er den fluchenden und sich sträubenden Jungen mühsam in Schach hielt.

»Ich bin fast fertig.«

»Er versucht, mich zu beißen!«

»Halten Sie ihn nur still!« sagte sie barsch. Das schrille Geschrei des Jungen zerrte an ihren Nerven. Sie schob das dritte Röhrchen hinein und sah zu, wie es sich mit Blut füllte. *Nur noch eins. Los, komm schon!*

»Was zum Teufel geht hier vor?«

Claire sah auf. In ihrer Verblüffung ließ sie die Nadel aus der Vene gleiten, und sofort begann das Blut aus der Einstichwunde auf das Bettlaken zu tropfen. Rasch nahm sie die Aderpresse ab und verband den Arm des Jungen mit einer Mullbinde. Ihre Wangen glühten vor Scham, als sie sich umdrehte und Paul Darnell und Adam DelRay gegenüberstand, die sie von der Tür aus ungläubig anstarrten. Zwei Schwestern spähten ihnen über die Schultern.

Der Cop sagte: »Sie hat nur ein wenig Blut abgenommen. Da ist der Junge ein bißchen laut geworden.«

»Dr. Elliot sollte gar nicht hiersein«, sagte Paul. »Kennen Sie etwa nicht die neuen Anweisungen?«

»Welche Anweisungen?«

»Ich bin jetzt der Arzt des Jungen«, fuhr DelRay ihn an. »Dr. Elliot hat keinerlei Autorität. Sie dürfte nicht einmal hier im Zimmer sein.«

Der Polizist starrte Claire an, und seine Verärgerung war unverkennbar. *Sie haben mich benutzt.*

Paul streckte die Hand aus. »Geben Sie mir die Blutproben, Dr. Elliot!«

Sie schüttelte den Kopf. »Ich überprüfe lediglich ein abnormes Testergebnis. Es könnte einen Einfluß auf die Behandlung Ihres Sohnes haben.«

»Sie sind nicht mehr seine Ärztin! Geben Sie mir die Röhrchen!«

Sie schluckte krampfhaft. »Es tut mir leid, Mr. Darnell. Aber das kann ich nicht tun.«

»Das ist Körperverletzung!« Paul wandte sich an die anderen Anwesenden. Die Empörung stand ihm ins Gesicht geschrieben. »Jawohl, Körperverletzung! Sie hat meinen Sohn mit dieser Spritze angegriffen, obwohl sie weiß, daß sie kein Recht dazu hat!« Er sah Claire an. »Sie werden von meinem Anwalt hören.«

»Paul«, unterbrach ihn DelRay, plötzlich ganz der Diplomat. »Ich bin überzeugt, daß Dr. Elliot diese Art von Unannehmlichkeiten lieber vermeiden möchte.« Er drehte sich zu Claire um und redete im Ton selbstgefälliger Vernunft auf sie ein. »Kommen Sie, Claire. Das Ganze wird allmählich zu einer Farce. Nun geben Sie mir schon die Röhrchen.«

Sie sah auf die beiden Röhrchen in ihrer Hand hinab und versuchte, ihren Wert gegen eine Anklage wegen Körperverletzung abzuwägen. Gegen den möglichen Verlust ihrer ärztlichen Privilegien. Sie spürte die Blicke, die auf ihr ruhten, die beobachteten, wie sie erniedrigt wurde – und es auch noch genossen.

Schweigend übergab sie DelRay die Röhrchen.

Er nahm sie mit einem triumphierenden Blick entgegen. Dann wandte er sich an den Polizisten. »Der Junge ist mein Patient. Ist das klar?«

»Vollkommen klar, Dr. DelRay.«

Niemand sagte ein Wort zu Claire, als sie die Station verließ, aber sie wußte, daß alle sie anstierten. Sie blickte starr vor sich hin, als sie um die Ecke bog und den Abwärts-Knopf drückte. Erst als die Tür des Aufzugs sich hinter ihr geschlossen hatte, wagte sie es endlich, die Hand in die Tasche ihres Kittels gleiten zu lassen.

Das dritte Röhrchen war noch da.

Sie fuhr mit dem Lift ins Kellergeschoß und fand dort Anthony im Labor sitzend, umgeben von Gestellen mit Reagenzgläsern.

»Ich habe Proben vom Blut des Jungen«, sagte sie zu ihm.

»Für das Drogen-Screening?«

»Ja. Ich fülle den Antrag selbst aus.«

»Die Formulare sind in dem Regal da drüben.«

Sie nahm eines vom Stapel und stutzte, als sie den Briefkopf sah: Anson Biologicals. »Haben wir ein neues Referenzlabor? Ich habe diese Formulare hier noch nie gesehen.«

Er sah von einer surrenden Zentrifuge auf. »Wir haben gerade vor ein paar Wochen zu Anson gewechselt. Das Krankenhaus hat einen neuen Vertrag mit ihnen abgeschlossen; sie sind jetzt für unsere komplexeren chemischen Analysen und Radioimmunoassays zuständig.«

»Warum?«

»Ich glaube, es war eine Kostenfrage.«

Sie las das Formular durch und kreuzte dann das Kästchen für *Gaschromatographie/Massenspektrometrie; umfassendes Screening auf Drogen/Toxine* an. In das Feld für Anmerkungen am Fuß der Seite schrieb sie: »Vierzehnjähriger mit Verdacht auf drogenbedingte Psychose und Aggression. Dieser Test ist nur für meine eigene Forschung bestimmt. Ergebnisse bitte direkt an mich.« Und sie unterschrieb das Formular.

Noah ging zur Tür, um zu sehen, wer geklopft hatte. Amelia stand draußen in der Dunkelheit. Sie trug einen Verband, der sich als leuchtendweißer Streifen quer über ihre Schläfe zog, und Noah konnte sehen, daß es ihr Schmerzen bereitete, zu lächeln. In ihrer mißlichen Lage gelang es ihr gerade einmal, einen ihrer Mundwinkel ein wenig nach oben zu ziehen.

Ihr unerwarteter Besuch überraschte ihn so, daß ihm absolut nichts Intelligentes einfiel, was er hätte sagen können. So glotzte er sie nur an, etwa so verdattert wie ein Bauer, der plötzlich dem König gegenübersteht.

»Das ist für dich«, sagte sie und hielt ihm ein kleines braunes Päckchen hin. »Tut mir leid, aber ich habe nichts Nettes zum Einschlagen gefunden.«

Er nahm das Päckchen, konnte aber den Blick nicht von ihrem Gesicht abwenden. »Geht's dir gut?«

»Alles in Ordnung. Du hast ja sicher gehört, daß Mrs. Horatio …« Sie brach ab, mit den Tränen kämpfend.

Er nickte. »Meine Mom hat's mir erzählt.«

Amelia berührte den Verband an ihrem Kopf. Wieder sah er Tränen in ihren Augen aufblitzen. »Ich habe deine Mom getroffen. In der Unfallstation. Sie war wirklich nett zu mir …« Sie wandte sich ab und blickte über ihre Schulter in die Dunkelheit zurück, als fühle sie sich beobachtet. »Ich muß jetzt gehen –«

»Hat jemand dich gefahren?«

»Ich bin zu Fuß gegangen.«

»Zu Fuß? In der Dunkelheit?«

»Es ist nicht sehr weit. Ich wohne gleich drüben am anderen Ufer des Sees, direkt hinter der Bootsanlegestelle.« Sie trat ein wenig von der Tür zurück; ihr blondes Haar wippte im Takt ihrer Schritte. »Ich seh dich dann in der Schule.«

»Amelia!« Er hielt das Geschenk hoch. »Wofür ist das?«

»Als Dankeschön. Für das, was du heute getan hast.« Sie ging noch einen Schritt weiter und war schon fast in der Dunkelheit verschwunden.

»Amelia!«

»Ja?«

Noah schwieg einen Moment; er wußte nicht, was er sagen sollte. Die Stille wurde nur vom Rascheln der welken Blätter durchbrochen, die über den Rasen tanzten. Amelia stand jetzt am Rand des Lichtkegels, der aus der offenen Haustür fiel. Ihr Gesicht war ein bleiches Oval, das fast vom Dunkel der Nacht verschluckt wurde.

»Möchtest du reinkommen?« fragte er.

Zu seiner Überraschung schien sie über die Einladung nachzudenken. Einen Augenblick lang schwankte sie zwischen Dunkelheit und Licht, zwischen Annäherung und Rückzug. Wieder sah sie über die Schulter, als suche sie um Erlaubnis nach. Dann nickte sie.

Noah geriet einigermaßen in Panik wegen der Unordnung im Wohnzimmer. Seine Mutter war am Nachmittag nur für ein paar Stunden nach Hause gekommen, um ihn zu trösten und ihm etwas zu essen zu kochen. Dann war sie ins Krankenhaus zurückgefahren, um nach Taylor zu sehen. Niemand hatte im Wohnzimmer aufgeräumt, und alles lag noch da, wo Noah es am Nachmittag hingeworfen hatte – der Rucksack auf dem Sofa, das Sweatshirt auf dem Couchtisch, die schmutzigen Tennisschuhe vor dem Kamin. Er beschloß, einen Bogen um das Wohnzimmer zu machen, und führte Amelia statt dessen in die Küche.

Sie setzten sich, ohne einander anzusehen – zwei fremde Wesen, die Mühe hatten, eine gemeinsame Sprache zu finden.

Sie blickte kurz auf, als das Telefon klingelte. »Willst du nicht rangehen?«

»Nee. Ist nur wieder einer von diesen Reportern. Sie rufen schon die ganze Zeit an, seit ich zu Hause bin.«

Der Anrufbeantworter schaltete sich ein, und es stellte sich heraus, daß er richtiggelegen hatte. Eine Frauenstimme sagte: »Hier ist Damaris Horne vom *Weekly Informer.* Ich würde sehr, sehr gerne mit Noah Elliot sprechen, wenn's möglich wäre, wegen dieser erstaunlichen Heldentat heute früh im Klassenzimmer. Das ganze Land möchte etwas darüber hören, Noah. Ich bin im Lakeside Bed & Breakfast zu erreichen, und ich könnte dir eine finanzielle Entschädigung für den Zeitaufwand anbieten, falls das die Sache für dich attraktiver machen würde ...«

»Sie will dich bezahlen, bloß fürs Reden?« fragte Amelia.

»Verrückt, nicht wahr? Meine Mom sagt, das ist ein sicheres Zeichen dafür, daß ich *nicht* mit der Dame sprechen sollte.«

»Aber die Leute wollen was darüber hören. Was du getan hast.«

Was ich getan habe.

Er zuckte mit den Achseln. Er hatte das Gefühl, daß er das ganze Lob nicht verdient hatte, am wenigsten das von Amelia. Er saß da und hörte sich den Rest des Anrufs an. Dann wurde es wieder still; das einzige Geräusch war das leise Piepen der Nachrichtenanzeige.

»Du kannst es jetzt auspacken. Wenn du willst.«

Er sah das Geschenk an. Obwohl es nur in einfaches braunes Papier gewickelt war, gab er sich große Mühe, es nicht zu zerreißen. Er wäre sich ungehobelt vorgekommen, wenn er es vor ihren Augen einfach so zerfetzt hätte. Vorsichtig zog er das Klebeband ab und wickelte das Geschenk aus.

Das Taschenmesser war weder groß noch beeindruckend. Er sah Kratzer am Griff; es war also noch nicht einmal neu. Sie hatte ihm ein gebrauchtes Messer geschenkt.

Er brachte ein einigermaßen enthusiastisch klingendes »Wow« hervor. »Das ist aber hübsch.«

»Es hat meinem Dad gehört.« Leise fügte sie hinzu: »meinem richtigen Dad.«

Er sah auf, als ihm die Bedeutung dieser Worte klar wurde.

»Jack ist mein Stiefvater.« Sie sprach das letzte Wort so aus, als ob es etwas ganz und gar Abscheuliches wäre.

»Dann sind J. D. und Eddie …«

»Sie sind nicht meine richtigen Brüder. Es sind Jacks Söhne.«

»Ich hab mich schon gewundert. Sie gleichen dir gar nicht.«

»Gott sei Dank.«

Noah lachte. »Ja, auf so eine Familienähnlichkeit wäre ich auch nicht gerade scharf.«

»Ich darf noch nicht mal über meinen richtigen Dad reden, weil Jack dann wütend wird. Er haßt es, daran erinnert zu werden, daß da vor ihm schon jemand war. Aber ich will, daß es alle wissen. Die Leute sollen wissen, daß Jack nichts mit dem Menschen zu tun hat, der ich wirklich bin.«

Er legte ihr das Messer sachte in die Hand. »Ich kann das nicht annehmen, Amelia.«

»Ich möchte es aber.«

»Aber es muß dir eine Menge bedeuten, wenn es ihm gehört hat.«

»Deshalb will ich ja, daß du es bekommst.« Sie fuhr mit den Fingern über den Verband an ihrer Schläfe, als wolle sie ihn daran erinnern, was sie ihm schuldete. »Du bist der einzige gewesen, der irgendwas gemacht hat. Der einzige, der nicht weggerannt ist.«

Er konnte ihr die peinliche Wahrheit nicht gestehen: *Ich wäre gerne weggerannt, aber ich hatte so fürchterliche Angst, daß ich die Beine nicht bewegen konnte.*

Sie sah auf die Küchenuhr und sprang abrupt auf. Erschrocken sagte sie: »Ich wußte nicht, daß es schon so spät ist.«

Er begleitete sie zur Haustür. Kaum war sie über die Schwelle getreten, als plötzlich Scheinwerferstrahlen zwischen den

Bäumen hervorbrachen. Sie drehte sich um und schien zu erstarren, als der Lastwagen dröhnend die Auffahrt heraufkam.

Die Fahrertür flog auf, und Jack Reid sprang heraus, spindeldürr und mit finsterer Miene.

»Los, steig ein, Amelia!« sagte er.

»Jack, woher wußtest du ...«

»Eddie hat gesagt, du wärst wohl hier.«

»Ich wollte gerade nach Hause gehen.«

»Steig ein, und zwar sofort!«

Sie verstummte augenblicklich und kletterte gehorsam auf den Beifahrersitz.

Ihr Stiefvater wollte sich eben wieder ans Lenkrad setzen, als sein Blick sich mit Noahs traf.

»Sie treibt sich nicht mit Jungs rum«, sagte er. »Das solltest du dir merken.«

»Sie ist nur vorbeigekommen, um hallo zu sagen«, erwiderte Noah wütend. »Was ist denn daran so schlimm?«

»Was daran schlimm ist? Du hast die Finger von meiner Tochter zu lassen, ist das klar, Bursche?« Er stieg ein und knallte die Tür zu.

»Sie ist ja noch nicht mal Ihre Tochter!« schrie Noah, aber er wußte, daß der Mann ihn durch das Geräusch des aufheulenden Motors nicht hören konnte.

Als der Lastwagen in der Auffahrt kehrtmachte, konnte Noah für einen Moment Amelias Profil sehen, eingerahmt vom Seitenfenster. Ihr ängstlicher Blick war starr nach vorne gerichtet.

6

Die ersten Schneeflocken wirbelten durch das kahle Geäst herab und senkten sich wie feiner Staub auf die Grabungsstätte. Lucy Overlock warf einen Blick zum Himmel und sagte: »Es wird doch wieder aufhören zu schneien, oder? Es muß aufhören, sonst werden noch alle Spuren verwischt.«

»Der Schnee schmilzt schon wieder«, meinte Lincoln. Er schnüffelte kurz, und irgendein Instinkt, entstanden in lebenslanger Verbundenheit mit diesen Wäldern, sagte ihm, daß der Schnee sich nicht lange halten würde. Diese Flocken waren nur eine geflüsterte Warnung vor den kommenden Wintermonaten, trügerisch in ihrer Sanftheit. Der Schnee machte ihm nichts aus, ebensowenig wie all die Unannehmlichkeiten, die damit verbunden waren – das Schaufeln und Schneepflügen, die Nächte ohne Strom, wenn die Überlandleitungen unter der Last des Schnees zusammenbrachen. Es war die Dunkelheit, die er nicht mochte. In diesen Tagen wurde es so früh dunkel. Schon begann das Tageslicht zu schwinden, und die Bäume waren nur noch formlose schwarze Kleckse vor dem Hintergrund des Himmels.

»Für heute können wir wohl einpacken«, sagte Lucy. »Und hoffen, daß morgen früh nicht alles unter dreißig Zentimetern Schnee begraben ist.«

Da die Knochen jetzt nicht mehr von Interesse für die Polizei waren, hatten Lucy und ihre Assistenten die Verantwortung für den Schutz der Ausgrabung übernommen. Die beiden jungen Archäologen zogen eine Plane über die Grabungsstelle und sicherten sie mit Pflöcken. Es war eine nutzlose Vorkehrung; ein Waschbär auf Raubzug hätte sie mit seinen Klauen im Nu aufgerissen.

»Wann sind Sie hier fertig?« fragte Lincoln.

»Ich würde mir gerne einige Wochen Zeit lassen«, antwortete Lucy. »Aber das Wetter wird schlechter, und deshalb müssen wir uns beeilen. *Ein* strenger Frost, und das war's dann für dieses Jahr.«

Der Strahl eines Scheinwerfers flackerte durch die Bäume. Lincoln sah, daß ein weiterer Wagen in Rachel Sorkins Einfahrt eingebogen war.

Er stapfte durch den Wald zurück zum Haus. In den letzten paar Tagen hatte sich der Hof in einen Parkplatz verwandelt. Neben Lincolns Wagen standen Lucy Overlocks Jeep und ein verbeulter Honda, der, wie er vermutete, ihrem Doktoranden gehörte.

Auf der anderen Seite der Einfahrt, unter den Bäumen, war noch ein weiteres Fahrzeug geparkt – ein dunkelblauer Volvo. Er erkannte ihn, ging über den Hof und trat neben die Fahrertür.

Das Fenster öffnete sich summend einen Spalt weit. »Lincoln«, sagte die Frau.

»Guten Abend, Richterin Keating.«

»Haben Sie Zeit zu reden?« Er hörte das Klicken der Türverriegelung.

Lincoln ging um den Wagen herum zur Beifahrerseite, stieg ein und schloß die Tür. Eine Weile saßen sie nur da, eingehüllt in Schweigen.

»Haben Sie noch irgend etwas gefunden?« fragte sie. Sie sah ihn nicht an; ihr Blick war starr nach vorn gerichtet und fixierte einen Punkt irgendwo in den Bäumen. Im Dämmerlicht des Wageninneren sah sie jünger aus als ihre sechsundsechzig Jahre, und die Falten in ihrem Gesicht schienen sich geglättet zu haben. Sie wirkte nicht nur jünger, sondern auch weniger ehrfurchtgebietend.

»Da waren nur die zwei Skelette«, sagte Lincoln.

»Beide waren Kinder?«

»Ja. Dr. Overlock schätzt ihr Alter auf etwa neun oder zehn Jahre.«

»Kein natürlicher Tod?«

»Nein. Beide starben durch Gewalteinwirkung.«

Es war eine Weile still. »Und wann ist das geschehen?«

»Das ist nicht so leicht zu bestimmen. Alles, woran sie sich halten können, sind einige Artefakte, die bei den Überresten gefunden wurden. Sie haben ein paar Knöpfe ausgegraben, einen Griff von einem Sarg. Dr. Overlock meint, es handle sich vermutlich um einen Teil eines Familienfriedhofs.«

Sie nahm sich Zeit, um diese Information zu verarbeiten. Ihre nächste Frage kam leise und zögernd. »Die Überreste sind also ziemlich alt?«

»Hundert Jahre ungefähr.«

Sie atmete tief aus. War es nur Einbildung, oder konnte Lincoln wirklich sehen, wie die Anspannung von ihr abfiel? Sie schien vor Erleichterung förmlich zu erschlaffen und ließ den Kopf gegen die Nackenstütze fallen. »Hundert Jahre«, sagte sie. »Dann gibt es keinen Grund zur Besorgnis. Es hat nichts zu tun mit –«

»Nein. Es gibt keine Zusammenhänge.«

Sie blickte geradeaus in die sich verdichtende Dunkelheit. »Trotzdem, es ist ein so merkwürdiger Zufall, nicht wahr? Genau derselbe Abschnitt des Sees …« Sie schwieg einen Moment. »Ich frage mich, ob es wohl im Herbst passiert ist.«

»Jeden Tag sterben Menschen, Richterin Keating. Die Skelette von einem ganzen Jahrhundert – alle müssen sie irgendwo begraben werden.«

»Ich habe gehört, auf einem der Oberschenkelknochen sind Axtspuren.«

»Das stimmt.«

»Das wird die Leute stutzig machen. Sie werden sich erinnern.«

Lincoln hörte die Angst der Frau, und er wollte sie gerne beruhigen, doch er konnte sich nicht zu einem körperlichen Kontakt durchringen. Iris Keating war keine Frau, die man anfaßte. Ihr emotionaler Schutzschild war so stark, daß es ihn nicht gewundert hätte, wenn er die Hand ausgestreckt und eine Schale gefühlt hätte.

Er sagte: »Es ist lange her. Niemand erinnert sich daran.«

»Diese Stadt erinnert sich.«

»Nur einige wenige. Die Älteren. Und die möchten genausowenig darüber reden wie Sie.«

»Und dennoch – das Ganze ist aktenkundig. Und jetzt sind all diese Reporter in der Stadt. Sie werden Fragen stellen.«

»Was vor einem halben Jahrhundert passiert ist, ist ohne Belang.«

»Wirklich?« Sie sah ihn an. »So hat es das letzte Mal angefangen. Die Morde. Es hat im Herbst angefangen.«

»Sie können nicht jede Gewalttat als Wiederholung der Geschichte interpretieren.«

»Aber Geschichte *ist* Gewalt.« Erneut blickte sie nach vorne, in Richtung des Sees. Die Nacht war vollends hereingebrochen, und das Wasser war nur als schwacher Schimmer zwischen den kahlen Bäumen zu erkennen. »Fühlen Sie es nicht, Lincoln?« fragte sie leise. »Irgend etwas stimmt nicht mit diesem Ort. Ich weiß nicht, was es ist, aber ich habe es gespürt, seit ich klein war. Ich mochte nicht hier leben, schon damals nicht. Und jetzt ...« Sie griff nach dem Zündschlüssel und startete den Motor.

Lincoln stieg aus. »Die Straße ist glatt heute nacht. Fahren Sie vorsichtig.«

»Ja. Ach, übrigens, Lincoln?«

»Ja?«

»Ich habe erfahren, daß es wieder möglich ist, in das Rehabilitationsprogramm für Alkoholiker in Augusta reinzukommen. Das wäre vielleicht das richtige für Doreen. Wenn Sie sie dazu überreden können.«

»Ich werde es versuchen. Ich hoffe nur, daß es eines Tages auch mal Wirkung zeigt.«

Er glaubte, in ihren Augen Mitleid zu erkennen. »Ich wünsche Ihnen viel Glück. Sie hätten es wirklich verdient, Lincoln.«

»Ich komme schon zurecht.«

»Natürlich.« Jetzt erkannte er, daß in ihrer Stimme nicht Mitleid, sondern Bewunderung mitschwang. »Sie sind einer der wenigen Männer auf dieser Welt, denen man das zutrauen würde.«

Man hatte ein Foto von Mrs. Horatio auf den Sarg gestellt; ein Porträt, das sie als junge Frau von achtzehn Jahren zeigte, lächelnd, beinahe hübsch. Noah hätte seine Biologielehrerin nie als hübsch bezeichnet, und er wäre auch nie auf die Idee gekommen, daß sie irgendwann einmal jung gewesen war. In seiner Vorstellung war Dorothy Horatio schon als Frau mittleren Alters auf die Welt gekommen, und jetzt, im Tode, würde sie für alle Ewigkeit so bleiben.

In der langen Schlange von Schülern schlurfte er geduldig auf den Sarg zu, vorbei an der Fotografie von Mrs. Horatio in ihrer früheren Inkarnation als wirkliche, lebendige Frau. Es war ein Schock, diese Konfrontation mit dem seltsam vertrauten Abbild einer Mrs. Horatio ohne die zusätzlichen Pfunde, die Falten und die grauen Haare. Sich klarzumachen, daß diese Aufnahme entstanden war, als sie nicht viel älter gewesen war als Noah jetzt. »Was passiert, wenn wir alt werden?« fragte er sich. »Was wird aus dem Kind, das wir einmal waren?«

Er blieb vor dem Sarg stehen. Er war geschlossen – und das war ein Segen, denn er glaubte nicht, daß er es ertragen hätte, das Gesicht seiner toten Lehrerin zu sehen. Es war furchtbar genug, sich vorzustellen, wie sie wohl aussah, verborgen unter diesem Mahagonideckel. Er hatte Dorothy Horatio nicht besonders gemocht. Überhaupt nicht, genauer gesagt. Aber heute war er ihrem Mann und ihrer erwachsenen Tochter begegnet, hatte gesehen, wie sie einander schluchzend um den Hals gefallen waren, und ihm war eine verblüffende Wahrheit aufgegangen: daß auch die Mrs. Horatios dieser Welt Menschen haben, die sie lieben.

Auf der spiegelnden Oberfläche des Sargs konnte er sein eigenes Gesicht sehen, mit gleichgültiger und gefaßter Miene. Alle Gefühle versteckt hinter einer ausdruckslosen Maske.

Bei der letzten Beerdigung, an der er teilgenommen hatte, war er nicht so gefaßt gewesen.

Zwei Jahre zuvor hatten er und seine Mutter Hand in Hand vor dem Sarg seines Vaters gestanden. Der Deckel war offen gewesen, so daß die Leute auf sein hageres Gesicht herabblicken konnten, während sie Abschied nahmen. Als es Zeit war zu gehen, hatte sich Noah geweigert, seinen Platz zu verlassen. Seine Mutter hatte versucht, ihn wegzuführen, aber er hatte nur geschluchzt: *Du kannst Daddy nicht da drin lassen! Geh zurück! Geh zurück!*

Er blinzelte und berührte Mrs. Horatios Sarg leicht mit der Hand. Er war glatt und glänzend. Wie ein edles Möbelstück.

Was wird aus dem Kind, das wir einmal waren?

Endlich wurde ihm bewußt, daß die Reihe von Trauergästen vor ihm verschwunden war und daß sie hinter ihm schon darauf warteten, daß er Platz machte. Er ging an dem Sarg vorbei den Mittelgang entlang und floh dann aus der Leichenhalle. Draußen schneite es ein wenig. Das Gefühl der kalten Schneeflocken auf seinem Gesicht war wohltuend. Er stellte erleichtert fest, daß keiner der Reporter ihm nach draußen gefolgt war. Den ganzen Nachmittag waren sie mit ihren Kassettenrecordern hinter ihm hergewesen, um auch nur einen Satz von dem Jungen zu erhaschen, der dem Killer mutig die Pistole entwunden hatte. Dem Helden der Knox High School.

Was für ein Witz.

Er stand zitternd am Straßenrand gegenüber der Leichenhalle und beobachtete, wie die Leute aus dem Gebäude in die Dämmerung heraustraten. Alle vollführten sie das gleiche Ritual des In-die-Kälte-Kommens: Sie warfen einen abschätzenden Blick zum Himmel, erschauerten und hüllten sich enger in ihre Mäntel. Praktisch die ganze Stadt war gekommen, um Mrs. Horatio die letzte Ehre zu erweisen, aber einige von ihnen erkannte er kaum wieder, so verändert wirkten sie in ihren Anzügen und Krawatten und Trauerkleidern. Niemand trug die üblichen Baumwollsachen und Jeans. Selbst Chief Kelly hatte einen Anzug mit Schlips an.

Noah sah, wie Amelia Reid aus der Tür der Leichenhalle trat. Sie atmete schnell und tief und ließ sich kraftlos gegen die Hauswand sinken, als ob sie verfolgt worden sei und nun verzweifelt versuchte, Luft zu schöpfen.

Ein Auto kam heran; die Reifen knirschten in dem harschen Schnee, als es zwischen ihnen hindurchfuhr.

Noah rief zu ihr hinüber: »Amelia!«

Sie schreckte auf, hob den Kopf und erkannte ihn. Sie zögerte und spähte nach links und rechts auf die Straße, als wolle sie sich vergewissern, daß keine Gefahr drohte. Er spürte, wie sein Herz schneller schlug, als sie die Straße überquerte und sich zu ihm gesellte.

»Ziemlich ätzend da drin«, sagte er.

Sie nickte. »Ich konnte nicht länger zuhören. Ich wollte nicht vor allen Leuten anfangen zu heulen.«

Ich auch nicht, dachte er; hätte es aber nie zugegeben.

Sie standen zusammen in der trüben Kälte, ohne einander anzusehen, und traten von einem Fuß auf den anderen, um sich warm zu halten. Beide suchten nach einem Faden, um ein Gespräch anzuknüpfen. Er holte tief Luft und sagte unvermittelt: »Ich hasse Beerdigungen. Sie erinnern mich an ...« Er brach ab.

»Mich erinnern sie auch an die Beerdigung meines Dads«, sagte sie leise. Und sie blickte nach oben, wo die Schneeflocken aus dem dunkler werdenden Himmel herabtaumelten.

Warren Emerson ging am Rand der Straße entlang. Das reifbedeckte Gras knirschte unter seinen Stiefeln. Er trug eine Weste und eine Mütze in Signalorange, und doch zuckte er jedesmal unwillkürlich zusammen, wenn irgendwo in den Wäldern ein Gewehr losging. Die Kugeln waren schließlich farbenblind. Es war kalt an diesem Morgen, viel kälter als gestern, und seine Finger schmerzten in den dünnen Wollhandschuhen. Er steckte die Hände in die Hosentaschen und trottete weiter, ohne sich allzu viele Gedanken über die Kälte zu machen. Er wußte, daß er sie nach einer weiteren Meile nicht mehr spüren würde.

Er war diesen Weg über tausend Mal gegangen, zu jeder Jahreszeit, und er konnte die zurückgelegte Strecke an den vertrauten Wegmarken abmessen, die er passierte. Die zerfallene Steinmauer war vierhundert Schritte von seinem Hof entfernt. Bis zu der baufälligen Scheune der Murrays waren es neunhundertfünfzig Schritte. Nach zweitausend Schritten kam die Abzweigung zur Toddy Point Road, die genau die Hälfte der Strecke markierte. Immer mehr Wegmarken kamen hinzu, je mehr er sich dem Stadtrand näherte. Auch der Verkehr wurde dichter; mehr und mehr Autos und Lastwagen donnerten mit dreckspritzenden Reifen an ihm vorbei.

Die Fahrer aus der Gegend hielten nur selten an, um ihn zu fragen, ob sie ihn in die Stadt mitnehmen könnten. Im Sommer gab es jede Menge Mitfahrgelegenheiten, denn für die Touristen war Warren Emerson, wie er da in seinen Stiefeln und ausgebeulten Hosen entlangschlurfte, ein lebendiges Stück Lokalkolorit. Sie hielten an und luden ihn ein, einzusteigen und ein Stück mitzufahren. Während der Fahrt löcherten sie ihn dann mit einem endlosen Schwall von Fragen. Es waren immer dieselben: »Was machen die Leute hier eigentlich im Winter?« »Haben Sie Ihr ganzes Leben hier verbracht?« »Sind Sie jemals Stephen King begegnet?« Warrens Antworten gingen nie über ein schlichtes Ja oder Nein hinaus, und die Touristen fanden diese Wortkargheit immer wieder erheiternd. Schließlich fuhren sie in die Stadt hinein, setzten ihn beim Supermarkt ab und winkten ihm zum Abschied so herzlich zu, daß man glauben konnte, es handle sich um ihren besten Freund. Verdammt nette Leute, diese Touristen; er war jedesmal traurig, wenn sie im Herbst abreisten, denn das bedeutete, daß er die nächsten neun Monate wieder zu Fuß gehen mußte, weil kein einziger Fahrer für ihn anhalten wollte.

Die Leute aus der Stadt hatten alle Angst.

Wenn er einen Führerschein hätte, so dachte er oft, dann wäre er nicht so ein unsympathischer alter Mann. Aber Warren konnte nicht Auto fahren. Er besaß einen völlig intakten alten Ford, der in seiner Scheune herumstand – der Wagen seines Vaters, ein 45er Modell, kaum gefahren –, doch Warren konnte nichts damit anfangen. Eine Gefahr für sich selbst und für andere. Das hatten die Ärzte über seine Fahrerei gesagt.

Also war der Ford in der Scheune geblieben, jetzt schon über fünfzig Jahre lang, und er glänzte noch genauso wie an dem Tag, als sein Vater ihn dort geparkt hatte. Die Zeit ging mit Chrom freundlicher um als mit dem Gesicht eines Mannes. Oder seinem Herzen. *Ich bin eine Gefahr für mich und andere.*

Jetzt endlich wurden seine Hände allmählich warm.

Er zog sie aus den Taschen und schwenkte die Arme im Rhythmus seiner Schritte; sein Herz pumpte schneller, und unter seiner Mütze sammelte sich der Schweiß. Selbst an den eisigsten Tagen machte ihm die Kälte irgendwann nichts mehr aus, wenn er nur schnell genug ging.

Als er schließlich die Stadt erreichte, hatte er schon den Mantel aufgeknöpft und die Mütze abgenommen. Und als er Cobb and Morong's Supermarkt betrat, fand er es darin fast unerträglich heiß.

Sobald die Tür hinter ihm zugefallen war, schien der ganze Laden zu verstummen. Der Verkäufer blickte zuerst auf und dann weg. Die zwei Frauen, die beim Gemüse standen, hörten auf zu schwatzen. Obwohl niemand ihn anstarrte, konnte er spüren, daß alle Aufmerksamkeit auf ihn gerichtet war, als er sich einen Einkaufskorb nahm und zwischen den Regalen entlang zu den Konserven ging. Er füllte seinen Korb mit den gleichen Artikeln, die er jede Woche kaufte. Katzenfutter. Chili mit Rindfleisch. Thunfisch. Mais. Er ging weiter zu dem Regal mit den getrockneten Bohnen und dem Haferschrot, und dann zum Gemüse, um sich einen Beutel Zwiebeln zu holen.

Er trug den schwer gewordenen Korb zur Kasse.

Die Kassiererin vermied es, ihn anzusehen, während sie seine Einkäufe zusammenrechnete. Er stand da neben der Registrierkasse mit seiner signalorangen Weste, die in die Welt hinauszuschreien schien: *Seht mich an! Seht mich an!* Aber niemand tat es. Niemand erwiderte seinen Blick.

Schweigend bezahlte er die Waren, nahm die Plastiktüten und wandte sich zum Gehen, bereit für den langen Fußmarsch nach Hause. An der Tür blieb er stehen.

Am Zeitungsstand lag die *Tranquility Gazette* für diese Woche. Ein Exemplar war noch übrig. Er starrte die Schlagzeile an, und plötzlich glitten die Einkaufstüten aus seinen Händen und fielen zu Boden. Mit zitternden Händen griff er nach der Zeitung.

SCHIESSEREI IN DER HIGH SCHOOL: LEHRERIN TOT, ZWEI SCHÜLER VERLETZT. VIERZEHNJÄHRIGER FESTGENOMMEN.

»He! Wollen Sie die Zeitung vielleicht auch bezahlen?« rief der Verkäufer.

Warren antwortete nicht. Er blieb einfach an der Tür stehen, und sein entsetzter Blick war auf eine zweite Überschrift geheftet, die in der rechten unteren Ecke der Seite versteckt war:

JUGENDLICHER PRÜGELT WELPEN ZU TODE. VORLADUNG WEGEN TIERQUÄLEREI.

Und er dachte: *Es geht wieder los.*

Damaris Horne steckte im Schlamassel, und ihr einziger Gedanke war, wie sie nach Boston zurückkommen sollte. So bestraft mich mein Chefredakteur also, dachte sie. Wir haben eine kleine Meinungsverschiedenheit, und er schiebt mir eine Story zu, die niemand haben will. Willkommen in Kuhdorf am See, auch bekannt als Tranquility, Maine. Guter Name. Es war so ruhig hier, man hätte dem ganzen Ort einen Totenschein ausstellen sollen. Sie fuhr die Main Street entlang und dachte, daß dies ein perfektes Beispiel dafür wäre, wie eine Stadt nach dem Einschlag einer Neutronenbombe aussehen müßte: keine Leute, keine Spur von Leben, nur Gebäude und menschenleere Straßen. Angeblich lebten neunhundertzehn Einwohner in dieser Stadt – aber wo waren sie alle? Waren sie im Wald und nagten das Moos von den Bäumen?

Sie fuhr an Monaghan's Diner vorbei und konnte durch das Fenster ein buntkariertes Hemd erkennen. Ja! Ein Eingeborener in zeremonieller Tracht. (Worin bestand eigentlich die mystische Bedeutung von karierter Baumwolle?) Etwas weiter die Straße entlang, und sie bekam ein weiteres Exemplar zu Gesicht: Ein schäbig gekleideter alter Knacker kam mit Plastiktüten beladen aus dem Supermarkt. Sie hielt an, um ihn die Straße überqueren zu lassen, und er schlurfte vorbei, mit gesenktem Kopf und einem Ausdruck permanenter Erschöpfung. Sie sah ihm nach, wie er am Seeufer entlangging, eine langsam voranschreitende Silhouette vor einem trostlosen Hintergrund aus kahlen Bäumen und grauem Wasser.

Sie fuhr weiter zum Lakeside Bed-and-Breakfast, ihrer Bleibe auf unbestimmte Dauer. Es war das einzige Gasthaus am Ort, das so spät im Jahr noch geöffnet war, und obwohl sie es spöttisch als »Bates Motel« bezeichnete, wußte sie, daß sie sich glücklich schätzen mußte, überhaupt noch ein Zimmer gefunden zu haben, nachdem die Reporter aus der ganzen Region auf die Stadt einströmten.

Sie ging in den Speisesaal und sah, daß die meisten ihrer Konkurrenten sich immer noch am Frühstücksbüffet gütlich taten. Damaris ließ das Frühstück immer aus, so daß sie an diesem Morgen einen Vorsprung hatte. Es war acht Uhr, und sie war bereits seit zweieinhalb Stunden auf den Beinen. Um sechs war sie im Krankenhaus gewesen, um zu beobachten, wie der Junge in seine neue Bleibe, das Maine Youth Centre, gebracht wurde. Um Viertel nach sieben war sie zur High School hinausgefahren. Dort hatte sie in ihrem Wagen gesessen und zugesehen, wie sich die Schüler in ihren schlabberigen Klamotten vor dem Eingang versammelten und auf das erste Klingeln warteten. Sie sahen aus wie ganz normale Teenager.

Damaris ging zur Kaffeemaschine und goß sich eine Tasse ein. Während sie ihren schwarzen Kaffee schlürfte, sah sie sich unter den Reportern im Saal um, bis ihr Blick an Mitchell Groome, dem freien Mitarbeiter, hängenblieb. Obwohl er nicht älter als fünfundvierzig sein konnte, bestand sein Gesicht hauptsächlich aus traurig herabhängenden Hautsäcken, so daß er wie ein schwermütiger Dackel wirkte. Dennoch sah er recht fit aus, vielleicht sogar athletisch. Und das beste war, daß er ihren Blick bemerkt hatte und ihn erwiderte, auch wenn er recht verdutzt wirkte.

Sie stellte ihre leere Tasse ab und schlenderte aus dem Speisesaal; sie mußte sich nicht einmal umdrehen, um zu wissen, daß Groome sie beobachtete.

Das Kuhdorf am See war gerade ein wenig interessanter geworden.

Oben in ihrem Zimmer verbrachte sie einige Minuten damit, ihre Notizen von den Interviews durchzugehen, die sie in den letzten Tagen geführt hatte. Jetzt kam der schwierige Teil – nämlich alles zu einem Artikel zusammenzufügen, der ihren Chefredakteur glücklich machen und den gelangweilten Hausfrauen von New England ins Auge springen würde, wenn sie an den Zeitungsständen vorbeikamen.

Sie saß an ihrem Schreibtisch, starrte aus dem Fenster und überlegte, wie sie es anstellen sollte, diese tragische, aber dennoch hundsgewöhnliche Geschichte ein wenig aufzupeppen. Was machte diesen Fall einmalig? Wie konnte man die Story so präsentieren, daß sie die Leser zum Kauf der *Weekly Gazette* verlockte?

Plötzlich wurde ihr klar, daß die Antwort ihr im wahrsten Sinne des Wortes ins Gesicht starrte.

Direkt gegenüber stand ein heruntergekommenes altes Gebäude mit vernagelten Fenstern. Auf dem verblaßten Schild stand *Kimballs Möbelhaus.*

Die Hausnummer war 666.

Das Zeichen des Bösen.

Während ihr Laptop hochfuhr, durchwühlte sie hastig ihre Notizen nach einem Zitat, das sie noch von gestern in Erinnerung hatte. Etwas, das eine Frau im Lebensmittelgeschäft gesagt hatte.

Sie fand es. »Ich kenne die Erklärung für das, was in der Schule passiert ist«, hatte die Frau erklärt. »Jeder kennt sie, aber keiner will es zugeben. Sie wollen nicht als abergläubisch oder ungebildet erscheinen. Aber ich werde Ihnen sagen, was es ist: Es ist diese neue Gottlosigkeit. Die Leute haben den Herrn aus ihrem Leben verdrängt. Sie haben Ihn durch etwas anderes ersetzt. Etwas, wovon niemand zu sprechen wagt.«

Ja! dachte Damaris, und sie grinste, als sie zu tippen begann.

»Letzte Woche hielt Satan Einzug in die idyllische Stadt Tranquility, Maine ...«

Faye Braxton saß in ihrem Rollstuhl vor dem Wohnzimmerfenster und sah zu, wie ihr dreizehnjähriger Sohn aus dem Schulbus ausstieg und sich anschickte, die lange, ungeteerte Zufahrt zum Haus hinaufzugehen. Es war ein tägliches Ereignis, auf das sie sich normalerweise freute – zu sehen, wie Scottys schmächtige Gestalt endlich aus der Bustür heraustrat, mit seinem schweren Ranzen auf den Schultern, den Kopf nach vorne gebeugt, während er sich damit abmühte, seine Bücherlast den steilen, unkrautbewachsenen Weg zum Haus hochzuschleppen.

Er war immer noch so klein. Es tat ihr weh, zu sehen, wie wenig er im letzten Jahr gewachsen war. Viele seiner Klassenkameraden hatten ihn, was Größe und Statur anbetraf, längst übertroffen, und ihr kleiner Scotty war zurückgeblieben, ein blasses, schmächtiges Kind. So sehr wünschte er sich, erwachsen zu werden, daß er sich vorige Woche bei dem Versuch, seinen nicht vorhandenen Bart zu rasieren, ins Kinn geschnitten hatte. Er war ihr Erstgeborener, ihr bester Freund. Es hätte ihr nichts ausgemacht, wenn die Zeit plötzlich stehengeblieben wäre und sie ihn hätte behalten können, so wie er immer gewesen war, ein süßes, liebes Kind. Aber sie wußte, daß das Kind bald verschwunden sein würde.

Die Verwandlung hatte bereits eingesetzt.

Das erste Anzeichen hatte sie vor ein paar Tagen bemerkt, als er wie üblich aus dem Bus gestiegen war. Sie war am Fenster gewesen und hatte zugesehen, wie er auf das Haus zugekommen war, als sie etwas ebenso Unerklärliches wie Beängstigendes beobachtet hatte. Er war plötzlich stehengeblieben und hatte zu einem Baum hochgeblickt, in dem drei Eichhörnchen saßen. Sie hatte geglaubt, er sei einfach neugierig. Daß er wie seine kleine Schwester Kitty versuchen würde, sie herunterzulocken, um sie zu streicheln. Um so mehr war sie erschrocken, als er sich auf einmal gebückt, einen Stein aufgehoben und ihn in die Baumkrone geschleudert hatte.

Die Eichhörnchen waren rasch ein paar Stockwerke höher geklettert.

Sie hatte betroffen zugesehen, wie Scotty einen weiteren Stein geworfen hatte, und dann noch einen; sein dünner Körper angespannt wie eine mit rasendem Zorn geladene Sprungfeder. Stein um Stein war hinauf in das Geäst geflogen. Als er endlich aufhörte, war er völlig erschöpft und atmete schwer. Dann hatte er sich zum Haus umgewandt.

Sein Gesichtsausdruck hatte sie erschrocken vom Fenster zurückweichen lassen. Einen fürchterlichen Moment lang hatte sie gedacht: *Das da ist nicht mein Sohn.*

Jetzt, als sie zusah, wie er sich dem Haus näherte, fragte sie sich, welcher Sohn wohl durch die Tür treten würde. Ihr Sohn, ihr *wirklicher* Sohn, lieb und lächelnd, oder der häßliche Fremde, der so aussah wie Scotty? Früher hätte sie ihn streng zurechtgewiesen, wenn er mit Steinen nach Tieren geworfen hätte.

Früher hatte sie nie Angst vor ihrem eigenen Kind gehabt.

Faye hörte Scottys Schritte auf der Veranda. Mit pochendem Herzen drehte sie ihren Rollstuhl zur Tür, um sein Gesicht zu sehen, wenn er hereinkäme.

7

Es war unschwer zu erkennen, daß der vierzehnjährige Barry Knowlton der Sohn seiner Mutter war. Die Ähnlichkeit war verblüffend genug, um auf den ersten Blick ins Auge zu fallen. Barry und Louise waren wie zwei fröhliche Dampfnudeln, beide mit roten Haaren und Apfelbäckchen, beide mit weichen, runden Mündern. Ihr Begrüßungslächeln konnte sogar Claires trübe Stimmung vertreiben.

Seit der Schießerei im Klassenzimmer vor fast einer Woche war Claire jeden Morgen mit der furchtbaren Erkenntnis erwacht, daß ihr Umzug nach Tranquility ein Fehler gewesen war. Erst vor acht Monaten war sie voller Zuversicht hier angekommen und hatte den größten Teil ihrer Ersparnisse in den Kauf einer Praxis gesteckt, von deren Erfolg sie überzeugt gewesen war. Warum denn auch nicht? Sie hatte eine gutgehende Praxis in Baltimore gehabt. Aber ein Prozeß mit großer Öffentlichkeit würde genügen, um alles zu zerstören.

Jeden Tag, wenn sie aus dem Fenster ihrer Praxis blickte und den Briefträger kommen sah, bereitete sie sich innerlich auf die Zustellung vor, die sie so sehr fürchtete. Paul Darnell hatte gesagt, sie würde von seinem Anwalt hören, und sie bezweifelte nicht, daß er seine Drohung wahr machen würde.

Ist es zu spät, um wieder fortzugehen? Das war die Frage, die sie sich jetzt jeden Tag stellte. *Ist es zu spät, um nach Baltimore zurückzukehren?*

Sie zwang sich zu lächeln, als sie das Sprechzimmer betrat, wo Barry und seine Mutter warteten. Endlich gab es einmal einen Lichtblick in ihrem Tag. Die beiden freuten sich offenbar aufrichtig, sie zu sehen. Barry hatte schon seine Stiefel ausgezogen; er stand auf der Waage und beobachtete gespannt, wie das Gegengewicht auf und ab wippte.

»He, ich glaube, ich habe noch ein Pfund abgenommen!« verkündete er.

Claire sah in der Patientenakte nach und warf dann einen Blick auf die Anzeige. »Nur noch zweihundertvierundzwanzig Pfund. Das heißt, du hast zwei Pfund abgenommen. Glückwunsch!«

Barry stieg von der Waage, worauf das Gegengewicht mit einem lauten Knall nach oben schoß. »Ich glaube, mein Gürtel fühlt sich schon ein bißchen lockerer an!«

»Laß mich mal dein Herz abhören«, sagte Claire.

Barry watschelte hinüber zum Untersuchungstisch, stieg vorsichtig auf den Schemel und ließ sich auf den Tisch plumpsen. Er schälte sich aus seinem Hemd und enthüllte mehrere Rollen blassen, schlaff herabhängenden Fleisches. Während Claire sein Herz und seine Lunge abhörte und seinen Blutdruck maß, spürte sie, wie sein neugieriger, interessierter Blick jede ihrer Bewegungen verfolgte. Als sie ihm zum erstenmal begegnet war, hatte er ihr verraten, daß er Arzt werden wollte, und er schien seine zweimonatlichen Besuche bei ihr regelrecht zu genießen, weil er dabei Feldforschung in seinem künftigen Beruf treiben konnte. Wenn er sich gelegentlich einer Blutprobe unterziehen mußte, war das für ihn keine Tortur wie für die meisten Patienten, sondern eine faszinierende Prozedur – eine Gelegenheit, endlose Detailfragen über Nadelgrößen und Spritzenvolumen und die Bedeutung all der verschiedenfarbigen Blutröhrchen loszuwerden.

Wenn Barry bloß die gleiche Aufmerksamkeit auf das verwenden würde, was er in seinen Mund stopfte.

Sie beendete die Untersuchung und trat dann einen Schritt zurück, um einen Blick auf ihn zu werfen. »Du machst das sehr gut, Barry. Wie läuft's denn mit der Diät?«

Er zuckte die Achseln. »Ganz gut, glaub ich. Ich geb mir echt Mühe.«

»Ach, er ißt halt so schrecklich gern! Das ist das Problem«, meinte Louise. »Ich gebe mein Bestes und koche immer nur fettarm. Aber dann kommt sein Daddy nach Hause mit einer Schachtel Donuts, und, na ja … es ist so schwer, zu widerstehen. Es bricht mir fast das Herz, wenn Barry uns so anschaut mit seinen großen hungrigen Augen.«

»Könnten Sie Ihren Mann nicht davon abbringen, immer Donuts mitzubringen?«

»O nein! Wissen Sie, Mel hat diese ...« Sie beugte sich vor und flüsterte vertraulich: »Eßstörungen.«

»Tatsächlich?«

»Bei Mel habe ich's längst aufgegeben. Aber Barry – er ist noch so jung. Es ist nicht gut für einen Jungen in seinem Alter, so viel Gewicht mit sich rumzuschleppen. Und die anderen Kinder können so gemein sein, was das betrifft.«

Claire sah Barry mitfühlend an. »Du hast Probleme in der Schule?«

Ein Licht schien in den Augen des Jungen zu erlöschen. Er senkte den Blick; all seine Fröhlichkeit war wie weggeblasen. »Ich mag die Schule nicht mehr besonders.«

»Die anderen Schüler necken dich?«

»Sie hören gar nicht mehr *auf* mit ihren Fettsack-Witzen.«

Claire blickte zu Louise, die traurig den Kopf schüttelte. »Er hat einen IQ von hundertfünfunddreißig, und er will nicht zur Schule gehen. Ich weiß nicht, was ich da noch machen soll.«

»Jetzt paß mal auf, Barry«, sagte Claire. »Wir werden allen zeigen, wie entschlossen du bist. Du bist einfach zu intelligent, um dich von diesen anderen Kindern fertigmachen zu lassen.«

»Na ja, besonders helle sind die nicht«, gab er hoffnungsvoll zu.

»Und deinen eigenen Körper mußt du auch überlisten. Das ist der anstrengende Teil. Und Mom und Dad müssen mit dir arbeiten, nicht gegen dich.« Sie sah Louise an. »Mrs. Knowlton, Sie haben da einen klugen und wunderbaren Jungen, aber er schafft das nicht alleine. Dazu braucht es die ganze Familie.«

Louise seufzte; innerlich bereitete sie sich schon auf die

schwierige Aufgabe vor. »Ich weiß«, sagte sie. »Ich spreche mit Mel. Keine Donuts mehr.«

Nachdem die Knowltons fort waren, ging Claire hinüber zu Vera. »Haben wir nicht um drei einen Patienten?«

»Wir hatten«, sagte Vera, während sie verdutzt den Telefonhörer auflegte. »Das war Mrs. Monaghan. Es ist die zweite Absage für heute.«

Aus dem Augenwinkel nahm Claire eine Bewegung im Wartezimmer wahr. Durch das Schiebefenster der Rezeption sah sie einen Mann auf der Couch sitzen. Etwas korpulent, nicht besonders gut aussehend, mit einem traurigen Clownsgesicht, das durch einen unvorteilhaften Bürstenschnitt noch betont wurde, machte er den Eindruck, als ob ihm in diesem Moment jeder andere Ort lieber gewesen wäre als eine Arztpraxis. »Und wer ist das?«

»Ach, das ist bloß so ein Zeitungsreporter, der mit Ihnen reden will. Er heißt Mitchell Groome.«

»Ich hoffe, Sie haben ihm gesagt, daß ich nicht zu sprechen bin.«

»Ich habe ihm Ihr übliches ›Kein Kommentar‹ weitergegeben. Aber dieser Kerl besteht darauf, auf Sie zu warten.«

»Von mir aus kann er so lange warten, wie er will. Ich rede mit keinem Reporter mehr. Steht noch irgendwer auf dem Plan?«

»Elwyn Clyde. Schußwunde am Fuß nachsehen.«

Elwyn. Claire faßte sich an den Kopf, schon in Erwartung der Kopfschmerzen, die sie bekommen würde. »Haben wir Raumspray da?«

Vera lachte und knallte eine Dose Tannenduftspray auf den Schreibtisch. »Wir sind auf Elwyn vorbereitet. Nach ihm sind Sie frei für den Rest des Tages. Das trifft sich auch gut, weil Sie heute nachmittag einen Termin mit Dr. Sarnicki haben. Er hat gerade vorhin angerufen.«

Dr. Sarnicki war der ärztliche Direktor des Krankenhauses. Das war das erste, was Claire von irgendeinem Treffen hörte.

»Hat er gesagt, worum es geht?«

»Er sagte was von einem Brief, den er bekommen hätte. Er meinte, es sei dringend.«

Veras Blick ging plötzlich zum Straßenfenster, und sie sprang auf. »Verdammt noch mal, da sind sie wieder!« rief sie und lief blitzschnell zur Seitentür hinaus.

Claire blickte aus dem Fenster und sah, wie Vera mit ihren blitzenden Ohrringen und Armreifen, die Faust in Richtung zweier Jungen mit Skateboards schüttelte. Einer der Jungen schrie jetzt zurück; seine Stimme überschlug sich in jugendlicher Empörung.

»Wir haben Ihrem dämlichen Auto nichts getan!«

»Und von wem stammt dann der Riesenkratzer an der Tür, hm? Von wem?« wollte Vera wissen.

»Warum geben Sie immer uns die Schuld? Immer auf die Kleinen, ist doch wahr!«

»Wenn ich euch hier noch einmal sehe, rufe ich die Polizei!«

»Das ist ein öffentlicher Gehweg! Wir haben das Recht, hier Skateboard zu fahren!«

Ein Klopfen an der Glasscheibe nahm Claires Aufmerksamkeit in Anspruch. Mitchell Groomes kummervolles Gesicht sah sie durch das Rezeptionsfenster an.

Sie schob die Scheibe zur Seite. »Mr. Groome, ich spreche nicht mit Reportern.«

»Ich wollte Ihnen nur etwas sagen.«

»Wenn es wegen Taylor Darnell ist, können Sie sich mit Dr. Adam DelRay unterhalten. Er ist jetzt der Arzt des Jungen.«

»Nein, es ist wegen des Autos Ihrer Sprechstundenhilfe. Das mit dem Kratzer. Diese Jungen da draußen waren es nicht.«

»Woher wissen Sie das?«

»Ich habe gestern gesehen, wie es passiert ist. Eine alte Frau hat den Wagen im Vorbeifahren gestreift. Ich nahm an, sie würde eine Nachricht an der Windschutzscheibe hinterlassen. Offensichtlich hat sie das aber nicht getan, und ich glaube, Ihre Sprechstundenhilfe hat bereits ihre eigenen Schlüsse gezogen.«

Er blickte aus dem Fenster, wo der Streit immer noch tobte, und schüttelte den Kopf. »Warum behandeln wir Kinder immer wie eine feindliche Macht?«

»Weil sie sich so oft wie Außerirdische benehmen?«

Er schenkte ihr ein mitfühlendes Lächeln. »Sie sprechen wie jemand, der selbst mit einem Außerirdischen zusammenwohnt.«

»Vierzehn Jahre alt. Sie können es wahrscheinlich an all den grauen Haaren auf meinem Kopf ablesen.« Sie betrachteten einander für einen Moment durch das Fenster.

»Sind Sie sicher, daß Sie nicht mit mir reden wollen?« fragte er. »Es wäre nur für ein paar Minuten.«

»Ich kann nicht über meine Patienten sprechen. Es ist vertraulich.«

»Nein, ich werde keine speziellen Fragen über Taylor Darnell stellen. Ich bin eher an allgemeinen Informationen über die Jugendlichen dieser Stadt interessiert. Sie sind die einzige Ärztin in Tranquility, und ich schätze, Sie haben eine ziemlich gute Vorstellung davon, was in dieser Gegend so vorgeht.«

»Ich bin erst acht Monate in der Stadt.«

»Aber Sie würden es doch erfahren, wenn es unter den Jugendlichen hier Fälle von Drogenmißbrauch gäbe. Das könnte das Verhalten des Jungen erklären.«

»Ich glaube kaum, daß ein isolierter Vorfall, so tragisch er auch gewesen sein mag, bedeutet, daß diese Stadt ein Drogenproblem hat.« Ihr Blick richtete sich plötzlich auf das Geschehen vor dem Fenster. Die Jungen mit den Skateboards waren verschwunden. Der Briefträger war gekommen und unterhielt sich mit Vera. Er übergab ihr einen Arm voll Post. War in diesem Stapel ein Brief von Paul Darnells Anwalt?

Groome sagte etwas, und sie stellte fest, daß er näher gerückt war; er lehnte sich praktisch durch das geöffnete Rezeptionsfenster.

»Ich möchte Ihnen eine Geschichte erzählen, Dr. Elliot. Sie handelt von einem makellosen kleinen Städtchen namens

Flanders in Iowa. Viertausend Einwohner. Ein sauberer, anständiger Ort, wo jeder jeden kennt. Die Art Leute, die zum Gottesdienst gehen und dem Elternbeirat angehören. Nach vier Morden – alle von Teenagern begangen – waren die geschockten Einwohner von Flanders endlich bereit, der Wahrheit ins Auge zu sehen.«

»Und was war das?«

»Methamphetamin. Ein Ausbruch von Drogenmißbrauch in den Schulen. Plötzlich stand der Name dieser Stadt für die dunkle Seite von Amerika.«

»Aber was hat das mit Tranquility zu tun?«

»Lesen Sie denn Ihre eigene Zeitung nicht? Sehen Sie sich doch nur an, was in Ihrer Nachbarschaft so alles geschieht. Da waren zunächst diese Straßenkrawalle an Halloween. Dann prügelt ein Junge seinen Hund zu Tode, und in der Schule kommt es zu Schlägereien. Und schließlich diese Schießerei.«

Sie starrte wieder wie gebannt auf den Gehsteig, wo der Briefträger immer noch mit Vera plauderte. *Um Himmels willen, bring endlich die Post rein!*

»Ich habe die Flanders-Geschichte über Monate hinweg verfolgt«, fuhr Groome fort. »Ich habe beobachtet, wie diese Stadt regelrecht implodiert ist. Die Eltern haben den Schulen die Schuld gegeben. Die Kinder haben sich gegen ihre Lehrer, gegen ihre eigenen Familien gewandt. Als ich von den Problemen in Ihrer Stadt gehört habe, war mein erster Gedanke Methampetamin. Ich weiß, daß Sie bei diesem Darnell-Jungen einen Drogentest gemacht haben müssen. Können Sie mir wenigstens das eine sagen: Ist bei ihm Methamphetamin festgestellt worden?«

Immer noch mit den Gedanken woanders, antwortete sie: »Nein.«

»Irgend etwas anderes?«

Sie antwortete nicht. Tatsächlich wußte sie es auch nicht, denn sie hatte noch nichts von dem Labor in Boston gehört.

»Also war da doch *etwas*«, sagte er, ihr Schweigen interpretierend.

»Ich bin nicht die Ärztin des Jungen. Sie müssen Dr. DelRay fragen.«

Groome schnaubte verächtlich. »DelRay sagt, es ist eine Ritalinentzugs-Psychose. Etwas derart Seltenes, daß nur eine Handvoll anekdotenhafter Berichte darüber existieren.«

»Sie akzeptieren die Diagnose nicht?«

Er sah sie unverwandt an. »Erzählen Sie mir nicht, daß Sie sie akzeptieren.«

Allmählich begann sie Mitchell Groome zu mögen.

Die Eingangstür öffnete sich, und Vera stürmte mit der Post herein. Sie deponierte den ganzen Haufen kurzerhand auf ihrem Schreibtisch. Claire warf einen prüfenden Blick auf den Stapel von Geschäftsbriefen, und ihre Kehle wurde trocken.

»Entschuldigen Sie mich bitte«, sagte sie zu Groome. »Ich habe zu tun.«

»Flanders, Iowa. Denken Sie dran«, meinte er. Er winkte ihr kurz zu, bevor er das Gebäude verließ.

Claire nahm die Post, ging direkt in ihr Büro und schloß die Tür.

An ihrem Schreibtisch durchwühlte sie hastig den ganzen Stapel und lehnte sich dann mit einem Seufzer der Erleichterung zurück. Wieder ein Tag Schonfrist; unter den Absendern war kein Anwalt. Vielleicht hatte Paul Darnell nur geblufft; vielleicht würde das Ganze doch keine Folgen haben.

Einen Augenblick lang saß sie mit zurückgelehntem Kopf da, und ihre Anspannung schmolz dahin. Dann griff sie nach dem ersten Umschlag und riß ihn auf.

Sekunden später saß sie aufrecht und stocksteif in ihrem Sessel.

In dem Umschlag war eine kurze Notiz von Rachel Sorkin, der Frau, die Elwyn Clydes Schußverletzung gemeldet hatte.

Dr. Elliot,
dieser Brief war heute in meiner Post. Ich dachte, Sie sollten davon wissen.

Rachel.

P. S.: Ich glaube kein Wort von alldem.

Beigefügt war ein maschinegeschriebener Brief:

An alle, die es betrifft:
Hiermit möchte ich Sie über einen beunruhigenden Vorfall informieren. Am dritten November hat Dr. Claire Elliot einen Patienten des Krankenhauses tätlich angegriffen. Obwohl es eine Reihe Zeugen gab, ist der Fall nicht an die Öffentlichkeit gelangt. Wenn Dr. Elliot Ihre Ärztin ist, sollten Sie vielleicht einmal über Alternativen nachdenken. Die Patienten haben das Recht, Bescheid zu wissen.

Eine besorgte medizinische Fachkraft

Drei Männer warteten auf sie im Sitzungszimmer des Krankenhauses. Sie kannte Dr. Sarnicki nur flüchtig, aber sie hatte einen durchaus positiven Eindruck von ihm gewonnen. Er war ein Mann von liebenswürdig zerknautschtem Äußeren, mit sanfter Stimme, der ebenso als gewissenhafter Arzt wie als geschickter Diplomat bekannt war; noch vor kurzem hatte er bei den Vertragsverhandlungen des Krankenhauses mit dem Pflegepersonal erfolgreich vermittelt. Der zweite Mann war Roger Hayes, der Verwaltungsdirektor, von dem sie nicht viel mehr wußte, als daß er stets verbindlich lächelte.

Den dritten Mann kannte sie nur zu gut. Es war Adam Del-Ray.

Sie begrüßten sie mit höflichem Nicken, als sie ihren Platz am Konferenztisch einnahm. Schon jetzt fühlte sie sich so angespannt, als müsse sie jeden Moment entzweibrechen. Vor

Sarnicki auf dem Tisch lag ein Exemplar des anonymen Briefes, den Rachel Sorkin an sie weitergeleitet hatte.

»Haben Sie das hier schon gesehen?« fragte er.

Sie nickte grimmig. »Eine meiner Patientinnen hat mir ein Exemplar geschickt. Ich habe herumtelefoniert und festgestellt, daß mindestens sechs weitere Personen einen solchen Brief bekommen haben.«

»Meiner kam heute morgen mit der Hauspost.«

»Die Sache ist extrem aufgebauscht worden«, sagte Claire. »Ich habe den Patienten gewiß nicht tätlich angegriffen. Der Brief hat nur einen einzigen Zweck, nämlich meinen Ruf zu schädigen.« Sie sah Adam DelRay direkt ins Gesicht. Er erwiderte ihren Blick, ohne mit der Wimper zu zucken; in seinen Augen war nicht die geringste Spur von Schuldbewußtsein zu erkennen.

»Was genau ist am dritten November passiert?« fragte Hayes.

Sie antwortete ruhig: »Ich habe Taylor Darnell Blut abgenommen, um es zu einem umfassenden Drogen-und Toxin-Screening einzuschicken. Ich habe Dr. Sarnicki bereits gesagt, wer sonst noch in dem Raum war. Wer die Zeugen waren. Ich habe den Patienten nicht mißhandelt. Es war eine schlichte Blutabnahme.«

»Erzählen Sie ihnen auch den Rest«, sagte DelRay. »Oder wollen Sie etwa das wichtigste Detail weglassen? Nämlich die Tatsache, daß Sie keinerlei Berechtigung hatten, sein Blut abzunehmen.«

»Warum haben Sie es dann getan?« fragte Hayes.

»Der Junge hatte eine drogeninduzierte Psychose. Ich wollte die fragliche Droge bestimmen lassen.«

»Es gibt keine Droge«, sagte DelRay.

»Das können Sie nicht wissen«, erwiderte sie. »Sie haben ja keinen Test machen lassen.«

»Es gibt keine Droge.« Er knallte ein Blatt Papier auf den Tisch. Bestürzt erkannte sie den Briefkopf: Anson Biologicals.

»Ich habe die Ergebnisse hier. Offenbar ist es Dr. Elliot gelungen, ein Blutröhrchen aus dem Krankenhaus zu schmuggeln und ohne Wissen des Vaters an das Labor zu schicken. Verbotenerweise. Anson hat den Bericht heute morgen an das Krankenhaus gefaxt.« Er fügte mit süffisantem Unterton hinzu: »Das Resultat ist negativ. Keine Drogen, keine Toxine.«

Warum hatte das Labor ihre Anweisungen mißachtet? Warum hatten sie den Bericht an das Krankenhaus geschickt?

Sie sagte: »Unser eigenes Labor hat einen unidentifizierten Ausschlag bei der Gaschromatographie festgestellt. Irgend etwas war in seinem Blut.«

DelRay lachte. »Haben Sie unseren Gaschromatographen mal gesehen? Er ist antik. Wir haben ihn gebraucht vom Eastern Maine Medical Center bekommen. Sie können sich auf unsere Ergebnisse nicht verlassen.«

»Aber ich sage doch, daß ein zusätzlicher Test notwendig war.« Sie sah Sarnicki an. »Deshalb habe ich ja das Blut abgenommen. Weil Adam sich geweigert hat.«

»Sie hat Blut abgenommen, obwohl sie nicht dazu berechtigt war.«

Hayes seufzte. »Sie machen aus einer Mücke einen Elefanten, Adam. Dem Jungen wurde keinerlei Schaden zugefügt, und er ist wohlauf.«

»Sie hat die Anordnungen des Vaters ignoriert.«

»Aber eine Blutabnahme ist kein Grund für eine Klage.«

Claire hob erschrocken den Kopf. »Hat Paul Darnell etwa davon gesprochen, daß er gerichtlich vorgehen wird?«

»Nein, überhaupt nicht«, sagte Hayes. »Ich habe heute morgen mit ihm gesprochen, und er hat mir versichert, daß er niemanden verklagen will.«

»Ich werde Ihnen sagen, warum er nicht klagt«, sagte DelRay.« »Weil seine Exfrau nämlich gedroht hat, einen eventuellen Prozeß zu sabotieren. Es ist ein automatischer Reflex bei verbitterten Ex-Ehefrauen. Was immer der Mann will – die Frau stellt sich einfach blind dagegen.«

Vielen Dank, Wanda, dachte Claire.

»Dann ist der ganze Vorfall ja jetzt ohne Belang«, sagte Sarnicki. Er sah erleichtert aus. »Soweit ich erkennen kann, besteht kein Handlungsbedarf.«

»Was ist mit dem Brief?« fragte Claire. »Jemand versucht, meine Praxis zu ruinieren.«

»Ich weiß nicht genau, was wir gegen einen anonymen Brief unternehmen können.«

»Die Unterschrift lautet ›Eine medizinische Fachkraft‹.« Sie sah DelRay demonstrativ an.

»Moment mal bitte«, sagte er scharf. »Ich hatte nichts damit zu tun.«

»Also Paul Darnell«, stellte sie fest.

»Es waren auch noch zwei Schwestern dabei, erinnern Sie sich nicht? Diese Art von Geheimnistuerei ist ohnehin eher typisch für eine Frau.«

»Was zum Teufel soll das denn heißen?« gab sie aufgebracht zurück. »›Typisch für eine Frau‹?«

»Ich sage es so, wie ich es sehe. Männer sind in solchen Dingen einfach direkter.«

Sarnicki warnte: »Adam, das bringt doch nichts.«

»Ich denke schon, daß es etwas bringt«, sagte Claire. »Es zeigt uns deutlich, wie er über Frauen denkt. Wollen Sie andeuten, daß wir alle Lügnerinnen sind, Adam?«

»Also, das bringt nun wirklich nichts«, wiederholte Sarnicki.

»Sie dreht mir das Wort im Mund herum! Ich habe diese Briefe nicht abgeschickt, und Paul auch nicht! Warum sollten wir auch? Es hat sich doch schon in der ganzen Stadt herumgesprochen.«

»Ich erkläre diese Sitzung hiermit für beendet!« rief Sarnicki, indem er ruheheischend auf den Tisch klopfte.

In diesem Moment hörten sie alle die Durchsage über die Lautsprecheranlage des Krankenhauses. Sie war durch die geschlossenen Türen des Konferenzzimmers kaum vernehmbar.

»Blauer Code, Intensivstation! Blauer Code, Intensivstation!«

Augenblicklich sprang Claire auf. Sie hatte einen Schlaganfallpatienten auf Intensiv.

Sie stürzte aus dem Sitzungszimmer und lief auf das Treppenhaus zu. Die Intensivstation war ein Stockwerk höher. Zu ihrer Erleichterung stellte Claire gleich fest, daß der Alarm nicht wegen ihres Patienten ausgelöst worden war. Die Krise war in Raum sechs, vor dessen Tür sich bereits das Personal drängte.

Sie machten Platz für Claire, und sie trat ein.

Das erste, was ihr auffiel, war der Geruch von Rauch und versengten Haaren. Er kam von dem massigen, rußverschmierten Mann, der auf dem Bett lag. McNally von der Unfallstation stand gebückt hinter dem Kopf des Patienten und versuchte vergeblich, einen Endotrachealtubus einzuführen. Claire warf einen Blick auf den Herzmonitor.

Er zeigte eine Sinusbradykardie an. Das Herz des Patienten schlug, aber nur sehr langsam.

»Hat er einen Blutdruck?« fragte sie.

»Ich glaube, ich habe einen systolischen von neunzig«, sagte eine Schwester. »Er ist so korpulent, daß ich Probleme habe, überhaupt etwas zu hören.«

»Ich kriege ihn nicht intubiert!« rief McNally. »Los, noch mal die Maske!«

Der MTA legte eine Atemmaske auf das Gesicht des Patienten und pumpte Sauerstoff in seine Lungen.

»Sein Hals ist so kurz und fett, daß ich nicht mal die Stimmbänder sehen kann«, meinte McNally.

»Der Anästhesist wurde zu Hause angerufen, er ist bereits unterwegs«, sagte eine Schwester. »Soll ich auch einen Chirurgen rufen?«

»Ja, rufen Sie ihn. Der hier wird eine Not-Tracheostomie brauchen.« Er sah Claire an. »Es sei denn, Sie trauen sich zu, ihn zu intubieren.«

Sie bezweifelte das, doch sie war bereit, es zu versuchen. Mit pochendem Herzen ging sie um das Bett herum zum Kopf des Patienten und wollte gerade das Laryngoskop in seinen Mund einführen, als sie bemerkte, daß die Augenlider des Mannes zuckten.

Sie richtete sich überrascht auf. »Er ist bei Bewußtsein!«

»Was?«

»Ich glaube, er ist wach!«

»Warum atmet er dann nicht?«

»Beuteln Sie ihn noch mal«, befahl Claire und trat zur Seite, um den MTA wieder heranzulassen. Während die Maske wieder aufgesetzt und weiterer Sauerstoff in die Lungen des Mannes gepumpt wurde, überprüfte Claire rasch noch einmal die Situation. Die Augenlider des Mannes zuckten tatsächlich, als ob er versuchte, die Augen zu öffnen. Und doch atmete er nicht, und seine Gliedmaßen waren weiterhin schlaff.

»Was ist passiert?« fragte sie.

»Kam heute nachmittag über die Notaufnahme rein«, erklärte McNally. »Er ist bei der Freiwilligen Feuerwehr und ist am Brandort zusammengebrochen. Wir wissen nicht, ob es eine Rauchvergiftung oder ein Herzanfall war – man mußte ihn aus dem Gebäude zerren. Wir haben ihn hier aufgenommen wegen oberflächlicher Verbrennungen und Verdacht auf Myokardinfarkt.«

»Es ging ihm eigentlich gut hier oben«, warf eine Schwester von der Intensivstation ein. »Er hat sogar vor kurzem noch mit mir gesprochen. Ich habe ihm seine Dosis Gentamicin gegeben, und plötzlich wurde er bradykard. Und dann habe ich gemerkt, daß seine Atmung aussetzte.«

»Warum bekommt er Gentamicin?« fragte Claire.

»Die Verbrennungen. Eine der Wunden war ziemlich kontaminiert.«

»Also, wir können ihn ja nicht die ganze Nacht lang beuteln«, sagte McNally. »Haben Sie den Chirurgen gerufen?«

»Jawohl«, antwortete eine Schwester.

»Dann wollen wir ihn für die Tracheostomie vorbereiten.«

Claire sagte: »Er braucht vielleicht gar keine, Gordon.«

McNally sah skeptisch drein. »Ich konnte den ET-Schlauch nicht einführen. Können Sie's?«

»Lassen Sie uns zuerst etwas anderes versuchen.« Claire wandte sich an die Schwester. »Geben Sie ihm eine Ampulle Kalziumchlorid, intravenös.«

Die Schwester sah McNally fragend an. Dieser wiederum schüttelte ratlos den Kopf.

»Warum wollen Sie ihm Kalzium geben?« fragte er.

»Unmittelbar bevor sein Atem aussetzte, hat er das Antibiotikum bekommen, nicht wahr?« fragte Claire.

»Ja, für die offene Brandwunde.«

»Dann hatte er den Atemstillstand. Aber *er hat nicht das Bewußtsein verloren.* Ich glaube, er ist immer noch wach. Was bedeutet das?«

Plötzlich begriff McNally. »Neuromuskuläre Paralyse. Von dem Gentamicin?«

Sie nickte. »Ich habe es noch nie selbst gesehen, aber es gibt Berichte darüber. Und Kalzium kehrt die Reaktion um.«

»Ich verabreiche jetzt das Kalziumchlorid«, sagte die Schwester.

Alle sahen zu. Die Stille wurde nur hin und wieder durch das Zischen der Sauerstoffpumpe unterbrochen. Die Augenlider des Patienten reagierten zuerst. Sie zuckten und begannen sich allmählich zu öffnen. Er blickte auf und fixierte mit einiger Mühe Claires Gesicht.

»Er beginnt zu atmen!« sagte der MTA.

Sekunden später hustete der Patient, holte geräuschvoll Luft und hustete erneut. Er griff nach der Maske und versuchte, sie wegzuschieben.

»Ich glaube, er will etwas sagen«, sagte Claire. »Lassen Sie ihn sprechen.«

Der Patient antwortete mit einem Blick größter Erleichterung, als die Maske von seinem Gesicht entfernt wurde.

»Möchten Sie etwas sagen, Sir?« fragte Claire.

Der Mann nickte. Alle beugten sich vor, neugierig auf seine ersten Worte.

»Bitte«, flüsterte er.

»Ja?« ermunterte ihn Claire.

»Das will ich aber ... nicht noch einmal ... erleben.«

Claire klopfte dem Mann auf die Schulter, während ringsum alles in Gelächter ausbrach. Dann sah sie die Schwestern an. »Ich glaube, die Tracheostomie können wir streichen.«

»Ich bin froh, daß hier wenigstens noch ein Mensch einen Sinn für Humor hat«, bemerkte McNally, als er und Claire wenige Minuten später die Kabine verließen. »In letzter Zeit hatten wir nicht viel zu lachen.« Bei der Schwesternstation blieb er stehen und blickte auf die Reihe der Monitore. »Ich habe keine Ahnung, wo wir noch jemanden unterbringen könnten.«

Claire war überrascht, auf jedem der acht Bildschirme eine Herzrhythmuslinie zu sehen. Sie drehte sich um und ließ mit ungläubigem Staunen den Blick über die Intensivstation schweifen.

Alle Betten waren belegt.

»Was ist denn hier passiert?« fragte sie. »Als ich heute morgen meine Runde gemacht habe, war hier nur ein einziger Patient, nämlich meiner.«

»Es hat während meiner Schicht angefangen. Zuerst ein kleines Mädchen mit einer Schädelfraktur. Dann ein Autounfall auf der Barnstown Road. Dann dreht ein Jugendlicher durch und zündet sein Elternhaus an.« McNally schüttelte den Kopf. »In der Unfallstation war den ganzen Tag lang ständig was los, und es kommen immer noch Patienten rein.«

Über die Lautsprecheranlage hörten sie den Ruf: »Dr. McNally in die Unfallstation. Dr. McNally in die Unfallstation.«

Er seufzte und wandte sich zum Gehen. »Muß wohl am Vollmond liegen.«

Noah zog seine Jacke aus und legte sie über den Felsen. Der Granit fühlte sich warm an – der Sonnenschein eines ganzen Tages wurde von dem Stein zurückgestrahlt. Er drehte sich um und blinzelte, als er über den See blickte. Der Nachmittag war windstill, das Wasser ein polierter, strahlender Spiegel, der den Himmel und die kahlen Bäume reflektierte.

»Ich wünschte, es wäre wieder Sommer«, sagte Amelia.

Er blickte zu ihr hoch. Sie saß auf dem obersten Felsen, das Kinn auf die Knie gelegt, die in Blue Jeans steckten. Ihr blondes Haar hatte sie auf einer Seite hinters Ohr gesteckt, so daß die allmählich verheilende Wunde an ihrer Schläfe zu sehen war. Er fragte sich, ob sie wohl eine Narbe zurückbehalten würde, und wünschte fast, daß es so wäre – nur eine kleine Narbe, damit sie ihn nie vergäße. Jeden Morgen, wenn sie in den Spiegel sah, würde sie die verblaßte Spur der Kugel sehen und sich an Noah Elliot erinnern.

Amelia wandte ihr Gesicht der Sonne zu. »Ich wünschte, wir könnten den Winter überspringen. Bloß einen Winter.«

Er kletterte zu ihr hoch und setzte sich neben sie. Nicht zu nahe, nicht zu weit weg. So, daß er sie fast berührte – aber nur fast. »Ich weiß nicht, irgendwie freue ich mich auch drauf.«

»Du hast keine Ahnung, wie der Winter hier ist.«

»Wie ist er denn?«

Sie blickte über den See, und in ihrer Miene lag fast so etwas wie Furcht. »In ein paar Wochen fängt es an zu frieren. Zuerst sind da nur die Eisschollen am Ufer. Im Dezember ist dann der ganze See zugefroren – so dick, daß man über das Eis gehen kann. Und dann geht es los mit diesen Geräuschen in der Nacht.«

»Was für Geräusche?«

»Als ob jemand stöhnt. Wie ein Mensch, der Schmerzen hat.«

Er begann zu lachen, aber dann sah sie ihn an, und er verstummte.

»Du glaubst mir nicht, was?« sagte sie. »Manchmal wache

ich mitten in der Nacht auf und denke, ich habe einen Alptraum. Aber es ist nur der See, der diese fürchterlichen Geräusche macht.«

»Wie ist denn das möglich?«

»Mrs. Horatio sagt …« Sie brach ab, als ihr einfiel, daß Mrs. Horatio ja tot war. Sie sah wieder auf das Wasser. »Es hat mit dem Eis zu tun. Das Wasser friert und dehnt sich aus. Es drückt und drückt gegen die Ufer, es versucht zu entkommen, aber es steckt in der Falle. Und dann hört man dieses Stöhnen. Es ist der Druck, der sich aufbaut und immer stärker wird, bis das Eis es nicht mehr aushält. Bis es sich schließlich selbst zerquetscht.« Sie fügte leise hinzu: »Kein Wunder, daß es so schreckliche Geräusche macht.«

Er versuchte, sich vorzustellen, wie der See im Januar aussehen würde. Schnee, der sich an den Ufern auftürmte, das Wasser verwandelt in eine einzige schimmernde Eisfläche. Aber heute schien die Sonne hell in seine Augen, und bei der Wärme, die der Felsen ausstrahlte, kamen ihm nur Sommerbilder in den Sinn.

»Wo gehen eigentlich die Frösche hin?«

Sie sah ihn an. »Was?«

»Die Frösche. Und die Fische und so. Ich meine, die Enten fliegen alle nach Süden, die sehen zu, daß sie hier wegkommen. Aber was machen die Frösche? Glaubst du, sie frieren einfach ein, wie grüne Eiskugeln?«

Er hatte sie zum Lachen bringen wollen, und er sah erfreut, daß immerhin ein Lächeln auf ihrem Gesicht erschien. »Nein, sie werden nicht zu Eiskugeln, du Scherzkeks. Sie graben sich im Schlamm ein, ganz tief unten am Boden des Sees.« Sie hob einen Stein auf und warf ihn ins Wasser. »Früher gab es hier jede Menge Frösche. Ich weiß noch, wie ich ganze Eimer voll gefangen habe, als ich klein war.«

»Früher?«

»Heute gibt's nicht mehr so viele. Mrs. Horatio sagt …« Wieder diese Pause, als die Erinnerung an den Verlust zurückkehrte. Wieder dieser traurige Seufzer, bevor sie fortfuhr. »Sie sagte, es könne am sauren Regen liegen.«

»Aber ich habe diesen Sommer viele Frösche gehört. Ich habe oft hier gesessen und ihnen zugehört.«

»Ich wünschte, ich hätte da schon von dir gewußt.«

»Ich wußte von dir.«

Sie sah ihn verblüfft an. Errötend wandte er sich ab. »Ich habe dich in der Schule beobachtet«, sagte er. »Jeden Mittag in der Cafeteria habe ich dich angeschaut. Du hast wohl nichts gemerkt.«

Er fühlte, wie sein Gesicht heiß wurde, und er stand auf und sah zum Wasser hin, um ihren Blick zu meiden. »Gehst du auch ab und zu schwimmen? Ich bin jeden Tag hierhergekommen.«

»Alle Kids kommen hierher.«

»Und wo warst du dann letzten Sommer?«

Sie zuckte die Achseln. »Ohrenentzündung. Der Doktor hat mir das Schwimmen verboten.«

»Zu blöd.«

Sie schwiegen. Dann sagte sie: »Noah?«

»Ja?«

»Hast du schon mal darüber nachgedacht ... nicht mehr nach Hause zu gehen?«

»Du meinst, wegzulaufen?«

»Nein, eher so was wie weg*bleiben.*«

»Wegbleiben – von was?«

Sie antwortete nicht. Als er sich nach ihr umdrehte, war sie schon aufgestanden und hatte die Arme vor der Brust verschränkt. »Es ist kühl geworden.«

Plötzlich bemerkte auch er die Kälte. Nur der Felsen hatte noch etwas Wärme gespeichert, und er spürte, wie sie immer mehr verflog, je tiefer die Sonne hinter den Bäumen versank.

Die Wasseroberfläche kräuselte sich und wurde dann zu einer glatten schwarzen Glasscheibe. In diesem Moment schien der See zu einem eigenen Leben zu erwachen, ein einziger flüssiger Organismus. Er fragte sich, ob all das, was sie über den See gesagt hatte, der Wahrheit entsprach, ob er wirklich während der Winternächte stöhnte. Er nahm an, daß so etwas passieren könnte. Wasser dehnt sich beim Gefrieren aus – eine physikalische Tatsache. Das Eis würde sich zuerst an der Oberfläche bilden, eine dünne Kruste, die während der dunklen Wintermonate langsam dicker wurde, Schicht für Schicht. Und tief unten, im Schlamm des Seegrundes, würden sich die Frösche eingraben, weil sie sonst nirgendwohin fliehen konnten. Sie würden unter dem Eis gefangen sein. Lebendig begraben.

Schweiß bedeckte Claires Gesicht, als sie sich gegen die Ruder stemmte. Sie fühlte sie gleichmäßig durch das Wasser gleiten, spürte mit Befriedigung das Rucken des Bootes, das die Oberfläche des Sees durchschnitt. Im Verlauf der letzten Monate hatte ihr Geschick beim Rudern deutlich zugenommen. Als sie im Mai zum ersten Mal die Ruder ins Wasser getaucht hatte, war es eine ernüchternde Erfahrung gewesen. Immer wieder war eines der Ruder, oder auch beide, unkontrolliert über die Wasserfläche gehüpft, daß es nur so spritzte, oder sie hatte eine Seite ungewollt bevorzugt und war im Kreis gerudert. Körperbeherrschung war der Schlüssel. Perfekt ausbalancierte Kraft. Flüssige Bewegungen; Gleiten, nicht Platschen.

Jetzt hatte sie den Bogen raus.

Sie ruderte das Boot zur Mitte des Sees. Dort hob sie die Ruder aus dem Wasser und legte sie ins Boot; sie lehnte sich zurück und ließ sich treiben. Die Sonne war eben hinter den Bäumen verschwunden, und sie wußte, daß der Schweiß auf ihrer Haut sich bald wie Reif anfühlen würde, doch für die kurze Zeit, die sie noch von der Anstrengung erhitzt war, konnte sie die Dämmerung genießen, ohne die damit verbundene Kälte zu empfinden. Das Wasser kräuselte sich schwarz wie Öl. Am gegenüberliegenden Ufer sah sie die Lichter der Häuser, in denen jetzt gerade das Abendessen zubereitet wurde; wo Familien in ihren eigenen warmen, vollkommenen Privatwelten zusammenkamen. *So wie es bei uns dreien war, als du noch am Leben warst, Peter. Nicht zerbrochen, sondern heil.*

Ihr Blick ruhte auf dem Lichtschein dieser Häuser, und ihre Sehnsucht nach Peter war so überwältigend, daß ihr daß Atmen weh tat. An Sommertagen, wenn sie an den kleinen See in der Nähe ihres Hauses gefahren waren, war das Rudern immer Peters Sache gewesen. Claire hatte im Bug gesessen und seine eleganten Bewegungen bewundert, die Art, wie seine Muskeln sich wölbten und sein lächelndes Gesicht vor Schweiß glänzte. Sie war der verwöhnte Fahrgast gewesen, von ihrem Liebsten mit magischen Kräften über den See getragen.

Sie lauschte den kleinen Wellen, die gegen das Boot schlugen, und fast glaubte sie, Peter am anderen Ende sitzen zu sehen, die traurigen Augen auf sie gerichtet. *Du mußt lernen, allein zu rudern, Claire. Du mußt jetzt das Boot steuern.*

Wie kann ich das, Peter? Ich sinke doch schon. Jemand will mich von hier vertreiben. Und Noah, unser geliebter Noah, ist so unnahbar geworden.

Sie fühlte, wie die Tränen auf ihrem Gesicht erkalteten. Sie spürte seine Gegenwart so deutlich, daß sie meinte, sie müsse nur die Hand ausstrecken, und er würde dasein. Warm und lebendig, aus Fleisch und Blut.

Aber er war nicht da, und sie war allein in dem Boot.

Sie ließ es weiter treiben; der Wind schob es allmählich dem Ufer entgegen. Die Sterne über ihr leuchteten immer heller. Das Boot drehte sich langsam, und sie sah nun in der Ferne das nördliche Ufer, wo die Sommerhäuser standen, dunkel und für den Winter mit Brettern vernagelt.

Ein platschendes Geräusch ließ sie überrascht auffahren. Sie wandte sich zum nahen Ufer und erkannte die Silhouette eines Mannes. Er stand direkt am Wasser; seine dünne Gestalt war leicht gebeugt, als ob er etwas im Wasser suchte. Plötzlich machte er einen Satz zur Seite. Wieder ein lautes Platschen, und die Silhouette verschwand aus ihrem Blickfeld. Kein Zweifel, um wen es sich handelte.

Rasch wischte Claire sich die Tränen aus dem Gesicht und rief: »Dr. Tutwiler? Alles in Ordnung mit Ihnen?«

Der Kopf des Mannes wurde wieder sichtbar. »Wer ist da?«

»Claire Elliot. Ich dachte, Sie wären ins Wasser gefallen.«

Endlich schien er sie in der Dämmerung zu erkennen, und er winkte ihr zu. Sie war dem Biologen, einem Spezialisten für Feuchtgebiete, ein paar Wochen zuvor begegnet, kurz nachdem er in den Bungalow der Alfords eingezogen war, den er für den Monat gemietet hatte. Sie waren beide an diesem Morgen mit ihren Ruderbooten auf dem See gewesen, und als sie im Nebel aneinander vorbeigefahren waren, hatten sie einander zur Begrüßung zugewinkt. Seitdem hatten sie jedesmal hallo gesagt, wenn Claire an seinem Häuschen vorbeigerudert war. Manchmal brachte er Gläser mit den neuesten Ergänzungen seiner Amphibiensammlung heraus. *Der Froschfuzzi* – so nannte ihn Noah.

Ihr Boot trieb noch näher ans Land, und sie sah Max' Glasbehälter am Ufer aufgereiht. »Wie geht's mit Ihrer Froschsammlung voran?«

»Es wird allmählich zu kalt. Sie ziehen sich ins tiefe Wasser zurück.«

»Haben Sie noch mehr sechsbeinige Exemplare gefunden?«

»Immerhin eins diese Woche. Allmählich mache ich mir wirklich Sorgen um diesen See.«

Ihr Ruderboot hatte jetzt das Ufer erreicht und lief mit einem Ruck auf die Schlammbank auf.

Max' spindeldürre Silhouette ragte über ihr auf. Das Mondlicht spiegelte sich in seinen Brillengläsern.

»Es ist die gleiche Geschichte in allen Seen hier im Norden«, sagte er. »Mißbildungen bei Amphibien, unerklärliches Massensterben.«

»Was haben die Proben ergeben, die Sie letzte Woche entnommen haben?«

»Ich warte noch auf die Ergebnisse. Das kann Monate dauern.« Er hielt inne und sah sich um. Von irgendwoher kam ein piepsendes Geräusch. »Was ist das?«

Claire seufzte. »Mein Pager.« Sie hatte fast vergessen, daß er immer noch an ihrem Gürtel hing. Auf der Leuchtanzeige erschien eine örtliche Telefonnummer.

»Bis zu Ihrem Haus haben Sie ein gutes Stück zu rudern«, meinte er. »Warum benutzen Sie nicht mein Telefon?«

Sie rief von seiner Küche aus an und starrte dabei die Einmachgläser auf der Ablage an. Das da waren keine eingelegten Gurken. Sie nahm eines der Gläser in die Hand, und ein einzelnes Auge glotzte sie an. Der Frosch war merkwürdig blaß, im Farbton wie menschliche Haut, mit purpurfarbenen Flecken gesprenkelt.

Beide Hinterbeine gabelten sich, so daß er insgesamt vier Schwimmflossen hatte. Sie warf einen Blick auf das Etikett: »Locust Lake, 10. November.« Ein Schauer überlief sie, als sie das Glas wieder abstellte.

Eine Frau war am Apparat. Sie sprach mit schwerer Zunge, offenbar war sie betrunken.

»Hallo? Wer ist da?«

»Hier spricht Dr. Elliot. Haben Sie mich angepiepst?«

Claire zuckte zusammen, als der Hörer am anderen Ende auf den Tisch geknallt wurde. Sie hörte Schritte, dann erkannte sie Lincoln Kellys Stimme. Er sprach zu der Frau.

»Doreen, kann ich bitte mein Telefon haben?«

»Wer sind all diese Frauen, die dich immer anrufen?«

»Gib mir das Telefon!«

»Du bist doch gar nicht krank! Wieso ruft dann ein Doktor an?«

»Ist das Claire Elliot?«

»Ah, *Claire!* Du nennst sie schon beim Vornamen!«

»Doreen, ich fahre dich gleich nach Hause. Jetzt laß mich mit ihr sprechen.«

Endlich kam er an den Apparat. Er klang verlegen.

»Claire, sind Sie noch dran?«

»Ja.«

»Hören Sie, es tut mir leid, was da gerade passiert ist.«

»Machen Sie sich deswegen keine Sorgen«, sagte sie und dachte: *Sie haben schon genug Sorgen in Ihrem Leben.*

»Lucy Overlock hat vorgeschlagen, daß ich Sie anrufe. Sie hat die Grabung abgeschlossen.«

»Irgendwelche interessanten Erkenntnisse?«

»Ich denke, die meisten kennen Sie bereits. Das Begräbnis liegt mindestens hundert Jahre zurück. Die Überreste stammen von zwei Kindern. Beide weisen deutliche Spuren von Verletzungen auf.«

»Also ein altes Tötungsdelikt.«

»Offensichtlich. Sie wird die Einzelheiten morgen in ihrem Seminar vortragen. Vielleicht ist es mehr, als Sie sich anzuhören gewillt sind, aber sie meinte jedenfalls, ich sollte Sie dazu einladen. Sie haben ja schließlich den ersten Knochen entdeckt.«

»Wo findet das Seminar statt?«

»Im Labor des Museums in Orono. Ich fahre hin – wenn Sie möchten, kann ich Sie gerne mitnehmen. Ich fahre gegen zwölf Uhr los.«

Im Hintergrund war Doreens weinerliche Stimme zu hören. »Aber morgen ist Samstag! Seit wann arbeitest du samstags?«

»Doreen, laß mich dieses Gespräch zu Ende führen.«

»Es ist doch immer das gleiche! Dauernd hast du zuviel zu tun! Bist nie für mich da ...«

»Zieh deine Jacke an und setz dich ins Auto. Ich fahre dich nach Hause.«

»Verdammt, ich kann selbst fahren!« Eine Tür wurde zugeschlagen.

»Doreen!« rief Lincoln. »Gib mir sofort die Autoschlüssel zurück!«

Dann war er wieder am Telefon; seine Stimme klang gehetzt. »Ich muß gehen. Sehen wir uns morgen?«

»Um zwölf. Ich warte.«

8

»Doreen versucht es ja«, sagte Lincoln, die Augen fest auf die Straße gerichtet. »Sie gibt sich wirklich Mühe. Aber es ist nicht leicht für sie.«

»Für Sie auch nicht, denke ich«, sagte Claire.

»Nein, es ist für uns beide sehr schwierig. Schon seit Jahren.«

Es hatte geregnet, als sie in Tranquility losgefahren waren. Jetzt hatte der Regen sich in Graupel verwandelt; sie hörten, wie die Eiskörnchen gegen die Windschutzscheibe trommelten. Die Straße war tückisch glatt geworden, nachdem die Temperatur bis auf den gefährlichen Grenzbereich zwischen Frieren und Tauen gefallen war, so daß sich auf dem Asphalt eine wäßrige Eisschicht gebildet hatte. Sie war froh, daß Lincoln hinter dem Steuer saß und nicht sie selbst. Ein Mann, der fünfundvierzig Winter in diesem Klima erlebt hatte, wußte die Gefahren der Witterung richtig einzuschätzen.

Er drehte die Heizung auf, und das Kondenswasser auf der Scheibe begann in Streifen zu verdunsten.

»Wir leben seit zwei Jahren getrennt«, fuhr er fort. »Das Problem ist, daß sie einfach nicht loslassen kann. Und ich bringe es nicht übers Herz, sie dazu zu zwingen.«

Sie zuckten beide zusammen, als das Auto vor ihnen plötzlich bremste und auszuscheren begann. Es schlingerte wild von einer Straßenseite zur anderen. Der Fahrer bekam den Wagen gerade noch rechtzeitig unter Kontrolle, um einem entgegenkommenden Lastwagen auszuweichen.

Claire lehnte sich mit pochendem Herzen zurück. »Mein Gott!«

»Die fahren alle viel zu schnell.«

»Sollten wir vielleicht besser kehrtmachen und nach Hause fahren?«

»Wir haben schon über die Hälfte der Strecke hinter uns. Da

können wir ebensogut weiterfahren. Oder würden Sie es lieber sein lassen?«

Sie schluckte. »Nein, wir können ruhig weiterfahren, wenn es für Sie okay ist.«

»Wir lassen uns einfach Zeit. Allerdings werden wir wohl ziemlich spät zurück sein.« Er warf ihr einen Blick zu. »Was ist mit Noah?«

»Er ist inzwischen schon ziemlich selbständig. Ich bin sicher, daß es ihm nichts ausmachen wird.«

Lincoln nickte. »Scheint ein guter Junge zu sein.«

»Ja, das ist er«, bestätigte sie. Dann verbesserte sie sich mit einem verlegenen Lächeln. »Meistens.«

»Es ist wohl nicht so einfach, wie es aussieht«, meinte Lincoln. »Das höre ich immer wieder von Eltern. Ein Kind großzuziehen ist offenbar der schwierigste Job von allen.«

»Und es ist noch hundert Mal schwieriger, wenn man es alleine macht.«

»Was ist denn mit Noahs Vater?«

Claire schwieg eine Weile. Sie mußte sich regelrecht dazu zwingen, auf diese Frage zu antworten. »Er ist vor zwei Jahren gestorben.« Er murmelte so etwas wie »Das tut mir leid«, doch sie hörte ihn kaum. Für einige Augenblicke war das einzige Geräusch das rhythmische Kratzen der Scheibenwischer. Zwei Jahre, und es fiel ihr immer noch schwer, darüber zu reden. Sie brachte es immer noch nicht fertig, das Wort »Witwe« zu benutzen. Eine Frau von achtunddreißig Jahren sollte nicht Witwe werden.

Und ein fröhlicher, liebevoller Mann von neununddreißig sollte nicht an einem Lymphom sterben.

In dem eisigen Nebel tauchten plötzlich blinkende Lichter auf. Ein Unfall. Und doch fühlte sie sich sonderbar geborgen, wenn sie mit diesem Mann fuhr. Geschützt und abgeschirmt gegen alle Gefahr. Im Schrittempo fuhren sie an einer Reihe von Einsatzfahrzeugen vorbei: zwei Streifenwagen, ein Abschleppfahrzeug und eine Ambulanz. Ein Ford Bronco war von der Straße abgekommen und lag nun auf der Seite, von glitzerndem Reif überzogen. Sie fuhren schweigend vorüber, beide erschüttert durch diese krasse Erinnerung daran, wie schnell ein Leben aus der Bahn geworfen werden konnte – wie schnell es zu Ende sein konnte. Das Erlebnis fügte einem ohnehin schon deprimierenden Tag ein weiteres düsteres Detail hinzu.

Lucy Overlock kam zu spät zu ihrem eigenen Seminar. Fünfzehn Minuten, nachdem sich ihre zwei Doktoranden und zehn Studenten in dem Labor im Keller des Museums eingefunden hatten, trat mit tropfnasser Regenjacke die Dozentin selbst ein. »Bei diesem Wetter hätte ich das Seminar wohl besser ausfallen lassen«, sagte sie. »Jedenfalls bin ich froh, daß Sie alle heil hier angekommen sind.« Sie hängte ihre Regenkleidung auf. Darunter trug sie das Übliche: Jeans und ein Baumwollhemd, was auch der Umgebung durchaus angemessen war. Der Museumskeller war sowohl feucht als auch staubig, eine vollgestopfte Höhle, die nach den Artefakten roch, die darin aufbewahrt wurden. Entlang der Wände befanden sich Regale mit Hunderten von Holzkisten, deren Inhalt auf Etiketten mit verblaßter Schreibmaschinenschrift vermerkt war: »Stonington #11: Gerätschaften aus Muschelschalen, Pfeilspitzen, Verschiedenes.« »Pittsfield #32: Skelettfragmente, männlicher Erwachsener.«

Auf einem breiten Arbeitstisch in der Mitte des Raumes, bedeckt mit einer Plastikplane, lagen die jüngsten Neuzugänge dieses sorgfältig katalogisierten Beinhauses.

Lucy betätigte einen Schalter an der Wand. Leuchtstoffröhren begannen zu summen und tauchten den Tisch in ein unnatürliches, grelles Licht. Claire und Lincoln schlossen sich dem Kreis von Studenten an. Das Licht war unerbittlich und ließ die Konturen der um den Tisch versammelten Gesichter scharf hervortreten.

Lucy entfernte die Plastikplane.

Die Überreste der beiden Kinderskelette waren Seite an Seite ausgelegt worden, jeder Knochen in seiner annähernden anatomischen Position. Bei einem Skelett fehlten der Brustkorb, die Unterschenkelknochen eines Beines und der rechte Arm. Das andere schien so gut wie komplett zu sein, mit Ausnahme der kleinen Handknochen.

Lucy bezog ihre Position am Kopfende nahe den beiden Schädeln. »Was wir hier vor uns sehen, ist eine Zusammenstellung der menschlichen Überreste aus der Grabung Nr. 72 am Südende des Locust Lake. Die Ausgrabungsarbeiten wurden gestern abgeschlossen. Zur besseren Orientierung habe ich die Karte der Grabungsstätte dort drüben aufgehängt. Wie Sie sehen, liegt der Fundort unmittelbar am Bachbett des Meegawki. In dieser Gegend hat es im vergangenen Frühjahr heftige Regenfälle und Überschwemmungen gegeben, was wohl dazu geführt hat, daß diese Begräbnisstätte freigelegt wurde.« Sie sah auf den Tisch hinab. »Lassen Sie uns also beginnen. Ich möchte, daß Sie zunächst die Überreste selbst in Augenschein nehmen. Sie dürfen Sie gerne in die Hand nehmen; sehen Sie sich alles ganz genau an. Wenn Sie irgend etwas über den Grabungsort wissen möchten, fragen Sie nur. Und dann lassen Sie uns Ihre Schlußfolgerungen hinsichtlich Alter und Rasse sowie zur Datierung des Begräbnisses hören. Diejenigen, die an der Grabung teilgenommen haben, halten bitte den Mund. Wir wollen sehen, was die anderen von sich aus herausfinden.«

Einer der Studenten griff nach einem Schädel.

Lucy trat zurück und ging schweigend um den Tisch herum, wobei sie ab und zu über eine Schulter sah, um die Arbeit zu beobachten. Diese Versammlung ließ Claire an ein bizarres Tafelritual denken – die Überreste, die wie ein Festmahl auf dem Tisch arrangiert waren, all die eifrigen Hände, die nach den Knochen griffen, sie im Licht hin und her drehten und sie dann in andere Hände weitergaben. Anfangs wurde kein Wort gesprochen; nur hin und wieder wurde die Stille von dem metallischen Geräusch eines Maßbandes durchbrochen, das aus- und wieder eingefahren wurde.

Jemand reichte Claire einen der Schädel. Der Unterkiefer fehlte.

Sie hielt ihn unter das Licht und betrachtete ihn von allen Seiten. Das letzte Mal, daß sie einen Schädel in der Hand gehalten hatte, war während des Medizinstudiums gewesen. Es hatte eine Zeit gegeben, da hätte sie jedes Foramen, jede Wölbung benennen können, doch wie so viele andere Fakten, mit denen sie während der vierjährigen Ausbildung ihr Gedächtnis vollgestopft hatte, waren diese anatomischen Bezeichnungen längst vergessen, und praktischere Informationen wie Behandlungstarife und Telefonnummern hatten ihren Platz eingenommen. Sie drehte die Unterseite nach oben und sah, daß die Zähne im Oberkiefer noch vorhanden waren. Die dritten Backenzähne waren noch nicht durchgebrochen. *Ein Kindermund.*

Vorsichtig setzte sie den Schädel ab. Ein Gefühl der lebendigen Wirklichkeit hinter dem Objekt, das sie gerade in der Hand gehalten hatte, durchfuhr sie. Sie dachte an Noah im Alter von neun Jahren, sein Haar ein Wust von dunklen Locken, die seidige Glätte seines Gesichts an ihrer Haut – und sie starrte diesen Schädel eines Kindes an, dessen Fleisch schon längst verwest war.

Plötzlich wurde ihr bewußt, daß Lincolns Hand auf ihrer Schulter ruhte. »Alles in Ordnung mit Ihnen?« fragte er, und sie nickte. Sein Blick wirkte traurig, melancholisch in dem grellen Kunstlicht. *Sind wir die einzigen, denen das Leben dieses Kindes nicht aus dem Sinn geht?* fragte sie sich. Die einzigen, die mehr als eine leere Hülse aus Kalzium und Phosphat sehen?

Eine der Studentinnen, eine jüngere, schlankere Version von Lucy, stellte die erste Frage. »War es ein Sargbegräbnis? Und war das Terrain Wald oder Feld?«

»Das Terrain war leicht bewaldet, alles neuer Bewuchs«, antwortete Lucy. »Wir haben in der Tat Eisennägel und Fragmente eines Sargs gefunden, aber das Holz war zum größten Teil verrottet.«

»Und der Boden?« fragte ein Student.

»Lehm, leicht gesättigt. Warum fragen Sie?«

»Ein hoher Lehmanteil trägt zur Konservierung von Überresten bei.«

»Richtig. Welche anderen Faktoren beeinflussen die Erhaltung von Überresten?«

Lucy ließ ihren Blick über die Runde schweifen. Ihre Studenten reagierten mit einem Eifer, der Claire fast ungehörig vorkam. Sie waren so mit den mineralisierten Überresten beschäftigt, daß sie vergessen hatten, wofür diese Knochen standen: lebendige, lachende Kinder.

»Bodendichte – Feuchtigkeit –«

»Umgebungstemperatur.«

»Fleischfressende Tiere.«

»Tiefe der Grabstätte. Sonneneinstrahlung.«

»Das Alter zum Zeitpunkt des Todes.«

Lucy sah die Sprecherin erwartungsvoll an. Es war die Studentin, die wie ein jüngerer Klon von ihr aussah, genau wie sie in Jeans und Baumwollhemd. »Wie beeinflußt das Alter des Verstorbenen den Zustand der Knochen?«

»Der Schädel eines jungen Erwachsenen bleibt länger erhalten als der einer älteren Person, vielleicht wegen der stärkeren Mineralisation.«

»Das verrät mir aber noch nicht, wie lange diese Skelette in der Erde gelegen haben. Wann sind diese Individuen gestorben?«

Die Reaktion war Schweigen.

Lucy schien nicht sehr enttäuscht darüber zu sein, daß sie keine Antwort bekam. »Die korrekte Antwort«, sagte sie, »lautet: Wir wissen es nicht. Nach hundert Jahren verfallen manche Skelette zu Staub, während andere fast keine Verwitterungserscheinungen aufweisen. Trotzdem können wir einige Schlüsse ziehen.«

Sie beugte sich über den Tisch und nahm ein Schienbein zur Hand. »Beachten Sie das Abblättern der obersten Schicht bei manchen der längeren Knochen, dort, wo die periphere Lamellenstruktur natürliche Spaltlinien aufweist. Worauf weist das Ihrer Ansicht nach hin?«

»Wechsel zwischen feuchten und trockenen Perioden«, sagte der Lucy-Klon.

»Richtig. Diese Überreste wurden durch den Sarg für einige Zeit geschützt. Dann aber verrottete der Sarg, und die Knochen waren der Feuchtigkeit ausgesetzt, zumal in unmittelbarer Nähe des Bachbetts.« Sie sah einen jungen Mann an, den Claire als einen der Doktoranden erkannte, die bei der Ausgrabung geholfen hatten. Mit seinen langen blonden Haaren, die er zu einem Pferdeschwanz gebunden hatte, und den drei goldenen Ohrringen in einem Ohr hätte er in einem früheren Jahrhundert glatt als Pirat durchgehen können. Nur seine Akademiker-Nickelbrille störte diesen Gesamteindruck.

»Vince«, sagte Lucy, »erzählen Sie uns, was Sie über die Überschwemmungen in der Gegend herausgefunden haben.«

»Ich bin bis zum Beginn der Aufzeichnungen in den zwanziger Jahren zurückgegangen«, sagte Vince. »Zweimal gab es katastrophale Überschwemmungen: Im Frühjahr 1946 und dann wieder letztes Frühjahr, als der Locust River über die Ufer trat. Ich vermute, daß dabei diese Begräbnisstätte freigelegt wurde. Erosion des Meegawki-Bachbetts aufgrund heftiger Regenfälle.«

»Wir wissen also von zwei Perioden, in denen der Fundort großer Nässe ausgesetzt war, jeweils gefolgt von trockeneren Jahren; die Folge davon war das Splittern und Abblättern der Knochenrinde.« Lucy legte das Schienbein wieder hin und griff nach dem Oberschenkelknochen. »Kommen wir nun zu der interessantesten Entdeckung. Ich meine diesen Einschnitt an der Rückseite des Oberschenkelknochens. Es sieht nach einer Schnittverletzung aus, aber der Knochen ist so stark verwittert, daß die Ränder des Einschnitts unscharf geworden sind. Wir können also nicht sagen, ob es eine Green-Bone-Reaktion gegeben hat.« Sie bemerkte Lincolns fragenden Blick.

»Eine Green-Bone-Reaktion findet statt, wenn lebendes Knochengewebe bei einer Stichverletzung verbogen oder verdreht wird. Man kann daran erkennen, ob der Knochen post mortem oder ante mortem verletzt wurde.«

»Und an diesem Knochen können Sie das nicht erkennen?«

»Nein, er war zu lange den Elementen ausgesetzt.«

»Wie können Sie dann feststellen, ob es sich um ein Tötungsdelikt gehandelt hat?«

»Wir müssen uns auf die übrigen Knochen konzentrieren. Und da werden wir die Antwort finden.«

Sie griff nach einer kleinen Papiertüte und leerte ihren Inhalt auf dem Tisch aus.

Kleine Knochen kullerten wie graue Würfel heraus.

»Die Handwurzelknochen«, sagte sie. »Diese stammen von der rechten Hand. Handwurzelknochen sind recht massiv – sie lösen sich nicht so schnell auf wie andere Knochen. Die hier waren ziemlich tief vergraben und außerdem in einen festen Lehmklumpen eingebettet, wodurch sie noch besser geschützt waren.« Sie begann das Häufchen Knochen zu durchwühlen wie eine Näherin, die den passenden Knopf sucht. »Hier«, sagte sie, indem sie einen auswählte und unter das Licht hielt.

Der Einschnitt war deutlich zu erkennen; er war so tief, daß er den Knochen fast in zwei Teile gespalten hätte.

»Das ist eine Abwehrverletzung«, erklärte Lucy. »Dieses Kind – nehmen wir an, es war ein Mädchen – hat die Hände erhoben, um sich vor seinem Angreifer zu schützen. Die Klinge hat sich in seine Hand gebohrt – tief genug, um den Handwurzelknochen fast zu spalten. Das Mädchen ist erst acht oder neun und recht zierlich gebaut, so daß es kaum eine Chance hat, sich zu wehren. Und wer immer mit diesem Messer zugestochen hat, war sehr stark – stark genug, um die Hand glatt zu durchbohren.

Das Mädchen dreht sich um. Vielleicht steckt die Klinge noch in seinem Fleisch, vielleicht hat der Angreifer sie auch herausgezogen und will erneut zustechen. Das Mädchen will fliehen, doch er verfolgt es. Dann stolpert sie, oder er bringt sie zu Fall, und sie stürzt und liegt mit dem Gesicht nach unten am Boden. Das ist deshalb wahrscheinlich, weil die Brustwirbel Verletzungen aufweisen, die von einer breiten Klinge – vielleicht einem Beil – stammen, die von hinten eingedrungen ist. Es gibt auch einen Einschnitt im Oberschenkelknochen, von einem Hieb in die Rückseite des Oberschenkels, was bedeutet, daß sie inzwischen am Boden liegt. Keine dieser Verletzungen ist notwendigerweise tödlich. Falls sie noch am Leben ist, blutet sie jetzt stark. Was dann geschieht, wissen wir nicht, weil uns die Knochen nichts darüber verraten. Was wir wissen, ist, daß sie bäuchlings am Boden liegt und weder weglaufen noch sich verteidigen kann. Und irgendwer hat ihr gerade ein Beil oder eine Axt in den Oberschenkel getrieben.« Vorsichtig legte sie den Handwurzelknochen auf den Tisch zurück. Er war nur so groß wie ein Kieselstein – ein unscheinbares Überbleibsel eines schrecklichen Todes. »Das alles erzählen mir diese Knochen.«

Einen Augenblick lang sprach niemand. Dann fragte Claire leise: »Was ist mit dem anderen Kind geschehen?«

Lucy schien sich aus einer Art Trance befreien zu müssen. »Die Kinder waren ungefähr im gleichen Alter. Bei diesem hier fehlen viele Knochen, aber soviel kann ich Ihnen sagen: Er – oder sie – hat einen schweren und vermutlich tödlichen Schlag auf den Kopf erhalten. Die Kinder wurden zusammen beigesetzt, in einem Sarg. Ich nehme an, daß sie bei ein und demselben Vorfall ums Leben gekommen sind.«

»Es muß doch Aufzeichnungen darüber geben«, sagte Lincoln. »Irgendwelche alten Berichte, aus denen hervorgeht, wer diese Kinder waren.«

»Tja, wie es der Zufall will, kennen wir ihre Namen schon.« Der Sprecher war Vince, der pferdeschwänzige Doktorand. »Aufgrund der Jahreszahl auf einer Münze, die in derselben Erdschicht gefunden wurde, können wir sagen, daß sie nach 1885 gestorben sein müssen. Ich habe die Grundbücher des

Bezirks durchgesehen und herausgefunden, daß das ganze Land entlang der südlichen Biegung des Locust Lake einer Familie namens Gow gehört hat. Diese Knochen sind die sterblichen Überreste von Joseph und Jenny Gow, Geschwister, acht und zehn Jahre alt.« Vince grinste breit. »Was wir hier ausgebuddelt haben, Leute, ist offenbar die Familiengruft der Gows.«

Diese Enthüllung hatte für Claire nichts ausgesprochen Komisches, und es fiel ihr unangenehm auf, daß einige der Studenten lachten.

»Weil es ein Sargbegräbnis war«, erklärte Lucy, »hatten wir schon vermutet, daß es sich um einen Privatfriedhof handeln müßte. Ich fürchte, wir haben ihre letzte Ruhe gestört.«

»Dann wissen Sie also, wie die Kinder gestorben sind?« fragte Claire.

»Es ist schwer, an zeitgenössische Berichte heranzukommen, weil die Gegend damals sehr dünn besiedelt war«, sagte Vince. »Was wir haben, ist das Sterberegister des Bezirks. Der Tod der beiden Gow-Geschwister wurde am gleichen Tag registriert, am 15. November 1887. Zusammen mit dem Tod von drei weiteren Familienmitgliedern.«

Einen Moment lang herrschte entsetztes Schweigen.

»Wollen Sie damit sagen, daß alle fünf an einem Tag gestorben sind?« fragte Claire.

Vince nickte. »Offensichtlich wurde die Familie massakriert.«

9

Karottensticks und Salzkartoffeln und eine mikroskopisch kleine Scheibe Hühnchenbrust.

Louise Knowlton warf einen Blick auf das frugale Mahl, das sie ihrem Sohn soeben vorgesetzt hatte, und ihr Herz krampfte sich in mütterlichem Schuldbewußtsein zusammen. Sie ließ ihr eigenes Kind verhungern. Sie sah es an seinem Gesicht, an diesen hungrigen Augen, den kraftlos herabhängenden Schultern. Sechzehnhundert Kalorien pro Tag! Wie konnte irgendein Mensch davon leben? Barry hatte tatsächlich abgenommen, aber was war der Preis? Er war nur noch ein Schatten seiner selbst; er, der einmal solide zweihundertvierzig Pfund gewogen hatte. Obwohl sie wußte, daß er abnehmen mußte, war ihr – die ihn besser kannte als irgend jemand sonst auf der Welt – doch schmerzlich bewußt, daß ihr geliebtes Kind litt.

Sie setzte sich vor ihren eigenen Teller, auf den sie Brathuhn und mit Butter bestrichene getoastete Brötchen gehäuft hatte. Eine kräftige, gesunde Mahlzeit für einen kalten Abend. Sie blickte über den Tisch und begegnete dem Blick ihres Mannes. Mel schüttelte stumm den Kopf. Auch er konnte es nicht mit ansehen, wie ihr Sohn hungerte.

»Barry, Liebster, warum nimmst du dir nicht wenigstens ein Brötchen?« fragte Louise.

»Nein, Mom.«

»Das sind gar nicht so viele Kalorien. Du kannst ja die Soße abkratzen.«

»Ich mag aber keine.«

»Sieh nur, wie locker sie sind! Es ist dieses Rezept von Barbara Perrys Mutter. Das Schweineschmalz ist das Gute daran. Einen kleinen Bissen, Barry. Versuch doch nur einen Bissen!«

Sie hielt ihm ein dampfendes Brötchen an die Lippen. Sie konnte einfach nicht anders – konnte den durch vierzehn Jahre Mutterschaft verstärkten Instinkt, diesen rosigen und bedürftigen Mund zu füttern, einfach nicht unterdrücken. Das hier war mehr als Essen; es war Liebe – in der Form eines knusprigen Brötchens, von dem die Butter auf ihre Finger troff. Sie wartete darauf, daß er ihre Gabe annahm.

»Ich hab dir doch gesagt, ich will keins!« rief er.

Das traf sie wie ein Schlag ins Gesicht. Louise wich schokkiert zurück. Das Brötchen fiel ihr aus der Hand und klatschte in den glitzernden Soßensee auf ihrem Teller.

»Barry!« sagte sein Vater.

»Immer drängt sie mir Essen auf! Kein Wunder, daß ich so aussehe! Seht doch nur euch selbst an!«

Louise saß mit zitternden Lippen da und bemühte sich, nicht loszuheulen. Sie sah auf das reichliche Abendessen, das sie auf den Tisch gebracht hatte. Es stand für zwei Stunden Arbeit in der Küche, ein Werk der Liebe – und wie sehr liebte sie ihren Sohn! Jetzt sah sie das Essen als das, was es war: die verlorene Liebesmühe einer fetten, dummen Mutter. Sie begann zu weinen, und ihre Tränen tropften in das Quark-Kartoffelpüree.

»Mom!« Barry stöhnte. »O Mann, es tut mir leid!«

»Schon gut.« Sie hob die Hand, um sein Mitleid abzuwehren. »Ich verstehe, Barry. Ich verstehe, und ich werde es nicht wieder tun. Ich schwöre es.« Sie tupfte sich mit der Serviette die Tränen weg, und für einige Sekunden gelang es ihr, ihre Würde zurückzuerlangen. »Aber ich gebe mir solche Mühe und – und –« Sie vergrub das Gesicht in der Serviette; ihr ganzer Körper bebte von der Anstrengung, das Weinen zu unterdrücken. Sie brauchte eine Weile, bis sie merkte, daß Barry mit ihr sprach.

»Mom. Mom?«

Sie holte schluchzend Atem und zwang sich, ihn anzusehen.

»Kann ich ein Brötchen haben?«

Wortlos hielt sie ihm die Platte hin. Sie sah zu, wie er sich ein Brötchen nahm, es aufschnitt und dick mit Butter bestrich. Sie hielt die Luft an, als er den ersten Bissen nahm, als der Ausdruck der Seligkeit sich auf seinem Gesicht ausbreitete. Er hatte die ganze Zeit danach gegiert, doch er hatte sich den Genuß versagt. Jetzt gab er sich ihm hin, aß ein zweites Brötchen, ein drittes. Sie beobachtete ihn bei jedem Bissen, und sie fühlte die tiefe, ursprüngliche Befriedigung einer Mutter.

Noah lehnte an der Seitenmauer des Schulgebäudes und rauchte eine Zigarette. Es war Monate her, daß er sich zuletzt eine angesteckt hatte, und er mußte husten; seine Lungen rebellierten gegen den Rauch. Er stellte sich vor, wie all die Giftstoffe in seiner Brust herumwirbelten, über die seine Mutter ihm immer Vorträge hielt, aber wenn er sich sein Leben in dieser öden Stadt so betrachtete, war das bißchen Gift wahrlich kein Grund, sich Sorgen zu machen. Er nahm noch einen Zug und hustete wieder. So richtig Spaß machte ihm das Ganze nicht, aber womit sollte er sonst die Pausen totschlagen – schließlich waren Skateboards jetzt verboten. Wenigstens würde ihn niemand nerven, wenn er allein hier beim Müllcontainer stand.

Er hörte das leise Brummen eines Motors und blickte zur Straße hin. Ein dunkelgrünes Auto schlich vorbei, so langsam, daß es fast stillzustehen schien. Die Fenster waren so stark getönt, daß man nicht durchsehen konnte, und Noah konnte nicht erkennen, ob ein Mann oder eine Frau am Steuer saß.

Der Wagen kam direkt gegenüber zum Stehen. Irgendwie spürte Noah, daß der Fahrer ihn anstarrte, genauso sicher, wie er selbst zurückstarrte.

Er ließ die Zigarette fallen und trat sie rasch aus. Bloß nicht erwischen lassen; noch einmal Nachsitzen war das letzte, was er jetzt brauchen konnte. Nachdem das Beweisstück aus dem Weg geschafft war, konnte er sich getrost umsehen und dem Fahrer ins unsichtbare Auge sehen. Als das Auto schließlich wegfuhr, hatte er das Gefühl, einen Sieg errungen zu haben.

Noahs Blick fiel auf die halbgerauchte Zigarette, die jetzt zerdrückt am Boden lag. Welch eine Verschwendung. Er wägte gerade die Chancen ab, den Rest doch noch zu retten, als er die Schulglocke hörte, die das Ende der Pause verkündete.

Dann hörte er die Rufe. Sie kamen von dem Platz vor der Schule.

Er bog um die Ecke des Gebäudes und sah eine Schar von Schülern, die auf dem Rasen umhersprangen und im Chor riefen: »Weiberschlacht, Weiberschlacht!«

Das durfte er sich nicht entgehen lassen.

Er drängte sich vor, um noch etwas von der Show mitzubekommen, bevor die Lehrer eingreifen würden, und dann krachten auch schon die beiden kämpfenden Mädchen praktisch in ihn hinein. Er stolperte rückwärts und versuchte, wieder einen sicheren Abstand zu gewinnen. Die Verbissenheit des Kampfes schockierte ihn. Das hier war schlimmer als jede Rauferei zwischen Jungen; das war wirklich eine Schlacht – mit Kratzen und An-den-Haaren-Ziehen und allem. Die Zurufe der Menge dröhnten in seinen Ohren. Er warf einen Blick zurück auf den Kreis der Zuschauer und sah ihre ekstatischen Gesichter, roch die Blutgier so deutlich wie Moschusduft.

Eine merkwürdige Erregung begann sich in ihm zu rühren. Er spürte, wie seine Hand sich zur Faust ballte und ihm die Hitze ins Gesicht stieg. Beide Mädchen waren inzwischen blutverschmiert, und der Anblick fesselte ihn. Spornte ihn an. Er schob sich wieder nach vorne, mitten in das Gewühl der Zuschauer, und war wütend, daß er keinen besseren Platz ergattern konnte.

»Weiberschlacht, Weiberschlacht!«

Jetzt stimmte auch er in das Rufen ein, und seine Erregung stieg mit jedem Blick auf eines der blutigen Gesichter, den er erhaschen konnte.

Dann fiel sein Blick auf Amelia, und er verstummte augenblicklich. Sie stand abseits am Rand der Rasenfläche und beobachtete das Geschehen mit ungläubigem Entsetzen.

Betreten wandte er sich ab, bevor sie ihn sehen konnte, und floh in das Schulgebäude.

In der Jungentoilette starrte er sein Spiegelbild an. *Was ist mit all den Leuten da draußen geschehen?* dachte er. *Was ist mit mir geschehen?*

Er spritzte sich eiskaltes Wasser ins Gesicht, doch er spürte es kaum.

»Sie haben sich wegen eines Jungen geprügelt«, sagte Fern. »Jedenfalls ist das die Version, die ich gehört habe. Es fing an mit ein paar Beleidigungen, und im nächsten Moment waren sie schon drauf und dran, einander die Augen auszukratzen.« Sie schüttelte den Kopf. »Ich hatte gehofft, nach Mrs. Horatios Beerdigung würden die Schüler einander unterstützen. Zueinander stehen. Aber das ist schon die vierte Schlägerei innerhalb von zwei Tagen, Lincoln. Ich habe sie einfach nicht unter Kontrolle. Ich brauche einen Polizisten, der in der Schule Wache hält.«

»Nun, das würde ich für eine übertriebene Reaktion halten«, antwortete er skeptisch, »aber wenn du willst, kann ich Floyd Spear sagen, er soll ein paarmal am Tag in der Schule vorbeischauen.«

»Nein, du verstehst das nicht. Wir brauchen jemanden, der den ganzen Tag hier ist. Ich weiß nicht, wie es sonst gehen soll.«

Lincoln seufzte und fuhr sich mit der Hand durch das Haar. Fern hatte den Eindruck, daß er von Tag zu Tag mehr ergraute, genau wie sie selbst. Am Morgen noch hatte sie die verräterischen grauen Haare entdeckt, die sich unter die blonden geschmuggelt hatten, und sie hatte festgestellt, daß ihr aus dem Spiegel das Gesicht einer Frau mittleren Alters entgegenblickte. Aber viel schmerzlicher als der Anblick ihres eigenen alternden Spiegelbildes war es, die Veränderungen in Lincolns Gesicht zu sehen; zu lebendig waren ihre Erinnerungen an den Mann, der er mit fünfundzwanzig gewesen war: dunkelhaarig, dunkeläugig, sein ausdrucksvolles Charaktergesicht bereits voll ausgeprägt. Das war, bevor er ein Auge auf Doreen geworfen hatte. Sie betrachtete die tiefer werdenden Falten in seinem Gesicht und dachte, was sie schon so oft gedacht hatte: *Ich hätte dich so viel glücklicher machen können als Doreen.*

Sie machten sich zusammen auf den Weg zu Ferns Büro. Die vierte Stunde hatte begonnen, und ihre Schritte hallten in dem leeren Korridor. Über ihren Köpfen verkündete ein Transparent: *Erntetanz am 20. November!* Aus Mr. Rubios Klasse hörten sie gelangweilte Stimmen, die im Chor skandierten: *Me llamo Pablo. Te llamas Pablo. Se llama Pablo ...*

Ihr Büro war ihr Privatbereich, und es spiegelte ihre Einstellung zum Leben wider – alles war sauber und aufgeräumt, jeder Gegenstand an seinem Platz. Die Bücher standen in einer ordentlichen Reihe, und auf dem Schreibtisch flogen keine Zettel herum. Alles unter Kontrolle. Ordnung war gut für Kinder, und Fern glaubte, daß eine Schule nur durch strikte Einhaltung der Ordnung richtig funktionieren konnte.

»Ich weiß, daß die personellen Ressourcen knapp sind«, sagte sie, »aber ich bitte dich, darüber nachzudenken, ob du nicht einen Polizisten ganztags für die Schule abstellen kannst.«

»Das würde bedeuten, einen Mann vom Streifendienst abzuziehen, Fern, und ich bin nicht überzeugt, daß das notwendig ist.«

»Und was gibt es da draußen zu patrouillieren? Menschenleere Straßen! Wenn es in dieser Stadt Probleme gibt, dann hier, in diesem Gebäude! Hier brauchen wir einen Polizisten.«

Schließlich nickte er. »Ich werde mein möglichstes tun«, sagte er und erhob sich. Seine Schultern schienen gebeugt von der Last, die er zu tragen hatte. Den ganzen Tag ringt er mit den Problemen dieser Stadt, dachte sie schuldbewußt, und nie bekommt er ein Lob dafür, nur Forderungen und Kritik. Und wenn er dann nach Hause kommt, ist da niemand – niemand, der ihn trösten könnte. Ein Mann, der das Pech hat, die falsche Frau zu heiraten, sollte nicht für den Rest seines Lebens darunter leiden müssen. Jedenfalls nicht ein so anständiger Mann wie Lincoln.

Sie ging mit ihm zur Tür. Er stand so dicht neben ihr, daß sie ihn hätte berühren können, und die Versuchung, ihn in die Arme zu nehmen, war so überwältigend, daß sie die Hände zu Fäusten ballen mußte, um ihr zu widerstehen.

»Ich sehe mir an, was hier passiert«, sagte sie, »und ich muß mich einfach fragen, was ich falsch gemacht habe.«

»Du hast nichts falsch gemacht.«

»Sechs Jahre als Rektorin, und plötzlich muß ich um die Aufrechterhaltung der Ordnung in meiner Schule kämpfen. Und um meinen Job.«

»Fern, ich glaube wirklich, daß es nur eine vorübergehende Reaktion auf die Schießerei ist. Die Kinder brauchen Zeit, um sich davon zu erholen.« Er klopfte ihr beschwichtigend auf die Schulter und wandte sich zur Tür. »Es wird vorbeigehen.«

Wieder einmal blickte Claire in Mairead Temples Mund. Das Gelände schien ihr inzwischen vertraut – die pelzige Zunge, die Gaumenbögen, das Zäpfchen, das als zitternder Lappen rosigen Fleisches herabhing. Und dieser Geruch, wie ein alter Aschenbecher, derselbe Geruch, der in Maireads Küche herrschte, in der sie jetzt saßen. Es war Dienstag, Claires Tag für Hausbesuche, und Mairead war die vorletzte Patientin in ihrem Terminkalender. Wenn die Praxis schlecht läuft, wenn die Patienten zu anderen Ärzten wechseln, muß man zu verzweifelten Maßnahmen greifen. Ein Hausbesuch in Mairead Temples verrauchter Küche war eine solche verzweifelte Maßnahme. Hauptsache, die Patienten waren zufrieden.

Claire schaltete ihre Taschenlampe aus. »Ihr Hals scheint mir unverändert. Nur ein bißchen gerötet.«

»Tut immer noch gemein weh.«

»Der Abstrich war negativ.«

»Soll das heißen, ich kriege kein Penizillin mehr?«

»Tut mir leid, aber ich kann das nicht vertreten.«

Mairead klapperte mit ihrem Gebiß und funkelte Claire mit ihren wäßrigen Augen an. »Was is'n das für 'ne Behandlung?«

»Wissen Sie, Mairead, die beste Behandlung ist immer noch Vorbeugung.«

»Und?«

»Und deshalb ...« Claire warf einen Blick auf die Packung Mentholzigaretten auf dem Küchentisch. Es war eine Marke, die in der Werbung gewöhnlich mit schlanken Schickeria-Frauen in Verbindung gebracht wurde, die hautenge Kleider trugen und Pelzstolen und Männer im Schlepptau führten. »Deshalb denke ich, es ist Zeit, daß Sie mit dem Rauchen aufhören.«

»Was haben Sie denn gegen Penizillin?«

Claire ignorierte die Frage und wandte sich statt dessen dem Holzofen in der Mitte der überheizten Küche zu. »Der tut Ihrem Hals auch nicht gerade gut. Er macht die Luft trocken und füllt sie mit Rauch und Reizstoffen. Sie haben doch einen Ölofen, oder?«

»Holz is billiger.«

»Sie würden sich besser fühlen.«

»Ich krieg das Holz umsonst von meinem Neffen.«

»Also gut«, seufzte Claire. »Wie wär's, wenn Sie wenigstens die Zigaretten weglassen?«

»Wie wär's mit Penizillin?« Sie sahen einander in die Augen – der Beginn einer wunderbaren Feindschaft, und nur wegen ein paar Drei-Dollar-Pillen.

Schließlich warf Claire das Handtuch. Sie hatte so spät am Nachmittag nicht mehr die Kraft, einen Streit durchzustehen, jedenfalls nicht, wenn der Gegner so störrisch war wie Mairead Temple. *Nur dieses eine Mal*, sagte sie sich, als sie ihre Tasche nach den entsprechenden Antibiotika durchwühlte.

Mairead ging zu dem Holzofen und legte ein Scheit nach. Rauch quoll heraus und vermischte sich mit dem Dunstschleier, der bereits den Raum erfüllte.

Claire bekam selbst allmählich Halsschmerzen.

Mairead nahm eine Kohlenzange und stocherte in dem Holzfeuer herum. »Ich hab da noch dies und das über diese Knochen gehört.«

Claire zählte noch die Tabletten. Erst als sie aufblickte, bemerkte sie, daß Mairead sie mit ungewöhnlich wachen Augen beobachtete. Wie ein wildes Tier.

Mairead drehte sich um und schlug die gußeiserne Tür des Ofens zu. »Alte Knochen, sagt man.«

»Ja, das stimmt.«

»Wie alt?« Wieder waren die wäßrigen Augen auf sie fixiert.

»Hundert Jahre, vielleicht mehr.«

»Wissen die das sicher?«

»Ich glaube, sie sind sich ganz sicher. Wieso?«

Der beunruhigende Blick glitt wieder von ihr ab. »Man weiß nie, was sich hier in der Gegend so alles abspielt. Ist ja kein Wunder, daß sie die Knochen auf ihrem Grundstück gefunden haben. Sie wissen doch, was sie ist, oder? Sie ist auch nicht die einzige hier. Letztes Halloween haben sie ein Riesenfeuer gemacht, drüben in Warren Emersons Maisfeld. Dieser Emerson, der ist auch einer von denen.«

»Was ist er?«

»Na, wie nennt man die noch, wenn's Männer sind? Hexenmeister.«

Claire prustete los. Das war ein Fehler.

»Fragen Sie nur mal in der Stadt rum«, beharrte Mairead, die allmählich wütend wurde. »Alle werden sie Ihnen erzählen, daß es in der Nacht in Emersons Feld ein Feuer gegeben hat. Und gleich drauf haben die Kinder in der Stadt all diesen Unfug gemacht.«

»Das passiert überall. Kinder stellen an Halloween immer was an.«

»Es ist ihre heilige Nacht. Ihr schwarzes Weihnachten.«

Claire sah der alten Frau in die Augen und kam zu dem Schluß, daß sie Mairead Temple nicht mochte. »Jeder hat ein Recht auf seine Überzeugungen. Solange niemand zu Schaden kommt.«

»Na, das ist ja eben die Frage, oder? Wir wissen's halt nicht. Sehen Sie sich doch nur an, was seitdem hier so passiert ist.«

Abrupt schloß Claire ihre Arzttasche und stand auf. »Rachel Sorkin kümmert sich um ihre eigenen Angelegenheiten, Mairead. Ich meine, alle anderen in dieser Stadt sollten es ihr gleichtun.«

Schon wieder die Knochen, dachte Claire, als sie zu ihrem letzten Hausbesuch des Tages fuhr. Alle wollen etwas über die

Knochen wissen. Wem sie gehörten, wann sie begraben wurden. Und heute dann eine neue Frage, eine, mit der sie nicht gerechnet hatte: Warum sie in Rachel Sorkins Hof gefunden worden waren.

Es ist ihre heilige Nacht, ihr schwarzes Weihnachten.

In Maireads Küche hatte Claire gelacht. Jetzt, als sie in der zunehmenden Düsternis dahinfuhr, schien ihr das Gespräch überhaupt nicht mehr komisch. Rachel Sorkin war die Außenseiterin, die schwarzhaarige Frau von auswärts, die allein am See wohnte. Über die Jahrhunderte hinweg war es so gewesen: Eine alleinstehende junge Frau hatte schon immer Verdächtigungen und Gerüchte angezogen. In einer kleinen Stadt stellt sie eine Anomalie dar, die nach Erklärungen verlangt. Sie ist die Sirene, die unwiderstehliche Versuchung für die ansonsten tugendhaften Männer der Gemeinde. Oder sie ist der Drache, den niemand heiraten will, oder aber die Kranke, Verdrehte, die mit unnatürlichen Gelüsten. Und wenn eine attraktiv ist, so wie Rachel, oder exotisch, oder wenn sie ausgefallene Vorlieben und Eigenheiten hat, dann vermischt sich der Argwohn mit Faszination. Und aus dieser Faszination konnte für jemanden wie Mairead Temple eine Obsession werden – für sie, die den ganzen Tag in ihrer düsteren Küche vor sich hin brütete und Zigaretten rauchte, die Glamour versprachen, aber nichts brachten als Bronchitis und gelbe Zähne. Rachel Sorkin hatte keine gelben Zähne. Rachel war schön und ungebunden und ein wenig exzentrisch.

Deshalb mußte Rachel eine Hexe sein.

Und weil Warren Emerson an Halloween in seinem Maisfeld ein Feuer entzündet hatte, mußte auch er ein Hexer sein.

Obwohl die Dämmerung noch nicht hereingebrochen war, schaltete Claire das Licht an. Der warme Schein der Armaturen wirkte irgendwie tröstlich auf sie. Diese Zeit des Jahres, dachte sie, löst in uns allen irrationale Ängste aus. Und noch haben wir den dunkelsten Punkt der Jahreszeit nicht erreicht. Wenn die Nächte länger werden und die ersten heftigen

Schneefälle kommen, die uns gänzlich von der Außenwelt abschneiden, wird diese trostlose und einsame Landschaft zu unserem Universum. Und es ist ein erbarmungsloses Universum, in dem ein Fleckchen Glatteis und die bittere Kälte einer Nacht für uns zum Richter und Henker zugleich werden können.

Sie erreichte den freistehenden Briefkasten mit der Aufschrift »Braxton« und bog in die unbefestigte Auffahrt ein. Das Haus ihrer Patientin stand inmitten brachliegender Felder. Die Farbe war von den Schindeln abgeblättert, das Holz silbrig verwittert. Auf der Veranda lehnte ein Stapel Brennholz gegen das windschiefe Geländer. Das alles würde eines Tages zusammenbrechen – das Geländer, die Veranda, das Haus selbst. Die einundvierzigjährige, geschiedene Faye Braxton, die hier mit ihren beiden Kindern lebte, wies ähnliche Konstruktionsmängel auf wie das Gebäude, in dem sie lebte. Beide Hüftgelenke waren durch Rheumatismus zerstört, und ohne fremde Hilfe konnte sie nicht einmal einen Schritt vor ihre freudlose Behausung tun.

Claire stieg mit ihrer Arzttasche die Stufen der Veranda hoch. Erst jetzt bemerkte sie, daß irgend etwas nicht stimmte.

Die Außentemperatur lag bei zwei Grad, und die Haustür stand offen.

Sie steckte den Kopf durch die Tür und rief in das Halbdunkel hinein: »Mrs. Braxton?« Sie hörte einen Fensterladen im Wind schlagen. Und sie hörte noch etwas anderes – das leise Geräusch von Schritten, die in einem der oberen Zimmer herumtrappelten. Eines der Kinder?

Claire betrat das Haus und schloß die Haustür gegen die Kälte. Keinerlei Licht brannte, und das schwindende Tageslicht schimmerte schwach durch die dünnen Wohnzimmervorhänge. Sie tastete sich den Flur entlang und suchte den Lichtschalter. Endlich fand sie ihn und schaltete das Licht ein.

Zu ihren Füßen lag eine nackte Barbiepuppe auf dem abgewetzten Läufer. Claire bückte sich und griff danach. »Mrs. Braxton? Ich bin's, Dr. Elliot.«

Die Antwort war Schweigen.

Sie betrachtete die Barbiepuppe und bemerkte, daß ihr blondes Haar zur Hälfte abgeschnitten worden war. Bei ihrem letzten Hausbesuch hier vor drei Wochen hatte sie eine Puppe wie diese in den Händen von Faye Braxtons siebenjähriger Tochter Kitty gesehen. Sie hatte ein rosafarbenes Ballkleid angehabt, und ihr langes blondes Haar war mit einem Stück grünen Haarbandes zurückgebunden gewesen.

Ein kalter Schauer stieg ihr das Rückgrat hoch.

Wieder hörte sie es: das schnelle *tapp–tapp–tapp* von Schritten über der Zimmerdecke. Sie sah zur Treppe, die zum Obergeschoß führte. Jemand war zu Hause, und dennoch war die Heizung abgeschaltet, das Haus war eiskalt, und kein Licht brannte.

Langsam schlich sie wieder zur Tür und floh nach draußen.

Von ihrem Auto aus rief sie mit dem Handy die Polizei an.

Officer Mark Dolan war am Apparat.

»Hier spricht Dr. Elliot. Ich bin beim Haus der Braxtons. Irgend etwas stimmt hier nicht.«

»Wie meinen Sie das, Dr. Elliot?«

»Ich habe die Haustür offen vorgefunden; die Heizung ist aus, und es brennt nirgendwo Licht. Aber ich habe gehört, wie sich im oberen Stock jemand bewegt hat.«

»Ist die Familie zu Hause? Haben Sie sich vergewissert?«

»Ich möchte lieber nicht nach oben gehen.«

»Sie müssen doch nur mal nachsehen. Wir werden hier mit Anrufen überhäuft, und ich weiß nicht, wann ich einen Mann zu Ihnen schicken kann.«

»Hören Sie, warum schicken Sie nicht einfach irgendwen? Ich sage Ihnen, die Sache kommt mir sehr verdächtig vor.«

Officer Dolan seufzte laut. Sie konnte ihn fast vor sich sehen, wie er an seinem Schreibtisch saß und verächtlich die Augen verdrehte. Jetzt, da sie ihre Befürchtungen in Worte gefaßt hatte, erschienen sie ihr plötzlich unbedeutend. Vielleicht hatte sie ja gar keine Schritte gehört, sondern bloß diesen Fensterladen, der im Wind hin- und herschwang. Vielleicht war die Familie außer Haus. Die Polizei wird kommen und nichts finden, dachte sie, und morgen wird die ganze Stadt über die ängstliche Frau Doktor lachen. Ihr Ruf hatte diese Woche schon genug Schaden genommen.

»Lincoln ist irgendwo dort in der Nähe«, sagte Dolan schließlich. »Ich sage ihm, er soll mal einen Abstecher machen, falls er dazu kommt.«

Sie legte auf. Schon tat es ihr leid, daß sie angerufen hatte. Sie stieg wieder aus und sah zum Haus hinüber. Die Dämmerung hatte sich zur Dunkelheit verdichtet. Ich werde den Notruf zurücknehmen und mir die Blamage ersparen, dachte sie. Sie ging zurück ins Haus.

Am Fuß der Treppe blieb sie stehen und blickte zum oberen Treppenabsatz hoch, doch von oben war kein Laut zu hören. Sie ergriff das Geländer. Es war Eiche, massiv und vertrauenerweckend. Sie stieg die Stufen empor, getrieben von Stolz und fest entschlossen, nicht zur Zielscheibe des Gespötts der Stadt zu werden.

Im Obergeschoß schaltete sie das Licht ein und sah einen engen Flur vor sich, dessen Wände schmutzig waren und übersät mit zahlreichen Abdrücken kleiner Hände. Sie steckte den Kopf durch die Tür des ersten Zimmers auf der rechten Seite.

Es war Kittys Schlafzimmer. Ballerinen tanzten auf den Vorhängen. Auf dem Bett lagen Mädchensachen verstreut: Plastikspangen, ein roter Pulli mit einem gestickten Schneeflockenmuster, ein Kinderrucksack in rosa und violett. Auf dem Boden lag Kittys geliebte Barbiepuppensammlung. Aber das hier waren nicht die verhätschelten Objekte der Liebe eines kleinen Mädchens. Diese Puppen waren brutal mißhandelt worden, ihre Kleider in Fetzen gerissen, Arme und Beine wie vor Entsetzen ausgestreckt. Ein abgerissener Puppenkopf starrte mit seinen himmelblauen Augen zu ihr hoch.

Wieder spürte sie den kalten Schauer im Rücken.

Sie trat in den Flur zurück, und ihr Blick wurde plötzlich

von der Tür zum Nebenraum angezogen, in dem ebenfalls kein Licht brannte. Und doch schimmerte da etwas in der Dunkelheit, ein seltsamer fluoreszierender Schein, ähnlich dem grünen Leuchten einer Armbanduhr. Sie trat in das Zimmer und schaltete das Licht ein. Das grüne Leuchten verschwand. Sie befand sich in einem Jungenzimmer. Es war unaufgeräumt, Bücher und schmutzige Socken lagen auf Bett und Boden verstreut, und ein Abfalleimer quoll von Papierknäueln und Coladosen über. Es war das typische Chaos, das ein Dreizehnjähriger zu hinterlassen pflegte. Sie schaltete das Licht aus.

Und sah es wieder – das grüne Leuchten. Es kam vom Bett.

Sie starrte das Kopfkissen an, das mit einem hellen Schimmer überzogen war, und befühlte die Bettwäsche; sie war kühl, aber nicht feucht. Jetzt bemerkte sie auch die schwachen Streifen von Lumineszenz auf der Wand, direkt über dem Bett, und einen einzelnen Fleck von strahlendem Smaragdgrün auf der Bettdecke.

Poch, poch, poch. Ihr Blick schoß nach oben, und sie hörte ein Wimmern, das leise Rufen eines Kindes.

Der Dachboden. Die Kinder waren auf dem Dachboden.

Sie stolperte über einen Tennisschuh, als sie aus dem Zimmer des Jungen auf den Flur hinaustrat. Die Bodentreppe war steil und schmal; sie mußte sich an dem wackeligen Geländer festhalten, als sie hinaufstieg. Oben angekommen, stand sie in völliger Dunkelheit.

Sie machte einen Schritt nach vorne und streifte eine herabhängende Lichtschnur. Sie zog daran, und die nackte Glühbirne leuchtete auf. Ihr matter Schein erhellte nur einen kleinen Kreis des Dachbodens; im Halbdunkel der Peripherie konnte sie ein Durcheinander von alten Möbeln und Pappkartons ausmachen. Ein Kleiderständer mit ausladenden Haken wie ein Elchgeweih warf einen bedrohlich aussehenden Schatten auf den Boden.

Hinter einem der Pappkartons bewegte sich etwas.

Rasch stieß sie den Karton zur Seite. Dahinter, zusammengerollt auf einem Haufen alter Mäntel, lag die siebenjährige Kitty. Das Gesicht des Mädchens fühlte sich eisig an, aber sie lebte, und mit jedem Atemzug kam ein leises Stöhnen aus ihrer Kehle. Claire beugte sich hinab, um sie aufzuheben, und stellte fest, daß die Kleider des Mädchens klatschnaß waren. Erschrocken hielt sie ihre vor Feuchtigkeit glänzende Hand ans Licht.

Blut.

Die einzige Vorwarnung war das Knarren der Dielen. *Jemand steht hinter mir.*

Claire drehte sich in dem Moment um, als der Schatten auf sie zuflog. Der Aufprall traf sie heftig an der Brust, und sie wurde nach hinten geschleudert. Das Gewicht des Angreifers preßte sie nieder. Krallende Hände griffen nach ihrer Kehle. Sie versuchte, sie wegzureißen, schlug wie wild nach links und rechts aus, und ein Dutzend schemenhafte Bilder schwirrten vor ihren Augen. Der Kleiderständer fiel krachend um. Im Licht der schwankenden Glühbirne sah sie das Gesicht des Angreifers.

Der Junge.

Seine Hände schlossen sich fester um ihren Hals, und ehe ihr schwarz vor Augen wurde, sah sie, wie er die Zähne entblößte, wie sich seine Augen zu schmalen Schlitzen verengten.

Sie krallte nach ihnen. Mit einem Aufschrei ließ der Junge von ihr ab und stolperte rückwärts. Sie schaffte es, wieder auf die Beine zu kommen, bevor er erneut auf sie zustürzte. Sie wich zur Seite aus, und er flog an ihr vorbei und landete zwischen den Pappkartons. Bücher und Werkzeuge wurden umhergeschleudert.

Den Schraubenzieher sahen beide im gleichen Moment.

Sie stürzten gleichzeitig auf ihn zu, doch er war näher dran. Er schnappte ihn und hielt ihn hoch über seinen Kopf. Als er zustach, hob sie beide Hände, um das Handgelenk des Jungen festzuhalten. Seine Kraft schockierte sie. Er zwang sie in die

Knie. Die Spitze des Schraubenziehers kam immer näher, so sehr sie sich auch wehrte.

Dann hörte sie durch das Dröhnen ihres eigenen Pulsschlags, wie eine Stimme ihren Namen rief. Sie schrie auf: »Hilfe!«

Schritte kamen polternd die Treppe hoch. Plötzlich brachen die Schraubenzieherattacken ab. Der Junge machte auf dem Absatz kehrt und griff Lincoln an, der auf ihn zugestürzt kam. Sie sah, wie der Junge das Gleichgewicht verlor und auf den Rücken fiel. Er und Lincoln rollten in einem Gewirr um sich schlagender Arme und Beine über den Boden, Möbel und Kisten umherstoßend. Der Schraubenzieher rollte davon und verschwand in der Dunkelheit. Dann gelang es Lincoln, den Jungen mit dem Gesicht nach unten am Boden festzuhalten, und Claire hörte das metallische Klicken, als die Handschellen sich um seine Handgelenke schlossen. Selbst jetzt wehrte sich der Junge noch nach Leibeskräften und trat blind um sich. Lincoln schleppte ihn zu einem Stützpfeiler und band ihn mit seinem Gürtel daran fest.

Als er sich schließlich Claire zuwandte, atmete er heftig, und auf einer Wange schwoll ein Bluterguß an. Jetzt erst bemerkte er das Mädchen, das zwischen den Pappkartons lag.

»Sie blutet!« sagte Claire. »Helfen Sie mir, sie nach unten zu tragen, ins Licht.«

Er nahm das Mädchen in die Arme und hob es auf.

Als er sie auf den Küchentisch legte, hatte sie aufgehört zu atmen. Claire beatmete sie mit drei raschen Stößen, dann fühlte sie den Puls an der Halsschlagader. Nichts. »Holen Sie sofort einen Krankenwagen her!« sagte sie zu Lincoln. Sie legte die Hände auf das Brustbein des Mädchens und begann mit der Herzmassage. Die Bluse war blutgetränkt, und ihre Hände rutschten beim Pumpen immer wieder ab. Und ständig sickerte noch mehr Blut durch den Stoff. *Sie ist erst sieben Jahre alt. Wieviel Blut kann ein Kind verlieren? Wie lange kann ich ihre Gehirnzellen noch am Leben halten?*

»Krankenwagen ist unterwegs!« rief Lincoln.

»Okay, jetzt müssen Sie ihre Bluse aufschneiden. Wir müssen feststellen, wo sie blutet.« Claire unterbrach die Massage, um dem Mädchen drei weitere Atemstöße zu verabreichen. Sie hörte das Reißen von Stoff und sah, daß Lincoln die Brust des Mädchens bereits freigelegt hatte.

»O Gott«, murmelte er.

Blut quoll aus einem halben Dutzend Stichwunden.

Sie legte die Hände wieder auf den Brustkorb und fuhr mit der Herzmassage fort. Doch mit jedem Pumpen floß noch mehr Blut aus dem Körper des Mädchens.

Das Heulen einer Sirene kam näher, und durch das Küchenfenster sahen sie die grellen Lichtblitze des vorfahrenden Krankenwagens. Zwei Sanitäter stürmten herein, warfen einen Blick auf das auf dem Tisch liegende Mädchen und öffneten ihren Notarztkoffer. Claire fuhr mit der Herzmassage fort, während die Sanitäter das Kind intubierten, einen venösen Zugang legten und die EKG-Kabel anbrachten.

»Haben wir einen Rhythmus?« fragte Claire, während sie die Massage für einen Moment unterbrach.

»Rapide Sinustachykardie.«

»Blutdruck?«

Sie hörte das rhythmische Schnaufen der Blutdruckmanschette, dann die Antwort: »Kaum tastbar bei fünfzig. Ringer-Laktat-Lösung läuft im Schuß durch diesen Zugang. Ich habe Probleme, den zweiten zu legen ...«

Wieder war draußen eine heulende Sirene zu hören, und wieder kamen eilige Schritte auf das Haus zu. Die Officers Mark Dolan und Pete Sparks drängten sich in die Küche. Dolans und Claires Blicke trafen sich, doch er wandte die Augen rasch ab – er spürte ihren Vorwurf. *Ich habe Ihnen gesagt, daß etwas nicht in Ordnung ist!*

»Oben auf dem Dachboden ist ein Junge«, sagte Lincoln. »Ich habe ihm schon Handschellen angelegt. Jetzt müssen wir noch die Mutter finden.«

»Ich sehe in der Scheune nach«, sagte Dolan.

Claire protestierte: »Faye sitzt im Rollstuhl! Sie kann gar nicht raus in die Scheune. Sie muß irgendwo in diesem Haus sein.«

Dolan ignorierte sie, drehte sich um und ging geradewegs zur Tür hinaus.

Sie konzentrierte sich wieder auf das Mädchen. Sie hatten jetzt einen Puls, so daß Claire mit der Herzmassage aufhören konnte. Ihr wurde plötzlich bewußt, daß ihre Hände über und über mit Blut verschmiert waren. Sie hörte, wie Lincoln und Pete auf der Suche nach Faye von einem Zimmer zum anderen liefen, und sie hörte die Fragen der Unfallstation des Knox Hospitals, die aus dem rauschenden Funkgerät der Sanitäter kamen.

»Wie hoch ist der Blutverlust?« Es war McNallys Stimme.

»Ihre Kleider sind tropfnaß«, antwortete einer der Sanitäter. »Mindestens sechs Stichwunden in der Brust. Wir haben Sinustachykardie von einhundertsechzig, Blutdruck tastbar bei fünfzig. Eine Infusion läuft. Die zweite kriegen wir nicht in Gang.«

»Atmet sie?«

»Nein. Sie ist intubiert, und wir beuteln sie. Dr. Elliot ist bei uns.«

»Gordon«, rief Claire. »Sie braucht sofort eine Thorakotomie! Sorgen Sie für einen Chirurgen, und wir bringen sie Ihnen!«

»Wir warten auf Sie.«

Obwohl es nur Sekunden dauerte, bis das Mädchen im Krankenwagen untergebracht war, schien sich für Claire alles quälend langsam abzuspielen. Sie sah alles durch einen Nebel von Panik: den herzzerreißend kleinen Körper, der auf der Trage festgebunden wurde, das Gewirr von EKG-Kabeln und Infusionsschläuchen, die angespannten Gesichter der Sanitäter, als sie mit dem Mädchen die Verandastufen hinabliefen und die Trage in den Krankenwagen schoben.

Claire stieg mit einem der Sanitäter hinten ein, und die Tür wurde zugeschlagen. Sie kniete neben der Trage nieder, pumpte Sauerstoff in die Lungen und bemühte sich, das Gleichgewicht zu halten, während sie die Auffahrt entlangholperten und dann in die Hauptstraße einbogen. Auf dem Monitor geriet der Herzrhythmus des Mädchens ins Stocken. Zwei ventrikuläre Extrasystolen. Dann noch drei.

»Ventrikuläre Arrhythmien«, sagte der Sanitäter.

»Geben Sie ihr das Lidocain.«

Der Sanitäter hatte gerade begonnen, das Medikament zu injizieren, als der Krankenwagen über ein Schlagloch fuhr.

Er fiel nach hinten und blieb mit dem ausgestreckten Arm am Infusionsschlauch hängen. Die Kanüle rutschte aus der Vene, und ein Strahl Ringerlösung spritzte Claire ins Gesicht.

»Mist!« rief er.

Vom Monitor kam ein Alarmsignal. Claire blickte auf und sah eine Serie von Extrasystolen über den Bildschirm hüpfen. Sofort nahm sie die Herzmassage auf. »Beeilen Sie sich mit dem zweiten Zugang!«

Er war bereits dabei, die Verpackung aufzureißen und eine neue Kanüle auszupacken. Er band ein Tourniquet um Kittys Arm und versuchte durch mehrmaliges Klopfen, die Vene zum Anschwellen zu bringen. »Ich kann keine finden! Sie hat zuviel Blut verloren.«

Das Mädchen stand unter Schock. Ihre Venen waren kollabiert.

Das Alarmsignal heulte auf. Eine ventrikuläre Tachykardie jagte über den Bildschirm.

In Panik versetzte Claire Kittys Brust einen kurzen, kräftigen Schlag – keine Veränderung.

Sie hörte das Sirren des Defibrillators. Der Sanitäter hatte bereits den Aufladungsschalter betätigt und drückte jetzt die Kontaktkissen auf Kittys Brust. Claire machte Platz, und er brachte die Paddles in Position und löste den Stromschlag aus.

Auf dem Monitor machte der Cursor einen Satz, dann

formte er sich zu einer rapiden Sinustachykardie. Claire und der Sanitäter stießen hörbare Seufzer der Erleichterung aus.

»Der Rhythmus wird sich nicht halten«, meinte Claire. »Wir brauchen die Infusion.«

Er band die Aderpresse um den anderen Arm, wobei er in dem schwankenden Fahrzeug nur mühsam das Gleichgewicht halten konnte. Wieder suchte er nach einer Vene. »Ich kann keine finden!«

»Nicht mal die Cubitalis?«

»Die ist schon futsch. Wir haben sie vorhin verloren, als wir versucht haben, den ersten Zugang zu legen.«

Sie warf einen Blick auf den Monitor. Wieder begannen die Extrasystolen über den Bildschirm zu wandern. Sie waren noch Meilen von der Unfallstation entfernt, und der Herzrhythmus des Mädchens verschlechterte sich. Sie mußten jetzt unbedingt eine Infusion in Gang bekommen.

»Übernehmen Sie die Herzmassage«, sagte sie. »Ich lege einen Zugang in die Subclavia.«

In der drangvollen Enge tauschten sie die Positionen.

Claires Herz klopfte wild, als sie sich neben Kitty hinkauerte. Es war Jahre her, daß sie einem Kind eine Infusion in die Zentralvene gelegt hatte. Sie würde eine Nadel unter dem Schlüsselbein einführen und die Spitze in die große *Vena subclavia* lenken müssen, wobei immer die Gefahr bestand, daß sie die Lunge punktierte. Ihre Hände zitterten schon jetzt – als ob es nicht schon schwer genug gewesen wäre, sie in dem fahrenden Krankenwagen ruhig zu halten.

Das Mädchen steht unter Schock. Es stirbt – ich habe keine Wahl.

Sie öffnete den Instrumentenkasten, bestrich die Haut mit Betadine und zog sterile Handschuhe über. Dann holte sie stockend Luft. »Unterbrechen Sie die Kompressionen«, sagte sie. Sie setzte die Spritze unterhalb des Schlüsselbeins an und durchstach die Haut. Gleichmäßig drückend schob sie die Nadel immer tiefer, wobei sie vorsichtig mit der Spritze ansaugte.

Plötzlich begann dunkles Blut herauszufließen.

»Ich bin in der Vene.«

Der Alarm kreischte. »Schnell! Sie ist tachykard!« sagte der Sanitäter.

Lieber Gott, laß uns nicht über ein Schlagloch fahren. Nicht jetzt.

Sie hielt die Nadel vollkommen still, während sie die Spritze abnahm und den J-Draht durch die hohle Nadel einführte, bis sie in der Vene war. Jetzt war der Leitdraht in Position; der schwierigste Teil der Prozedur war überstanden. Sie brachte rasch die Kanüle an, zog den Draht heraus und schloß den IV-Schlauch an.

»Gut gemacht, Doc!«

»Lidocain läuft. Ringerlösung im Schuß.« Claire sah nach dem Monitor.

Immer noch ventrikuläre Tachykardie. Sie griff nach den Defibrillator-Paddles und war dabei, sie auf Kittys Brust zu legen, als der Sanitäter sagte: »Warten Sie.«

Sie sah nochmals auf den Bildschirm. Das Lidocain wirkte; die Tachykardie hatte aufgehört.

Das Rucken des abrupt bremsenden Krankenwagens machte sie darauf aufmerksam, daß sie am Ziel waren. Claire hielt sich fest, als der Wagen um die Kurve fuhr und in die Einfahrt der Notaufnahme zurücksetzte.

Die Tür öffnete sich, und sie sahen McNally mit seinem Team. Ein halbes Dutzend Hände griff nach der Trage und zog sie aus dem Wagen.

Es war nur ein chirurgisches Notteam, das im Schockraum auf sie wartete, aber es war das Beste, was McNally in so kurzer Zeit hatte auftreiben können: ein Anästhesist, zwei Schwestern von der Entbindungsstation und Dr. Byrne, ein Allgemeinchirurg.

Byrne legte sofort los. Mit einem Skalpell schlitzte er die Haut oberhalb von Kittys Rippen auf und schob mit fast brachialer Gewalt eine Thoraxdrainage hinein. Blut schoß aus dem Schlauch in den Glasbehälter hinein. Er warf einen Blick auf den rasch ansteigenden Pegel des Blutes und sagte: »Wir müssen den Brustkorb aufmachen.«

Sie hatten jetzt keine Zeit für das rituelle Händewaschen. Während McNally den Arm des Mädchens für eine weitere Infusion aufschnitt und eine Einheit Null-Negativ-Blut hineinströmte, schlüpfte Claire in einen OP-Kittel, zog ein paar Einweghandschuhe an und stellte sich gegenüber von Byrne auf. An seinem weißen Gesicht konnte sie erkennen, daß er Angst hatte. Er war kein Thoraxchirurg, und er wußte offensichtlich genau, daß er sich ziemlich weit hinauswagte. Aber Kitty lag im Sterben, und es gab niemanden sonst, an den man sich hätte wenden können.

»Gegrüßet seist du, Maria, voll der Gnaden ...«, murmelte er und warf die Knochensäge an.

Claire zuckte bei dem Aufheulen der Säge zurück und blinzelte durch den aufwirbelnden Knochenstaub in die sich erweiternde Öffnung in Kittys Brust. Sie sah nichts als Blut, das in dem grellen Licht wie Satin glänzte. Ein massiver Hämothorax. Byrne erweiterte die Öffnung mit Hilfe der Wundhaken, während Claire absaugte und das Innere der Brusthöhle vorübergehend sichtbar wurde.

»Wo kommt es her?« murmelte Byrne. »Das Herz sieht unversehrt aus.«

Und so klein, dachte Claire mit plötzlicher Beklemmung. *Dieses Kind ist so winzig ...*

»Wir müssen dieses Blut wegschaffen.«

Claire führte den Sauger noch tiefer ein, und plötzlich sahen sie, wie ein Blutstrahl in einem kleinen Bogen aus der verletzten Lunge hervorschoß.

»Ich sehe es«, sagte er und klemmte die Wunde ab.

Jetzt wurde eine zweite Verletzung sichtbar. Hellrotes Blut quoll aus ihr hervor.

»Nummer zwei«, sagte er in einem angespannt triumphierenden Ton, als er die zweite Klammer anbrachte.

»Ich bekomme einen Blutdruck!« rief eine der Schwestern. »Systolisch bei siebzig!«

»Ich hänge die zweite Einheit Null-Negativ auf!«

»Da«, sagte Claire, und Byrne verklammerte die dritte Wunde, die sich durch einen Blutstrahl verraten hatte.

Claire saugte wieder ab. Einen Moment lang beobachteten sie die offene Brust in ängstlicher Erwartung einer neuerlichen Blutansammlung. Alle Anwesenden verfielen in Schweigen. Die Sekunden schlichen vorüber.

Dann blickte Byrne zu ihr herüber. »Wissen Sie, dieses Ave-Maria, das ich eben gesagt habe –«

»Ja?«

»Es scheint zu funktionieren.«

Pete Sparks wartete auf sie, als Claire schließlich aus dem Schockraum herauskam. Ihre Kleidung war blutbespritzt, aber er schien es gar nicht wahrzunehmen; sie hatten beide an diesem Abend schon so viel Brutalität gesehen, daß sie der Anblick von Blut nicht mehr schockieren konnte.

»Wie geht's dem Mädchen?« fragte er.

»Sie hat die Operation gut überstanden. Sobald ihr Blutdruck sich stabilisiert hat, wird man sie nach Bangor verlegen.« Claire sah ihn mit einem müden Lächeln an. »Ich glaube, sie wird wieder, Pete.«

»Wir haben den Jungen hergebracht«, sagte er.

»Scotty?«

Er nickte. »Die Schwestern haben ihn dort drüben in den Untersuchungsraum gebracht. Lincoln meinte, Sie sollten ihn sich lieber mal ansehen. Irgendwas stimmt nicht mit ihm.«

Mit wachsender Besorgnis durchquerte sie die Unfallstation und blieb abrupt in der Tür des Untersuchungszimmers stehen. Sie stand da und starrte hinein, und sie spürte wieder den kalten Schauer im Rücken.

Sie machte fast einen Satz, als Pete leise zu ihr sagte: »Verstehen Sie, was ich meine?«

»Was ist mit seiner Mutter?« fragte sie. »Haben Sie Faye gefunden?«

»Ja, wir haben sie gefunden.«

»Wo?«

»Im Keller. Sie war noch in ihrem Rollstuhl.« Pete warf einen Blick in das Zimmer und wich fast ängstlich einen Schritt zurück, wie abgestoßen von dem, was er sah. »Ihr Genick war gebrochen. Er hat sie die Treppe hinuntergestoßen.«

10

Von der anderen Seite des Sichtfensters aus beobachteten Claire und der CT-Techniker, wie Scotty Braxtons Kopf in der Öffnung des Scanners verschwand. An Armen, Beinen und Brust war er fest an den Tisch gefesselt, doch seine Hände wanden sich unentwegt in den Lederriemen. Seine Handgelenke waren bereits wundgescheuert, das Leder blutverschmiert.

»So werden wir keine vernünftigen Aufnahmen bekommen«, sagte der Techniker. »Immer noch zuviel Bewegung. Können Sie ihm nicht etwas mehr Valium geben?«

»Er hat schon fünf Milligramm intus. Ich würde nur sehr ungern seinen Neurostatus eintrüben«, antwortete Claire.

»Dann gibt es auch keine Computertomographie.«

Sie hatte keine Wahl. Sie füllte die Spritze und betrat den Untersuchungsraum. Sie sah, wie der State Trooper sie durch das Fenster beobachtete. Am Tisch angekommen, griff sie nach der Infusionskanüle. Ohne Vorwarnung schnappte die Hand des Jungen zu. Claire zuckte zurück, doch seine Finger schlossen sich bereits wie eine Falle um ihr Handgelenk.

Der Cop kam herbeigeeilt. »Dr. Elliot?«

»Alles in Ordnung«, sagte sie mit pochendem Herzen. »Er hat mich bloß erschreckt.«

»Ich bleibe hier bei Ihnen. Machen Sie nur weiter und geben Sie ihm die Medizin.«

Sie nahm den Infusionsschlauch, durchstach mit der Nadel die Gummiabdichtung und injizierte die ganzen zwei Milligramm.

Jetzt endlich kam die Hand des Jungen zur Ruhe.

Sie stand wieder hinter dem Fenster und sah zu, wie der Scanner in Aktion trat. Ein Surren und Klicken kündigte an, daß der Kopf des Jungen jetzt aus verschiedenen Richtungen mit Röntgenstrahlen bombardiert wurde. Der erste Querschnitt vom oberen Teil des Schädels erschien auf dem Bildschirm.

»Bis jetzt sieht es normal aus«, meinte der Techniker. »Was erwarten Sie denn zu sehen?«

»Irgendeine anatomische Abnormität, die sein Verhalten erklären könnte, beispielsweise eine Raumforderung, einen Tumor. Es muß einfach einen Grund dafür geben. Er ist schon der zweite Junge mit unkontrollierbarer Aggressivität, mit dem ich es zu tun habe.«

Alle drehten sich um, als Lincoln den Raum betrat. Die Tragödie hatte ihren Tribut von ihm gefordert; Claire konnte es an seinem Gesicht sehen, an den Ringen unter seinen Augen und seinem traurigen Blick. Faye Braxtons Tod war für ihn nur der Auslöser einer endlosen Reihe von Pressekonferenzen und Treffen mit Ermittlern der Staatspolizei gewesen. Er schloß die Tür und schien geradezu erleichtert, daß er endlich, wenn auch nur für kurze Zeit, einen stillen Rückzugsort gefunden hatte.

Er ging zum Fenster und betrachtete den Jungen, der auf dem Tisch lag. »Was haben Sie bis jetzt herausgefunden?«

»Wir haben eben die vorläufigen Ergebnisse des Drogen-Screenings aus Bangor erhalten. Sein Blut ist negativ in bezug auf Amphetamine, Phencyclidin und Kokain. Die üblichen Drogen, die mit Gewalt in Verbindung gebracht werden. Jetzt müssen wir weitere mögliche Ursachen für sein Verhalten ausschließen.« Sie warf einen Blick auf den Patienten. »Es ist genau wie bei Taylor Darnell. Und dieser Junge hat niemals Ritalin bekommen.«

»Sind Sie sicher?«

»Ich bin die Hausärztin. Ich habe alle Aufzeichnungen über Scotty aus Dr. Pomeroys Kartei.«

Sie standen beide am Fenster, die Schultern müde angelehnt, um Energie für die kommenden Stunden zu sparen. Ihr wurde bewußt, daß sie immer nur in solchen Situationen miteinander zu tun hatten – wenn sie beide ausgelaugt waren oder Angst hatten oder durch eine Krise abgelenkt waren. Wenn sie beide nicht gerade auf der Höhe waren. Sie hatten keinerlei Illusionen in bezug auf einander, weil sie zusammen schon einiges durchgemacht hatten. Und sie überraschte sich bei dem Gedanken, daß sie durch all das nur gelernt hatte, ihn noch mehr zu bewundern.

Der Techniker sagte: »Da kommen die letzten Aufnahmen.«

Claire und Lincoln rissen sich aus ihrer erschöpften Benommenheit und gingen hinüber zum Computerterminal. Sie setzte sich hin und sah zu, wie die Querschnitte des Gehirns auf dem Bildschirm erschienen. Lincoln stellte sich hinter ihr auf und stützte sich auf die Rückenlehne ihres Stuhls. Sie fühlte seinen warmen Atem in ihren Haaren.

»Also, was sehen Sie?« fragte Lincoln.

»Keine Verschiebung der Mittellinie. Keine Raumforderungen, keine Blutungen.«

»Woher wissen Sie, was Sie da genau sehen?«

»Je weißer die Darstellung, desto dichter ist das Gewebe. Knochen erscheint weiß, Luft schwarz. Wenn wir zu den unteren Schichten des Schädels kommen, werden Sie sehen, wie Teile des Keilbeins erscheinen, das an der Hirnbasis liegt. Worauf ich achte, ist die Symmetrie. Da die meisten Erkrankungen nur eine Seite des Gehirns betreffen, überprüfe ich es auf Abweichungen zwischen den Hälften.«

Ein neuer Schnitt erschien. Lincoln sagte: »Das Bild erscheint mir aber nicht symmetrisch.«

»Sie haben recht, das ist es auch nicht. Aber diese spezielle Asymmetrie macht mir keine Sorgen, weil sie nicht das Gehirn betrifft, sondern eine der Knochenhöhlen.«

»Was sehen Sie sich gerade an?« fragte der Techniker.

»Die rechte Kieferhöhle. Sehen Sie? Sie ist nicht ganz klar. Es scheint da irgendeine Trübung zu geben.«

»Vermutlich eine Schleimzyste«, meinte der Techniker. »Wir sehen so etwas manchmal bei Patienten mit chronischen Allergien.«

»Das würde jedenfalls nicht sein Verhalten erklären«, sagte Claire.

Das Telefon klingelte. Es war Anthony, der aus dem Labor anrief.

»Vielleicht möchten Sie mal rüberkommen und sich das ansehen, Dr. Elliot«, sagte er. »Es ist das Gaschromatogramm Ihres Patienten.«

»Hat sich in seinem Blut irgend etwas gefunden?«

»Ich bin mir nicht sicher.«

»Erklären Sie mir diesen Test«, sagte Lincoln. »Was messen Sie hier eigentlich?«

Anthony gab dem kastenförmigen Gaschromatographen einen liebevollen Klaps und grinste wie ein stolzer Vater. Vom Eastern Maine Medical Center in Bangor ausgemustert, war das kostbare Gerät erst vor kurzem angeschafft worden, und Anthony beugte sich schützend darüber. »Dieser Apparat«, erklärte er, »löst Stoffgemische in ihre einzelnen Komponenten auf. Dazu macht er sich das bekannte Gleichgewicht zwischen der Flüssig- und der Gasphase eines jeden Moleküls zunutze. Sie erinnern sich noch an Ihren Chemieunterricht?«

»Das war nicht gerade mein Lieblingsfach«, gab Lincoln zu.

»Nun, jede Substanz kann entweder als Flüssigkeit oder als Gas existieren. Wenn Sie zum Beispiel Wasser erhitzen, entsteht Dampf – das ist die Gasphase von H_2O.«

»Gut, so weit kann ich Ihnen folgen.«

»In dieser Maschine befindet sich eine gewundene Kapillarröhre – ein sehr langer und sehr dünner Schlauch, der ausgestreckt ungefähr so lang wie ein halbes Fußballfeld wäre. Diese Röhre ist mit einem inerten Gas gefüllt, das mit keiner Substanz reagiert. Jetzt mache ich folgendes: Ich injiziere die Probe, die ich untersuchen will, in diese Öffnung hier. Sie wird erhitzt und verdampft zu einem Gasgemisch, und die verschiedenen Arten von Molekülen bewegen sich mit unterschiedlicher Geschwindigkeit die Röhre entlang, je nach ihrer Masse. Auf diese Weise werden sie getrennt. Wenn sie am anderen Ende der Röhre herauskommen, strömen sie durch einen Detektor, und das Ergebnis wird auf Endlospapier ausgedruckt. Die Zeit, die jede einzelne Substanz bis zum Austritt braucht, nennt man Retentionszeit. Wir kennen bereits die Retentionszeiten für Hunderte von verschiedenen Drogen und Toxinen. Mit Hilfe dieses Tests können wir also erkennen, ob eine bestimmte Substanz im Blut eines Patienten vorhanden ist.« Er nahm eine Spritze und bohrte die Nadel in die Öffnung. »Achten Sie auf den Bildschirm. Passen Sie auf, was geschieht.« Anthony drückte auf die Spritze.

Auf dem Computerbildschirm erschien eine unebene Linie. Sie beobachteten die Aufzeichnung eine Weile, doch Claire erschien es wie bloßes Rauschen – geringfügige, unspezifische Ausschläge, verursacht von der biochemischen Suppe, aus der das menschliche Plasma besteht.

»Haben Sie nur Geduld«, sagte Anthony. »Es zeigt sich nach zirka einer Minute und zehn Sekunden.«

»Was zeigt sich?« fragte Claire.

Er wies auf den Monitor. »Das.«

Claire sah gebannt hin, als die Linie plötzlich scharf nach oben ausschlug, um gleich darauf wieder in das unebene Grundmuster zurückzufallen. »Was war das?« fragte sie.

Anthony ging zum Drucker, wo das Ergebnis zeitgleich auf Papier aufgezeichnet wurde. Er riß den Bogen ab und breitete ihn auf dem Labortisch vor Claire und Lincoln aus.

»Dieser Peak«, sagte er, »ist etwas, das ich nicht identifizieren kann. Die Retentionszeit läßt es zur Klasse der Steroide zugehörig erscheinen, aber bestimmte Vitamine und endogene Testosterone ergeben einen ähnlichen Ausschlag. Man brauchte ein besser ausgestattetes Labor, um es exakt zu bestimmen.«

»Sie erwähnten endogene Testosterone«, sagte Claire. »Könnte es sich um ein anaboles Steroid handeln? Etwas, das ein Teenager nehmen könnte?« Sie sah Lincoln an. »Das würde die Symptome erklären. Bodybuilder benutzen manchmal Steroide, um ihre Muskelpakete hochzuzüchten. Unglücklicherweise gibt es Nebeneffekte, zu denen unter anderem unkontrollierbare Aggressionen gehören. Man nennt das *Roid Rage.*«

»Das ist eine Überlegung wert«, sagte Anthony. »Irgendein anaboles Steroid. Jetzt sehen Sie sich mal das da an.«

Er ging zu seinem Schreibtisch und holte einen anderen Bogen Millimeterpapier hervor.

»Was ist das?«

»Es ist Taylor Darnells Gaschromatogramm, von dem Tag, an dem er eingeliefert wurde.« Er legte das Blatt neben Scotty Braxtons Resultat. Die Muster waren identisch. Ein einzelner, klar definierter Peak bei einer Minute, zehn Sekunden.

»Was immer diese Substanz sein mag«, meinte Anthony, »sie befindet sich im Blut beider Jungen.«

»Das Drogen-Screening für Taylors Blut war angeblich negativ.«

»Ja, ich habe das Referenzlabor deswegen angerufen. Sie haben *unsere* Ergebnisse in Frage gestellt. Als ob ich mir diesen Peak eingebildet hätte oder so was. Ich gebe zu, das hier ist ein älteres Gerät, aber diese Ergebnisse sind jederzeit reproduzierbar.«

»Mit wem haben Sie gesprochen?«

»Mit einem Biochemiker von Anson Biologicals.«

Claire betrachtete die beiden Aufzeichnungen; wenn man

die Bögen übereinanderlegte, waren die Linien praktisch deckungsgleich. Zwei Jungen mit dem gleichen absonderlichen Verhalten. Die gleiche unidentifizierbare Substanz in ihren Blutkreisläufen. »Schicken Sie ihnen Scotty Braxtons Blut«, sagte sie. »Ich möchte wissen, was hinter diesem Peak steckt.«

Anthony nickte. »Ich habe hier schon das Formular. Sie müssen nur unterschreiben.«

Um zwei Uhr morgens hatte Claire endlich jede Röntgenaufnahme und jede Blutprobe überprüft, doch sie war der Lösung keinen Schritt näher. Erschöpft saß sie am Bett des Jungen und blickte ihn schweigend an. Sie versuchte zu überlegen, was ihr entgangen sein könnte. Die Lumbalpunktion war normal gewesen, ebenso die chemische Zusammensetzung des Bluts und das EEG. Die Computertomographie hatte lediglich die Schleimzyste in der rechten Kieferhöhle gezeigt – wahrscheinlich zurückzuführen auf eine chronische Allergie. Allergien waren wohl auch die Erklärung für die eine Abweichung bei den weißen Blutkörperchen: den hohen Prozentsatz an Eosinophilen. *Wie bei Taylor Darnell,* fiel ihr plötzlich ein.

Scotty regte sich in seinem Valiumschlaf und öffnete die Augen. Er blinzelte ein paarmal, dann richtete sich sein Blick auf Claire.

Sie schaltete das Licht aus und wollte gehen. Noch in der Dunkelheit konnte sie das Glänzen der auf sie gerichteten Augen erkennen.

Dann bemerkte sie, daß es gar nicht seine Augen waren, die da leuchteten.

Langsam ging sie zum Bett zurück. Sie konnte die weiße Bettwäsche unter seinem Kopf sehen, den dunkleren Umriß seines Kopfes vor dem Hintergrund des Kissens. Auf seiner Oberlippe schimmerte ein heller Fleck von phosphoreszierendem Grün.

»Setz dich, Noah«, sagte Fern Cornwallis. »Es gibt da etwas, worüber wir reden müssen.«

Noah blieb zögernd an der Tür stehen; es widerstrebte ihm, das Büro der Rektorin zu betreten. Feindesland. Er wußte nicht, warum man ihn aus der Klasse geholt und zu ihr bestellt hatte, aber nach Miss C.'s Gesichtsausdruck zu urteilen, konnte es vermutlich nichts Gutes sein.

Die anderen Schüler bei der Bandprobe hatten ihn mit abschätzenden Blicken bedacht, als die Nachricht über die knackende Haussprechanlage gekommen war: *Noah Elliot, Miss Cornwallis möchte dich in ihrem Büro sprechen. Sofort.* Er hatte deutlich gespürt, wie alle ihn anstarrten, als er sein Saxophon abgestellt hatte und durch das Labyrinth von Stühlen und Notenständern zur Tür gegangen war. Er wußte, daß seine Klassenkameraden sich fragten, was er wohl angestellt hatte.

Er hatte keine Ahnung.

»Noah?« sagte Miss C. und wies auf den Stuhl.

Er setzte sich. Er sah nicht sie an, sondern den Schreibtisch, der geradezu unglaublich makellos war. Kein menschliches Wesen hatte so einen Schreibtisch.

»Ich habe heute etwas mit der Post bekommen«, begann sie. »Ich muß dich dazu etwas fragen. Ich weiß nicht, wer es geschickt hat. Aber ich bin froh, daß der- oder diejenige es getan hat, denn ich muß es wissen, wenn einer meiner Schüler besonderen Beistand nötig hat.«

»Ich weiß nicht, wovon Sie reden, Miss C.«

Anstelle einer Antwort schob sie ihm einen fotokopierten Zeitungsausschnitt zu. Er warf einen Blick darauf und spürte, wie die Farbe aus seinem Gesicht wich. Der Artikel war aus der *Baltimore Sun:*

EIN JUGENDLICHER BEI UNFALL MIT GESTOHLENEM WAGEN SCHWER VERLETZT. VIER JUGENDLICHE IN POLIZEIGEWAHRSAM.

Miss Cornwallis sagte: »Du bist von Baltimore hierhergezogen, nicht wahr?«

Noah schluckte. »Ja, Ma'am«, flüsterte er.

»Der Artikel nennt keine Namen. Aber es war eine Notiz beigefügt, in der mir nahegelegt wird, mit dir über diese Sache zu sprechen.« Sie blickte ihn unverwandt an. »Es geht da um dich, oder?«

»Wer hat das geschickt?«

»Das spielt jetzt keine Rolle.«

»Es ist einer von diesen Reportern.« In einer plötzlichen Aufwallung von Zorn warf er den Kopf zurück. »Sie sind mir nachgeschlichen und haben mir Fragen gestellt. Und jetzt versuchen sie, mir eins auszuwischen!«

»Weswegen?«

»Weil ich nicht mit ihnen rede.«

Sie seufzte. »Noah, gestern sind die Autos von drei Lehrern aufgebrochen worden. Weißt du irgend etwas darüber?«

»Sie suchen doch nur jemanden, dem Sie die Schuld in die Schuhe schieben können. Stimmt's?«

»Ich frage nur, ob du etwas über diese Autos weißt.«

Er starrte ihr in die Augen. »Nein«, sagte er und stand auf. »Kann ich jetzt gehen?«

Sie glaubte ihm nicht; er konnte es an ihrem Gesicht sehen. Aber es gab nichts, was sie noch hätte sagen können.

Sie nickte. »Geh wieder in deine Klasse.«

Er ging zur Tür hinaus, vorbei an der vorwitzigen Schulsekretärin, und stürmte hinaus auf den Flur. Doch anstatt zur Bandprobe zurückzugehen, floh er nach draußen und setzte sich zitternd auf die Stufen vor dem Eingang. Er hatte keine Jacke an, aber er spürte die Kälte kaum; zu sehr mußte er mit sich kämpfen, um nicht zu weinen.

Ich kann auch hier nicht mehr leben, dachte er. *Ich kann nirgendwo leben. Egal wohin ich gehe, irgend jemand wird herausfinden, was ich getan habe.*

Er schlang die Arme um seine Knie und schaukelte vor und zurück – und dann drehte er sich um und sah eine Frau mit einer wilden Blondfrisur aus dem Gebäude kommen. Er erkannte sie; es war diese Reporterin Damaris Horne. Sie überquerte die Straße und stieg in ein Auto. Ein dunkelgrünes Auto.

Er rannte über die Straße. »He!« schrie er und schlug zornig gegen die Fahrertür. »Lassen Sie mich in Frieden, verdammt noch mal!«

Sie ließ das Fenster herunter und betrachtete ihn mit fast raubtierhaftem Interesse. »Hallo, Noah. Möchtest du über irgend etwas reden?«

»Ich will bloß, daß Sie aufhören, mein Leben zu ruinieren!«

»Wie ruiniere ich denn dein Leben?«

»Sie verfolgen mich! Sie erzählen den Leuten über Baltimore!«

»Was hat Baltimore denn mit irgendwas zu tun?«

Er starrte sie an – plötzlich wurde ihm klar, daß sie keine Ahnung hatte, wovon er redete. Er trat einen Schritt zurück. »Vergessen Sie's.«

»Noah, ich bin dir nicht gefolgt.«

»O doch! Ich habe Ihr Auto erkannt. Sie sind gestern an meinem Haus vorbeigefahren. Und vorgestern.«

»Nein.«

»Sie sind in der Stadt hinter meiner Mutter und mir hergefahren!«

»Okay, in dem Fall war ich zufällig hinter euch. Na und? Weißt du, wie viele Reporter sich zur Zeit in der Stadt aufhalten? Und wie viele grüne Autos auf den Straßen unterwegs sind?«

Er wich noch etwas zurück. »Bleiben Sie mir bloß vom Leib.«

»Warum reden wir nicht miteinander? Du kannst mir sagen, was in der Schule wirklich los ist. Was es mit all den Prügeleien auf sich hat. Noah? Noah!«

Er drehte sich um und floh in das Schulgebäude.

Zwei Pitbulls knurrten und bellten Claires Auto an und kratzten mit ihren Krallen an der Fahrertür. Sie zog es vor, im Schutz des Wagens zu bleiben, und blickte zu dem baufälligen Bauernhaus hinüber. Im Hof hatte sich der Unrat und Schrott vieler Jahre angesammelt. Sie sah einen Wohnwagen, der auf Backsteinen ruhte, und drei Autowracks in verschiedenen Stadien der Ausschlachtung. Eine Katze spähte ängstlich aus der Tür eines rostigen Wäschetrockners. Im Land der Yankee-Sparsamkeit waren derartige Höfe nichts Ungewöhnliches. Familien, die Armut kennengelernt hatten, horteten ihren Schrott wie einen Schatz.

Sie hupte, dann ließ sie das Fenster ein paar Zentimeter herunter und rief durch den Schlitz: »Hallo? Ist jemand zu Hause?«

Im Fenster wurde ein zerschlissener Vorhang kurz zur Seite gezogen, und einen Augenblick später öffnete sich die Haustür. Ein blonder Mann von etwa vierzig Jahren trat heraus. Er überquerte den Hof und betrachtete sie aus humorlosen Augen, während die Hunde zu seinen Füßen bellten und herumsprangen. Alles an ihm wirkte dünn – das Gesicht, das schüttere Haar, der kleine Oberlippenbart. Ablehnung sprach aus seiner ganzen Erscheinung.

»Ich bin Dr. Elliot«, sagte sie. »Sind Sie Mr. Reid?«

»Ja.«

»Ich möchte gern mit Ihren Söhnen sprechen, wenn ich darf. Es ist wegen Scotty Braxton.«

»Was ist mit ihm?«

»Er liegt im Krankenhaus. Ich hatte gehofft, Ihre Söhne könnten mir sagen, was mit ihm los ist.«

»Sie sind der Doktor. Wissen Sie es nicht?«

»Ich glaube, es ist eine Drogenpsychose, Mr. Reid. Ich denke, daß er und Taylor Darnell dieselben Drogen genommen haben. Mrs. Darnell sagte, Scotty und Taylor hätten viel Zeit mit Ihren Söhnen verbracht. Wenn ich mit ihnen sprechen kann –«

»Sie können Ihnen nicht helfen«, sagte Jack Reid, und er schickte sich an, zum Haus zurückzugehen.

»Sie haben möglicherweise alle mit derselben Droge experimentiert.«

»Meine Jungs haben was Besseres zu tun.« Er wandte sich von ihr ab, seine Haltung verriet deutlich die Verachtung, die er für sie empfand.

»Ich will Ihre Söhne nicht in Schwierigkeiten bringen, Mr. Reid!« rief sie. »Ich versuche nur, an Informationen heranzukommen.«

Eine Frau trat auf die Veranda heraus. Sie warf Claire einen besorgten Blick zu, dann sagte sie etwas zu Reid. Statt zu antworten, stieß er sie ins Haus zurück. Die Hunde trotteten von Claire weg und wandten ihre Aufmerksamkeit der Veranda zu, in Erwartung einer neuen Auseinandersetzung.

Claire ließ das Fenster ganz herunter und steckte den Kopf hinaus. »Wenn ich nicht mit Ihren Söhnen sprechen kann, werde ich die Polizei bitten, es für mich zu tun. Würden Sie es vorziehen, mit Chief Kelly zu reden?«

Er drehte sich um und sah zu ihr herüber; sein Gesicht war zornig angespannt. Die Frau lugte vorsichtig aus der Tür heraus; auch sie starrte Claire an.

»Es wird streng vertraulich behandelt«, sagte Claire. »Lassen Sie mich mit ihnen reden, und ich werde die Polizei heraushalten.«

Die Frau sagte etwas zu Reid – eine inständige Bitte, nach ihrer Körpersprache zu urteilen. Er schnaubte verächtlich und stapfte ins Haus.

Die Frau kam zu Claire herüber. Sie war blond wie Reid, ihr Gesicht blaß und erschöpft; doch in ihren Augen lag keine Feindseligkeit. Es drückte eher einen verstörenden Mangel an Emotionen aus, als ob sie ihre Gefühle schon vor langer Zeit an einem sicheren Ort tief vergraben hätte.

»Die Jungen sind gerade aus der Schule zurückgekommen«, sagte die Frau.

»Sind Sie Mrs. Reid?«

»Ja, Ma'am. Ich heiße Grace.« Sie sah zum Haus. »Diese

Jungen haben schon genug Ärger gehabt. Chief Kelly hat gesagt, wenn so was noch einmal vorkommt ...«

»Er muß nichts davon erfahren. Ich bin nur wegen meines Patienten hier, wegen Scotty. Ich muß wissen, welche Droge er genommen hat, und ich glaube, Ihre Jungen können es mir sagen.«

»Es sind Jacks Jungen, nicht meine.« Sie sah Claire an, als sei es außerordentlich wichtig, daß sie diese Tatsache begriff. »Ich kann sie nicht dazu zwingen, mit Ihnen zu reden. Aber Sie können hereinkommen. Lassen Sie mich nur rasch diese Hunde anbinden.«

Sie faßte die beiden Pitbulls an ihren Halsbändern und zog sie zu dem Ahorn hinüber, wo sie sie ankettete. Sofort begannen sie an den Ketten zu zerren und wild zu bellen, während Claire aus dem Wagen stieg und der Frau auf die Veranda folgte.

Das Innere des Hauses war wie ein Höhlenlabyrinth, mit niedrigen Decken und vollgestopft mit Gerümpel.

»Ich hole sie«, sagte Grace und verschwand über eine enge Treppe nach oben. Claire blieb allein im Wohnzimmer zurück, wo der Fernseher lief. Der Einkaufskanal war eingeschaltet. Auf dem Couchtisch lag ein Notizblock, auf den jemand geschrieben hatte: »Chanel No.5, 100 ml, 14,99 Dollar.« Sie atmete die Luft dieses Hauses ein, mit seinen Schimmel- und Zigarettendünsten, und fragte sich, ob Parfum wohl ausreichen würde, um den Geruch der Armut zu überdecken.

Schwere Schritte polterten die Treppe herab, und zwei Jungen schlurften ins Zimmer. Die identischen Kurzhaarfrisuren ließen ihre blonden Köpfe unnatürlich klein aussehen. Sie sagten nichts, standen nur da und sahen sie aus ihren gelangweilten blauen Augen an. Die Teilnahmslosigkeit von Teenagern.

»Das sind Eddie und J. D.«, sagte Grace.

»Ich bin Dr. Elliot«, sagte Claire. Sie warf Grace einen Blick zu. Die Frau verstand und verließ leise das Zimmer.

Die Jungen ließen sich auf die Couch plumpsen, und ihre Blicke wandten sich automatisch dem Fernseher zu. Selbst als Claire die Fernbedienung nahm und den Apparat ausschaltete, stierten sie immer noch auf den leeren Bildschirm, wie aus alter Gewohnheit.

»Euer Freund Scotty Braxton liegt im Krankenhaus«, begann sie. »Habt ihr das gewußt?«

Es war lange Zeit still. Dann sagte Eddie, mit etwa vierzehn Jahren der jüngere der beiden: »Wir haben gehört, er ist gestern durchgedreht.«

»Das stimmt. Ich bin seine Ärztin, Eddie, und ich versuche herauszufinden, wie es dazu kommen konnte. Was immer ihr mir sagt, es bleibt unter uns. Ich muß wissen, welche Droge er genommen hat.«

Die Jungen tauschten einen Blick aus, den Claire nicht verstand.

»Ich weiß, daß er etwas genommen hat«, sagte sie. »Genau wie Taylor Darnell. Das haben die Bluttests der beiden ergeben.«

»Warum fragen Sie uns dann?« Es war J. D., der jetzt sprach; seine Stimme war tiefer als die von Eddie, und sie bebte vor Verachtung. »Klingt, als wüßten Sie es schon.«

»Ich weiß nicht, welche Droge es ist.«

»Ist es eine Pille?« fragte Eddie.

»Nicht unbedingt. Ich glaube, es ist eine Art Hormon. Es könnte eine Pille sein, eine Spritze oder auch eine Art Pflanze. Hormone sind Chemikalien, die von Lebewesen produziert werden. Von Pflanzen und Tieren, Insekten. Sie wirken in vielerlei Weise auf unseren Organismus. Dieses spezielle Hormon macht Menschen gewalttätig. Es bringt sie dazu, zu töten. Wißt ihr, woher er es bekommen hat?«

Eddie senkte den Blick, als fürchte er sich plötzlich, sie anzusehen.

Entnervt sagte sie: »Ich habe Scotty gerade heute morgen im Krankenhaus gesehen, und man hat ihn wie ein Tier gefesselt.

Ja, es ist schlimm für ihn im Moment, aber es wird noch viel schlimmer sein, wenn die Wirkung der Droge nachläßt. Wenn er aufwacht und sich erinnert, was er seiner Mutter angetan hat. Seiner Schwester.« Sie hielt einen Moment inne und hoffte, daß ihre Worte die dicken Schädel dieser Jungen durchdringen würden. »Seine Mutter ist tot. Seine Schwester muß sich noch von ihren schweren Verletzungen erholen. Für den Rest ihres Lebens wird Kitty in ihrem Bruder den Jungen sehen, der versucht hat, sie zu töten. Diese Droge hat Scottys Leben zerstört. Und Taylors. Ihr müßt mir sagen, woher er sie hat.«

Beide Jungen starrten auf den Couchtisch, und sie konnte nur ihre Stoppelköpfe sehen. Gelangweilt griff J. D. nach der Fernbedienung und schaltete den Fernseher ein. Auf dem Einkaufskanal schmetterte eine Verkäuferstimme ein Loblied auf einen echten handgemachten Smaragd-Anhänger mit einer vierzehnkarätigen Goldkette. Hochmodische Eleganz für nur neunundsiebzig Dollar neunundneunzig.

Claire riß J. D. die Fernbedienung aus der Hand und schaltete wütend den Apparat aus. »Da ihr mir offenbar nichts zu sagen habt, müßt ihr wohl mit Chief Kelly reden.«

Eddie wollte etwas sagen, blickte dann zu seinem älteren Bruder hinüber und verstummte sofort wieder. Erst jetzt erkannte Claire den wesentlichen Unterschied zwischen den beiden. Eddie hatte Angst vor J. D.

Sie legte ihre Karte auf den Couchtisch. »Solltet ihr es euch anders überlegen, dann wißt ihr, wie ihr mich erreichen könnt«, sagte sie, indem sie Eddie ansah. Dann verließ sie das Haus.

Als sie die Verandastufen hinunterging, kamen die zwei Pitbulls auf sie zugeschossen, bis sie von ihren Ketten unsanft gebremst wurden. Jack Reid spaltete Feuerholz im Hof; seine Axtschläge hallten von einem Baumstumpf wider. Er machte keinerlei Anstalten, die Tiere zu besänftigen; vielleicht genoß er das Spektakel, wie sie die ungebetene Besucherin in Angst und Schrecken versetzten. Claire ging weiter über den Hof, vorbei an dem rostigen Trockner und einem Auto, dessen Motor herausgerissen war. Als sie an Reid vorbeikam, ließ er die Axt sinken und sah sie an. Schweißperlen standen auf seiner Stirn, und sein heller Schnurrbart glänzte feucht. Er lehnte sich auf den Axtgriff, die Klinge auf den Baumstumpf gestützt, und aus seinen Augen sprach eine schäbige Genugtuung.

»Hatten Ihnen wohl nichts zu sagen, was?«

»Ich glaube, sie haben eine ganze Menge zu sagen. Es wird alles irgendwann herauskommen.«

Die Hunde bellten wieder erregt; ihre Ketten scheuerten an der Rinde des Ahorns. Sie warf ihnen einen Blick zu und sah dann wieder Reid an, dessen Hände den Axtgriff fest umklammert hielten.

»Wenn Sie Ärger suchen«, sagte er, »dann sehen Sie am besten unter Ihrem eigenen Dach nach.«

»Was?«

Er grinste häßlich, dann hob er die Axt und ließ sie mit Schwung auf einen Holzklotz niederfahren.

Später am Nachmittag war Claire in ihrer Praxis, als der Anruf kam. Sie hörte das Telefon im Vorzimmer klingeln, und dann erschien Vera in der Tür.

»Sie möchte mit Ihnen sprechen. Sie sagt, Sie seien heute bei ihr zu Hause gewesen.«

»Wer ist es denn?«

»Amelia Reid.«

Sofort nahm Claire den Hörer ab. »Hier ist Dr. Elliot.«

Amelias Stimme klang gedämpft. »Mein Bruder Eddie – er hat mich gebeten, Sie anzurufen. Er traut sich nicht, es selbst zu tun.«

»Und was möchte Eddie mir sagen?«

»Er will, daß Sie Bescheid wissen über –« Eine Pause entstand, als habe das Mädchen sich unterbrochen, um zu horchen. Dann kam ihre Stimme wieder, aber so leise, daß sie kaum zu verstehen war. »Er sagte, ich soll Ihnen von den Pilzen erzählen.«

»Welchen Pilzen?«

»Sie haben alle davon gegessen. Taylor und Scotty und meine Brüder. Die kleinen blauen Pilze im Wald.«

Lincoln Kelly stieg aus seinem Truck aus, und sein Stiefel landete auf einem Zweig. Das Knacken des toten Holzes schallte wie ein Gewehrschuß über den stillen See. Es war später Nachmittag, der Himmel war bleiern von Regenwolken, das Wasser glatt wie schwarzes Glas. »Ein bißchen spät im Jahr für eine Pilzsuche, Claire«, meinte er trocken.

»Das kann uns doch nicht erschüttern.« Sie holte zwei Rechen von der Ladefläche ihres Transporters und reichte einen davon Lincoln. Er nahm ihn mit sichtlichem Widerwillen. »Angeblich sind sie knapp hundert Meter flußaufwärts von den Boulders«, sagte sie. »Sie wachsen da unter ein paar Eichen. Kleine blaue Pilze mit dünnen Stielen.«

Sie drehte sich um und schaute in Richtung Wald. Der Anblick war nicht gerade einladend; die Bäume waren kahl, kein Zweig rührte sich, und im Unterholz wurde es allmählich dunkel. Sie hatte nicht so spät am Tag hierherkommen wollen, aber ein Schneesturm war angekündigt. Es hatte bereits ein wenig geregnet, und bei dem für die Nacht erwarteten Temperatursturz würde am nächsten Tag alles mit Schnee bedeckt sein. Dies war also ihre letzte Chance, den Waldboden abzusuchen.

»Das könnte der gemeinsame Faktor sein, Lincoln. Ein natürliches Toxin aus irgendwelchen Pflanzen, die ausgerechnet in diesen Wäldern wachsen.«

»Und die Jungen haben diese Pilze gegessen?«

»Sie haben eine Art Ritual daraus gemacht. Iß einen Pilz und beweise, daß du ein Mann bist.«

Sie folgten dem Bachbett, stapften durch knöcheltiefes Laub und Dickichte von Wildhimbeersträuchern. Der Waldboden war mit Zweigen übersät, und bei jedem Schritt gab es eine kleine Explosion. Ein Waldspaziergang im Spätherbst ist keine geräuschlose Angelegenheit.

Sie kamen an eine kleine, von hoch aufragenden Eichen umstandene Lichtung.

»Ich glaube, hier muß es sein«, sagte sie.

Sie begannen damit, den Boden mit ihren Rechen freizulegen. Sie arbeiteten schnell und schweigend, während eine Art Schneeregen zu fallen begann, der alles mit einer Eisglasur überzog. Sie fanden Fliegenpilze, weiße Feenringe und eine leuchtend orangefarbene Pilzart.

Es war Lincoln, der den blauen Pilz entdeckte. Er erspähte den kleinen Stummel in einem Spalt, der von zwei Baumwurzeln gebildet wurde. Nachdem er die Eichenblätter zur Seite gewischt hatte, war der Hut deutlich zu sehen. Doch es wurde bereits dunkel, und die Farbe des Pilzes war erst zu erkennen, als Lincoln ihn direkt mit der Taschenlampe anstrahlte. Sie kauerten Seite an Seite, während der Eisregen auf sie herabprasselte, und beide waren zu durchgefroren und zu erschöpft, um ein Gefühl des Triumphes zu empfinden, als Claire das Exemplar in einen Ziploc-Beutel tat.

»Hier in der Nähe wohnt ein Biologe«, sagte sie. »Er wird vielleicht wissen, was das ist.«

Schweigend patschten sie durch den Schlamm und kamen schließlich wieder zum Waldrand. Am See angekommen, hielten sie beide überrascht inne. Die Hälfte des Ufers lag in völliger Dunkelheit. Wo die Lichter der Häuser hätten leuchten sollen, war nur hier und da der Schimmer einer Kerze in einem Fenster zu sehen.

»Eine schlechte Nacht für einen Stromausfall«, meinte Lincoln. »Es wird kalt werden, weit unter null Grad.«

»Sieht so aus, als gäbe es an meinem Ende des Sees noch Elektrizität«, stellte sie erleichtert fest.

»Nun ja, halten Sie trotzdem Brennholz bereit. Wahrscheinlich baut sich eine Eisschicht an den Stromkabeln auf. Sie könnten als nächste dran sein.«

Sie warf die Rechen wieder in den Transporter und war gerade dabei, zur Fahrerseite hinüberzugehen, als ihr Blick auf etwas im See fiel. Es war nur ein schwacher Schimmer, und er wäre ihr vielleicht nicht aufgefallen, wäre da nicht der Kontrast zu den schwarzen Boulders gewesen, die an dieser Stelle ins Wasser ragten.

»Lincoln«, sagte sie. *»Lincoln!«*

Er war schon bei seinem Wagen und drehte sich um. »Was?«

»Sehen Sie sich mal den See an.« Langsam ging sie auf die schmale Wasserzunge zu, wo die Wellen ans Ufer plätscherten.

Er folgte ihr.

Zuerst konnte er kaum verstehen, was er da sah. Es war nur ein schwacher Schimmer, wie Mondlicht, das auf der Wasseroberfläche tanzte. Aber der Mond war in dieser Nacht nicht zu sehen, und der helle Streifen, der da auf dem Wasser schwamm, leuchtete in phosphoreszierendem Grün. Sie stiegen auf einen der Felsen und blickten über das Wasser. Staunend betrachteten sie den Lichtstreifen, der sich wie eine Schlange auf dem Wasser wand, in Wirbeln von strahlendem Smaragdgrün. Keine gezielten Bewegungen, sondern ein träges Dahintreiben. Ein Wechsel von Zusammenziehen und Ausdehnen.

Plötzlich wurde der Regen heftiger, und Eisnadeln tüpfelten den See.

Die phosphoreszierenden Wirbel zerstoben in Tausende leuchtender Fragmente und lösten sich schließlich auf.

Eine ganze Weile sagten weder Claire noch Lincoln etwas. Dann flüsterte er: »Was zum Teufel war das?«

»Haben Sie es noch nie zuvor gesehen?«

»Ich habe mein ganzes Leben hier verbracht, Claire. Ich habe noch nie etwas Derartiges gesehen.«

Das Wasser war jetzt dunkel. Undurchdringlich. »Ich schon«, sagte sie.

11

»Ich bin kein Pilzexperte«, erklärte Max Tutwiler. »Aber ich denke, ich würde eine toxische Varietät erkennen, wenn ich sie zu sehen bekäme.«

Claire nahm den Pilz aus dem Ziploc-Beutel und reichte ihn Max. »Können Sie uns sagen, was das ist?«

Er setzte seine Brille auf und betrachtete das Exemplar im Licht einer Kerosinlampe. Er drehte es hin und her und begutachtete jedes Detail des schlanken Stiels und des grünlichblauen Hutes.

Der Eisregen trommelte gegen die Fenster des Häuschens, und der Wind heulte im Kamin. Der Strom war vor einer Stunde ausgefallen, und Max' Bungalow wurde von Minute zu Minute kälter. Der aufziehende Sturm schien Lincoln nervös zu machen. Claire konnte hören, wie er im Zimmer hin und her ging, sich an dem kalten Holzofen zu schaffen machte und die Fensterriegel überprüfte. Die eingefleischten Gewohnheiten eines Mannes, der harte Winter erlebt hatte. Er zündete die Zeitungen und Späne im Ofen an und warf ein Holzscheit darauf, aber das Holz war frisch und produzierte mehr Rauch als Wärme.

Max sah nicht gut aus. Er saß in eine Decke gehüllt auf seinem Stuhl, und eine Schachtel Kleenex stand griffbereit daneben. Ein lebendiges Zeugnis für die unangenehmen Folgen einer Wintergrippe und eines ungeheizten Hauses.

Schließlich hob er die wäßrigen Augen. »Wo haben Sie diesen Pilz gefunden?«

»Oberhalb der Boulders.«

»Boulders?«

»Ja, so heißt die Stelle – es ist ein Treffpunkt für die Kids aus der Gegend. Sie haben diesen Sommer Dutzende von diesen Pilzen gefunden. Es ist das erste Jahr, in dem sie sie bemerkt haben. Aber es ist ja auch ein außergewöhnliches Jahr gewesen.«

»Inwiefern?« fragte Max.

»Wir hatten diese ganzen Überschwemmungen im Frühjahr. Und dann den heißesten Sommer seit Menschengedenken.«

Max nickte ernst. »Globale Erwärmung. Die Anzeichen sind überall.«

Lincoln blickte zum Fenster, wo Eiskörnchen wie kleine Nadeln gegen die Scheibe tickten, und lachte. »Nicht heute abend.«

»Sie müssen das Gesamtbild sehen«, sagte Max. »Die Wetterabläufe ändern sich auf der ganzen Welt. Katastrophale Dürreperioden in Afrika. Überschwemmungen im Mittleren Westen. Ungewöhnliche Wachstumsbedingungen führen dazu, daß ungewöhnliche Dinge gedeihen.«

»Wie blaue Pilze«, sagte Claire.

»Oder achtbeinige Amphibien.« Er zeigte auf das Regal, wo seine Sammlung stand. Es waren inzwischen acht Gläser, und jedes enthielt eine Monstrosität der Natur.

Lincoln nahm eines der Gläser vom Regal und starrte einen Salamander mit zwei Köpfen an. »Gütiger Himmel. Das haben Sie in unserem See gefunden?«

»In einem der Schmelzwassertümpel.«

»Und Sie denken, es liegt an der Erderwärmung?«

»Ich kenne die Ursache nicht. Ich weiß auch nicht, welche Spezies als nächste betroffen sein wird.« Max richtete seine trüben Augen wieder auf den Pilz. »Es würde mich nicht überraschen, wenn die Flora auch in Mitleidenschaft gezogen würde.« Er drehte den Pilz um und schnüffelte daran. »Dieser verdammte Schnupfen hat meine Nase verstopft. Aber ich denke, ich kann es riechen.«

»Was?«

»Anis.« Er hielt ihr den Pilz hin.

»Ich rieche es auch. Was bedeutet das?«

Er stand auf und holte das *Illustrierte Lehrbuch der Mykologie* vom Regal. »Diese Spezies wächst sowohl in Hartholz- als auch in Nadelwäldern, von Mittsommer bis Herbst.« Er schlug eine Seite mit einem Farbdruck auf. »*Clitocybe odora.* Der Anistrichterling. Er enthält eine geringe Menge Muscarin, das ist alles.«

»Ist das also unser Toxin?«

Claire ließ sich in ihren Sessel zurückfallen und stieß einen Seufzer der Enttäuschung aus. »Nein, das ist es nicht. Muscarin wirkt vorwiegend auf Herz und Kreislauf und auf den Verdauungstrakt. Es verursacht kein gewalttätiges Verhalten.«

Max steckte den Pilz wieder in den Beutel. »Manchmal«, sagte er, »gibt es keine Erklärung für Gewalt. Und das ist das Beängstigende. Daß sie so unerwartet kommen kann. Daß sie so oft ohne erkennbaren Grund geschieht.«

Der Wind rüttelte an der Tür. Draußen hatte sich der Schneeregen in Schnee verwandelt, der in einem dichten weißen Wirbel am Fenster vorüberflog. Der Holzofen gab lediglich eine leise Ahnung von Wärme ab. Lincoln bückte sich, um nach dem Feuer zu sehen.

Es war ausgegangen.

»Lincoln und ich haben heute abend etwas gesehen. Auf dem See«, sagte Claire. »Es war fast wie eine Halluzination.«

Sie und Max saßen vor dem Kamin in Claires Wohnzimmer und kehrten der Dunkelheit den Rücken zu. Sie hatte ihn aus seinem ungeheizten Haus herausgelockt und ihm ein Bett in ihrem Gästezimmer angeboten. Das Abendessen war vorbei, und jetzt saßen sie beim Feuer und gossen sich abwechselnd aus einer Brandyflasche ein. Die Flammen züngelten hell um ein Holzscheit herum, aber trotz all dem Licht, all der Verbrennung schien doch recht wenig Wärme die Kühle des Raums zu durchdringen. Draußen stießen die Schneeflocken gegen das Fenster, und ab und zu streiften Forsythienzweige das Glas, kahl wie Knochen.

»Was haben Sie auf dem See gesehen?«

»Es trieb auf der Wasseroberfläche in der Nähe der Boulders. Dieser Wirbel von grünem Licht kam einfach so vorbeigeschwommen. Nicht fest, sondern flüssig. Er hat seine Form verändert, etwa wie eine Öllache.« Sie nahm einen Schluck Brandy und starrte ins Feuer. »Dann kam der Eisregen, und er hat das Wasser aufgewühlt. Und das grüne Licht hat sich einfach aufgelöst.« Sie sah ihn an. »Klingt verrückt, nicht wahr?«

»Es könnte eine chemische Verunreinigung sein. Zum Beispiel fluoreszierende Farbe, die in den See gekippt wurde. Oder es könnte ein biologisches Phänomen sein.«

»Biologisch?«

Er drückte die Hand gegen die Stirn, als wolle er einen einsetzenden Kopfschmerz lindern. »Es gibt biolumineszente Algenarten. Und bestimmte Bakterien leuchten im Dunkeln. Da ist zum Beispiel eine Art, die eine symbiotische Beziehung mit einem lumineszenten Tintenfisch eingeht. Der Tintenfisch lockt Sexualpartner mittels eines Leuchtorgans an, das seine Energie von den Bakterien bezieht.«

Bakterien, dachte sie. Eine Masse von Bakterien, die auf dem Wasser treibt.

»Scotty Braxtons Kopfkissen war mit einer fluoreszierenden Substanz bedeckt«, sagte sie.»Zuerst dachte ich, er hätte eine Art Malfarben benutzt. Jetzt frage ich mich, ob es nicht Bakterien waren.«

»Haben Sie eine Kultur davon genommen?«

»Von seinem Nasenschleim. Ich habe das Labor gebeten, jeden Organismus, der sich daraus entwickelt, zu identifizieren; deshalb wird es eine Weile dauern, bis die Ergebnisse da sind. Was haben Sie im Seewasser gefunden?«

»Bis jetzt ist keine der Kulturen zurück, aber vielleicht sollte ich noch ein paar zusätzliche Proben entnehmen, bevor ich meine Koffer packe und weiterziehe.«

»Wann gehen Sie weg?«

»Ich habe das Haus bis zum Ende des Monats gemietet. Aber wenn es noch kälter wird, überlege ich mir, ob ich nicht gleich nach Boston zurückgehe. Wo es Zentralheizungen gibt. Ich habe schon genug Daten gesammelt. Proben aus einem

Dutzend verschiedener Seen in Maine.« Er sah zum Fenster, hinter dem der Schnee dicht wie ein Vorhang fiel. »Ich überlasse diesen Ort widerstandsfähigeren Naturen wie Ihnen.«

Die Flammen waren am Erlöschen. Sie stand auf, nahm ein Birkenscheit und warf es auf das Feuer. Die papierene Rinde entzündete sich sofort, knackte und versprühte Funken. Sie sah einen Augenblick lang zu und genoß die Hitze, die ihre Wangen erglühen ließ. »Ich bin gar nicht so widerstandsfähig«, sagte sie leise. »Und ich bin auch nicht so sicher, ob ich hierhergehöre.«

Er goß sich Brandy nach. »Hier gibt es eine Menge, woran man sich erst gewöhnen muß. Die Abgeschiedenheit. Die Leute. Es ist nicht einfach, an sie heranzukommen. Sie sind die einzige, die mich in diesem ganzen Monat zum Abendessen eingeladen hat.«

Sie setzte sich und betrachtete ihn mit einem neuen Gefühl der Sympathie. Sie erinnerte sich an ihre eigenen Anfänge in Tranquility. Wie viele Menschen kannte sie hier wirklich nach acht Monaten? Man hatte sie gewarnt, daß es so sein würde, daß die Einheimischen mißtrauisch gegenüber Fremden seien. Leute von auswärts werden wie Staubflocken nach Maine hereingeweht, verweilen dort für eine Saison oder zwei, dann werden sie in alle Winde verstreut. Sie haben hier keine Wurzeln, keine Erinnerungen. Nichts, das von Dauer wäre. Die Menschen aus Maine wissen das, und sie begegnen jedem Neuankömmling mit Argwohn. Sie fragen sich, was diesen Fremden zu ihnen getrieben hat, welche Geheimnisse sein Vorleben wohl bergen mag. Sie fragen sich, ob der Fremde vielleicht gerade die Ansteckung, der er entfliehen will, bei ihnen eingeschleppt hat. Wer in *einer* Stadt scheitert, dem wird es wahrscheinlich in der nächsten genauso ergehen.

Die Leute von Maine kennen den Ablauf der Ereignisse. Zuerst das neue Haus, mit viel Enthusiasmus erworben, der Garten mit frischgestampften Narzissenbeeten, die Schneeschuhe und die Daunenjacken. Ein Winter vergeht, vielleicht zwei.

Die Narzissen blühen und verblühen, dann blühen sie wieder – in einem vernachlässigten Garten. Die Heizkostenrechnung ist eine böse Überraschung. Die Sturmfenster bleiben verschlossen, auch wenn schon längst Tauwetter herrscht. Der Fremde beginnt, mit blassem Gesicht in der Stadt umherzuschleichen und sehnsüchtig von Florida zu erzählen, sich an Strände zu erinnern, an denen er sich in der Sonne gerekelt hat; und er träumt von Städten, in denen es weder eine Matschsaison noch Schneepflüge gibt. Und das so liebevoll restaurierte Haus bekommt bald noch eine weitere Dekoration hinzu: ein »Zu verkaufen«-Schild.

Die Leute von auswärts haben keine Beständigkeit. Und Claire war sich selbst nicht sicher, ob sie hierbleiben würde.

»Und weshalb sind Sie hierhergezogen?« fragte er.

Sie lehnte sich zurück und sah den Flammen zu, die das Birkenscheit verschlangen. »Ich bin nicht wegen mir selbst hergekommen. Es war wegen Noah.« Sie blickte nach oben, wo ihr Sohn sein Schlafzimmer hatte. Im Obergeschoß war alles still – wie auch Noah den ganzen Abend still gewesen war. Beim Abendessen hatte er kaum ein Wort mit ihrem Gast gesprochen. Und danach war er gleich in sein Zimmer gegangen und hatte die Tür zugemacht.

»Er ist ein hübscher Junge«, sagte Max.

»Sein Vater war sehr attraktiv.«

»Seine Mutter vielleicht nicht?« Max' Brandyglas war fast leer, und im Schein des Feuers sah sein Gesicht gerötet aus. »Sie sind es nämlich wirklich.«

Sie lächelte. »Ich glaube, Sie sind betrunken.«

»Nein, ich fühle mich nur gerade sehr ... behaglich.« Er stellte das Glas auf den Tisch. »Es war also Noah, der umziehen wollte?«

»O nein. Er hat sich mit Händen und Füßen gewehrt. Er wollte seine alte Schule und seine Freunde nicht aufgeben. Aber genau deshalb *mußten* wir fort.«

»Schlechte Gesellschaft?«

Sie nickte. »Er ist in Schwierigkeiten geraten. Er und seine ganze Clique. Als es passierte, war ich wie vor den Kopf gestoßen. Ich hatte ihn nicht unter Kontrolle, ich bekam ihn nicht mehr in den Griff. Manchmal ...« Sie seufzte. »Manchmal denke ich, ich habe ihn ganz und gar verloren.«

Das Birkenscheit rutschte ab und fiel zischend in die Glut. Funken flogen auf und senkten sich langsam in die Asche.

»Ich mußte drastische Maßnahmen ergreifen«, sagte sie. »Es war meine letzte Chance, die Kontrolle wiederzuerlangen. Noch ein oder zwei Jahre, und er wäre zu alt gewesen. Zu stark.«

»Hat es funktioniert?«

»Meinen Sie, ob all unsere Probleme verschwunden sind? Natürlich nicht. Dafür haben wir einen ganzen Haufen neuer Probleme bekommen. Dieses alte Haus mit seinen knarrenden Balken. Und eine Praxis, die ich anscheinend ganz allmählich ruiniere.«

»Brauchen die Leute hier denn keinen Doktor?«

»Sie hatten einen Doktor. Den alten Dr. Pomeroy, der letzten Winter gestorben ist. Offenbar können sie in mir kaum mehr als einen schwachen Abklatsch sehen.«

»Es braucht seine Zeit, Claire.«

»Es sind schon acht Monate vergangen, und ich kann noch nicht mal die Kosten decken. Jemand, der es auf mich abgesehen hat, hat meinen Patienten anonyme Briefe geschrieben. Hat sie vor mir gewarnt.« Sie sah die Brandyflasche an, dachte: *Zum Teufel, was soll's,* und schenkte sich noch einmal ein. »Aus dem Regen in die Traufe.«

»Warum bleiben Sie dann hier?«

»Weil ich immer noch hoffe, daß es besser wird. Der Winter wird vorübergehen, es wird wieder Sommer werden, und wir werden beide glücklich sein. Das ist jedenfalls der Traum. Es sind die Träume, die uns bei der Stange halten.« Sie nahm einen Schluck von ihrem Brandy und stellte fest, daß die Flammen auf angenehme Weise unscharf wurden.

»Und was ist Ihr Traum?«

»Daß mein Sohn mich wieder so lieben wird wie früher.«

»Sie klingen so, als hätten Sie Zweifel.«

Sie seufzte und hob das Glas an die Lippen. »Kindererziehung besteht aus nichts als Zweifeln.«

Von ihrem Bett aus konnte Amelia die schallenden Schläge aus dem Schlafzimmer ihrer Mutter hören, das unterdrückte Schluchzen und Wimmern und das zornige Grunzen, das jeden Schlag begleitete.

Blödes Miststück! Wag es ja nicht, mir noch mal Kontra zu geben! Hast du verstanden? Hast du verstanden?

Amelia dachte an das, was sie dagegen unternehmen konnte – an all das, was sie schon unternommen hatte. Nichts davon hatte genützt. Zweimal schon hatte sie die Polizei gerufen; zweimal hatten sie Jack ins Gefängnis gebracht, aber jedesmal war er nach ein paar Tagen wieder draußen gewesen, und ihre Mutter hatte ihn wiederaufgenommen. Es hatte keinen Zweck. Grace war schwach. Grace hatte Angst, allein zu sein.

Ich werde niemals, niemals zulassen, daß ein Mann mir ungestraft weh tut.

Sie hielt sich die Ohren zu und verbarg das Gesicht unter der Decke.

J. D. lauschte den Schlägen und spürte, wie seine Erregung wuchs. Ja, so muß man mit ihnen umgehen, Dad. Wie du es mir immer gesagt hast. Es braucht nur eine harte Hand, dann kuschen sie schon. Er rutschte näher zur Wand und legte das Ohr an die Tapete. Dads Bett war gleich auf der anderen Seite. Wie schon an so vielen Abenden zuvor preßte er sich eng an die Wand und horchte auf das rhythmische Quietschen, das vom Bett seines Vaters kam. Er wußte genau, was im Nebenzimmer vor sich ging. Sein Dad war etwas Besonderes, ein Mann wie kein anderer, und obwohl J. D. sich ein wenig vor ihm fürchtete, bewunderte er ihn auch. Er bewunderte die Art, wie der alte Jack seinen Haushalt unter Kontrolle hatte und nie zuließ, daß die Weiber sich irgendwas herausnahmen. Die Heilige Schrift wollte es so, wie Jack immer wieder sagte – der Mann als Herr und Beschützer des Hauses. Das leuchtete ein. Der Mann war größer und stärker; es war nur natürlich, daß er das Kommando hatte.

Die Schläge hatten aufgehört, und jetzt war nur noch das Quietschen des Betts zu hören. So ging es immer aus. Eine kleine Züchtigung, und dann die gute alte Versöhnungstour. J. D. wurde immer erregter, und das Ziehen da unten wurde allmählich unerträglich.

Er stand auf und tastete sich an Eddies Bett vorbei zur Tür. Eddie schlief mal wieder fest, der alte Trottel. Es war peinlich, so einen jämmerlichen Waschlappen von Bruder zu haben. Er trat hinaus in den Flur und ging auf das Badezimmer zu.

Auf halbem Weg blieb er vor der geschlossenen Schlafzimmertür seiner Stiefschwester stehen. Er legte das Ohr an die Tür. Ob Amelia wohl wach war? Ob sie auch hörte, wie das Bett der Eltern quietschte? Die knackige kleine Amelia, die Unberührbare. Unter ein und demselben Dach mit ihm. So nahe, daß er sie fast atmen hören, fast ihren Mädchenduft riechen konnte, der durch die Türritzen wehte. Er drehte den Türknauf um, doch die Tür war verschlossen. Sie schloß jetzt immer ab, seit jener Nacht, als er sich in ihr Zimmer geschlichen hatte, um ihr beim Schlafen zuzusehen, und sie aufgewacht war und ihn dabei überrascht hatte, wie er gerade ihre Pyjamajacke aufknöpfte. Das kleine Luder hatte geschrien, und sein Dad war mit einer geladenen Schrotflinte in der Hand ins Zimmer gestürmt, drauf und dran, den Eindringling abzuknallen.

Als das ganze Weibergejaule nachgelassen hatte und J. D. in sein eigenes Zimmer zurückgeschlichen war, hatte er gehört, wie sein Dad sagte: »Er ist schon immer ein Schlafwandler gewesen. Hat nicht gewußt, was er tut.« J. D. hatte geglaubt, er sei noch einmal davongekommen, aber dann war sein Dad zu ihm ins Zimmer gekommen und hatte ihm dermaßen eine runtergehauen, daß er tanzende Sterne gesehen hatte.

Am nächsten Tag hatte Amelia ein Schloß an ihrer Tür anbringen lassen.

J. D. schloß die Augen und spürte, wie Schweiß seine Oberlippe befeuchtete. Er sah seine süße Stiefschwester vor sich, wie sie da in ihrem Bett lag, die schlanken Arme ausgestreckt. Er dachte an ihre Beine, wie er sie im Sommer gesehen hatte, lang und braungebrannt in ihren weißen Shorts, mit nur einem Hauch von Flaum an den Oberschenkeln. Der Schweiß brach ihm auf Stirn und Handflächen aus, und er spürte, wie sein Herz hämmerte. Seine Sinne waren so geschärft, daß er die Nacht um sich herum summen hörte, kreisende und wirbelnde Kraftfelder, wie elektrische Entladungen.

Er hatte sich nie so mächtig gefühlt.

Wieder ergriff er den Türknauf, und der Widerstand machte ihn plötzlich rasend. *Sie* machte ihn rasend, mit ihrer hochnäsigen Art und ihrer Ablehnung. Er ließ die Hand sinken und faßte sich an, aber in Wirklichkeit faßte er *sie* an, unterwarf sie, machte sie sich zu Willen. Und obwohl es Sex war, wonach sein Körper verlangte, war das Bild, das sich ihm aufdrängte, als er sich endlich entlud, das seiner eigenen Finger, die sich kräftig wie Taue fest um Amelias zarten Hals legten.

12

Noah steckte zwei Scheiben Brot in den Toaster und drückte mit einer heftigen Bewegung den Hebel hinunter. »Er ist die ganze Nacht geblieben, oder?«

»Es war zu kalt, deshalb konnte er nicht in seinem Bungalow schlafen. Er geht heute dorthin zurück.«

»Wir nehmen also jeden fremden Typen bei uns auf, der zu blöd ist, seinen Holzofen in Gang zu kriegen?«

»Sprich bitte nicht so laut. Er schläft noch.«

»Es ist schließlich auch mein Haus! Warum sollte ich flüstern müssen?«

Claire saß am Frühstückstisch und starrte den Rücken ihres Sohnes an. Noah weigerte sich, sie anzusehen, und stand trotzig vor dem Toaster, als ob der seine ganze Konzentration in Anspruch nähme.

»Bist du sauer, weil ich einen Gast hatte? Ist es das?«

»Du kennst ihn ja nicht einmal, lädst einfach einen Fremden ein, die Nacht hier zu verbringen.«

»Er ist kein Fremder, Noah. Er ist Wissenschaftler.«

»Wissenschaftler sind also keine Fremden, was?«

»Dein Vater war ein Wissenschaftler.«

»Ach, und deshalb soll ich diesen Typ mögen?«

Der Toast schnellte hoch. Noah warf die Scheiben auf einen Teller und setzte sich an den Tisch. Sie sah mit zunehmender Verwirrung zu, wie er ein Messer nahm und das Toastbrot in immer kleinere Würfel zu zerschneiden begann. Es war bizarr; nie zuvor hatte sie ihn so etwas tun sehen. Er überträgt seine Wut, dachte sie. Läßt sie am Brot aus.

»Scheint, als ob meine Mutter doch nicht so perfekt ist«, sagte er, und sie errötete, betroffen von der boshaften Bemerkung. »Du sagst mir immer, *ich* soll schön sauber bleiben. Ich bin nicht derjenige, der Übernachtungsgäste hat.«

»Er ist nur ein Freund, Noah. Ich habe ein Recht auf Freunde, oder etwa nicht?« Ohne zu überlegen, fügte sie hinzu: »Ich habe auch ein Recht auf Liebhaber.«

»Tu dir keinen Zwang an!«

»In vier Jahren wirst du auf dem College sein. Du wirst dein eigenes Leben haben. Warum kann ich nicht *meines* haben?«

Noah ging zum Spülbecken zurück. »Glaubst du etwa, ich habe ein Leben?« Er lachte. »Ich bin auf Dauerbewährung. Die ganze Zeit werde ich beobachtet. Von *allen.*«

»Was meinst du damit?«

»Meine Lehrer sehen mich alle an, als ob ich ein Krimineller wäre. Als ob es nur eine Frage der Zeit wäre, bevor ich wieder was anstelle.«

»Hast du etwas getan, das ihnen einen Grund gegeben haben könnte?«

Er wirbelte herum und blickte sie wütend an. »Ja, ich bin schuld. Ich bin immer schuld!«

»Noah, gibt es da irgend etwas, das du mir verschweigst?«

Mit einer zornigen Handbewegung stieß er zwei Kaffeetassen von der Arbeitsfläche ins Spülwasser. »Du denkst doch, daß bei mir schon alles verloren ist! Du bist nie zufrieden mit mir. Egal, wieviel Mühe ich mir gebe, perfekt zu sein.«

»Komm mir bitte nicht mit diesem Gejammer von wegen Perfekt-sein-Müssen. Ich darf auch keinen Mist bauen. Weder als Mutter noch als Ärztin, und ich habe es gründlich satt. Besonders wenn du mir immer wieder irgendwas vorwirfst, ganz gleich, wieviel Mühe ich mir gebe.«

»Was ich dir vorwerfe«, gab er zurück, »ist, daß du mich in dieses öde Kaff geschleppt hast.« Er stapfte wütend aus dem Haus; das Knallen der Tür schien noch eine Ewigkeit in der Luft zu hängen.

Sie griff nach ihrer Tasse. Ihre Hände zitterten vor ohnmächtiger Erregung, als sie den inzwischen lauwarmen Kaffee austrank.

Was war da gerade geschehen? Wo kam all diese Wut her? Sie hatten sich früher schon gestritten, aber er hatte es noch nie so darauf angelegt, sie zu verletzen. Und noch nie hatte er sie so tief getroffen.

Sie hörte das Rumpeln des abfahrenden Schulbusses.

Sie sah auf seinen Teller, auf den Toast, von dem er nichts gegessen hatte. Er war zu Krümeln zerhackt.

»Das hier ist nicht der richtige Ort für ihn, Dr. Elliot«, sagte die Oberschwester. Eileen Culkin war klein, aber für eine Frau sehr athletisch gebaut, und mit ihrer dröhnenden Stimme und ihrer Vergangenheit als Armeekrankenschwester gebot sie augenblicklich Respekt. Wenn Eileen sprach, hörten die Ärzte zu.

Claire war gerade damit beschäftigt, Scotty Braxtons Krankenakte noch einmal durchzugehen, doch jetzt legte sie sie beiseite und wandte sich Eileen zu. »Ich habe Scotty heute morgen noch nicht gesehen«, sagte sie. »Hat es wieder Probleme gegeben?«

»Auch nachdem sie um Mitternacht die zusätzliche Dosis Beruhigungsmittel angeordnet hatte, ist er nicht eingeschlafen. Er ist jetzt ruhig, aber letzte Nacht war er die ganze Schicht lang wach und hat den Wachpolizisten angeschrien, er solle ihm die Handschellen abnehmen. Er hat all die anderen Patienten um den Schlaf gebracht. Dr. Elliot, dieser Junge gehört in Jugendhaft oder in eine psychiatrische Einrichtung. Nicht auf eine normale Krankenstation.«

»Ich habe mein Gutachten noch nicht abgeschlossen. Ich warte noch auf Laborergebnisse.«

»Wenn sein Zustand stabil ist, können Sie ihn doch verlegen, oder? Die Schwestern haben Angst, das Zimmer zu betreten. Sie können noch nicht einmal seine Laken wechseln, ohne daß drei Leute ihn festhalten. Wir möchten, daß er verlegt wird – je eher, desto besser.«

Es wird Zeit, eine Entscheidung zu treffen, dachte Claire, als sie den Flur entlang zu Scottys Zimmer ging. Wenn sie nicht eine lebensbedrohliche Krankheit diagnostizieren konnte, würde sie ihn nicht länger im Krankenhaus halten können.

Der State Trooper, der vor Scotty Braxtons Krankenzimmer wachte, begrüßte Claire mit einem Kopfnicken. »Morgen, Doc!«

»Guten Morgen. Ich höre, er hat Sie ganz schön in Trab gehalten.«

»Die letzte Stunde war es ganz gut. Er hat keinen Pieps von sich gegeben.«

»Ich muß ihn noch einmal untersuchen. Würden Sie sich bereit halten, nur zur Sicherheit?«

»Selbstverständlich.« Er öffnete die Tür und kam genau einen Schritt weit, bevor er erstarrte. »Gütiger Gott!«

Zuerst registrierte Claire nur das Entsetzen in seiner Stimme. Dann schob sie sich an ihm vorbei ins Zimmer. Sie spürte den kalten Lufthauch, der von dem offenen Fenster kam, und sie sah das Blut. Es war über das ganze Bett verspritzt; Kopfkissen und Laken waren mit Flecken übersät, und die Handschellen, die vom Seitengitter herabhingen, waren dick mit Blut verschmiert. Auf dem Boden direkt unter den Handschellen hatte sich eine rote Lache gebildet. Das menschliche Gewebe, das am Rande dieser Lache lag, hätte man kaum erkannt, wäre da nicht der Fingernagel gewesen und der weiße Knochenstummel, der aus dem zerrissenen Fleisch ragte. Es war der Daumen des Jungen; er hatte ihn sich abgebissen.

Der Cop sank stöhnend in die Knie und hielt sich die Hände vors Gesicht. »O Gott«, murmelte er immer wieder. »O Gott …«

Claire sah eine Spur von Abdrücken nackter Füße, die quer durch den Raum führte. Sie lief zu dem offenen Fenster und starrte auf den Boden ein Stockwerk unter ihr.

Der aufgewühlte Schnee war mit Blut vermischt. Fußstapfen und weitere Blutspuren führten vom Gebäude weg auf die bewaldete Grenze des Krankenhausgeländes zu.

»Er ist in den Wald gelaufen!« rief sie, dann rannte sie aus dem Zimmer und auf das Treppenhaus zu.

Sie lief hinunter ins Erdgeschoß und gelangte durch den Notausgang nach draußen, wo sie gleich knöcheltief im nassen Schnee einsank. Bis sie um das Gebäude herumgelaufen war und unter Scottys Fenster stand, war das eisige Wasser schon in ihre Schuhe eingedrungen. Sie nahm die Spur von Scottys Blut auf und folgte ihr quer über die ausgedehnte Schneefläche.

Am Waldrand blieb sie stehen und versuchte, im Schatten der Sträucher etwas zu erkennen. Sie konnte die Fußspuren des Jungen ausmachen, die sich im Unterholz verloren, und hier und da einen hellen Blutspritzer.

Mit pochendem Herzen drang sie in das Gehölz ein. Ein Tier ist am gefährlichsten, wenn es Schmerzen hat.

Ihre ungeschützten Hände waren taub vor Kälte, vor Angst, als sie einen Ast zur Seite schob und tiefer in den Wald hineinspähte. Hinter ihr brach ein Zweig mit lautem Knacken. Sie fuhr herum und stieß fast einen Schrei der Erleichterung aus, als sie den Trooper sah, der ihr aus dem Gebäude gefolgt war.

»Haben Sie ihn gesehen?« fragte er.

»Nein. Seine Fußspuren führen in den Wald.«

Er stapfte durch den Schnee auf sie zu. »Der Sicherheitsdienst ist unterwegs. Und das Team von der Unfallstation auch.«

Sie drehte sich wieder zu den Bäumen hin. »Hören Sie das?«

»Was?«

»Wasser. Ich höre Wasser.« Sie begann zu laufen, duckte sich unter tiefhängende Zweige und strauchelte durch das Unterholz. Die Fußspuren des Jungen verliefen jetzt in Schlangenlinien, als sei er getaumelt. Und hier war aufgewühlter Schnee, wo er hingefallen war. Zu großer Blutverlust, dachte sie. Er schwankt und steht kurz vor dem Kollaps.

Das Geräusch von schnell fließendem Wasser wurde lauter.

Sie bahnte sich einen Weg durch das Gestrüpp und fand sich am Ufer eines Baches. Regen und schmelzender Schnee hatten ihn zu einem reißenden Strom anschwellen lassen. In wilder Erregung suchte sie den Boden nach den Fußspuren des Jungen ab und sah schließlich, daß sie ein paar Meter weit parallel zum Bachufer verliefen.

Dann, am Rand des Wassers, hörten sie urplötzlich auf.

»Sehen Sie ihn?« rief der Cop.

»Er ist ins Wasser gegangen!« Sie stürzte sich platschend in das knietiefe Wasser. Mit beiden Händen griff sie in die Flut und packte blind zu, wann immer sie auf etwas stieß. Sie fand Äste, Flaschen, einen alten Schuh. Sie watete tiefer hinein, bis an die Oberschenkel, doch das Wasser floß zu schnell, und sie spürte, wie der Strom sie mit sich zu reißen drohte.

Sie blieb hartnäckig und stützte sich mit dem Fuß auf einem Felsstück ab. Wieder tauchte sie die Arme tief in das eisige Wasser ein.

Und fand einen Arm.

Auf ihren Schrei hin kam der Trooper auf sie zugewatet. Der Krankenhauskittel des Jungen war an einem Ast hängengeblieben; sie mußten den Stoff zerreißen, um ihn zu befreien. Gemeinsam zogen sie ihn aus dem Bach und legten ihn am Ufer in den Schnee. Sein Gesicht war blau. Er atmete nicht und hatte auch keinen Puls.

Sie begann mit der cardiopulmonären Reanimation. Drei Atemstöße, die seine Lungen füllten, dann Herzmassage. Einundzwanzig, zweiundzwanzig – ein oft trainierter Ablauf, fast automatisch. Als sie auf seinen Brustkorb drückte, schoß Blut aus einem Nasenloch und spritzte auf den Schnee. Bringt man den Kreislauf wieder in Gang, so daß Blut ins Gehirn und in die lebenswichtigen Organe fließt, bedeutet das auch, daß Wunden wieder zu bluten beginnen. Sie sah, wie frisches dunkelrotes Blut aus seiner zerrissenen Hand strömte.

Stimmen näherten sich, und dann hörten sie Schritte, die auf sie zuliefen. Claire trat zurück, naß und zitternd, während das Unfallteam Scotty auf eine Trage hob.

Sie folgte ihnen schnell zurück in das Gebäude und in den Schockraum, in dem Lärm und Chaos herrschten. Auf dem Herzmonitor war das Muster eines Kammerflimmerns zu erkennen.

Eine Schwester drückte den Aufladeknopf des Defibrillators und legte die Paddles auf die Brust des Jungen. Scotty zuckte zusammen, als der Elektroschock durch seinen Körper jagte.

»Er hat immer noch Kammerflimmern«, sagte Dr. McNally. »Herzmassage fortsetzen. Haben Sie ihm das Bretylium gegeben?«

»Läuft schon«, sagte eine Schwester.

»Alles zurücktreten!« Wieder fuhr ein Schock durch das Herz.

»Immer noch Kammerflimmern«, wiederholte McNally. Er warf Claire einen Blick zu. »Wie lange war er unter Wasser?«

»Ich weiß es nicht. Möglicherweise bis zu einer Stunde. Aber er ist jung, und das Wasser dort ist eiskalt.« Selbst ein scheinbar totes Kind konnte manchmal noch wiederbelebt werden, wenn es in kaltem Wasser gelegen hatte. Sie durften noch nicht aufgeben.

»Körperkerntemperatur auf zweiunddreißig Grad gestiegen«, sagte eine Schwester.

»Machen Sie weiter mit der Reanimation und halten Sie ihn warm. Vielleicht haben wir eine Chance.«

»Wo kommt das Blut aus seiner Nase her?« fragte eine Schwester. »Hat er sich den Kopf angeschlagen?«

Ein hellrotes Rinnsal floß über die Wange des Jungen und tropfte auf den Boden.

»Er hat geblutet, als ich ihn herauszog«, sagte Claire. »Er ist vielleicht auf den Fels gestürzt.«

»Es gibt keine Schädel- oder Gesichtsverletzungen.«

McNally griff nach den Metallplatten. »Zurücktreten. Wir geben ihm noch einen Schock.«

Lincoln fand sie im Aufenthaltsraum. Sie hatte ihre nassen Sachen gegen OP-Kleidung eingetauscht und saß zusammengekauert auf der Couch, benommen an einem Kaffee nippend, als sie die Tür zuschlagen hörte.

Er bewegte sich so leise, daß sie ihn erst erkannte, als er sich neben sie setzte und sagte: »Sie sollten nach Hause gehen, Claire. Es gibt keinen Grund für Sie hierzubleiben. Bitte, gehen Sie nach Hause.«

Sie schloß die Augen und ließ den Kopf in die Hände sinken. Sie gab sich alle Mühe, nicht loszuheulen. In der Öffentlichkeit wegen des Todes eines Patienten zu weinen bedeutete, daß man sich nicht unter Kontrolle hatte. Ein Riß in der professionellen Fassade. Ihr Körper versteifte sich, so sehr kämpfte sie gegen die Tränen an.

»Ich muß Sie warnen«, sagte er. »Wenn Sie das Haus verlassen, werden Sie da unten einen Volksauflauf vorfinden. Die Fernsehteams haben ihre Vans direkt vor dem Ausgang geparkt. Sie können da nicht durch, ohne den Spießrutenlauf über sich ergehen zu lassen.«

»Ich habe ihnen nichts zu sagen.«

»Dann sagen Sie nichts. Ich helfe Ihnen, da durchzukommen, wenn Sie es möchten.« Sie spürte, wie Lincolns Hand sich auf ihren Arm legte. Ein sachter Hinweis darauf, daß es Zeit war, zu gehen.

»Ich habe Scottys nächste Verwandte angerufen«, sagte sie, während sie sich mit dem Handrücken über die Augen fuhr. »Da ist nur die Cousine seiner Mutter. Sie ist gerade aus Florida hergekommen, um bei Kitty zu sein, bis sie wieder gesund ist. Ich habe ihr gesagt, daß Scotty tot ist, und wissen Sie, was sie geantwortet hat? Sie hat gesagt: ›Es ist ein Segen.‹« Sie blickte Lincoln an und begegnete seinem ungläubigen Blick. »So hat sie es genannt, *einen Segen.* Eine Strafe Gottes.«

Er legte den Arm um sie, und sie drückte ihr Gesicht an seine Schulter. Stillschweigend gab er ihr die Erlaubnis zu weinen, doch sie gestattete sich diesen Luxus nicht. Sie mußte immer noch dieser Reportermeute gegenübertreten, und sie wollte ihnen kein tränenverquollenes Gesicht zeigen.

Er ging direkt neben ihr, als sie das Krankenhaus verließ. Die kalte Luft traf sie im gleichen Moment wie das Sperrfeuer der Fragen.

»Dr. Elliot! Ist es wahr, daß Scotty Braxton Drogen genommen hat?«

»– Gerüchte über eine jugendliche Mörderbande?«

»Hat er sich wirklich den Daumen abgebissen?«

Benommen von den Zurufen, die auf sie niederprasselten, schob sich Claire blind durch die Menge, ohne irgendwelche Gesichter um sich herum zu erkennen. Ein Kassettenrecorder wurde ihr unter die Nase gehalten, und sie fand sich Auge in Auge mit einer löwenmähnigen Blondine.

»Ist es wahr, daß die Stadt eine Vorgeschichte von Mordfällen hat, die Hunderte von Jahren zurückreicht?«

»Was?«

»Diese alten Knochen, die man am See gefunden hat. Es war ein Massenmord. Und ein Jahrhundert zuvor –«

Lincoln trat zwischen die beiden Frauen. »Verschwinden Sie hier, Damaris!«

Die Frau lachte verlegen. »Hey, ich mache doch bloß meinen Job, Chief.«

»Dann schreiben Sie gefälligst über außerirdische Babys! Lassen Sie sie in Ruhe!«

Eine neue Stimme rief: »Dr. Elliot?«

Claire drehte sich um und blickte in das Gesicht des Mannes. Sie erkannte Mitchell Groome. Der Reporter trat auf sie zu und sah ihr in die Augen. »Flanders, Iowa«, sagte er leise. »Geschieht es hier?«

Sie schüttelte den Kopf. Und sie flüsterte: »Ich weiß es nicht.«

13

Warren Emersons Lungen schmerzten vor Kälte. Sein Außenthermometer hatte an diesem Morgen zwölf Grad unter Null angezeigt, und er hatte sich entsprechend warm angezogen. Unter seiner Jacke trug er zwei Hemden und einen Pullover, er hatte einen Hut und Handschuhe angezogen und einen Schal um den Hals gewickelt, doch gegen die kalte Luft, die er einatmen mußte, gab es keinen Schutz. Sie versengte seine Kehle und tat ihm in der Brust weh, verkrampfte seine Lungen. Er klang wie eine Lokomotive, die einen Berg hochschnauft. Es ist noch nicht mal Winter, dachte er, und die Welt hat sich schon in Eis verwandelt. Die kahlen Bäume waren damit überzogen, und ihre Äste glänzten wie Kristall. Auf der glatten Straße mußte er sehr vorsichtig gehen. Bedächtig setzte er einen Fuß vor den anderen, möglichst nur an den Stellen, die mit Sand von den vorbeifahrenden Lastwagen bedeckt waren. Es kostete ihn die doppelte Anstrengung, einfach nur auf den Beinen zu bleiben, und als er endlich den Stadtrand erreichte, zitterten die Muskeln in seinen Beinen.

Die Kassiererin in Cobb and Morong's Supermarkt hob den Kopf, als Warren den Laden betrat. Er lächelte ihr zu, wie er es jede Woche tat, immer in der Hoffnung, sie würde seinen Gruß erwidern. Er sah, wie sich ihre Mundwinkel zu einem automatischen Willkommensgruß zu verziehen begannen, doch dann richteten sich ihre Augen auf Warrens Gesicht, und das halb geformte Lächeln erstarrte. Sie blickte weg.

Schweigend steckte Warren die Niederlage ein und nahm sich einen Einkaufswagen. Mit der gleichen müden Routine wie immer begann er seine Runde. Seine Stiefel schlurften über die knarrenden Dielen; dann blieb er vor dem Konservenregal stehen und starrte auf die Reihen von Dosen mit Maisbrei und grünen Bohnen und Rüben, mit ihren grellbunten Etiketten, die sommerliche Fülle suggerierten. Etiketten lügen, dachte er. Es ist kein Vergleich zwischen dieser Dose mit Orangenstückchen und einer Möhre, die du frisch und süß aus dem warmen Erdreich ziehst. Er stand da, ohne auch nur einen Artikel zu nehmen; statt dessen wanderten seine Gedanken zu dem Sommergemüse, das er früher gezogen hatte und das er jetzt so vermißte. Er zählte die Monate bis zum Frühling und rechnete dann noch die Monate dazu, die es brauchen würde, bis eine neue Ernte gereift wäre. Es schien ihm, als verbringe er sein ganzes Leben damit, entweder auf das Ende des Winters zu warten oder sich auf einen neuen Winter vorzubereiten. Er dachte: *Genug ist genug. Ich habe schon zu viele Winter erlebt. Noch einen stehe ich nicht durch.*

Er ließ seinen Einkaufswagen stehen, wo er gerade war, und ging an der niemals lächelnden Kassiererin vorbei und zur Tür hinaus.

Er stand auf dem Gehsteig vor Cobb and Morong's und starrte über die Straße hinweg auf den frisch zugefrorenen See. Die Oberfläche glänzte wie ein polierter Spiegel, wie makelloses Silber; keine einzige Schneeflocke trübte das Bild. Schlittschuheis, dachte er, und er erinnerte sich an die Winter seiner Kindheit, das schwerelose Dahingleiten, das köstliche Geräusch der Kufen. Bald würden die Kinder dort draußen laufen mit ihren Eishockeyschlägern und ihren bunten Winterjacken; wie Konfetti, das über das Eis weht.

Aber ich habe genug vom Winter. Ich will nichts mehr davon wissen.

Er atmete ein und fühlte tief drinnen in seinen Lungen das Stechen der kalten Luft. Scharf. Mörderisch.

Die Katze saß wieder im Fenster des Kramladens auf der Elm Street. Sie putzte ihr glänzendes, rabenschwarzes Fell im Schein der Sonne. Als Claire vorbeiging, unterbrach sie ihre Toilette für einen Augenblick, um ihr einen abschätzigen Blick zuzuwerfen.

Claire sah zum Himmel auf. Er war von gläserner Bläue; die Art von Himmel, die eine bitterkalte Nacht ankündigt. Seit Scotty Braxtons Tod vier Tage zuvor hatte sich der Winter mit unerbittlicher Endgültigkeit durchgesetzt. Ein matter Eisglanz bedeckte jetzt den gesamten See, und die Todesanzeigen in der heutigen Zeitung schlossen alle mit der gleichen Ankündigung: »Die Beisetzung wird im Frühling stattfinden.« Wenn der Boden auftaut. Wenn die Erde wieder erwacht.

Werde ich im Frühling immer noch hiersein?

Sie bog in die Tannery Alley ein. Über einem Eingang schwang ein Blechschild im Wind, auf dem stand:

POLIZEISTATION, STADT TRANQUILITY

Sie ging gleich durch in Lincolns Büro und legte die neueste Ausgabe des *Weekly Informers* auf seinen Schreibtisch.

Er sah sie über den Rand seiner Brille hinweg an. »Gibt's ein Problem, Claire?«

»Ich komme gerade von Monaghan's Diner, wo alle nur über das hier geredet haben. Der neueste Schund aus der Feder von Damaris Horne.«

Er las die Überschrift: KLEINSTADT IN DEN FÄNGEN DES BÖSEN. »Es ist bloß ein Bostoner Revolverblatt«, meinte er. »Niemand nimmt dieses Zeug ernst.«

»Haben Sie es gelesen?«

»Nein.«

»Die Leute in Monaghan's schon. Und sie haben solche Angst, daß sie davon reden, geladene Gewehre bereitzuhalten für den Fall, daß irgendein vom Teufel besessener Teenager versucht, ihren kostbaren Laster oder sonstwas zu stehlen.«

Lincoln stöhnte und setzte die Brille ab. »O verdammt. Das ist das letzte, was ich brauchen kann.«

»Ich habe gestern drei Patienten mit Schnittwunden zusammengenäht. Darunter war ein *Neunjähriger,* der mit der Faust eine Fensterscheibe eingeschlagen hatte. Wir haben schon genug Ärger mit den Kids in dieser Stadt. Jetzt drehen die Erwachsenen auch noch durch.« Sie stützte sich mit beiden Händen auf seinem Schreibtisch ab. »Lincoln, Sie können nicht bis zur Stadtversammlung warten, bevor Sie mit diesen Leuten reden. Sie müssen jetzt etwas gegen die Hysterie tun. Diese Dinosaurier haben schon alle Kinder zu Freiwild erklärt.«

»Auch Schwachköpfe haben ein Recht auf freie Meinungsäußerung.«

»Dann legen Sie wenigstens Ihren eigenen Leuten einen Maulkorb an! Wer ist dieser Cop aus Ihrer Abteilung, den Damaris zitiert?« Sie zeigte auf das Blatt. »Lesen Sie den Artikel.«

Er las.

Was steckt hinter der Epidemie von Gewalt in dieser kleinen Stadt?

Viele hier glauben, die Hintergründe zu kennen, aber ihre Erklärungen sind für die örtlichen Behörden so beunruhigend, daß niemand sich öffentlich äußern will. Ein Polizist aus dem Ort (der nicht genannt werden will) bestätigte inoffiziell die schrecklichen Behauptungen mancher Bürger des Städtchens: daß nämlich die Satanisten von Tranquility Besitz ergriffen hätten.

»Wir wissen sehr wohl, daß es hier Hexen gibt«, sagt er. »Sicher, sie nennen sich selbst Wiccans und behaupten, sie seien harmlos und verehrten bloß irgendwelche Erdgeister. Aber Hexerei ist schon immer mit Teufelsanbetung verbunden gewesen, und man muß sich einfach fragen, was diese sogenannten Erdanbeter nachts da draußen im Wald wirklich machen.« Auf die Bitte, das näher zu erläutern, antwortet er: »Wir hatten eine Reihe von Beschwerden von Bürgern, die Trommeln im Wald gehört haben. Einige haben oben auf Beech Hill Lichter gesehen, und das ist ein unbesiedeltes Waldgebiet.«

Trommeln in der Nacht und geheimnisvolle Lichter im Wald sind nicht die einzigen alarmierenden Anzeichen dafür, daß in diesem abgelegenen Ort etwas nicht in Ordnung ist. Gerüchte über satanische Rituale sind schon seit langem Teil der hiesigen Überlieferung. Eine Frau erinnert sich an die geflüsterten Erzählungen ihrer Kindheit über geheime Zeremonien und über Säuglinge, die kurz nach der Geburt verschwanden. Andere Einwohner kennen noch von früher die schrecklichen Geschichten von Ritualen, bei denen kleine Tiere oder gar Kinder in Satans Namen geopfert wurden …

»Welcher Ihrer Officers hat mit dieser Reporterin gesprochen?« wollte Claire wissen.

Das Gesicht plötzlich von Zorn verdunkelt, sprang Lincoln auf und ging zur Tür: »Floyd! Floyd! Wer zum Teufel hat mit dieser Damaris Horne geredet?«

Floyd antwortete mit einem leichten Zittern in der Stimme. »Äh … Sie selbst, Lincoln. Letzte Woche.«

»Es hat noch jemand anders in dieser Abteilung mit ihr gesprochen. Wer war es?«

»Ich nicht.« Floyd schwieg einen Moment und fügte dann vertraulich hinzu: »Irgendwie macht sie mir angst, diese Lady. Sie macht immer den Eindruck, als wolle sie einen bei lebendigem Leib auffressen.«

Lincoln kehrte zu seinem Schreibtisch zurück und setzte sich hin. Sein Zorn war immer noch deutlich zu spüren.

»Wir haben sechs Männer hier in der Abteilung«, sagte er zu Claire. »Ich werde mein möglichstes tun, der Sache auf den Grund zu gehen. Aber es ist so gut wie unmöglich, so eine undichte Stelle ausfindig zu machen.«

»Könnte sie die Zitate erfunden haben?«

»Schon möglich. So wie ich Damaris kenne.«

»Wie gut kennen Sie sie denn?«

»Besser, als mir lieb ist.«

»Was soll das heißen?«

»Jedenfalls heißt es nicht, daß wir zusammen nach Rio durchbrennen«, gab er gereizt zurück. »Sie ist eine verdammt hartnäckige Person, und sie scheint alles zu bekommen, was sie sich in den Kopf gesetzt hat.«

»Einschließlich der örtlichen Polizei.«

Für einen Moment blickten sie einander in die Augen, und sie spürte einen unerwarteten Funken der Anziehung. Das Gefühl überraschte sie, zumal in diesem Moment. Er hatte schon besser ausgesehen als an diesem Morgen. Seine Frisur war zerzaust, als sei er frustriert mit der Hand durch sein Haar gefahren, und er sah ein wenig verwahrlost aus, mit zerknittertem Hemd und vom Schlafmangel getrübten Augen. All die Belastungen seines Jobs und seines Privatlebens standen ihm ins Gesicht geschrieben.

Im Nebenzimmer klingelte das Telefon. Floyd erschien erneut an Lincolns Tür. »Die Kassiererin von Cobb and Morong's hat gerade angerufen. Dr. Elliot, Sie sollten sich vielleicht auf den Weg dorthin machen.«

»Warum?« fragte Claire. »Was ist passiert?«

»Ach, es ist wieder mal der alte Warren Emerson. Er hat schon wieder einen Anfall.«

Eine Schar von Schaulustigen hatte sich auf dem Bürgersteig versammelt. In ihrer Mitte lag ein alter Mann in zerschlissenen Kleidern, dessen Glieder in einem Anfall von Grand mal zuckten. Aus einer Kopfwunde sickerte Blut, und in dem bitterkalten Wind war eine erschreckend große Lache davon bereits auf dem Asphalt gefroren. Keiner der Umstehenden hatte dem Mann zu helfen versucht; im Gegenteil, sie standen alle in sicherem Abstand von ihm, als fürchteten sie sich, ihn zu berühren oder auch nur in seine Nähe zu kommen.

Claire kniete sich neben ihn. Als erstes mußte sie sich darum kümmern, daß er sich nicht selbst verletzte oder an eingeatmetem Schleim oder Erbrochenem erstickte. Sie rollte den Mann auf die Seite, lockerte seinen Schal und legte das zusammengerollte Ende unter seine Wange, um sie vor dem eisigen Asphalt zu schützen. Seine Hautfarbe war von der Kälte kräftig gerötet, nicht zyanotisch; sein Puls war sehr schnell, aber stark.

»Wie lange dauert der Anfall schon?« rief sie in die Runde.

Schweigen war die Antwort. Sie blickte zu den Umstehenden auf und sah, daß sie noch weiter zurückgewichen waren und daß ihre Blicke nicht auf sie, sondern auf den Mann gerichtet waren. Das einzige Geräusch war das Pfeifen des Windes, der vom See her wehte und an Jacken und Schals zerrte.

»Wie lange?« wiederholte sie, jetzt mit Ungeduld in der Stimme.

Endlich gab jemand zur Antwort: »fünf, vielleicht zehn Minuten.«

»Ist ein Krankenwagen gerufen worden?« Allgemeines Kopfschütteln und Achselzucken.

»Es ist doch bloß der alte Warren«, sagte eine Frau, die Claire als die Kassiererin des Supermarkts erkannte. »Er hat noch nie einen Krankenwagen gebraucht.«

»Jetzt braucht er aber einen!« versetzte Claire. »Rufen Sie einen!«

»Die Krämpfe lassen schon nach«, meinte die Kassiererin. »In einer Minute ist es vorbei.«

Die Glieder des Mannes zuckten jetzt nur noch gelegentlich; das Gehirn feuerte die letzten Salven seines elektrischen Gewitters ab. Schließlich lag er schlaff da. Claire fühlte erneut seinen Puls und fand ihn immer noch stark und regelmäßig.

»Sehen Sie, er ist okay«, sagte die Kassiererin. »Er übersteht es immer ganz gut.«

»Er muß genäht werden. Und er braucht eine neurologische Untersuchung«, sagte Claire. »Wer ist sein Hausarzt?«

»Das war immer Pomeroy.«

»Nun, irgend jemand muß ihm doch jetzt die Medikamente gegen seine Anfälle verschreiben. Wie sieht seine Krankengeschichte aus? Weiß jemand etwas darüber?«

»Warum fragen Sie nicht Warren? Er wacht gerade auf.«

Sie blickte nach unten und sah, daß sich Warren Emersons Augen langsam öffneten. Obwohl all die Menschen um ihn herumstanden, blickte er starr zum Himmel auf.

»Mr. Emerson«, sagte sie. »Können Sie mich ansehen?«

Einen Moment lang reagierte er nicht; er schien von Staunen erfüllt, und seine Augen folgten einer langsam dahinziehenden Wolke direkt über ihren Köpfen.

»Warren?«

Endlich sah er sie an. Er runzelte die Stirn, als versuchte er angestrengt zu verstehen, warum diese fremde Frau auf ihn einredete.

»Ich hatte schon wieder einen«, murmelte er. »Nicht wahr?«

»Ich bin Dr. Elliot. Der Krankenwagen ist unterwegs; wir bringen Sie ins Krankenhaus.«

»Ich will nach Hause ...«

»Sie haben sich den Kopf aufgeschlagen und müssen genäht werden.«

»Aber meine Katze – meine Katze ist allein zu Hause.«

»Ihrer Katze wird schon nichts passieren. Wer ist Ihr Doktor, Warren?«

Er schien Mühe zu haben, sich zu erinnern. »Dr. Pomeroy.«

»Dr. Pomeroy ist verstorben. Wer ist jetzt Ihr Hausarzt?«

Er schüttelte den Kopf und schloß die Augen. »Ist egal. Spielt keine Rolle mehr.«

Claire hörte das Sirenengeheul des herannahenden Krankenwagens. Er kam am Bordstein zum Stehen, und zwei Rettungssanitäter sprangen heraus.

»Ach, ist ja nur Warren Emerson«, bemerkte einer von ihnen, als habe er jeden Tag mit diesem Patienten zu tun. »Hat er wieder einen Anfall?«

»Und eine ziemlich tiefe Kopfverletzung.«

»Okay, Warren, alter Bursche«, sagte der Sanitäter. »Sieht so aus, als würdest du eine Spazierfahrt machen.«

Als der Krankenwagen abgefahren war, kochte Claires aufgestaute Wut endlich über. Sie sah auf die festgefrorene Blutlache hinab. »Ich kann es einfach nicht fassen«, sagte sie. »Hat denn niemand versucht, ihm zu helfen? Schert sich vielleicht irgendwer einen Deut um diesen Mann?«

»Sie haben bloß Angst«, erklärte die Kassiererin.

Claire drehte sich um und sah die Frau an. »Sie hätten ja wenigstens seinen Kopf schützen können. Ein epileptischer Anfall ist nichts, wovor man Angst haben müßte.«

»Davor haben wir auch keine Angst. Sondern vor *ihm.*«

Sie schüttelte ungläubig den Kopf. »Sie fürchten sich vor einem alten Mann? Was kann denn an ihm so bedrohlich sein?«

Wieder war Schweigen die Antwort. Claire sah in die Gesichter der anderen, doch niemand erwiderte ihren Blick.

Niemand sagte ein Wort.

Als Claire im Krankenhaus ankam, hatte der Unfallarzt Warren Emersons Kopfwunde schon vernäht und war dabei, auf einem Klemmbrett Notizen zu machen. »Hat acht Stiche gebraucht«, meinte McNally.

»Und er hatte leichte Erfrierungen an Nase und Ohren. Muß eine ganze Weile in der Kälte gelegen haben.«

»Mindestens zwanzig Minuten«, sagte Claire. »Meinen Sie, daß er stationär aufgenommen werden muß?«

»Nun, die Anfälle sind ein chronisches Problem, und neurologisch scheint er in Ordnung zu sein. Allerdings hat er sich den Kopf angeschlagen. Ich kann nicht sagen, ob die Bewußtlosigkeit durch den Anfall oder durch den Schlag auf den Kopf verursacht wurde.«

»Hat er einen Hausarzt?«

»Im Moment nicht. Unseren Unterlagen zufolge ist er zuletzt 1989 ins Krankenhaus eingeliefert worden; die Überweisung kam damals von Dr. Pomeroy.« McNally unterschrieb den Bericht und sah Claire an. »Möchten Sie ihn übernehmen?«

»Das wollte ich gerade vorschlagen«, sagte sie.

McNally reichte ihr Emersons alte Krankenhausakte. »Viel Spaß beim Lesen.« Die Akte enthielt sowohl die Dokumentation über Emersons Krankenhausaufenthalt von 1989 als auch Aufzeichnungen über zahlreiche Notaufnahmen in den vergangenen Jahren. Sie wandte sich zuerst dem Bericht über die Einlieferung aus dem Jahr 1989 zu und erkannte sogleich Dr. Pomeroys krakelige Handschrift. Es war eine dürftige Eintragung, die nur die wesentlichen Fakten enthielt:

Anamnese: 57jähriger Weißer; hat sich vor fünf Tagen beim Holzhacken mit der Axt in linken Fuß geschnitten. Wunde angeschwollen und schmerzhaft, Patient kann den Fuß nicht mehr belasten.

Befund: Temperatur 37,2. Fünf Zentimeter lange Schnittwunde am linken Fuß, Wundränder glatt. Umgebende Haut warm, gerötet und empfindlich. Vergrößerter Lymphknoten in linker Leiste.

Diagnose: Erysipel.

Anordnung: IV-Antibiose.

Es gab weder Angaben zur Vorgeschichte des Patienten noch zu seinen sozialen Verhältnissen; nichts, was darauf hingewiesen hätte, daß zu dem infizierten Fuß ein lebendiges, atmendes menschliches Wesen gehörte.

Sie blätterte weiter zu den Notaufnahmeberichten.

Es gab insgesamt fünfundzwanzig Blätter, eines für jede der fünfundzwanzig Einlieferungen in den vergangenen dreißig Jahren, und die Gründe waren immer die gleichen: »Chronische Epilepsie mit Anfall ...« »Anfall, Kopfverletzung ...« »Anfall, Schnittwunde im Gesicht ...« Anfall, Anfall, Anfall.

Jedesmal hatte Dr. Pomeroy ihn einfach entlassen, ohne jede weitere Untersuchung. Nirgendwo konnte sie einen Hinweis auf eine Überprüfung der ursprünglichen Diagnose finden.

Pomeroy war vielleicht bei seinen Patienten sehr beliebt gewesen, aber in diesem Fall hatte er es eindeutig an Sorgfalt fehlen lassen.

Sie betrat das Untersuchungszimmer.

Warren Emerson lag auf dem Rücken auf dem Behandlungstisch. Umgeben von all den glitzernden Apparaturen wirkten seine Kleider noch schäbiger und abgerissener. Eine große Stelle auf seinem Kopf war kahlrasiert, und die frischgenähte Wunde war mit Gaze verbunden. Er hörte Claire eintreten und drehte langsam den Kopf zu ihr hin. Er schien sie wiederzuerkennen; ein schwaches Lächeln formte sich auf seinen Lippen.

»Mr. Emerson«, sagte sie. »Ich bin Dr. Elliot.«

»Sie sind dagewesen.«

»Ja, als Sie den Anfall hatten.«

»Ich wollte Ihnen danken.«

»Wofür?«

»Ich mag es nicht, wenn ich alleine aufwache. Ich mag es nicht, wenn ...« Er verstummte und blickte zur Decke. »Kann ich jetzt nach Hause?«

»Darüber müssen wir uns unterhalten. Seit Dr. Pomeroys Tod hat sich niemand mehr um Sie gekümmert. Möchten Sie, daß ich Ihre Hausärztin werde?«

»Hab eigentlich keinen Doktor mehr nötig. Gibt nichts, was irgendwer für mich tun könnte.«

Lächelnd drückte sie seine Schulter. Er war wie vergraben, mumifiziert unter all den Lagen von muffigem Stoff. »Ich glaube, ich kann Ihnen helfen. Als erstes müssen wir diese Anfälle in den Griff kriegen. Wie oft haben Sie die?«

»Weiß nicht. Manchmal wache ich auf dem Fußboden auf, und dann denk ich mir, daß es wieder mal passiert ist.«

»Und da ist sonst niemand im Haus? Sie leben allein?«

»Ja, Ma'am.« Er sah sie mit dem Anflug eines Lächelns an. »Das heißt, abgesehen von Mona, meiner Katze.«

»Wie oft *glauben* Sie, daß Sie die Anfälle bekommen?«

Er zögerte. »Ein paarmal im Monat.«

»Und welche Medikamente nehmen Sie?«

»Die hab ich schon vor Jahren aufgegeben. Haben mir nichts genützt, all die Pillen.«

Sie stieß einen frustrierten Seufzer aus. »Mr. Emerson, Sie können Medikamente nicht einfach absetzen.«

»Aber ich brauche sie nicht mehr. Ich bin jetzt bereit zu sterben.« Er sagte das ruhig, ohne Angst, ohne jede Spur von Selbstmitleid. Es war eine einfache Feststellung. *Ich werde bald sterben, und daran ist nichts zu ändern.*

Sie hatte solche Voraussagen schon von anderen Patienten gehört. Wenn sie ins Krankenhaus eingeliefert wurden, war ihr Zustand alles andere als lebensbedrohlich, und doch sagten sie ruhig und voller Überzeugung zu Claire: »Diesmal gehe ich nicht wieder nach Hause.« Sie versuchte dann, die Patienten zu beruhigen, obwohl die Vorahnung des Todes sie schon wie ein Schauer überlief. Die Patienten selbst wissen offenbar immer Bescheid. Wenn sie sagen, daß sie sterben werden, dann sterben sie auch.

Als sie in Warren Emersons ruhige Augen sah, fühlte sie den

Schauer. Sie schüttelte ihn ab und fuhr mit der Untersuchung fort.

»Ich muß mir Ihre Augen ansehen«, erklärte sie und griff nach dem Ophthalmoskop.

Er seufzte resigniert und erlaubte ihr, seine Netzhäute zu überprüfen.

»Waren Sie wegen Ihrer Anfälle schon einmal bei einem Neurologen? Bei einem Gehirnspezialisten?«

»Ganz früher war ich mal bei einem. Da war ich siebzehn.«

Sie richtete sich überrascht auf und schaltete die Lampe des Ophthalmoskops aus. »Das war vor fast fünfzig Jahren.«

»Er hat gesagt, ich hätte Epilepsie. Und daß ich sie für den Rest meines Lebens haben würde.«

»Sind Sie seither bei einem Neurologen gewesen?«

»Nein, Ma'am. Dr. Pomeroy, der hat sich um mich gekümmert, nachdem ich wieder nach Tranquility gezogen bin.«

Sie untersuchte ihn weiter, fand aber keine neurologischen Abnormitäten. Sein Herz und seine Lungen waren normal, und auch der Unterleib wies keine krankhaften Veränderungen auf.

»Hat Dr. Pomeroy mal Ihr Gehirn untersucht?«

»Er hat's geröntgt, vor ein paar Jahren; da war ich gefallen und hatte mir den Kopf gestoßen. Er dachte, ich hätte mir vielleicht den Schädel angeknackst, hatte ich aber nicht. Hab wohl 'ne ziemlich harte Rübe.«

»Sind Sie in einem anderen Krankenhaus gewesen?«

»Nein, Ma'am. Bin fast mein ganzes Leben in Tranquility gewesen. Hatte nie 'nen Grund, woanders hinzugehen.« Er schien es zu bedauern. »Jetzt ist's zu spät.«

»Wofür zu spät, Mr. Emerson?«

»Gott gibt uns keine zweite Chance.«

Sie hatte nichts Außergewöhnliches gefunden. Und doch war ihr nicht wohl bei dem Gedanken, ihn in sein leeres Haus zurückgehen zu lassen.

Und was er gesagt hatte, beunruhigte sie noch immer: *Ich bin jetzt bereit zu sterben.*

»Mr. Emerson«, sagte sie, »ich möchte Sie über Nacht hierbehalten und ein paar Tests machen. Nur um sicherzustellen, daß es da nichts Neues gibt, das diese Anfälle verursacht.«

»Ich habe sie fast mein ganzes Leben gehabt.«

»Aber Sie sind seit Jahren nicht mehr gründlich untersucht worden. Ich möchte, daß Sie wieder Medikamente bekommen, und ich will ein paar Aufnahmen von Ihrem Gehirn machen. Wenn alles in Ordnung ist, lasse ich Sie morgen gehen.«

»Mona mag es nicht, wenn sie Hunger leiden muß.«

»Machen Sie sich keine Sorgen um Ihre Katze. Jetzt müssen Sie erst mal an sich selbst denken. Ihre eigene Gesundheit.«

»Hab sie seit gestern abend nicht mehr gefüttert. Sie wird ganz elendiglich miauen –«

»Ich sorge dafür, daß Ihre Katze ihr Futter bekommt, wenn Sie dafür hierbleiben. Wie wär's damit?«

Er betrachtete sie einen Moment. Er mußte darüber nachdenken, ob er das Wohlergehen seiner besten und vielleicht einzigen Freundin einer Frau anvertrauen konnte, die er kaum kannte.

»Thunfisch«, sagte er schließlich. »Heute rechnet sie mit Thunfisch.«

Claire nickte. »Gut, also bekommt sie Thunfisch.«

Im Schwesternzimmer rief sie als erstes die Röntgenabteilung an. »Ich liefere einen Patienten namens Warren Emerson ein, und ich möchte eine CT von seinem Kopf anordnen.«

»Diagnose?«

»Epileptische Anfälle. Hirntumor muß ausgeschlossen werden.«

Sie war gerade dabei, Warrens Anamnese und Untersuchungsergebnisse einzutragen, als Adam DelRay in die Unfallstation geschlendert kam. Er schüttelte den Kopf. »Ich habe gerade gesehen, wie sie Warren Emerson aus dem Aufzug gefahren haben«, sagte er zu einer Schwester. »Wer hat den denn bloß eingeliefert?«

Claire blickte auf; ihre Abneigung gegen ihn war stärker als je zuvor. »Ich war das«, sagte sie kühl. »Er hatte heute einen Anfall.«

Er schnaubte verächtlich. »Emerson hat seit Jahren Anfälle. Er ist ein lebenslanger Epileptiker.«

»Man kann jederzeit einen neuen Hirntumor entwickeln.«

»Na, wenn Sie den übernehmen, kriegen Sie aber einen Heiligenschein erster Klasse. Pomeroy hat sich die ganzen Jahre über ihn beschwert.«

»Weshalb?«

»Hat nie seine Pillen genommen. Deswegen hat er dauernd Anfälle. Und außerdem ist er über Medicaid versichert, also können Sie von Glück sagen, wenn Sie Geld zu sehen bekommen. Aber es gibt wahrscheinlich schlechtere Arten, unsere Steuergelder auszugeben, als dem alten Emerson das Frühstück ans Bett zu servieren.«

Er lachte und ging fort.

Sie drückte beim Unterschreiben so fest auf, daß die Spitze des Kugelschreibers fast das Papier aufschlitzte. All diese Tests, die sie angeordnet hatte, dazu eine Übernachtung im Krankenhaus – das war ein teurer Verdacht, den sie da gehabt hatte. Vielleicht war Emersons Gedächtnis ja lückenhaft; vielleicht hatte Pomeroy wirklich vor nicht allzu langer Zeit die Diagnose aufgefrischt; allerdings bezweifelte sie das. Nach dem, was sie aus seiner Kartei hatte ersehen können, war Pomeroy ein nachlässiger Arzt gewesen, der lieber ein Rezept für irgendeine neue Pille ausstellte, als sich die Mühe zu machen, nach den Ursachen für die Symptome eines Patienten zu forschen.

Sie verließ das Krankenhaus und fuhr nach Tranquility zurück. Als sie in ihrer Praxis ankam, hatte sie nur noch eines im Sinn: Emersons Krankenakte noch einmal gründlich durchzusehen und sich selbst zu beweisen, daß ihre Entscheidung, ihn ins Krankenhaus einzuweisen, gerechtfertigt war.

Vera war am Telefon, als Claire hereinkam. Sie wedelte mit

dem Hörer und sagte: »Sie haben einen Anruf von Max Tutwiler.«

»Ich nehme ihn in meinem Sprechzimmer an. Könnten Sie mir Warren Emersons Akte heraussuchen?«

»Warren *Emerson*?«

»Ja, ich habe ihn gerade wegen epileptischer Anfälle ins Krankenhaus eingeliefert.«

»Wieso?«

Claire blieb in der Tür ihres Sprechzimmers stehen und warf Vera einen strengen Blick zu. »Warum zweifeln alle in dieser Stadt an meinem Urteilsvermögen?«

»Na, ich habe mich bloß gewundert«, meinte Vera.

Claire schloß die Tür und ließ sich auf ihren Schreibtischstuhl sinken. Jetzt würde sie sich bei Vera entschuldigen müssen. Ihre Liste von Mea Culpas wurde länger und länger. Sie war jetzt nicht in der Stimmung, mit irgend jemandem zu reden; zögernd hob sie den Telefonhörer ab.

»Hallo, Max?«

»Ist es gerade günstig?«

»Fragen Sie mich nicht.«

»Oh. Na, dann fasse ich mich kurz. Ich dachte, es würde Sie vielleicht interessieren, daß die Identität dieses blauen Pilzes bestätigt worden ist. Ich habe ihn einem Mykologen geschickt, und er ist auch der Meinung, daß es sich um *Clitocybe odora* handelt, den Anistrichterling.«

»Wie giftig ist er?«

»Nur ganz schwach. Die geringen Mengen von Muscarin würden nicht viel mehr als eine leichte Verdauungsstörung bewirken.«

Sie seufzte. »Das ist also eine Sackgasse.«

»Scheint so.«

»Was ist mit diesen Wasserproben? Sind die Ergebnisse da?«

»Ja, ich habe einige der vorläufigen Resultate hier. Ich hole schnell den Ausdruck ...«

Vera klopfte an die Tür und kam mit Warren Emersons Akte

herein. Sie sagte kein Wort, warf nur die Mappe auf den Schreibtisch und ging wieder hinaus. Während sie darauf wartete, daß Max ans Telefon zurückkam, öffnete Claire die Akte und warf einen Blick auf die erste Seite. Sie trug das Datum 1932, Emersons Geburtsjahr. Beschrieben wurden die unkomplizierten Wehen und die Entbindung eines gesunden Sohnes einer gewissen Mrs. Agnes Emerson. Der Name des Arztes war Higgins. Die nächsten Seiten waren Routineuntersuchungen und Hausbesuchen während der Kindheit gewidmet.

Sie blätterte weiter und stutzte, als sie das Datum las: 1956. Zwischen der vorangehenden Eintragung und dieser klaffte eine Lücke von zehn Jahren. Erstmals erschien jetzt Dr. Pomeroys Unterschrift in der Akte. Sie begann, seine Eintragung zu lesen, doch sie wurde von Max' Stimme unterbrochen.

»Die Ergebnisse für die Bakterienkulturen stehen noch aus«, sagte er. »Was ich sehen kann, ist, daß die Werte für Dioxin, Blei und Quecksilber alle im grünen Bereich sind ...«

Claires Aufmerksamkeit wurde plötzlich von der Akte gefesselt. Von dem, was Pomeroy im letzten Absatz geschrieben hatte: »*Hat seit seiner Verhaftung* im *Jahr 1946 keine weiteren Gewalttaten begangen.*«

»... nächste Woche dürften wir mehr wissen«, sagte Max. »Aber bisher scheint es, als sei die Wasserqualität recht gut. Keine Anzeichen für chemische Verunreinigungen.«

»Ich muß jetzt gehen«, unterbrach sie ihn. »Ich rufe Sie später zurück.«

Sie legte auf und las Dr. Pomeroys Eintragung noch einmal von Anfang bis Ende. Sie war geschrieben worden, als Warren Emerson fünfundzwanzig Jahre alt gewesen war. In dem Jahr seiner Entlassung aus der Staatlichen Nervenklinik in Augusta.

Neunzehnhundertsechsundvierzig. In welchem Monat hatte Warren Emerson die Gewalttat begangen?

Claire stand im Archivraum im Keller der *Tranquility Gazette* und blickte auf den hölzernen Aktenschrank, der eine ganze Wand einnahm. Die Schubfächer waren alle mit Jahreszahlen gekennzeichnet. Sie öffnete das Fach für 1946, Juli bis Dezember. Es enthielt sechs Ausgaben der Gazette, die damals noch monatlich erschienen war. Die Seiten waren spröde und vergilbt, und die Anzeigen waren mit Abbildungen von Frauen mit Wespentaillen geschmückt, die Glockenröcke und kecke kleine Hütchen trugen. Vorsichtig blätterte sie die Julinummer durch und überflog die Schlagzeilen: Rekordhitze entschädigt für verregneten Frühling ... Noch nie so viele Sommertouristen ... Moskitoalarm ... Junge mit illegalen Feuerwerkskörpern erwischt ... Rekordbesuch bei Parade zum 4. Juli. Die Schlagzeilen im Juli sind doch immer die gleichen, dachte sie. Der Sommer war schon immer die Jahreszeit der Paraden und der Stechmücken gewesen, und diese Überschriften riefen Erinnerungen an ihren ersten Sommer in Maine wach. Der Geschmack knuspriger Maiskolben und grüner Erbsen, der Duft von Zitronellenöl auf ihrer Haut. Es war ein guter Sommer gewesen, genau wie der von 1946.

Sie wandte sich den August- und Septembernummern zu, wo sie noch mehr Artikel dieser Art fand; Berichte von Fischessen und Gemeindefesten und Schwimmwettbewerben im See. Es gab auch unerfreuliche Nachrichten: Drei Autos waren in einen Unfall verwickelt gewesen, und zwei Touristen waren ins Krankenhaus eingeliefert worden; ein Haus war infolge eines Mißgeschicks beim Kochen niedergebrannt. Ladendiebe hatten die Geschäfte der Gegend heimgesucht. Das Leben im Ferienland war nicht perfekt.

Sie nahm sich die Oktoberausgabe vor, und ihr Blick wurde von einer fetten Schlagzeile gefesselt:

Fünfzehnjähriger tötet Eltern und stürzt anschliessend zu Tode. Jüngere Schwester handelte »Eindeutig in Notwehr«. Der Name des Jugendlichen war nicht genannt, aber die Fotos der ermordeten Eltern waren abgedruckt – ein hübsches, dunkelhaariges Paar, lächelnd und im Sonntagsstaat. Sie las die Bildunterschrift, die das getötete Ehepaar identifizierte: Martha und Frank Keating. Der Nachname kam Claire bekannt vor; sie wußte von einer hiesigen Richterin namens Iris Keating. War sie mit den Ermordeten verwandt?

Ihr Blick fiel auf eine Schlagzeile weiter unten auf der Seite: SCHLÄGEREI IN HIGH-SCHOOL-CAFETERIA.

Und noch eine: BESUCHERIN AUS BOSTON VERMISST. MÄDCHEN WURDE ZULETZT MIT HIESIGEN JUGENDLICHEN GESEHEN.

Der Kellerraum war nicht geheizt, und ihre Hände fühlten sich wie Eis an. Doch die Kälte kam von innen.

Sie griff nach der Novembernummer und starrte die Titelseite an. Die Schlagzeile schrie ihr ins Gesicht: VIERZEHNJÄHRIGER WEGEN MORDES AN ELTERN FESTGENOMMEN: FREUNDE UND NACHBARN SCHOCKIERT ÜBER VERBRECHEN DES »SENSIBLEN KINDES«.

Der kalte Schauer hatte ihren ganzen Rücken erfaßt.

Sie dachte: *Es geht alles wieder von vorne los.*

14

»Warum haben Sie mir nichts davon gesagt? Warum haben Sie es geheimgehalten?«

Lincoln ging zur Tür seines Büros und schloß sie. Dann wandte er sich zu Claire. »Es ist lange her. Ich habe keinen Sinn darin gesehen, alte Geschichten auszugraben.«

»Aber es geht um die Geschichte dieser Stadt! Nach allem, was im vergangenen Monat geschehen ist, scheint mir das hier durchaus bedeutsam.«

Sie legte die fotokopierten Artikel aus der *Tranquility Gazette* auf seinen Schreibtisch. »Sehen Sie sich das an. Im Jahr

1946 wurden sieben Menschen ermordet, und ein Mädchen aus Boston wurde nie gefunden. Gewalt ist ganz offensichtlich nichts Neues für diese Stadt.« Sie tippte auf den Stapel von Papieren. »Lesen Sie die Artikel, Lincoln. Oder kennen Sie die Einzelheiten vielleicht schon?«

Er ließ sich langsam auf seinen Stuhl nieder, den Blick auf die Fotokopien gerichtet. »Ja, ich kenne die meisten Einzelheiten«, sagte er leise. »Ich habe die Geschichten gehört.«

»Wer hat sie Ihnen erzählt?«

»Jeff Willard. Er war der Polizeichef, als ich vor zweiundzwanzig Jahren hier anfing.«

»Und vorher hatten Sie nichts davon gewußt?«

»Nein. Und ich bin hier aufgewachsen. Ich wußte von nichts, bis Chief Willard mir alles erzählte. Die Leute reden einfach nicht darüber.«

»Sie tun lieber so, als sei es nie geschehen.«

»Wir müssen auch an unseren Ruf denken.« Er sah auf und erwiderte endlich ihren Blick. »Dies ist ein Ferienort, Claire. Die Menschen kommen hierher, um der Großstadt und dem Verbrechen zu entfliehen. Wir sind nicht sehr erpicht darauf, daß alle Welt von unseren eigenen Problemen erfährt. Von unserer eigenen Mordserie.«

Sie setzte sich ebenfalls und sah ihm direkt in die Augen. »Wer weiß davon?«

»Die Leute, die damals hier waren. Die Älteren, die jetzt in den Sechzigern und Siebzigern sind. Aber nicht ihre Kinder. Nicht meine Generation.«

Sie schüttelte fassungslos den Kopf. »Sie haben es all die Jahre geheimgehalten?«

»Sie wissen doch, weshalb, oder? Es ist nicht nur die Stadt, die sie damit schützen. Es sind ihre Familien. Die Jugendlichen, die diese Verbrechen begangen haben, kamen alle aus der Gegend. Ihre Familien leben immer noch hier, und vielleicht schämen sie sich noch immer. Leiden immer noch unter den Folgen.«

»Wie Warren Emerson.«

»Genau. Sehen Sie sich doch an, was er für ein Leben gehabt hat. Er wohnt allein und hat keine Freunde. Er hat nie ein weiteres Verbrechen begangen, und doch wird er von allen gemieden. Selbst die Kinder gehen ihm aus dem Weg, obwohl sie keine Ahnung haben, weshalb. Sie wissen nur von ihren Großeltern, daß Warren Emerson ein Mann ist, von dem man sich fernhalten sollte.« Er sah auf den fotokopierten Artikel hinab. »Das ist also die Vorgeschichte Ihres Patienten. Warren Emerson ist ein Mörder. Aber er war nicht der einzige.«

»Sie müssen die Parallelen gesehen haben, Lincoln.«

»Gut, ich gebe zu, daß es welche gibt.«

»Zu viele, als daß man sie aufzählen könnte.« Sie nahm die kopierten Artikel und blätterte die Oktobernummer durch. »1946 begann es mit Schlägereien in den Schulen. Zwei Jugendliche wurden von der Schule verwiesen. Dann wurden in der Stadt Fensterscheiben eingeschlagen, Häuser verwüstet – wieder gab man Jugendlichen die Schuld. In der letzten Oktoberwoche schließlich erschlägt ein Fünfzehnjähriger seine Eltern mit der Axt. Seine jüngere Schwester stößt ihn in Notwehr aus dem Fenster.« Sie sah ihn an. »Von da an wird es nur noch schlimmer. Wie erklären Sie sich das?«

»Wenn Gewalttaten geschehen, ist es eine ganz menschliche Reaktion, nach den Ursachen zu fragen. Aber die Wahrheit ist, daß wir nicht immer wissen, warum Menschen einander umbringen.«

»Sehen Sie sich die Abfolge der Ereignisse an. Das letzte Mal fing alles mit einer ruhigen, friedlichen Stadt an. Dann benahmen sich hier und da ein paar Jugendliche daneben. Verletzten einander. Wenige Wochen später bringen sie schon andere Leute um. Die Stadt ist in Aufruhr, jeder verlangt, daß etwas geschieht. Und plötzlich, wie durch Zauberei – hört es ganz einfach auf. Und die Stadt fällt wieder in Tiefschlaf.« Sie schwieg und senkte den Blick, sah wieder die Schlagzeile an. »Lincoln, an der Sache ist noch etwas anderes merkwürdig. In der Großstadt ist der Sommer die gefährlichste Jahreszeit, wenn die Hitze die Gemüter zum Überkochen bringt. Wenn es kalt wird, gehen die Kriminalstatistiken regelmäßig in den Keller. Aber in dieser Stadt ist es anders. Die Gewalt beginnt im Oktober und erreicht im November ihren Höhepunkt.« Sie blickte zu ihm auf. »In beiden Fällen hat das Morden im Herbst angefangen.«

Das Piepsen des Pagers in ihrer Tasche schreckte sie auf. Sie warf einen Blick auf die angezeigte Nummer und griff nach Lincolns Telefon.

Ein CT-Techniker nahm ihren Anruf entgegen. »Wir haben gerade den Scan vom Gehirn Ihres Patienten Warren Emerson abgeschlossen. Dr. Chapman ist unterwegs, um ihn sich anzusehen.«

»Können Sie irgend etwas erkennen?«

»Er ist definitiv abnormal.«

Dr. Chapman klemmte die CT-Aufnahmen an den Röntgenfilmbetrachter und schaltete die Beleuchtung ein. Die Querschnitte von Warren Emersons Gehirn wurden sichtbar. »Das ist es, was ich meine«, sagte er. »Genau hier. Es erstreckt sich in den linken Stirnlappen. Sehen Sie es?«

Claire trat näher. Was er ihr gezeigt hatte, war eine kleine, kugelförmige Verdichtung im vorderen Bereich des Gehirns, gleich hinter der Augenbraue. Sie schien fest zu sein, nicht zystisch. Sie warf einen Blick auf die anderen Schnitte, sah aber keine weiteren Verdichtungen. Wenn dies ein Tumor war, so schien er begrenzt zu sein. »Was denken Sie?« fragte sie. »Ein Meningiom?«

Er nickte. »Sehr wahrscheinlich. Sehen Sie, wie glatt die Ränder sind? Natürlich werden Sie eine Gewebsprobe brauchen, um festzustellen, ob es gutartig ist. Es hat einen Durchmesser von etwa zwei Zentimetern und scheint dick eingekapselt zu sein. Umschlossen von Fasergewebe. Ich nehme an, es kann restlos entfernt werden.«

»Könnte das die Ursache für seine Anfälle sein?«

»Seit wann hat er sie?«

»Seit seinem siebzehnten oder achtzehnten Lebensjahr. Das heißt, an die fünfzig Jahre.«

Chapman sah sie überrascht an. »Und dieser Tumor ist nie entdeckt worden?«

»Nein. Ich nehme an, da er diese Anfälle fast sein ganzes Leben lang hatte, hielt es Dr. Pomeroy nicht für notwendig, genauer nachzuforschen.«

Chapman schüttelte den Kopf. »Das läßt mich meine Diagnose überdenken. Zunächst einmal findet man Meningiome selten bei jungen Erwachsenen. Und ein Meningiom würde auch immer weiterwachsen. Also ist das da entweder nicht der Grund für seine Anfälle, oder es ist kein Meningiom.«

»Was könnte es sonst sein?«

»Ein Gliom. Eine Metastase von einem anderen Primärtumor.« Er zuckte die Achseln. »Es könnte sogar eine eingeschlossene Zyste sein.«

»Dieses Gewebe sieht fest aus.«

»Wenn es zum Beispiel von einer Tuberkulose oder einem Parasiten käme, würde der Körper mit einer Entzündung reagieren. Er würde sie mit vernarbtem Gewebe umschließen oder binden. Haben Sie seinen TB-Status überprüft?«

»Vor zehn Jahren war er PPD-negativ.«

»Nun, schließlich und endlich ist es immer noch eine pathologische Diagnose. Dieser Patient braucht eine Kraniotomie und Exzision.«

»Das bedeutet wohl, daß wir ihn nach Bangor verlegen müssen.«

»Wir führen in unserem Krankenhaus keine Kraniotomien durch. Unsere Ärzte überweisen neurochirurgische Fälle gewöhnlich an Clarence Rothstein am Eastern Maine Medical Center.«

»Können Sie ihn empfehlen?«

Chapman nickte und schaltete die Beleuchtung aus. »Er hat sehr gute Hände.«

Gedünsteter Broccoli mit Reis und ein lächerlich kleines Klümpchen Kabeljau.

Louise Knowlton wußte nicht, ob sie es noch länger würde mit ansehen können, wie ihr Sohn langsam verhungerte. Er hatte noch einmal zwei Pfund abgenommen, und die nervliche Belastung zeigte sich in seinem düsteren Gesichtsausdruck und seinen Ausbrüchen von extremer Reizbarkeit. Er war nicht mehr ihr fröhlicher, unbeschwerter Barry.

Louise sah ihren Mann über den Tisch hinweg an und las den gleichen Gedanken in Mels Augen: *Es ist die Diät. Nur wegen der Diät ist er so geworden.*

Louise zeigte auf die Schüssel mit Pommes frites, die sie und Mel geteilt hatten. »Barry, Liebling, du siehst so hungrig aus! Ein paar hiervon können doch nicht schaden.«

Barry ignorierte sie und kratzte weiter mit seiner Gabel über den Teller, womit er ein Quietschen erzeugte, das einem die Zähne ziehen konnte.

»Barry, laß das!«

Er blickte auf und sah ihr direkt in die Augen. Es war der kälteste, stumpfeste Blick, den sie je gesehen hatte.

Mit zitternden Händen hielt Louise ihm die Pommes frites hin.

»O Barry, bitte«, murmelte sie. »Iß doch ein paar. Iß sie alle. Du wirst dich so viel besser fühlen, wenn du nur etwas ißt.«

Sie schnappte erschrocken nach Luft, als Barry seinen Stuhl zurückstieß und abrupt aufstand. Ohne ein Wort stapfte er davon und knallte seine Zimmertür hinter sich zu. Einen Augenblick später hörten sie das unermüdliche Geballer des Videospiels, mit dem ihr Sohn Horden von virtuellen Feinden umnietete.

»War heute morgen irgendwas in der Schule?« fragte Mel. »Haben diese Kinder wieder auf ihm rumgehackt?«

Louise seufzte. »Ich weiß es nicht. Ich weiß überhaupt nichts mehr.«

Sie saßen da und lauschten dem immer schneller werdenden Dauerfeuer. Dem Geschrei und dem Stöhnen der virtuellen Opfer, die in irgendeiner Super-Nintendo-Hölle starben.

Louise sah auf den Haufen völlig durchweichter Pommes frites hinab und schüttelte sich. Zum ersten Mal im Leben schob sie ihren Teller von sich, ohne ihn geleert zu haben.

Noahs Stereoanlage lief auf vollen Touren, als Claire zu Hause ankam. Die Kopfschmerzen, die im Laufe des Nachmittags immer stärker geworden waren, schienen ihren Schädel zusammenzupressen und Krallen in ihre Stirn zu bohren. Sie hängte ihren Mantel auf und blieb am Fuß der Treppe stehen. Sie hörte das unablässige Stampfen des Schlagzeugs, den monotonen Gesang, und sie konnte kein einziges Wort verstehen. Wie soll ich darauf achten, welche Musik mein Kind hört, wenn ich noch nicht einmal weiß, worum es in den Songs geht?

Das konnte nicht so weitergehen. Sie konnte diesen Lärm nicht ertragen, nicht heute abend. Sie rief die Treppe hoch: »Noah, stell das leiser!«

Die Musik spielte mit unverminderter Lautstärke weiter. Unerträglich.

Sie ging die Treppe hoch, und ihre Gereiztheit verwandelte sich in Zorn. Als sie an seinem Zimmer ankam, fand sie die Tür verschlossen. Sie hämmerte daran und schrie: »Noah!«

Es dauerte eine Weile, bis die Tür sich öffnete. Die Musik strömte auf sie ein, überschwemmte sie mit einer Welle von Lärm. Noahs kräftige Gestalt stand in der Tür; sein Hemd und seine Hose waren so weit, daß sie wie eine zerfledderte Robe von ihm herabhingen.

»Stell die Musik leiser!«

Er drückte den Netzschalter des Verstärkers, und die Musik brach abrupt ab. Noch in der Stille dröhnten ihr die Ohren.

»Was hast du eigentlich vor? Willst du dich taub machen? Und mich nebenbei völlig um den Verstand bringen?«

»Du warst nicht zu Hause.«

»Ich *war* zu Hause. Ich habe gerufen, aber du konntest mich nicht hören.«

»Ich höre dich jetzt, okay?«

»In zehn Jahren wirst du gar nichts mehr hören, wenn du deine Musik weiter so laut aufdrehst. Du bist nicht der einzige, der unter diesem Dach wohnt.«

»Wie könnte ich das vergessen, wo du mich doch ständig daran erinnerst?« Er ließ sich wie ein Stein auf einen Drehstuhl fallen und wirbelte ihn zum Schreibtisch herum. Er kehrte ihr den Rücken zu.

Sie stand da und beobachtete ihn. Obwohl er in einer Zeitschrift blätterte, verrieten ihr seine angespannten Schultermuskeln, daß er nicht wirklich las. Zu sehr war er sich ihrer Gegenwart bewußt – und seiner Wut auf sie.

Sie trat in sein Zimmer und setzte sich erschöpft auf das Bett. Nach einer Weile sagte sie: »Es tut mir leid, daß ich dich angeschrien habe.«

»Das machst du in letzter Zeit dauernd.«

»Wirklich?«

»Ja.« Er blätterte um.

»Das ist nicht meine Absicht, Noah. Bei mir geht zur Zeit so vieles auf einmal schief, daß ich nicht weiß, worum ich mich zuerst kümmern soll.«

»Alles ist verkorkst, seit wir hierhergezogen sind, Mom. *Alles.«* Er warf die Zeitschrift auf den Tisch und ließ den Kopf in die Hände sinken. Kaum hörbar flüsterte er: »Ich wollte, Dad wäre hier.«

Einen Augenblick lang schwiegen sie beide. Sie hörte, wie seine Tränen auf die Zeitschrift tropften, hörte an seiner stoßweisen Atmung, wie er um Beherrschung rang.

Sie stand auf und legte ihre Hände auf seine Schultern. Sie waren ganz verspannt, alle Muskeln verkrampft, so sehr kämpfte er gegen die Tränen. Wir sind einander so ähnlich, dachte sie; beide bemühen wir uns ständig, unsere Emotionen zu zügeln, die Kontrolle zu bewahren. Peter war der Extrovertierte in der Familie gewesen, er war derjenige, der auf Achterbahnen vor Vergnügen kreischte und im Kino in schallendes Gelächter ausbrach. Der unter der Dusche sang und mit seiner Kocherei den Rauchmelder auslöste. Derjenige, der nie gezögert hatte, zu sagen: »Ich liebe dich.«

Wie traurig würde es dich machen, wenn du uns jetzt sehen könntest, Peter. Wir haben Angst, aufeinander zuzugehen. Immer noch in Trauer, immer noch wie gelähmt durch deinen Tod.

»Er fehlt mir auch«, flüsterte sie. Sie legte die Arme um ihren Sohn und ließ die Wange auf seinen Kopf sinken, atmete den Geruch seines Haares ein, den sie so liebte. »Er fehlt mir auch.«

Unten klingelte es an der Haustür.

Nicht jetzt. Nicht jetzt.

Sie verharrte in der Umarmung, ignorierte das Geräusch, ließ nichts an sich heran als die Wärme ihres Sohnes, den sie in den Armen hielt.

»Mom«, sagte Noah, indem er sich aus ihren Armen löste. »Mom, da ist jemand an der Tür.«

Widerwillig ließ sie von ihm ab und richtete sich auf. Der Augenblick, die Gelegenheit war vorbei, und sie starrte wieder seine verkrampften Schultern an.

Verärgert über diese neue Störung, ging sie die Treppe hinunter. Wieder wurde sie gefordert, wieder zerrte irgendwer sie von ihrem Sohn fort. Sie öffnete die Haustür, und vor ihr, im bitterkalten Wind, stand Lincoln, die behandschuhte Rechte erhoben, um erneut zu klingeln. Er war noch nie zuvor bei ihr zu Hause gewesen, und sein Besuch überraschte und verwirrte sie gleichermaßen.

»Ich muß mit Ihnen reden«, sagte er. »Darf ich reinkommen?«

Sie hatte noch kein Feuer im Wohnzimmer gemacht, und der Raum war kalt und deprimierend düster. Schnell schaltete sie alle Lampen ein, aber die Helligkeit konnte die Kälte nicht kompensieren.

»Als Sie mein Büro verlassen hatten«, sagte er, »habe ich angefangen, darüber nachzudenken, was Sie gesagt haben. Daß die Gewalttaten in dieser Stadt einem bestimmten Muster folgen. Daß es irgendeine Verbindung gibt zwischen 1946 und diesem Jahr.« Er griff in seine Jackentasche und zog die fotokopierten Artikel hervor, die sie ihm dagelassen hatte. »Raten Sie mal. Die Antwort springt einem geradezu ins Gesicht.«

»Welche Antwort?«

»Sehen Sie sich die erste Seite an. Die Oktobernummer von 1946.«

»Ich habe den Artikel schon gelesen.«

»Nein, nicht die Story von dem Mord. Sondern den Artikel weiter unten. Er ist Ihnen wahrscheinlich gar nicht aufgefallen.«

Sie glättete die Seite auf ihrem Schoß. Der Artikel, den er meinte, war teilweise abgeschnitten; nur die obere Hälfte war kopiert worden. Die Überschrift lautete: REPARATURARBEITEN AN DER LOCUST RIVER BRIDGE BEENDET.

»Ich weiß nicht, worauf Sie hinauswollen«, meinte sie.

»Wir mußten dieselbe Brücke auch dieses Jahr reparieren. Erinnern Sie sich?«

»Ja.«

»Und *weshalb* mußten wir sie reparieren?«

»Weil sie kaputt war?«

Er fuhr sich frustriert mit der Hand durchs Haar. »Mein Gott, Claire, denken Sie mal darüber nach! Warum war die Brücke reparaturbedürftig? Weil sie unterspült worden war. Wir hatten im vergangenen Frühjahr Rekordniederschläge, und sie haben den Locust River anschwellen lassen, so daß er zwei Häuser weggeschwemmt und eine ganze Reihe von Fußgängerbrücken mit sich gerissen hat. Ich habe die U. S. Geological Survey angerufen, und sie haben mir bestätigt, daß die Regenfälle in diesem Jahr die heftigsten seit *zweiundfünfzig Jahren* waren.«

Sie blickte auf, als ihr plötzlich klar wurde, was er ihr zu sagen versuchte. »Dann war also das letzte Mal, daß es so stark geregnet hat ...«

»Im Frühjahr 1946.«

Sie ließ sich gegen die Stuhllehne sinken, überwältigt von der offensichtlichen Übereinstimmung. »Regen«, murmelte sie. »Feuchter Boden. Bakterien. Pilze ...«

»Ja, Pilze. Was war denn mit diesen blauen, die wir gefunden haben?«

Sie schüttelte den Kopf. »Max hat sich seine Identifizierung bestätigen lassen. Sie sind nicht sehr giftig. Aber schwere Regenfälle würden auch das Wachstum von anderen Pilzen fördern. Es war auch ein Pilz, der für die massenhaften Ausbrüche des Veitstanzes verantwortlich war.«

»Ist das eine Art Anfall?«

»Der medizinische Fachbegriff für den Veitstanz ist Chorea. Er äußert sich in verdrehten, ruckartigen Bewegungen der Gliedmaßen, die an einen Tanz erinnern. Hier und da gibt es Berichte über eine epidemische Ausbreitung der Krankheit. Vielleicht steht sie sogar hinter den Anklagen wegen Hexerei damals in Salem. Nach einem kalten, nassen Frühling kann die Roggenernte von diesem Pilz befallen werden. Die Menschen, die von dem Roggen essen, bekommen dann Chorea.«

»Könnten wir es denn mit einer Form des Veitstanzes zu tun haben?«

»Nein. Was ich sage, ist nur, daß es in der Geschichte immer schon Beispiele für menschliche Erkrankungen gegeben hat, die mit dem Klima in Verbindung standen. Wir *denken* vielleicht, daß wir unsere Umwelt beherrschen, aber wir werden von so vielen Organismen beeinflußt, die wir nicht sehen können.« Sie brach ab, als ihr Scotty Braxtons negative Kulturen in den Sinn kamen. Bisher hatte sich weder aus seinem Blut noch aus seiner Rückenmarksflüssigkeit irgend etwas entwickelt. Könnte es eine Quelle der Infektion geben, die sie übersehen hatte? Einen Organismus, der so ungewöhnlich, so unerwartet war, daß das Labor ihn als Irrtum abgetan hätte?

»Es muß bei diesen Kindern einen gemeinsamen Faktor geben«, sagte sie. »Zum Beispiel, daß sie alle den gleichen kontaminierten Nahrungsmitteln ausgesetzt waren. Alles, was wir haben, ist dieser offensichtliche Zusammenhang zwischen Regenfällen und Gewalttaten. Es könnte auch nur Zufall sein.«

Er saß eine Weile schweigend da. Sie hatte sein Gesicht schon oft betrachtet und die Stärke, die sie darin sah, bewundert, die ruhige Selbstsicherheit. Heute sah sie die Intelligenz in seinen Augen. Er hatte zwei scheinbar völlig unzusammenhängende Informationen genommen und zu einem Muster zusammengesetzt, das ihr selbst nie aufgefallen wäre.

»Dann müssen wir also diesen gemeinsamen Faktor finden«, sagte er.

Sie nickte. »Könnten Sie mir Zugang zur Jugendhaftanstalt verschaffen? Damit ich mit Taylor sprechen kann?«

»Das dürfte schwierig sein. Sie wissen, daß Paul Darnell Ihnen immer noch die Schuld gibt.«

»Aber Taylor ist nicht der einzige Betroffene. Paul kann mich nicht für all das verantwortlich machen, was in dieser Stadt schiefläuft.«

»Bis jetzt kann er das noch nicht.« Lincoln erhob sich. »Wir brauchen die Antworten noch vor der Stadtversammlung. Ich werde Ihnen ein Gespräch mit dem Jungen verschaffen. Egal wie.«

Sie stand am Wohnzimmerfenster und sah ihm nach, wie er die vereiste Auffahrt entlang zu seinem Wagen ging. Er bewegte sich mit dem sicheren Schritt eines Mannes, der in diesem erbarmungslosen Klima aufgewachsen war; jeder Fußtritt horizontal aufgesetzt, mit genügend Druck, um der Stiefelsohle auf dem Eis Halt zu geben. Er erreichte den Truck, öffnete die Tür – und sah aus irgendeinem Grund zu ihrem Haus zurück.

Nur für einen Augenblick trafen sich ihre Blicke.

Und sie dachte staunend und mit leichtem Befremden: *Wie lange fühle ich mich schon von ihm angezogen? Wann hat es angefangen? Ich kann mich nicht erinnern.* Jetzt gab es noch eine weitere Komplikation in ihrem Leben.

Sie blieb noch am Fenster, als er schon weggefahren war, und blickte in die Landschaft, aus der alle Farben herausgewaschen zu sein schienen. Schnee und Eis und kahle Bäume, und alles versank in einheitlichem Schwarz.

Im Obergeschoß hatte Noahs Musik wieder eingesetzt.

Sie wandte sich vom Fenster ab und schaltete das Licht im Wohnzimmer aus. In diesem Augenblick fiel ihr plötzlich das Versprechen ein, das sie Warren Emerson gegeben hatte, und sie stöhnte auf. Die Katze.

Die Nacht war bereits hereingebrochen, als sie die sanfte Steigung von Beech Hill hochfuhr und in Emersons Hof einbog. Sie parkte den Wagen neben dem Holzstoß, einem vollkommen kreisförmigen Turm aus übereinandergestapelten Scheiten. Sie dachte an die vielen Stunden, die es ihn gekostet haben mußte, das Holz mit dieser Präzision aufzuschichten, jedes Scheit mit einer Sorgfalt zu plazieren, die man normalerweise nur auf eine Steinmauer verwenden würde. Und dann mußte er alles Stück für Stück wieder abreißen, wenn der Winter sein alljährliches Kunstwerk langsam aufzehrte.

Sie stellte den Motor ab und blickte zu dem alten Farmhaus auf. Drinnen brannte nirgendwo Licht. Mit Hilfe einer Taschenlampe schaffte sie es, die vereisten Verandastufen zu erklimmen. Die ganze Konstruktion schien durchzuhängen, und sie hatte das merkwürdige Gefühl, sich zur Seite zu neigen und zum Rand hin wegzurutschen, ins Nichts hinein. Warren hatte ihr gesagt, daß sie die Tür offen finden würde, und so war es auch. Sie trat ein und schaltete das Licht ein.

Die Küche tauchte vor ihr auf, und sie sah den ausgetretenen Linoleumboden und den abgestoßenen Gerätschaften. Eine kleine graue Katze starrte vom Fußboden zu ihr hoch. Sie hatten einander aufgeschreckt, sie und die Katze, und für ein paar Sekunden erstarrten beide.

Dann schoß die Katze zur Tür hinaus und verschwand irgendwo im Haus.

»Komm, Miez, Miez! Du willst doch dein Abendessen, oder nicht? Mona?«

Sie hatte vorgehabt, Mona für eine Weile in einem Tierheim unterzubringen. Warren Emerson war bereits für seine Kraniotomie ins Eastern Maine Medical Center verlegt worden, wo er mindestens eine Woche lang bleiben mußte. Claire konnte sich nicht mit dem Gedanken anfreunden, jeden Tag hierherzufahren, nur um eine Katze zu füttern. Aber offensichtlich war die Katze anderer Meinung.

Ihre Frustration stieg, während sie auf der Suche nach der eigensinnigen Mona von Zimmer zu Zimmer ging und überall das Licht einschaltete. Wie so viele andere Bauernhäuser aus der gleichen Zeit war auch dieses für eine große Familie gebaut worden, und es bestand aus einer Vielzahl von kleinen Zimmern, die durch das ganze Gerümpel noch beengter wirkten. Sie sah Stapel von alten Zeitungen und Zeitschriften, Ballen von Kartoffelsäcken, Kisten voll leerer Flaschen. Im Flur mußte sie sich seitwärts durch einen schmalen Spalt zwischen hohen Bücherstapeln schlängeln. Solche Hamsterei war gewöhnlich ein Zeichen von Geisteskrankheit, doch Warren hatte seinen Kram immerhin logisch angeordnet – Bücher und Zeitschriften getrennt, die braunen Papiertüten alle ordentlich gefaltet und mit Bindfaden zusammengebunden. Vielleicht war es nur eine Art extrem gesteigerte Yankee-Sparsamkeit.

Jedenfalls fand eine flüchtige Katze hier reichlich Deckung.

Sie war einmal durch das ganze Erdgeschoß gegangen, ohne auf Mona zu stoßen. Die Katze mußte sich in einem der oberen Zimmer versteckt halten.

Sie begann die Treppe hochzugehen und blieb dann stehen. Ihre Hände schwitzten plötzlich. *Déjà vu*, dachte sie. Ich habe das hier schon einmal erlebt. Ein fremdes Haus, eine fremde Treppe. Etwas Furchtbares, das auf dem Dachboden auf mich wartet …

Aber dies war nicht Scotty Braxtons Haus, und das einzige Wesen, das ihr dort oben auflauerte, war eine verängstigte Katze.

Sie zwang sich dazu, weiterzugehen, und rief immer wieder »Komm, Miez!« – wenn auch nur, um ihren sinkenden Mut zu stärken. Im Obergeschoß waren vier Türen, doch nur eine davon stand offen. Wenn die Katze nach oben geflohen war, mußte sie in diesem Zimmer sein.

Claire trat durch die Tür und schaltete das Licht ein.

Sofort wurde ihr Blick von den Schwarzweiwfotografien angezogen. Dutzende davon hingen an der Wand, standen auf der Kommode und dem Nachttisch. Eine Galerie der Erinnerungen von Warren Emerson. Sie durchquerte den Raum und starrte die drei Gesichter an, die sie aus einem der Fotos anlächelten; ein Paar in mittleren Jahren mit einem kleinen Jungen. Die Frau hatte ein rundes Gesicht und war nicht besonders hübsch; ihr Hut thronte mit einer schwindelerregenden Neigung auf ihren Haaren. Der Mann an ihrer Seite schien das auch sehr amüsant zu finden; seine Augen strahlten vor Lachen. Beide hatten eine Hand auf die Schultern des Jungen gelegt, der zwischen ihnen stand, so daß sie ihn auch physisch für sich beanspruchten, als ihr gemeinsames Eigentum.

Und der Junge mit der Schmalztolle und den fehlenden Schneidezähnen – das mußte der kleine Warren sein, wie er sich da im Glanz der elterlichen Aufmerksamkeit sonnte.

Ihr Blick wanderte zu den anderen Fotos, und sie sah die gleichen Gesichter wieder und wieder, in verschiedenen Jahreszeiten, an verschiedenen Orten. Hier war ein Schnappschuß der Mutter, wie sie stolz eine Torte hochhielt. Dort eine Aufnahme von Vater und Sohn mit ihren Angelruten an einem Flußufer. Und schließlich ein Schulfoto eines jungen Mädchens, offensichtlich Warrens Liebste, denn unten hatte jemand ein Herz eingezeichnet mit den Worten *Warren und Iris für immer* darin. Mit Tränen in den Augen betrachtete Claire den Nachttisch; ein halbvolles Wasserglas stand darauf.

Sie betrachtete das Bett mit den ausgefallenen grauen Haaren auf dem Kopfkissen. Warrens Bett.

Jeden Morgen wachte er allein in diesem Zimmer auf, im Angesicht der Fotos seiner Eltern. Und jeden Abend war der letzte Eindruck, den seine Augen wahrnahmen, das Bild ihrer lächelnden Gesichter.

Sie weinte jetzt, weinte um das Kind, das er einmal gewesen war. Ein einsamer kleiner Junge, gefangen im Körper eines alten Mannes.

Sie ging wieder nach unten in die Küche.

Es hatte keinen Sinn, einer Katze nachzujagen, die nicht gefangen werden wollte. Sie würde einfach das Futter in der Schüssel stehenlassen und ein anderes Mal wiederkommen. Claire öffnete die Tür der Speisekammer und sah Regale voll mit Katzenfutterdosen – Dutzende und Dutzende davon. In der ganzen Küche gab es kaum etwas, das zum menschlichen Verzehr geeignet war, aber für die verwöhnte Mona war jedenfalls reichlich gesorgt.

Heute rechnet sie mit Thunfisch.

Also Thunfisch. Sie leerte die Dose in den Katzennapf und stellte ihn auf den Boden neben die Wasserschüssel. Dann füllte sie noch eine weitere Schale mit Trockenfutter, genug für mehrere Tage. Nachdem sie noch das Katzenklo ausgeleert hatte, schaltete sie das Licht aus und ging hinaus.

Von ihrem Wagen aus warf sie einen letzten Blick auf das Haus. Warren Emerson hatte den größten Teil seines Lebens innerhalb dieser Mauern verbracht, ohne menschliche Gesellschaft, ohne Liebe. Er würde wahrscheinlich in diesem Haus sterben, allein, mit einer Katze als einziger Zeugin.

Sie wischte sich die Tränen aus den Augen. Dann wendete sie den Wagen und fuhr die dunkle Straße entlang nach Hause. An diesem Abend rief Lincoln sie an.

»Ich habe mit Wanda Darnell gesprochen«, sagte er. »Ich habe ihr gesagt, daß es vielleicht einen biologischen Grund für die Handlungen ihres Sohnes gibt. Daß auch andere Jugendliche in der Stadt betroffen sind und daß wir versuchen, die Ursache herauszufinden.«

»Wie hat sie reagiert?«

»Ich glaube, sie ist erleichtert. Es bedeutet, daß die Schuld irgendwo anders zu suchen ist. Nicht in ihrer Familie. Nicht bei ihr.«

»Ich verstehe das vollkommen.«

»Sie erlaubt Ihnen, mit ihrem Sohn zu sprechen.«

»Wann?«

»Morgen. Im Maine Youth Center.«

Eine lange Reihe von Betten säumte die Wand des stillen Schlafsaals. Die Morgensonne schien durch die hohen Fenster herein und warf ein helles Lichtquadrat auf die schmächtigen Schultern des Jungen. Er saß auf dem Bett und hatte die Beine an die Brust gezogen, den Kopf gesenkt. Das war nicht mehr der Junge, den sie vor vier Wochen gesehen hatte, fluchend und um sich schlagend. Das hier war ein geprügeltes Kind, dessen Hoffnungen und Träume man mit Füßen getreten hatte, bis nur noch seine körperliche Hülle zurückgeblieben war.

Er blickte nicht auf, als Claire sich näherte, obwohl ihre Schritte auf den ausgetretenen Dielen hallten. Sie blieb neben seinem Bett stehen. »Hallo, Taylor. Möchtest du mit mir reden?«

Der Junge hob eine Schulter. Es war kaum ein Achselzucken, doch man konnte darin so etwas Ähnliches wie eine Einladung sehen.

Sie nahm sich einen Stuhl, und dabei fiel ihr Blick auf den kleinen Schreibtisch aus Kiefernholz neben seinem Bett. Zahllose junge Insassen hatten das Möbelstück schon malträtiert, hatten vulgäre Schimpfworte und ihre Initialen in die Oberfläche geritzt. Sie fragte sich, ob Taylor sich bereits in diesem dauerhaften Register der Verzweiflung verewigt hatte.

Sie schob den Stuhl an sein Bett und setzte sich. »Was auch immer wir heute besprechen, Taylor, es bleibt unter uns, okay?« Er zuckte die Achseln, als spiele das kaum eine Rolle. »Erzähl mir, was an diesem Tag in der Schule passiert ist. Warum hast du es getan?«

Er ließ die Wange auf seine Knie sinken, als ob er plötzlich zu erschöpft sei, um das Gewicht seines Kopfs zu tragen. »Ich weiß nicht, warum.«

»Kannst du dich an den Tag erinnern?«

»Mmh.«

»An alles?«

Er schluckte hörbar, sagte aber nichts. Sein Gesicht nahm plötzlich einen gequälten Ausdruck an, und er schloß die Augen, preßte sie so fest zu, daß sein ganzes Gesicht in sich zusammenzufallen schien. Er holte tief Luft, doch statt des erwartbaren Schmerzensschreis kam nur ein hoher, dünner Klagelaut heraus.

»Ich weiß nicht. Ich weiß nicht, warum ich es getan habe.«

»Du hast an diesem Tag eine Pistole in die Schule mitgenommen?«

»Um zu beweisen, daß ich eine habe. Sie haben mir nicht geglaubt. Sie haben gesagt, ich hätte das nur erfunden.«

»Wer hat dir nicht geglaubt?«

»J. D. und Eddie. Sie geben immer damit an, daß ihr Dad sie mit seinen Gewehren schießen läßt.«

Wieder einmal Jack Reids Söhne. Wanda Darnell hatte gesagt, sie hätten einen schlechten Einfluß auf Taylor, und sie hatte recht gehabt.

»Du hast also deine Pistole in die Schule mitgenommen«, sagte Claire. »Hattest du vor, sie zu benutzen?«

Er schüttelte den Kopf. »Ich hatte sie bloß in meinem Rucksack. Aber dann habe ich im Test eine Vier gekriegt. Und Mrs. Horatio – sie hat mich angeschrien wegen diesem blöden Frosch.« Er begann vor und zurück zu schaukeln, die Arme um die Knie geschlungen, jeder Atemzug von einem Schluchzen begleitet. »Ich wollte sie alle umbringen. Es war, als ob ich nicht aufhören könnte. Ich wollte es ihnen allen heimzahlen.«

Er hörte auf zu schaukeln und wurde plötzlich ganz still, sein Blick leer, auf nichts gerichtet. »Ich bin nicht mehr wütend auf sie. Aber jetzt ist es zu spät.«

»Es war vielleicht nicht deine Schuld, Taylor.«

»Alle wissen, daß ich es war.«

»Aber du hast mir gerade gesagt, daß du die Kontrolle über dich verloren hattest.«

»Trotzdem ist es meine Schuld ...«

»Taylor, sieh mich an. Ich weiß nicht, ob dir jemand von deinem Freund Scotty Braxton erzählt hat.«

Langsam hob der Junge den Blick und schaute sie an.

»Ihm ist etwas ganz Ähnliches passiert. Und jetzt ist seine Mutter tot.«

Sie sah an seinem schockierten Gesichtsausdruck, daß man ihm nichts davon gesagt hatte.

»Niemand kann erklären, warum er durchgedreht ist. Warum er sie angegriffen hat. Du bist nicht der einzige, dem das passiert ist.«

»Mein Vater sagt, es ist, weil Sie mir meine Medizin weggenommen haben.«

»Scotty hat gar keine Medizin genommen.« Sie hielt inne und sah ihn forschend an. »Oder etwa doch?«

»Nein.«

»Das ist jetzt sehr wichtig. Du mußt mir die Wahrheit sagen, Taylor. Hat einer von euch beiden irgendwelche Drogen genommen?«

»Ich *sage* die Wahrheit.«

Er blickte sie unverwandt an. Und sie glaubte ihm.

»Was ist mit Scotty?« fragte er. »Kommt Scotty hierher?«

Die Tränen schossen ihr plötzlich in die Augen. Leise sagte sie: »Es tut mir leid, Taylor. Ich weiß, ihr beide wart gute Freunde ...«

»Die besten. Wir sind die besten Freunde.«

»Er war im Krankenhaus. Und da ist etwas passiert. Wir haben versucht, ihm zu helfen, aber – es gab nichts –«

»Er ist tot. Nicht wahr?«

Mit seiner direkten Frage flehte er sie um eine ehrliche Antwort an. Sie sagte leise: »Ja. Leider.«

Er ließ den Kopf auf die Knie fallen, und die Worte sprudelten heraus, von Schluchzern unterbrochen. »Scotty hat nie etwas Böses getan! Er war ein richtiger Waschlappen. So hat J. D. ihn immer genannt: der blöde Waschlappen. Ich habe ihn nie in Schutz genommen. Ich hätte etwas sagen sollen, aber das habe ich nie getan …«

»Taylor. Taylor, ich muß dir noch eine Frage stellen.«

»… ich hatte einfach Angst.«

»Du warst viel mit Scotty zusammen. Wo habt ihr eure Freizeit verbracht?«

Er antwortete nicht; er schaukelte nur weiter vor und zurück.

»Ich muß das wirklich wissen, Taylor. Wo habt ihr euch aufgehalten?«

Er holte zitternd Luft. »Wir – wir waren immer mit den anderen zusammen.«

»Wo?«

»Ich weiß nicht! Hier und da.«

»Im Wald? Bei jemandem zu Hause?«

Er hielt wieder mit dem Schaukeln inne, und einen Moment lang dachte sie, er habe die letzte Frage nicht verstanden. Dann hob er den Kopf und sah sie an. »Am See.«

Locust Lake. Der See war das Zentrum aller Aktivitäten in Tranquility, der Ort für Picknicks und Schwimmwettbewerbe, für Bootssport und Angeln. Ohne ihn gäbe es keine Sommertouristen, keine Einnahmen. Die Stadt selbst würde aufhören zu existieren.

Es hat alles mit dem See zu tun, dachte sie plötzlich. Wasser und Regenfälle. Überschwemmungen und Bakterien.

Der Abend, als das Wasser leuchtete.

»Taylor«, sagte sie, »du und Scotty, seid ihr beide im See geschwommen?«

Er nickte. »Jeden Tag.«

15

Die Stadtversammlung war für 19 Uhr 30 angesetzt, und schon um Viertel nach sieben war jeder Platz in der Cafeteria der High School besetzt. Die Menschen drängten sich in den Gängen, standen dicht an dicht entlang der Wände, und einige harrten sogar draußen in der Kälte vor den Hintertüren aus. Von ihrem Stehplatz an der Seite aus hatte Claire einen guten Blick auf das Rednerpult an der Stirnwand. Auf dem Podium saßen Lincoln, Fern Cornwallis und der Vorsitzende des Stadtrats, Glen Ryder. Die fünf Ratsmitglieder saßen zusammen in der ersten Reihe.

Claire erkannte viele der Gesichter im Publikum. Die meisten waren andere Eltern, die sie bei Schulfesten und anderen Veranstaltungen kennengelernt hatte. Sie sah auch eine Reihe ihrer Kollegen vom Knox Hospital. Auch ein Dutzend Teenager waren gekommen; sie hatten es vorgezogen, am hinteren Ende der Cafeteria zu stehen, wo sie sich dicht zusammendrängten, als wollten sie die Angriffe der Erwachsenen abwehren.

Glen Ryder ließ seinen Hammer niedersausen, aber die Menge war zu groß und zu erregt, um ihn zu hören. Der frustrierte Ryder mußte auf einen Stuhl steigen und schreien: »Ruhe im Saal, und zwar sofort!«

Endlich wurde es still in der Cafeteria, und Ryder fuhr fort: »Ich weiß, daß es hier nicht genug Sitzplätze für alle gibt. Ich weiß, daß da draußen Leute sind, die sich ärgern, daß sie bei dreizehn Grad minus im Freien stehen müssen. Aber der Chef der Feuerwehr sagt, daß wir die Belegungsgrenze für diesen Raum schon überschritten haben. Wir können einfach niemanden mehr einlassen, es sei denn, es verläßt vorher jemand den Saal.«

»Es wäre vielleicht keine schlechte Idee, wenn ein paar von den Kindern da hinten gehen und den Erwachsenen Platz machen würden.«

Einer der Teenager entgegnete: »Wir haben auch ein Recht, hier zu sein!«

»Ihr Kids seid doch überhaupt der Grund, weshalb wir hier sind!«

»Wenn hier über uns geredet wird, dann wollen wir auch hören, was gesagt wird!«

Ein halbes Dutzend Stimmen erhoben sich gleichzeitig.

»Niemand wird hier rausgeworfen!« rief Ryder. »Das hier ist eine öffentliche Versammlung, Ben, und wir können niemanden ausschließen. Jetzt lassen Sie uns endlich anfangen.« Ryder sah Lincoln an. »Chief Kelly, geben Sie uns doch mal einen aktuellen Überblick über die Probleme in der Stadt.«

Lincoln erhob sich. Die letzten paar Tage hatten ihn ausgelaugt, sowohl physisch als auch psychisch, und es zeigte sich in der Art, wie er die Schultern hängenließ. »Das war kein guter Monat«, sagte er. Eine typische Untertreibung à la Lincoln Kelly. »Die ganze Aufmerksamkeit scheint sich nur auf die Morde zu konzentrieren. Die Schießerei in der Schule am zweiten November, und dann die Sache bei Braxtons am fünfzehnten November. Das sind zwei Morde in zwei Wochen. Was mir aber noch mehr angst macht, ist, daß uns das Schlimmste vermutlich noch bevorsteht. Letzte Nacht haben meine Leute acht verschiedene Anrufe entgegengenommen, bei denen es um tätliche Angriffe von Jugendlichen auf andere ging. So etwas habe ich noch nicht erlebt. Ich bin seit zweiundzwanzig Jahren Cop in dieser Stadt. Ich habe kleinere Wellen von Verbrechen kommen und gehen sehen. Aber was ich jetzt erlebe – Kinder, die versuchen, einander zu verletzen, einander zu *töten* – die Menschen zu töten, die sie lieben ...« Er schüttelte den Kopf und setzte sich ohne ein weiteres Wort wieder hin.

»Miss Cornwallis?« sagte Ryder.

Die Rektorin der High School stand auf. Fern Cornwallis war eine attraktive Frau, und sie hatte einiges dafür getan, an diesem Abend besonders gut auszusehen. Ihr blondes Haar war zu einem glänzenden Knoten gebunden, und sie war eine der wenigen Frauen im Saal, die sich die Mühe gemacht hatten, Make-up aufzulegen. Aber der leuchtende Farbtupfer ihres Lippenstifts betonte nur die Blässe ihres sorgenvollen Gesichts.

»Ich kann nur all das wiederholen, was Chief Kelly gesagt hat. Was in dieser Stadt geschieht – die Aggressionen, die Gewalt –, das habe auch ich noch nie zuvor erlebt. Und das Problem liegt nicht nur in den Schulen. Es ist ein Problem, das Sie auch zu Hause haben. Ich kenne diese Kinder! Ich habe verfolgt, wie sie großgeworden sind. Ich habe sie in der Stadt gesehen, in den Korridoren der Schule. Oder in meinem Büro, wenn es einen Anlaß dafür gab. Und unter denjenigen, die jetzt in Streitereien und Schlägereien verwickelt sind, ist kein Kind, das ich zu den Unruhestiftern gerechnet hätte. Keines von ihnen hat in den vergangenen Jahren irgendwelche Anzeichen dafür erkennen lassen, daß es zu Gewalt neigen würde. Aber plötzlich muß ich feststellen, daß mir diese Kinder fremd geworden sind. Ich erkenne sie nicht wieder.« Sie hielt inne und schluckte krampfhaft. »Ich habe Angst vor ihnen«, sagte sie leise.

»Und wer ist schuld daran?« rief Ben Doucette.

»Wir sagen nicht, daß irgend jemand Schuld hat«, antwortete Fern. »Wir versuchen nur zu verstehen, warum dies alles geschieht. Unsere Schule hat zusammen mit der Mittelschule kurzfristig fünf neue Berater engagiert. Ein Psychologe, Dr. Lieberman, arbeitet eng mit dem Lehrkörper unserer Schule zusammen. Sie versuchen, einen Aktionsplan zu entwickeln.«

Ben stand auf. Er war ein griesgrämiger Junggeselle in den Fünfzigern, der in Vietnam einen Arm verloren hatte, und er hielt den Stumpf ständig mit seiner verbliebenen Hand umklammert, wie um sein Opfer zu betonen. »Ich kann Ihnen sagen, wo das Problem liegt«, verkündete er. »Es ist das gleiche Problem, das wir im ganzen Land haben. Keine verdammte Disziplin. Als ich dreizehn war, meinen Sie, ich hätte es gewagt, ein Messer zu nehmen und meine Mutter damit zu bedrohen? Mein Alter hätte mir ganz schön eins übergezogen.«

»Was wollen Sie denn damit sagen, Mr. Doucette?« erwiderte Fern. »Daß wir unsere Vierzehnjährigen verprügeln sollen?«

»Warum nicht?«

»Versuch's doch!« rief einer der Teenager, und die anderen stimmten ein und riefen höhnisch im Chor: *»Versuch's doch, versuch's doch, versuch's doch!«*

Die Versammlung geriet außer Kontrolle. Lincoln stand auf und bat mit erhobener Hand um Ruhe. Es war ein Beweis für den Respekt, den er in der Stadt genoß, daß die Menge sich schließlich beruhigte und ihm zuhörte.

»Es wird Zeit, daß wir über realistische Lösungen reden«, sagte er.

Jack Reid erhob sich. »Was sollen wir über Lösungen reden, wenn wir nicht mal darüber gesprochen haben, warum das alles passiert. Meine Jungs sagen mir, es sind die Neuen an der Schule, die aus anderen Städten hierhergezogen sind. Die machen den meisten Ärger. Gründen Gangs, bringen vielleicht sogar Drogen mit.«

Lincolns Erwiderung ging in einem plötzlichen Crescendo von Stimmen unter. Claire konnte die Frustration in seinem Gesicht sehen, die immer tiefer werdende Zornesröte.

»Das ist kein importiertes Problem«, sagte Lincoln. »Es ist eine lokale Krise. Es ist *unser* Problem, und es sind *unsere* Kinder, die in Schwierigkeiten geraten.«

»Aber wer hat sie darauf gebracht?« fragte Reid. »Wer hat sie angestachelt? Gewisse Leute gehören einfach nicht hierher!«

Glen Ryders Hammer sauste ein ums andere Mal herab, doch die Wirkung war gleich Null. Jack Reid hatte einen wunden Punkt bei diesen Menschen berührt, und jetzt schrien alle durcheinander.

Eine weibliche Stimme erhob sich über den Lärm. »Was ist mit den Gerüchten über einen jahrhundertealten Satanskult?« fragte Damaris Horne, indem sie sich erhob. Es war schwer, diese wilde Mähne von blondem Haar zu übersehen. Ebensowenig konnte man die interessierten Blicke übersehen, die einige Männer ihr zuwarfen. »Wir haben alle von diesen alten Knochen gehört, die am See ausgegraben wurden. Soweit ich informiert bin, war es ein Massenmord. Vielleicht sogar ein Ritualmord.«

»Das war vor über hundert Jahren«, sagte Lincoln. »Es besteht nicht der geringste Zusammenhang.«

»Vielleicht doch. In Neuengland haben Satanskulte eine lange Tradition.«

Lincolns Temperament ging allmählich mit ihm durch. »Der einzige Kult, den es hier gibt«, fuhr er sie an, »ist der, den Sie sich für Ihr Revolverblatt aus den Fingern saugen!«

»Dann wären Sie vielleicht so freundlich, all die beunruhigenden Gerüchte zu erklären, die mir zu Ohren gekommen sind«, sagte Damaris seelenruhig. »Zum Beispiel über die Zahl *sechs-sechs-sechs,* die jemand an die Wand der High School gepinselt hat.«

Lincoln warf Fern einen nervösen Blick zu. Claire war sofort klar, was dieser Blick bedeutete. Die beiden waren offenbar überrascht, daß Damaris über ein tatsächliches Vorkommnis Bescheid wußte.

»Letzten Monat wurde eine Scheune über und über mit Blut bespritzt«, sagte Damaris. »Was ist damit?«

»Das war ein Eimer rote Farbe. Kein Blut.«

»Und diese Lichter, die man nachts auf Beech Hill flackern sieht. In einem reinen Waldgebiet, wie man mir gesagt hat.«

»Moment mal«, warf Lois Cuthbert ein, eine der Stadträtinnen. »Das kann ich erklären. Es ist bloß dieser Biologe, Dr. Tutwiler, der nachts auf Salamanderjagd geht. Ich habe ihn neulich im Dunkeln fast überfahren, als er auf dem Weg zurück aus dem Wald war.«

»Also schön«, gestand Damaris ein. »Vergessen wir die Lichter auf Beech Hill. Aber trotzdem behaupte ich, daß in dieser Stadt eine Menge seltsame und unerklärliche Dinge passieren. Wenn irgend jemand später mit mir darüber sprechen möchte, bin ich gerne bereit, zuzuhören.« Damaris nahm wieder Platz.

»Sie hat recht«, sagte eine zittrige Stimme. Die Frau stand im hinteren Teil des Saales, eine kleine, blasse Gestalt, die sich an ihrem Mantel festhielt. »In dieser Stadt stimmt etwas nicht. Ich spüre das schon lange. Sie können es noch so oft leugnen, Chief Kelly, aber womit wir es hier zu tun haben, ist das *Böse.* Ich sage nicht, daß es der Teufel ist. Ich weiß nicht, was es ist. Aber ich weiß, daß ich hier nicht länger leben kann. Ich werde mein Haus verkaufen, und nächste Woche ziehe ich von hier weg. Bevor *meiner* Familie irgend etwas zustößt.« Sie drehte sich um und verließ den Saal, in dem es vollkommen ruhig geworden war.

Das hohe, schrille Piepsen von Claires Pager zerriß die Stille. Sie warf einen Blick auf die Anzeige und sah, daß das Krankenhaus sie zu erreichen suchte. Sie bahnte sich einen Weg durch die Menge und trat aus dem Gebäude, um mit ihrem Handy zurückzurufen.

Nach der überhitzten Cafeteria empfand sie den Wind als schneidend kalt, und sie lehnte sich zitternd an die Hauswand, während sie darauf wartete, daß jemand antwortete.

»Hier Labor, Clive am Apparat.«

»Hier spricht Dr. Elliot. Sie haben mich angepiepst.«

»Ich war nicht sicher, ob Sie immer noch wegen der Resultate angerufen werden wollten, da der Patient ja verstorben ist. Jedenfalls habe ich ein paar Berichte über Scotty Braxton bekommen.«

»Ja, ich möchte alle Ergebnisse hören.«

»Nun, da habe ich zunächst einen abschließenden Bericht von Anson Biologicals über das umfassende Screening auf Drogen und Toxine. Es wurden keine entdeckt.«

»Steht da nichts über den Peak in seinem Gaschromatogramm?«

»Nicht in diesem Bericht.«

»Das muß ein Irrtum sein. Irgend etwas *muß* in seinem Drogen-screen aufgetaucht sein.«

»Aber das ist alles, was hier steht: ›Keine Substanzen gefunden.‹ Wir haben auch das abschließende Ergebnis der Kulturen aus dem Nasenschleim des Jungen. Es ist eine ziemlich lange Liste von Organismen; Sie wollten ja, daß alles identifiziert wird. Es handelt sich zumeist um die üblichen Kolonien. *Staph epidermidis, Alpha strep.* Bakterien, die normalerweise in den Berichten gar nicht erwähnt werden.«

»Hat sich auch irgend etwas Ungewöhnliches in der Kultur entwickelt?«

»Ja. *Vibrio fischeri.*«

Sie notierte den Namen auf ein Stück Papier. »Ich habe noch nie etwas von diesem Organismus gehört.«

»Wir auch nicht. Er ist noch nie in einer Kultur bei uns aufgetaucht. Es muß sich um eine Kontamination handeln.«

»Aber ich habe den Abstrich direkt von der Nasenschleimhaut des Patienten genommen.«

»Nun, ich bezweifle, daß die Kontamination in unserem Labor stattgefunden hat. Diese Bakterien fliegen nicht einfach so in einem Krankenhaus herum.«

»Was ist *Vibrio fischeri?* Wo findet man es normalerweise?«

»Ich habe bei der Mikrobiologin in Bangor nachgefragt, wo sie die Kulturen untersucht haben. Sie sagt, diese Spezies bildet für gewöhnlich Kolonien in wirbellosen Tieren wie Tintenfischen oder Seewürmern. Sie entwickelt eine symbiotische Gemeinschaft. Das Wirtstier bietet den Bakterien einen sicheren Lebensraum.«

»Und was tut *Vibrio fischeri* im Gegenzug?«

»Es stellt die Energie für das Lichtorgan des Wirtstieres zur Verfügung.«

Es dauerte ein paar Sekunden, bis ihr die Bedeutung dieser Information klar wurde. Dann fragte sie rasch: »Wollen Sie damit sagen, daß diese Bakterien biolumineszent sind?«

»Ja. Der Tintenfisch sammelt sie in einem durchscheinenden

Sack. Er benutzt das Leuchten der Bakterien, um Partner anzulocken. So eine Art Neonreklame für Sex.«

»Ich muß aufhören«, unterbrach sie ihn. »Wir reden später weiter.« Sie beendete das Gespräch und eilte in die Cafeteria zurück.

Gary Ryder war wieder einmal bemüht, Ruhe im Saal herzustellen; vergeblich hämmerte er gegen einen Chor von konkurrierenden Stimmen an. Er sah verblüfft zu, als Claire sich zum Rednerpult durchkämpfte.

»Ich muß eine Durchsage machen«, sagte sie. »Ich habe eine Gesundheitswarnung für die Stadt.«

»Das ist nicht gerade von Belang für diese Versammlung, Dr. Elliot.«

»Ich denke doch. Lassen Sie mich bitte sprechen.«

Er nickte und begann mit gesteigerter Dringlichkeit zu hämmern. »Dr. Elliot hat eine Durchsage zu machen!«

Claire nahm ihre Position in der Mitte des Podiums ein. Sie spürte deutlich, daß die Blicke der ganzen Versammlung auf ihr ruhten, als sie noch einmal tief Luft holte und begann. »Diese Gewalttaten jagen uns allen Angst ein, und wir reagieren, indem wir anklagend auf unsere Nachbarn oder auf die Schule zeigen. Oder auf Leute von auswärts. Aber ich glaube, es gibt eine medizinische Erklärung. Ich habe gerade mit dem Krankenhauslabor telefoniert, und ich habe jetzt eine Vorstellung davon, was tatsächlich geschieht.« Sie hielt den Zettel mit dem Namen des Organismus in die Höhe. »Es ist ein Bakterium namens *Vibrio fischeri.* Es wurde in Scotty Braxtons Nasenschleim gefunden. Was wir zur Zeit erleben – dieses aggressive Verhalten unserer Kinder –, könnte das Symptom einer Infektion sein. *Vibrio fischeri* löst möglicherweise eine Form von Meningitis aus, die wir mit unseren üblichen Tests nicht erkennen können. Es könnte auch etwas bewirken, was wir Ärzte eine Keimverschleppung nennen – eine Entzündung der Nebenhöhlen, die sich ins Gehirn ausbreitet –«

»Augenblick mal«, sagte Adam DelRay, indem er aufstand.

»Ich praktiziere hier seit zehn Jahren als Arzt. In all der Zeit ist mir eine solche Infektion nicht untergekommen. Dieses – wie heißt es noch?«

»*Vibrio fischeri.* Man findet es normalerweise nicht bei Menschen. Aber das Labor hat es als einen Organismus identifiziert, mit dem sich mein Patient infiziert hat.«

»Und wo hat sich Ihr Patient diese Infektion geholt?«

»Ich glaube, es war im See. Scotty Braxton und Taylor Darnell sind beide letzten Sommer fast täglich im See geschwommen. Wenn dieser See große Mengen von *Vibrio* enthält, könnte das ihre Infektion erklären.«

»Ich bin auch letzten Sommer schwimmen gegangen«, sagte eine Frau. »Wie viele andere Erwachsene. Warum haben sich nur die Kinder angesteckt?«

»Es könnte damit zu tun haben, in welchem Teil des Sees man badet. Ich weiß auch, daß es ein ähnliches Infektionsmuster bei amöbischer Meningitis gibt. Das ist eine Hirnentzündung, die von Amöben im Süßwasser verursacht wird. Kinder und Teenager werden am häufigsten infiziert. Wenn sie in dem kontaminierten Wasser schwimmen, nistet sich die Amöbe in ihrer Nasenschleimhaut ein. Von dort gelangt sie durch eine poröse Barriere, das sogenannte Siebbein, ins Gehirn. Erwachsene werden nicht infiziert, weil ihr Siebbein versiegelt ist und so das Gehirn schützt. Kinder haben diesen Schutz nicht.«

»Und wie behandeln Sie diese Infektion? Mit Antibiotika vielleicht?«

»Das wäre mein Vorschlag.«

Adam DelRay stieß ein ungläubiges Lachen aus. »Wollen Sie etwa an alle Kinder in der Stadt, die sich auffällig verhalten, Antibiotika ausgeben? Sie haben doch keinen Beweis dafür, daß irgend jemand infiziert ist!«

»Aber ich habe eine positive Kultur.«

»*Eine* positive Kultur. Und sie stammt nicht aus der Rückenmarksflüssigkeit; wie können Sie also von einer Meningitis sprechen?« Er wandte sich an das Publikum. »Ich kann dieser Stadt versichern, daß es keine Epidemie gibt. Im vergangenen Monat hat die Abteilung für Kinderheilkunde in Two Hills einen Zuschuß erhalten, um eine Erhebung über Blutbilder und Hormonlevels bei Kindern durchführen zu können. Allen jugendlichen Patienten in der Gegend ist Blut abgenommen worden. Eine Infektion hätte sich auf jeden Fall in den Blutbildern zeigen müssen.«

»Von welchem Zuschuß sprechen Sie?«

»Er kam von Anson Biologicals. Es ging um eine Bestätigung der normalen Basiswerte. Die Berichte erhielten keinerlei ungewöhnliche Resultate.« Er schüttelte den Kopf. »Diese Infektionstheorie ist das Verrückteste, was ich je gehört habe, und Sie präsentieren sie ohne die Spur eines Beweises. Sie wissen nicht einmal, ob *Vibrio* überhaupt im See vorkommt.«

»Ich weiß, daß es so ist«, sagte Claire. »Ich habe sie gesehen.«

»Sie haben Bakterien *gesehen?* Sie müssen ja außergewöhnlich gute Augen haben!«

»*Vibrio fischeri* ist biolumineszent – es leuchtet. Und ich habe ein solches Leuchten im Locust Lake gesehen.«

»Wo sind denn die Kulturen, die das bestätigen könnten? Haben Sie Wasserproben entnommen?«

»Ich habe die Biolumineszenz gesehen, kurz bevor der See zugefroren ist. Jetzt ist es wahrscheinlich zu kalt, als daß man brauchbare Kulturen anlegen könnte. Und das bedeutet, daß wir auf die Bestätigung warten müssen, bis wir im Frühjahr wieder Proben entnehmen können. Diese Kulturen brauchen Zeit zum Wachsen. Es könnte sein, daß wir die Ergebnisse erst nach Wochen oder gar Monaten bekommen.« Sie hielt inne; es fiel ihr schwer, ihre nächste Empfehlung auszusprechen. »Solange wir den See nicht als Quelle der Infektion ausschließen können«, sagte sie, »schlage ich vor, daß wir unsere Kinder nicht mehr darin baden lassen.«

Der zu erwartende Proteststurm setzte prompt ein.

»Sind Sie verrückt? Wir können so ein Verbot auf keinen Fall aussprechen!«

»Was ist mit den Touristen? Sie werden die Touristen abschrecken!«

»Wie zum Teufel sollen wir da über die Runden kommen?«

Glen Ryder war aufgestanden und schlug mit dem Hammer auf den Tisch. »Ruhe! Ruhe im Saal!« Mit hochrotem Gesicht wandte er sich zu Claire um. »Dr. Elliot, dies ist weder der Ort noch der Zeitpunkt, solch drastischen Maßnahmen vorzuschlagen. Die Angelegenheit muß im Stadtrat diskutiert werden.«

»Es geht hier um die öffentliche Gesundheit«, sagte Claire. »Die Entscheidung liegt bei den Gesundheitsbehörden. Nicht bei den Politikern.«

»Es ist nicht nötig, den Staat einzuschalten.«

»Es ist unverantwortlich, das nicht zu tun.«

Lois Cuthbert sprang auf. »Ich werde Ihnen sagen, was unverantwortlich ist! Nämlich sich dort hinzustellen, ohne jeglichen Beweis, und vor all den Reportern hier im Saal zu behaupten, es gebe irgendwelche tödlichen Bakterien in unserem See. Sie werden diese Stadt noch ruinieren!«

»Wenn ein Gesundheitsrisiko besteht, haben wir keine andere Wahl.«

Lois wandte sich an Adam DelRay. »Was meinen Sie, Dr. DelRay? Besteht ein Gesundheitsrisiko?«

DelRay stieß ein höhnisches Lachen aus. »Das einzige Risiko, das ich erkennen kann, ist, daß wir uns lächerlich machen, wenn wir das hier ernst nehmen. Bakterien, die im Dunkeln leuchten? Können sie vielleicht auch singen und tanzen?«

Claire errötete, während um sie herum alles in Gelächter ausbrach. »Ich weiß, was ich gesehen habe«, beharrte sie.

»Genau, Dr. Elliot! Psychedelische Bakterien.«

Lincolns Stimme übertönte plötzlich das Gelächter. »Ich habe es auch gesehen.« Alles verstummte, als er sich erhob. Überrascht blickte Claire zu ihm hin, und er nickte ihr mit einem gequälten Lächeln zu, als wolle er sagen: Dann gehen wir eben gemeinsam unter.

»Ich war an diesem Abend mit Dr. Elliot dort«, sagte er. »Wir haben beide das Leuchten auf dem See gesehen. Ich kann Ihnen nicht sagen, was es war. Es hat nur ein paar Minuten gedauert, und dann ist es verschwunden. Aber da *war* ein Leuchten.«

»Ich habe mein ganzes Leben an diesem See gewohnt«, warf Lois Cuthbert ein. »Ich habe nie irgendein Leuchten gesehen.«

»Ich auch nicht!«

»Ich genausowenig!«

»He, Chief, haben Sie und die Frau Doktor vielleicht das gleiche Zeug geschnüffelt?«

Wieder ertönte Gelächter, und diesmal war es gegen sie beide gerichtet. Die Empörung hatte sich in Spott verwandelt, aber Lincoln ließ sich nicht einschüchtern; er ertrug die Beleidigungen mit Gelassenheit und Gleichmut.

»Es könnte ein episodisches Ereignis sein«, sagte Claire. »Etwas, das nicht jedes Jahr geschieht. Es hängt möglicherweise mit dem Wetter zusammen. Mit Überschwemmungen im Frühjahr oder besonders heißen Sommern – beides hatten wir dieses Jahr. Exakt die gleichen Bedingungen, die vor zweiundfünfzig Jahren herrschten.« Sie brach ab und ließ einen herausfordernden Blick über die Zuhörerschaft schweifen. »Ich weiß, daß unter den Anwesenden einige sind, die sich noch an das erinnern, was vor zweiundfünfzig Jahren passiert ist.«

Die Menge verstummte.

Der Reporter des *Portland Press Herald* fragte laut: »Was ist denn vor zweiundfünfzig Jahren passiert?«

Glen Ryder sprang plötzlich auf. »Der Stadtrat wird die Sache im Auge behalten. Vielen Dank, Dr. Elliot.«

»Wir sollten uns jetzt darum kümmern«, sagte Claire. »Wir sollten das Wasser von der Gesundheitsbehörde testen lassen –«

»Wir werden den Fall in der nächsten Stadtratssitzung diskutieren«, erklärte Ryder bestimmt. »Das genügt, Dr. Elliot.«

Mit glühenden Wangen verließ Claire das Podium.

Die Diskussion flammte wieder auf, laut und erbittert, und ein Vorschlag nach dem anderen wurde in die Runde geworfen. Claires Theorie wurde nicht mehr erwähnt – man hatte einstimmig beschlossen, daß es sich nicht lohnte, näher darauf einzugehen. Jemand schlug vor, eine Sperrstunde einzuführen; ab neun Uhr abends hätten alle Kinder von der Straße zu sein. Die Teenager protestierten: »Bürgerrechte! Was ist mit unseren Bürgerrechten?«

»Ihr habt keine Bürgerrechte!« gab Lois zurück. »Nicht, solange ihr nicht gelernt habt, was Verantwortung ist!«

Von da an wurde es nur noch schlimmer.

Um zehn Uhr, als alle schon heiser vom vielen Schreien waren, löste Glen Ryder endlich die Versammlung auf.

Claire blieb auf ihrem Platz stehen und sah zu, wie die Menge den Saal verließ. Keiner der Vorübergehenden sah sie an. *Ich existiere nicht mehr für diese Stadt,* dachte sie verbittert, *es sei denn als Gegenstand ihres Hohns.* Sie hätte Lincoln gerne für seine Unterstützung gedankt, aber sie sah, daß er von Ratsmitgliedern umlagert wurde, die ihn mit Fragen und Beschwerden löcherten.

»Dr. Elliot!« rief Damaris Horne. »Was ist vor zweiundfünfzig Jahren geschehen?«

Claire floh zum Ausgang, gefolgt von Damaris und den anderen Reportern; sie sagte nur immer wieder »Kein Kommentar. Kein Kommentar.« Sie war erleichtert, daß ihr niemand nach draußen folgte.

Der bitterkalte Wind schien ihren Mantel glatt zu durchschneiden. Ihren Wagen hatte sie in einiger Entfernung von der Schule geparkt. Sie steckte die Hände in die Taschen und ging so schnell, wie sie es auf der vereisten Straße wagen konnte. Immer wieder mußte sie blinzeln, wenn die Scheinwerfer der abfahrenden Autos sie blendeten. Als sie ihren Wagen erreichte, hatte sie die Schlüssel schon in der Hand, und gerade wollte sie die Tür aufschließen, als sie plötzlich merkte, daß etwas nicht stimmte.

Sie trat einen Schritt zurück und starrte entsetzt die schlaffen Gummifetzen an, die einmal ihre Reifen gewesen waren. Alle vier waren aufgeschlitzt worden. Voller Wut und Frust schlug sie mit der Hand auf das Wagendach. Einmal, zweimal.

Ein Mann, der auf der anderen Straßenseite gerade zu seinem Wagen ging, drehte sich überrascht zu ihr um. Es war Mitchell Groome.

»Stimmt was nicht, Dr. Elliot?« rief er.

»Sehen Sie sich meine Reifen an!«

Er wartete, bis die Straße frei war, und kam dann zu ihr herüber. »Du liebe Zeit«, murmelte er. »Irgend jemand hat was gegen Sie.«

»Sie haben sie *alle* aufgeschlitzt!«

»Ich würde Ihnen ja helfen, sie zu wechseln, aber ich nehme nicht an, daß Sie vier Ersatzreifen im Kofferraum haben.«

Da sie mit seinem Humor nichts anfangen konnte, wandte sie ihm nur den Rücken zu und starrte auf ihre kaputten Reifen herab. Sie spürte den schneidenden Wind auf ihrem ungeschützten Gesicht, und von dem gefrorenen Boden schien die Kälte durch die Sohlen ihrer Stiefel hochzusteigen. Es war zu spät, um noch Joe Bartletts Werkstatt anzurufen, und ohnehin würde er vor morgen früh keine vier neuen Reifen besorgen können. Sie saß fest, hatte eine Stinkwut, und ihr wurde von Minute zu Minute kälter.

Sie drehte sich zu Groome um. »Könnten Sie mich nach Hause fahren?«

Es war ein Pakt mit dem Teufel, und sie wußte es. Ein Journalist muß Fragen stellen; und sie waren kaum zehn Sekunden unterwegs, als er schon genau die stellte, die sie erwartet hatte:

»Was ist denn nun vor zweiundfünfzig Jahren in dieser Stadt geschehen?«

Sie blickte weg. »Dazu bin ich wirklich nicht in der Stimmung.«

»Das kann ich mir vorstellen, aber es kommt ja doch irgendwann ans Licht. Damaris Horne wird es herausbekommen, mit welchen Mitteln auch immer.«

»Diese Frau hat keinerlei moralisches Empfinden.«

»Aber sie hat Zugang zu internen Informationen.«

Claire sah ihn an. »Sprechen Sie vielleicht von der Polizei?«

»Sie wissen schon Bescheid?«

»Den Namen des Polizisten kenne ich nicht. Wer ist es?«

»Sagen Sie mir, was 1946 passiert ist.«

Sie blickte wieder geradeaus. »Es ist alles in den örtlichen Zeitungsarchiven. Sie können selbst nachsehen.«

Er fuhr eine Weile schweigend vor sich hin. »Es ist nicht das erste Mal, daß so etwas hier geschieht, nicht wahr?« sagte er. »Ich meine die Morde.«

»Richtig.«

»Und Sie glauben, es gibt einen biologischen Grund dafür?«

»Es hat etwas mit dem See zu tun. Irgendein natürliches Phänomen. Bakterien – oder auch Algen.«

»Was ist mit meiner Theorie? Daß das hier ein zweites Flanders ist?«

»Wir haben es nicht mit Drogenmißbrauch zu tun, Mitchell. Ich dachte, wir wären auf eine Substanz im Blut der beiden Jungen gestoßen – irgendein anaboles Steroid. Aber die endgültigen Toxin-Screens waren bei beiden negativ. Und Taylor bestreitet jeglichen Drogenmißbrauch.«

»Kinder können lügen.«

»Bluttests nicht.«

Sie hielten in Claires Auffahrt, und er drehte sich zu ihr um. »Sie haben sich da ganz schön auf was eingelassen, Dr. Elliot. Vielleicht ist Ihnen entgangen, wie tief der Unmut bei den Leuten dort im Saal war, aber ich habe es deutlich gespürt.«

»Ich habe es nicht nur gespürt, ich habe auch vier zerstochene Reifen als Beweis.« Sie stieg aus. »Danke fürs Mitnehmen. Jetzt schulden Sie mir etwas.«

»Tatsächlich?«

»Den Namen des Cops, der mit Damaris Horne gesprochen hat.«

Er zuckte bedauernd mit den Schultern. »Seinen Namen kenne ich nicht. Alles, was ich Ihnen sagen kann, ist, daß ich die zwei in, sagen wir mal, engem Kontakt miteinander beobachtet habe. Dunkles Haar, mittelgroß. Macht die Nachtschicht.«

Sie nickte grimmig. »Ich werde schon dahinterkommen.«

Lincoln stieg die Stufen zu dem ansehnlichen viktorianischen Haus empor. Jeder Schritt brachte ihn der völligen Erschöpfung näher. Es war lange nach Mitternacht. Er hatte die letzten paar Stunden bei einer außerordentlichen Sitzung des Stadtrats in Glen Ryders Haus verbracht, wo man ihm unmißverständlich mitgeteilt hatte, daß sein Job in Gefahr war. Der Rat hatte ihn eingestellt, und er konnte ihn auch feuern. Er war ein Angestellter der Stadt Tranquility und somit für ihr Wohlergehen verantwortlich. Wie konnte er da Dr. Elliots Vorschlag unterstützen, den See für die Öffentlichkeit zu sperren?

Ich habe nur meine ehrliche Meinung zum Ausdruck gebracht, hatte er ihnen gesagt.

Aber in diesem Fall war Ehrlichkeit eindeutig nicht die beste Strategie.

Anschließend hatte der Stadtkämmerer eine ermüdende Litanei von Finanzstatistiken vorgetragen: Wieviel Geld jeden Sommer durch die Touristen hereinkam; wie viele Jobs dadurch geschaffen wurden; wie viele ortsansässige Unternehmen nur von Dienstleistungen für den Tourismus lebten.

Wo Lincolns Gehalt herkam.

Die Stadt war auf Gedeih und Verderb auf den See angewiesen, und es würde keine Aufrufe geben, ihn zu sperren, keine Gesundheitswarnungen und nicht den Hauch einer öffentlichen Debatte darüber.

Er hatte die Versammlung verlassen, ohne genau zu wissen, ob er seine Stelle noch hatte – ohne genau zu wissen, ob er sie überhaupt noch wollte. Er war in seinen Streifenwagen gestiegen und war schon auf halbem Weg nach Hause gewesen, als er die Nachricht von der Zentrale erhalten hatte, daß ihn heute nacht noch jemand sprechen wollte.

Er klingelte. Während er darauf wartete, daß die Tür sich öffnete, warf er einen Blick die Straße hinunter und stellte fest, daß alle Häuser dunkel waren, alle Vorhänge geschlossen in dieser finsteren und frostigen Nacht.

Die Tür wurde geöffnet, und Richterin Iris Keating sagte: »Danke, daß Sie gekommen sind, Lincoln.«

Er trat ein. Die Luft im Inneren des Hauses war stickig. »Sie sagten, es sei dringend.«

»Haben Sie schon mit dem Stadtrat gesprochen?«

»Ja, gerade vorhin.«

»Und er hat keinerlei Absichten, den See zu sperren, oder?«

Er sah sie an und lächelte resigniert. »Gab es da irgendwelche Zweifel?«

»Ich kenne diese Stadt nur zu gut. Ich weiß, wie die Leute denken und wovor sie Angst haben. Wie weit sie gehen würden, um ihre Familien zu schützen.«

»Dann wissen Sie ja, womit ich es zu tun habe.«

Sie wies auf die Tür zur Bibliothek. »Setzen wir uns doch, Lincoln. Ich muß Ihnen etwas sagen.«

Ein erlöschendes Feuer brannte im Kamin; nur ein paar kraftlose Flämmchen flackerten noch aus dem Aschenhaufen empor. Trotzdem wirkte der Raum überheizt, und während Lincoln tief in einem weichen Polstersessel versank, fragte er sich, ob er wohl die Kraft haben würde, wach zu bleiben. Wieder aufzustehen und nach draußen in die Kälte zu gehen. Iris saß ihm gegenüber; nur der schwache Schein des Feuers fiel auf ihr Gesicht. Das Halbdunkel schmeichelte ihren Zügen, ließ ihre Augen dunkler wirken, glättete die Falten ihrer sechsundsechzig Jahre zu sanften Schatten. Nur ihre Hände, dürr und knotig von Arthritis, verrieten ihr Alter.

»Ich hätte heute abend in der Versammlung etwas sagen sollen, aber ich hatte nicht den Mut«, gestand sie.

»Den Mut, *was* zu sagen?«

»Als Claire Elliot über den See sprach – über den Abend, als sie das Leuchten auf dem Wasser gesehen hat –, hätte ich mich ihr anschließen sollen.«

Lincoln beugte sich vor, als die Bedeutung ihrer Worte endlich den Kokon seiner Müdigkeit zerriß. »Sie haben es auch gesehen.«

»Ja.«

»Wann?«

Sie sah auf ihre Hände hinab, die die Armlehnen umklammert hielten. »Es war im Spätsommer. Ich war vierzehn Jahre alt, und wir hatten ein Haus in der Nähe der Boulders. Es ist nicht mehr da; es ist schon vor Jahren abgerissen worden.« Ihr Blick wanderte zum Feuer und verharrte wie gebannt auf den zischenden Flammen. Sie lehnte sich zurück; ihr Haar leuchtete silbrig vor dem dunklen Bezug des Sessels. »Ich kann mich noch gut an den Abend erinnern. Es regnete in Strömen. Ich wachte auf und hörte Donnergrollen. Ich ging ans Fenster, und da sah ich etwas auf dem See. Ein Leuchten. Einen Schimmer. Es war nur ein paar Minuten lang zu sehen, und dann ...« Sie schwieg einen Moment. »Bis ich meine Eltern geweckt hatte, war es schon verschwunden, und das Wasser war wieder dunkel.« Sie schüttelte den Kopf. »Natürlich haben sie mir nicht geglaubt.«

»Haben Sie das Leuchten irgendwann noch einmal gesehen?«

»Einmal. Einige Wochen später, während eines Wolkenbruchs. Es schimmerte nur ganz kurz auf, und dann war nichts mehr zu sehen.«

»An dem Abend, als Claire und ich es sahen, hat es auch heftig geregnet.«

Sie hob den Blick und sah Lincoln an. »All die Jahre habe ich geglaubt, es sei der Blitz gewesen. Oder vielleicht eine optische Täuschung. Und heute abend erfahre ich zum ersten Mal, daß ich nicht die einzige bin, die es gesehen hat.«

»Warum haben Sie nichts gesagt? Ihnen hätte die Stadt doch zugehört.«

»Und die Leute hätten alle möglichen Fragen gestellt. Wann ich es gesehen habe, in welchem Jahr es war.«

»In welchem Jahr war es, Richterin Keating?«

Sie wandte den Blick ab, doch er sah die Tränen in ihren Augen aufblitzen. »Neunzehnhundertsechsundvierzig«, flüsterte sie. »Es war im Sommer neunzehnhundertsechsundvierzig.«

Das Jahr, in dem Iris Keatings Eltern von Iris' fünfzehnjährigem Bruder getötet worden waren. Das Jahr, in dem auch Iris getötet hatte, allerdings in Notwehr. Sie hatte ihren Bruder aus dem Turmfenster gestoßen und zugesehen, wie er in den Tod gestürzt war.

»Sie verstehen jetzt, warum ich nichts gesagt habe.«

»Sie hätten etwas bewirken können.«

»Niemand will etwas davon wissen. Und ich möchte nicht darüber sprechen.«

»Es ist so lange her. Zweiundfünfzig Jahre –«

»Zweiundfünfzig Jahre sind *gar nichts!* Sehen Sie sich doch an, wie man Warren Emerson heute noch behandelt. Ich bin genauso daran schuld. Als Kinder standen wir einander so nahe. Ich dachte immer, daß wir eines Tages …« Sie brach plötzlich ab. Ihr Blick fiel wieder auf das Feuer, das inzwischen kaum mehr als ein Häufchen glühender Asche war. »Die ganzen Jahre über habe ich ihn gemieden. Ich habe so getan, als ob er nicht existierte. Und jetzt höre ich, daß es vielleicht gar nicht seine Schuld war, sondern nur eine Krankheit. Eine Gehirnentzündung. Und jetzt ist es zu spät für eine Wiedergutmachung.«

»Es ist nicht zu spät. Warren ist letzte Woche operiert worden, und es geht ihm jetzt gut. Sie könnten ihn besuchen.«

»Ich weiß nicht, was ich nach all diesen Jahren sagen sollte. Ich bin nicht sicher, ob er mich überhaupt würde sehen wollen.«

»Überlassen wir Warren diese Entscheidung.«

Sie dachte darüber nach. Ihre Augen glitzerten im schwächer werdenden Schein der Glut. Dann erhob sie sich steif aus ihrem Sessel. »Ich glaube, das Feuer ist ausgegangen«, sagte sie. Und sie drehte sich um und ging aus dem Zimmer.

Ein Auto stand in Lincolns Einfahrt.

Er stöhnte, als er es sah, und parkte seinen Wagen dahinter. Obwohl er den ganzen Tag nicht zu Hause gewesen war, brannte das Licht in seinem Wohnzimmer, und er wußte, was ihn im Haus erwartete. Nicht schon wieder, dachte er. Nicht heute nacht.

Er stieg langsam die Stufen zu seiner Veranda empor und fand die Haustür unverschlossen. Wann hatte Doreen seinen neuen Schlüssel gestohlen?

Er fand sie schlafend auf der Couch. Der säuerliche Geruch von Alkohol erfüllte den Raum. Wenn er sie jetzt weckte, würde es eine weitere Szene geben, mit Tränen und Geschrei, mit Nachbarn, die sich wegen der nächtlichen Ruhestörung beklagten. Besser, er ließ sie ihren Rausch ausschlafen und kümmerte sich am Morgen darum, wenn sie nüchtern war und er nicht vor Erschöpfung umzufallen drohte. Er stand da und sah auf sie hinab, betrachtete mit einem Gefühl von Trauer und Verwirrung die Frau, die er geheiratet hatte. Ihr rotes Haar war verfilzt, graue Strähnen zeigten sich darin. Ihr Mund stand offen, und ihr Schlaf war ein geräuschvoller Rhythmus aus Pfeifen und Röcheln. Und doch empfand er keinen Abscheu, als er sie so ansah, sondern vielmehr Mitleid – und ungläubiges Staunen darüber, daß er sie jemals geliebt hatte.

Und das erstickende Gefühl seiner permanenten Verantwortung für ihr Wohlergehen.

Sie würde eine Decke brauchen. Er ging auf den Wandschrank im Flur zu, als er das Telefon klingeln hörte. Er hob rasch ab, damit das Geräusch Doreen nicht weckte und die Szene auslöste, die er so sehr fürchtete.

Pete Sparks war am anderen Ende der Leitung. »Tut mir leid,

daß ich dich so spät anrufe«, sagte er, »aber Dr. Elliot hat darauf bestanden. Sie wollte dich selbst anrufen, falls ich es nicht täte.«

»Ist es wegen der aufgeschlitzten Reifen? Mark hat mich schon deswegen angerufen.«

»Nein, es ist etwas anderes.«

»Was ist passiert?«

»Ich bin in ihrer Praxis. Jemand hat sämtliche Fensterscheiben eingeworfen.«

16

Alles war voller Glas – glitzernde Scherben waren über den Teppich verstreut und bedeckten den Zeitschriftentisch und die Couch im Wartezimmer. Durch die eingeschlagenen Fenster drang die Nachtluft ein; kleine Schneeflocken wehten herein und legten sich wie ein feiner Spitzenbesatz auf die Möbel.

Schweigend und schockiert ging Claire vom Wartezimmer weiter ins Vorzimmer. Das Fenster neben Veras Schreibtisch war auch eingeworfen; Glassplitter und abgebrochene Eiszapfen blitzten ihr von der Computertastatur aus entgegen. Der Wind hatte lose Papiere und Schnee hier und da zu kleinen Verwehungen aufgeschichtet – ein weißes Chaos, das schon bald zu matschigen Klumpen auf dem Teppich zusammenschmelzen würde.

Sie hörte Lincolns Stiefel auf dem Glas knirschen. »Das Sperrholz ist unterwegs, Claire. Es soll noch mehr Schnee geben, also werden sie die Fenster noch heute nacht vernageln.«

Sie starrte immer noch den Schnee auf ihrem Teppich an. »Es ist wegen meiner Äußerungen heute abend bei der Versammlung. Nicht wahr?«

»Das hier ist nicht das einzige Gebäude, das verwüstet worden ist. Diese Woche gab es mehrere Fälle.«

»Aber für mich ist es das zweite Mal in einer Nacht. Zuerst meine Reifen. Und dann das hier. Sagen Sie mir ja nicht, das sei ein Zufall.«

Officer Pete Sparks kam herein. »Mit den Nachbarn haben wir nicht viel Glück, Lincoln. Sie haben angerufen, als sie den Krach hörten, aber sie haben nicht gesehen, wer es war. Es ist genau wie bei dem Vorfall letzte Woche drüben in Bartletts Werkstatt. Scheibe eingeworfen, und dann nichts wie weg.«

»Aber bei Joe Bartlett wurde nur *ein* Fenster eingeworfen«, sagte sie. »Bei mir haben sie alle zerschlagen. Ich werde für mehrere Wochen schließen müssen.«

Sparks versuchte, sie zu beruhigen. »Es dürfte bloß ein paar Tage dauern, diese Fenster ersetzen zu lassen.«

»Und was ist mit meinem Computer? Und dem ruinierten Teppich? Der Schnee ist doch überall eingedrungen. Die Daten müssen ersetzt werden, meine ganze Patientenkartei muß rekonstruiert werden. Ich bin nicht sicher, ob sich das lohnt. Ich weiß nicht einmal, ob ich überhaupt Lust habe, wieder von vorne anzufangen.«

Sie drehte sich um und ging hinaus auf die Straße.

Sie saß zusammengekauert in ihrem Truck, als Lincoln und Sparks kurze Zeit später herauskamen. Die beiden wechselten ein paar Worte, dann überquerte Lincoln die Straße und stieg zu ihr in den Wagen.

Eine Zeitlang schwiegen sie beide. Sie blickte starr geradeaus, und ihr Blick begann sich zu trüben; das wirbelnde Blaulicht von Sparks' Streifenwagen löste sich zu einem pulsierenden Nebel auf. Mit einer raschen, unwilligen Bewegung wischte sie sich über die Augen. »Ich würde sagen, die Botschaft war laut und unmißverständlich. Die Stadt will mich hier nicht haben.«

»Nicht die ganze Stadt, Claire. *Ein* Rowdy. Ein einziger Mensch –«

»– der wahrscheinlich für einen Haufen anderer Leute spricht. Am besten packe ich gleich meine Sachen und fahre noch heute nacht fort. Bevor sie noch auf die Idee kommen, mein Haus niederzubrennen.«

Er schwieg.

»Das ist es doch, was Sie denken, oder?« sagte sie, indem sie ihn endlich ansah. »Daß ich meine letzte Chance verwirkt habe, mich hier durchzusetzen?«

»Sie haben es sich heute abend besonders schwer gemacht. Wenn Sie davon sprechen, den See zu sperren, fühlen sich viele Leute bedroht.«

»Ich hätte nichts sagen sollen.«

»Nein, Sie mußten es sagen, Claire. Sie haben das Richtige getan, und ich bin nicht der einzige, der so denkt.«

»Niemand ist gekommen und hat mir die Hand geschüttelt.«

»Ich gebe Ihnen mein Wort. Es gibt noch andere, die sich wegen des Sees Sorgen machen.«

»Aber sie werden ihn nicht sperren, oder? Sie können es sich nicht leisten. Also sperren sie statt dessen mich, indem sie solche Methoden anwenden. Indem sie versuchen, mich aus der Stadt zu jagen.« Sie warf einen Blick auf ihre Praxis. »Und es wird funktionieren.«

»Sie sind noch kein Jahr hier. Es braucht Zeit –«

»Wie lange dauert es, bis man in dieser Stadt akzeptiert wird? Fünf Jahre, zehn? Ein Leben lang?« Sie drehte den Zündschlüssel um, und aus der Heizung schlug ihr ein anfänglicher Schwall kalter Luft entgegen.

»Ihre Praxis können Sie reparieren lassen.«

»Ja, Gebäude kann man leicht wieder ganz machen.«

»Es kann alles ersetzt werden. Die Fenster, der Computer.«

»Und was ist mit meinen Patienten? Ich glaube nicht, daß ich morgen noch irgendwelche haben werde.«

»Das können Sie nicht wissen. Sie haben Tranquility keine Chance gegeben.«

»Wirklich nicht?« Sie richtete sich auf und sah ihn voller Wut an. »Ich habe der Stadt neun Monate meines Lebens gegeben! Jede Minute mache ich mir Gedanken über meine Praxis, frage mich, warum mein Terminkalender immer noch halb leer ist. Warum irgendwer mich so sehr haßt, daß er oder sie anonyme Briefe an meine Patienten schickt. Es gibt hier Leute, die wollen, daß ich scheitere, und sie tun, was sie können, um mich aus der Stadt zu vertreiben. Ich habe bis jetzt gebraucht, um einzusehen, daß es einfach nicht besser werden wird. Tranquility will mich nicht haben, Lincoln. Sie wollen einen zweiten Dr. Pomeroy, oder vielleicht einen Marcus Welby. Aber nicht mich.«

»Es braucht Zeit, Claire. Sie sind von auswärts, und die Menschen müssen sich an Sie gewöhnen; sie müssen die Gewißheit haben, daß Sie sie nicht im Stich lassen werden. Da hat Adam DelRay einen Vorteil. Er ist einer von hier, und alle gehen davon aus, daß er bleiben wird. Der letzte Arzt, der aus einem anderen Staat hierhergekommen ist, war nach achtzehn Monaten wieder weg. Konnte die Winter nicht ertragen. Und sein Vorgänger ist nicht einmal ein Jahr geblieben. Die Stadt glaubt, daß Sie auch nicht durchhalten werden. Sie halten sich zurück und warten ab, ob Sie den Winter überstehen werden. Oder ob Sie aufgeben und der Stadt den Rücken kehren werden, so wie die beiden anderen.«

»Es ist nicht der Winter, der mich vertreibt. Ich kann mit der Dunkelheit und der Kälte zurechtkommen. Womit ich nicht zurechtkomme, ist das Gefühl, daß ich nicht dazugehöre. Daß ich nie dazugehören werde.« Sie atmete tief aus, und plötzlich war ihr Zorn verschwunden; nur ein Gefühl von Mattheit blieb zurück. »Ich weiß nicht, wieso ich geglaubt habe, das würde funktionieren. Noah wollte nicht hierherziehen, aber ich habe ihn dazu gezwungen. Und jetzt erkenne ich, wie dumm das von mir war …«

»Warum *sind* Sie hergekommen, Claire?« Er hatte die Frage so leise gestellt, daß sie fast im Rauschen des Gebläses untergegangen wäre.

Es war eine Frage, die er ihr noch nie gestellt hatte; eine wesentliche Information über sie selbst, die sie immer für sich behalten hatte. *Warum ich nach Tranquility gekommen bin.* Und während er jetzt auf ihre Antwort wartete, breitete sich das Schweigen zwischen ihnen aus und ließ ihren Widerwillen, sich ihm anzuvertrauen, um so deutlicher hervortreten.

Er spürte ihr Unbehagen und wandte den Blick der Straße draußen zu, wie um ihr mehr Raum für ihre eigenen Gedanken zu geben. Als er wieder zu sprechen begann, war es, als seien seine Worte eigentlich nicht an sie gerichtet, als denke er einfach nur laut vor sich hin.

»Die Leute, die von auswärts hierherkommen«, sagte er, »bei denen habe ich fast immer den Eindruck, als ob sie vor etwas davonlaufen. Einem Job, den sie hassen, einem Exmann oder einer Exfrau. Vor irgendeiner Tragödie, die ihr Leben erschüttert hat.«

Sie ließ sich zur Seite sacken und spürte die eisige Fensterscheibe an ihrer Wange. *Woher weiß er das*? fragte sie sich. *Wieviel hat er erraten?*

»Sie kommen hierher, diese Leute von außerhalb, und sie glauben, sie haben das Paradies gefunden. Vielleicht machen sie gerade Sommerferien. Vielleicht sind sie nur auf der Durchreise, und der Name der Stadt gefällt ihnen. Es klingt nach Sicherheit, nach einem Zufluchtsort, einem Ort, wo man sich verstecken kann. Sie schauen beim Immobilienmakler vorbei und sehen sich die Fotos an der Wand an. All die Bauernhäuser, die zum Verkauf stehen, die Bungalows am See.«

Es war ein Bild von einem Bauernhaus mit blühenden Narzissen im Vorgarten und einem Ahorn, der gerade die ersten Frühlingstriebe zeigte. Ich habe nie ein Haus mit einem Ahorn gehabt. Ich habe nie in einer Stadt gelebt, wo ich nachts zum Himmel aufblicken und die Sterne sehen konnte – und nicht den Widerschein der Großstadtlichter.

»Sie fragen sich, wie es wohl wäre, in einer Kleinstadt zu leben«, sagte Lincoln. »In einem Ort, wo niemand die Haustür abschließt und wo die Nachbarn einem zur Begrüßung einen

Topf Ragout vorbeibringen. Ein Ort, der mehr in der Phantasie als in der Wirklichkeit existiert, weil es die Kleinstadt, die sie sich vorstellen, gar nicht gibt. Und die Probleme, die sie hinter sich lassen wollen, folgen ihnen einfach nach, wenn sie umziehen. Und wenn sie wieder ausziehen.«

Noah hat mir gesagt, er wolle nicht mitkommen. Er hat mir gesagt, er würde mich hassen, wenn ich ihn dazu zwingen würde, aus Baltimore fortzugehen, all seine Freunde zurückzulassen. Aber man kann nicht zulassen, daß ein Vierzehnjähriger bestimmt, wie man sein Leben zu leben hat. Ich bin die Mutter. Ich habe die Verantwortung. Ich wußte, was gut für ihn war, gut für uns beide.

Ich glaubte es zu wissen.

»Für eine Weile scheint es vielleicht zu funktionieren«, sagte er. »Ein neues Haus, eine neue Stadt – das alles lenkt einen ab von den Dingen, vor denen man davongelaufen ist. Jeder hofft auf einen Neubeginn, auf eine Chance, alles in Ordnung zu bringen. Und man denkt, welche Zeit und welcher Ort wäre besser geeignet, um ein neues Leben zu beginnen, als ein Sommer am See?«

»Er hat ein Auto gestohlen«, sagte sie.

Er antwortete nicht. Sie fragte sich, was sie wohl in seinen Augen sehen würde, wenn sie sich jetzt umdrehte und ihn ansähe. Sicherlich nicht Überraschung; irgendwie hatte er bereits gewußt oder erraten, daß ihr Umzug nach Tranquility ein Akt der Verzweiflung gewesen war.

»Es war natürlich nicht die einzige Straftat, die er begangen hatte. Nachdem er verhaftet worden war, habe ich von all den anderen Dingen erfahren, die er angestellt hatte. Von den Ladendiebstählen, den Graffiti, den Einbrüchen im Lebensmittelladen. Sie haben es gemeinsam getan, Noah und seine Freunde. Drei Jungs, die sich einfach langweilten und beschlossen, etwas mehr Aufregung in ihr Leben zu bringen. In das Leben ihrer Eltern.« Sie lehnte sich zurück, den Blick auf die leere Straße gerichtet. Es begann wieder zu schneien, und die Flocken, die gegen die Windschutzscheibe getrieben wurden, schmolzen und rannen wie Tränen über das Glas. »Das Schlimmste war, daß ich nichts davon gewußt hatte. So wenig hatte er mir von sich erzählt, so wenig war ich auf dem laufenden, was meinen eigenen Sohn betraf.

Als die Polizei mich an diesem Abend anrief, um mir zu sagen, daß es einen Unfall gegeben hatte – daß Noah in einem gestohlenen Wagen gefahren war –, sagte ich ihnen, es müsse ein Irrtum sein. Mein Sohn würde so etwas nicht tun. Mein Sohn verbringe die Nacht im Haus eines Freundes. Aber dem war nicht so. Er saß zu dem Zeitpunkt mit einer Platzwunde am Kopf in der Notaufnahme. Und sein Freund – einer der Jungs – lag im Koma. Ich sollte wohl dankbar dafür sein, daß mein Sohn niemals vergißt, sich anzuschnallen. Selbst wenn er dabei ist, ein Auto zu stehlen.« Sie schüttelte den Kopf und stieß einen ironischen Seufzer aus. »Die anderen Eltern waren genauso schockiert wie ich. Sie konnten nicht glauben, daß ihre Jungs so etwas tun würden. Sie glaubten, Noah hätte sie dazu überredet. Noah war derjenige, der den schlechten Einfluß ausübte. Was konnte man schon von einem Jungen erwarten, der keinen Vater mehr hat?

Es machte für sie keinen Unterschied, daß Noah von den dreien der jüngste war. Für sie lag es nur an dem fehlenden Vater. Und daran, daß ich als Ärztin zu beschäftigt war, daß ich mich zuviel um die Familien anderer Leute kümmerte, anstatt auf meine eigene zu achten.«

Es schneite jetzt stärker; der Schnee bedeckte die Windschutzscheibe und nahm ihr die Sicht auf die Straße.

»Das Schlimmste war, daß ich ganz ihrer Meinung war. Irgend etwas mußte ich falsch machen – irgendwie wurde ich ihm nicht gerecht. Und ich konnte nur noch daran denken, wie ich alles wieder in Ordnung bringen könnte.«

»Die Koffer zu packen und von zu Hause wegzugehen ist eine ziemlich drastische Maßnahme.«

»Ich hoffte auf ein Wunder. Ich hoffte, es würde sich plötzlich doch noch alles in Wohlgefallen auflösen. Wir hatten es so weit gebracht, daß wir einander haßten. Ich hatte keine Kontrolle darüber, wo er hinging oder was er machte. Und was das Schlimmste war, ich konnte seine Freunde nicht aussuchen. Ich konnte sehen, wohin das alles führen würde. Noch ein gestohlenes Auto, noch eine Verhaftung. Noch mehr nutzlose Beratungsgespräche ...« Sie holte tief Luft. Die Scheibe war inzwischen mit einer dicken Schneeschicht bedeckt, und sie hatte das Gefühl, begraben zu sein, eingemauert mit diesem Mann an ihrer Seite.

»Und dann«, sagte sie, »sind wir nach Tranquility gefahren.«

»Wann?«

»Es war ein Wochenende im Herbst. Vor etwas mehr als einem Jahr. Die meisten Touristen waren schon weg, und das Wetter war noch sehr angenehm. Altweibersommer. Noah und ich mieteten einen Bungalow am See. Jeden Morgen beim Aufwachen hörte ich die Seetaucher. Und sonst nichts. Nur die Seetaucher und die Stille. Das war es, was ich an diesem Wochenende am meisten liebte, dieses Gefühl vollkommenen Friedens. Endlich einmal stritten wir uns nicht. Wir hatten sogar Spaß zusammen. Und da wußte ich, daß ich Baltimore verlassen wollte ...« Sie schüttelte den Kopf. »Ich glaube, Sie haben mich richtig eingeschätzt, Lincoln. Ich bin wie all die anderen Fremden, die in diese Stadt ziehen, die vor einem anderen Leben davonlaufen, vor anderen Problemen. Ich war mir nicht sicher, wohin ich gehen wollte. Ich wußte nur, daß ich nicht bleiben konnte, wo ich war.«

»Und jetzt?«

»Hier kann ich auch nicht bleiben«, sagte sie mit brüchiger Stimme.

»Es ist noch zu früh für diese Entscheidung, Claire. Sie sind noch nicht lange genug hier; Sie brauchen noch Zeit, um Ihre Praxis aufzubauen.«

»Ich habe neun Monate gehabt. Den ganzen Sommer und

den ganzen Herbst habe ich in dieser Praxis gesessen und auf die Flut von Patienten gewartet. Diejenigen, die tatsächlich gekommen sind, waren fast alle Touristen. Sommerleute, die mit einem verstauchten Knöchel oder einem verdorbenen Magen herkamen. Als der Sommer vorbei war, sind sie alle nach Hause gefahren. Und mir wurde schlagartig klar, wie wenige meiner Patienten eigentlich in dieser Stadt wohnten. Ich glaubte, ich könnte weiter durchhalten, und die Leute würden lernen, mir zu vertrauen. Vielleicht wäre es in ein oder zwei Jahren so gekommen. Aber nach dem heutigen Abend ist das undenkbar. Ich habe bei der Versammlung gesagt, was ich zu sagen hatte, und der Stadt hat es nicht gefallen. Jetzt ist es das beste für mich, einzupacken und mich aus dem Staub zu machen. Und zu hoffen, daß es noch nicht zu spät ist, um nach Baltimore zurückzugehen.«

»So leicht geben Sie auf?«

Es war eine bewußt provozierende Frage. Zornig fuhr sie herum und sah ihn an. »So leicht? Und wann wird es schwer?«

»Es ist ja nicht so, als würde die ganze Stadt Sie angreifen. Es sind nur ein paar verstörte Individuen. Sie haben mehr Unterstützung, als Ihnen bewußt ist.«

»Wo ist sie denn? Warum hat mir denn bei der Versammlung niemand den Rücken gestärkt? Sie waren der einzige.«

»Einige von ihnen sind verwirrt. Oder sie haben Angst, ihre Meinung zu sagen.«

»Kein Wunder. Man könnte ihnen vielleicht auch die Reifen aufschlitzen«, erwiderte sie sarkastisch.

»Es ist eine sehr kleine Stadt, Claire. Die Leute hier glauben einander zu kennen, aber wenn man genauer hinsieht, ist es nicht wirklich so. Wir behalten unsere Geheimnisse für uns. Wir stecken unser privates Territorium ab und erlauben niemandem, die Grenze zu überschreiten. Bei der Stadtversammlung offen seine Meinung zu sagen bedeutet, daß man sich der Öffentlichkeit preisgibt. Die meisten ziehen es vor, gar nichts zu sagen, auch wenn sie vielleicht Ihrer Meinung sind.«

»Diese ganze stillschweigende Unterstützung wird mir nicht helfen, meinen Lebensunterhalt zu verdienen.«

»Nein, das nicht.«

»Ich habe keine Garantie, daß jetzt plötzlich Patienten in meiner Praxis auftauchen werden.«

»Ja, ein Risiko ist allerdings dabei.«

»Also, warum sollte ich dann in der Stadt bleiben? Nennen Sie mir auch nur einen Grund!«

»Weil ich nicht möchte, daß Sie weggehen.«

Das war nicht die Antwort, die sie erwartet hatte. Sie starrte ihn an und versuchte angestrengt, in dem schwachen Licht seinen Gesichtsausdruck zu erkennen.

»Diese Stadt braucht jemanden wie Sie«, sagte er. »Jemanden, der einfach herkommt und ein bißchen Staub aufwirbelt. Der uns dazu bringt, uns Fragen zu stellen, die wir bisher nicht zu stellen wagten. Es wäre ein Verlust, wenn Sie uns verlassen würden, Claire. Es wäre ein Verlust für uns alle.«

»Sie sprechen also für die Stadt?«

»Ja.« Er hielt inne und fügte dann leise hinzu: »Und auch für mich selbst.«

»Ich weiß nicht so recht, was das bedeuten soll.«

»Ich weiß es selbst nicht so genau. Ich weiß nicht einmal, warum ich es gesagt habe. Es hilft uns beiden nicht weiter.« Abrupt faßte er den Türgriff und war gerade im Begriff, die Tür zu öffnen, als sie die Hand ausstreckte und seinen Arm berührte. Er hielt mitten in der Bewegung inne, die Hand am Türgriff, bereit, in die Kälte hinauszutreten.

»Ich habe immer gedacht, Sie mögen mich nicht«, sagte sie.

Er sah sie überrascht an. »Habe ich Ihnen den Eindruck vermittelt?«

»Es ist nicht so, als hätten Sie irgend etwas gesagt.«

»Was ist es dann?«

»Sie haben nie über persönliche Dinge gesprochen. Als ob Sie nicht wollten, daß ich etwas über Sie erfahre. Es hat mir nichts ausgemacht. Mir wurde allmählich klar, daß es hier ganz einfach so läuft. Die Menschen halten sich bedeckt, so wie Sie es getan haben. Aber nach einer Weile – nachdem wir uns besser kennengelernt hatten – schien diese unsichtbare Wand immer noch zwischen uns zu stehen, und ich dachte, vielleicht liegt es ja gar nicht daran, daß ich von auswärts bin. Vielleicht liegt es an mir. Vielleicht gibt es etwas, das ihm an *mir* nicht gefällt.«

»Es liegt an Ihnen, Claire.«

Sie war einen Moment still. »Ich verstehe.«

»Ich wußte, was passieren würde, wenn ich diese Wand zwischen uns nicht aufrechterhalten würde.« Er ließ die Schultern hängen, als ob das Gewicht seines Kummers ihn niederdrückte. »Ein Mensch gewöhnt sich an alles, selbst an das Unglücklichsein, wenn es nur lange genug dauert. Ich bin schon so lange mit Doreen verheiratet, daß ich mir wohl gar nicht mehr vorstellen kann, daß es anders sein könnte. Ich habe eine schlechte Wahl getroffen, ich habe Verantwortung übernommen, und ich habe einfach nur mein Bestes getan.«

»*Ein* Fehler sollte nicht ein ganzes Leben ruinieren.«

»Wenn es noch jemand anderen gibt, der verletzt werden könnte, ist es nicht leicht, egoistisch zu sein und nur an sich selbst zu denken. Es ist fast einfacher, nichts zu tun und den Dingen ihren Lauf zu lassen. Und sich einfach einen dickeren Panzer zuzulegen.«

Eine Bö fuhr über die Windschutzscheibe und ließ nur Bahnen von schmelzendem Schnee auf dem Glas zurück. Dann senkten sich neue Flocken herab, und eine weiße Wand versperrte erneut den Blick auf die nächtliche Straße.

»Wenn es den Anschein hatte, daß ich mich mit Ihnen nicht anfreunden konnte, Claire«, sagte er, »dann nur deshalb, weil ich mich so dagegen gewehrt habe.«

Er streckte wieder die Hand nach dem Türgriff aus.

Wieder hielt sie ihn mit einer Berührung zurück, und jetzt verharrte ihre Hand auf seinem Arm.

Er drehte sich zu ihr um. Diesmal sahen sie einander wirklich in die Augen, ohne daß einer von beiden zurückwich oder den Blick abwandte.

Er nahm ihr Gesicht in seine Hände und küßte sie. Bevor er sich wieder von ihr lösen konnte, bevor er seinen Impuls bereuen konnte, beugte sie sich zu ihm herüber und erwiderte seinen Kuß.

Seine Lippen, der Geschmack seines Mundes, waren neu und fremd für sie. Der Kuß eines Fremden. Eines Mannes, dessen so lange verborgenes Verlangen nach ihr jetzt wie ein Fieber brannte. Auch sie war von der Krankheit befallen, fühlte die gleiche Hitze in ihrem Gesicht aufsteigen, sich über ihren ganzen Körper ausbreiten, als er sie an sich zog. Er murmelte ihren Namen, einmal, zweimal, wie erstaunt darüber, daß sie es war, die in seinen Armen lag.

Grelles Scheinwerferlicht drang plötzlich durch die schneebedeckte Windschutzscheibe. Sie ließen voneinander ab und saßen in schuldbewußtem Schweigen da, während sie auf die Schritte lauschten, die sich dem Transporter näherten. Jemand klopfte an das Fenster der Beifahrertür. Lincoln ließ die Scheibe herunter, und ein paar Schneeflocken wurden in den Wagen geweht.

Officer Mark Dolan spähte herein. Er sah Lincoln an und dann Claire, und alles, was er sagte, war »Oh«. Eine Silbe – eine Welt von Bedeutung.

»Ich, äh, ich habe gesehen, daß der Motor lief, und da habe ich mich gefragt, ob bei Dr. Elliot wohl alles in Ordnung ist«, erklärte Dolan. »Sie wissen schon, Kohlenmonoxydvergiftung und so ...«

»Es ist alles in bester Ordnung«, sagte Lincoln.

»Ja. Also gut dann.« Dolan trat vom Fenster zurück. »Nacht, Lincoln.«

»Gute Nacht.«

Nachdem Dolan weggegangen war, saßen Claire und Lincoln noch eine Weile schweigend da. Dann sagte Lincoln: »Morgen wird es die ganze Stadt wissen.«

»Ja, da bin ich mir sicher. Es tut mir leid.«

»Mir nicht.« Er stieg aus und lachte trotzig. »Um ehrlich zu sein, Claire, ich schere mich einen Dreck darum. Alles, was mir in meinem Leben an Schlimmem zugestoßen ist, war gleich allgemein bekannt. Jetzt passiert mir einmal etwas Gutes, und dann soll es meinetwegen auch allgemein bekannt werden.«

Sie schaltete die Scheibenwischer ein. Durch die freigelegte Scheibe sah sie, wie er ihr zum Abschied zuwinkte und sich dann auf den Weg zu seinem Wagen machte. Officer Dolan parkte noch in der Nähe, und Lincoln blieb stehen, um mit ihm zu sprechen.

Während sie davonfuhr, fiel ihr plötzlich ein, was Mitchell Groome ihr am Abend über Damaris Hornes vertrauliche Quelle gesagt hatte.

Dunkles Haar, mittelgroß. Macht die Nachtschicht.

Mark Dolan, dachte sie.

Am nächsten Morgen fuhr Lincoln nach Süden, nach Orono. Er hatte nicht gut geschlafen, hatte stundenlang wachgelegen und über die Ereignisse des Abends und der Nacht gegrübelt. Über die Stadtversammlung. Über sein Gespräch mit Iris Keating. Über die Verwüstung in Claires Praxis. Und über Claire selbst.

Am meisten hatte er über Claire nachgedacht.

Um sieben war er unausgeschlafen aufgewacht und nach unten gegangen. Die Wirklichkeit hatte ihn wie ein kalter Schlag ins Gesicht getroffen, als er Doreen immer noch schlafend auf der Wohnzimmercouch vorfand. Sie lag ausgestreckt da, ein Arm hing seitlich herab; ihr rotes Haar war stumpf und fettig, und ihr Mund stand halb offen. Er stand eine Weile da und sah auf sie hinab, während er überlegte, wie er sie wohl zum Gehen überreden konnte, ohne daß sie allzuviel jammerte und schrie, aber er war im Augenblick zu müde, um sich mit diesem Problem auseinanderzusetzen. Die Sorge um Doreen hatte ihn in seinem Leben schon so viel Energie gekostet. Allein ihr Anblick schien seine Glieder nach unten zu ziehen, schien wie ein schweres Gewicht an ihm zu hängen, als ob Doreen und das Gesetz der Schwerkraft in irgendeiner engen Verbindung miteinander stünden.

»Es tut mir leid, Schatz«, sagte er leise. »Aber ich habe vor, mein eigenes Leben zu leben.«

Er erledigte einen Anruf, dann ließ er Doreen schlafend auf der Couch zurück und ging aus dem Haus. Als er losfuhr, spürte er, wie die ersten Schichten der Depression von ihm abfielen wie eine tote äußere Hülle. Die Straßen waren freigepflügt und gestreut; er trat aufs Gaspedal, und je schneller er wurde, desto mehr Schichten schien er abzuwerfen; er hatte das Gefühl, wenn er nur weit und schnell genug führe, würde der wahre Lincoln, der Mann, der er früher einmal gewesen war, schließlich zum Vorschein kommen, frisch und sauber und wie neugeboren. Er flog an Feldern vorbei, von denen der frischgefallene Schnee beim leisesten Windstoß in weißen Wölkchen aufstob. *Immer weiterfahren, nicht anhalten, nicht zurückschauen.* Er hatte ein Ziel, und seine Reise verfolgte einen bestimmten Zweck; aber im Moment war alles, was er spürte, der lustvolle Rausch der Flucht.

Als er eine Stunde später auf dem Campus der University of Maine ankam, fühlte er sich erfrischt und erneuert, als ob er die ganze Nacht in einem bequemen Bett geschlafen hätte. Er ließ das Auto stehen und ging zu Fuß über den Campus; die kalte Luft an diesem kristallklaren Morgen gab ihm neue Energie.

Lucy Overlock war in ihrem Büro im Anthropologischen Institut. Mit ihren Einsachtzig und ihrer üblichen Montur aus Jeans und Baumwollhemd glich sie eher einem Holzfäller als einer College-Professorin.

Sie begrüßte ihn mit einem kräftigen Handschlag und einem kurzen Nicken und setzte sich an ihren Schreibtisch. Selbst im Sitzen machte sie mit ihren amazonenhaften Proportionen noch eine eindrucksvolle Figur. »Sie sagten am Telefon, daß Sie noch Fragen zu den Skeletten vom Locust Lake hätten.«

»Ich wüßte gerne mehr über die Gow-Familie. Wie sie gestorben sind. Wer sie getötet hat.«

Sie hob eine Augenbraue. »Wenn Sie jemanden wegen dieses Verbrechens verhaften wollen, kommen Sie ungefähr hundert Jahre zu spät.«

»Mich beschäftigen die Todesumstände. Haben Sie eigentlich irgendwelche Zeitungsartikel über die Morde ausfindig gemacht?«

»Ich nicht, aber Vince, mein Doktorand. Er wertet den Fall Gow für seine Dissertation aus. Eine Rekonstruktion eines alten Mordfalles auf der Grundlage von Knochenfunden. Er hat Wochen gebraucht, bis er endlich einen alten Bericht aufgespürt hat. Dieses Gebiet war damals so dünn besiedelt, daß es kaum in irgendwelchen Meldungen auftauchte.«

»Wie sind die Gows denn nun zu Tode gekommen?«

Sie schüttelte den Kopf. »Ich fürchte, es ist die alte Geschichte. Leider ist Gewalt in Familien nicht nur ein modernes Phänomen.«

»Also war es der Vater?«

»Nein. Es war ihr siebzehnjähriger Sohn. Seine Leiche wurde Wochen später gefunden; sie hing an einem Baum. Offenbar Selbstmord.«

»Was ist mit dem Motiv? War der Junge gestört?«

Lucy lehnte sich zurück, und das Licht vom Fenster fiel auf ihr gebräuntes Gesicht. Die jahrelange Arbeit im Freien hatte ihre Spuren hinterlassen, und in der Wintersonne trat jede Sommersprosse, jede tiefer werdende Falte deutlich hervor. »Wir wissen es nicht. Die Familie lebte anscheinend in ziemlicher Abgeschiedenheit. Aus den alten Grundbüchern geht hervor, daß der Besitz der Gows das gesamte südliche Ufer des Sees umfaßte. Möglicherweise gab es gar keine Nachbarn, die den Jungen besser gekannt haben könnten.«

»Die Familie war also wohlhabend?«

»Wohlhabend würde ich nicht sagen, aber sie galt wohl als reich an Grundbesitz. Vince sagte, das Land sei seit dem späten achtzehnten Jahrhundert im Besitz der Familie gewesen, und zwar bis zu diesem ... Ereignis. Später wurde es Stück für Stück verkauft. Als Bauland.«

»Ist Vince dieser gammelige Bursche mit dem Pferdeschwanz?«

Sie lachte. »Alle meine Studenten sind gammelig. Es ist fast eine Zulassungsvoraussetzung.«

»Und wo kann ich Vince jetzt finden?«

»Es ist jetzt neun, da sollte er in seinem Büro sein. Im Kellergeschoß des Museums. Ich werde ihn anrufen und ihm sagen, daß Sie kommen.«

Lincoln war schon einmal hiergewesen. Diesmal war der breite Holztisch mit Tonscherben bedeckt, nicht mit menschlichen Überresten wie damals, und die Kellerfenster waren von Schneewehen verdunkelt. Das fehlende Tageslicht und die feuchten Steinstufen erweckten in Lincoln den Eindruck, als sei er in eine weitläufige unterirdische Höhle hinabgestiegen. Er betrat das Labyrinth aus Lagerregalen und suchte sich einen Weg zwischen hoch aufragenden Stapeln von Kisten, deren Etiketten mit Schimmel überzogen waren. »Menschlicher Unterkieferknochen (männlich)« war alles, was er auf einem der Schilder erkennen konnte. Eine Holzkiste ist eine deprimierend anonyme Ruhestätte für etwas, das einmal der Kiefer eines Mannes war, dachte er. Er drang tiefer in das Labyrinth ein und spürte bereits ein Kratzen im Hals von all dem Staub und Schimmel; dazu kam ein rauchiger Duft, der sich verstärkte, je weiter er sich durch das Halbdunkel zum anderen Ende des Kellers vorarbeitete. Marihuana.

»Mr. Brentano?« rief er.

»Ich bin hier hinten, Chief Kelly«, antwortete eine Stimme. »Gehen Sie bei der ausgestopften Eule nach links.«

Lincoln ging ein paar Schritte weiter und stieß auf eine Glasvitrine mit einer großen Ohreule. Er wandte sich nach links.

Vince Brentanos »Büro« bestand aus kaum mehr als einem Schreibtisch und einem Aktenschrank, eingeklemmt zwischen Regalen voller Objekte. Weit und breit war kein Aschenbecher zu sehen, doch die Luft war vom Grasduft geschwängert, und der junge Mann, dem die Gegenwart eines Cops sichtlich unangenehm war, hatte eine trotzige Verteidigungshaltung eingenommen und sich mit verschränkten Armen hinter dem Schreibtisch verbarrikadiert. Lincoln sah ihm direkt in die Augen und streckte die Hand zur Begrüßung aus.

Nach kurzem Zögern ergriff Vince sie. Beiden war klar, was diese Geste bedeutete: Sie hatten eine Art Abkommen geschlossen.

»Setzen Sie sich«, sagte Vince. »Die Kiste können Sie auf den Boden stellen, aber passen Sie auf mit dem Stuhl – er wackelt ein bißchen. Alles hier drin wackelt. Sie sehen ja, ich habe das absolute Luxusbüro bekommen.«

Lincoln stellte die Kiste vom Stuhl auf den Boden. Aus dem Inneren drang ein ominöses Klappern.

»Knochen«, sagte Vince.

»Menschliche?«

»Tieflandgorillas. Ich benutze sie in meinen Übungen. Ich drücke sie meinen Studenten in die Hand und bitte sie um eine Diagnose, sage ihnen aber nicht, daß es sich nicht um Menschenknochen handelt. Sie sollten mal hören, was ich da für Antworten kriege. Von Akromegalie bis Syphilis ist alles dabei.«

»Das ist eine Falle.«

»He, das ganze Leben ist eine Falle.« Vince lehnte sich zurück und musterte Lincoln nachdenklich. »Ich nehme an, Ihr Besuch hier ist auch eine. Die Polizei vergeudet ihre Zeit normalerweise nicht mit hundert Jahre zurückliegenden Mordfällen.«

»Ich interessiere mich aus anderen Gründen für die Gow-Familie.«

»Und die wären?«

»Ich glaube, es könnte ein Zusammenhang zwischen diesen Todesfällen und unseren aktuellen Problemen in Tranquility bestehen.«

Vince sah verwirrt aus. »Sprechen Sie von den Morden, die dort vor kurzem begangen wurden?«

»Sie wurden von Jugendlichen begangen, die ansonsten ganz normal waren. Von Teenagern, die einfach ausgerastet sind und getötet haben. Wir haben jetzt Kinderpsychologen da, die jedes einzelne Kind in der Stadt analysieren, aber sie können es auch nicht erklären. So habe ich angefangen, über die Sache mit den Gows nachzudenken. Über die Parallelen.«

»Sie meinen den Umstand, daß es sich bei den Tätern um Teenager handelt?« Vince zuckte die Achseln. »Auch ein Underdog läßt sich nun mal nicht alles gefallen. Wenn die Herrschenden ihre Macht zu rücksichtslos durchsetzen, kommt es zur Rebellion – auch bei Jugendlichen. Das hat es schon immer gegeben.«

»Das ist keine Rebellion. Es sind Kids, die plötzlich Amok laufen und ihre Freunde und Familien umbringen.« Er machte eine Pause. »Das gleiche ist vor zweiundfünfzig Jahren schon einmal geschehen.«

»Was?«

»Neunzehnhundertsechsundvierzig in Tranquility. Sieben Morde, alle im Monat November begangen.«

»Sieben?« Vinces Augen weiteten sich hinter seiner Nickelbrille. »In einer Stadt mit wie vielen Einwohnern?«

»1946 lebten siebenhundert Menschen in Tranquility. Jetzt erleben wir die gleiche Krise noch einmal.«

Vince lachte ungläubig. »Mann, Ihre Stadt ist ja anscheinend die reinste Fundgrube für Soziologen, Chief. Aber geben Sie nicht den Kids die Schuld. Suchen Sie lieber bei den Erwachsenen. Wenn Kinder mit Gewalt aufwachsen, dann lernen sie,

Probleme gewaltsam zu lösen. Dad verehrt die allmächtige Kanone, geht raus und knallt nur so zum Vergnügen einen Hirsch ab. Und die Botschaft kommt bei Junior an: Töten macht Spaß.«

»Das ist eine allzu einfache Erklärung.«

»Unsere Gesellschaft glorifiziert die Gewalt! Und dann geben wir den Kindern scharfe Waffen in die Hand. Fragen Sie irgendeinen Soziologen.«

»Ich glaube nicht, daß Soziologen das hier erklären können.«

»Okay. Wie lautet Ihre Erklärung, Chief Kelly?«

»Regen.«

Es war lange still. »Wie bitte?«

»Die Wetterbedingungen waren 1946 genau wie in diesem Jahr. Es fing an mit heftigen Regenfällen im April. Die Brücke wurde unterspült, Vieh ertrank –«

Vince rollte die Augen gen Himmel. »Eine Flut von *biblischen* Ausmaßen?«

»Hören Sie, ich bin nicht religiös –«

»Ich glaube auch nicht an Gott, Chief Kelly. Ich bin Wissenschaftler.«

»Dann suchen Sie doch immer nach bestimmten Mustern in der Natur, oder? Nach Korrelationen. Also, das Muster, das ich in den betreffenden Jahren erkenne, ist folgendes. Im April und Mai erreichen die Niederschläge in unserer Stadt Rekordwerte. Der Locust River tritt über die Ufer, und es gibt erhebliche Schäden an Häusern entlang des Flusses. Dann hört es auf zu regnen, und im Juli und August gibt es überhaupt keinen Niederschlag. Es ist sogar ungewöhnlich heiß, und in beiden Jahren steigt das Thermometer auf Rekordhöhen.« Er holte tief Luft und atmete dann langsam aus. »Und dann, im November, geht es los.«

»Was geht los?«

»Das Morden.«

Vince schwieg; seine Miene war verschlossen.

»Ich weiß, es klingt verrückt«, sagte Lincoln.

»Sie haben keine Ahnung, *wie* verrückt es klingt.«

»Aber der Zusammenhang besteht. Dr. Elliot glaubt, es könne sich um ein natürliches Phänomen handeln. Eine neue Bakterien- oder Algenart im See, die Persönlichkeitsveränderungen verursacht. Ich habe von einem ähnlichen Fall in den Flüssen unten im Süden gelesen; ein Mikroorganismus, der Millionen von Fischen tötet. Er produziert ein Toxin, das auch Menschen gefährlich wird. Es beeinträchtigt die Konzentrationsfähigkeit und löst zuweilen Wutanfälle aus.«

»Sie meinen sicher die Dinoflagellaten, *Pfiesteria.*«

»Ja. Es könnte sein, daß hier etwas ähnliches geschieht. Deshalb wüßte ich gerne mehr über die Gows. Insbesondere, ob es in dem Jahr, in dem sie starben, starke Regenfälle gegeben hat. Die statistischen Aufzeichnungen reichen nicht so weit zurück. Ich brauche zeitgenössische Berichte.«

Jetzt begriff Vince endlich. »Sie wollen meine Zeitungsausschnitte sehen.«

»Sie enthalten vielleicht die Informationen, nach denen ich suche.«

»Eine Überschwemmung.« Vince lehnte sich zurück und runzelte die Stirn, als sei ihm gerade eine Erinnerung wieder ins Gedächtnis gekommen. »Das ist seltsam. Irgend etwas war da mit einer Überschwemmung …« Er schwenkte seinen Stuhl herum, zog eine Schublade in dem Aktenschrank auf und begann, darin herumzuwühlen. »Wo habe ich das nur gesehen? Wo, wo …« Er zog einen Ordner mit der Aufschrift »November 1887, *Two Hills Herald*« hervor. Er enthielt einen Stoß fotokopierter Zeitungsartikel.

»Der Regen muß im Frühling gewesen sein«, sagte Lincoln. »In den Ausschnitten vom November werden Sie darüber nichts finden.«

»Nein, das war irgend etwas im Zusammenhang mit dem Gow-Fall. Ich weiß noch, daß ich mir eine Notiz gemacht habe.« Er blätterte die Kopien durch, hielt dann plötzlich inne und starrte auf ein zerknittertes Blatt. »Okay, hier ist der Artikel, vom dreiundzwanzigsten November. Überschrift: SIEBZEHNJÄHRIGER METZELT EIGENE FAMILIE NIEDER. FÜNF TOTE. Dann werden die Opfer erwähnt, Mr. und Mrs. Theodore Gow, ihre Kinder, Jennie und Joseph, und Mrs. Gows Mutter, Althea Frick.« Er legte das Blatt auf den Tisch. »Jetzt weiß ich es wieder. Es stand in den Todesanzeigen.«

»Was?«

Vince schlug eine weitere fotokopierte Seite auf. »Die Anzeige für Mrs. Gows Mutter. ›Althea Frick, 62, ermordet Anfang letzter Woche, wurde am 30. November zu Grabe getragen, bei einer gemeinsamen Begräbnisfeier für die Angehörigen der Familie Theodore Gow. Geboren in Two Hills als Tochter von Petras und Maria Gosse, war sie eine treusorgende Ehefrau und die Mutter zweier Kinder. Sie war einundvierzig Jahre verheiratet mit Donat Frick, der letztes Frühjahr ...‹« Vince brach plötzlich ab und sah Lincoln erschrocken an. » ... der letztes Frühjahr bei der Überschwemmung des Locust River den Tod fand.‹«

Sie starrten einander an, überwältigt von dieser Bestätigung. Zu Vinces Füßen begann ein elektrischer Heizofen zu summen; die Heizdrähte leuchteten orange. Aber nichts konnte den kalten Schauer durchdringen, den Lincoln in diesem Moment fühlte. Er fragte sich, ob ihm jemals wieder warm sein würde.

»Vor ein paar Wochen«, sagte Lincoln, »erwähnten Sie die Penobscot-Indianer. Sie sagten, sie hätten sich nie irgendwo in der Nähe des Locust Lake niederlassen wollen.«

»Ja. Das Gebiet war tabu, genau wie der untere Teil von Beech Hill, wo der Meegawki fließt. Sie hielten es für eine ungesunde Gegend.«

»Wissen Sie, weshalb sie so dachten?«

»Nein.«

Lincoln überlegte einen Moment. »Der Name *Meegawki* – ich nehme an, das ist ein Wort aus der Penobscot-Sprache?«

»Ja. Es ist eine Verballhornung von *Sankade'lak Migah'ke*, wie die Gegend in ihrer Sprache heißt. *Sankade'lak* bedeutet frei übersetzt ›Fluß‹.«

»Und dieses andere Wort – was bedeutet das?«

»Da muß ich noch mal nachschlagen.« Vince drehte den Stuhl und nahm ein zerfleddertes Buch mit dem Titel *Die Sprache der Penobscot* vom Regal. Rasch hatte er die entsprechende Seite gefunden. »Okay. Mit *Sankade'lak* lag ich richtig. Es ist das Wort für ›Fluß‹ oder ›Bach‹.«

»Und das andere?«

»*Migah'ke* bedeutet ›kämpfen‹ oder ...« Vince brach ab. Er sah Lincoln an. »›Niedermetzeln‹.«

Sie starrten einander in die Augen.

»Das würde das Tabu erklären«, sagte Lincoln leise.

Vince schluckte. »Ja. Es ist der Fluß des Gemetzels.«

17

»Fettarsch«, flüsterte J. D. Reid von den Posaunen herüber. »Barry hat einen Fettarsch!«

Noah sah von seinem Notenblatt auf und warf einen verstohlenen Blick auf seinen Nachbarn, Barry Knowlton. Der arme Tropf hielt sein Saxophon fest umklammert und versuchte krampfhaft, im Takt zu bleiben, aber sein Gesicht war schon knallrot, und er schwitzte wieder einmal – wie immer, wenn er unter Streß stand. Barry Knowlton schwitzte in der Turnhalle. Er schwitzte, wenn er französische Verben konjugieren mußte. Er schwitzte, wenn ein Mädchen ihn auch nur ansprach. Zuerst wurde er rot, dann erschienen kleine Schweißperlen auf seiner Stirn und seinen Schläfen, und im Handumdrehen zerfloß Barry wie eine Eiskugel in einer Hitzewelle.

»Mann, dieser Arsch ist so fett, wenn man den ins All schießen würde, hätten wir einen neuen Mond!«

Ein Schweißtropfen rollte über Barrys Gesicht und tropfte auf sein Saxophon. Er hielt das Instrument so fest, daß seine Finger weiß wie Knochen waren.

Noah drehte sich um und sagte: »Hör auf, ihn zu piesacken, J. D.!«

»Oh, jetzt ist Schrumpfarsch eifersüchtig, weil sich nicht alles um ihn dreht. Ich habe vielleicht eine Aussicht von hier hinten. Fettarsch und Schrumpfarsch, Seite an Seite.«

»Ich hab gesagt, hör auf!«

Der Rest der Band hatte plötzlich aufgehört zu spielen, und Noahs *Hör auf!* tönte wie ein Schrei in die abrupte Stille.

»Noah, was geht da hinten vor?«

Noah drehte sich wieder nach vorne und begegnete Mr. Sanborns erzürntem Blick. Mr. Sanborn war ein cooler Typ, sogar einer von Noahs Lieblingslehrern, aber der Mann war blind, wenn es darum ging, zu erkennen, was in seiner eigenen Klasse passierte.

»Noah versucht, einen Streit anzufangen«, sagte J. D.

»*Was?* Er ist derjenige, der Streit anfangen will!« protestierte Noah.

»Da bin ich aber anderer Meinung!« höhnte J. D.

»Er gibt einfach keine Ruhe! Dauernd macht er diese blöden Bemerkungen!«

Mr. Sanborn verschränkte gelangweilt die Arme. »Was für Bemerkungen, wenn ich fragen darf?«

»Er hat gesagt – er hat gesagt –« Noah brach ab und sah Barry an, der geladen war wie eine Bombe kurz vor der Explosion. »Es waren Beleidigungen.«

Zum Entsetzen der ganzen Klasse versetzte Barry dem Notenständer urplötzlich einen Fußtritt, worauf dieser scheppernd zu Boden fiel und die Notenblätter wild umherflogen. »Er hat mich Fettarsch genannt! So hat er mich genannt!«

»He, seit wann ist es eine Beleidigung, wenn man die Wahrheit sagt?« rief J. D.

Der Probenraum brach in Gelächter aus.

»Hört auf!« schrie Barry. »Hört endlich auf, mich auszulachen!«

»Immer mit der Ruhe, Barry.«

Barry wandte sich zu Mr. Sanborn. »Sie tun doch nie was! Niemand tut was! Sie lassen zu, daß er mich blöd anmacht, und keiner kümmert sich einen Dreck darum!«

»Barry, du mußt dich beruhigen. Geh bitte raus auf den Gang, bis du dich abgeregt hast.«

Barry knallte sein Saxophon auf den Stuhl. »Besten Dank, Mr. Sanborn!« sagte er und ging hinaus.

»Oha. Der Vollmond geht unter«, flüsterte J. D.

Noah verlor endgültig die Geduld. »Halt die Klappe!« schrie er. »Halt bloß die Klappe!«

»Noah!« rief Mr. Sanborn und schlug mit seinem Taktstock gegen das Pult.

»Er ist schuld, nicht Barry! J. D. läßt ihn nie in Ruhe! Und die anderen auch nicht!«

Er drehte sich zu seinen Klassenkameraden um. »Ihr hackt doch alle ständig auf Barry rum!«

Mr. Sanborn trommelte jetzt wild auf dem Pult herum.

»Ihr seid alle Arschlöcher!« rief Noah.

J. D. lachte. »Danke gleichfalls.«

Noah sprang auf, jeder Muskel zum Angriff auf J. D. angespannt. *Ich bringe ihn um!*

Eine Hand packte Noah an der Schulter. »Das reicht!« rief Mr. Sanborn. »Noah, ich kümmere mich um J. D.! Du gehst jetzt raus und regst dich erst mal ab.«

Noah schüttelte ihn ab. Die Wut, in die er sich so bedrohlich hineingesteigert hatte, pulsierte immer noch in seinem Körper, aber es gelang ihm, sie niederzuringen. Er warf J. D. einen letzten Blick zu – einen Blick, der sagte: *Komm mir noch einmal in die Quere, und ich mach dich alle!* Dann ging er hinaus.

Er fand Barry bei den Schließfächern, wo er sich schwitzend und schniefend mit seinem Zahlenschloß abmühte.

Barry hämmerte frustriert gegen die Tür, drehte sich dann um und ließ sich dagegenfallen, wobei sein Gewicht das Metall fast zu verbiegen drohte. »Ich bringe ihn um«, schnaufte er.

»Du und ich, wir beide«, sagte Noah.

»Ich meine es ernst.« Barry sah ihn an, und Noah wurde plötzlich klar, daß er es tatsächlich ernst meinte.

Es klingelte; die Stunde war zu Ende. Eine Flut von Schülern strömte aus den Türen der Klassenzimmer und wirbelte durch die Gänge. Noah stand nur da und sah Barry nach – ein schwitzender Ballon, der bald von der Menge verschluckt wurde. Er bemerkte Amelia erst, als sie direkt neben ihm stand und seinen Arm berührte.

Noah zuckte zusammen und sah sie an.

»Ich habe von dir und J. D. gehört«, sagte sie.

»Dann hast du wohl auch gehört, daß ich derjenige war, der rausgeworfen wurde.«

»J. D. ist ein Kotzbrocken. Bis jetzt hat es niemand gewagt, ihm in die Quere zu kommen.«

»Ja. Mir tut es nur leid, daß ich derjenige war.« Er stellte seine Kombination ein und riß die Tür des Schließfachs auf. Sie knallte gegen die Tür des Nachbarfachs. »Mußte ja auch unbedingt mein großes Maul aufreißen.«

»Ja, das mußtest du. Ich wünschte, alle hätten den Mut dazu.« Sie ließ den Kopf hängen, und ihr goldenes Haar fiel über ihre Wange. Sie wandte sich ab.

»Amelia?«

Sie sah ihn an. Wie oft schon hatte er ihr heimliche Blicke zugeworfen, einfach nur, weil er so gerne ihr Gesicht anschaute. Wie oft hatte er schon davon geträumt, wie es wohl sein würde, dieses Gesicht zu berühren, es zu küssen. Gelegenheiten hatte es durchaus gegeben, nur hatte er nie den Mut aufgebracht, es tatsächlich zu tun. Jetzt aber blickte sie ihn mit solch stiller Intensität an, daß er einfach nicht anders konnte. Die offene Tür seines Schließfachs schirmte sie vom Gang ab. Er streckte die Hand aus, ergriff die ihre und zog sie sanft an sich.

Sie folgte ihm bereitwillig. Mit großen Augen und geröteten Wangen ließ sie sich an seine Brust sinken.

Ihre Lippen berührten sich ganz zart, es war fast so, als sei es nicht wirklich geschehen. Sie sahen einander in die Augen, eine wortlose Bestätigung, daß es zu kurz gewesen war. Daß sie es beide gleich noch einmal versuchen wollten.

Sie küßten sich wieder. Fester diesmal, intensiver – die Berührung ihrer Lippen ermutigte sie beide. Er legte den Arm um sie. Sie war so zart, wie er es sich in seinen Phantasien vorgestellt hatte, wie duftende, glänzende Seide. Jetzt hatte auch sie den Arm um ihn geschlungen und zog ihn fordernd an sich heran.

Die Schließfachtür wurde heftig zurückgeschlagen, und plötzlich stand jemand neben ihnen.

»Welch *rührende* Szene!« höhnte J. D.

Amelia schreckte zurück und starrte ihren Stiefbruder an.

»Du billiges kleines Flittchen!« sagte J. D. und versetzte ihr einen Stoß.

Amelia stieß ihn zurück. »Rühr mich nicht an!«

»Oh! Du hast es wohl lieber, wenn Noah dich abgrapscht?«

»Das reicht!« sagte Noah. Er kam auf J. D. zu, die Hand bereits zur Faust geballt. Dann erstarrte er. Mr. Sanborn war eben aus dem Probenraum gekommen und stand auf dem Gang; sein Blick ruhte auf ihnen.

»Draußen«, flüsterte J. D. Seine Augen funkelten. »Auf dem Parkplatz. Jetzt gleich!«

Fern Cornwallis kam aus dem Schulgebäude gestürzt und lief durch den knöcheltiefen Schnee zum Lehrerparkplatz. Als sie bei den kämpfenden Jungen ankam, waren ihre brandneuen Lederpumps schon völlig durchweicht und ihre Zehen taub vor Kälte. Sie war nicht in der Stimmung, Nachsicht walten zu lassen. Sie schob sich durch den Kreis von Schaulustigen und packte einen der Jungen bei der Jacke. *Es ist wieder mal Noah Elliot,* dachte sie wütend, als sie ihn von J. D. Reid wegzerrte.

J. D. schnaubte wie ein rasender Stier und rammte Noah die Schulter in den Brustkorb, so daß Noah und Fern zusammen nach hinten kippten.

Fern landete flach auf dem Rücken; Sand und Schotter drangen in die Maschen ihres Wollkostüms ein. Sie rappelte sich wieder auf, wobei sie sich die Strumpfhose zerriß. Voll unkontrollierbarer Rage stürzte sie sich wieder in den Kampf und bekam diesmal J. D. am Kragen zu fassen. Sie zog ihn so heftig zurück, daß er dunkelrot wurde und zu würgen begann; dennoch ruderte er weiter mit den Armen und schwenkte die Fäuste gegen Noah.

Zwei Lehrer eilten Fern zur Hilfe. Jeder ergriff einen Arm, und zusammen zerrten sie J. D. rückwärts über den Asphalt.

»Du läßt gefälligst die Finger von meiner Schwester, Elliot!«

»Ich hab deine Schwester gar nicht angerührt!« schrie Noah zurück.

»Das habe ich aber anders gesehen!«

»Dann bist du nicht nur blöd, sondern auch blind!«

»Wenn ich euch noch einmal zusammen erwische, setzt's was!«

»Aufhören! Beide!« rief Amelia schrill. Sie kam näher und stellte sich zwischen den beiden Jungen auf. »Du bist ein richtiger Loser, J. D.!«

»Besser ein Loser als die größte Schlampe der Schule.«

Amelia wurde knallrot. »Sei still.«

»Schlampe!« stieß J. D. hervor. »Schlampe! Schlampe!«

Noah riß sich los und rammte J. D. die Faust ins Gesicht. Das krachende Geräusch des Schlages hallte wie ein Gewehrschuß durch die stille Winterluft.

Blut spritzte auf den Schnee.

»Es muß irgend etwas geschehen«, sagte Mrs. Lubec, die Geschichtslehrerin. »Wir können nicht ständig kleine Feuer löschen, während um uns herum der ganze Wald abbrennt.«

Fern saß zusammengekauert auf ihrem Stuhl; sie trug einen

geborgten Jogginganzug und nippte an einer Tasse Tee. Sie wußte, daß sie von allen am Konferenztisch beobachtet wurde und daß sie irgendeine Entscheidung von ihr erwarteten – aber sie konnten gefälligst noch ein bißchen länger warten. Sie mußte sich zuerst einmal aufwärmen und das Gefühl in ihre erfrorenen Füße zurückkehren lassen, die sie in ein Handtuch gehüllt hatte. Der Jogginganzug roch nach Schweiß und abgestandenem Parfum. Er roch wie seine Besitzerin, Miss Boodles, die pummelige Turnlehrerin, und er war ausgeleiert und hing ihr lose um die Hüften. Fern unterdrückte ein Schaudern und konzentrierte sich wieder auf die fünf Personen, die um den Konferenztisch versammelt waren. In zwei Stunden sollte sie den Bezirksschulinspektor treffen, und sie mußte ihm einen neuen Aktionsplan vorlegen. Dazu brauchte sie den Rat ihres Lehrkörpers.

Mit ihr im Besprechungsraum waren die stellvertretende Rektorin, zwei Lehrerinnen, die psychologische Beraterin der Schule sowie der Amtspsychologe des Bezirks, Dr. Lieberman. Als einziger Mann in der Runde legte er jenes überhebliche Gehabe an den Tag, in das Männer oft verfallen, wenn sie sich als Hahn im Korb fühlen.

Die Englischlehrerin sagte: »Ich denke, es ist an der Zeit, härter durchzugreifen, mit drakonischen Maßnahmen. Wenn es nötig ist, bewaffnete Aufseher in den Korridoren zu postieren und Unruhestifter von der Schule zu verweisen, dann werden wir genau das tun.«

»Das ist nicht der Ansatz, den ich wählen würde«, meinte Dr. Lieberman. Mit einem spürbaren Mangel an Bescheidenheit fügte er hinzu: »– meiner bescheidenen Meinung nach.«

»Wir haben es mit intensiven Einzelberatungen versucht«, sagte Fern. »Wir haben es mit Konfliktbewältigungskursen versucht. Wir haben es mit Suspendieren, Nachsitzen und inständigen Bitten versucht. Wir haben sogar die Desserts von der Speisekarte gestrichen, um ihren Zuckerhaushalt nach unten zu korrigieren. Wir haben die Kontrolle über diese Kinder verloren, und ich weiß nicht, wer oder was daran schuld ist. Ich weiß nur, daß meine Lehrerinnen und Lehrer am Ende ihrer Kräfte sind und ich kurz davor bin, die Kavallerie zu rufen.« Sie wandte sich an die stellvertretende Rektorin. »Wo ist Chief Kelly? Wollte er nicht dazukommen?«

»Ich habe in der Zentrale eine Nachricht hinterlassen. Chief Kelly ist heute morgen aufgehalten worden.«

»Muß wohl eine dieser nächtlichen Fahrzeugkontrollen gewesen sein«, witzelte Mrs. Lubec.

Fern sah sie an. »Was?«

»Ich habe es drüben in Monaghan's gehört. Die Dinosaurier haben von nichts anderem geredet.«

»Was haben sie gesagt?« Der Ton von Ferns Frage war schärfer, als sie beabsichtigt hatte. Sie gab sich alle Mühe, die Fassung zurückzugewinnen und nicht rot zu werden.

»Nun ja, die Fenster waren jedenfalls ziemlich beschlagen, als Chief Kelly bei dieser Dr. Elliot im Auto war. Ich meine, es ist ja nicht so, als hätte der Mann nicht mal ein bißchen Erholung verdient, nach all den Jahren ...« Mrs. Lubec verstummte, als sie Ferns Gesicht sah. Sie schien wie vom Donner gerührt.

»Hören Sie, können wir uns vielleicht wieder unserem aktuellen Problem zuwenden?« ließ sich Dr. Lieberman vernehmen.

»Ja, natürlich«, flüsterte Fern. *Es ist nur leeres Geschwätz. Lincoln verteidigt die Frau in aller Öffentlichkeit, und schon glaubt die ganze Stadt, daß die beiden miteinander ins Bett gehen.* Erst vor wenigen Monaten war Fern selbst den Gerüchten zufolge die Frau in Lincolns Leben gewesen. Auch nur leeres Geschwätz, das dadurch entstanden war, daß sie und Lincoln viele Stunden zusammen im Anti-Drogen-Projekt der Schule gearbeitet hatten. Sie verbannte das Thema Claire Elliot aus ihren Gedanken und richtete ihre Verärgerung gegen Lieberman, der die Leitung ihrer Konferenz an sich reißen wollte.

»Autoritäres Durchgreifen bewirkt in dieser Altersgruppe herzlich wenig«, sagte er soeben. »Wir haben es hier mit einer Entwicklungsstufe zu tun, in der die Jugendlichen gerade gegen jegliche Form von Autorität rebellieren. Man vermittelt ihnen nicht die richtige Message, wenn man nur den Daumen draufhält und seine Macht unter Beweis stellt.«

»Mir ist es inzwischen egal, welche Message ich ihnen vermittle«, sagte Fern. »Ich bin dafür verantwortlich, daß sie sich nicht gegenseitig umbringen.«

»Dann drohen Sie ihnen doch mit dem Entzug von etwas, woran ihnen viel liegt. Sport, Klassenfahrten. Wie wäre es mit diesem Ball, den Sie geplant hatten? Das ist doch ein ziemlich wichtiges gesellschaftliches Ereignis für die Schüler, oder?«

»Wir haben den Erntetanz schon zweimal abgesagt«, erwiderte Fern. »Das erste Mal wegen Mrs. Cornwallis, und das zweite Mal wegen all der Schlägereien.«

»Aber sehen Sie doch, das ist etwas Positives, womit Sie sie anspornen können. Eine Belohnung für Wohlverhalten. Ich würde den Tanz nicht ausfallen lassen. Womit kann man sie sonst noch packen?«

»Wie wäre es mit der Angst um ihr Leben?« murmelte die Englischlehrerin.

»Positive Verstärkung«, sagte Lieberman. »Das ist das Mantra, das wir nie vergessen dürfen. Positiv. Positiv.«

»Der Tanz könnte ein Desaster werden«, gab Fern zu bedenken. »Zweihundert Jugendliche, alle in einer Turnhalle zusammengepfercht. Da genügt eine Schlägerei, und schon bricht die totale Panik aus.«

»Dann sondern Sie eben die Unruhestifter schon im Vorfeld aus. Das meine ich mit positiver Verstärkung. Sobald ein Schüler die Grenze auch nur um einen Zentimeter überschreitet, bleibt er beim Tanz draußen vor der Tür.« Er machte eine Pause. »Diese zwei Jungen heute, die sich geschlagen haben –«

»Noah Elliot und J. D. Reid.«

»Fangen Sie damit an, daß Sie an den beiden ein Exempel statuieren.«

»Ich habe sie für den Rest der Woche vom Unterricht suspendiert«, sagte Fern. »Ihre Eltern kommen sie jetzt abholen.«

»An Ihrer Stelle würde ich die ganze Schule wissen lassen, daß diese beiden nicht am Tanz teilnehmen dürfen und daß das gleiche allen Unruhestiftern blüht. An ihnen sollen alle sehen können, wie sie es besser nicht machen sollten.«

In der langen Pause, die jetzt folgte, waren alle Blicke auf Fern gerichtet. Man erwartete eine Entscheidung. Sie war der Verantwortung überdrüssig; sie hatte es satt, immer schuld zu sein, wenn etwas schiefging. Und jetzt, da dieser Dr. Lieberman ihr genau sagte, was sie zu tun hatte, begrüßte sie fast die Gelegenheit, sich seinem Urteil zu unterwerfen – die Verantwortung auf jemand anderen abzuwälzen.

»Also gut. Der Tanz steht wieder auf dem Plan«, sagte sie.

Es klopfte an der Tür. Ferns Puls beschleunigte sich, als Lincoln Kelly den Raum betrat. Er war heute in Zivil, mit Jeans und seiner alten Sportjacke, und er brachte den Geruch des Winters mit. Schneeflocken glitzerten in seinen Haaren. Er sah müde aus, aber die Erschöpfung verstärkte nur seine Anziehungskraft auf Fern. Sie dachte, was sie schon so oft gedacht hatte: *Du brauchst eine gute Frau, die sich um dich kümmert.*

»Tut mir leid, daß ich mich verspätet habe«, sagte er. »Ich bin erst vor ein paar Minuten zurückgekommen.«

»Wir sind gerade fertig mit unserer Besprechung«, sagte Fern. »Aber wir beide müssen uns unterhalten, falls du jetzt ein bißchen Zeit hast.« Sie stand auf und wurde sofort verlegen, als sie sah, wie er überrascht ihre schäbige Kluft musterte. »Ich mußte wieder einmal zwei Kampfhähne auseinanderbringen, und dabei bin ich zu Boden gegangen«, erklärte sie. Sie zupfte an dem Sweatshirt. »Ich mußte mich rasch umziehen. Die Farbe ist nicht gerade optimal für meinen Typ.«

»Du hast dich doch nicht verletzt, oder?«

»Nein. Obwohl es weh tut, ein Paar gute italienische Schuhe ruiniert zu sehen.«

Er lächelte – eine Bestätigung, daß sie trotz ihrer augenblicklichen unvorteilhaften Erscheinung noch in der Lage war, Witz und Charme auszustrahlen, und daß ihr Charme bei ihm auch ankam.

»Ich warte in dem anderen Büro auf dich«, sagte er und ging wieder hinaus.

Sie konnte ihm nicht einfach nachgehen; zuerst mußte sie einen eleganten Abgang hinlegen. Als sie sich endlich erfolgreich losgeeist hatte, waren schon fünf Minuten vergangen, und Lincoln war nicht mehr allein in dem Büro.

Bei ihm war Claire Elliot.

Die beiden schienen Fern nicht zu bemerken, als sie aus dem Besprechungszimmer kam, so sehr waren sie ineinander vertieft. Sie berührten sich nicht, aber Fern sah in Lincolns Gesicht eine pulsierende Intensität, die sie nie zuvor bei ihm bemerkt hatte. Es war, als sei er plötzlich aus einem langen Winterschlaf erwacht und weilte wieder unter den Lebenden.

Sie fühlte augenblicklich einen beinahe körperlichen Schmerz. Sie machte einen Schritt auf die beiden zu, dann wurde ihr klar, daß sie nichts zu sagen wußte. *Was sieht er in dir, das er in mir nie gesehen hat?* fragte sie sich, während sie Claire ansah. All die Jahre hatte sie verfolgt, wie Lincolns Ehe langsam zerbrach, und sie hatte geglaubt, am Ende würde die Zeit auf ihrer Seite sein. Doreen würde allmählich von der Bildfläche verschwinden, und Fern würde ihren Platz einnehmen. Statt dessen kam nun diese gewöhnliche Frau daher, mit ihren Snowboots und ihrem braunen Rolli, und stellte sich einfach an die Spitze der Schlange. *Du gehörst hier nicht her,* dachte Fern haßerfüllt, als Claire sich zu ihr umdrehte. *Du wirst nie hierhergehören.*

»Mary Delahanty hat mich angerufen«, sagte Claire. »Noah ist wohl wieder in eine Schlägerei geraten.«

»Ihr Sohn wurde vom Unterricht ausgeschlossen«, sagte

Fern mit brutaler Direktheit. Mehr als alles andere fühlte sie den Drang, dieser Frau Schaden zuzufügen, und es tat ihr gut, zu sehen, wie Claire zusammenzuckte.

»Was ist passiert?«

»Er hat sich wegen eines Mädchens geprügelt. Offenbar ist Noah ihr nachgestiegen, und der Bruder des Mädchens ist eingeschritten, um seine Schwester zu beschützen.«

»Das kann ich nicht recht glauben. Mein Sohn hat nie irgendwelche Mädchen erwähnt –«

»Es ist heutzutage nicht leicht für Kinder, sich Gehör zu verschaffen, wenn die Eltern beruflich so eingespannt sind.« Fern hatte Claire Elliot verletzen wollen, und offensichtlich war es ihr gelungen, denn Claires schlechtes Gewissen drückte sich in der Röte aus, die in ihre Wangen stieg. Fern wußte genau, wohin sie zu zielen hatte – auf den Punkt, an dem alle Eltern am empfindlichsten sind und den sie durch Selbstvorwürfe und ein überwältigendes Verantwortungsgefühl immer noch verletzlicher machen.

»Fern«, sagte Lincoln. Sie hörte einen Vorwurf aus seiner Stimme heraus. Als sie sich zu ihm umdrehte, empfand sie plötzlich eine tiefe Scham. Sie hatte die Kontrolle verloren, hatte ihrem Ärger Luft gemacht und sich von ihrer schlechtesten Seite gezeigt, während Claire die Rolle des Unschuldslamms spielte.

Mit gedämpfter Stimme sagte sie: »Ihr Sohn wartet im Arrestzimmer. Sie können ihn jetzt mitnehmen.«

»Wann kann er wieder zur Schule kommen?«

»Ich habe darüber noch nicht entschieden. Ich werde mit den Lehrern sprechen und mir ihre Empfehlungen anhören. Die Strafe muß so empfindlich sein, daß er es sich ernsthaft überlegt, bevor er noch einmal irgendwelchen Ärger macht.« Sie warf Claire einen vielsagenden Blick zu. »Er hat doch schon einmal Ärger gemacht, nicht wahr?«

»Da war nur dieser Vorfall mit dem Skateboard –«

»Nein, ich meine früher. In Baltimore.«

Claire starrte sie schockiert an. Es ist also wahr, dachte Fern befriedigt. Der Junge war immer schon ein Problemfall.

»Mein Sohn ist kein Unruhestifter«, sagte Claire trotzig, aber gefaßt.

»Und doch hat er eine Jugendstrafe bekommen.«

»Woher wissen Sie das?«

»Man hat mir ein paar Artikel zugeschickt – aus einer in Baltimore erscheinenden Zeitung.«

»Wer hat sie Ihnen geschickt?«

»Ich weiß es nicht. Das spielt keine Rolle.«

»Das spielt sehr wohl eine Rolle! Jemand versucht, meinen Ruf zu ruinieren und mich aus der Stadt zu treiben. Jetzt machen sie sich an meinen *Sohn* ran!«

»Aber die Berichte treffen doch zu, oder? Er hat tatsächlich ein Auto gestohlen.«

»Das war kurz nach dem Tod seines Vaters. Haben Sie überhaupt eine Vorstellung davon, was es für einen Zwölfjährigen bedeutet, wenn er mit ansehen muß, wie sein Vater langsam dahinsiecht? Wie so etwas einem Kind das Herz brechen kann? Noah hat sich nie davon erholt. Ja, er ist immer noch zornig. Er trauert immer noch. Aber ich kenne ihn, und ich sage Ihnen, *mein Sohn ist nicht schlecht.«*

Fern unterdrückte eine Erwiderung. Es hatte keinen Sinn, sich mit einer wütenden Mutter anzulegen. Es war ihr völlig klar, daß Dr. Elliot blind war, daß die Liebe ihr die Augen verschloß.

Lincoln fragte: »Wer war der andere Junge?«

»Spielt das eine Rolle?« gab Fern zurück. »Noah muß sich mit den Folgen seines eigenen Verhaltens auseinandersetzen.«

»Du hast angedeutet, daß der andere Junge die Schlägerei angefangen hat.«

»Ja, um seine Schwester zu beschützen.«

»Hast du mit dem Mädchen gesprochen? Hast du eine Bestätigung, daß sie den Schutz tatsächlich nötig hatte?«

»Ich brauche keine Bestätigung. Ich sah zwei Jungen miteinander kämpfen. Ich lief hin, um sie auseinanderzubringen, und wurde zu Boden gestoßen. Was da draußen passiert ist, war häßlich. Brutal. Ich kann nicht glauben, daß du mit einem Jungen sympathisierst, der mich angegriffen hat –«

»Angegriffen?«

»Es kam zu Körperkontakt. Ich bin gestürzt.«

»Möchtest du Anzeige erstatten?«

Sie öffnete den Mund, um ja zu sagen, hielt sich aber im letzten Moment zurück. Eine Anzeige würde bedeuten, daß sie vor Gericht aussagen mußte. Und was würde sie unter Eid sagen können? Sie hatte die Rage in Noahs Gesicht gesehen, hatte gewußt, daß er sie schlagen wollte. Die Frage, ob er tatsächlich die Hand gegen sie erhoben hatte, war nur eine Formsache; entscheidend war seine Absicht; die Gewaltbereitschaft, die aus seinen Augen sprach. Aber hatte das sonst noch jemand gesehen?

»Nein, ich möchte keine Anzeige erstatten«, sagte sie. Und sie fügte großzügig hinzu: »Ich werde ihm noch einmal eine Chance geben.«

»Ich bin sicher, Noah wird es dir danken, Fern«, sagte er.

Und sie dachte betrübt: *Es ist nicht die Anerkennung des Jungen, auf die es mir ankommt. Sondern deine.*

»Möchtest du darüber reden?« fragte Claire, während sie von der Schule nach Hause fuhren.

Noahs Antwort bestand darin, daß er wie eine Amöbe zurückwich und so weit wie möglich von ihr abrückte.

»Irgendwann müssen wir darüber reden, Schatz.«

»Wozu denn?«

»Wozu? Du bist schließlich von der Schule gewiesen worden, und wir wissen nicht, wann du wieder zugelassen wirst – wenn überhaupt.«

»Dann gehe ich eben nicht mehr hin, na und? Ich habe da sowieso nichts gelernt.« Er drehte sich weg und starrte aus dem Fenster. Er kapselte sich von ihr ab.

Sie fuhr eine Meile, ohne etwas zu sagen; den Blick auf die Straße gerichtet, ohne sie jedoch wirklich wahrzunehmen. Statt dessen sah sie vor ihrem geistigen Auge ihren Sohn als fünfjähriges Kind, wie er zusammengerollt auf dem Sofa gelegen hatte, stumm, zu gekränkt, um ihr erzählen zu können, wie die anderen Kinder ihn in der Schule gequält hatten. Er ist noch nie besonders mitteilsam gewesen, dachte sie. Er hat sich immer schon in Schweigen gehüllt, und jetzt ist dieses Schweigen noch tiefer geworden, noch undurchdringlicher.

Sie sagte: »Ich habe darüber nachgedacht, was wir tun sollten, Noah. Du mußt mir sagen, was du willst. Ob du glaubst, daß ich das Richtige tue. Du weißt, daß meine Praxis nicht gut läuft. Und jetzt, mit den kaputten Fenstern und den ruinierten Teppichen, wird es Wochen dauern, bevor ich wieder Patienten empfangen kann. Wenn sie überhaupt zu mir kommen wollen ...« Sie seufzte. »Ich habe doch nur versucht, einen Ort zu finden, wo du dich wohl fühlen würdest, wo wir uns beide wohl fühlen würden. Und jetzt sieht es so aus, als hätte ich alles vermasselt.« Sie bog in die Auffahrt ein, parkte und stellte den Motor ab. Sie drehte sich zu ihm um. »Du mußt es mir nicht sofort sagen. Aber wir müssen bald darüber reden. Wir müssen uns entscheiden.«

»Uns entscheiden? Wieso?«

»Ob wir nach Baltimore zurückgehen sollten.«

»Was?« Sein Kopf fuhr hoch, und jetzt endlich sah er ihr in die Augen. »Du meinst, wir sollen *fortgehen?*«

»Du redest doch schon seit Monaten davon, daß du in die Stadt zurückwillst. Ich habe heute morgen Oma Elliot angerufen. Sie sagte, du könntest schon früher zurückgehen und bei ihr wohnen. Ich würde dann nachkommen, sobald ich unsere Sachen gepackt und das Haus einem Makler übergeben habe.«

»Du tust es schon wieder. Du fällst Entscheidungen über *mein* Leben.«

»Nein, ich bitte dich, mir zu helfen, eine Wahl zu treffen.«

»Du bittest mich nicht. Du hast dich schon entschieden.«

»Das ist nicht wahr. Ich haben diesen Fehler schon einmal gemacht, und ich werde ihn nicht wiederholen.«

»Du *willst* fortgehen, stimmt's? All die Monate war ich es, der wieder nach Baltimore zurückwollte, und du hast mir nicht zugehört. Jetzt entscheidest *du*, daß es an der Zeit ist, und da fragst du plötzlich: *Was willst du, Noah?*«

»Ich frage dich, weil es mir wichtig ist! Deine Bedürfnisse waren mir immer wichtig.«

»Und wenn ich bleiben will? Wenn ich dir sage, es gibt da jemanden, der mir wirklich etwas bedeutet, und sie lebt *hier?*«

»Du hast die letzten neun Monate nur immer wieder gesagt, wie sehr du diese Stadt haßt.«

»Und da war es dir egal.«

»Was willst du? Was kann ich tun, um dich froh zu machen? Gibt es irgend etwas, das dich froh machen würde?«

»Du schreist mich an.«

»Ich gebe mir solche Mühe, und nie bist du zufrieden.«

»Hör auf, mich anzuschreien!«

»Denkst du, es ist leicht, heutzutage eine Mutter zu sein? Denkst du, daß du mit einer anderen Mutter glücklicher wärst?«

Er ließ die Faust auf das Armaturenbrett niedersausen, immer und immer wieder, und brüllte: *»Schrei – mich – nicht – an!«*

Sie starrte ihn an, schockiert von der Heftigkeit seines Zorns. Und von dem hellroten Blutstropfen, der plötzlich aus seinem Nasenloch rann. Er tropfte auf Noahs Jacke.

»Du blutest ja –«

Automatisch faßte er sich an die Oberlippe und blickte auf seine blutverschmierten Finger. Ein weiterer Tropfen löste sich und landete auf der Jacke.

Er sprang aus dem Wagen und lief ins Haus.

Sie ging ihm nach, mußte aber feststellen, daß er sich im Bad eingeschlossen hatte. »Noah, laß mich rein!«

»Laß mich in Ruhe!«

»Ich will nur die Blutung stillen.«

»Es hat schon aufgehört.«

»Darf ich nachsehen? Ist alles in Ordnung?«

»Verdammt noch mal!« schrie er, und sie hörte, wie etwas krachend am Boden zerschellte. »Warum gehst du nicht einfach *weg?*«

Sie starrte die verschlossene Tür an und wünschte insgeheim, sie würde sich plötzlich öffnen; doch sie wußte, daß das nicht geschehen würde. Es gab zwischen ihnen schon zu viele verschlossene Türen, und diese hier war nur eine weitere, die sie nicht würde aufbrechen können.

Das Telefon klingelte. Während sie in die Küche eilte, um abzuheben, dachte sie erschöpft: *In wie viele Richtungen kann ich mich gleichzeitig zerren lassen?*

Aus dem Hörer drang eine vertraute Stimme, die aufgeregt lossprudelte. »Doc, Sie müssen schnell kommen! Sie müssen ihr helfen!«

»Elwyn?« sagte Claire. »Ist dort Elwyn Clyde?«

»Ja, Ma'am. Ich bin bei Rachel. Sie will nicht ins Krankenhaus, also hab ich mir gedacht, ich ruf besser bei Ihnen an.«

»Was ist passiert?«

»Ich weiß nicht genau. Aber Sie kommen besser schnell her, weil, sie blutet die ganze Küche voll.«

18

Es dämmerte schon, als Claire Rachel Sorkins Haus erreichte. Elwyn Clyde stand auf der Veranda und sah seinen Hunden zu, die im Hof herumtollten. »Schlimme Sache«, murmelte er düster, als Claire die Stufen emporstieg.

»Wie geht es ihr?«

»Ganz schön übel drauf, kann ich Ihnen sagen. Schickt mich

einfach raus, wo ich ihr doch bloß helfen wollte, was? Wollte mich nur nützlich machen, aber sie sagt nur: Geh nach draußen, Elwyn, du stinkst mir die Küche voll.« Er senkte den Blick, sein häßliches Gesicht kummervoll verzogen. »Sie ist nett zu mir gewesen bei der Sache mit meinem Fuß und so. Ich wollt's ihr bloß vergelten.«

»Das haben Sie schon getan«, sagte Claire und klopfte ihm auf die Schulter. Es fühlte sich an, als sei unter dem schäbigen Mantel ein Reisigbündel verborgen. »Ich gehe mal rein und sehe sie mir an.«

Claire trat in die Küche. Ihr Blick fiel sofort auf die gegenüberliegende Wand. *Blut* war ihr erster Gedanke, als sie die roten Farbspritzer sah. Dann erkannte sie die Schrift, in leuchtendem Rot quer über die Schranktüren gesprüht:

SATANSHURE

»Ich wußte, daß es irgendwann passieren würde«, sagte Rachel leise. Sie saß am Küchentisch und hielt sich einen Plastikbeutel mit Eiswürfeln an den Kopf. Blut war auf ihrer Wange getrocknet und verklebte die Strähnen ihres schwarzen Haars. Der Boden zu ihren Füßen war mit Glasscherben übersät. »Es war nur eine Frage der Zeit.«

Claire zog einen Stuhl heran und setzte sich neben Rachel. »Lassen Sie mich Ihren Kopf ansehen.«

»Die Menschen sind so unglaublich borniert. Es muß sie nur irgendein Idiot aufstacheln, und schon veranstalten sie eine ...« Sie stieß ein kehliges Lachen aus. »Hexenjagd.«

Vorsichtig hob Claire den Eisbeutel von Rachels Kopf ab. Obwohl die Wunde nicht tief war, hatte sie stark geblutet und würde mindestens ein halbes Dutzend Stiche benötigen. »Waren das die umherfliegenden Glassplitter?«

Rachel nickte und zuckte dann zusammen, als habe diese einfache Bewegung die Schmerzen neu entflammt. »Ich habe den Stein nicht kommen sehen. Ich war so wütend wegen der Farbe, wegen der Schweinerei, die sie hier veranstaltet haben. So habe ich gar nicht bemerkt, daß sie noch draußen waren und mich beobachteten, als ich ins Haus ging. Ich stand da und starrte die Schränke an, als der Stein durch die Scheibe geflogen kam.« Sie zeigte auf das zerbrochene Fenster, das mit Brettern vernagelt war. »Elwyn hat die Bretter festgemacht.«

»Wie kam es, daß er in der Nähe war?«

»Ach, dieser verrückte Elwyn trampelt immer mit seinen Hunden durch meinen Hof. Er hat das kaputte Fenster gesehen und ist hereingekommen, um nach dem Rechten zu sehen.«

»Das war nett von ihm. Sie könnten einen schlechteren Nachbarn haben.«

Widerwillig gab Rachel zu: »Ja, das stimmt wohl. Er hat das Herz am rechten Fleck.«

Claire öffnete ihre Tasche und nahm die Nähutensilien heraus. Sie begann damit, Rachels Wunde mit einem Antiseptikum zu betupfen. »Haben Sie das Bewußtsein verloren?«

»Ich kann mich nicht erinnern.«

»Sie sind sich nicht sicher?«

»Ich nehme an, ich war ein wenig benommen. Ich stellte plötzlich fest, daß ich am Boden saß, aber ich kann mich nicht daran erinnern, wie ich dorthin gekommen bin.«

»Wir sollten Sie für die Nacht unter Beobachtung halten. Falls es zu irgendwelchen inneren Blutungen in Ihrem Kopf kommen sollte ...«

»Ich kann nicht ins Krankenhaus gehen. Ich bin nicht versichert.«

»Sie können nicht alleine im Haus bleiben. Ich kann eine direkte Einlieferung veranlassen.«

»Aber ich habe das Geld nicht, Dr. Elliot. Ich kann mir das Krankenhaus nicht leisten.«

Claire betrachtete ihre Patientin einen Moment lang; sollte sie wirklich auf ihrer Anweisung bestehen? »Also schön. Aber wenn Sie zu Hause bleiben, muß über Nacht jemand bei Ihnen sein.«

»Es gibt niemanden.«

»Eine Freundin? Ein Nachbar?«

»Mir fällt niemand ein.«

Sie hörten ein lautes Klopfen. »He«, rief Elwyn durch die verschlossene Tür. »Kann ich reinkommen und die Toilette benutzen?«

»Sind Sie da absolut sicher?« fragte Claire mit einem vielsagenden Seitenblick in Elwyns Richtung.

Rachel schloß die Augen und seufzte.

Als Claire wieder auf Rachels Veranda hinaustrat, war gerade ein Polizeiauto in der Dunkelheit vorgefahren. Zusammen mit Elwyn sah sie zu, wie der Officer aus dem Streifenwagen stieg und über den Hof auf sie zuging.

Als er ins Licht kam, erkannte sie Mark Dolan. Sie war überrascht, ihn zu sehen, denn normalerweise hatte er die Nachtschicht, die erst später begann. Sie hatte Dolan nie gemocht, und heute war sie ihm auch nicht besonders freundlich gesonnen, wenn sie sich an das erinnerte, was Mitchell Groome gesagt hatte.

»Hat's hier Ärger gegeben?« fragte er.

»Ich hab Sie schon vor über einer Stunde angerufen«, sagte Elwyn mürrisch.

»Ja, ich weiß, aber wir können uns vor Anrufen nicht mehr retten. Vandalismus hat da nicht die höchste Priorität. Also, was ist passiert? Jemand hat eine Scheibe eingeworfen?«

»Das war mehr als nur Vandalismus«, sagte Claire. »Das war ein Verbrechen aus Haß. Man hat einen Stein durch das Fenster geworfen, und Rachel Sorkin wurde am Kopf getroffen. Sie hätte sich ernsthafte Verletzungen zuziehen können.«

»Und wieso ist das ein Verbrechen aus Haß?«

»Man hat sie wegen ihrer religiösen Überzeugungen angegriffen.«

»Um welche Religion handelt es sich denn?«

Elwyn platzte heraus: »Sie ist eine Hexe, Sie elender Schwachkopf! Das weiß doch jeder!«

Dolan lächelte herablassend. »Elwyn, das ist nicht besonders nett von Ihnen, sie so zu nennen.«

»Was ist denn so schlimm daran, sie eine Hexe zu nennen, wo sie doch eine ist? Wenn's ihr gefällt, dann soll's mir auch recht sein, zum Kuckuck. Besser eine Hexe als eine Vegetarierin, wenn Sie mich fragen. Das mach ich ihr ja auch nicht zum Vorwurf.«

»Ich würde ihre Überzeugungen nicht unbedingt eine Religion nennen.«

»Ist ja egal, wie Sie's nennen. Bloß, weil eine Frau nun mal an irgend so einen Hokuspokus glauben will, darf man noch lange nicht mit Steinen nach ihr werfen!«

»Es *ist* ein Verbrechen aus Haß«, beharrte Claire. »Tun Sie es nicht als Vandalismus ab.«

Dolans Lächeln hatte sich zu einem höhnischen Grinsen verzogen. »Wir werden der Sache so viel Aufmerksamkeit widmen, wie ihr zukommt«, sagte er. Und er stieg die Verandastufen empor und ging ins Haus.

Claire und Elwyn standen eine Weile schweigend da.

»Sie hat es besser verdient«, sagte er. »Sie ist eine gute Frau, und sie hat was Besseres verdient als das, was diese Stadt mit ihr macht.«

Claire sah ihn an. »Und Sie sind ein guter Mann, Elwyn. Danke, daß Sie heute nacht bei ihr bleiben.«

»Tja nun, ist wohl eine größere Sache draus geworden, was?« murmelte er, als er die Stufen hinunterging. »Ich bring nur eben die Hunde nach Hause, wo sie ihr doch so auf den Geist gehen. Und dann kann ich dieses andere dämliche Geschäft auch gleich hinter mich bringen. Wo ich's ihr nun mal versprochen hab.«

»Welches Geschäft?«

»Baden«, brummte er und stapfte davon in Richtung Wald, gefolgt von seinen Hunden.

Es war spät am Abend, und Noah schlief schon, als Lincoln sie endlich anrief.

»Ich habe schon ein dutzendmal den Hörer in die Hand genommen, um dich anzurufen«, sagte er, »aber immer ist etwas dazwischengekommen. Wir arbeiten hier schon in Doppelschichten, um mit all den Anrufen fertigzuwerden.«

»Hast du von dem Angriff auf Rachel Sorkin gehört?«

»Mark hat ihn beiläufig erwähnt.«

»Hat er auch erwähnt, daß er ein Volltrottel ist?«

»Was hat er denn getan?«

»Es geht darum, was er nicht getan hat. Er hat den Überfall nicht ernst genommen. Er hat ihn als bloßen Vandalismus abgetan.«

»Mir hat er erzählt, es sei nur ein Fenster eingeworfen worden.«

»Die Vandalen haben etwas auf ihren Küchenschrank gesprüht. Das Wort war ›Satanshure‹.«

Es war eine Weile still. Als er wieder sprach, hörte sie den kaum verhüllten Zorn in seiner Stimme. »Dieses Gerede von Teufelskulten geht allmählich zu weit. Ich werde mir diese Damaris Horne mal vorknöpfen, bevor sie anfängt, über alte Penobscot-Flüche zu schreiben.«

»Du hast ihr doch nicht von deinem Gespräch mit Vince erzählt, oder?«

»Gott bewahre! Ich habe versucht, ihr aus dem Weg zu gehen.«

»Wenn du mit ihr sprichst, frag sie doch mal nach ihrem speziellen Freund, Officer Dolan.«

»Verstehe ich das so, wie du es meinst?«

»Ich habe es von Mitchell Groome gehört, einem dieser Reporter. Er hat sie zusammen gesehen.«

»Ich habe Mark schon gefragt, ob er mit ihr gesprochen hat. Er leugnet es strikt. Ich kann nicht gegen ihn vorgehen, wenn ich keine Beweise habe.«

»Ist dir sein Wort denn gut genug?«

Eine Pause. »Ich weiß es ehrlich gesagt nicht, Claire«, seufzte er. »In letzter Zeit habe ich Dinge über meine Nachbarn erfahren, über meine Freunde, die mir völlig neu waren. Dinge, von denen ich lieber nichts gewußt hätte.« Der Zorn wich aus seiner Stimme. »Ich habe nicht angerufen, um über Mark Dolan zu reden.«

»Weshalb hast du denn angerufen?«

»Um darüber zu reden, was letzte Nacht passiert ist. Zwischen uns beiden.«

Sie schloß die Augen, machte sich darauf gefaßt, Worte des Bedauerns zu hören. Ein Teil von ihr wollte die Bande gelöst sehen, wollte in die Freiheit entlassen werden. Es würde bedeuten, daß sie diese Stadt verlassen konnte, ohne sich noch einmal umzusehen, ohne noch länger um die richtige Entscheidung zu ringen.

Aber ein anderer Teil von ihr, der größte Teil, wollte *ihn.*

»Hast du über das nachgedacht, was ich gesagt habe?« fragte er. »Ob du bleiben willst?«

»Bittest du mich immer noch darum?«

»Ja.«

Er sagte es ohne Zögern. Er gab sie nicht frei, und sie empfand sowohl Freude als auch Beklemmung.

»Ich weiß es nicht, Lincoln. Ich muß ständig an all die Gründe denken, weshalb ich die Stadt verlassen sollte.«

»Was ist mit all den Gründen fürs Hierbleiben?«

»Welche Gründe gibt es denn noch, außer dir?«

»Wir können darüber reden. Ich kann gleich vorbeikommen.«

Sie wollte, daß er kam, doch sie hatte Angst vor dem, was dann geschehen würde. Angst, eine vorschnelle Entscheidung zu treffen – davor, daß allein seine Gegenwart sich als das überzeugendste Argument für ihr Hierbleiben erweisen würde. So vieles trieb sie von Tranquility fort. Sie mußte nur aus dem Fenster blicken, in die undurchdringliche Dunkelheit einer Novembernacht, und sich sagen, daß diese Nacht kalt genug war, um jegliches Leben …

»Ich kann in zehn Minuten dort sein.«

Sie schluckte. Nickte dem leeren Zimmer zu. »In Ordnung.«

Kaum hatte sie aufgelegt, als sie von einem Gefühl der Panik erfaßt wurde. War sie überhaupt präsentabel? War ihr Haar in Ordnung, war die Wohnung aufgeräumt? Sie erkannte diese wirren Gedanken als das, was sie waren – Ausdruck des weiblichen Verlangens, den Geliebten zu beeindrucken –, und sie war überrascht, daß ihr so etwas in dieser Phase ihres Lebens noch widerfahren konnte. Alter schützt vor Torheit nicht, dachte sie mit einem süßsauren Lächeln.

Sie vermied es bewußt, auch nur einen Blick in den Spiegel zu werfen, und ging hinunter ins Wohnzimmer. Dort zwang sie sich dazu, die nächsten Minuten darauf zu verwenden, ein Feuer im Kamin in Gang zu bringen. Wenn Lincoln schon darauf bestand, ihr zu so später Stunde einen Besuch abzustatten, dann würde er sich mit dem zufriedengeben müssen, was er vorfand. Eine Frau mit Ruß an den Händen und Rauchgeruch im Haar. Die wahre Claire Elliot, so wie sie war, gestreßt und nicht besonders glamourös. Soll er mich ruhig so sehen, dachte sie trotzig, und dann wird sich herausstellen, ob er mich immer noch will.

Sie legte Holzscheite in den Kamin, zündete ein Streichholz an und hielt die Flamme an ein Stück zusammengeknülltes Zeitungspapier. Das Feuer war ordentlich gebaut, und sie mußte sich eigentlich nicht weiter darum kümmern; trotzdem blieb sie am Kamin stehen und sah mit kindlicher Befriedigung zu, wie zuerst das Papier und dann die Holzscheite Feuer fingen. Das Holz war gründlich abgelagert; es würde gut brennen und reichlich Wärme abgeben. Sie war wie dieses Holz. Ausgedörrt und zu lange unberührt. Sie wußte kaum noch, wie es war, in Flammen zu stehen.

Sie hörte sein Klingeln. Augenblicklich begannen ihre Nerven zu flattern. Sie klatschte ihre rußigen Hände zusammen, dann rieb sie sie an ihren Hüften ab, wodurch es ihr lediglich gelang, den Ruß auf ihre Hose zu übertragen.

Soll er doch die wahre Claire sehen. Und dann entscheiden, ob sie das ist, was er will.

Sie ging hinaus in die Diele, blieb noch einen Moment stehen, um sich zu sammeln, und öffnete dann die Tür. »Komm rein«, sagte sie.

»Hallo, Claire«, antwortete er, ebenso verlegen wie sie. Sie sahen einander nur für eine Sekunde in die Augen und brachen dann gleichzeitig den Blickkontakt ab. Er trat ein, und sie sah, daß seine Jacke mit feinem Schnee bedeckt war; in der Dunkelheit draußen wirbelte es wie feiner weißer Staub, wie Nebel.

Sie schloß die Tür. »Ich habe drüben ein Feuer brennen. Darf ich dir die Jacke abnehmen?«

Er zog sie aus, und als sie die Jacke auf einen Kleiderbügel hängte, spürte sie die Wärme seines Körpers im Futter. So oft waren sie sich schon begegnet, hatten miteinander gesprochen, aber noch nie zuvor hatte sie seine Gegenwart so wie heute mit allen Sinnen empfunden: seine Körperwärme, die sich auf die Jacke übertragen hatte, den Geruch von Rauch und von schmelzendem Schnee, den er ausströmte, und seinen Blick, der auf ihr ruhte und den sie spürte, obwohl sie ihm den Rücken zukehrte.

Sie ging voraus ins Wohnzimmer.

Das Feuer war inzwischen voll entflammt und warf einen hellen Lichtkegel in die Düsternis. Claire setzte sich auf die Couch und schaltete die Lampe, die daneben stand, aus. Das Feuer spendete genug Licht, und der Halbschatten gewährte ihr Zuflucht. Lincoln setzte sich neben sie, in gebührendem Abstand – als wolle er seine Neutralität unter Beweis stellen und sich nicht zwischen Freund, Liebhaber oder bloßer Bekanntschaft entscheiden.

»Wie geht's Noah?« fragte er schließlich. Neutralität auch in der Wahl des Gesprächsthemas.

»Er ist wütend zu Bett gegangen. Irgendwie legt er es darauf an, ein Opfer zu sein; er will das Gefühl haben, daß die ganze Welt gegen ihn ist. Ich kann nichts tun, um ihn umzustimmen.« Sie seufzte und stützte den Kopf auf die Hand. »Seit neun Monaten bin ich für ihn der Bösewicht, weil ich ihn gezwungen habe hierherzuziehen. Heute nachmittag dann, als ich ihm sagte, daß ich mir überlege, nach Baltimore zurückzugehen, da ist er explodiert. Er sagte, ich würde keine Rücksicht auf das nehmen, was er braucht, was er will. Was ich auch tue, ich kann nicht gewinnen. Ich kann es ihm nicht recht machen.«

»Dann kannst du es nur dir selbst recht machen.«

»Das erscheint mir egoistisch.«

»Wirklich?«

»Ich habe das Gefühl, daß ich eine bessere Mutter sein könnte.«

»Ich sehe doch, wieviel Mühe du dir gibst, Claire. Mehr kann man von keiner Mutter verlangen.« Er schwieg einen Moment und seufzte dann. »Und jetzt mache ich dein Leben wohl noch komplizierter, als es schon ist, und das zu einem Zeitpunkt, wo du es am wenigsten gebrauchen kannst. Aber, Claire, für mich gibt es keinen anderen Zeitpunkt. Ich mußte es dir sagen, solange du dich noch nicht entschieden hattest. Solange du noch in Tranquility warst.« Leise fügte er hinzu: »Bevor es zu spät war, irgend etwas zu sagen.«

Endlich sah sie ihn an. Er saß mit gesenktem Blick da, den Kopf müde in die Hand gestützt.

»Ich mache es dir ja nicht zum Vorwurf, daß du weggehen willst«, fuhr er fort. »Diese Stadt kann sich nur sehr langsam für Fremde erwärmen und ihnen ihr Vertrauen schenken. Ein paar gibt es, die sind ganz einfach bösartig. Aber die meisten sind Menschen, wie man sie überall trifft. Einige von ihnen sind unglaublich großzügig. Bessere Leute findest du nirgendwo …« Er brach ab, als wüßte er nichts mehr zu sagen.

Einen Augenblick saßen sie nur da und schwiegen.

»Sprichst du wieder für die ganze Stadt, Lincoln? Oder für dich selbst?«

Er schüttelte den Kopf. »Ich finde nicht die richtigen Worte. Ich bin gekommen, um etwas zu sagen, und rede doch nur um den heißen Brei herum. Ich denke oft an dich, Claire. Genauer gesagt, ich denke die ganze Zeit an dich. Ich weiß nicht recht, was ich davon halten soll, weil es eine neue Erfahrung für mich ist. So über den Wolken zu schweben.«

Sie lächelte. So lange hatte sie in ihm den stoischen Yankee gesehen, nüchtern und geradeheraus. Einen Mann, dessen Stiefel zu fest auf dem Boden der Tatsachen standen, als daß er je über den Wolken schweben könnte.

Lincoln erhob sich und blickte in den Kamin. Er wirkte unsicher. »Das ist eigentlich alles, was ich dir sagen wollte. Ich weiß, es gibt Komplikationen. Doreen in erster Linie. Und ich weiß, daß ich keinerlei Erfahrung als Vater habe. Aber ich habe alle Geduld der Welt, wenn es um Dinge geht, die mir wirklich etwas bedeuten.« Er räusperte sich. »Ich finde schon nach draußen.«

Er war schon zur Garderobe gegangen und griff eben nach seiner Jacke, als sie ihn einholte. Sie legte ihre Hand auf seine Schulter, und er drehte sich um und sah sie an. Seine Jacke rutschte vom Bügel und fiel unbeachtet zu Boden.

»Komm zurück und setz dich zu mir.« Diese geflüsterte Bitte und das Lächeln auf ihren Lippen – mehr bedurfte es nicht, ihn umzustimmen. Er berührte ihr Gesicht, streichelte ihre Wange. Sie hatte vergessen, wie es sich anfühlte, eine männliche Hand auf ihrer Haut zu spüren. Die Berührung weckte ein Verlangen in ihr, tief und unerwartet und so mächtig, daß sie einen Seufzer ausstieß und die Augen schloß. Sie seufzte wieder, als er sie küßte und sie einander um den Hals fielen.

Sie küßten sich weiter, während sie irgendwie den Weg zurück ins Wohnzimmer fanden, und küßten sich immer noch, als sie auf die Couch niedersanken. Im Kamin fiel ein Scheit um, und ein erstaunlich heller Schauer von Funken und Flammen stob empor. *Trockenes Holz gibt das heißeste Feuer.*

Die Hitze ihres eigenen Feuers verzehrte sie jetzt und verbrannte jeglichen Widerstand zu Asche. Sie lagen auf der Couch, ihre Körper aneinandergepreßt, ihre Hände suchend und forschend. Sie lockerte sein Hemd und ließ ihre Hand über seinen Rücken gleiten. Seine Haut fühlte sich verblüffend kalt an, als ob er alle Wärme, die er besaß, auf sie abstrahlte, durch die Küsse, die er auf ihr Gesicht, ihren Hals drückte. Sie knöpfte sein Hemd auf, atmete seinen Duft ein. Jeder allzu flüchtige Hauch davon, den sie während ihrer Begegnungen in den letzten Wochen hatte aufschnappen können, hatte sich irgendwie in ihr Gedächtnis eingebrannt, und jetzt wirkte sein Geruch auf sie ebenso vertraut wie berauschend.

»Wenn wir aufhören wollen«, murmelte er, »dann hören wir besser jetzt auf.«

»Ich will nicht aufhören.«

»Ich bin nicht vorbereitet – ich meine, ich habe nichts dabei –«

»Das macht nichts. Das macht gar nichts«, hörte sie sich sagen, ohne zu wissen, ob es wirklich nichts machte – es war ihr auch gleichgültig, so groß war ihr Verlangen nach seiner Berührung.

»Noah«, sagte er. »Was ist, wenn Noah aufwacht …«

Jetzt öffnete sie die Augen, und ihre Blicke trafen sich. Sie hatte ihn noch nie zuvor so gesehen; der Schein des Feuers fiel auf sein Gesicht, und in seinen Augen leuchtete das pure Verlangen.

»Oben«, sagte sie. »In meinem Schlafzimmer.«

Ein Lächeln erschien auf seinen Lippen. »Kann man die Tür abschließen?«

Sie liebten sich dreimal in dieser Nacht. Das erste Mal war es ein besinnungsloses Aufeinanderprallen von Körpern, ein Gewirr von Armen und Beinen, dann die bebende Explosion tief im Innern. Das zweite Mal war es die langsame Vereinigung von Liebenden – tiefe Seelenblicke, die Berührung und der Duft des anderen schon vollkommen vertraut.

Als sie sich zum drittenmal liebten, war es, um Abschied zu nehmen.

Sie waren in den frühen Morgenstunden aufgewacht und hatten einander in der Dunkelheit gesucht und gefunden. Sie sprachen kein Wort, ihre Körper fanden wie von selbst zueinander, wie zwei Hälften, die ineinandergleiten und ein Ganzes bilden. Als er sich ohne einen Laut in ihr entlud, war es, als ob er Tränen der Freude und des Leids vergösse. Tränen der Freude, weil er sie gefunden hatte. Tränen des Leids wegen all dessen, dem sie sich nun würden stellen müssen. Doreens Zorn. Noahs Widerstand. Einer Stadt, die Claire vielleicht nie akzeptieren würde.

Er wollte nicht, daß Noah sie zusammen im Bett fand, als der Morgen kam. Noch war er ebensowenig wie Claire bereit, sich mit den Auswirkungen ihres Handelns auseinanderzusetzen. Es war noch dunkel, als Lincoln sich anzog und das Haus verließ.

Von ihrem Schlafzimmerfenster aus sah sie seinen Truck wegfahren. Sie hörte das laute Knirschen des Eises unter den Reifen und wußte, daß die Nacht noch einmal kälter geworden war, daß an diesem Morgen allein schon das Atmen schmerzhaft sein würde. Lange, nachdem die Rücklichter in der Dunkelheit verschwunden waren, stand sie noch am Fenster und blickte durch die vom Mondlicht versilberten Eiszapfen nach draußen. Sie fühlte bereits seine Abwesenheit. Und sie fühlte noch etwas anderes, ebenso unerwartet wie bedrückend: die Schuldgefühle einer Mutter, die egoistisch ihren eigenen Bedürfnissen, ihren eigenen Leidenschaften nachgegeben hatte.

Sie ging den Flur entlang zu Noahs Tür. Drinnen war alles still; sie wußte, wie tief sein Schlaf war, und sie war sicher, daß er nichts von dem mitbekommen hatte, was sich in der Nacht in ihrem Schlafzimmer abgespielt hatte. Sie trat ein und ging die paar Schritte durch das dunkle Zimmer zu seinem Bett.

Als er noch ein kleines Kind gewesen war, hatte Claire oft am Bett ihres schlafenden Sohnes gestanden, hatte sein Haar gestreichelt und den Duft von warmer Bettwäsche und von Seife eingeatmet. Heute erlaubte er ihr so wenig Körperkontakt, daß sie fast vergessen hatte, wie es war, ihn zu berühren, ohne daß er automatisch von ihr abrückte. *Wenn ich dich doch nur wiederhaben könnte.* Sie beugte sich hinunter und küßte ihn auf die Augenbraue. Er stöhnte und drehte sich weg, wandte ihr den Rücken zu. Sogar im Schlaf, dachte sie, versucht er sich mir zu entziehen.

Sie wollte sich gerade wieder aufrichten, als sie plötzlich erstarrte, die Augen auf sein Kopfkissen geheftet. Auf den phosphoreszierenden grünen Fleck an der Stelle, wo Noahs Gesicht geruht hatte.

Ungläubig berührte sie den Fleck und spürte dort eine Feuchtigkeit wie von noch warmen Tränen. Sie starrte auf ihre Fingerkuppen.

Sie glimmerten gespenstisch in der Dunkelheit.

19

»Ich muß wissen, was in diesem See wächst, Max. Und ich muß es noch heute wissen.«

Max bedeutete ihr voranzugehen und schloß die Tür seines Bungalows gegen den bitterkalten Wind. »Wie geht's Noah heute morgen?«

»Ich habe ihn von Kopf bis Fuß untersucht, und von seinem Schnupfen abgesehen scheint er bei bester Gesundheit zu sein. Ich habe ihn mit Fruchtsaft und Nasentropfen im Bett zurückgelassen.«

»Und die phosphoreszierende Substanz? Haben Sie eine Kultur davon angelegt?«

»Ja. Ich habe den Abstrich gleich eingeschickt.« Sie zog die

Jacke aus. Max war es endlich gelungen, den Holzofen in Gang zu bringen, und im Zimmer war es drückend heiß. Sie hätte fast den eisigen Wind draußen vorgezogen. Hier drinnen, in der von Rauch getrübten Luft, umgeben von Max' Gerümpel, hatte sie das Gefühl, sie müßte ersticken.

»Ich habe gerade Kaffee gekocht«, sagte er. »Setzen Sie sich – falls Sie einen freien Stuhl finden können.«

Sie sah sich in der beengten Stube um und entschied sich, ihm in die Küche zu folgen. »Erzählen Sie mir doch von den Ergebnissen dieser Wasserkulturen, die Sie entnommen haben, bevor der See zugefroren ist.«

»Der Bericht ist heute morgen gekommen.«

»Warum haben Sie mich nicht gleich angerufen?«

»Weil es nicht viel zu berichten gibt.« Er durchwühlte einen Stapel Papiere auf der Küchentheke und reichte ihr einen Computerausdruck. »Hier. Die endgültige Identifizierung aus dem Labor.«

Sie überflog die lange Liste von Mikroorganismen. »Die meisten davon kenne ich nicht«, sagte sie.

»Das liegt daran, daß es keine Pathogene sind – sie verursachen keine Krankheiten beim Menschen. Diese Liste enthält bloß die typischen Bakterien- und Algenarten, die man in jedem Süßwassersee im Norden findet. Der Wert für Kolibakterien ist leicht erhöht, was darauf hindeutet, daß irgendein Klärbehälter am See oder an einem der Zuflüsse undicht ist. Aber alles in allem ist es ein ganz gewöhnliches Bakterienspektrum.«

»Keine phosphoreszierenden *Vibrio?*«

»Nein. Wenn es je *Vibrio* im See gegeben hat, dann haben sie nicht lange überlebt, und das macht es unwahrscheinlich, daß sie für irgendwelche Erkrankungen verantwortlich sind. Höchstwahrscheinlich ist *Vibrio* nicht pathogen, sondern eine der harmlosen Bakterienarten, die wir alle mit uns herumtragen.«

Sie seufzte. »Das hat mir die staatliche Gesundheitsbehörde auch gesagt.«

»Haben Sie da angerufen?«

»Gleich heute morgen. Ich war so aufgeregt wegen Noah.« Er reichte ihr eine Tasse Kaffee. Sie nahm einen Schluck und stellte dann die Tasse hin; sie fragte sich, ob Max zum Kaffeekochen wohl abgefülltes Wasser benutzt hatte, oder ob er in Gedanken Leitungswasser genommen hatte.

Aus dem See.

Ihr Blick wanderte zum Fenster, fiel auf die ausgedehnte weiße Fläche, die den Locust Lake kennzeichnete. Auf so vielfältige Weise bestimmte diese große Wasseransammlung das tägliche Leben der Menschen hier. Im Sommer schwammen und badeten sie darin, und sie zogen zappelnde Fische aus seinen Tiefen hervor. Im Winter glitten sie auf Schlittschuhen über seine Oberfläche, und sie isolierten ihre Häuser gegen den gnadenlosen Wind, der über die Eisfläche brauste. Ohne den See würde die Stadt Tranquility nicht existieren, und an dieser Stelle wäre nur ein weiteres Tal in einem riesigen, undurchdringlichen Waldgebiet.

Ihr Pager begann zu piepsen. Auf der Digitalanzeige erschien eine Nummer, die sie nicht kannte. Die Vorwahl war die von Bangor.

Sie rief von Max' Telefon aus zurück, und eine Schwester des Eastern Maine Medical Center antwortete.

»Dr. Rothstein hat uns gebeten, sie anzurufen, Dr. Elliot. Es geht um den Kraniotomie-Patienten, den Sie letzte Woche überwiesen haben – Mr. Emerson.«

»Wie ist es Warren seit seiner Operation ergangen?«

»Nun, der Psychiater und der Sozialarbeiter haben ihn beide mehrmals besucht, aber nichts scheint zu helfen. Deshalb rufen wir Sie an. Wir dachten, da er Ihr Patient ist, wüßten Sie vielleicht, wie man mit dieser Situation umgehen kann.«

»Mit welcher Situation?«

»Mr. Emerson verweigert jegliche Medikation. Und was noch schlimmer ist, er ißt nichts mehr. Er nimmt nur noch Wasser zu sich.«

»Hat er einen Grund dafür genannt?«

»Ja. Er sagt, es ist Zeit für ihn zu sterben.«

Warren Emerson schien geschrumpft zu sein, seit sie ihn das letzte Mal gesehen hatte, als ob das Leben selbst allmählich aus ihm entwich wie Luft aus einem Ballon. Er saß auf einem Stuhl am Fenster und starrte hinunter auf den Parkplatz, wo schneebedeckte Autos in Reihen standen wie frische, weiche Brotlaibe. Er drehte sich nicht zu ihr um, als sie den Raum betrat, sondern blickte weiter unentwegt aus dem Fenster; ein müder Mann, ins Licht eines grauen Tages getaucht. Sie fragte sich, ob er ihre Gegenwart überhaupt bemerkte.

Dann sagte er: »Es nützt ja doch nichts, wissen Sie. Also können Sie mich ebensogut in Ruhe lassen. Wenn deine Zeit kommt, kommt sie eben.«

»Aber Ihre Zeit ist noch nicht gekommen, Mr. Emerson«, sagte Claire.

Schließlich drehte er sich um, und wenn er überrascht war, sie zu sehen, ließ er es sich nicht anmerken. Sie hatte das Gefühl, daß ihn nichts mehr überraschen konnte. Er war jenseits von Freude und Leid. Er sah mit stumpfer Gleichgültigkeit zu, wie sie auf ihn zuging.

»Ihre Operation war ein Erfolg«, sagte sie. »Man hat die Wucherung im Gehirn entfernt, und sie ist aller Wahrscheinlichkeit nach gutartig. Sie können guter Hoffnung sein, daß Sie wieder völlig gesund werden. Und ein normales Leben führen können.«

Ihre Worte schienen keinerlei Wirkung auf ihn zu haben. Er drehte sich einfach wieder zum Fenster. »Ein Mann wie ich kann kein normales Leben führen.«

»Aber wir können die Anfälle unter Kontrolle bekommen. Vielleicht können wir sogar dafür sorgen, daß sie nie mehr –«

»Sie haben alle Angst vor mir.«

Diese Feststellung, mit solcher Resignation ausgesprochen, erklärte alles. Dies war die Krankheit, für die es keine Heilung gab, von der er nie genesen würde. Sie konnte keine Operation anbieten, mit der man die Angst und den Abscheu hätte entfernen können, die seine Nachbarn ihm gegenüber empfanden.

»Ich sehe die Angst in ihren Augen«, sagte er. »Ich sehe sie jedesmal, wenn ich auf der Straße an ihnen vorbeigehe oder wenn ich sie im Supermarkt aus Versehen streife. Es ist, als hätte man sie mit Säure verätzt. Niemand will mich anrühren. Seit dreißig Jahren hat mich niemand angerührt. Nur Ärzte und Krankenschwestern. Leute, die keine andere Wahl haben. Ich bin giftig, wissen Sie. Ich bin gefährlich. Sie halten alle Abstand, denn sie wissen, daß ich das Monster der Stadt bin.«

»Nein, Mr. Emerson. Sie sind kein Monster. Sie machen sich Vorwürfe wegen der Dinge, die vor all den Jahren passiert sind, aber ich glaube nicht, daß es Ihre Schuld war. Es war eine Krankheit. Sie hatten keine Kontrolle über Ihre Handlungen.«

Er sah sie nicht an, und sie fragte sich, ob er sie überhaupt gehört hatte.

»Mr. Emerson?«

Er starrte immer noch aus dem Fenster. »Es ist nett von Ihnen, mich zu besuchen«, murmelte er. »Aber es ist nicht nötig, daß Sie mich belügen, Dr. Elliot. Ich weiß, was ich getan habe.« Er holte tief Luft und ließ sie langsam wieder entweichen, und mit diesem Seufzer schien er noch weiter zusammenzuschrumpfen. »Ich bin so müde. Jeden Abend, wenn ich zu Bett gehe, rechne ich damit, daß ich nicht mehr aufwache. Ich hoffe es. Und jeden Morgen, wenn ich die Augen aufschlage, bin ich enttäuscht. Die Menschen glauben, es sei so schwer, am Leben zu bleiben. Aber wissen Sie, das ist noch das leichteste. Das schwere ist das Sterben.«

Es gab nichts, was sie hätte sagen können. Ihr Blick fiel auf das unberührte Essenstablett, das am Fenster stand. Eine Hähnchenbrust in geronnener Soße, ein Häufchen Reis; die Körner glitzerten wie winzige Perlen. Und Brot, das Symbol des Lebens. Eines Lebens, das Warren Emerson nicht länger leben, nicht länger erdulden wollte. Ich kann nicht machen, daß du weiterleben willst, dachte sie. Ich kann dich mit Flüssignahrung künstlich ernähren, mit Hilfe eines Schlauchs, der durch ein Nasenloch in deinen Magen eingeführt wird, aber ich kann dir keine Lebensfreude einflößen.

»Dr. Elliot?«

Claire wandte sich um und sah eine Schwester in der Tür stehen.

»Dr. Clevenger von der Pathologie ist am Telefon. Er möchte Sie sprechen. Apparat drei.«

Claire verließ Warren Emersons Zimmer, ging hinüber ins Stationszimmer und nahm den Hörer ab. »Hier Claire Elliot.«

»Ich bin froh, daß ich Sie erwischt habe«, sagte Clevenger. »Dr. Rothstein sagte mir, Sie kämen heute nachmittag hierher, und ich dachte, Sie hätten vielleicht Lust, runter in die Pathologie zu kommen und sich die Gewebsproben anzusehen. Rothstein ist gerade auf dem Weg nach unten.«

»Welche Proben?«

»Von dem Tumor im Gehirn Ihres Patienten. Es hat eine Woche gedauert, das Gewebe vollständig zu fixieren. Ich habe die Aufnahmen heute erst bekommen.«

»Ist es ein Meningiom?«

»Nichts dergleichen.«

»Was ist es denn?«

Sie hörte den Unterton der Erregung in seiner Stimme. »Das müssen Sie gesehen haben, um es zu glauben.«

Fern Cornwallis sah zu dem Spruchband auf, das von den Deckenbalken der Sporthalle herabhing, und sie seufzte.

KNOX HIGH SCHOOL – IHR SEIT DIE BESTEN!!!

Wie paradox: Da hatten sich die Schüler so viel Mühe mit dem Transparent gegeben, waren auf schwindelerregend hohe Leitern geklettert, um es an diesen Balken zu befestigen, hatten es aber versäumt, noch einmal einen Blick auf die Rechtschreibung zu werfen. Das rückte die Schule in ein schlechtes Licht, die Lehrer und auch Fern selbst, aber es wäre zu viel Aufwand gewesen, das Transparent jetzt noch abzunehmen und zu verbessern. Niemand würde es bemerken, wenn erst einmal das Licht heruntergedreht war, die Musik stampfte und die Luft sich allmählich in einen schwülen Dunst aus Teenager-Hormonen verwandelte.

»Für heute nacht ist Schnee angekündigt«, sagte Lincoln. »Bist du sicher, daß du diese Veranstaltung nicht absagen willst?«

Apropos Hormone. Fern drehte sich um, und sie spürte dieses Flattern in der Magengrube, wie jedesmal, wenn sie ihn ansah. Es war ein Wunder, daß er das Verlangen in ihren Augen nicht sehen konnte. Männer sind so blind.

»Wir haben diesen Tanz schon zweimal verschoben«, sagte sie. »Die Kids brauchen irgendeine Belohnung, wenn auch nur dafür, daß sie diesen furchtbaren Monat durchgestanden haben.«

»Es heißt, es wird zehn bis fünfzehn Zentimeter geben, und um Mitternacht wird es am schlimmsten sein.«

»Bis dahin ist der Tanz vorbei. Sie werden alle zu Hause sein.«

Lincoln nickte, aber es war deutlich zu sehen, daß ihm nicht wohl dabei war, als er sich in der Sporthalle umsah, die mit blauen und weißen Girlanden aus Kreppapier und mit silbernen Luftballons dekoriert war. Die kalten Farben des Winters. Ein halbes Dutzend Mädchen – warum waren es immer Mädchen, die die Arbeit machten? – war dabei, den Tisch mit den Erfrischungen zu decken; sie schleppten die Schüssel mit dem Punsch heran, die Tabletts mit den Keksen, die Pappteller und Papierservietten. Am anderen Ende der Halle war ein langhaariger Schüler damit beschäftigt, die Musikanlage einzustellen. Aus dem Verstärker drang ohrenbetäubendes Gequietsche.

»Nicht so laut, bitte!« rief Fern und hielt sich die Hände an den Kopf. »Diese Kinder machen mich noch taub.«

»Das wäre vielleicht ein Segen – bei der Musik, die sie machen.«

»Ja, Großstadtrap auf dem Lande. Vielleicht können sie einen Laubhaufen fürs Stage-Diving benutzen.«

»Weißt du, wie viele heute abend kommen werden?«

»Beim ersten Tanz des Jahres? Ich rechne mit einem vollen Haus. Vier Jahrgänge, minus die achtunddreißig Unruhestifter, die suspendiert worden sind.«

»Schon so viele?«

»Ich gehe hier präventiv vor, Lincoln. Eine falsche Bewegung, und sie sind für eine Woche weg vom Fenster. Dürfen nicht einmal das Schulgelände betreten.«

»Das wird mir die Arbeit erleichtern. Ich habe sowohl Dolan als auch Pete Sparks für die Streife heute abend eingeteilt, so daß mindestens zwei von uns hiersein werden, um die Dinge im Auge zu behalten.«

Das laute Krachen eines Tabletts ließ sie beide herumfahren, und sie sahen eine Ladung Kekskrümel über den Boden kullern. Ein blondes Mädchen starrte ungläubig auf die Bescherung. Sie wirbelte herum und fauchte ein schwarzhaariges Mädchen an, das in der Nähe stand. »Du hast mir ein Bein gestellt!«

»Nein, hab ich nicht!«

»Du hast mich schon den ganzen Nachmittag ständig angerempelt!«

»Hör mal, Donna, gib nicht mir die Schuld, wenn du nicht normal gehen kannst, ohne über deine eigenen Füße zu stolpern.«

»Das reicht!« rief Fern. »Wischt das sofort auf, oder ihr werdet beide suspendiert!«

Zwei zornige Gesichter starrten sie an. Fast gleichzeitig setzten sie an: »Aber Miss Cornwallis, sie –«

»Ihr habt verstanden, was ich gesagt habe.«

Die Mädchen tauschten giftige Blicke aus, und Donna stürmte aus der Sporthalle.

»So weit ist es gekommen«, seufzte Fern. »Das ist es, womit ich fertigwerden muß.« Sie sah zu den hohen Hallenfenstern auf. Zu dem schwindenden Tageslicht.

Die ersten Schneeflocken hatten zu fallen begonnen.

Die Abenddämmerung war die Zeit, die sie am meisten fürchtete, denn mit dem Einbruch der Dunkelheit schienen all die Ängste, die Doreen Kelly plagten, wie Dämonen aus ihren sonst fest verschlossenen Gefängnissen hervorzubrechen. Im hellen Tageslicht konnte sie immer noch eine Spur von Hoffnung empfinden, hauchdünn wie ein Spinnfaden; doch dieser Faden genügte ihr, um daraus ihre Phantasien zu spinnen, in denen sie wieder jung und reizend war, so unwiderstehlich, daß es ihr sicherlich gelingen würde, Lincoln wieder zu sich nach Hause zu locken, wie schon ein dutzendmal zuvor. Nüchtern bleiben, das war der Schlüssel. Oh, wie hatte sie sich bemüht, Kurs zu halten! Ein ums andere Mal war es ihr gelungen, Lincoln davon zu überzeugen, daß sie diesmal endgültig trocken war. Doch dann verspürte sie diesen vertrauten Durst, wie ein Jucken in ihrer Kehle, das ihr keine Ruhe ließ, und schließlich war da dieses unmerkliche Nachgeben der alten Willenskraft, der süße Geschmack von Coffee Brandy auf der Zunge, und schon taumelte sie wieder in den Abgrund, ohnmächtig, hilflos. Was sie letztlich am meisten schmerzte, war nicht das Gefühl des Scheiterns oder der Verlust ihrer Würde. Es war der resignierte Ausdruck in Lincolns Augen.

Komm zurück zu mir. Ich bin immer noch deine Frau, und du hast versprochen, mich zu lieben und zu ehren. Komm doch nur noch einmal zurück.

Draußen schwand das graue Licht des Nachmittags, und mit ihm schwanden auch alle Hoffnungen, die sie im Lauf des Tages gehegt hatte. Die Hoffnungen, von denen sie in ihren lichteren Momenten wußte, daß sie trogen. Mit der Abenddämmerung kam die Klarheit.

Und die Verzweiflung.

Sie setzte sich an den Küchentisch und goß sich den ersten Drink ein. Kaum war der Brandy in ihrem Magen angekommen, als sie auch schon spürte, wie die Hitze durch ihre Adern jagte, und mit ihr die ersehnte Welle von Taubheit. Sie goß sich einen zweiten ein, spürte, wie die Taubheit ihre Lippen erfaßte, ihr Gesicht. Ihre Ängste.

Beim vierten Drink empfand sie schon keine Schmerzen mehr, keine Verzweiflung. Im Gegenteil, mit jedem Schluck fühlte sie sich ein wenig sicherer, ein wenig stärker. Flüssiges Selbstvertrauen. Sie hatte es einmal erreicht, daß er sich in sie verliebte; sie konnte es wieder erreichen. Sie hatte sich ihre Figur bewahrt – eine gute Figur. Und er war ein Mann, oder etwa nicht? Er war verführbar. Sie mußte ihn bloß in einem schwachen Moment erwischen.

Sie richtete sich schwankend auf und zog den Mantel an.

Draußen begann es gerade zu schneien, feine weiße Flocken senkten sich aus einem schwarzen Himmel herab. Der Schnee war ihr Freund; gab es einen besseren Schmuck für ihr Haar als ein paar glitzernde Schneeflöckchen? Sie würde vor seiner Tür stehen mit ihrem langen, offenen Haar, die Wangen von der Kälte hübsch gerötet. Er würde sie hereinbitten – er mußte sie hereinbitten –, und vielleicht würde ein Funke der Lust überspringen. Ja, ja, sie wußte es, so würde es sein, mit Schneeflocken in ihrem Haar.

Aber sein Haus war zu weit entfernt für einen Fußmarsch. Es war Zeit, sich einen Wagen zu nehmen.

Sie ging die Straße entlang zu Cobb and Morong's. Es war eine Stunde vor Ladenschluß, die Zeit des abendlichen Ansturms, wo jeder auf dem Nachhauseweg noch schnell einen Karton Milch oder eine Tüte Zucker mitnehmen wollte. Wie Doreen es erwartet hatte, standen mehrere Autos an der Straße vor dem Supermarkt, einige mit laufendem Motor und eingeschalteter Heizung. Es ist nun einmal ausgesprochen bitter, an einem so kalten Abend ins Auto zu steigen und festzustellen, daß der Motor nicht anspringt.

Doreen schlenderte die Straße entlang, begutachtete die Autos und überlegte, welches sie wohl nehmen sollte. Nicht den Transporter – das war kein Wagen für eine Lady; auch nicht den VW, weil sie keine Lust hatte, ihre Gedanken auf eine Gangschaltung zu verschwenden.

Die grüne Limousine. Das war genau das richtige Auto für sie.

Sie warf einen Blick auf den Eingang des Supermarkts, sah, daß gerade niemand herauskam, und schlüpfte schnell in die Limousine. Der Sitz war angenehm warm, und der heiße Atem der Heizung umströmte ihre Knie. Sie legte den Gang ein, drückte aufs Gas und schoß mit einem Ruck vom Rinnstein weg. Im Kofferraum war ein lautes Poltern zu hören.

Sie fuhr davon und hörte noch jemanden schreien: »He! Hallo! Bringen Sie sofort mein Auto zurück!«

Sie war schon ein paar hundert Meter Schlangenlinien gefahren, als sie endlich herausfand, wie die Scheinwerfer angingen, und nach weiteren hundert Metern schaffte sie es auch, die Scheibenwischer einzuschalten. Endlich hatte sie freie Sicht und konnte die Straße vor sich erkennen. Sie beschleunigte, und die Limousine brach auf der frischen Schneedecke hinten aus. Sie hörte, wie irgendwelche Gegenstände im Kofferraum hin und her rollten, hörte das Klirren von Glas auf Glas, während sie sich in die Kurven legte. Sie fuhr zu Lincolns Haus und brachte den Wagen in der Auffahrt mit einem Rutscher zum Stehen.

Das Haus war dunkel.

Sie stieg aus, stolperte die Verandastufen empor und trommelte an die Haustür. »Lincoln! Lincoln, ich muß mit dir reden! Du bist immer noch mein Mann!« Sie klopfte und klopfte, aber kein Licht ging an, und die Tür war abgeschlossen. Er hatte ihr den Schlüssel weggenommen, das Schwein, und sie konnte nicht hinein.

Sie ging zum Wagen zurück und blieb lange sitzen, während der Motor und die Heizung liefen. Es schneite immer noch, aber es war nur ein feiner Puder, der sich lautlos auf die Windschutzscheibe senkte. Samstagabend war nicht Lincolns übliche Schicht, wo war er also? Sie überlegte, wo er eventuell den Abend verbringen könnte, und der Gedanke an die verschiedenen Möglichkeiten nagte mit spitzen Zähnen an ihr. Sie war nicht dumm; sie wußte, daß Fern Cornwallis immer auf eine Gelegenheit lauerte, sich Lincoln zu schnappen. Es mußte noch andere Frauen geben, Dutzende von Frauen, die einen Cop in Uniform unwiderstehlich finden würden. Mit wachsender Erregung schaukelte Doreen auf ihrem Sitz vor und zurück und begann zu stöhnen. *Komm nach Hause. Komm nach Hause. Komm zurück zu mir.*

Die Heizung reichte nicht aus, um die Kälte zu vertreiben, die in ihre Knochen kroch, in ihre Seele. Sie sehnte sich nach der Wärme eines Brandys, nach dem angenehmen Gefühl, wenn der Alkohol durch ihre Adern schoß. Dann fiel ihr das gläserne Klirren im Kofferraum ein. Bitte, laß es etwas Trinkbares sein. Etwas Stärkeres als Mineralwasser.

Sie stieg aus, wankte um den Wagen herum und öffnete den Kofferraum. Es dauerte eine Weile, bis sie etwas erkennen konnte, und selbst dann fragte sie sich noch, ob sie vielleicht Halluzinationen hatte. *So schön, so grün. Wie Gläser voller Smaragde, die in der Dunkelheit leuchten.* Sie griff nach einem der Gläser, doch in diesem Moment hörte sie das Geräusch eines Motors und drehte sich um.

Die Scheinwerfer des Wagens blendeten sie. Benommen hob sie die Hand, um ihre Augen zu schützen.

Eine Gestalt stieg aus dem Wagen.

Dr. Francis Clevenger war eine Miniaturausgabe von einem Mann, grazil gebaut und mit einem Spatzengesicht; in seinem zu großen Laborkittel, der von seinen schmalen Schultern herabhing, sah er aus wie ein Kind, das mit dem Regenmantel seines Vaters spielt. Sein völlig bartloses Gesicht trug zusätzlich dazu bei, daß er viel jünger wirkte, als er tatsächlich war. Er glich eher einem blassen Teenager als einem staatlich geprüften Pathologen. Mit einer schnellen, eleganten Bewegung erhob er sich von seinem Stuhl, um Claire und Dr. Rothstein, Warren Emersons Neurochirurgen, zu begrüßen.

»Diese Schnitte sind so was von stark!« sagte Clevenger. »Damit hatte ich nun wirklich nicht gerechnet. Kommen Sie und werfen Sie einen Blick drauf!« Er zeigte auf ein Lehrmikroskop mit zwei Okularen.

Claire und Rothstein setzten sich einander gegenüber an das Mikroskop und blickten durch die Okulare.

»Also, was sehen Sie?« fragte Clevenger. Er tanzte förmlich vor freudiger Erwartung.

»Ein Zellengemisch«, meinte Rothstein. »Astrozyten, schätze ich mal. Und etwas, das wie in sich verschlungenes Narbengewebe aussieht.«

»Das ist schon ein Anfang. Dr. Elliot, sehen Sie irgend etwas Bemerkenswertes?«

Claire stellte ihr Okular schärfer ein und betrachtete den Gewebeschnitt. Mit Hilfe dessen, was ihr vom Histologiekurs an der Universität noch in Erinnerung geblieben war, konnte sie die meisten der Zellen identifizieren. Sie erkannte die sternförmigen Astrozyten, daneben Makrophagen, die als Räumkommando nach einer Infektion für Ordnung zu sorgen hatten. Sie sah auch, was Rothstein bemerkt hatte: kleine Wirbel aus Granulationsgewebe, Spuren einer Vernarbung; möglicherweise die Folge einer akuten Entzündung.

Sie griff nach dem Positionsregler des Objektträgers und begann das Bild zu verschieben, um nach weiteren Zellen Ausschau zu halten. Ein neues Muster rückte in ihr Blickfeld – eine mehrere Zellen dicke Spirale aus faserigem Material, die so etwas wie eine winzige Schwarte bildete.

»Ich sehe hier eine Verkapselung«, sagte sie. »Eine Schicht aus Narbengewebe. Ist das vielleicht eine Zyste? Irgendein entzündlicher Prozeß, den sein Immunsystem isolieren und einschließen konnte?«

»Schon wärmer. Erinnern Sie sich an die CT?«

»Ja. Es sah so aus, als hätte er eine deutlich abgegrenzte Geschwulst im Gehirn, mit Verkalkungen.«

»Nach seiner Einlieferung wurde hier eine Kernspintomographie durchgeführt«, sagte Rothstein. »Sie zeigte im wesentlichen das gleiche Bild. Eine abgegrenzte, verkapselte Gewebsveränderung mit Verkalkungen.«

»Richtig«, sagte Clevenger. »Und was Dr. Elliot gerade identifiziert hat, ist die Zystenwand. Narbengewebe, gebildet vom Immunsystem des Körpers, das die Infektion umschließt und isoliert.«

»Eine Infektion durch welchen Organismus?« fragte Rothstein, wobei er den Kopf hob und Clevenger ansah.

»Tja, das ist hier die große Frage, nicht wahr?«

Langsam schob Claire den Objektträger weiter. Was sie jetzt durch das Okular erblickte, war so verblüffend, daß sie es gebannt anstarrte. »Was in aller Welt ist *das?*« fragte sie.

Clevenger stieß einen fast kindischen Jubellaut aus. »Sie haben es gefunden!«

»Ja, aber ich weiß nicht, was es ist.«

Rothstein legte die Augen wieder an das Okular. »Mein Gott. Ich weiß auch nicht, was es ist.«

»Beschreiben Sie es uns doch, Dr. Elliot«, sagte Clevenger.

Claire schwieg einen Moment, während sie am Positionsregler drehte und das Objekt sorgfältig studierte. Was sie sah, war eine merkwürdig verdrehte Struktur, teilweise verkalkt. »Es ist irgendein totes Gewebe. Ich weiß nicht, ob das alles ein Artefakt ist – es ist, als sei irgendein Organismus wie eine Ziehharmonika zusammengestaucht worden und anschließend versteinert.«

»Gut. Gut!« sagte Clevenger. »Die Beschreibung gefällt mir – versteinert. Wie ein Fossil.«

»Ja, aber von was?«

»Gehen Sie zurück, sehen Sie sich einen größeren Ausschnitt an.«

Sie verringerte die Vergrößerung und versuchte, das Gesamtbild in den Blick zu bekommen. Die Struktur nahm eine vollkommenere Form an; sie sah jetzt aus wie eine Spirale, die in sich zusammengerollt war. Als ihr klar wurde, was sie da erblickte, richtete sie sich auf und starrte Clevenger an. »Es ist eine Art Parasit«, sagte sie.

»Ja! Ist er nicht stark?«

»Was um Himmels willen hat ein Parasit im Gehirn meines Patienten zu suchen?« sagte Rothstein.

»Er ist wahrscheinlich schon seit Jahren dort gewesen. Ist in die graue Substanz eingedrungen und hat eine vorübergehende Enzephalitis ausgelöst. Das Immunsystem hat mit einem entzündlichen Prozeß reagiert. Weiße Blutkörperchen strömen herbei, Eosinophile, alles, was der Wirtsorganismus zum Gegenangriff rekrutieren kann. Schließlich trägt er den Sieg davon, und der Körper mauert das Tierchen ein, umschließt es mit Granulationsgewebe, so daß eine Art Zyste entsteht. Der Parasit stirbt ab. Ein Teil davon verkalkt – versteinert, wenn Sie so wollen. Nach Jahren bleibt nur noch das da übrig.« Er nickte in Richtung des Mikroskops. »Ein toter Parasit, gefangen in einer Hülle aus Narbengewebe. Das ist wahrscheinlich der Grund für seine Anfälle. Der Masseneffekt dieses kleinen Klumpens aus totem Wurm und Narben.«

»Mit welchem Parasiten haben wir es zu tun?« fragte Claire. »Mir fällt nur einer ein, der auch in das Gehirn eindringt, und das ist Cysticercus.«

»Genau. Ich kann diese Spezies nicht eindeutig bestimmen, dafür ist das Gewebe zu stark zerstört. Aber es handelt sich hier mit ziemlicher Sicherheit um die Krankheit Zystizerkose, hervorgerufen durch die Larven von *Taenia solium.* Dem Schweinebandwurm.«

Rothsteins Miene war ungläubig. »Ich dachte, man findet *Taenia solium* nur in unterentwickelten Ländern.«

»Im großen und ganzen trifft das auch zu. Man findet ihn in Mexiko, Südamerika, manchmal auch in Afrika und Asien.

Deswegen war ich so aufgeregt, als ich diesen Schnitt sah. Hier im nördlichen Maine auf einen Fall von Zystizerkose zu stoßen, ist einfach unglaublich. Das ist auf jeden Fall einen Artikel im *New England Journal of Medicine* wert. Was wir herausfinden müssen, ist, wann und wo er mit Eiern des Schweinebandwurms in Berührung gekommen ist.«

»In seiner Krankengeschichte werden keinerlei Auslandsreisen erwähnt«, sagte Claire. »Er hat mir erzählt, er habe sein ganzes Leben in diesem Staat verbracht.«

»Was ihn zu einem wahrhaft außergewöhnlichen Fall machen würde. Ich werde Antikörpertests durchführen lassen, um diese Diagnose zu bestätigen. Wenn es sich um *Taenia solium* handelt, wird der ELISA-Test für sein Serum und seine Rückenmarksflüssigkeit positiv ausfallen. Gibt es eine Vorgeschichte von entzündlichen Reaktionen? Symptome, die darauf hindeuten würden, wann er sich infiziert hat?«

»Welche Symptome wären das genau?«

»Es könnte ein klinisches Bild von der Schwere einer voll ausgeprägten Meningitis oder Enzephalitis sein. Oder ein erstmaliger Ausbruch von Epilepsie.«

»Seine ersten Anfälle hatte er irgendwann vor dem achtzehnten Lebensjahr.«

»Das ist ein Hinweis.«

»Welche anderen Symptome könnten auftreten?«

»Möglicherweise sind es subtilere Hinweise. Es kann nach einem Gehirntumor aussehen, mit einer ganzen Reihe von psychischen Störungen.«

Claire verspürte plötzlich ein Kribbeln im Nacken. »Aggressives Verhalten?« fragte sie.

»Vielleicht«, antwortete Clevenger. »Ich habe in meinen Unterlagen keine spezifischen Hinweise darauf gefunden. Aber es könnte ein Anzeichen für eine akute Erkrankung sein.«

»Als Warren Emerson vierzehn Jahre alt war«, erklärte Claire, »hat er seine beiden Eltern getötet.«

Die beiden Männer starrten sie an. »Das habe ich nicht gewußt«, sagte Rothstein. »Sie haben es nie erwähnt.«

»Es war nicht von Bedeutung für seinen Gesundheitszustand. Zumindest glaubte ich das.« Sie sah auf das Mikroskop hinab, das Bild des Parasiten stand ihr noch lebhaft vor Augen. *Eine Infektion durch Parasiteneier, gefolgt von Symptomen einer Enzephalitis. Reizbarkeit. Sogar Gewalttätigkeit.*

»Mein Medizinstudium liegt schon eine Weile zurück«, meinte sie. »Ich weiß nicht mehr viel über *Taenia solium.* Welchen Lebenszyklus hat dieser Organismus?«

»*Taenia solium* gehört zu den Zestoden«, begann Clevenger. »Es ist ein Bandwurm, der normalerweise im Darmtrakt seines Wirtsorganismusses lebt. Menschen infizieren sich, indem sie unzureichend gekochtes Schweinefleisch essen, das mit Larven verseucht ist. Die Larve besitzt Saugnäpfe, mit denen sie sich an der Innenwand des menschlichen Dünndarms festsaugt; dort richtet sie sich dann häuslich ein und lebt von der Nahrung, die der Mensch verdaut. Die Würmer können dort jahrzehntelang existieren, ohne Symptome zu verursachen, und sie werden bis zu drei Meter lang. Manchmal werden die Würmer auch ausgeschieden oder abgestoßen. Sie können sich vorstellen, was das für ein Gefühl wäre, wenn Sie morgens aufwachten und so ein Viech neben sich im Bett fänden.«

Rothstein und Claire tauschten leicht angeekelte Blicke. »Na, dann gute Nacht und süße Träume«, murmelte Rothstein.

»Und wie gelangt die Larve dann ins Gehirn?« fragte Claire.

»Das geschieht während einer anderen Phase im Lebenszyklus des Wurms. Nachdem der Bandwurm im menschlichen Darm voll herangereift ist, beginnt er Eier zu produzieren. Wenn diese Eier ausgeschieden werden, verseuchen sie den Boden und gelangen in die Nahrungskette. Die Menschen nehmen sie mit dem Essen auf, die Eier werden ausgebrütet und durchdringen die Darmwand, und dann werden sie mit dem Blut in alle möglichen Organe transportiert, auch ins Gehirn. Dort verwandeln sie sich nach einigen Monaten in Larven.

Aber es ist eine Sackgasse für sie, denn in diesem begrenzten Raum, wo es keine Nahrung für sie gibt, können sie nicht heranwachsen. Also bleiben sie einfach dort, bis sie sterben, worauf sie dann zystenartige Ausbuchtungen im Gehirn bilden. Das ist der Grund für die Anfälle dieses Patienten.«

»Sie sagten, daß diese Eier den Boden verseuchen«, sagte Claire. »Wie lange können die Eier außerhalb eines Wirtsorganismusses überleben?«

»Einige Wochen.«

»Wie sieht es im Wasser aus? Könnten sie zum Beispiel in einem See überleben?«

»In meiner Literatur wird darüber nichts gesagt, aber ich denke, es ist möglich.«

»Würde der ELISA-Test für *Taenia solium* ein Screening auf Infektionen darstellen? Wir sollten ihn nämlich noch für einen weiteren Patienten anordnen. Einen Jungen, der im Maine Youth Center einsitzt.«

»Sie glauben, es gibt in diesem Staat noch einen *zweiten* Fall?«

»Vielleicht gibt es in Tranquility noch eine Reihe von weiteren Fällen. Es würde erklären, warum so viele unserer Kinder plötzlich zu gewalttätigem Verhalten neigen.«

»Eine Zystizerkose-Epidemie in Maine?« Rothsteins Blick war skeptisch.

Doch Claires Erregung wuchs. »Die Jungen, die ich überwiesen habe, wiesen beide die gleiche Abnormität in den Werten der weißen Blutkörperchen auf: eine hohe Prozentzahl von Eosinophilen. Zu dem Zeitpunkt glaubte ich, der Grund sei Asthma oder eine Allergie. Jetzt wird mir klar, daß die Ursache woanders liegt.«

»Eine Parasiteninfektion«, sagte Rothstein. »Die hebt allerdings den Eosinophilwert.«

»Genau. Und Warren Emerson könnte die Infektionsquelle sein. Wenn er einen drei Meter langen Bandwurm in seinen Gedärmen mit sich herumträgt, dann scheidet er schon seit

Jahren Parasiteneier aus. Durch ein Leck in seinem Klärbehälter würden der Boden und das Grundwasser verseucht. Wenn die Eier dann in den See gelangen, ist ihnen jeder, der dort badet, ausgesetzt. Jeder, der zufällig etwas von dem Wasser schluckt.«

»Das sind eine Menge ›Wenns‹«, meinte Clevenger. »Sie bauen da ein Kartenhaus auf.«

»Selbst der Zeitrahmen ergibt einen Sinn! Diese Kinder würden sich im Sommer beim Schwimmen im See angesteckt haben. Sie sagten, die Eier brauchen mehrere Monate, bis sie sich in Larven verwandeln. Jetzt haben wir Herbst, und die ersten Symptome zeigen sich. Ein November-Syndrom.« Sie brach ab und runzelte plötzlich die Stirn. »Das einzige, was ich mir nicht erklären kann, sind ihre negativen CT-Ergebnisse.«

»Vielleicht war die Infektion noch in einem zu frühen Stadium«, sagte Clevenger. »Wenn die akuten Symptome auftreten, sind die Larven womöglich noch zu klein, als daß man sie entdecken könnte. Und es würde noch nicht zu einer Zystenbildung gekommen sein.«

»Nun, es gibt eine einfache Methode, den Parasitenbefall festzustellen«, sagte Rothstein. »Den ELISA-Test.«

Claire nickte. »Wenn bei irgend jemandem Antikörper gegen *Taenia solium* festgestellt werden, dann ist diese Theorie mehr als ein Kartenhaus.«

»Wir können damit beginnen, daß wir Warren Emerson testen«, schlug Rothstein vor. »Und diesen Jungen im Youth Center. Wenn sie beide negativ sind, ist Ihre Theorie Makulatur. Sollten sie aber positiv sein …«

Clevenger, ganz Wissenschaftler, rieb sich die Hände bei dem Gedanken an diese Möglichkeit. »Dann packen wir aber die Spritzen und die Tourniquets aus, Leute«, sagte er. »Denn es gibt eine ganze Menge Arme anzupieksen.«

20

J. D. verhöhnte sie durch die geschlossene Tür ihres Schlafzimmers, nannte sie eine Schlampe, ein billiges Flittchen, eine Hure. Amelia saß auf dem Bett und hielt sich die Ohren zu, versuchte, die Stimme ihres Stiefbruders auszusperren. Sie wußte, daß sie alles nur noch schlimmer machen würde, wenn sie ihn ebenfalls anschrie. J. D. war in letzter Zeit auf alle Welt böse; er suchte Streit mit jedem, der ihm über den Weg lief.

Gestern, an dem Tag, als er von der Schule nach Hause geschickt worden war, hatte sie den Fehler gemacht, ihn einen Bastard zu nennen. Er hatte ihr eine solche Ohrfeige versetzt, daß ihr noch Stunden später die Ohren geklungen hatten. Sie war heulend zu ihrer Mutter gerannt, aber von Grace hatte sie natürlich keine Rückendeckung bekommen. »Du weißt doch, wie er ist«, hatte sie mit ihrer klagenden Ich-habe-meine-eigenen-Sorgen-Stimme gesagt. »Geh ihm einfach aus dem Weg.«

Den ganzen Tag hatte Amelia versucht, diesem Ratschlag zu folgen, indem sie sich in ihrem Zimmer einschloß und versuchte, sich auf ihre Hausaufgaben zu konzentrieren. Aber es war einfach nicht möglich, bei diesem Lärm zu denken. Früher am Tag hatte sie schon gehört, wie J. D. unten getobt, wie er Eddie herumgeschubst und Mom angeschrien hatte; sogar Jack hatte er angeschrien. Vielleicht würden sich Jack und J. D. irgendwann gegenseitig umbringen. Wie der Vater, so der Sohn. Sie würde keinem der beiden eine Träne nachweinen.

Aber jetzt stand J. D. draußen auf dem Flur und beleidigte sie durch die Tür hindurch. »Du magst wohl winzige Würstchen? Treibst du es deshalb mit diesem Loser Noah Elliot? Ich zeig dir einen richtig großen Schwanz. Ich zeig dir, wie man's macht! Oder ist dir Noahs winziges Würstchen lieber? Kleines Würstchen!« – und so weiter, bis es selbst Jack zuviel wurde und er von unten rief: »Halt die Klappe, J. D.! Ich versuche Fernsehen zu gucken!«

Und da stürmte J. D. die Treppe hinunter und fing einen Streit mit Jack an. Amelia konnte sie im Wohnzimmer hören; ihre Stimmen wurden immer lauter, bis sie sich schließlich gegenseitig anbrüllten. Eine große, glückliche Familie. Jetzt wurden Gegenstände auf den Boden geworfen. Sie hörte Stühle krachen, Glas klirren. Mein Gott, was denn noch alles? Ihre Mutter hatte sich in das Chaos eingeschaltet und jammerte über ihre kostbare Lampe, die zu Bruch gegangen war. Amelia sah auf die Schulbücher hinab, die aufgeschlagen auf ihrem Bett lagen, auf die Liste der Aufgaben, die sie bis Montag erledigt haben wollte, und sie wußte, daß sie unmöglich fertig werden würde. Ich hätte lieber zum Tanz gehen sollen, dachte sie. Wenn ich schon meine Hausaufgaben nicht machen kann, könnte ich mich wenigstens heute abend ein bißchen amüsieren.

Aber beim Tanz würde sie sich auch nicht amüsieren können, denn Noah Elliot war nicht dort.

Sie hörte, wie eine weitere Lampe am Boden zerschellte, dann das Wehklagen ihrer Mutter: »Warum tust du denn nichts, Jack? Warum tust du nie irgend etwas?« Ein lautes Klatschen war zu hören, und dann fing Grace an zu heulen.

Angewidert stopfte Amelia ihre Bücher in die Schultasche, schnappte sich ihre Jacke und lief aus dem Zimmer. Die anderen hörten nicht, daß sie die Treppe hinunterschlich. Sie erhaschte einen kurzen Blick auf die Szene im Wohnzimmer. Der Fußboden war mit Glassplittern übersät; J. D. stand mit hochrotem Gesicht vor seinem Vater und seiner Stiefmutter und schnaufte wie ein wütender Bulle.

Amelia schlüpfte aus der Haustür und in eine verschneite Nacht hinaus.

Sie begann die Toddy Point Road entlangzugehen, und anfangs war es ihr gleich, wohin sie ging, sie wollte nur fort von *ihnen.* Als sie an der Anlegestelle vorbeikam, drang die Kälte allmählich durch ihre Kleider, und schmelzender Schnee rann ihr über das Gesicht. Sie mußte *irgendwo* hingehen; in einer Nacht wie dieser ziellos umherzuwandern war dumm und gefährlich. Aber es gab nur einen Ort, wo sie wirklich hingehen wollte; ein Haus, wo sie mit Sicherheit willkommen war.

Allein der Gedanke daran ließ sie wieder Mut fassen. Sie beschleunigte ihren Schritt.

Seit wann zeigen sich Schulmädchen in Reizwäsche in der Öffentlichkeit? fragte sich Lincoln, während er den Schülerinnen und Schülern zusah, die sich allmählich auf der Tanzfläche versammelten. Er erinnerte sich an die Schulfeste in seiner eigenen Jugend, an die Mädchen mit ihren glänzenden Haaren und ihren pastellfarbenen Kleidern, mit ihren Miniröcken aus Satin. Die Mädchen heute abend sahen aus wie eine Versammlung aufgedonnerter Vampire in ihren schwarzen Spitzenkleidchen mit Spaghettiträgern. Ein paar von ihnen trugen auch schwarzen Lippenstift, und mit ihren weißen Wintergesichtern wirkten sie auf Lincoln wie Leichen, die in der düsteren Sporthalle umherwandelten. Was die Jungen betraf – nun, Ohrringe sah man bei ihnen auch nicht seltener als bei den Mädchen.

Pete Sparks, der neben ihm stand, sagte: »Man sollte meinen, sie holen sich eine Lungenentzündung in diesem Aufzug. Kaum zu glauben, daß ihre Mütter sie so aus dem Haus gelassen haben.«

»Ich wette, ihre Mütter haben keine Ahnung«, bemerkte Lincoln. Er hatte viele der Mädchen in unauffälliger Kleidung ankommen sehen; dann waren sie kurz in der Toilette verschwunden und nur mit den spärlichsten Fetzen bekleidet wieder herausgekommen.

Laute Musik dröhnte plötzlich mit einem treibenden Rhythmus aus den Lautsprechern. Schon nach wenigen Minuten verspürte Lincoln den dringenden Wunsch, diesem Getöse zu entfliehen.

Er trat durch die Doppeltür der Halle hinaus in eine relativ stille Nacht.

Es schneite nur leicht; silbrige Flocken tänzelten im Licht der Straßenlaterne. Er stellte sich unter den Überhang der Fassade und klappte den Mantelkragen hoch. Dankbar sog er die kühle, saubere Luft ein.

Hinter ihm wurde die Tür geöffnet und wieder geschlossen, und er hörte Fern sagen: »Hast du auch schon genug?«

»Ich mußte mal Luft schnappen.«

Sie kam an seine Seite. Sie hatte ihren Mantel an, woraus zu schließen war, daß sie eine Weile hier draußen zu bleiben beabsichtigte.

»Lincoln, hast du jemals das Gefühl, daß dir die ganze Verantwortung zuviel wird? Daß du am liebsten alles hinschmeißen und einfach weggehen würdest?«

Er lachte bitter. »Mindestens zweimal am Tag.«

»Und doch bist du immer noch hier.«

Er sah sie an. »Und du auch.«

»Nicht, weil ich es so will. Ich sehe bloß keine Alternativen.« Sie sah in das Schneegestöber hinaus und sagte leise: »Doreen hat dich nicht verdient. Jetzt nicht, und auch früher nicht.«

»Es geht nicht darum, ob jemand sein Glück oder Pech verdient hat, Fern.«

»Trotzdem hättest du es besser haben sollen. All die Jahre habe ich zugesehen, wie sie dich unglücklich gemacht hat, und immer mußte ich denken, wie unfair das von ihr war. Wie egoistisch sie war. Das Leben muß nicht unfair sein. Wir können uns für das Glück entscheiden.« Sie brach ab; sie mußte all ihren Mut zusammennehmen, um das zu sagen, was sie zu sagen hatte. Er wußte, was es war; er hatte es schon immer gewußt, und er hatte immer zu verhindern versucht, daß sie es aussprach. Es war ihm klar, daß das Nachspiel für sie erniedrigend und für ihn selbst schmerzhaft sein würde. »Es ist noch nicht zu spät für uns«, sagte sie.

Er stieß einen Seufzer aus. »Fern –«

»Wir könnten wieder da anknüpfen, wo wir schon einmal waren. Vor Doreen.«

Er schüttelte den Kopf. »Das können wir nicht.«

»Warum nicht?«

Er hörte das Flehen in ihrer Stimme, die Verzweiflung, und er mußte sich dazu zwingen, ihren Blick zu erwidern. »Es gibt da noch jemand anderen.«

Sie trat einen Schritt zurück, in den Schatten, doch vorher sah er noch die Tränen in ihren Augen. »Ich glaube, das habe ich schon gewußt.«

»Es tut mir leid.«

»Nein. Nein, es muß dir nicht leid tun.« Sie schüttelte den Kopf und lachte. »Das ist halt einfach mein Leben.«

Er sah, wie sie sich dem Eingang zuwandte. Sie blieb kurz stehen, um ihre Schultern zu straffen, ihre Würde wiederzuerlangen. *Warum hätte nicht Fern diejenige sein können?* dachte er. Hätte er sich in sie verliebt, hätten sie geheiratet, dann wäre daraus vielleicht eine einigermaßen glückliche Ehe geworden. Sie war attraktiv genug, intelligent genug. Aber irgend etwas hatte zwischen ihnen immer gefehlt. Das gewisse Etwas.

Traurig sah er ihr nach, wie sie zur Eingangstür ging und sie öffnete. Im gleichen Augenblick drang das Geräusch aufgeregter Stimmen und schneller Schritte aus der offenen Tür.

»Was ist denn hier los?« fragte Fern. Sie lief hinein, gefolgt von Lincoln.

Drinnen fanden sie alles in heller Aufregung. Die Punschschüssel war umgekippt, und eine erdbeerfarbene Lache breitete sich auf dem Fußboden aus. Die Musik hämmerte unentwegt weiter, aber die Hälfte der Schüler hatte sich an die Seitenwand zurückgezogen, wo sie sich jetzt ängstlich zusammendrängten. Andere standen im Kreis in der Nähe der Musikanlage. Lincoln konnte nicht erkennen, was sich in der Mitte des Kreises abspielte, doch er hörte, wie ein Lautsprecher zu Boden krachte, und er hörte, wie Pete Sparks und die Aufsichtsschüler durcheinanderriefen: »Auseinander! Zurück, zurück!«

Als Lincoln sich durch die Menschentraube schob, fiel ein weiterer Verstärker um und landete mitten in der Punschpfütze. Es gab ein ohrenbetäubendes Quietschen; alle hielten sich die Ohren zu und suchten sich vor den sprühenden Funken in Sicherheit zu bringen.

Im nächsten Moment verstummte die Musik. Gleichzeitig ging das Licht aus.

Die Dunkelheit währte nur einige Sekunden, aber in dieser kurzen Zeit, bevor die Notbeleuchtung sich einschaltete, erfaßte Panik die Menge. Lincoln wurde von kreischenden Teenagern angerempelt, die zum Ausgang stürmten. Er konnte nicht sehen, wer auf ihn zukam, hörte nur das Trampeln der Füße. Er merkte, wie jemand neben ihm zu Boden ging; blind tastete er nach unten und zog ein Mädchen an ihrem Kleid hoch.

Endlich flackerte die Notbeleuchtung auf, ein einziger schwacher Scheinwerfer in der hinteren Ecke der Halle. Das Licht reichte gerade aus, um ein Gewirr flüchtender Schatten zu erkennen und hier und da einen Schüler, der gestürzt war und sich wieder aufrappelte.

Dann fiel Lincolns Blick auf eine Szene, die ihm das Blut in den Adern gefrieren ließ. Pete Sparks war auf die Knie gefallen und schien zu benommen zu sein, um den übergewichtigen Jungen zu bemerken, der neben ihm stand. Der Junge streckte die Hand aus und zog die Pistole aus Petes Halfter.

Lincoln war zu weit weg, um den Jungen mit einem Sprung zu entwaffnen. Es gelang ihm, zwei Schritte zu machen, dann erstarrte er, als der Junge sich zu ihm umdrehte und ihn mit Augen, die vor Rage sprühten, anstarrte. Lincoln erkannte ihn. Es war Barry Knowlton.

»Leg sie weg, mein Sohn«, sagte Lincoln ruhig. »Leg ganz einfach die Pistole auf den Boden.«

»Nein. Nein, ich habe es satt, immer herumgeschubst zu werden!«

»Wir können darüber reden. Aber zuerst mußt du die Waffe weglegen.«

»Als ob sich irgendwer die Mühe machen würde, mit mir zu reden!« Barry blickte sich wild in der Halle um. »Ihr Mädels, euch ist das doch völlig schnuppe! Ihr lacht mich bloß aus! Das ist das einzige, was ich die ganze Zeit höre, euer Gelächter!« Dann starrte er in eine andere Ecke der Halle. »Oder du, Macho Man! Wie hast du mich genannt? Fettarsch? Sag es noch mal! Na los, sag es schon!«

»Leg die Pistole hin!« wiederholte Lincoln, während er langsam nach seiner eigenen Waffe griff. Es war der letzte Ausweg; er wollte nicht auf den Jungen schießen. Er mußte ihn niederreden. Verhandeln. Alles tun, um zu verhindern, daß die Kugeln flogen. Er hörte eilige Schritte und sah aus dem Augenwinkel Ferns blondes Haar; sie scheuchte gerade eine Gruppe von Schülern aus der Tür hinaus. Aber immer noch waren Dutzende an der Seite der Halle gefangen; ihr Fluchtweg war abgeschnitten.

Er ging noch einen Schritt auf Barry zu. Augenblicklich drehte der Junge sich zu ihm um.

»Du hast gesagt, was du zu sagen hattest, Barry«, sagte Lincoln. »Jetzt laß uns nach nebenan gehen und uns unterhalten, okay?«

»Er hat mich Fettarsch genannt.« Ein gequälter Ton hatte sich in die Stimme des Jungen geschlichen. Die Verzweiflung des Außenseiters.

»Wir reden miteinander, nur wir beide«, schlug Lincoln noch einmal vor.

»Nein.« Der Junge drehte sich zu den Schülern um, die in der Falle saßen und sich ängstlich an die Wand kauerten. »Jetzt bestimme ich, wo es langgeht.«

Claire hatte das Autoradio ausgeschaltet; die Stille wurde nur durch das Geräusch der Scheibenwischer unterbrochen, die den feinen Schnee zur Seite schoben. Sie hatte während der einstündigen Rückfahrt von Bangor gründlich nachgedacht, und als sie die Stadtgrenze von Tranquility erreichte, hatte sie das Bild komplett zusammengesetzt. Ihre Theorie kreiste um Warren Emerson.

Emersons Farmhaus lag am Fuß von Beech Hill, nur eine Meile oberhalb des Sees. Es war so abgelegen, daß es ein eigenes Abwassersystem benötigte. Das Abwasser wurde geklärt und in eine Sickergrube geleitet. Wenn nun ein Parasit in Emersons Darm herangereift war, dann war der Mann eine ständige Quelle von Parasiteneiern gewesen. Ein kleines Leck in seinem alten Klärbehälter und ein Jahr mit heftigen Regenfällen und Überschwemmungen genügte, und schon konnten die Eier in den nahen Meegawki-Bach geschwemmt werden.

In den See.

Eine elegante, logische Erklärung, dachte sie. Es ist kein massenhafter Ausbruch von Wahnsinn. Auch kein jahrhundertealter Fluch, der auf der Stadt liegt. Es ist ein Mikroorganismus, eine Parasitenlarve, die sich im menschlichen Gehirn festsetzt und dort verheerenden Schaden anrichtet. Alles, was sie noch zur Bestätigung der Diagnose brauchten, war ein positiver ELISA-Bluttest. Noch ein Tag, und sie würden Gewißheit haben.

Eine Sirene machte sie auf ein Polizeiauto aufmerksam, daß sich ihr von hinten näherte. Sie sah das flackernde Licht im Rückspiegel und erkannte einen Streifenwagen aus Two Hills. Er schoß an ihr vorbei und brauste weiter in Richtung Tranquility. Einen Augenblick später raste ein zweiter Streifenwagen mit heulender Sirene an ihr vorbei, ihm folgte ein Krankenwagen.

Sie sah, wie in der Ferne die blitzenden Lichter in die Straße einbogen, die zur Schule führte.

Es war wie eine Kopie der furchtbaren Szenerie von vor einem Monat, mit den Einsatzwagen, die kreuz und quer vor der Sporthalle parkten, mit den Gruppen von Teenagern, die draußen auf der Straße standen und sich weinend in den Armen lagen. Aber dieses Mal wirbelte Schnee aus dem Nachthimmel herab, und das Blaulicht erschien gedämpft, wie durch einen Gazeschleier gesehen.

Claire nahm ihre Arzttasche und eilte auf das Gebäude zu.

Auf halbem Weg wurde sie von Officer Dolan in Kampfausrüstung angehalten. Der Blick, mit dem er sie musterte, bestätigte, was sie schon längst vermutet hatte: Ihre Abneigung beruhte auf Gegenseitigkeit.

»Alle müssen zurückbleiben«, erklärte er. »Wir haben hier eine Geiselnahme.«

»Ist jemand verletzt?«

»Noch nicht, und wir wollen, daß es so bleibt.«

»Wo ist Lincoln?«

»Er versucht, auf den Jungen einzureden. Jetzt müssen Sie zurückgehen, Dr. Elliot. Weg von dem Gebäude.«

Claire wich bis zu der Stelle zurück, wo sich die Menge versammelt hatte. Sie sah, wie Dolan sich umdrehte und sich mit dem Polizeichef von Two Hills beriet. Die Uniformierten hatten hier das Sagen, und sie war nur eine weitere störende Zivilistin.

»Lincoln ist da drin ganz allein«, sagte Fern. »Und diese gottverdammten Helden rühren keinen Finger, um ihm zu helfen.«

Claire drehte sich um und sah, daß Ferns blondes Haar zerzaust war; die losen Strähnen waren mit Schnee verkrustet. »Ich habe ihn dort zurückgelassen«, sagte sie leise. »Ich hatte keine Wahl. Ich mußte die Kinder rausschaffen …«

»Wer ist sonst noch drinnen?«

»Mindestens noch ein paar Dutzend Schüler.« Sie starrte auf das Gebäude; schmelzender Schnee tropfte von ihren Wangen. »Lincoln hat eine Pistole. Warum benutzt er sie nicht einfach?«

Claire sah wieder zu der Sporthalle hinüber. Die Situation in dem Gebäude stand ihr jetzt deutlich vor Augen. Ein verstörter Junge. Ein Raum mit Dutzenden von Geiseln. Lincoln würde nicht unüberlegt handeln, und er würde auch nicht kaltblütig auf einen Jugendlichen schießen, wenn er es vermeiden konnte. Die Tatsache, daß noch keine Schüsse gefallen waren, bedeutete, daß es noch Hoffnung gab, ein Blutvergießen zu vermeiden.

Sie warf einen Blick auf die Polizisten, die sich hinter den geparkten Streifenwagen versammelt hatten, und sie sah ihre Anspannung, hörte die Erregung in ihren Stimmen. Es waren Kleinstadtcops, die es plötzlich mit einer Großstadtkrise zu tun hatten, und sie fieberten schon vor Ungeduld – egal, was es war, Hauptsache, sie konnten endlich in Aktion treten.

Mark Dolan gab den zwei Officers ein Zeichen, die sich schon zu beiden Seiten des Eingangs postiert hatten. Dolans Vorgesetzter saß in der Sporthalle fest, er hatte das Kommando übernommen – und ließ seinem Testosteron freien Lauf.

Claire lief durch den Schnee auf die Streifenwagen zu. Dolan und der Polizeichef von Two Hills sahen sie verblüfft an, als sie sich neben ihnen hinkauerte.

»Sie sollen doch zurückbleiben!« sagte Dolan.

»Sagen Sie nicht, daß Sie bewaffnete Leute da reinschicken wollen!«

»Der Junge hat eine Pistole.«

»Es wird Tote geben, Dolan!«

»Es wird Tote geben, wenn wir *nichts* unternehmen!« knurrte der Chief von Two Hills. Er gab den drei Cops, die hinter dem nächsten Wagen in Deckung gegangen waren, ein Zeichen.

Claire sah entsetzt zu, wie die Polizisten geduckt auf das Gebäude zuliefen und sich um den Eingang herum postierten.

»Tun Sie das nicht«, sagte sie zu Dolan. »Sie wissen nicht, wie die Situation da drinnen ist.«

»Wissen Sie es?«

»Es sind keine Schüsse gefallen. Geben Sie Lincoln eine Chance, mit dem Jungen zu verhandeln.«

»Lincoln hat nicht das Kommando, Dr. Elliot. Jetzt gehen Sie mir aus den Augen, sonst lasse ich Sie festnehmen!«

Sie starrte auf den Eingang der Sporthalle. Der Schnee fiel jetzt dichter und trübte ihre Sicht auf das Gebäude. Durch den gazeartigen weißen Vorhang wirkten die Polizisten wie geisterhafte Gestalten, die auf den Eingang zuschwebten.

Einer von ihnen griff nach der Tür.

Lincoln und der Junge waren in einer Pattsituation. Sie standen einander im Halbdunkel der Halle gegenüber; der Lichtstrahl des Notscheinwerfers zerschnitt von fern die Dunkelheit zwischen ihnen. Der Junge hielt immer noch die Pistole in der Hand, aber bisher hatte er nichts weiter getan, als damit herumzufuchteln, was jedesmal entsetzte Schreie der an der Wand zusammengedrängten Schüler auslöste. Er hatte noch nicht auf irgend jemanden gezielt, nicht einmal auf Lincoln, der die Hand an seiner Waffe hatte, bereit, sie zu ziehen. Zwei Mädchen standen direkt hinter dem Jungen, was jeden Schußversuch äußerst riskant machen würde. Lincoln verließ sich jetzt auf seinen Instinkt, und der sagte ihm, daß es immer noch möglich war, den Jungen zu überreden; sosehr er auch toben mochte, ein Teil von ihm rang um Beherrschung und brauchte nur eine ruhige Stimme, die ihn führte.

Langsam ließ Lincoln die Hand vom Halfter sinken. Er stand dem Jungen jetzt mit locker herabhängenden Armen gegenüber, in einer Position, die Neutralität vermittelte. Vertrauen. »Ich will dir nicht weh tun, mein Junge. Und ich glaube auch nicht, daß du jemandem weh tun willst. Da stehst du doch darüber. Das ist dir doch zu billig.«

Der Junge schwankte. Er schickte sich an, sich niederzubeugen und die Pistole auf den Boden zu legen, doch dann überlegte er es sich anders und richtete sich wieder auf. Er drehte sich zu seinen Klassenkameraden um, die in der Dunkelheit kauerten. »Ich bin nicht wie ihr. Ich bin anders als *jeder* von euch.«

»Dann beweise es, Junge«, sagte Lincoln. »Leg die Pistole hin.«

Der Junge wandte sich wieder zu ihm um. In diesem Moment schienen die Flammen seines Zorns ins Flackern zu geraten, schwächer zu werden. Er wurde zwischen Raserei und Vernunft hin- und hergetrieben und suchte in Lincolns Augen verzweifelt nach einem Rettungsanker.

Lincoln ging langsam auf ihn zu und streckte die Hand aus.

»Ich nehme sie jetzt«, sagte er ruhig.

Der Junge nickte. Den Blick starr auf Lincoln gerichtet, hielt er ihm die Pistole hin.

Die Tür wurde krachend aufgestoßen, und das hektische Stakkato von Schritten war zu hören. Lincoln sah nur ein verschwommenes Chaos von Bewegungen, als von allen Seiten Männer in den Saal stürmten. Kreischende Schüler rannten umher, suchten Deckung. Und im messerscharfen Strahl des Notscheinwerfers stand ein verwirrter Barry Knowlton, den Arm immer noch ausgestreckt, die Pistole in der Hand. In diesem Bruchteil einer Sekunde sah Lincoln mit unerträglicher Klarheit, was passieren würde. Er sah, wie der Junge sich zu den Cops umdrehte, die Pistole immer noch in der Hand haltend. Er sah die Männer, vollgepumpt mit Adrenalin, die Waffen im Anschlag.

Lincoln schrie: »Nicht schießen!«

Seine Stimme wurde von dem ohrenbetäubenden Knall übertönt.

Das Krachen der Schüsse paralysierte die Menschenmenge auf der Straße für einen kurzen Moment. Dann reagierten alle gleichzeitig – die Umstehenden mit hysterischen Schreien, die Cops, indem sie auf das Gebäude zustürzten.

Eine Lehrerin kam aus der Halle gelaufen und rief: »Wir brauchen einen Krankenwagen!«

Claire mußte gegen einen Pulk von entsetzten Schülern ankämpfen, die aus der Tür strömten, um in das Gebäude zu gelangen. Zuerst sah sie nichts als ein konfuses Gewirr von Schatten, Männer in gepolsterten Kampfanzügen, Papiergirlanden, die gespenstisch durch die düstere Halle wehten. Die Luft roch nach Schweiß und Angst.

Und Blut. Sie wäre fast in eine Lache davon getreten, als sie sich einen Weg durch den Knäuel von Polizisten bahnte. In ihrer Mitte kauerte Lincoln am Boden; er hielt den schlaffen Körper eines Jungen in den Armen.

»Wer hat den Befehl gegeben?« fragte er. Seine Stimme war heiser vor Rage.

»Officer Dolan meinte –«

»Mark?« Lincoln sah Dolan an.

»Es war eine gemeinsame Entscheidung«, rechtfertigte sich Dolan. »Chief Orbison und ich – wir wußten, daß der Junge bewaffnet war –«

»Er wollte sich gerade ergeben!«

»Das haben wir nicht gewußt!«

»Verschwindet hier«, befahl Lincoln. »Los, weg mit euch!«

Dolan drehte sich um und stieß Claire zur Seite, als er zur Tür hinausging.

Sie kniete sich neben Lincoln. »Der Krankenwagen wartet schon draußen.«

»Es ist zu spät«, sagte er.

»Laß mich sehen, ob ich ihm helfen kann!«

»Du kannst nichts mehr tun.« Er sah sie an; in seinen Augen glitzerten Tränen.

Sie ergriff das Handgelenk des Jungen und konnte keinen Puls fühlen. Dann öffnete Lincoln die Arme, und sie sah Barrys Kopf – was davon übrig war.

21

In dieser Nacht brauchte er sie. Nachdem Barry Knowltons Leiche abtransportiert worden war, nach der qualvollen Begegnung mit den erschütterten Eltern, war Lincoln dem Blitzlichtgewitter der Reporter ausgesetzt gewesen. Zweimal war er zusammengebrochen und hatte vor laufender Kamera geweint. Er schämte sich seiner Tränen nicht, und er ließ auch seiner Empörung über die Art und Weise, wie die Krise gelöst worden war, freien Lauf. Ihm war klar, daß er damit den Boden für ein Ermittlungsverfahren gegen seinen eigenen Arbeitgeber, die Stadt Tranquility, bereitete; doch es war ihm gleich. Er wußte nur, daß ein Junge abgeknallt worden war wie ein Hirsch im November, und irgend jemand sollte dafür bezahlen.

Während er durch Galaxien aus Schneeflocken dahinfuhr, wurde ihm bewußt, daß er den Gedanken nicht ertragen konnte, einfach nach Hause zu fahren und die Nacht, wie so viele andere Nächte, allein zu verbringen.

Statt dessen fuhr er zu Claires Haus.

Als er sich durch den knietiefen Schnee vom Wagen zum Haus kämpfte, fühlte er sich wie irgendein müder Pilger auf seinem mühevollen Weg zum Asyl. Er stieg die Stufen hoch und klopfte mehrmals an die Tür. Nichts geschah, und er wurde plötzlich von Verzweiflung erfaßt bei dem Gedanken, daß sie nicht zu Hause war, daß dieses Haus leer war. Daß er die Nacht ohne sie würde durchstehen müssen.

Dann, endlich, ging oben ein Licht an; der warme Schein drang durch den fallenden Schnee zu ihm herunter. Einen Augenblick später öffnete sich die Tür, und sie stand vor ihm.

Er trat ein. Sie sprachen beide kein Wort. Sie breitete einfach die Arme aus, nahm ihn auf. Er war mit Schnee bestäubt, der von ihrer Körperwärme zu schmelzen begann und in kalten Bächen herabrann und in ihren Morgenmantel drang. Doch sie stand einfach da und hielt ihn umschlungen, selbst als sich der geschmolzene Schnee schon in Pfützen um ihre nackten Füße herum sammelte.

»Ich habe auf dich gewartet«, sagte sie.

»Ich konnte den Gedanken nicht ertragen, nach Hause zu fahren.«

»Dann bleib hier. Bleib bei mir.«

Oben ließen sie ihre Kleider fallen und schlüpften ins Bett, das noch die Wärme ihres schlafenden Körpers ausstrahlte. Er war nicht gekommen, um mit ihr zu schlafen, nur um Trost zu suchen. Sie gab ihm beides, gewährte ihm die willkommene Erschöpfung, die ihn in den Schlaf sinken ließ.

Als er erwachte, war der Himmel so strahlend blau, daß seine Augen schmerzten. Claire lag zusammengerollt neben ihm und schlief; ihr Haar ergoß sich in einem wirren Durcheinander von Locken über das Kopfkissen. Er sah graue Strähnen, die sich unter das Braun gemischt hatten, und der Anblick dieser silbrigen Vorboten des Alters war so unerwartet rührend, daß er blinzeln mußte, um die Tränen zurückzuhalten. *Ein halbes Leben lang habe ich dich nicht gekannt,* dachte er. Ein halbes Leben vergeudet – bis jetzt.

Er zog sich an und sah dabei aus dem Fenster. Die nächtlichen Schneefälle hatten die Welt verwandelt. Sein Auto war unter einer lockeren Schneedecke begraben; es war nur noch ein formloser weißer Hügel. Die schneebedeckten Äste der Bäume senkten sich unter ihrer Last, und wo einmal der Vorgarten gewesen war, sah man jetzt ein strahlendes Feld von Diamanten, die in der Sonne funkelten.

Ein Transporter kam die Straße hochgefahren und bog in Claires Auffahrt ein. Er war mit einem Schneepflug ausgerüstet, und zuerst nahm Lincoln an, Claire habe jemanden bestellt, der ihre Zufahrt räumen sollte. Dann stieg der Fahrer aus, und Lincoln sah die Uniform der Polizei von Tranquility. Es war Floyd Spear.

Floyd watete zu dem Schneehügel herüber, unter dem Lincolns Wagen steckte, und wischte den Schnee vom Nummernschild. Dann blickte er fragend zum Haus auf. *Jetzt wird die ganze Stadt erfahren, wo ich die Nacht verbracht habe.*

Lincoln ging nach unten und öffnete die Haustür im gleichen Moment, als Floyd die behandschuhte Hand hob, um zu klopfen. »Morgen«, sagte Lincoln.

»Äh … Morgen.«

»Suchst du mich?«

»Ja, ich – ich bin zu deinem Haus gefahren, aber du warst nicht da.«

»Mein Pager war eingeschaltet.«

»Ich weiß. Aber ich – na ja, ich wollte es dir nicht am Telefon sagen.«

»Was?«

Floyd betrachtete seine großen schneeverkrusteten Stiefel. »Schlechte Nachrichten, Lincoln. Es tut mir wirklich leid. Es geht um Doreen.«

Lincoln sagte nichts. Und sonderbarerweise fühlte er auch nichts, als habe die kalte Luft, die er einatmete, irgendwie sein Herz betäubt und auch sein Gehirn. Floyds Stimme schien aus großer Entfernung zu ihm zu dringen, so daß er nur einen Teil davon verstehen konnte.

»... haben ihre Leiche drüben auf der Slocum Road gefunden. Keine Ahnung, wie sie da hingekommen ist, so weit weg von zu Hause. Wir schätzen, daß es gestern abend passiert ist, zu der Zeit, als es den ganzen Schlamassel in der Schule gab. Aber das muß der Gerichtsmediziner feststellen.«

Lincoln hatte große Mühe, die Worte hervorzubringen. »Wie ... wie ist es passiert?«

Floyd zögerte, hob die Augen, um dann den Blick wieder zu senken. »Wenn du mich fragst, es war ein Unfall mit Fahrerflucht. Die Staatspolizei wird sich den Unfallort ansehen.«

Floyds Schweigen verriet Lincoln, daß noch nicht alles gesagt war. Endlich blickte er wieder auf. Offensichtlich fielen ihm die nächsten Worte ungeheuer schwer. »Gestern abend gegen neun hat jemand in der Zentrale angerufen und gemeldet, daß ein betrunkener Fahrer auf der Slocum Road Schlangenlinien fährt – genau in dem Streckenabschnitt, wo wir Doreen gefunden haben. Der Anruf kam, als wir alle drüben bei der High School waren, also konnten wir niemanden hinschicken –«

»Hat der Zeuge das Nummernschild gesehen?«

Floyd nickte. Betreten fügte er hinzu: »Das Fahrzeug ist auf Dr. Elliot zugelassen.«

Lincoln spürte, wie das Blut aus seinem Gesicht wich. *Claires Auto?*

»Der Nummer nach muß es sich um einen braunen Chevy-Transporter handeln.«

»Aber sie war nicht mit dem Transporter unterwegs! Ich habe sie gestern abend in der Schule gesehen. Sie ist mit diesem alten Subaru gefahren.«

»Ich sage ja nur, daß der Zeuge Dr. Elliots Kennzeichen angegeben hat, Lincoln. Also sollte ich – ich sollte mir den Transporter vielleicht mal ansehen.«

Lincoln trat in Hemdsärmeln aus dem Haus, doch er spürte die Kälte kaum, als er zur Scheune hinüberging. Er senkte den Arm bis zum Ellbogen in den Schnee, fand den Griff und öffnete das Tor.

Drinnen standen Claires Autos Seite an Seite, links der Subaru, rechts der Transporter. Das erste, was Lincoln auffiel, waren die Lachen von geschmolzenem Schnee unter beiden Fahrzeugen. Beide waren irgendwann während der letzten ein, zwei Tage gefahren worden; hätten sie länger in der Scheune gestanden, wäre das Wasser bereits verdampft gewesen.

Seine Benommenheit wich rasch einem Gefühl von Furcht, das ihm den Magen umdrehte. Er ging um den Transporter herum, um sich die Vorderseite anzusehen. Beim Anblick der blutverschmierten Stoßstange schien die Welt unter seinen Füßen nachzugeben, zusammenzubrechen.

Wortlos drehte er sich um und ging nach draußen.

Im tiefen Schnee blieb er stehen und sah zum Haus empor, wo Claire und ihr Sohn jetzt schliefen. Er wußte nicht, wie er die bevorstehende Tortur verhindern könnte, wie er sie vor der Qual bewahren sollte, die er ihr selbst würde zufügen müssen. Er hatte keine Wahl. Sie würde es sicherlich verstehen. Vielleicht würde sie ihm eines Tages sogar verzeihen.

Aber heute – heute würde sie ihn hassen.

»Du weißt, daß du dich da raushalten mußt«, sagte Floyd leise. »Verdammt, du mußt zusehen, daß du meilenweit Abstand von dieser Sache hältst. Doreen war deine Frau. Und du hast gerade die Nacht mit ...« Er brach ab. »Es ist ein Fall für die Staatspolizei, Lincoln. Sie werden mit dir reden wollen. Mit euch beiden.«

Lincoln holte tief Luft. Die stechende Kälte der Luft in seinen Lungen, der physische Schmerz, tat ihm gut. »Dann hol sie doch ans Funkgerät«, sagte er. Und zögernd begann er, auf das Haus zuzugehen. »Ich muß mit Noah sprechen.«

Sie konnte nicht verstehen, wie es hatte passieren können. Sie war in einem Paralleluniversum aufgewacht, in dem die Menschen, die sie kannte, die sie liebte, sich in einer Art und Weise verhielten, die sie nicht wiedererkannte. Da hing Noah auf dem Küchenstuhl, sein ganzer Körper so geladen vor Zorn, daß die Luft um ihn herum zu summen schien. Da war Lincoln, grimmig und unnahbar, der eine Frage nach der anderen stellte. Keiner der beiden sah sie an; offensichtlich wäre es ihnen lieber gewesen, sie nicht dabeizuhaben, doch sie hatten sie nicht darum gebeten, zu gehen. Und sie würde auf keinen Fall gehen; sie sah, in welche Richtung Lincolns Fragen zielten, und sie begriff, von welch gefährlicher Art das Drama war, das sich gerade in ihrer Küche abspielte.

»Du mußt offen mit mir sein, Junge«, sagte Lincoln. »Ich versuche nicht, dich reinzulegen. Ich versuche nicht, dich in die Falle zu locken. Ich muß nur wissen, wohin du letzte Nacht mit dem Transporter gefahren bist und was dann passiert ist.«

»Wer sagt, daß ich überhaupt gefahren bin?«

»Der Transporter war offensichtlich nicht die ganze Nacht in der Scheune. Es ist Schneewasser darunter.«

»Meine Mom –«

»Deine Mom ist gestern abend mit dem Subaru gefahren, Noah. Sie hat das bestätigt.«

Noah warf Claire einen vernichtenden Blick zu. *Du bist auf seiner Seite.*

»Ist doch scheißegal, ob ich damit rumgefahren bin oder nicht«, sagte Noah. »Schließlich habe ich ihn in einem Stück zurückgebracht, oder etwa nicht?«

»Ja, allerdings.«

»Na schön, ich bin ohne Führerschein gefahren. Schicken Sie mich halt auf den elektrischen Stuhl.«

»Wohin bist du mit dem Transporter gefahren, Noah?«

»Einfach so durch die Gegend.«

»Wohin genau?«

»Durch die Gegend, okay?«

»Warum stellst du ihm diese Fragen?« mischte sich Claire ein. »Was willst du aus ihm herausbekommen?«

Lincoln antwortete nicht; er konzentrierte sich weiter auf Noah. So weit hat er sich schon von mir distanziert, dachte sie. So wenig kenne ich diesen Mann. Willkommen am Morgen danach, im grellen Licht der Wirklichkeit.

»Es geht hier um mehr als nur eine Spritztour, habe ich recht?« fragte sie.

Endlich sah Lincoln sie an. »Es hat letzte Nacht einen Unfall mit Fahrerflucht gegeben. Dein Transporter könnte darin verwickelt gewesen sein.«

»Wie kommst du darauf?«

»Ein Zeuge hat gesehen, wie er Schlangenlinien gefahren ist, und daraufhin die Polizei angerufen. Das war auf derselben Straße, an der die Leiche gefunden wurde.«

Sie zuckte zurück, als habe jemand ihr einen Stoß versetzt. *Eine Leiche. Jemand ist getötet worden.*

»Wo bist du letzte Nacht mit dem Transporter hingefahren, Noah?« fragte Lincoln.

Entsetzen malte sich plötzlich auf Noahs Gesicht. »Zum See«, sagte er so leise, daß man ihn kaum verstehen konnte.

»Wohin noch?«

»Nur zum See. Toddy Point Road. Ich habe eine Weile an der Anlegestelle geparkt. Dann hat es so stark zu schneien angefangen, und wir wollten nicht dort steckenbleiben, also bin ich – ich bin nach Hause gefahren. Ich war schon hier, als Mom zurückkam.«

»Wir? Du hast gesagt, *wir* wollten nicht steckenbleiben.«

Noah sah verwirrt aus. »Ich wollte sagen, ich.«

»Wer war bei dir im Transporter?«

»Niemand.«

»Die Wahrheit, Noah. Wer war bei dir, als du Doreen überfahren hast?«

»Wen?«

»Doreen Kelly.«

Lincolns Frau? Claire stand so abrupt auf, daß ihr Stuhl nach hinten umkippte. »Aufhören! Schluß jetzt mit den Fragen!«

»Man hat ihre Leiche heute morgen gefunden, Noah«, fuhr Lincoln fort, als habe Claire gar nichts gesagt, und seine ruhige, monotone Stimme konnte seinen Schmerz kaum verbergen. »Sie lag am Rand der Slocum Road. Nicht weit von der Stelle, wo der Zeuge dich in der Nacht gesehen hat. Du hättest anhalten können, um ihr zu helfen. Du hättest jemanden anrufen können, irgend jemanden. Sie hat es nicht verdient, so zu sterben, Noah. So ganz allein, in der Kälte.« Claire hörte mehr als Schmerz aus seiner Stimme heraus; sie hörte Schuldbewußtsein. Seine Ehe war vielleicht vorüber gewesen, aber Lincoln hatte immer noch das Gefühl gehabt, für Doreen verantwortlich zu sein. Mit ihrem Tod hatte er sich die neue Last des Selbstvorwurfs aufgebürdet.

»Noah hätte sie nicht dort zurückgelassen«, sagte Claire. »Das weiß ich genau.«

»Du glaubst vielleicht, ihn zu kennen.«

»Lincoln, ich verstehe ja, daß es dir weh tut. Ich verstehe, daß du geschockt bist. Aber jetzt schlägst du einfach wie wild um dich und versuchst, die Schuld auf das nächstbeste Opfer abzuwälzen.«

Lincoln sah Noah an. »Du hast schon einmal Ärger mit der Polizei gehabt, nicht wahr? Du hast Autos gestohlen.«

Noah ballte die Fäuste. »Das wissen Sie?«

»Ja. Officer Spear hat mit dem Kollegen in Baltimore gesprochen, der damals deinen Fall bearbeitet hat.«

»Warum machen Sie sich dann noch die Mühe, mich auszuquetschen? Sie haben doch schon entschieden, daß ich schuldig bin!«

»Ich will deine Version hören.«

»Die kennen Sie doch schon!«

»Du hast gesagt, du bist um den See gefahren. Du bist auch die Slocum Road entlanggefahren, nicht wahr? Hast du gemerkt, daß du sie erwischt hast? Hast du vielleicht mal daran gedacht, auszusteigen und einfach nachzusehen, verdammt noch mal?«

»Hör auf«, sagte Claire.

»Ich muß es wissen!«

»Ich lasse es nicht zu, daß ein Cop meinen Sohn ohne Rechtsbeistand verhört!«

»Ich stelle diese Fragen nicht als Cop.«

»Du *bist* ein Cop! Und du stellst keine weiteren Fragen!« Sie stellte sich hinter ihren Sohn und sah Lincoln unverwandt an, die Hände auf Noahs Schultern. »Er hat dir nichts mehr zu sagen.«

»Er wird früher oder später mit den Antworten herausrücken müssen, Claire. Die Staatspolizei wird ihm all diese Fragen stellen, und noch viele andere.«

»Noah wird auch ihnen nichts sagen. Nicht ohne einen Anwalt.«

»Claire«, sagte er, und seine Stimme klang gequält. »Sie war meine Frau. Ich muß die Wahrheit wissen.«

»Willst du meinen Sohn festnehmen?«

»Das ist nicht meine Entscheidung –«

Claires Hände umklammerten Noahs Schultern. »Wenn du ihn nicht festnimmst und auch keinen Durchsuchungsbefehl hast, dann möchte ich, daß du mein Haus verläßt. Ich will, daß du mit Officer Spear von meinem Grundstück verschwindest.«

»Es gibt Beweismaterial. Wenn Noah mir bloß reinen Wein einschenken und zugeben würde –«

»Was für Beweismaterial?«

»Blut. An deinem Transporter.«

Sie starrte ihn an; der Schock drückte ihr wie ein Schraubstock das Herz zusammen.

»Jemand ist vor kurzem mit deinem Transporter gefahren. Das Blut an der vorderen Stoßstange –«

»Du hattest kein Recht dazu«, sagte sie. »Du hattest keinen Durchsuchungsbefehl.«

»Ich brauchte keinen.«

Die Bedeutung seiner Worte wurde ihr schlagartig klar. *Er war letzte Nacht mein Gast. Ich habe ihm stillschweigend die Erlaubnis gegeben, sich hier aufzuhalten. Und mein Haus und Grundstück zu durchsuchen. Ich habe ihn als einen Liebhaber in mein Haus gelassen, und er hat sich gegen mich gewandt.*

Sie sagte: »Ich will, daß du gehst.«

»Claire, bitte –«

»Verlaß sofort mein Haus!«

Langsam stand Lincoln auf. Seine Miene drückte keinen Zorn aus, nur tiefe Traurigkeit. »Sie werden kommen, um ihn zu befragen«, sagte er. »Ich schlage vor, daß du dich schnell mit einem Anwalt in Verbindung setzt. Ich weiß nicht, wie die Chancen stehen, am Sonntagmorgen einen zu bekommen ...« Er blickte auf den Tisch hinab, dann hob er den Blick und sah sie erneut an. »Es tut mir leid. Wenn ich irgend etwas ändern könnte – wenn ich alles irgendwie gutmachen könnte ...«

»Ich muß an meinen Sohn denken«, sagte sie. »Er hat jetzt meine einzige Sorge zu sein.«

Lincoln wandte sich zu Noah. »Wenn du irgend etwas Falsches getan hast, wird es herauskommen. Und du wirst bestraft werden. Ich werde kein Mitleid mit dir haben, kein bißchen. Es tut mir nur leid, daß es deiner Mutter das Herz brechen wird.«

Die beiden Männer machten keine Anstalten, das Grundstück zu verlassen. Vom Wohnzimmerfenster aus sah Claire Lincoln und Floyd am Ende der Auffahrt stehen. Sie werden uns nicht ohne Bewachung zurücklassen, dachte sie. Sie befürchten, daß Noah sich aus dem Staub machen wird.

Lincoln drehte sich um und blickte zum Haus herüber.

Claire trat vom Fenster zurück; sie wollte nicht, daß er sie sah, wollte auch nicht den geringsten Blickkontakt zulassen. Zwischen ihnen konnte es jetzt nichts mehr geben. Doreens Tod hatte alles verändert.

Sie ging in die Küche zurück, wo Noah saß, und ließ sich auf den Stuhl gegenüber von ihm sinken. »Erzähl mir, was passiert ist, Noah. Sag mir alles.«

»Ich hab's dir schon gesagt.«

»Du hast letzte Nacht den Transporter genommen. Warum?«

Er zuckte mit den Achseln.

»Hast du das schon einmal getan?«

»Nein.«

»Die Wahrheit, Noah.«

Er warf den Kopf zurück und sah sie mit finsterer Miene an. »Du nennst mich einen Lügner. Genau wie er.«

»Ich versuche nur, eine klare Antwort aus dir herauszubekommen.«

»Ich habe dir eine klare Antwort gegeben, und du glaubst mir nicht! Also gut, glaub doch, was du willst. Ich hole mir jede Nacht den Transporter und fahre damit in der Gegend rum. Ich habe schon Tausende von Meilen zusammengefahren – hast du das nicht gemerkt? Aber wie solltest du auch, du bist ja sowieso nie zu Hause. Du bist ja nie für mich da!«

Claire war schockiert von dem Zorn in seiner Stimme. Ist das wirklich das Bild, das er von mir hat, fragte sie sich. Die Rabenmutter, die nie für ihr einziges Kind da ist? Sie schluckte die Kränkung hinunter und zwang sich, ihre Aufmerksamkeit auf die Ereignisse der letzten Nacht zu konzentrieren.

»Also schön. Ich glaube dir, daß es das erste Mal war, daß du den Transporter genommen hast. Aber du hast mir immer noch nicht gesagt, warum du es getan hast.«

Noah senkte den Blick – ein deutliches Zeichen, daß er auswich. »Ich hatte einfach Lust dazu.«

»Du bist zur Anlegestelle gefahren und hast da geparkt?«

»Ja.«

»Hast du Doreen Kelly gesehen?«

»Ich weiß noch nicht mal, wie sie aussieht!«

»Hast du irgend jemanden gesehen?«

Eine Pause. »Ich habe keine Lady namens Doreen gesehen. Doofer Name.«

»Sie war nicht nur ein Name. Sie war ein Mensch, und sie ist tot. Wenn du irgend etwas weißt –«

»Tu ich nicht.«

»Lincoln scheint zu glauben, daß du doch etwas weißt.«

Wieder traf sie dieser wütende Blick. »Und du glaubst *ihm*, was?« Er stieß den Stuhl zurück und stand auf.

»Setz dich.«

»Du willst mich ja gar nicht hierhaben. Dir ist Mr. Cop lieber.« Sie sah die Tränen in seinen Augen aufblitzen, als er sich zur Küchentür umdrehte.

»Wo gehst du hin?«

»Was spielt das für eine Rolle?« Er ging hinaus und schlug die Tür hinter sich zu. Sie lief nach draußen und sah, daß er schon in Richtung Wald davonstapfte. Er trug keine Jacke, nur diese zerrissenen Jeans und ein Baumwollhemd mit langen Ärmeln, aber die Kälte schien ihm nichts auszumachen. Sein Zorn und seine Verletztheit trieben ihn voran, hinaus in den Schnee.

»Noah!« rief sie.

Jetzt hatte er das Seeufer erreicht und wandte sich nach links; der Biegung des Ufers folgend, ging er auf das bewaldete Nachbargrundstück zu.

»Noah!« Sie begann ihm durch den tiefen Schnee zu folgen. Er hatte schon einen großen Vorsprung, und mit jedem zornigen Schritt vergrößerte er den Abstand zu ihr. *Er kommt nicht zurück.* Sie begann zu laufen, rief immer wieder seinen Namen.

Jetzt fiel ihr Blick auf zwei Gestalten zu ihrer Linken. Lincoln und Floyd hatten ihre Rufe gehört und sich auch an die

Verfolgung gemacht. Sie hatten ihn fast eingeholt, als Noah sich umdrehte und sie sah.

Er begann auf den See zuzulaufen.

Claire rief: »Tut ihm nichts!«

Floyd bekam ihn zu fassen, als sie beide gerade den Rand der Eisfläche erreicht hatten, und riß ihn zurück. Sie fielen beide in den tiefen Schnee. Noah rappelte sich als erster wieder auf und stürzte sich mit fliegenden Fäusten auf Floyd; er hatte jetzt völlig die Kontrolle über sich verloren. Er heulte auf und schlug wild um sich, als Lincoln ihn von hinten packte und zu Boden rang.

Floyd kam wieder auf die Beine und zog seine Pistole.

»Nein!« schrie Claire, und in Panik kämpfte sie sich durch den Tiefschnee voran. Sie erreichte ihren Sohn im selben Moment, als Lincoln ihm hinter seinem Rücken die Handschellen anlegte. »Leg dich nicht mit ihnen an, Noah!« flehte sie. »Hör auf zu kämpfen!«

Noah drehte sich um und blickte sie an, sein Gesicht vor Raserei so verzerrt, daß sie ihn kaum erkannte. *Wer ist dieser Junge?* dachte sie entsetzt. *Ich kenne ihn nicht.*

»Laßt – mich – los!« kreischte er. Ein leuchtendroter Blutstropfen rann aus seinem Nasenloch und fiel in den Schnee.

Betroffen starrte sie auf den roten Fleck, dann sah sie ihren Sohn an, der wie ein erschöpftes Tier keuchte. Sein Atem dampfte in der kalten Luft. Ein dünner roter Strich glänzte auf seiner Oberlippe.

Neue Stimmen waren aus der Ferne zu hören. Claire drehte sich um und sah Männer, die auf sie zuliefen. Als sie näher kamen, erkannte sie die Uniformen.

Staatspolizei.

22

Der Lärm raubte ihr allmählich den Verstand. Amelia stützte die Ellbogen auf ihren Schreibtisch und hielt sich den Kopf; sie wünschte nur, sie könnte sich irgendwie vor all den Geräuschen schützen, die aus verschiedenen Teilen des Hauses auf sie einstürmten. Von nebenan kam das Stampfen von J. D.s gräßlicher Musik, die wie der Herzschlag eines Dämons gegen ihre Wand trommelte. Und von unten aus dem Wohnzimmer kam das Gebrüll des Fernsehers, der auf volle Lautstärke gedreht war. Mit der Musik konnte sie noch fertigwerden; das war einfach nur Krach, eine Störung, die an den äußersten Rändern ihrer Konzentration nagte. Aber der Lärm des Fernsehers schlich sich direkt in ihr Denken ein, denn es waren die Stimmen von Menschen, die sich unterhielten, und ihre Worte lenkten sie von dem Buch ab, das sie zu lesen versuchte.

Frustriert schlug sie es zu und ging nach unten. Sie fand Jack in seiner üblichen Abendstellung: hingelümmelt auf dem karierten Fernsehsessel, mit einem Bier in der Hand. Seine Königliche Hoheit, der Thronfurzer. Welche furchtbare Verzweiflung hatte ihre Mutter dazu getrieben, ihn zu heiraten? Amelia konnte sich nicht vorstellen, jemals eine solche Entscheidung zu treffen; der Gedanke an eine Zukunft mit einem solchen Mann unter ihrem Dach, der an ihrem Tisch rülpste und seine schmutzigen Socken im Wohnzimmer fallen ließ wie Pferdeäpfel, war ihr einfach unerträglich.

Und nachts mit ihm im Bett zu liegen, seine Hände auf ihrer Haut zu fühlen ...

Ohne daß sie es wollte, gab sie ein angeekeltes Geräusch von sich, das Jacks Aufmerksamkeit von den Abendnachrichten ablenkte. Er sah sie an, und sein leerer Blick wich einem interessierten, vielleicht sogar berechnenden Ausdruck. Sie kannte den Grund dafür und glaubte fast, die Arme vor der Brust verschränken zu müssen.

»Kannst du es ein bißchen leiser stellen?« sagte sie. »Ich muß lernen.«

»Mach halt deine Tür zu.«

»Ich habe meine Tür zugemacht. Der Fernseher ist zu laut.«

»Das hier ist mein Haus, weißt du. Du kannst froh sein, daß ich dich hier wohnen lasse. Ich muß den ganzen Tag schwer arbeiten. Ich habe es verdient, mich in meinem eigenen Haus ein bißchen zu entspannen.«

»Ich kann mich nicht konzentrieren. Ich kann meine Hausaufgaben nicht machen.«

Jack stieß einen Laut aus, der wie eine Mischung zwischen Rülpsen und Lachen klang. »Ein Mädchen wie du muß sich nicht das Gehirn zermartern. Du brauchst doch überhaupt kein Gehirn.«

»Was soll das denn heißen?«

»Such dir einen reichen Mann, wackle mit deinem hübschen Blondköpfchen, und schon hast du für den Rest deines Lebens ausgesorgt.«

Sie verkniff sich eine wütende Retourkutsche. Jack wollte sie ködern. Sie sah das breite Grinsen auf seinen Lippen; das eine Ende des dünnen Schnurrbarts war leicht angehoben. Es gefiel ihm, sie wütend zu machen; er genoß es, wenn sie in Rage geriet. Anders konnte er ihre Aufmerksamkeit nicht gewinnen, und Amelia wußte, daß es ihm einen lustvollen Kitzel bereitete, wenn sie nur irgendwelche Emotionen zeigte, und wenn es ein Zornesausbruch war.

Statt dessen zuckte sie nur mit den Schultern und konzentrierte sich auf den Fernseher. Eisige Unnahbarkeit war die einzige Art, mit Jack umzugehen. Keine Verärgerung zeigen, überhaupt keine Gefühle – das trieb ihn zur Weißglut. Denn es zeigte ihm genau, was er war: vollkommen unbedeutend. Ein Nichts. Während sie auf die Mattscheibe starrte, spürte sie, wie sie ein gewisses Maß an Kontrolle über ihn zurückgewann. Zur Hölle mit ihm. Er konnte nicht an sie herankommen, konnte ihr nichts anhaben, weil sie es nicht zuließ.

Es dauerte ein paar Sekunden, bis ihr Gehirn die Bilder auf dem Fernsehschirm registrierte. Sie sah einen braunen Transporter, der von einem Polizeilaster abgeschleppt wurde, sah die verschwommene Gestalt eines Jungen, der mit verhülltem Gesicht in die Polizeistation von Tranquility geführt wurde. Als sie endlich begriff, was sie da sah, vergaß sie Jack völlig.

» ... der Vierzehnjährige wird zur Zeit von der Polizei vernommen. Die Leiche der dreiundvierzigjährigen Doreen Kelly wurde heute morgen an einem entlegenen Abschnitt der Slocum Road östlich von Tranquility gefunden. Einem anonymen Augenzeugenbericht zufolge ist der Transporter des Verdächtigen gestern abend gegen neun Uhr gesehen worden, wie er in der Nähe des Unfallorts Schlangenlinien fuhr. Aufgrund nicht näher bezeichneten Beweismaterials wurde der Jugendliche in Untersuchungshaft genommen. Das Opfer, die Ehefrau von Polizeichef Lincoln aus Tranquility, hatte nach Aussage verschiedener Stadtbewohner seit Jahren schwere Alkoholprobleme ...«

Ein neues Gesicht erschien auf dem Bildschirm, eine Frau, die Amelia als die Kassiererin von Cobb and Morong's erkannte. »Doreen war hier so was wie eine tragische Figur. Sie hätte niemals irgendwem ein Haar gekrümmt, und ich kann einfach nicht glauben, daß jemand so etwas getan haben soll. Nur ein Monster würde sie da draußen einfach sterben lassen.«

Jetzt war zu sehen, wie eine in Laken gehüllte Gestalt auf einer Bahre in einen Krankenwagen geschoben wurde.

»Für eine Gemeinde, die noch von dem tragischen Gewaltausbruch gestern abend in der High School erschüttert ist, stellt dieser jüngste Todesfall einen weiteren schweren Schlag dar – in einer Stadt, die ironischerweise den Namen Tranquility trägt ...«

Amelia sagte: »Wovon reden die eigentlich? Was ist passiert?«

Jacks farblose Augen blitzten amüsiert auf. »Hab es heute

in der Stadt gehört«, sagte er. »Der Sohn von dieser Ärztin kann sich gleich aufhängen lassen.«

Noah? Er redet doch wohl nicht von Noah?

»Hat letzte Nacht die Frau des Polizeichefs überfahren, drüben auf der Slocum Road. Jedenfalls sagt das ein Zeuge.«

»Wer sagt das?«

Jacks amüsierter Ausdruck hatte sich über sein ganzes Gesicht ausgebreitet und verzerrte seine Lippen zu einem häßlichen Grinsen. »Tja, das ist wohl die Frage, nicht wahr? Wer hat es eigentlich gesehen?« Er hob die Augenbrauen mit gespielter Überraschung. »Ach, das hab ich ja fast vergessen. Das ist doch der Bursche, in den du so verknallt bist, nicht wahr? Der, den du für was ganz Besonderes hältst. Na, du hast wohl recht.« Er blickte wieder zum Fernseher und lachte. »Im Knast wird er wirklich was Besonderes sein.«

»Du kannst mich mal!« sagte Amelia, und sie lief aus dem Zimmer und die Treppe hoch.

»He! Komm sofort zurück und entschuldige dich!« schrie Jack. »Zeig gefälligst eine Spur Respekt, verdammt noch mal!«

Sie ignorierte sein Geschrei, ging geradewegs in das Schlafzimmer ihrer Mutter und schloß die Tür. *Wenn er mich doch nur fünf Minuten in Ruhe lassen könnte. Wenn er mich nur diesen einen Anruf machen ließe ...*

Sie nahm den Telefonhörer ab und wählte Noah Elliots Nummer.

Zu ihrer Bestürzung schaltete sich nach viermaligem Läuten der Anrufbeantworter mit der Stimme seiner Mutter ein.

»Hier spricht Dr. Elliot. Ich kann im Moment leider nicht ans Telefon kommen. Bitte hinterlassen Sie eine Nachricht. In Notfällen können Sie mich über die Zentrale des Knox Hospitals ausrufen lassen. Ich werde dann so bald wie möglich zurückrufen.«

Als der Piepston kam, sagte Amelia hastig: »Dr. Elliot, hier ist Amelia Reid. Noah hat diese Frau nicht überfahren! Das ist völlig unmöglich, weil er nämlich mit –«

Die Schlafzimmertür wurde aufgerissen. »Was zum Teufel hast du in meinem Zimmer zu suchen, du kleines Miststück?« brüllte Jack.

Amelia knallte den Hörer auf und drehte sich zu ihm um.

»Du entschuldigst dich jetzt«, sagte Jack.

»Wofür?«

»Dafür, daß du mich angemotzt hast, verflucht noch mal!«

»Du meinst, weil ich gesagt habe, *du kannst mich mal?«*

Der Schlag ließ ihren Kopf zur Seite fliegen. Sie hob eine Hand an die brennende Wange, dann sah sie wieder zu ihm hin. Einen Augenblick lang starrte sie ihn an, und irgend etwas tief in ihrem Inneren, irgendein Kern aus geschmolzenem Stahl, schien sich endlich zu verfestigen, zu erstarren. Als er ausholte, um sie wieder zu schlagen, zuckte sie nicht einmal. Sie sah ihn nur an, und ihre Augen sagten ihm, daß es ihm sehr, sehr leid tun würde, wenn er sie noch einmal schlüge.

Langsam ließ er die Hand sinken, ohne den Schlag ausgeführt zu haben. Er versuchte nicht, sie aufzuhalten, als sie hinausging und sich in ihr eigenes Zimmer zurückzog. Er stand immer noch regungslos da, als sie die Zimmertür hinter sich schloß.

Claire und Max Tutwiler standen an Lincolns Schreibtisch und weigerten sich zu gehen. Sie waren zusammen auf die Wache gekommen, und jetzt hatte Max seine Mappe geöffnet und entrollte eine topographische Karte, die er unter Lincolns verwunderten Blicken auf dem Schreibtisch ausbreitete.

»Was soll ich damit anfangen?« fragte Lincoln.

»Das ist die Erklärung für die Krankheit meines Sohnes. Für das, was in der Stadt vor sich geht«, sagte Claire ungeduldig. »Noah muß ins Krankenhaus. Ihr *müßt* ihn entlassen.«

Lincoln sah zu ihr auf, was ihm offensichtlich schwerfiel. Nur zwölf Stunden zuvor waren sie ein Liebespaar gewesen. Jetzt konnte er sich anscheinend kaum dazu durchringen, ihren Blick zu erwidern.

»Auf mich hat er keinen kranken Eindruck gemacht. Im Gegenteil, er ist uns heute morgen beinahe davongelaufen.«

»Die Krankheit ist in seinem Gehirn. Es ist ein Parasit namens *Taenia solium,* und er kann im Verlauf der Erstinfektion zu Persönlichkeitsveränderungen führen. Wenn Noah sich infiziert hat, muß er behandelt werden. Die Zysten, die *Taenia solium* bildet, rufen Schwellungen im Gehirn und Symptome wie die einer Meningitis hervor. Das ist es, was ich an ihm in den letzten Tagen beobachtet habe. Die Reizbarkeit, die Aggressivität. Wenn ich ihn nicht ins Krankenhaus bringe, wenn er eine Zyste hat und sie platzt ...« Sie brach ab, kämpfte gegen die Tränen an. »Bitte«, flüsterte sie. »Ich will meinen Sohn nicht verlieren.«

»Es bedeutet«, erklärte Max, »daß er nicht für seine Taten verantwortlich ist. Genausowenig wie die anderen Jugendlichen.«

»Aber wie haben diese Kinder sich mit dem Parasiten infiziert?«

»Über Warren Emerson«, sagte Claire. »Ein Pathologe am Eastern Maine Medical Center ist sich so gut wie sicher, daß die Gewebsveränderung in seinem Gehirn durch *Taenia solium* ausgelöst wurde, den Schweinebandwurm. Emerson ist wahrscheinlich schon seit Jahren infiziert. Was bedeutet, daß er auch ein Überträger der Krankheit war.«

»Und so haben sich die Kinder bei Emerson angesteckt«, sagte Max. Er glättete die Landkarte, die er auf Lincolns Schreibtisch gelegt hatte. »Claire hat diese Theorie entwickelt. Hier sehen Sie den Unterlauf des Meegawki. Das Profil des Bachbetts, den Strömungsverlauf, sogar die unterirdischen Abschnitte.«

»Was soll ich daraus entnehmen?«

»Sehen Sie, hier.« Max zeigte mit dem Finger auf die Karte. »Das ist die ungefähre Lage von Warren Emersons Farm, etwa eine Meile oberhalb des Sees. Sechzig Meter über dem Meeresspiegel. Der Meegawki fließt direkt an seinem Grundstück vorbei, nahe der Sickergrube, in die sein Abwasser geleitet wird. Es ist wahrscheinlich eine sehr alte Abwasseranlage.« Max sah Lincoln an. »Begreifen Sie die Bedeutung der Lage seiner Farm?«

»Eine Verseuchung des Flusses?«

»Genau. Im letzten Frühjahr hatten Sie hier ungewöhnlich starke Regenfälle, und der Meegawki muß bis zur Höhe von Emersons Sickergrube angestiegen sein. Er könnte dann die Parasiteneier weggespült und in den See geleitet haben.«

»Und wie sollen die Eier in die Sickergrube gelangt sein?«

»Durch Warren Emerson selbst«, sagte Claire. »Er hat sich wahrscheinlich vor Jahren infiziert, indem er nicht ausreichend gekochtes Schweinefleisch gegessen hat, das Larven des Schweinebandwurms enthielt. Die Larven wachsen heran, und der Bandwurm kann manchmal jahrzehntelang im menschlichen Darm überleben. Er produziert die Eier.«

»Wenn Emerson einen Bandwurm in seinem Verdauungstrakt mit sich herumgetragen hat«, sagte Max, »dann hat er dessen Eier ausgeschieden, so daß sie in seinen Klärbehälter gelangten. Durch ein Leck im Tank und eine schwere Überschwemmung konnten sie dann in den Bach und schließlich in den See gespült werden. Die Konzentration würde genau an dieser Stelle am höchsten sein, wo der Meegawki in den See mündet.« Max zeigte auf die Boulders. »Genau da, wo die hiesigen Teenager immer zum Schwimmen hingehen. Habe ich recht?«

Lincoln hob plötzlich den Kopf, aufgeschreckt von dem Lärm, der aus einem anderen Teil des Gebäudes zu hören war. Claire und Max drehten sich um, als die Tür aufgerissen wurde und ein aufgeregter Floyd Spear den Kopf hereinsteckte.

»Der Junge hat einen Anfall! Wir holen jetzt den Krankenwagen!«

Claire warf Lincoln einen entsetzten Blick zu und stürzte aus dem Büro. Einer der Cops der Staatspolizei wollte sie aufhalten, aber Lincoln fuhr ihn an: »Sie ist Ärztin! Lassen Sie sie durch!« Claire lief den Flur entlang, der zu den drei Zellen führte.

Die Tür der ersten Zelle stand offen. Drinnen kauerten zwei Polizisten am Boden. Alles, was sie von ihrem Sohn sehen konnte, waren die Beine, die wie in elektrischen Krämpfen zuckten. Dann bemerkte sie das Blut auf dem Fußboden, in der Nähe seines Kopfes, und sie sah, daß sein halbes Gesicht damit verschmiert war.

»Was haben Sie mit ihm gemacht?« schrie sie.

»Nichts! Wir haben ihn so gefunden. Er muß sich den Kopf am Boden angeschlagen haben –«

»Machen Sie Platz! Gehen Sie mir aus dem Weg!«

Die Cops traten zurück, und Claire ließ sich neben Noah auf die Knie fallen. Sie war vor Panik fast gelähmt. Sie mußte sich dazu zwingen, klar zu denken, mußte den furchtbaren Gedanken verdrängen, daß das hier ihr Sohn war, ihr einziges Kind, und daß er vielleicht vor ihren Augen sterben würde. *Ein Grand mal. Unregelmäßige Atmung.* Sie hörte ein flüssiges Gurgeln in seiner Kehle, und heftige Krämpfe schüttelten seine Brust, während er verzweifelt versuchte, Luft in seine ausgepumpten Lungen zu saugen.

Dreh ihn auf die Seite. Er darf nicht aspirieren!

Sie packte seine Schulter. Ein weiteres Paar Hände kam ihr zu Hilfe. Aus dem Augenwinkel erkannte sie Lincoln, der neben ihr kniete. Zusammen rollten sie Noah auf die Seite. Immer noch schüttelte er sich in Krämpfen, und sein Kopf schlug auf den Boden.

»Ich brauche etwas, um seinen Kopf zu schützen!« rief sie.

Max, der sich ebenfalls in die Zelle gedrängt hatte, riß eine Decke von der Pritsche und warf sie ihr zu. Vorsichtig hob sie Noahs Kopf an und schob die Decke darunter. Wie oft hatte sie ihn früher, als er noch ein kleines Kind war, schlafend auf dem Sofa gefunden und ihm ein Kissen unter den Kopf geschoben. Aber das hier war nicht der Kopf eines schlafenden Jungen; mit jeder neuen Zuckung versteifte sich sein Hals, bis die angespannten Muskeln wie Seile hervortraten. Und das Blut – wo kam das Blut her?

Wieder hörte sie das Gurgeln und sah, wie sich seine Brust wölbte und frisches Blut aus seinem Nasenloch hervorquoll. Also hatte er sich nicht den Kopf aufgeschlagen; es war wieder das Nasenbluten. War es Blut, was da in seiner Kehle gluckerte? Sie drehte sein Gesicht nach unten, in der Hoffnung, daß das Blut aus seinem Mund abfließen würde, doch nur wenige Tropfen, mit Speichel gemischt, rannen heraus. Die Krämpfe ließen jetzt nach, seine Glieder zuckten nicht mehr ganz so heftig, aber das würgende Geräusch wurde stärker.

Das Heimlich-Manöver. Sonst erstickt er noch.

Sie ließ ihn auf der Seite liegen, legte ihm eine Hand, zur Faust geballt, unterhalb des Brustbeins auf den Bauch und stützte sich mit der anderen Hand an seinem Rücken ab. Dann drückte sie mit der Faust schnell und kräftig nach innen und oben.

Pfeifend entwich die Luft aus seinem Hals. Es war keine vollständige Blockade, dachte sie erleichtert. Seine Lungen haben immer noch Luft bekommen.

Sie wiederholte das Manöver. Wieder legte sie ihm den Handballen auf den Bauch und drückte energisch zu. Sie hörte, wie die Luft aus seinen Lungen strömte, hörte, wie das Pfeifen abrupt aufhörte, als das, was die Blockade verursacht hatte, sich plötzlich aus seiner Kehle löste und halb aus seinem Nasenloch herausrutschte. Als sie erkannte, was es war, fuhr sie zusammen und stieß einen entsetzten Schrei aus.

»Großer Gott!« rief der Staatspolizist. »Was zum Teufel ist *das?*«

Der Wurm bewegte sich, zappelte hin und her in einem rosaroten Schaum aus Blut und Schleim. Jetzt rutschte er noch weiter heraus, ringelte und wand sich wie ein glitzerndes Band bei dem Versuch, sich zu befreien. Claire war so schockiert, daß sie nur gebannt zusehen konnte, wie er sich aus der Nase ihres Sohnes herausschlängelte und zu Boden glitt. Dort rollte er sich zusammen; ein Ende hob sich wie der Kopf einer Kobra, die nach Beute Ausschau hält.

Im nächsten Augenblick schnellte der Wurm davon und verschwand unter der nahen Pritsche.

»Wo ist er? Fangt ihn!« schrie Claire.

Max war bereits auf allen vieren und versuchte, unter die Pritsche zu spähen. »Ich sehe ihn nicht –«

»Wir müssen ihn identifizieren!«

»Da, ich sehe ihn«, sagte Lincoln, der sich neben Max niedergekniet hatte. »Er bewegt sich noch –«

Das Heulen einer Sirene, das nach einigen Augenblicken abrupt abbrach, lenkte Claires Aufmerksamkeit ab. Sie drehte den Kopf in die Richtung der sich nähernden Stimmen und des metallischen Ratterns der fahrbaren Liege. Noah atmete jetzt ruhiger, seine Brust hob und senkte sich ohne Krämpfe, sein Puls war schnell, aber regelmäßig.

Die Rettungssanitäter stürmten in die Zelle. Claire trat zur Seite, und sie machten sich an die Arbeit, legten einen venösen Zugang und verabreichten Sauerstoff.

»Claire«, sagte Lincoln. »Das solltest du dir mal ansehen.«

Sie trat auf ihn zu und kniete sich neben ihn, um in den schmalen Zwischenraum unter der Pritsche zu spähen. Die Zelle war spärlich beleuchtet, und es war schwer, im Halbdunkel unter der durchhängenden Matratze irgendwelche Details zu erkennen. In dem Teil, der vom Lichtkegel der Deckenlampe noch ausgeleuchtet wurde, konnte sie ein paar Staubballen und ein zusammengeknülltes Papiertaschentuch ausmachen. Dahinter, ganz dicht an der Wand, bewegte sich etwas – ein leuchtender grüner Strich, der sich in der Dunkelheit zu unwirklich aussehenden Schnörkeln verbog.

»Er leuchtet, Claire«, sagte Lincoln. »Das ist es, was wir gesehen haben. An diesem Abend am See.«

»Biolumineszenz«, meinte Max. »Manche Würmer besitzen diese Eigenschaft.«

Claire hörte das Geräusch einer zuschnappenden Gurtschnalle. Sie drehte sich um und sah, daß die Sanitäter Noah bereits auf der Liege festgeschnallt hatten und ihn durch die Zellentür manövrierten.

»Er scheint stabil zu sein«, sagte einer der beiden. »Wir bringen ihn in die Notaufnahme des Knox.«

»Ich werde hinter Ihnen herfahren«, sagte sie. Dann blickte sie zu Max hinüber. »Ich brauche dieses Exemplar.«

»Fahren Sie ruhig mit Noah«, antwortete Max. »Ich bringe den Wurm in die Pathologie.«

Sie nickte und folgte ihrem Sohn nach draußen.

Claire stand in der Röntgenabteilung und betrachtete stirnrunzelnd die Aufnahmen, die an den Filmbetrachter geheftet waren. »Was meinen Sie?« fragte sie.

»Diese CT-Aufnahmen sehen normal aus«, sagte Dr. Chapman, der Radiologe. »Alle Schnitte scheinen symmetrisch zu sein. Ich erkenne keine Raumforderungen, keine Zysten. Kein Hinweis auf eine Gehirnblutung.« Er sah auf, als Dr. Thayer den Raum betrat, der Neurologe, den Claire als behandelnden Arzt für Noah bestimmt hatte. »Wir sehen uns gerade die CT-Aufnahmen an. Ich kann keinerlei Abnormitäten erkennen.«

Thayer setzte seine Brille auf und begutachtete die Filme. »Ich stimme Ihnen zu«, sagte er. »Und Sie, Claire?«

Claire vertraute den beiden Männern, aber hier ging es um ihren Sohn, und sie konnte die Verantwortung nicht gänzlich an andere abtreten. Die beiden Ärzte konnten das verstehen, und sie achteten sorgfältig darauf, ihr keine Ergebnisse von Bluttests oder Röntgenaufnahmen vorzuenthalten. Im Augenblick jedoch teilten sie ihre Verblüffung. Sie konnte es in Dr. Chapmans Gesicht sehen, als er die Aufnahmen erneut studierte. Die Röntgenbilder spiegelten sich in seinen Brillengläsern, so daß sie seine Augen nicht sehen konnte, doch sein Stirnrunzeln verriet ihr, daß er auch keine Antwort wußte.

»Ich kann hier nichts erkennen, was den Anfall erklären würde«, sagte er.

»Und auch nichts, was gegen eine Rückenmarkspunktion sprechen würde«, ergänzte Thayer. »Angesichts des klinischen Bildes würde ich sagen, daß eine Punktion unbedingt angezeigt ist.«

»Ich verstehe das nicht. Ich war mir so gut wie sicher mit der Diagnose«, sagte Claire. »Sie sehen keine Anzeichen für eine Zystizerkose?«

»Nein«, antwortete Chapman. »Keine Larvenzysten. Wie gesagt, das Gehirn sieht normal aus.«

»Auch die Bluttests sind normal«, bemerkte Thayer. »Bis auf die leicht erhöhten weißen Blutkörperchen, und das könnte auf Streß zurückzuführen sein.«

»Sein Differentialblutbild war nicht normal«, meinte Claire. »Er hat einen hohen Eosinophilwert, was zu einer Parasiteninfektion passen würde. Die anderen Jungen hatten auch erhöhte Eosinophilwerte. Damals habe ich dem keine Bedeutung beigemessen. Aber jetzt denke ich, daß ich den entscheidenden Hinweis übersehen habe.« Sie betrachtete die CT-Bilder. »Ich habe den Parasiten mit eigenen Augen *gesehen.* Ich habe gesehen, wie er aus dem Nasenloch meines Sohnes kam. Wir müssen nur noch die Spezies identifizieren.«

»Möglicherweise hat es nichts mit seinen Krämpfen zu tun, Claire. Dieser Parasit könnte eine eigenständige Krankheit sein. Höchstwahrscheinlich ist es bloß eine gewöhnliche *Ascaris*-Infektion. Die kann überall auf der Welt auftreten. Ich habe mal in Mexiko einen Jungen gesehen, der einen dieser Würmer heraushustete und ihn durch das Nasenloch ausschied. *Ascaris* würde keine neurologischen Symptome verursachen.«

»Aber *Taenia solium.«*

»Ist Warren Emersons Parasit schon identifiziert?« fragte Chapman. »Handelt es sich um *Taenia solium?«*

»Sein ELISA-Test soll morgen gemacht werden. Wenn er Antikörper gegen *Taenia* hat, wissen wir, daß wir es mit diesem Parasiten zu tun haben.«

Thayer, der immer noch die Aufnahmen betrachtete, schüttelte den Kopf. »Dieser CT-Scan weist keine Larvenzysten auf. Zugegeben, es könnte ein so frühes Stadium sein, daß man mit bloßem Auge nichts erkennen kann. Aber bis es soweit ist, müssen wir andere Möglichkeiten ausschließen. Enzephalitis. Meningitis.« Er schaltete die Beleuchtung des Filmbetrachters aus. »Es ist Zeit für die Rückenmarkspunktion.«

Eine Röntgenassistentin schaute zur Tür herein. »Dr. Thayer, Telefon für Sie. Die Pathologie.«

Thayer nahm den Hörer des Wandapparats ab. Kurz darauf legte er ihn wieder auf und wandte sich zu Claire. »Nun, was den Wurm betrifft, haben wir eine Antwort.«

»Sie haben ihn identifiziert?«

»Sie haben Fotos und mikroskopische Schnitte online nach Bangor geschickt. Ein Parasitologe am Eastern Maine Medical Center hat die Identifizierung gerade bestätigt. Es handelt sich nicht um *Taenia.*«

»Also ist es *Ascaris?*«

»Nein, der Wurm gehört zum Stamm der Annelida.« Er schüttelte ungläubig den Kopf. »Das muß ein Irrtum sein. Sie haben ihn offensichtlich falsch bestimmt.«

Claire sah ihn fragend an. »Annelida ist mir im Moment kein Begriff. Was ist es?«

»Es ist ein ganz gewöhnlicher Regenwurm.«

23

Claire saß im Dunkeln in Noahs Krankenzimmer und hörte, wie ihr Sohn unermüdlich in seinem Bett hin und her ruckte. Seit der Rückenmarkspunktion am frühen Abend hatte er sich immer wieder gegen seine Fesseln gesträubt und sich schon zweimal den Infusionskatheter herausgerissen. Thayer hatte schließlich den Bitten der Schwestern nachgegeben und ihnen erlaubt, ein Beruhigungsmittel zu verabreichen. Doch auch nachdem er das Sedativum bekommen hatte und das Licht ausgeschaltet worden war, schlief er nicht ein; er schaukelte immer weiter hin und her und stieß Flüche aus. Es war aufreibend, diesen unentwegten Kampf auch nur mit anzuhören.

Kurz nach Mitternacht kam Lincoln ins Zimmer. Sie sah, wie die Tür sich öffnete und das Licht aus dem Flur hindurchfiel, und sie erkannte seine Gestalt, als er zögernd auf der Schwelle stehenblieb. Schließlich trat er ein und setzte sich auf den Stuhl ihr gegenüber.

»Ich habe mit der Schwester gesprochen«, sagte er. »Sie sagt, es ist alles stabil.«

Stabil. Claire schüttelte den Kopf, als sie dieses Wort hörte. Es hieß nichts weiter als unverändert, ein konstanter Zustand, sei er nun gut oder schlecht. Man hätte auch Verzweiflung als eine stabile Verfassung bezeichnen können.

»Er scheint jetzt ruhiger zu sein«, meinte Lincoln.

»Sie haben ihn mit Beruhigungsmitteln vollgepumpt. Das mußten sie auch, nach der Punktion.«

»Sind die Ergebnisse schon da?«

»Keine Meningitis. Keine Enzephalitis. In der Rückenmarksflüssigkeit ist nichts, was erklären könnte, was mit ihm geschehen ist. Und jetzt ist die Parasitentheorie auch erledigt.«

Sie lehnte sich zurück, alle Muskeln schwer vor Erschöpfung, und lachte verwirrt. »Niemand kann es mir erklären. Wie er es fertiggebracht hat, einen Regenwurm einzuatmen. Es ergibt keinen Sinn, Lincoln. Regenwürmer leuchten nicht. Sie benutzen keine Menschen als Wirte. Es muß irgendein Irrtum sein ...«

»Du mußt nach Hause gehen und dich ausschlafen«, sagte er.

»Nein, ich brauche Antworten. Ich brauche meinen Sohn. Ich will ihn so wiederhaben, wie er war, bevor sein Vater starb, bevor dieser ganze Schlamassel losging – wie früher, als er mich noch liebte.«

»Aber er liebt dich, Claire.«

»Ich bin mir da nicht mehr sicher. Ich habe es schon so lange nicht mehr empfunden. Nicht, seit wir hierher umgezogen sind.« Ohne den Blick von Noah zu wenden, dachte sie daran, wie oft sie über seinen Schlaf gewacht hatte, als er noch ein kleines Kind war, als ihre Liebe zu ihm fast etwas von einer Obsession gehabt hatte. Etwas Verzweifeltes. »Du weißt nicht, wie er früher war«, sagte sie. »Du hast ihn nur von seiner schlimmsten Seite gesehen. Von seiner häßlichsten Seite. Ein Verdächtiger in einem Kriminalfall. Du kannst dir nicht vorstellen, wie zärtlich und liebevoll er als kleines Kind war. Er war mein bester Freund ...« Sie hob die Hand und wischte sich die Augen, dankbar für die Dunkelheit. »Ich warte nur darauf, daß der Junge da zu mir zurückkommt.«

Lincoln stand auf und ging auf sie zu. »Ich weiß, daß du in ihm deinen besten Freund siehst«, sagte er. »Aber er ist nicht dein einziger Freund.«

Sie erlaubte ihm, die Arme um sie zu legen und ihre Stirn zu küssen, doch gleichzeitig dachte sie: *Ich kann dir nicht mehr vertrauen oder mich auf dich verlassen.*

Ich habe jetzt niemanden mehr außer mir selbst. Und meinem Sohn.

Er schien die Schranke zu spüren, die sie zwischen ihnen errichtet hatte, und ließ sie langsam los. Schweigend ging er aus dem Zimmer.

Sie blieb die ganze Nacht an Noahs Bett und döste auf ihrem Stuhl vor sich hin, schreckte aber immer wieder auf, wenn eine Schwester hereinkam, um Fieber zu messen oder seinen Puls zu fühlen.

Als sie die Augen wieder öffnete und in das verblüffend helle Licht der Morgendämmerung blickte, stellte sie fest, daß ihre Gedanken sich irgendwie kristallisiert hatten. Noah schlief ruhig. Obwohl es auch ihr gelungen war, ein wenig Schlaf zu finden, hatte ihr Gehirn keine Pause gemacht. Es hatte die ganze Nacht gearbeitet, hatte versucht, hinter das Rätsel des Regenwurms zu kommen, der auf irgendeine Weise in den Körper ihres Sohnes gelangt war. Und jetzt, als sie am Fenster stand und die Schneelandschaft betrachtete, fragte sie sich, wie sie etwas so Offensichtliches hatte übersehen können.

Vom Stationszimmer aus rief sie das EMMC an und verlangte Dr. Clevenger in der Pathologie.

»Ich habe gestern abend versucht, Sie anzurufen«, sagte er. »Ich habe eine Nachricht auf Ihrem Anrufbeantworter hinterlassen.«

»War es wegen Warren Emersons ELISA-Test? Deswegen rufe ich Sie nämlich an.«

»Ja, wir haben die Ergebnisse. Ich muß Sie leider enttäuschen; das Resultat für *Taenia solium* ist negativ.«

Sie schwieg einen Moment. »Ich verstehe.«

»Das scheint Sie nicht sehr zu überraschen. Im Gegensatz zu mir.«

»Könnte das Testergebnis falsch sein?«

»Das ist möglich, aber nicht sehr wahrscheinlich. Zur Sicherheit haben wir auch bei diesem anderen Jungen, Taylor Darnell, einen ELISA-Test durchgeführt.«

»Und der war auch negativ.«

»Ach, das wußten Sie schon?«

»Nein, ich habe geraten.«

»Nun, das Kartenhaus, über das wir neulich gesprochen haben, ist gerade eingestürzt. Keiner der beiden Patienten weist Antikörper gegen den Schweinebandwurm auf. Ich habe keine Erklärung dafür, warum diese Jugendlichen durchdrehen. Ich weiß, daß es keine Zystizerkose ist. Und ich kann mir auch nicht erklären, wie Mr. Emerson diese Zyste im Gehirn bekommen hat.«

»Aber Sie glauben, daß es sich um eine Art Larve handelt?«

»Entweder das, oder ein verdammt merkwürdiges Artefakt, das beim Einfärben entstanden ist.«

»Könnte es ein anderer Parasit sein – ein anderer als *Taenia*?«

»Welche Art Parasit?«

»Einer, der über die Nasenöffnungen in den Wirt eindringt. Er könnte sich in einer der Nebenhöhlen zusammenkringeln und sich dort auf unbestimmte Zeit verstecken. Bis er ausgestoßen wird oder abstirbt. Wenn er irgendwelche biologischen Toxine absondert, würden diese gleich durch die Sinusmembranen absorbiert werden und so in den Blutkreislauf des Wirts gelangen.«

»Würde man ihn nicht auf einem CT-Scan erkennen?«

»Nein, das würde man nicht, denn das Bild würde völlig harmlos aussehen. Wie irgendeine harmlose Schleimzyste.« Wie auf Scotty Braxtons CT.

»Wenn er sich in einer Nebenhöhle verborgen hat, wie konnte er dann in Warren Emersons Gehirn gelangen?«

»Denken Sie doch an die anatomischen Gegebenheiten. Es ist nur eine dünne Knochenschicht, die das Gehirn von der Stirnhöhle trennt. Der Parasit könnte sich ganz allmählich hindurchgearbeitet haben.«

»Wissen Sie, das ist eine wunderbare Theorie. Aber es gibt keinen Parasiten, der in dieses klinische Bild paßt. Jedenfalls keinen, der in der Literatur beschrieben worden ist.«

»Und wenn es etwas ist, das in der Literatur nicht vorkommt?«

»Sie meinen, ein völlig neuer Parasit?« Clevenger lachte. »Schön wär's! Das wäre so, als ob man den wissenschaftlichen Jackpot knacken würde. Mein Name würde durch die Entdeckung unsterblich werden. *Taenia clevengeria.* Klingt doch gut, oder? Aber alles, was ich habe, ist eine halb verfallene, unidentifizierbare Larve auf einem Objektträger. Und kein lebendes Exemplar, mit dem ich angeben könnte.«

Nur einen Regenwurm.

Auf dem Rückweg nach Tranquility wurde ihr klar, daß ihr noch einige Teile des Puzzles fehlten. Max Tutwiler würde sie liefern müssen. Sie würde ihm die Gelegenheit geben, alles unter vier Augen zu erklären; er hatte sich ihr gegenüber wie ein

Freund verhalten, und sie sah es als ihre Pflicht an, ihn nicht vorschnell zu verurteilen. Sie war mit einem Wissenschaftler verheiratet gewesen, und sie kannte das Fieber, das diese Menschen zuweilen verzehrte, diese heftige Erregung, die sie erfaßte, wenn sie glaubten, einer großen Entdeckung auf der Spur zu sein. Ja, sie konnte verstehen, warum Max dieses Exemplar vielleicht für sich behalten wollte, warum er es so lange geheimhalten wollte, bis er nachweisen konnte, daß es sich um eine neue Spezies handelte. Was sie nicht verstehen konnte, was sie ihm auch niemals verzeihen konnte, war die Tatsache, daß er ihr und auch Noahs Ärzten Informationen vorenthalten hatte – Informationen, die für die Gesundheit ihres Sohnes vielleicht von entscheidender Bedeutung waren.

Ihr Zorn wuchs mit jedem Kilometer, den sie fuhr.

Sprich zuerst mit ihm, ermahnte sie sich. Du könntest dich irren. Max hat vielleicht mit all dem nichts zu tun.

Als sie die Stadtgrenze von Tranquility erreichte, war sie zu aufgeregt, um die Unterredung noch länger aufzuschieben. Sie wollte so schnell wie möglich wissen, woran sie mit ihm war.

Sie fuhr direkt zu Max' Bungalow.

Sein Auto war nicht da. Sie parkte in seiner Einfahrt und war gerade auf dem Weg zum Haus, als sie zu ihrer Rechten Fußspuren bemerkte, die vom Haus wegführten. Sie folgte ihnen ein kurzes Stück Wegs in den Wald. Dort, wo sie abbrachen, war der Schnee aufgewühlt und mit Erde vermischt. Sie ging in die Hocke und begann, mit den Händen den Schneematsch wegzuschaufeln. In etwa fünfzehn Zentimetern Tiefe stieß sie auf eine Schicht aus lockerer Erde und welkem Laub. Sie hob eine Handvoll davon auf und sah, wie etwas in ihrer Hand glitzerte, sich bewegte. Ein Regenwurm. Sie vergrub ihn wieder und folgte ihren eigenen Spuren zurück zum Haus.

Auf der Veranda sah sie sich nach einer Schaufel um – sie wußte, daß eine dasein mußte. Sie entdeckte sie schließlich: Zusammen mit einer Spitzhacke lehnte sie an dem Holzstoß. An der Schaufel klebte noch gefrorene Erde.

Die Tür war nicht verschlossen; sie trat ein und erkannte sofort, warum sich Max nicht die Mühe gemacht hatte abzusperren. Fast alle seine Sachen waren verschwunden. Die wenigen Dinge, die noch da waren – die Möbel, das Kochgeschirr – gehörten vermutlich zur Einrichtung. Sie ging durch die Schlafzimmer und die Küche und fand nur ein paar Sachen, die ihm gehörten: eine Kiste Bücher, einen Korb mit schmutziger Wäsche, einen Rest Lebensmittel im Kühlschrank. Und, mit Reißnägeln an der Wand befestigt, seine topographische Karte des Meegawki-Bachbetts. Er wird wiederkommen, um diese Sachen zu holen, dachte sie. Und ich werde hier auf ihn warten.

Ihr Blick fiel auf die Kiste mit den Büchern. Auf das Adreßschild, das noch an dem Kartondeckel klebte: *Anson Biologicals.*

Es war der Name des Labors, das Scottys und Taylors Blut analysiert und die Drogen-screens der beiden mit negativem Befund zurückgeschickt hatte. Waren die Befunde gefälscht, fragte sie sich, und wenn ja, was versuchte man zu verbergen? Es war das gleiche Labor, das kürzlich der Abteilung für Kinderheilkunde in Two Hills einen Zuschuß für eine Reihenblutuntersuchung bei den Teenagern der Gegend gewährt hatte. Welches Interesse hatte Anson an den Kindern von Tranquility?

Sie nahm ihr Handy heraus und rief Anthony im Labor des Knox an. »Was wissen Sie über Anson Biologicals?« fragte sie ihn. »Wie kam es dazu, daß sie einen Vertrag mit unserem Krankenhaus bekommen haben?«

»Also, das war eine komische Sache. Wir haben immer all unsere Gaschromatogramme und Radioimmunoassays an BloodTek in Portland geschickt. Und dann, vor etwa zwei Monaten, sind wir plötzlich zu Anson gewechselt.«

»Wer hat die Entscheidung getroffen?«

»Der Leiter unserer Pathologie. Es gab einen guten Grund für den Wechsel, denn bei Anson sind die Preise viel niedriger. Das Krankenhaus konnte nicht nein sagen. Wir sparen dabei wahrscheinlich Tausende von Dollar.«

»Könnten Sie mehr über die Firma herausfinden? Ich muß es so schnell wie möglich wissen. Sie können mich über meinen Pager erreichen.«

»Was genau möchten Sie wissen?«

»Alles. Ob es mehr ist als nur ein Diagnoselabor. Und welche anderen Verbindungen es mit Tranquility gibt.«

»Ich sehe mal, was ich herausfinden kann.«

Sie beendete das Gespräch. Obwohl sie den elektrischen Heizofen eingeschaltet hatte, wirkte der Raum kalt. Sie machte ein Feuer im Holzofen und bereitete sich aus Max' spärlichen Vorräten ein Frühstück zu, Kaffee, Toast mit Butter und ein etwas schrumpeliger Apfel. Als sie mit dem Essen fertig war, strahlte der Ofen bereits eine solche Hitze aus, daß sie allmählich ganz schläfrig wurde. Sie rief nochmals im Krankenhaus an, um sich nach Noahs Zustand zu erkundigen; dann setzte sie sich ans Fenster und wartete.

Er konnte ihr nicht ewig aus dem Weg gehen.

Nur wenige Augenblicke schienen vergangen zu sein, als sie in ihrem Sessel aufschreckte. Ihr Nacken schmerzte von der unbequemen Schlafposition. Es war drei Uhr, und das morgendliche Licht hatte sich in die schrägen Strahlen der Nachmittagssonne verwandelt.

Sie stand auf und massierte sich den Nacken, während sie ruhelos im Haus umherwanderte. Ins Schlafzimmer, dann wieder zurück in die Küche. Wo war er? Er würde doch sicherlich zurückkommen, um seine Wäsche zu holen.

Sie blieb im Wohnzimmer stehen, und ihr Blick fiel auf die topographische Karte an der Wand. Sie trat näher heran, und was ihr plötzlich ins Auge fiel, war der Schriftzug »Beech Hill, Höhe über NN 295 m«. Was hatte noch Lois Cuthbert bei der Stadtversammlung gesagt? Es hatte etwas mit den Lichtern zu tun, die einige Leute oben auf dem Hügel hatten flackern sehen, und mit den Gerüchten, daß sich Satansanbeter nachts in den Wäldern versammelten.

Lois hatte das mit den Lichtern erklärt. *Es ist bloß dieser*

Biologe, Dr. Tutwiler, der nachts auf Salamanderjagd geht. Ich habe ihn neulich im Dunkeln fast überfahren, als er auf dem Weg zurück aus dem Wald war.

Claire blieb nur noch eine Stunde Tageslicht, und sie brauchte es, um zu finden, wonach sie suchte. Sie wußte schon, wo sie anfangen mußte.

Sie ging nach draußen und stieg in ihren Wagen.

Der Schnee würde ihr die Suche erleichtern. Sie nahm die Straße, die nach Beech Hill hinaufführte. Als sie an Emersons Grundstück vorbeikam, bremste sie ab und sah, daß die Zufahrt zu seinem Haus nicht geräumt war. Es hatte geschneit, seit sie das letzte Mal dort gewesen war, um die Katze zu füttern, und es gab keine neuen Reifenspuren. Sie fuhr weiter. Jenseits von Emersons Grundstück gab es auf Beech Hill keine weiteren Häuser, und die Straße war von hier an nicht asphaltiert. Vor Jahrzehnten hatte dieser Weg den Holzfällern zum Abtransport der Stämme gedient; heute benutzten ihn nur noch Jäger oder Wanderer, die zu dem Aussichtspunkt oben auf dem Gipfel unterwegs waren. Die Schneepflüge der Stadt hatten den Neuschnee nicht geräumt, und mit ihrem Subaru kam sie nur mühsam voran. Vor ihr war schon ein anderer Wagen hier entlanggefahren; sie konnte die Reifenspuren deutlich erkennen.

Ein paar hundert Meter hinter Emersons Grundstück bogen die Spuren von der Straße ab und führten zu einem Kiefernwäldchen. Kein Fahrzeug war zu sehen; wer auch immer hiergewesen war, er war inzwischen wieder weggefahren.

Aber jemand mußte hier ausgestiegen sein, denn er hatte knöcheltiefe Fußspuren im Schnee hinterlassen.

Sie stieg aus, um sich die Abdrücke anzusehen. Sie stammten von großen Stiefeln – eine Männergröße. Die Spuren führten mehrfach in den Wald hinein und wieder zurück.

Sie hatte oft gehört, daß Schnee der beste Freund des Jägers und Spurensuchers war. Sie war jetzt die Jägerin und folgte der deutlichen Spur im Schnee durch den Wald. Sie hatte keine

Angst, sich zu verirren; schließlich hatte sie eine Taschenlampe, falls es dunkel wurde, und sie hatte ihr Handy in der Tasche. Die Spur würde sie jederzeit zum Wagen zurückführen. Zu ihrer Rechten hörte sie das Geräusch fließenden Wassers, und ihr wurde klar, daß sie sich in der Nähe des Wasserlaufs befand. Die Fußspuren verliefen parallel zum Ufer, das sanft bis zu einer massiven Ansammlung von Felsen anstieg.

Sie blieb stehen und blickte staunend empor. Der schmelzende Schnee war herabgetropft und in der Kälte augenblicklich wieder zu einer bläulichen Skulptur aus gerillten Kaskaden erstarrt. Claire stand am Fuß dieses Gebildes, das vor Urzeiten durch einen Erdrutsch entstanden war, und sie zerbrach sich den Kopf über das abrupte Verschwinden der Fußspuren. Hatte Max diese Felsen erklommen? Der Wind hatte die Oberfläche des Eises zu glasiger Härte poliert. Es würde sehr schwierig und gefährlich sein, hier emporzuklettern.

Das Geräusch des Baches weckte wieder ihre Aufmerksamkeit. Sie blickte hinab, dorthin, wo das fließende Wasser den Schnee weggeschwemmt hatte, und sah den schwachen Abdruck eines Absatzes im Schlamm. Wenn er durch den Bach gewatet war, warum tauchten dann seine Fußstapfen auf der anderen Seite nicht wieder auf?

Sie tat einen Schritt in den Bach und fühlte, wie das eisige Wasser durch die Schnürlöcher in ihre Stiefel eindrang. Noch ein Schritt, und das Wasser reichte bis zum oberen Rand ihrer Stiefel; schon wurde der Saum ihrer Hose naß. Jetzt erst sah sie die Öffnung in den Felsen.

Die Felsspalte war zum Teil durch einen Strauch verdeckt, der im Sommer üppig belaubt sein mußte. Um die Öffnung zu erreichen, mußte sie weiter in das Bachbett hinauswaten, bis ihr das Wasser an die Waden reichte. Sie erklomm einen flachen Felsvorsprung, dann zwängte sie sich durch den niedrigen Eingang in die dahinterliegende, etwas weitere Kammer.

Sie war gerade so hoch, daß Claire aufrecht stehen konnte. Obwohl kaum Licht durch die kleine Öffnung hinter ihr eindrang, stellte sie fest, daß sie einige Details ihrer Umgebung erkennen konnte, wenn auch nur vage. Sie hörte ein regelmäßiges Tropfen und sah kleine, glitzernde Rinnsale an den Wänden. Das Sonnenlicht mußte noch irgendwo anders durchsickern. Gab es oben eine weitere Öffnung? Jenseits eines sich verschwommen abzeichnenden Durchgangs schien ein schwaches Licht zu schimmern. Eine zweite Kammer.

Sie zwängte sich durch den niedrigen Korridor, und im nächsten Augenblick trat ihr Fuß ins Leere. Sie stürzte und fiel tiefer und tiefer, bis ein nasser Felsen ihren Fall unsanft bremste. Der Schmerz dröhnte wie eine Glocke in ihrem Schädel. Eine Weile lag sie benommen da und wartete, daß ihr Kopf wieder klar würde, daß die Lichtblitze vor ihren Augen aufhörten. Etwas flatterte über ihr und rauschte mit wildem Flügelschlagen davon. *Fledermäuse.*

Das Pochen in ihrem Schädel wich allmählich einem dumpfen Schmerz, aber immer noch sah sie das Licht in psychedelischem Grün aufblitzen. Symptome einer Hornhautablösung, dachte sie mit Schrecken. Drohende Erblindung.

Langsam erhob sie sich, wobei sie sich mit einer Hand an der Höhlenwand abstützte. Doch es war kein nackter Fels, den sie berührte, es war eine schleimige, weiche Substanz. Sie stieß einen Schrei aus und fuhr zurück. Wieder erhob sich das Geflatter über ihr.

Sie hat sich bewegt. Die Wand hat sich bewegt.

Was sie an der Wand gefühlt hatte, war kalt, nicht wie das Fell einer zappelnden Fledermaus. Sie spürte noch die Feuchtigkeit an ihren Fingern. Sie schüttelte sich und begann ihre Hand an der Hose abzuwischen, als sie plötzlich das Leuchten sah. Es klebte an ihrer Haut und ließ die Umrisse ihrer Hand in der Dunkelheit aufscheinen. Verwundert blickte sie zur Höhlendecke auf und sah eine Unmenge von Lichtpunkten, so wie schwach leuchtende grüne Sterne am Nachthimmel. Aber diese Sterne bewegten sich, wogten in sanften Wellen hin und her.

Sie machte ein paar Schritte nach vorne, patschte durch Pfützen, bis sie in der Mitte der Kammer stand. Dann mußte sie einen Moment lang die Augen schließen; das Gewoge dieser Sterne über ihrem Kopf gab ihr das Gefühl, daß der Boden unter ihren Füßen schwankte.

Die Quelle, dachte sie mit Staunen. Max hat die Quelle der Parasiten gefunden, die Höhle, die diese Spezies wahrscheinlich seit Jahrtausenden beherbergt. Die Wärme, die durch organische Verwesung und durch die Körper Hunderter warmblütiger Fledermäuse erzeugt wurde, würde für ein stabiles Klima in diesem Lebensraum sorgen, unabhängig vom Wechsel der Jahreszeiten.

Sie nahm ihre Taschenlampe heraus und richtete den Strahl auf einen Haufen grüner Sterne an der Wand. Im Lichtkegel der Lampe verschwanden die Sterne, und an ihrer Stelle sah sie einen Klumpen Würmer, der wie eine vielarmige Qualle leise zitternd von der tropfenden Wand herabhing. Sie schaltete die Lampe aus. In der Dunkelheit tauchten die Sterne wieder auf und vereinigten sich mit der riesigen grünen Galaxie.

Biolumineszenz. Die Würmer benutzten *Vibrio fischeri* als ihre Lichtquelle. Jedesmal, wenn diese Höhle überflutet wurde, wurden Wurmlarven und *Vibrio* zusammen in den Bach gespült. In den See. *Wir werden nur zufällig zu Wirtsorganismen,* dachte sie. Einmal im See gebadet, aus Versehen etwas Wasser inhaliert, und die Larve konnte durch die Nasengänge in ihren menschlichen Wirt gelangen. Dort würde sie sich in einer Nebenhöhle festsetzen und heranwachsen, wobei sie ein Hormon absonderte, bis sie schließlich abstarb. Das würde den Peak in den Gaschromatogrammen von Scotty Braxtons und Taylor Darnells Blut erklären: ein Hormon, ausgeschieden von diesem Parasiten.

Tutwiler und vielleicht auch die Leute bei Anson wußten von diesem Hormon und von den Würmern, doch sie hatten ihr nichts gesagt. Sie hatten sie und ihren Sohn durch die Hölle gehen lassen.

Wütend griff sie sich einen Stein vom Boden und schleuderte ihn gegen die grünen Sterne. Er prallte von der Höhlendecke ab und fiel auf den Boden, wo er mit einem merkwürdig metallischen Scheppern landete. Wieder rauschte ein Schwall Fledermäuse aus der Kammer hinaus.

Sie stand einen Augenblick reglos da und versuchte zu verarbeiten, was sie gerade gehört hatte. Vorsichtig arbeitete sie sich durch die Dunkelheit zum anderen Ende der Kammer vor, wo sie den Aufprall des Steins gehört hatte. Hier gab es nicht so viele Würmer, und ohne ihr Leuchten schien die Finsternis immer dichter zu werden, je weiter sie vordrang.

Sie schaltete die Taschenlampe wieder ein und leuchtete auf den Boden. Ein Gegenstand reflektierte das Licht. Sie beugte sich vor, um ihn genauer sehen zu können. Es war ein Camping-Kaffeebecher aus Blech.

Direkt daneben sah sie die Spitze eines Männerstiefels.

Sie zuckte zurück und rang nach Luft. Der Lichtstrahl wackelte wild hin und her, als sie in Panik die Lampe hob und sie auf Max Tutwilers blicklose Augen richtete. Er lag zusammengesunken am Boden, den Rücken an die Höhlenwand gelehnt. Die Beine waren der Länge nach ausgestreckt. Schaum war aus seinem Mund geflossen und auf seine Jacke getropft. Dort hatte er sich mit dem dunkleren Blut vermischt, das aus der klaffenden Schußwunde in seiner Kehle geströmt war.

Sie stolperte zurück, drehte sich um und trat in eine knietiefe Pfütze.

Lauf. Lauf.

Sofort war sie wieder auf den Beinen und lief in Panik auf den Durchgang zur ersten Kammer zu. Fledermäuse flatterten an ihrem Kopf vorbei. Sie schlängelte sich unter dem Bogen durch und rollte in die Eingangskammer hinein. Die Wände warfen das Echo ihres eigenen keuchenden Atems zurück. Auf Händen und Knien krabbelte sie wie ein verschrecktes Insekt auf den Eingang zu.

Die Öffnung wurde heller, rückte näher.

Dann streckte sie den Kopf hinaus ins Tageslicht. Sie sog gierig die frische Luft ein und blickte auf. In diesem Moment krachte der Schlag auf ihren Schädel herab.

24

»Wir haben Dr. Elliot den ganzen Tag noch nicht gesehen, Chief Kelly«, sagte die Schwester. »Und offen gesagt, wir fangen allmählich an, uns Sorgen zu machen.«

»Wann haben Sie zuletzt mit ihr gesprochen?«

»Die Mittagsschicht sagt, daß sie so gegen zwölf Uhr angerufen hat, um sich nach Noahs Zustand zu erkundigen. Aber seitdem haben wir nichts von ihr gehört, und wir versuchen schon seit Stunden, sie anzupiepsen. Wir haben auch bei ihr zu Hause angerufen, aber da meldet sich nur der Anrufbeantworter. Wir finden, sie sollte wirklich hiersein. Der Junge hat nach ihr gefragt.«

Irgend etwas stimmt nicht, dachte Lincoln, während er den Flur entlang zu Noahs Zimmer ging. Claire würde nicht so viel Zeit vergehen lassen, ohne ihren Sohn zu besuchen oder zumindest anzurufen. Er war früher am Abend an ihrem Haus vorbeigefahren und hatte ihren Wagen nicht gesehen, so daß er angenommen hatte, sie sei im Krankenhaus.

Aber sie war den ganzen Tag nicht hiergewesen.

Er nickte dem State Trooper zu, der vor der Tür Wache hielt, und betrat Noahs Zimmer.

Die Nachttischlampe brannte, und in ihrem hellen Schein sah das Gesicht des Jungen blaß und erschöpft aus. Beim Geräusch der ins Schloß fallenden Tür sah er auf, und sofort trübte Enttäuschung seinen Blick. Der Zorn ist verflogen, dachte Lincoln. Der Unterschied war verblüffend. Noch vor sechsunddreißig Stunden war Noah jenseits aller Vernunft gewesen, und seine Raserei hatte in ihm solche Kräfte freigesetzt, daß zwei Mann nötig gewesen waren, um ihn zu überwältigen. Jetzt sah er nur noch wie ein müder kleiner Junge aus. Ein verängstigter Junge.

Seine Frage war nur ein schwaches Flüstern: »Wo ist meine Mom?«

»Ich weiß nicht, wo sie ist, mein Junge.«

»Rufen Sie sie an. Bitte, können Sie sie nicht anrufen?«

»Wir versuchen schon, sie zu erreichen.«

Der Junge blinzelte und blickte zur Decke hinauf. »Ich will ihr sagen, daß es mir leid tut. Ich will ihr sagen ...« Er blinzelte wieder, dann wandte er sich ab und murmelte kaum hörbar in sein Kopfkissen: »Ich will ihr die Wahrheit sagen.«

»Worüber?«

»Über das, was passiert ist. In dieser Nacht ...«

Lincoln schwieg. Er konnte Noah nicht dazu zwingen, dieses Geständnis zu machen, es mußte von selbst aus ihm herauskommen.

»Ich habe den Transporter genommen, weil ich eine Freundin nach Hause fahren mußte. Sie ist den ganzen Weg zu Fuß gekommen, um mich zu besuchen, und wir wollten warten, bis Mom zurück war, damit sie sie heimfahren konnte. Aber dann wurde es spät, und Mom ist nicht nach Hause gekommen. Und es hat richtig stark zu schneien angefangen ...«

»Also hast du das Mädchen selbst heimgefahren?«

»Es waren nur zwei Meilen. Es ist ja nicht so, als wäre ich noch nie Auto gefahren.«

»Und was ist da passiert? Auf der Fahrt?«

»Nichts. Es war nur eine schnelle Tour, einmal hin und zurück. Ich schwör's.«

»Bist du über die Slocum Road gefahren?«

»Nein, Sir. Ich bin die ganze Zeit auf der Toddy Point Road geblieben. Ich habe sie an der Einfahrt rausgelassen, damit ihr Daddy mich nicht sehen konnte. Und dann bin ich gleich wieder heimgefahren.«

»Wann war das?«

»Weiß ich nicht. Vielleicht so um zehn.«

Eine Stunde, nachdem der anonyme Zeuge Claires Transporter auf der Slocum Road hatte herumkurven sehen.

»Das stimmt nicht mit den Tatsachen überein, mein Sohn. Es erklärt nicht das Blut an der Stoßstange.«

»Ich weiß nicht, wie das Blut da hingekommen ist.«

»Du sagst nicht die ganze Wahrheit.«

»Ich *sage* die Wahrheit!« Der Junge drehte sich zu ihm um, und aus seiner Frustration wurde allmählich Zorn. Aber dieses Mal hatte sein Zorn irgendwie eine andere Qualität. Er war auf Vernunft gegründet.

»Wenn du die Wahrheit sagst«, meinte Lincoln, »dann wird das Mädchen deine Geschichte bestätigen. Wer ist sie?«

Noah wandte sich ab und starrte erneut an die Decke. »Das kann ich Ihnen nicht sagen.«

»Warum nicht?«

»Ihr Vater würde sie *umbringen.* Darum.«

»Sie könnte mit einer simplen Aussage die ganze Sache klären.«

»Sie hat Angst vor ihm. Ich kann sie nicht in Schwierigkeiten bringen.«

»Du bist derjenige, der in Schwierigkeiten steckt, Noah.«

»Ich muß zuerst mit ihr reden. Ich muß ihr eine Chance geben –«

»Was zu tun? Ihre Geschichte mit deiner abzustimmen?«

Sie sahen einander schweigend an. Lincoln wartete auf eine Antwort, und der Junge weigerte sich, ihm die Information zu geben.

Durch die geschlossene Tür konnte Lincoln gerade noch die Stimme aus dem Lautsprecher hören:

»Dr. Elliot, bitte Anschluß sieben-eins-drei-drei anrufen. Dr. Elliot bitte ...«

Lincoln verließ Noahs Zimmer und ging zum Telefonieren ins Stationszimmer. Er wählte die 7133.

Anthony meldete sich im Labor. »Dr. Elliot?«

»Hier spricht Chief Kelly. Wie lange versuchen Sie schon, Dr. Elliot zu erreichen?«

»Den ganzen Nachmittag. Ich habe es über ihren Pager versucht, aber sie muß ihn ausgeschaltet haben. In ihrem Haus geht niemand dran, also dachte ich mir, ich lasse sie ausrufen. Falls sie im Haus sein sollte.«

»Sollte sie tatsächlich bei Ihnen anrufen, könnten Sie ihr bitte sagen, daß ich auch versuche, sie zu erreichen?«

»Aber sicher. Es wundert mich ein bißchen, daß sie mich nicht zurückgerufen hat.«

Lincoln schwieg einen Moment. »Wie meinen Sie das, zurückgerufen? Haben Sie denn vorher schon mit ihr gesprochen?«

»Ja, Sir. Sie hat mich gebeten, ihr einige Informationen zu beschaffen.«

»Wann ist das gewesen?«

»Sie hat heute so gegen Mittag angerufen. Es schien ziemlich dringend zu sein. Ich habe angenommen, sie würde sich eher wieder melden.«

»Was waren das für Informationen, die sie wollte?«

»Über eine Firma namens Anson Biologicals.«

»Was für eine Firma ist das?«

»Wie es aussieht, machen sie nur die Auslieferung für Sloan-Routhier. Sie wissen schon, der Pharmariese. Aber ich habe keine Ahnung, warum sie etwas darüber wissen wollte.«

»Wissen Sie, von wo aus Dr. Elliot Sie angerufen hat?«

»Chief Kelly, ich habe nicht die geringste Ahnung.«

Lincoln legte auf. Seit zwölf Uhr mittags hatte niemand mit Claire gesprochen – und das war vor neun Stunden gewesen.

Er ging hinaus auf den Parkplatz des Krankenhauses. Es war ein klarer Tag gewesen, ohne Schnee, und alle Autos waren mit einer dünnen Eisschicht überzogen. Er fuhr mit seinem Streifenwagen im Schrittempo an den geparkten Wagen vorbei und hielt Ausschau nach Claires Subaru. Er war nicht da.

Sie hat das Krankenhaus verlassen, und dann? Wo könnte sie hingefahren sein?

Er machte sich auf den Weg zurück nach Tranquility, und seine Besorgnis wuchs. Die Straße war zwar frei, die Fahrbahn nicht vereist, aber er fuhr dennoch langsam und suchte die schneebedeckten Seitenstreifen nach Anzeichen dafür ab, daß ein Auto von der Straße abgekommen war. Vor Claires Haus hielt er lange genug an, um sich zu vergewissern, daß sie nicht dort war.

Seine Besorgnis verwandelte sich allmählich in nackte Angst.

Von zu Hause aus machte er noch eine Reihe weiterer Anrufe: das Krankenhaus, Max Tutwilers Bungalow, die Polizeizentrale. Claire war nirgends zu finden.

Er saß in seinem Wohnzimmer und starrte das Telefon an. Seine Angst wurde immer stärker, sie nagte an seinen Nerven. Zu wem würde sie gehen? *Ihm* vertraute sie nicht mehr, und das war es, was ihn am meisten schmerzte. Er ließ den Kopf in die Hände sinken und versuchte verzweifelt, sich ihr Verschwinden zu erklären.

Sie war wegen Noah ganz außer sich gewesen. Für ihren Sohn würde sie alles tun.

Noah. Es mußte mit Noah zusammenhängen.

Er griff wieder zum Telefon und rief Fern Cornwallis an.

Sie hatte kaum abgehoben, als er schon fragte: »Wer war das Mädchen, um das sich Noah Elliot geprügelt hat?«

»Lincoln? Wie spät ist es?«

»Nur den Namen, Fern. Ich muß den Namen des Mädchens wissen.«

Fern seufzte matt. »Es war Amelia Reid.«

»Ist das Jack Reids Mädchen?«

»Ja. Er ist ihr Stiefvater.«

Auf dem Schnee war Blut.

Als Lincoln in den Hof des Reid'schen Farmhauses einbog,

streiften die Lichtkegel seiner Scheinwerfer einen ominösen dunklen Fleck auf der ansonsten makellos weißen Fläche. Er brachte den Wagen zum Stehen und starrte die verfärbte Stelle im Schnee an, und Angst krampfte plötzlich seinen Magen zusammen. Jack Reids Transporter stand in der Einfahrt, aber das Haus war dunkel. Schlief die ganze Familie?

Langsam stieg er aus dem Streifenwagen und richtete den Strahl seiner Taschenlampe auf den Boden. Zuerst sah er nur einen einzigen roten Spritzer, einen blutigen Rorschach-Schmetterling. Dann sah er die anderen Spritzer, eine ganze Reihe davon, die um die Hausecke herumführten, begleitet von Fußabdrücken – sowohl Menschen- als auch Hundespuren. Er besah sich die Spuren und dachte plötzlich: Wo sind die Hunde? Jack Reid besaß zwei davon, ein Paar Pitbulls, die ständig Ärger machten und die häßliche Angewohnheit hatten, jede Katze aus der Nachbarschaft, die ihnen über den Weg lief, zu zerfetzen. Stammten diese Blutspuren von irgendeiner glücklosen Kreatur, die sich auf das falsche Grundstück verirrt hatte?

Er kniete nieder, um sich die Sache genauer anzusehen, und fand im Schnee einen Fetzen dunklen Fells, an dem noch das blutige Fleisch hing. Nur ein totes Tier – eine Katze oder ein Waschbär, dachte er, und seine Anspannung ließ ein wenig nach. Aber nicht ganz – denn die Pitbulls konnten noch irgendwo in der Nähe sein; vielleicht ruhten ihre Augen in diesem Moment auf ihm.

Das Gefühl, beobachtet zu werden, war plötzlich so stark, daß er sich schnell aufrichtete und die Taschenlampe einmal ganz im Kreis schwenkte. Als der Strahl den Stamm des Ahorns streifte, entdeckte er einen zweiten Fellklumpen, größer als der erste, so daß das Tier zu erkennen war. Er ging darauf zu, und plötzlich überkam ihn die Angst wieder mit voller Wucht; die Anspannung zerrte an jedem einzelnen Nerv. Die stählernen Beschlagnägel des Halsbands reflektierten das Licht der Taschenlampe, ebenso wie die schimmernden weißen Zähne in dem offenen, leblosen Maul. *Einer der Pit-*

bulls. Die Hälfte davon, genauer gesagt. Das Tier hatte das Halsband getragen, das noch an der Kette befestigt gewesen war. Es hatte nicht fliehen können, hatte keine Chance gehabt, dem Gemetzel zu entgehen.

Er erinnerte sich nicht, seine Waffe gezogen zu haben; er wußte nur, daß sie plötzlich in seiner Hand lag und daß die Angst ihm fast die Kehle zudrückte. Er suchte einen größeren Umkreis mit der Taschenlampe ab und fand die andere Hälfte des Hundes und seine Eingeweide, die in einem Klumpen auf den Verandastufen lagen. Er ging zu dem blutigen Haufen hin und zwang sich dazu, einen bloßen Finger auf den Kadaver zu legen. Das Fleisch war kalt, aber noch nicht gefroren. Weniger als eine Stunde alt. Wer oder was auch immer diesen Hund zerrissen hatte, lauerte möglicherweise noch irgendwo in der Nähe.

Das gedämpfte Klirren zerbrechenden Glases ließ ihn herumwirbeln; sein Herz hämmerte gegen seinen Brustkorb. Das Geräusch war aus dem Inneren des Hauses gekommen. Er blickte zu den dunklen Fenstern auf. Fünf Menschen wohnten hier, darunter ein vierzehnjähriges Mädchen. Was war mit ihnen geschehen?

Er stieg die Stufen hinauf und ging zur Haustür. Sie war unverschlossen – ein weiteres beunruhigendes Detail. Er drehte den Knauf und öffnete vorsichtig die Tür. Ein rascher Schwenk der Taschenlampe ließ einen verschlissenen Läufer und mehrere Paar Schuhe erkennen, die in der Diele herumlagen. Nichts Bedrohliches. Er drehte am Lichtschalter. Kein Licht. Hatte jemand den Strom abgestellt?

Einen Augenblick lang blieb er in der Nähe der Haustür stehen, unsicher, ob er seine Anwesenheit kundtun sollte. Er wußte, daß Jack Reid eine Schrotflinte besaß, und der Mann würde nicht zögern, davon Gebrauch zu machen, wenn er glaubte, daß ein Eindringling im Haus war. Lincoln holte Luft und wollte eben »Polizei!« rufen, als sein Blick auf etwas fiel, das ihm augenblicklich die Sprache verschlug.

An der Wand war ein blutiger Handabdruck.

Die Pistole in seiner Hand fühlte sich plötzlich schlüpfrig an. Er näherte sich dem Abdruck. Bei genauerem Hinsehen war zu erkennen, daß es sich tatsächlich um Blut handelte – und es gab noch mehr davon. Die Spuren führten in die Küche.

Fünf Menschen leben in diesem Haus. Wo sind sie?

Er trat in die Küche, und dort fand er das erste Familienmitglied. Jack Reid lag ausgestreckt am Boden; seine Kehle war von Ohr zu Ohr aufgeschlitzt. Das Blut, das aus seinen Arterien geschossen war, hatte alle vier Wände der Küche bespritzt. Er hielt die Schrotflinte noch in der Hand.

Ein Poltern ertönte, etwas rollte über den Fußboden. Sofort riß Lincoln die Waffe hoch; der Puls dröhnte in seinen Ohren. Das Geräusch war von unten gekommen. Aus dem Keller.

Seine Lungen arbeiteten wie Blasebälge, pumpten die Luft in raschen, heftigen Stößen. Er schlich sich zur Kellertür, blieb stehen, um lautlos bis drei zu zählen. Sein Herz raste immer schneller, seine verschwitzten Finger umklammerten die Pistole wie ein Schraubstock. Er holte noch einmal Luft, dann trat er mit aller Kraft gegen die Tür.

Sie flog auf und krachte gegen die Wand.

Treppenstufen senkten sich hinab in die Dunkelheit. Da unten war etwas. Die Schwärze schien angefüllt mit einer fremden Energie. Er konnte förmlich riechen, daß irgendwo am Fuß der Treppe etwas lauerte. Er richtete den Strahl der Taschenlampe nach unten, leuchtete mit einem schnellen Schwenk den Keller aus. Eine flüchtige Bewegung war alles, was er sah; ein Schatten, der lautlos unter die Treppe glitt.

»Polizei!« rief Lincoln. »Kommen Sie raus, damit ich Sie sehen kann!« Er richtete die Taschenlampe auf den Fuß der Treppe, dorthin, wo auch seine Waffe hinzielte. »Los, machen Sie schon. Raus mit Ihnen, und zwar *sofort!*«

Ganz allmählich gerann die Dunkelheit zu einer festen Gestalt. Ein einzelner Arm wurde im Lichtkreis der Lampe sichtbar. Dann, Zentimeter für Zentimeter, rückte ein Gesicht ins

Blickfeld. Es spähte mit ängstlichen Augen über den Treppenrand. Ein Junge.

»Meine Mom!« wimmerte Eddie Reid. »Bitte helfen Sie mir, meine Mom hier rauszukriegen!«

Jetzt flüsterte eine Frauenstimme unter der Treppe: »Helfen Sie uns. In Gottes Namen, helfen Sie uns!«

Lincoln stieg die Treppe hinunter und leuchtete der Frau direkt ins Gesicht. Grace Reid starrte ihn an, das Gesicht leichenblaß, die Miene starr vor Entsetzen.

»Kein Licht«, flehte sie. »Machen Sie das Licht aus, sonst wird er uns finden!« Sie wich zurück. Die Tür des Sicherungskastens hinter ihrem Rücken stand offen. Sie hatte alle Schalter umgelegt und so im ganzen Haus den Strom abgestellt.

Eddie zog seine Mutter in Richtung Treppe. »Mom, es ist alles okay. Wir müssen jetzt bloß raus hier. Bitte, bitte, geh doch!«

Grace schüttelte heftig protestierend den Kopf. »Nein, er wartet doch nur auf uns.« Sie riß sich los und weigerte sich, auch nur einen Schritt zu tun. »J. D. ist da oben.«

Wieder packte Eddie seine Mutter am Arm und zog sie zur Treppe. »Los, Mom.«

»Wartet«, schaltete Lincoln sich ein. »Was ist mit Amelia? Mrs. Reid, wo ist Amelia?«

Grace sah ihn mit großen Augen an. »Amelia?« murmelte sie, als sei ihr plötzlich eingefallen, daß sie eine Tochter hatte. »In ihrem Zimmer.«

»Bringen wir zuerst deine Mom aus dem Haus«, sagte Lincoln zu Eddie. »Mein Streifenwagen steht gleich vor der Tür.«

»Aber was ist mit –«

»Ich werde deine Schwester finden. Zuerst bringe ich euch beide in den Wagen und hole über Funk Hilfe. Gehen wir. Bleibt direkt hinter mir.«

Er drehte sich um und begann die Treppe hochzugehen. Hinter sich konnte er Grace und Eddie hören, die ihm folgten; Grace ängstlich wimmernd, Eddie beruhigend auf sie einredend.

J. D. Sie hatten beide panische Angst vor J. D.

Lincoln erreichte die Kellertür. Es ließ sich nicht vermeiden; er würde sie durch die blutbespritzte Küche führen müssen, direkt an Jack Reids Leiche vorbei. Wenn Grace hysterisch kreischend zusammenbrechen sollte, würde es hier geschehen.

Doch Gott sei Dank gab es noch Eddie. Der Junge legte den Arm um seine Stiefmutter und drückte ihr Gesicht an seine Brust. »Gehen Sie, Chief Kelly«, flüsterte er ungeduldig. »Bitte, bringen Sie uns bloß hier raus!«

Lincoln führte sie durch die Küche und in den Flur. Dort hielt er inne; jeder Nerv in seinem Körper signalisierte plötzlich Panik. Im Schein seiner Taschenlampe sah er, daß die Haustür offen stand. *Habe ich sie zugemacht, als ich hereinkam?*

»Wartet hier«, flüsterte er und schob sich Schritt für Schritt Richtung Tür vor. Er warf einen Blick nach draußen, auf den Schnee, der im Mondlicht silbrig glänzte. Der Streifenwagen stand etwa zehn Meter von der Tür entfernt. Alles war still, reglos wie die Luft unter einer Glasglocke.

Irgend etwas stimmt nicht. Wir werden beobachtet. Jemand lauert uns auf.

Er wandte sich zu Grace und Eddie um und flüsterte: »Lauft zum Auto! *Jetzt!*«

Aber Grace lief nicht. Statt dessen wich sie zurück, und als sie an dem mondhellen Fenster vorbeistolperte, sah Lincoln, daß ihr Blick nach oben gerichtet war. Zur Treppe.

Er machte auf dem Absatz kehrt, und im gleichen Augenblick kam der Schatten auf ihn zugestürzt. Der Aufprall, der ihn auf den Rücken warf, war so heftig, daß die Luft zischend aus seinen Lungen entwich. Ein scharfer Schmerz durchfuhr seine Wange. Er taumelte zur Seite, gerade als die Messerklinge wieder herabsauste und sich neben seinem Kopf tief in die Wand bohrte. Seine Waffe hatte er verloren; sie war ihm bei der ersten Attacke aus der Hand geschlagen worden. Jetzt tastete er in der Dunkelheit wild auf dem Fußboden umher, um sie zu finden.

Er hörte ein kurzes Quietschen, als das Messer aus dem Holz herausgezogen wurde, und wirbelte herum. Der Schatten kam auf ihn zugeflogen. Er hob den linken Arm in dem Moment, als die Hand mit dem Messer zustach. Die Klinge drang bis zum Knochen durch, und sein eigenes Aufstöhnen drang wie ein fernes, fremdes Geräusch an sein Ohr.

Irgendwie bekam er das Handgelenk des Jungen mit der Rechten zu fassen und entwand ihm das Messer. Es fiel auf den Boden. Der Junge riß sich los und taumelte rückwärts.

Lincoln stürzte sich auf das Messer und packte es. Sein Triumphgefühl währte nur einen Augenblick.

Der Junge hatte sich ebenfalls aufgerappelt; Lincoln sah seine Silhouette vor dem Fenster. Er hielt Lincolns Pistole in der Hand. Jetzt schwenkte er sie herum und richtete die Mündung direkt auf Lincoln.

Die Explosion war so stark, daß sie das Fenster zerschmetterte. Ein Regen von Glassplittern ergoß sich auf die Veranda.

Keine Schmerzen. Warum empfand er keine Schmerzen?

Starr vor Verblüffung sah Lincoln zu, wie J. D. Reid im Schein des Mondes, der durch das zerbrochene Fenster fiel, langsam zu Boden sackte. Hinter ihm knarrte eine Diele, und er hörte Eddies zitternde Stimme:

»Habe ich ihn getötet?«

»Wir brauchen Licht«, sagte Lincoln.

Er hörte, wie Eddie durch den dunklen Flur in die Küche stolperte und die Kellertreppe hinunterlief. Sekunden später legte er die Sicherungsschalter um, und alle Lichter gingen an.

Lincoln warf einen Blick auf J. D. und wußte, daß er tot war.

Eddie kam aus der Küche zurück. In der Hand hielt er immer noch Jack Reids Schrotflinte. Er verlangsamte seinen Schritt, blieb neben seiner Stiefmutter stehen. Beide konnten den Blick nicht von dem toten Jungen wenden; keiner von beiden brachte einen Ton hervor. Der furchtbare Anblick von J.

D., wie er zusammengesunken in einer Blutlache vor ihnen lag, brannte sich für immer in ihre Erinnerung ein.

»Amelia«, sagte Lincoln, und er blickte zum Obergeschoß hoch. »Welches ist ihr Schlafzimmer?«

Eddie sah ihn benommen an. »Das zweite. Auf der rechten Seite ...«

Lincoln lief die Treppe hoch. Er erblickte Amelias Zimmertür, und ihm war gleich klar, daß das Schlimmste bereits geschehen war. Die Tür war eingeschlagen worden, und der Boden des Flurs war mit Holzsplittern übersät. Das Mädchen mußte versucht haben, J. D. auszusperren, doch ein paar Axtschläge hatten genügt, um das Holz zu zersplittern. Er fürchtete den Anblick, der ihm bevorstand, als er in das Zimmer trat.

Er sah die Axt; sie steckte in einem Stuhl und hatte ihn fast in zwei Teile gespalten. Er sah den zersprungenen Spiegel, die zerrissenen Kleider, die Schranktür, die schief an einer Angel hing. Dann starrte er auf das Bett des Mädchens.

Es war leer.

Mitchell Groome saß am Steuer von Claire Elliots Subaru und fuhr langsam die Straße von Beech Hill hinunter ins Tal. Er hatte bis Mitternacht gewartet, einer Zeit, zu der keine Zeugen wach sein würden, aber unglücklicherweise war der Himmel klar, und der Schnee reflektierte das Licht des Vollmondes mit erschreckender Helligkeit. Er hatte das Gefühl, sämtlichen Blicken ungeschützt ausgesetzt zu sein. Doch ob Vollmond oder nicht, er mußte diese Sache heute nacht hinter sich bringen. Zuviel war bereits schiefgegangen, und er hatte drastischere Maßnahmen ergreifen müssen, als er ursprünglich geplant hatte.

Zuerst war es ein ganz einfacher Auftrag gewesen; er sollte Dr. Tutwilers Arbeit im Auge behalten und, indem er sich als neugieriger Journalist ausgab, diskret und unauffällig den Verlauf der Parasiteninfektion unter den Jugendlichen von Tranquility beobachten. Da war ihm Claire Elliot in die Quere gekommen, deren Mutmaßungen der Wahrheit gefährlich nahe gekommen waren. Und dann hatte Doreen Kelly für eine noch ernstere Komplikation gesorgt.

Er würde mit Sicherheit eine Menge erklären müssen, wenn er wieder in Boston war.

Er hatte keine Zweifel, daß er für Max Tutwilers Verschwinden eine vernünftige Erklärung finden würde. Er konnte seinen Vorgesetzten bei Anson Biologicals kaum erzählen, was tatsächlich passiert war: daß Max nämlich hatte aussteigen wollen, nachdem er gehört hatte, wie Doreen Kelly wirklich gestorben war. *Ich bin engagiert worden, um für euch Würmer zu finden,* hatte Max protestiert. *Bei Anson hat man mir erzählt, daß es bloß um eine Art biologische Schatzsuche ginge. Niemand hat etwas von Mord gesagt. Und wofür das Ganze? Um aus dieser Spezies ein Firmengeheimnis zu machen?*

Was Max nicht hatte einsehen wollen, war die Tatsache, daß die Entwicklung eines neuen Medikaments wie eine Goldsuche war. Geheimhaltung hatte höchste Priorität. Man darf die Konkurrenz nicht wissen lassen, daß man kurz davor ist, einen Schatz zu entdecken.

In diesem Fall war der Schatz ein Hormon, das von einer einzigartigen Spezies von Wirbellosen produziert wurde; ein Hormon, dessen spezifische Wirkung in der Steigerung der Aggressivität bestand. Eine winzige Dosis genügte, um den Kampfgeist eines Soldaten in der Schlacht entscheidend zu stärken. Es war ein Killertrank von naheliegendem militärischem Nutzen.

Erst vor zwei Monaten hatten Anson Biologicals und deren Muttergesellschaft Sloan-Routhier Pharmaceuticals von der Existenz dieser Würmer erfahren, als die beiden jugendlichen Söhne eines Ehepaares aus Virginia in die psychiatrische Abteilung eines Militärkrankenhauses eingeliefert worden waren. Einer der Jungen hatte einen Wurm ausgestoßen – eine biolumineszente Spezies, die keiner der Militärpathologen identifizieren konnte.

Die Familie hatte den Juli in einem Ferienhaus am Ufer eines Sees in Maine verbracht.

Groome bog in die Toddy Point Road ein. Auf dem Beifahrersitz bewegte Claire den Kopf und stöhnte. Er hoffte für sie, daß sie das Bewußtsein nicht gänzlich wiedererlangen würde, denn das Ende, das sie erwartete, war nicht angenehm. Es war eine weitere unerfreuliche Notwendigkeit. Der Tod einer so bemitleidenswerten Frau wie Doreen Kelly hatte in der Stadt schon für ein gewisses Aufsehen gesorgt. Aber eine ortsansässige Ärztin konnte nicht einfach verschwinden, ohne daß ernsthafte Fragen gestellt wurden. Es war wichtig, daß ihre Leiche gefunden wurde und daß das amtliche Urteil auf Unfalltod lautete.

Die Straße war jetzt eine Folge von sanften Steigungen und Senkungen; eine einsame Strecke zu dieser Nachtzeit. Die Scheinwerfer glitten über den Asphalt, der mit einer Kruste aus Eis und Streusand überzogen war. Der Ausschnitt, den sie ausleuchteten, war gerade groß genug, um die Bäume erkennen zu lassen, die sich von beiden Seiten an die Straße herandrängten. Eine schwarze Röhre, offen nur nach oben, wo sich ein Streifen von Sternen hinzog.

Sie näherten sich einer scharfen Linkskurve, und Groome brachte den Wagen oberhalb der Bootsanlegestelle zum Stehen.

Claire stöhnte, als er sie vom Beifahrersitz zerrte und dann hinter das Lenkrad setzte. Er befestigte den Sicherheitsgurt. Dann legte er bei laufendem Motor den Gang ein, löste die Handbremse und ließ die Tür zufallen.

Der Wagen begann die leicht abfallende Strecke in Richtung See hinabzurollen.

Groome stand am Straßenrand und sah zu, wie das Auto die Eisfläche des Sees erreichte und weiterrollte. Das Eis war mit Schnee bedeckt, und die Reifen wühlten sich langsam hindurch, während das zitternde Scheinwerferlicht sich über die leere Eisfläche ergoß. Zehn Meter. Zwanzig. Wann würde der Wagen das dünne Eis erreichen? Es war die erste Dezemberwoche; das Eis würde noch nicht stark genug sein, um das Gewicht eines Autos auszuhalten.

Dreißig Meter. Und da hörte Groome das Krachen, laut wie ein Gewehrschuß. Der vordere Teil des Wagens senkte sich, und die Scheinwerfer versanken plötzlich in Schnee und gebrochenem Eis. Wieder ein Krachen, und der Wagen kippte in einem absurden Winkel nach vorne, so daß der rote Schimmer der Rücklichter gen Himmel leuchtete. Jetzt brach das Eis unter den Hinterrädern, und der Wagen sackte durch. Die Scheinwerfer erloschen – Kurzschluß.

Das Ende spielte sich im Schein des Vollmonds ab, in einer Landschaft, die versilbert war von der leuchtenden Weiße des Schnees. Das Auto hielt sich noch einen Moment an der Oberfläche, bis der Motorraum vollief und das Gewicht des Wassers es nach unten zog. Jetzt war ein Plätschern und Gluckern zu hören, als der Wagen tiefer in das Loch glitt und sich durch den Auftrieb der Reifen zu drehen begann. Mit dem Dach nach unten versank er in den Schlamm, und Groome stellte sich vor, wie die dunkle Sedimentschicht aufgewirbelt wurde und das blasse Mondlicht verbarg, das von oben durchsickerte.

Morgen, so dachte Groome, würde jemand das Loch im Eis entdecken und sich seinen Reim darauf machen. Die arme, übermüdete Dr. Elliot hat auf dem Heimweg in der Dunkelheit die Kurve übersehen und ist statt dessen geradeaus in den See gefahren. Eine Tragödie.

Er hörte in der Ferne eine Polizeisirene und drehte sich um; sein Puls raste plötzlich. Erst als der Wagen vorbeigefahren war und das Geräusch der Sirene leiser wurde, konnte er wieder ruhiger atmen. Die Polizei war an einen anderen Ort gerufen worden; für sein Verbrechen gab es keine Zeugen.

Er begann zügig die Straße zurückzugehen, in Richtung der dunklen Masse von Beech Hill. Es waren drei Meilen bis zur Höhle, und er hatte noch einiges zu tun.

25

In der Dunkelheit, die sie einhüllte, spürte sie plötzlich ein Schlingern, dann den Schock des eisigen Wassers, das ihren Körper überschwemmte – und mit einem Ruck erwachte sie in einer Wirklichkeit, die weit entsetzlicher war als der schlimmste Alptraum.

Sie war in völliger Dunkelheit gefangen, in einem sargartig engen Raum, und sie war so desorientiert, daß sie nicht erkannte, wo oben und unten war. Alles, was sie wußte, war, daß eine Flut lähmend kalten Wassers an ihr hochstieg, an ihre Hüften schlug, dann an ihre Brust. Sie begann in Panik um sich zu schlagen und reckte instinktiv den Hals, um den Kopf über Wasser zu halten, mußte aber feststellen, daß sie gefesselt war. Sie versuchte sich loszureißen, doch ohne Erfolg. Das Wasser plätscherte jetzt schon gegen ihren Hals. Ihr Atem ging in kurzen, keuchenden Stößen, die allmählich in panisches Schluchzen übergingen.

Dann drehte sich plötzlich alles auf den Kopf.

Sie hatte Zeit für einen einzigen tiefen Atemzug, bevor sie merkte, wie sie zur Seite rollte, bevor das Wasser ihren Kopf überflutete, in ihre Nasenlöcher strömte.

Die Dunkelheit, die sie verschluckte, war vollkommen, eine Welt aus flüssiger Schwärze. Unter Wasser gefangen, mit dem Kopf nach unten, begann sie wild mit den Armen zu rudern. Ihre Lungen schmerzten von Anstrengung, mit diesem letzten Atemzug auszukommen.

Wieder krallte sie nach dem Riemen, der sich über ihre Brust zog, aber er ließ sich nicht lockern, gab sie nicht frei. *Luft, ich brauche Luft!* Das Blut dröhnte ihr in den Ohren, Lichtblitze explodierten in ihrem Gehirn – Alarmsignale des Sauerstoffmangels. Schon wich die Kraft aus ihren Gliedern, alle Anstrengungen waren auf das fruchtlose Ziehen an ihrer Fessel reduziert. Durch die Verwirrtheit hindurch, die sie in immer dichteren Lagen einhüllte, spürte sie plötzlich, daß sie etwas Hartes in der Hand hielt. Sie erkannte es an der Form: die Schnalle eines Sicherheitsgurts. Sie war in ihrem Auto. Angeschnallt in ihrem Auto.

Tausende Male hatte sie diesen Gurt schon abgeschnallt, und jetzt fanden ihre Finger automatisch den Knopf. Der Gurt glitt von ihrer Brust.

Sie trat und schlug wild um sich, hämmerte von innen gegen die Karosserie. Blind und desorientiert durch das Wasser und die absolute Dunkelheit, wußte sie nicht einmal, wo oben und unten war. Ihre panisch umhertastenden Finger streiften das Lenkrad, das Armaturenbrett.

Ich brauche LUFT!

Sie spürte, wie ihre Lungen rebellierten und kurz davor waren, den fatalen Fehler zu machen und Wasser einzuatmen, als sie plötzlich eine Drehung machte und ihr Gesicht aus dem Wasser auftauchte. Eine Luftblase. Sie holte einen tiefen Atemzug, dann noch einen und noch einen. Es waren nur wenige Kubikzentimeter Luft, und selbst dieser Raum füllte sich rapide mit Wasser. Noch ein paar Züge, und dann würde nichts mehr zum Atmen übrig sein.

Durch die frische Sauerstoffzufuhr begann ihr Gehirn wieder zu arbeiten. Sie unterdrückte die Panik, zwang sich dazu nachzudenken. Das Auto stand auf dem Kopf. Sie mußte den Türgriff finden, mußte irgendwie die Tür aufbekommen.

Sie hielt die Luft an und tauchte unter. Schnell fand sie den Griff und zog daran. Sie spürte, wie der Riegel zurücksprang, aber die Tür ließ sich nicht öffnen. Das Dach des Wagens steckte zu tief im Schlamm, so daß die Tür eingeklemmt wurde.

Keine Luft mehr!

Sie tauchte wieder in die Luftblase auf und mußte feststellen, daß sie sich auf etwa fünfzehn Zentimeter verkleinert hatte. Während sie die letzten Sauerstoffreserven einsaugte, versuchte sie verzweifelt, sich in der verkehrten Welt zu orientieren. *Das Fenster. Dreh das Fenster runter.*

Letzter Atemzug, letzte Chance.

Sie ließ sich wieder unter Wasser sinken und tastete verzweifelt nach dem Fensterhebel. Ihre Finger waren von der Kälte inzwischen so taub, daß sie den Griff kaum fühlen konnte, selbst als es ihr schließlich gelang, ihn zu umfassen. Jede Umdrehung schien eine Ewigkeit zu dauern, aber sie merkte, wie sich die Scheibe bewegte, wie die Öffnung größer wurde. Als sie das Fenster endlich ganz heruntergedreht hatte, war ihr Hunger nach Luft unerträglich geworden. Sie zwängte Kopf und Schultern durch die Öffnung, doch plötzlich kam sie nicht mehr weiter.

Ihre Jacke! Sie hing irgendwo fest!

Sie ruderte mit den Armen, versuchte, sich irgendwie hindurchzuwinden, doch sie steckte fest, halb im Auto, halb draußen. Sie griff nach dem Reißverschluß und zog daran.

Urplötzlich war sie frei und schoß nach oben, zur Oberfläche, auf den schwachen Lichtschein zu, der von oben kam.

Sie brach durch die Oberfläche, in die Luft hinaus. Wasserspritzer flogen im Mondlicht umher wie Millionen von Diamanten, und sie griff nach dem nächsten Vorsprung des gezackten Eisrandes. Dort hing sie für einen Augenblick, zitternd und keuchend in der frostigen Nachtluft. Sie hatte schon kein Gefühl mehr in den Beinen, und ihre Hände waren so taub, daß sic sich kaum am Eis festhalten konnte.

Sie versuchte, sich hochzuziehen, und es gelang ihr, die Schultern ein paar Zentimeter aus dem Wasser zu heben, doch im nächsten Moment fiel sie schon wieder zurück. Es gab nichts, woran sie sich hätte festhalten können, nur glattes, mit Pulverschnee bedecktes Eis. Vergeblich tastete sie umher, fand aber keinen Halt.

Wieder versuchte sie es, wieder fiel sie platschend ins Wasser zurück, tauchte mit dem Kopf unter. Sie kam wieder an die Oberfläche, prustend und keuchend, die Beine fast gelähmt.

Sie schaffte es nicht. Sie konnte sich nicht herausziehen.

Fünf–, sechsmal versuchte sie noch, sich auf die Eisfläche zu hieven, doch ihre durchnäßten Kleider zogen sie nach unten, und sie zitterte so heftig, daß sie sich nicht einmal mehr festhalten konnte. Eine tiefe Lethargie erfaßte sie, ließ ihre Glieder steif werden. Wie tot. Sie spürte, wie sie wieder versank, wie die Dunkelheit sie in die Tiefe zog, sie in einen tödlichen Schlaf zu locken suchte. All ihre Energie war verbraucht; nichts war mehr übrig.

Sie sank tiefer hinab, und Erschöpfung überwältigte ihren Körper. Sie blickte nach oben, wo das Mondlicht schimmerte, und sie nahm es mit einer merkwürdigen Teilnahmslosigkeit wahr. Die Dunkelheit zog sie fester in ihre Arme; sie spürte die Kälte nicht mehr, nur noch ein mattes Gefühl der Unvermeidlichkeit.

Noah.

In dem schwachen Lichtkreis über ihrem Kopf glaubte sie sein Gesicht zu erkennen, so, wie er als kleines Kind ausgesehen hatte. Er rief nach ihr, streckte seine Arme sehnsüchtig nach ihr aus. Der Lichtkreis schien sich in silbrige Fragmente aufzulösen.

Noah. Denk an Noah.

Obwohl sie keine Kraft mehr hatte, reckte sie sich nach dieser geisterhaften Hand. Sie zerfloß wie Wasser zwischen ihren Fingern. *Du bist zu weit weg. Ich kann dich nicht erreichen.*

Wieder spürte sie, wie sie hinabsank, wie sie in die trübe Tiefe gezogen wurde. Noahs Arme verschwanden in der Ferne, doch seine Stimme rief noch immer nach ihr. Sie streckte wieder die Hand nach ihm aus, und sie sah den Lichtkreis heller werden, ein silbriger Schein, zum Greifen nahe. Wenn ich es schaffe, ihn zu berühren, dachte sie, dann erreiche ich den Himmel. Dann komme ich zu meinem Schatz.

Mit letzter Kraft strebte sie auf das Licht zu, ruderte wild mit Armen und Beinen gegen die Dunkelheit an, jeder Muskel angespannt.

Ihr Arm durchstieß die Oberfläche, brach sie in viele kleine Wellen, und dann tauchte ihr Kopf auf, und sie nahm einen einzigen tiefen Atemzug. Sie erhaschte einen Blick auf den Mond, so schön und strahlend, daß ihre Augen schmerzten, und sie spürte, wie sie ein letztes Mal hinabsank, den Arm zum Himmel gereckt.

Eine Hand ergriff ihren Arm. Eine wirkliche Hand, die sich mit festem Griff um ihr Handgelenk legte. *Noah,* dachte sie. *Ich habe meinen Sohn gefunden.*

Jetzt zog die Hand sie hoch, hinaus aus den dunklen Fluten. Verwundert starrte sie in das heller strahlende Licht, und dann kam ihr Kopf an die Oberfläche und sie sah das Gesicht, das auf sie herabblickte. Nicht Noahs Gesicht, sondern das eines Mädchens. Eines Mädchens mit langen Haaren, die im Mondlicht silbrig glänzten.

Mitchell Groome goß einen halben Kanister Benzin über Max Tutwilers Leiche aus. Nicht daß es so wichtig gewesen wäre, seine sterblichen Überreste zu vernichten. Diese Höhle war über Jahrtausende unentdeckt geblieben; so schnell würde niemand Max' Leiche finden. Doch da er schon einmal dabei war, die Wurmkolonie zu vernichten, konnte er sich auch gleich des Toten entledigen.

Er trug eine Maske, um sich gegen die Dämpfe zu schützen, und eine Stirnlampe, um sich in der düsteren Höhle zurechtzufinden. In aller Ruhe leerte er die drei Benzinkanister. Er hatte keinen Grund, sich zu beeilen; der versunkene Wagen der Ärztin würde nicht vor Tagesanbruch gefunden werden, und selbst wenn er früher entdeckt werden sollte, würde niemand eine Verbindung zwischen ihrem Tod und Mitchell Groome herstellen. Wenn auf irgend jemanden ein Verdacht fiele, so wäre es Max, dessen plötzliches Verschwinden diesen Verdacht nur noch erhärten würde. Groome mochte es nicht, wenn er zum Improvisieren gezwungen wurde; er hatte diesen Schritt nicht geplant; hatte nicht vorgehabt, jemanden zu töten. Aber schließlich hatte er auch nicht damit rechnen können, daß Doreen Kelly seinen Wagen stehlen würde.

Ein Mord zieht manchmal einen zweiten nach sich.

Er hatte das Benzin über die Wände verteilt und warf jetzt den leeren Kanister in die Benzinlache in der Mitte der Höhle. Sie befand sich direkt unter der dichtesten Ansammlung von Würmern. Diese schienen die drohende Katastrophe bereits zu ahnen, denn sie zappelten in den aufsteigenden Dämpfen wie wild hin und her. Die Fledermäuse waren längst geflohen und hatten ihre wirbellosen Genossen ihrem Schicksal überlassen. Groome sah sich ein letztes Mal in der Höhle um und vergewisserte sich, daß er kein Detail übersehen hatte. Die letzte Kiste mit Exemplaren befand sich ebenso wie Max' wissenschaftliche Aufzeichnungen im Kofferraum seines Wagens, der am Ende des Weges geparkt war. Er würde nur ein Streichholz anzünden müssen, und die Höhle würde mit allem, was darin war, in Flammen aufgehen.

Das Feuer würde die Spezies mit einem Schlag auslöschen – mit Ausnahme der überlebenden Exemplare, die in den Laboren von Anson Biologicals sorgfältig gehegt wurden. Die Hormone, die diese Würmer absonderten, waren bei Verträgen mit dem Verteidigungsministerium ein Vermögen wert, aber nur, wenn sie nicht der Konkurrenz in die Hände fielen.

Wenn diese Höhle einmal zerstört war, würde Anson im alleinigen Besitz der Art sein. Für den Rest der Welt würde diese Welle von Gewalt, wie all die früheren Wellen, ein ungelöstes Rätsel bleiben.

Er kroch die enge Passage hinauf, die zum Ausgang führte, wobei er eine dünne Benzinspur für die Zündung hinterließ. In der Eingangskammer kauerte er sich nieder, zündete ein Streichholz an und hielt die Flamme an den Boden. Eine brennende Linie züngelte durch den Tunnel hinunter, und dann ging mit einem dumpfen Knall die untere Höhle in Flammen auf. Groome spürte den heftigen Luftzug, mit dem die Feuersbrunst den nährenden Sauerstoff ansaugte. Er schaltete die Stirnlampe aus und betrachtete einen Moment lang das Feuer, während er sich vorstellte, wie die Würmer schwarz wurden, wie ihre verkohlten Kadaver von der Decke herabfielen. Und er dachte an Max' Leiche, von der nur ein unidentifizierbarer Haufen Knochen und Asche übrigbleiben würde.

Er zwängte sich rückwärts aus der Höhle, trat in das eisige Bachwasser und zog die Zweige des Strauchs vor die Öffnung. Jenseits dieses dichten Waldgebiets würde von dem Feuer in der Höhle nichts zu sehen sein. Er watete durch den Bach und stolperte ans Ufer. Seine Augen waren noch vom Feuer geblendet, und er mußte sich erst wieder an die Dunkelheit gewöhnen. Er schaltete die Stirnlampe ein, um zum Wagen zurückzugelangen.

Erst als das Licht aufleuchtete, sah er die Polizisten, die mit gezogenen Waffen unter den Bäumen standen.

Sie erwarteten ihn.

Warren Emerson schlug die Augen auf und dachte: Endlich bin ich tot. Aber warum bin ich im Himmel? Es war eine Erkenntnis, die ihn zutiefst überraschte. Er hatte immer angenommen, daß er sich, falls es ein Leben nach dem Tod gäbe, an irgend einem dunklen und schrecklichen Ort wiederfinden würde. In einem Jenseits, das nur eine Fortsetzung seines elenden Erdendaseins wäre.

Hier gab es Blumen. Vase um Vase voller Blumen.

Er sah blutrote Rosen. Orchideenblüten flatterten wie weiße Schmetterlinge an ihren Stengeln vor dem Fenster. Und Lilien, deren Duft süßer war als jedes Parfum, das er je gerochen hatte. Er betrachtete all das mit tiefem Staunen, denn er hatte noch nie etwas so Wunderschönes gesehen.

Dann hörte er neben seinem Bett einen Stuhl knarren, und er drehte den Kopf. Eine Frau lächelte ihn an. Eine Frau, die er seit Jahren nicht mehr gesehen hatte. Ihr Haar war mehr silbern als schwarz, und das Alter hatte tiefe Furchen in ihr Gesicht gegraben. Aber er sah nichts davon. Als er in ihre Augen blickte, sah er statt dessen ein lachendes Mädchen von vierzehn Jahren. Das Mädchen, das er immer geliebt hatte.

»Hallo Warren«, flüsterte Iris Keating. Sie ergriff seine Hand.

»Ich lebe noch«, sagte er.

Sie hörte den fragenden Ton seiner Stimme, und sie nickte lächelnd. »Ja. Du bist ganz bestimmt noch am Leben.«

Er sah auf ihre Hand, die die seine umklammert hielt. Er erinnerte sich daran, wie sie ihre Finger ineinandergeschlungen hatten, damals, vor all den Jahren, als sie beide noch jung waren und zusammen am Seeufer gesessen hatten. Wie haben unsere Hände sich verändert, dachte er. Meine sind jetzt vernarbt und ledrig; ihre sind ganz knotig von Arthritis. Aber jetzt sitzen wir hier und halten wieder Händchen, und sie ist immer noch meine Iris.

Durch einen Schleier aus Tränen sah er sie an. Und beschloß, daß er doch noch nicht bereit war zu sterben.

Lincoln wußte, wo er sie finden würde, und sie war tatsächlich da; sie saß auf einem Stuhl am Bett ihres Sohnes. Irgendwann in der Nacht war Claire aus ihrem eigenen Krankenhausbett gestiegen und in Morgenmantel und Pantoffeln den langen Flur hinunter zu Noahs Zimmer geschlurft. Jetzt saß sie dort, eine Decke um die Schultern gezogen, und im Licht der Nachmittagssonne sah sie sehr müde und blaß aus. Gott helfe dem, der es wagt, sich zwischen die Bärin und ihr Junges zu stellen, dachte Lincoln.

Er setzte sich auf einen Stuhl gegenüber von ihr, und ihre Blicke trafen sich über Noahs schlafende Gestalt hinweg. Es tat ihm weh, zu sehen, daß sie immer noch argwöhnisch war, daß sie ihm immer noch nicht ganz vertraute, aber er wußte, woran es lag. Es war erst einen Tag her, daß er ihr das Liebste im Leben wegzunehmen gedroht hatte. Jetzt sah sie ihn mit einem wild entschlossenen und zugleich ängstlichen Ausdruck an.

»Mein Sohn hat es nicht getan«, sagte sie. »Er hat es mir heute morgen gesagt. Er hat es mir geschworen, und ich weiß, daß er die Wahrheit sagt.«

Er nickte. »Ich habe mit Amelia Reid gesprochen. Sie waren an dem Abend bis zehn Uhr zusammen. Und dann hat er sie nach Hause gefahren.«

Um diese Zeit war Doreen bereits tot gewesen.

Claire atmete auf, und die Anspannung wich aus ihrem Körper. Sie ließ sich in den Stuhl zurücksinken und legte die Hand beschützend auf Noahs Kopf. Bei der Berührung der Finger, die seine Haare streichelten, schlug er die Augen auf und sah sie an. Weder Mutter noch Sohn sagten ein Wort; in ihrem stillen Lächeln lag alles, was gesagt werden mußte.

Ich hätte den beiden diese Tortur ersparen können, dachte Lincoln. Wenn er nur die Wahrheit gekannt hätte. Wenn Noah nur von Anfang an mit offenen Karten gespielt und zugegeben hätte, daß er den Abend mit Amelia verbracht hatte. Aber er hatte das Mädchen vor dem Zorn ihres Stiefvaters beschützen wollen. Lincoln wußte über Jack Reids Temperament Bescheid, und er verstand, daß Amelia Angst vor ihm gehabt hatte.

Aber trotz ihrer Angst war Amelia bereit gewesen, Claire die Wahrheit anzuvertrauen. Gestern abend, kurz bevor J. D.s Raserei in einem Mord gegipfelt hatte, war Amelia aus dem Haus geschlichen und hatte sich durch die kalte, sternenklare Nacht auf den Weg zu Claires Haus gemacht. Sie war die Toddy Point Road entlanggegangen.

Direkt an der Anlegestelle vorbei.

Durch einen glücklichen Zufall hatte Amelia Claires Leben gerettet – und damit, wie sich herausstellen sollte, auch ihr eigenes.

Noah war wieder eingeschlafen.

Claire sah Lincoln an. »Wird Amelias Wort genügen? Wird irgend jemand einem vierzehnjährigen Mädchen Glauben schenken?«

»Ich glaube ihr.«

»Gestern sagtest du, du hättest Beweismaterial. Das Blut –«

»Wir haben auch im Kofferraum von Mitchell Groomes Wagen Blut gefunden.«

Es dauerte eine Weile, bis ihr die Bedeutung dieser Information klar wurde. »Doreens Blut?« fragte sie leise.

Er nickte. »Ich glaube, Groome wollte die Sache nicht Noah anhängen, sondern dir. Deshalb hat er das Blut an die Stoßstange deines Transporters geschmiert. Er wußte nicht, welchen Wagen du an dem Abend nehmen würdest.«

Eine Weile sagten sie beide nichts, und er fragte sich, ob es wohl so enden würde zwischen ihnen, mit Schweigen auf ihrer Seite und Sehnsucht auf seiner. Es gab so vieles, was er ihr noch über Mitchell Groome sagen mußte. Da waren die Gegenstände, die man in seinem Kofferraum gefunden hatte: die Gläser mit den Würmern und Max' handgeschriebene Aufzeichnungen. Sowohl Anson Biologicals als auch Sloan-Routhier hatten jegliche Verbindung zu den beiden Männern in Abrede gestellt, und jetzt drohte Groome, verärgert über ihr Leugnen, den Pharmariesen mit in den Abgrund zu reißen. Lincoln wollte Claire dies und vieles andere sagen, aber er schwieg, und sein Kummer lastete so schwer auf ihm, daß ihm schon das Atmen wie eine übergroße Anstrengung erschien.

Hoffnungsvoll sagte er: »Claire?«

Sie hob die Augen und sah ihn an, und diesmal wandte sie sich nicht wieder ab.

»Ich kann die Uhr nicht zurückdrehen«, sagte er. »Ich kann die Schmerzen, die ich dir zugefügt habe, nicht ungeschehen machen. Ich kann nur sagen, daß es mir leid tut. Ich wünschte, wir könnten irgendwie wieder dorthin kommen …« Er schüttelte den Kopf. »Dorthin, wo wir schon einmal waren.«

»Ich weiß nicht recht, was das bedeutet, Lincoln. Wo wir schon einmal waren.«

Er dachte darüber nach. »Nun«, sagte er, »wir waren Freunde, soviel ist sicher.«

»Ja, das ist wahr«, gab sie zu.

»Gute Freunde. Oder nicht?«

Ein schwaches Lächeln spielte um ihre Lippen. »Jedenfalls gut genug, um miteinander ins Bett zu gehen.«

Er spürte, wie er errötete. »Das ist es nicht, wovon ich spreche. Es geht nicht ums Miteinanderschlafen. Es –« Er sah sie mit schmerzlicher Aufrichtigkeit an. »Es geht darum, zu wissen, daß es eine Chance für uns gibt. Die Möglichkeit, daß ich dich jeden Morgen sehen werde, wenn ich aufwache. Ich kann warten, Claire. Ich kann mit der Ungewißheit leben. Es ist nicht leicht, aber ich kann es aushalten, solange es eine Möglichkeit gibt, daß wir irgendwann zusammensein werden. Das ist wirklich alles, was ich verlange.«

Etwas blitzte in ihren Augen auf. *Tränen der Vergebung?* fragte er sich. Sie streckte die Hand aus und streichelte sein Gesicht. Es war die zärtliche Geste einer Geliebten. Mehr noch, es war die Berührung einer Freundin.

»Alles ist möglich, Lincoln«, sagte sie leise. Und sie lächelte.

Er pfiff tatsächlich vor sich hin, als er das Krankenhaus verließ. Und warum auch nicht? Der Himmel war blau, die Sonne schien, und die eisverkrusteten Zweige der Weiden klirrten und glitzerten wie Kristalle. In zwei Wochen würde die längste Nacht des Jahres sein. Danach würden sich die Tage wieder ausdehnen, und die Erde würde in ihrem Kreislauf zu Licht und Wärme zurückfinden. Zur Hoffnung.

Alles ist möglich.

Lincoln Kelly war ein geduldiger Mann. Er konnte warten.

Danksagung

Mein herzlicher Dank gilt:

Meinem Mann Jacob, nach all diesen Jahren immer noch mein bester Freund.

Meg Ruley, meinem Schutzengel und meiner Wundertäterin. Du wandelst auf dem Wasser.

Jane Berkey und Don Cleary für ihren Rat und Beistand.

Meiner großartigen Lektorin Emily Bestler.

Den Damen des Frühstücksclubs für meine wöchentliche Dosis gesunden Menschenverstands.

Dem Andenken von Perley Sprague, Polizeichef von Rockport. Ihre Liebenswürdigkeit war mir eine Inspiration.

Und schließlich der Stadt Camden in Maine, dem besten Ort auf der Welt, den eine Schriftstellerin ihr Zuhause nennen kann. Sei versichert, daß dieses Buch nicht von dir handelt.